Die gekaufte Braut

ECON Historischer Kriminalroman

Zum Buch

Die zwanzigjährige Susanna und ihr ständiger Begleiter, die sprechende Dohle Hamlet, müssen nach dem Tod von Susannas Vater ihr unkonventionelles Leben aufgeben: Susanna wird zu ihrem Onkel geschickt, dem die Lebensweise seines Schwagers immer schon ein Dorn im Auge war. Mit der Dohle flieht sie schließlich bei Nacht und Nebel nach London, kommt aber vom Regen in die Traufe. Was Susanna für ein Hotel hält, entpuppt sich als Bordell. Zum Glück trifft sie dort Lord Jonathan Sinclair, der sie als seine Braut engagiert, um dann mit ihrer Hilfe den Tod seines Bruders aufzuklären ...

Die Autorin

Christa-Maria Zimmermann, geboren in Wels, Oberösterreich, studierte Kunstgeschichte und Geschichte in Innsbruck, Wien und Köln. Sie war Redakteurin einer Düsseldorfer Tageszeitung und ist die Autorin mehrerer Bücher zu historischen Themen.

Christa-Maria Zimmermann ist verheiratet und hat drei Töchter und einen Sohn.

Christa-Maria Zimmermann

Die gekaufte Braut

Ein Kriminalroman
aus dem 19. Jahrhundert

ECON Taschenbuch Verlag

Dieses Buch ist gedruckt auf 100 % Recyclingpapier.

Originalausgabe

2. Auflage 1995

Umschlaggestaltung: Molesch/Niedertubbesing, Bielefeld
Titelabbildung: Archiv für Kunst und Geschichte, Berlin
Lektorat: Katy Albrecht
Gesetzt aus der Bodoni und der Charlemagne
Satz: HEVO GmbH, Dortmund
Druck und Bindearbeiten: Ebner Ulm
Printed in Germany
ISBN 3-612-25113-9

Für meine Töchter
Katja, Tina und Theresa,
ohne die es dieses Buch nicht gäbe.

1. Kapitel

»Ich habe lange genug geschwiegen, aber jetzt kann ich nicht mehr!« Wer Lady Honoria Crampton kannte, wußte, daß diese Äußerung reichlich übertrieben war. Sie schwieg nur, wenn sie aß oder schlief oder wenn ihr Ehemann einen seiner häufigen Wutanfälle hatte. Ansonsten lief ihr Mundwerk von früh bis spät wie ein Mühlrad. Und da das Dinner erst in einer Stunde aufgetragen werden würde und Lady Crampton ohne ihren Lord einen Besuch bei ihrem Schwager machte, war nichts in Sicht, was ihrem Redeschwall Einhalt gebieten konnte. »Kein Mensch mit Zart- und Mitgefühl, die ich übrigens beide in reichem Maße besitze, wie ich ohne Überheblichkeit erklären kann, denn meine Freunde versichern mir immer wieder, daß dem so ist« – Lady Crampton holte Luft – »kein Mensch also kann mitansehen, daß dieses arme Mädchen aufwächst wie ein Bauernlümmel, ohne etwas dagegen zu unternehmen.«

»Den Bauernlümmel möchte ich sehen, der drei lebende und

zwei tote Sprachen beherrscht – außer seiner eigenen natürlich, was man nicht einmal von Leuten sagen kann, die sich Bauernlümmeln weit überlegen fühlen. Der richtige Gebrauch des Konjunktivs etwa, und darin stimmst du mir gewiß zu, meine liebe Honoria, macht auch der sogenannten gebildeten Klasse häufig Schwierigkeiten.«

Für Jasper Whittlay war es ein leichtes, seine Schwägerin zu unterbrechen: Er besaß eine Stimme, die eine ganze Schiffsmannschaft zum Zittern gebracht hätte. Doch Lady Crampton ließ sich nicht auf das Glatteis grammatikalischer Diskussionen locken.

»Du weißt genau, was ich meine, Jasper! Ich rede nicht von Susannas Bildung, sondern von ihren Manieren. Das Mädchen ist siebzehn, bald achtzehn. Es wird höchste Zeit, sie in die Gesellschaft einzuführen. Aber das würde nicht einmal ich wagen, bei ihrem Benehmen, obwohl es mir weiß Gott nicht an den besten Verbindungen fehlt. Meine kleine Amalie zeigt mehr gesellschaftlichen Schliff als Susanna, und dabei ist sie erst zehn, wie du weißt.«

»Nein, das weiß ich nicht«, brummte Lord Whittlay unhöflich. »Da du fast jedes Jahr ein Kind bekommen hast, mußt du dich nicht wundern, wenn die Leute die Übersicht verlieren.«

Lady Crampton ignorierte diese unzarte Anspielung auf ihre Fruchtbarkeit und fuhr fort, als ob sie nichts gehört hätte: »Das A und O für Susanna wäre eine ausgezeichnete Gouvernante gewesen.«

»Himmel, wie oft soll ich dir noch sagen, daß wir zig Gouvernanten hier gehabt haben. Oder wenigstens ein gutes Dutzend. Entweder war Susanna ihnen zu wild, oder sie hielten die Einsamkeit nicht aus, oder sie wollten mich kapern.«

Lady Crampton hatte schon den Mund geöffnet, um ihren Schwager darauf hinzuweisen, daß sie drastische Formulierungen weder gewohnt sei noch schätze. Da sie ihn aber nicht verärgern wollte, sagte sie statt dessen: »Gib mir Susanna mit, Jasper. Ich werde ihr in einem halben Jahr zumindest gewisse Grundkenntnisse beigebracht haben. Und meinen guten Isaac werde ich gewiß davon überzeugen können, daß sie bei uns debütiert. Sie ist schließlich das einzige Kind meiner geliebten Anne!«

»Geliebte Anne?« Er machte ein spöttisches Gesicht. »Diese Liebe hat dich aber damals nicht daran gehindert, jeden Verkehr mit ihr abzubrechen, als sie die Stirn hatte, meinen Antrag anzunehmen – gegen den Willen eures würdigen Vaters.«

»Laß bitte meinen Vater aus dem Spiel!«

»Ich weiß wohl, daß du kein böses Wort auf ihn kommen läßt. Er hat schließlich Anne enterbt und alles dir vermacht.«

Lady Crampton schaute gequält. Sie verabscheute das offene Aussprechen von Tatsachen. »Mein lieber Jasper, das war doch wohl zu erwarten. Ein Mann mit deinen – nun ja, freien Ansichten kann sich das wahrscheinlich nicht vorstellen, aber daß seine Tochter durchgebrannt ist am hellichten Tag und der daraus resultierende Skandal – das war für meinen armen Vater beinahe das Schlimmste, das ihm passieren konnte.«

»Skandal? Aber, meine Liebe, welcher Skandal? Es hat doch gar keinen gegeben! Es war schon bewundernswert, wie dein angeblich so gebrochener Vater alle Register gezogen hat, um die Sache honorig und einwandfrei zu machen. Nicht mal diese schreckliche alte Tante – wie hieß sie doch gleich? – Amalia? – hat den Braten gerochen. Angeblich waren wir schon längere Zeit heimlich verlobt, natürlich mit Wissen und Zustimmung der Eltern. Und dann wurde meine Mutter plötzlich schwerkrank und wollte ihren Jüngsten noch verehelicht sehen, und deshalb fand die Trauung in aller Hast und ohne große Feiern an ihrem Totenbett statt. War schon ein gerissener alter Fuchs, dein Vater!«

Mit einem deutlichen Knall ließ Lady Crampton ihren Fächer

zuschnappen. »Ich bin nicht gekommen, um über meinen Vater und über längst vergangene Familienangelegenheiten zu reden, sondern um dir ein, wie ich meine, sehr hochherziges Angebot zu machen.«

Lord Whittlay wandte den Kopf zur Seite. »Susanna, meine Kleine, wie denkst du über dieses Angebot?«

Verständnislos folgte Lady Crampton seinem Blick hinüber zu dem offensichtlich leeren Sofa, das quer im Raum mit dem Rücken zu einem kleinen, rundum verglasten Erker stand. Hinter dem Sofa raschelte etwas, und dann tauchte ein Mädchen hinter der Rückenlehne auf. Lady Crampton ließ ihr Lorgnon fallen.

»Um Himmels willen, hast du etwa die ganze Zeit da gesessen?«

»Nein, Tante Honoria.« Susanna hatte ebenso wie ihr Vater eine tiefe, volltönende Stimme. »Ich habe gelegen. Ich liege am liebsten auf dem Bauch, wenn ich lese. Und das hier ist die beste Stelle dafür, weil hier das Bärenfell auf dem Boden liegt und das Licht von allen Seiten kommt.«

Diese Mitteilung brachte ihre Tante erst einmal zum Verstummen. Jedes, aber auch wirklich jedes wohlerzogene junge Mädchen saß aufrecht und mit sittsam gekreuzten Füßen auf einem Stuhl, am besten mit einer Handarbeit, und lag nicht bäuchlings mit einem Buch auf dem Boden. Indigniert betrachtete sie ihre Nichte. Was sie sah, stimmte sie nicht versöhnlicher.

Nur ein liebender Vater und ein so groß gewachsener wie Jasper Whittlay konnte Susanna als »meine Kleine« bezeichnen. Sie war ein sehr langes, sehr schmales Mädchen mit leuchtendroten Haaren, die sie zu einem gewaltigen Knoten auf dem Kopf aufgetürmt hatte. Eine wahre Bohnenstange, dachte Lady Crampton unliebenswürdig und hob wieder ihr Lorgnon, um ihre Nichte einer genauen Prüfung zu unterziehen. Hmm – die Augen waren zwar groß, standen aber zu weit auseinander, und ihre Farbe, flaschengrün mit goldbraunen Tupfern (Katzenaugen, würde Sir Isaac sagen. Er mochte Katzen noch weniger als Hunde!) entsprach keineswegs dem herrschenden Schönheitsideal. Außerdem war der Blick viel zu direkt, um nicht zu sagen unbotmäßig. Auch die Nase konnte nicht als Pluspunkt verbucht werden. Sie war breit und ein bißchen aufgeworfen, nicht etwa leicht gebogen oder klein und kurz, so wie Mädchennasen zu sein hatten. Die Haut war zwar zart und weiß, aber von Sommersprossen auf Nase und Wangen verunziert. Und die Wangenknochen waren entschieden zu stark ausgeprägt, was den katzenhaften Eindruck noch verstärkte. Und das Kinn war zu energisch und das ganze Gesicht zu knochig und, ja – irgendwie männlich, aber vielleicht rührte dieser Eindruck auch von dem selbstbewußten Blick und der unbekümmerten Haltung her?

Jedenfalls würde ihre Nichte keine Konkurrenz für ihre Töchter bedeuten, konstatierte Lady Crampton befriedigt. Die sahen alle drei aus, als könnten sie Modell stehen für ein Bild mit dem Titel »Der Elfenreigen«: zart, blond, ätherisch, mit hellblauen Augen, herzförmigen Gesichtern, schüchternem Wesen und tadellosen Manieren – genauso wie ihre Mutter gewesen war, ehe zehn Geburten (vier Kinder waren gestorben) und eine üppige Küche sie auf ein Mehrfaches ihres ursprünglichen Umfangs hatte anschwellen lassen.

»Ich habe eine neue Frisur«, sagte Susanna. »Wie findest du sie?«

»Höchst ungünstig«, erwiderte ihre Tante unumwunden. »Sie macht dich noch länger und betont deine Magerkeit.«

Susanna war keineswegs gekränkt. »Da magst du recht haben. Aber sie ist äußerst praktisch für Hamlet.«

Als sie das ratlose Gesicht ihrer Tante sah, lächelte sie – es war eher ein breites Grinsen, fand Lady Crampton –, steckte zwei Finger in den Mund und stieß einen grellen Pfiff aus. Die Lady fuhr zusammen und verzog das Gesicht, aber ehe sie noch ein Wort über dieses absolut unmögliche Benehmen äußern konnte, hatte Susanna schon fröhlich gesagt: »Richtig, du kennst Hamlet ja noch gar nicht. Als du das letzte Mal hier warst, war er noch nicht ganz präsentabel, aber jetzt ist er wirklich sehenswert. Papa sagt, ich könnte fast mit ihm auftreten.«

Noch während sie sprach, erhob sich ein großer, schwarzer Vogel vom obersten Bord des Bücherregals, auf dem er bis dahin regungslos gesessen hatte, und landete mit einem einzigen Flügelschlag auf Susannas hochgetürmter Frisur. »Siehst du, das ist ein idealer Sitzplatz für ihn. Ich habe natürlich immer einen Handschuh dabei, aber er sitzt lieber oben, und er hat mir schon so viele Kleider an der Schulter zerrissen, daß ich heilfroh war, als mir der Einfall mit den Haaren kam. Du müßtest Birdie schimpfen hören, wenn sie kunststopfen muß!«

Da Susannas alte Kinderfrau ihr Leben lang fast nie mit ihrem Schützling geschimpft, sondern ihn nach Kräften verhätschelt und verzogen hatte, so sah es jedenfalls Lady Crampton, schenkte sie dieser Versicherung wenig Glauben. Zudem war sie viel zu schockiert vom Anblick ihrer Nichte, um der alten Birdie auch nur einen einzigen Gedanken zu widmen. Und tatsächlich bot Susanna, wie sie da stand in ihrem unmodernen, abgetragenen Kleid, das sichtlich aus dem Nachlaß ihrer Mutter stammte, mit den feuerroten, hochgebauschten Locken und dem schwarzen Vogel darauf, ein reichlich bizarres Bild.

»Aber das ist ja fürchterlich! Du siehst ja aus wie eine Wahrsagerin vom Jahrmarkt.«

»Das sagt Papa auch. Hamlet ist wirklich sehenswert, nicht wahr? Dabei hätte Papa damals keinen Penny um ihn gegeben, als ich ihn nach Hause brachte. Er war nämlich aus dem Nest gefallen, mußt du wissen, und eine Ratte hatte ihn schon erwischt, und er war mehr tot als lebendig, bis ich ihn ihr abgejagt hatte.«

Das schien für den Vogel ein Stichwort zu sein.

»Sein oder Nichtsein, das ist hier die Frage«, schnarrte er.

Susanna kicherte: »Das hat Papa nämlich gesagt, als ich mit ihm ankam, und deshalb habe ich ihn auch Hamlet genannt und ihm dieses Zitat als erstes beigebracht. Aber natürlich kann er inzwischen noch viel mehr, nicht bloß Shakespeare. Sag mal guten Tag, Hamlet!«

Der Vogel streckte eine Kralle vor, als ob er nach Lady Crampton greifen wollte. Die wich unwillkürlich zurück.

»Ich glaube, meine Kleine, das Interesse deiner Tante an deinem Wundervogel hält sich in Grenzen. Du hast mir noch keine Antwort auf meine Frage gegeben.«

»Richtig, du wolltest meine Meinung zu der Einladung hören.«

»In erster Linie interessiert mich *deine* Meinung, Jasper«, fuhr Lady Crampton dazwischen, »denn Susanna wird ja wohl kaum wagen, sich anders zu entscheiden als du.«

Lord Whittlay betrachtete sie amüsiert: »Meine liebe Schwägerin, ich bin ein Anhänger dieser neumodischen pädagogischen Richtung, Kinder als mit Rechten ausgestattete Wesen zu behandeln – aber wahrscheinlich hast du davon noch nichts gehört, oder?«

Lady Crampton schnaubte. Susanna versuchte, sich an ihre zahlreichen Cousins und Cousinen zu erinnern, die sie bei einem Besuch kennengelernt hatte – nein, gerecht behandelt wurden die bestimmt nicht.

Lord Whittlay wandte sich an seine Tochter. »Du hast gehört, was deine Tante Honoria dir angeboten hat?«

Susanna machte einen Knicks. Eine der wenigen eisernen Anstandsregeln, die Mrs. Birdie ihr beigebracht hatte, hieß: Ein wohlerzogenes Mädchen knickst! Leider hatten weder Susanna noch Birdie beachtet, daß diese Regel nur während der Schulzeit Gültigkeit hatte, nicht aber für Mädchen von Susannas Alter und vor allem Größe. In jedem Salon hätte die knicksende

Bohnenstange Heiterkeit erregt, dachte Lady Crampton abschätzig.

Lord Whittlay lagen solche Überlegungen fern. Er nickte Susanna beifällig zu und sagte: »Ich weiß gar nicht, was du willst, das Mädel hat doch recht nette Manieren.«

Susanna knickste gleich noch einmal und sagte höflich: »Vielen Dank für dein freundliches Angebot, Tante Honoria. Ich würde ihm sehr gerne Folge leisten, aber –« Sie unterbrach sich und lächelte ihren Vater an. Einen so zärtlichen Ausdruck hatte sie auf den Gesichtern ihrer eigenen Töchter noch nie gesehen, mußte Lady Crampton widerwillig zugeben. »Es ist sehr lieb von dir, Papa, daß du mich gehen lassen willst! Aber wer soll dann mit dir um die Wette reiten und schießen? Und wer soll mit dir Schach spielen?«

Lady Crampton rang nach Atem. »Um die Wette reiten – schießen – was soll das heißen?«

»Das soll heißen, meine Teure, daß meine Kleine fast ebenso gut reiten und schießen kann wie ihr Vater – und es gibt in der ganzen Grafschaft niemanden, der es mit mir aufnehmen kann!«

»Aber Jasper, ich bitte dich! Sie ist doch ein Mädchen!«

Mit einer großartigen Geste wischte ihr Schwager diesen Einwand beiseite. »Ja und? Was soll das? Wenn mein einziges Kind eine Tochter ist, dann ist es doch wohl selbstverständlich, daß ich sie so erziehe, daß ich etwas mit ihr anfangen kann. Was soll ich mit einer Zierpuppe, die sich über keine Hürde traut, sondern am liebsten mit dem Strickstrumpf in der Ecke hockt?«

»Junge Damen unserer Kreise stricken keine Strümpfe, sondern fertigen Stickereien an!«

»Das gibt mir genauso wenig«, erklärte Lord Whittlay rundheraus. »Ich verstehe nicht, warum die Mädchenerziehung derart auf Handarbeiten fixiert ist. Man hält die armen Dinger einfach dumm, und nach einem halben Jahr langweilen sie jeden Mann zu Tode. Na gut, vielleicht nicht jeden,« gab er zu, als er das empörte Gesicht seiner Schwägerin sah, »aber jedenfalls einen Mann meiner Sorte. Und sich selber auch! Warum, glaubst du wohl, werden so viele Frauen heutzutage hysterisch? Weil sie nichts anfangen können mit sich und anderen, außer träumen und tratschen! Das wird meine Kleine nie tun! Wobei ich zugeben muß, daß ich sie nicht nur beim Schachspielen vermissen würde. Wir hatten vor einigen Tagen eine höchst anregende Diskussion über eine Stelle in Ovids Metamorphosen, bei der ich schließlich zugeben mußte, daß ihre Übersetzung die bessere war.«

Lady Crampton war rot angelaufen. »Ich maße mir nicht an, über diese antiken Sachen urteilen zu können. Ich weiß nur, daß mein lieber Vater immer der Ansicht war, daß sie keinesfalls eine empfehlenswerte Lektüre für junge Mädchen sind.«

»Konjunktiv, Honoria, Konjunktiv!« murmelte Lord Whittlay beschwörend.

Seine Schwägerin beachtete ihn nicht. »Und Sir Isaac ist derselben Ansicht! Wenn ich mir vorstelle, er würde Ovid in den Händen seiner Töchter sehen –« Sie schlug die Augen gen Himmel.

»Wir lesen ihn im Original – nur im Original, das entschärft den Text ganz beachtlich, meine Liebe.«

»Sir Isaac ist der Ansicht – und ich stimme darin natürlich völlig mit ihm überein –, daß klassische Bildung für ein weibliches Wesen höchst unbekömmlich ist. Kein Gentleman unseres Bekanntenkreises würde sich eines Schauders erwehren können bei der Vorstellung, daß eine unserer Töchter perfekt das Lateinische beherrscht.« Lady Crampton schauderte gleich stellvertretend. »Das wäre ja, als ob eine Rose nach Essig riecht.«

Lord Whittlay sah ein, daß ein erneuter Hinweis auf den Konjunktiv zwecklos sein würde. Er zupfte eine Locke aus Susannas Knoten, drehte sie sich um den Finger und schnupperte daran. »Ich finde den Vergleich mit der Rose äußerst passend, liebe Schwägerin. Wie heißt doch gleich die Sorte mit den kupferfarbenen Blüten, die im Sonnenlicht leuchtend rot aussehen und im Schatten wie brauner Samt? Es waren Annes Lieblingsrosen. Sie hat ein ganzes Beet voll gepflanzt an der hinteren Terrasse. Sie sind etwas verwildert inzwischen, aber sie blühen sehr üppig, und wenn Susanna dort geht, kann man ihren Kopf kaum unterscheiden von den Blüten.«

»William's Pride«, sagte Lady Honoria widerwillig. Ihre Stiefschwester hatte diese Rosen schon als ganz junges Mädchen geliebt.

»Richtig – nach unserem größten Dichter. Ich bewundere dein Gedächtnis, Honoria. Das meine ist beklagenswert, ich kann mich immer nur an ganz bestimmte Dinge erinnern.« Er schnupperte wieder an der langen Locke und hielt sie dann seiner Schwägerin hin. »Überzeuge dich selbst! Die typische William's Pride-Farbe – aber von Essig keine Spur.«

Lady Crampton kniff die Lippen zusammen und rührte sich nicht.

»Ich gebe ja zu«, räumte Lord Whittlay versöhnlich ein, »die klassische Bildung ist eine Marotte von mir und nicht jedermanns Sache. Aber da wir gerade von William's Pride reden – gegen Shakespeare kann doch selbst dein Isaac nichts haben, oder? Meine kleine Susanna ist Shakespeare-Expertin. Sie schlägt mich mittlerweile um Längen. Gib ihr ein Zitat, und sie wird dir sofort sagen, welche Person in welchem Stück in welchem Akt es spricht.«

»Und die Szene meistens auch«, sagte Susanna stolz.

Lady Honoria schnaubte wieder. »Meine Töchter haben Shakespeare nur in den Nacherzählungen von Charles und Mary Lamb kennengelernt. Und natürlich können sie einige große Monologe auswendig. Aber Sir Isaac hält Shakespeare für einen Autor, der in seiner Derbheit einen äußerst verrohenden

Einfluß auf die zarten Gemüter heranwachsender Mädchen haben kann.«

»Aber er hat die Ängste der Väter so treffend geschildert.« Lord Whittlay lächelte maliziös. »Erinnerst du dich nicht?

›Ihr seid beraubt, zum Teufel!/Nehmt den Mantel!/Eur Herz zerbrach, halb Eur Seel ist hin!/Jetzt, eben jetzt, bespringt ein alter schwarzer Schafbock Eur weißes Lämmchen.

– Auf! Heraus! Weckt die schlaftrunkenen Bürger mit der Glocke, sonst macht der Teufel Euch zum Großpapa.‹«

»*Othello, der Mohr von Venedig*, erster Aufzug, erste Szene, Jago spricht«, sagte Susanna prompt.

Das war zuviel. Lady Crampton erhob sich jäh und bedachte die beiden mit einem vernichtenden Blick. »Bemühe dich nicht, mich hinauszubegleiten, Jasper, ich finde den Weg allein. Und in ein paar Jahren, wenn du einsehen mußt, daß deiner Tochter das Los einer alten Jungfer beschieden ist, dann gib nicht *mir* die Schuld. Ich habe dich gewarnt.«

Damit rauschte sie hinaus und ließ die Tür recht unsanft hinter sich zufallen. Hamlet legte den Kopf schief. »Da geht sie hin, und niemals kehrt sie wieder«, krächzte er.

Vater und Tochter sahen sich an und lachten.

2. Kapitel

Susanna war neunzehn, als ihr Vater verunglückte. Es war ein bitterkalter Januartag. Alle Bäume und Sträucher standen starr und reglos in einem dünnen Eispanzer. Die beiden Whittlays kamen von ihrem Morgenritt zurück. Sie hatten die Pferde gerade in den Galopp fallen lassen, um möglichst schnell zu Hause zu sein, als plötzlich aus dem letzten Haus des Dorfes ein kleines Kind gelaufen kam, direkt vor Lord Jaspers Pferd. Er riß das Tier hoch und zur Seite, der Kleine rannte direkt unter den erhobenen Vorderhufen hindurch, dann glitten die Hinterhufe auf einer gefrorenen Pfütze aus, und der Rappe stürzte zu Boden, seinen Reiter unter sich begrabend.

Die nächsten Wochen kamen Susanna vor wie ein Alptraum, erfüllt von einem nervenzerfetzenden Wechsel zwischen Angst und Verzweiflung und doch noch möglich scheinender Hoffnung, die wieder in Verzweiflung umschlug. Der Arzt hatte zunächst nur von einer schweren Gehirnerschütterung und mehreren Rippenbrüchen gesprochen, aber nachdem Lord Whittlay in den nächsten Tagen weder das Bewußtsein wiedererlangte noch ein Glied rührte, mußte Dr. Harvey Susanna sagen, daß auch mehrere Rückenwirbel gebrochen waren.

»Aber die können doch wieder heil werden? Genau wie die Rippen?«

»Das ist höchst unwahrscheinlich.«

»Aber nicht ausgeschlossen?« beharrte Susanna.

»Es würde an ein Wunder grenzen«, sagte Dr. Harvey vorsichtig. Er räusperte sich. »Und selbst dann – er wird nie wieder laufen können, Susanna.«

Sie starrte ihn an. »Nie wieder laufen? Nie wieder? Und auch nicht reiten? Sind Sie sicher?«

Der Arzt nickte nur. Susanna ging ungelenk zu einem Stuhl, setzte sich und verbarg ihr Gesicht in den Händen. »Ich – ich werde ihn im Rollstuhl schieben«, sagte sie undeutlich. »Ich – ich tue alles für ihn.«

»Das weiß ich ja, das weiß ich ja. Niemand könnte sich eine bessere Pflegerin wünschen.«

Dr. Harvey war überrascht gewesen von der Umsicht und dem Geschick, die Susanna im Krankenzimmer zeigte. Sie teilte sich die Pflege mit Birdie und Brocker, der schon bei der Marine Jasper Whittlays Bursche gewesen war und nun die Funktion eines Kammerdieners und Butlers versah.

Lord Jasper war sehr mager geworden in den Tagen seiner Bewußtlosigkeit, und auch in den folgenden Wochen nahm er nur mit großer Anstrengung und sichtlichem Widerwillen etwas zu sich. Die große, mächtige Gestalt schien bald nur noch aus Haut und Knochen zu bestehen. Dr. Harvey kam jeden Tag, und sein Gesicht wurde immer besorgter, vor allem, als der Kranke Fieber bekam und der ausgezehrte Körper von einem quälenden Dauerhusten erschüttert wurde. Susanna hielt seine heiße

Hand in der ihren, und jeder Stoß, der ihn beben ließ, war wie ein Stoß gegen ihr eigenes Herz.

»Du darfst mich nicht verlassen, Papa!« beschwor sie ihn. »Was soll ich ohne dich machen? Du mußt wieder gesund werden, du mußt einfach! Wie soll ich leben ohne dich? Komm, trink jetzt diese Brühe, und dann nimmst du deine Medizin, dann wird der Husten besser werden. Bitte, Papa!«

Und er ließ sich einige Löffel Suppe einflößen, aber dann drehte er den Kopf zur Seite und schlief vor Erschöpfung ein, und alles Bitten war vergebens.

Als Dr. Harvey eines Tages eine ähnliche Szene miterlebte, nahm er Susanna bei der Hand und zog sie aus dem Krankenzimmer.

»Du quälst ihn«, sagte er unumwunden. »Merkst du das nicht?«

Susanna sah ihn einige Zeit sprachlos an. »Ich? Ich quäle meinen Vater? Wie können Sie so etwas sagen, Doktor? Ich würde mein Leben für ihn geben.«

»Aber das kannst du nicht. Er fängt nichts an mit deinem Leben. Du kannst ihn nur in Frieden sterben lassen. Er ist am Rande seiner Kräfte. Er möchte nur noch einschlafen. Und du läßt ihn nicht. Du machst ihm das Herz schwer mit deinem Jammern, und du klammerst dich an ihn und hältst ihn fest. Du mußt ihn loslassen, Susanna.«

Das Mädchen preßte die Lippen zusammen. Wie konnte der Doktor so mit ihr sprechen? Er war immer ihr Freund gewesen, so lange sie denken konnte. Er war gekommen, als sie Keuchhusten gehabt hatte und Masern und Mumps. Er hatte die zahllosen Verstauchungen, Quetschungen und Schürfwunden begutachtet, die sie sich im Laufe der Jahre bei ihren waghalsigen Reit- und Kletterpartien zugezogen hatte. Er hatte sich gefreut, als er ihr Interesse an der Medizin entdeckte, und hatte ihr seine Bücher geliehen und ihr geduldig Rede und Antwort gestanden, wann immer sie etwas wissen wollte. Und jetzt das! Er sprach ihrem Vater das Todesurteil und bezichtigte sie der Grausamkeit. Mühsam schluckte Susanna das Schluchzen hinunter, das ihr in die Kehle stieg.

»Ich weiß ja, daß es schwer für dich ist, Kindchen! Aber du mußt dich damit abfinden. Er wird sterben, und ich bin der einzige, der es dir sagen kann.«

Susanna sah ihn mit schwimmenden Augen an. Wie alt er geworden war, die Haare schlohweiß, ohne ein einziges graues oder gar dunkles Fädchen, das Gesicht zerfurcht vor Falten, die freundlichen Augen trüb und von roten Äderchen durchzogen. Sie hätte gern ihren Kopf an seine Schulter gelegt, von der der vertraute Geruch nach Tabak und Medizin aufstieg. Früher war sie immer auf seinen Schoß geklettert und hatte in seinen Jackentaschen nach Bonbons suchen dürfen, und schon damals hatte sie dieses eigenartige Gemisch aus Pfeifenrauch und Hustensaft geliebt. Aber sie war ihm längst über den Kopf gewachsen, und in den letzten Monaten schien seine kleine, stämmige Gestalt noch kleiner geworden zu sein. Susanna hätte sich bükken müssen, um den Kopf an seine Schulter zu legen.

»Du bist jetzt erwachsen, Susanna. Er hat dich so erzogen, daß du stark und selbständig werden konntest. Nun zeig ihm, daß es richtig war. Und laß ihn keine Tränen sehen. Weine dich tüchtig aus, und dann zeig' ihm ein ruhiges Gesicht.«

Susanna nickte mit zitternden Lippen. »Danke«, flüsterte sie nur.

Als sie sich eine Stunde später an das Bett ihres Vaters setzte, waren ihrem Gesicht die Tränen und die Verzweiflung nicht mehr anzusehen. Ganz still saß sie da und betrachtete die bleiche, knochige Stirn, die eingesunkenen Wangen, die scharf vorspringende Nase, die mageren Hände, die unruhig auf der Bettdecke hin und her fuhren. Susanna nahm sie zwischen ihre Finger und hielt sie sanft fest. Der Kranke öffnete die Augen und blickte seine Tochter an.

»Ich bin's, Papa. Susanna«, sagte sie leise. Die blauen Augen sahen sie unverwandt an. Sie räusperte sich. »Es geht mir gut, Papa. Du mußt dir keine Sorgen um mich machen.«

Ihre Stimme war ruhig und zitterte nicht. »Verstehst du, was ich meine? Es gibt keinen Grund, daß du dir Sorgen machst. Ich bin sehr stark und selbständig. Du hast mich so erzogen, und das war gut so.«

Es ging ein Zucken um seine Mundwinkel, das wie der schwache Abglanz eines Lächelns war. Er hatte sie verstanden! Seine Lippen bewegten sich, als ob er sprechen wollte. Susanna beugte sich dicht zu ihm hinunter.

»Streng dich nicht an, Papa. Du brauchst nicht zu sprechen. Ich weiß schon, was du sagen willst. Ich werde sehr tapfer sein.«

Die Lippen bewegten sich weiter. »Du – schaffst es«, flüsterte er fast unhörbar.

»Aye, aye, Sir«, erwiderte Susanna fest. Sie blieb bei ihm sitzen und streichelte seine Hände, bis er wieder eingeschlafen war. Sein Gesicht war so friedlich wie lange nicht.

Es war ein stürmischer, nasser Vorfrühlingstag, als Jasper Whittlay zu Grabe getragen wurde. Lady Crampton war nur in Begleitung ihrer Ältesten zur Beerdigung ihres Schwagers erschienen, da der Rest der Familie von der in ganz Südengland herrschenden Grippewelle erfaßt worden war.

»Ich hoffe, du hast deine Koffer schon gepackt«, sagte Lady Crampton, gleich nachdem sie ihr Beileid ausgedrückt hatte.

Susanna sah sie verständnislos an. »Meine Koffer? Warum?«

Ihre Tante krauste ungeduldig die Stirn, bemühte sich aber dann um einen freundlichen Ton. »Du kommst natürlich mit uns zurück nach Exeter. Dein Onkel Isaac ist als einziger noch lebender männlicher Verwandter dein Vormund, und dein Zuhause ist jetzt bei uns.«

Susanna schluckte. »Ich soll fort – fort von Whittlay?«

»Aber selbstverständlich. Es ist absolut unmöglich, daß ein junges Mädchen alleine wohnt.«

»Aber ich habe doch Tante Margaret.«

»Nach allem, was ich von ihr gehört habe, wird man sie wohl kaum als geeignete Anstandsdame bezeichnen können«, sagte Lady Crampton säuerlich.

»Dann müssen wir sie mitnehmen!« erklärte Susanna entschieden. »Sie kommt ohne meine Hilfe nicht mehr zurecht. Papas Tod hat sie sehr mitgenommen. Sie hat einen Schock bekommen, als er in den Sarg gelegt wurde, und zittert nur noch und will nicht mehr aufstehen.«

Lady Crampton hielt es für geraten, der alten Dame eine Visite abzustatten. Lord Whittlays älteste Schwester war ein früh ergrautes, etwas verhuschtes Wesen, das als Kind die Treppe hinuntergefallen war und von dem Sturz eine schiefe Schulter und deutlich verminderte Verstandeskräfte behalten hatte. Sie betrachtete den Besuch ohne jedes Anzeichen des Wiedererkennens. Lady Crampton stellte sich das Gesicht ihres Mannes bei der Ankunft eines solchen Hausgenossen vor und verschwendete keinen Gedanken und kein Wort mehr daran, Susanna zum Mitkommen aufzufordern. Sie erklärte ihr, daß man der armen alten Seele sicher einen zweiten Schock versetzen würde, wenn man sie aus der gewohnten Umgebung risse, und betonte, daß Susannas Verbleiben auf Whittlay unter diesen Umständen unbedenklich sei, da sie ja ihre Christenpflicht erfüllen würde, wenn sie ihre kranke Tante pflegte. Beim Abschied schärfte sie ihr ein, sofort nach Exeter zu kommen, wenn das unvermeidliche und hoffentlich baldige Ende eingetreten sei.

Für Susanna war die Krankheit ihrer Tante auf gewisse Art ein Segen. Sie verschaffte ihr nicht nur die Möglichkeit, auf

Whittlay zu bleiben, sondern sie beschäftigte sie derart, daß sie kaum Zeit fand, über ihren Verlust nachzugrübeln. Tante Margarets Zustand verschlimmerte sich rasch und verlangte ständige Pflege, stabilisierte sich aber nach einigen Wochen und ging in ein langsames Dahindämmern über.

»Du mußt nicht dauernd an ihrem Bett sitzen«, sagte Dr. Harvey schließlich. »Komm lieber mit mir, ich kann deine Hilfe brauchen. Ich bin auch nicht mehr der Jüngste, und allmählich fällt mir die Arbeit schwer.«

Er nahm Susanna mit auf seine täglichen Krankenbesuche, und bald assistierte sie ihm, als ob sie ihr Leben lang nichts anderes getan hätte. Besonders die armen Leute fühlten sich geschmeichelt, wenn die junge Lady von Whittlay sich um ihre kranken Kinder und bettlägrigen Alten kümmerte. Bald galt es überall als selbstverständlich, daß die alte Kutsche des Doktors immer mit zwei Insassen erschien. Susanna gewöhnte sich an, am Nachmittag zu den Patienten zu reiten, die Dr. Harvey als soweit wiederhergestellt bezeichnet hatte, daß sie seiner Betreuung nicht mehr bedurften. Sie dehnte diese Ritte immer weiter aus. Allmählich begann ihr das Reiten wieder Spaß zu machen. Zu Birdies Erleichterung kam etwas Farbe in ihr Gesicht, und auch ihr Appetit wuchs.

Am 20. August 1854, zu ihrem zwanzigsten Geburtstag, schenkte ihr Dr. Harvey eine kleine Broschüre mit dem Titel: »Das Institut von Kaiserswerth am Rhein unter der Leitung des Hochwürdigen Pastor Fliedner. Einrichtung zum Unterhalt und zur Betreuung eines Spitals, einer Kinder- und Berufsschule und einer Strafanstalt für Frauen.«

Susanna kam diese Schrift vor wie eine Offenbarung. Hier war der Fingerzeig, auf den sie seit Papas Tod gewartet hatte. Hier wurde in Worte gefaßt, was sie selbst seit einiger Zeit empfand: »Die unverheirateten jungen Frauen in England haben keine sinnvolle Betätigung. Sie wissen nichts mit sich anzufangen und fallen ihren Vätern oder Brüdern zur Last. Jede Frau aber, die nicht körperlich oder seelisch krank ist, sehnt sich nach einer Arbeit, die sie ausfüllt. Sie heiratet oft ohne Liebe oder sogar ohne Zuneigung, nur um ein Betätigungsfeld zu finden. Viele ledige Frauen und Witwen werden förmlich krank aus Mangel an sinnvoller Beschäftigung. ›Geht und besucht die Armen‹, hören sie oft. Doch wie unbefriedigend ist eine solche Hilfe, die oft mehr schadet als nutzt. Ich spreche aus eigener Erfahrung. Ich sehe Unordnung, Schmutz, Verschwendung, haushälterisches Unvermögen, aber ich weiß nicht, wie ich dem beikommen soll. Ich sehe Krankheit, aber ich kann sie nicht behandeln. Die Antwort geben die Kaiserswerther Diakonissen durch ihre Ausbildung im Hospital, in der Schule, im Asyl, im Kindergarten. Warum sollen charakterlich minderwertige Wärterinnen, die diesen mühsamen Dienst ausschließlich wegen der Bezahlung tun, besser zur Krankenpflege geeignet sein als gebildete Frauen, die ihn aus christlicher Nächstenliebe verrichten? Daß Frauen vor einer Ausbildung in den üblichen Krankenhäusern zurückschrecken, ist verständlich. In Kaiserswerth sind solche Bedenken hinfällig. Pastor Fliedners Krankenhaus ist erfüllt von einer Atmosphäre christlicher Fröhlichkeit, die Schwestern sind behutsam und liebevoll und erledigen selbst die eintönigen Arbeiten wie Putzen oder die abstoßenden wie das Verbinden eiternder Wunden selbstverständlich und freundlich. Bei einem solch erfüllten Einsatz kann niemand mehr vom Schicksal einer alten Jungfer sprechen. Kann das Leben eine höhere Berufung bieten, als im Dienste des Herrn tätig zu sein? Die Frauen in England, die ihre Zeit mit geschäftigem Müßiggang vertun, sollten nach Deutschland blicken.«

Dr. Harvey lächelte, als Susanna am nächsten Morgen auf ihn zustürzte, sich bedankte und dabei so strahlend und lebhaft war wie vor dem Unfall ihres Vaters.

»Ich wußte, daß dich diese Broschüre begeistern würde. Soll

ich dir verraten, wer sie verfaßt hat? Florence Nightingale! Sie hat sich vor ein paar Jahren bei Pastor Fliedner in der Krankenpflege ausbilden lassen. Ich weiß auch, was du jetzt möchtest, ungestüm und draufgängerisch, wie du nun mal bist. Du möchtest am liebsten sofort nach Kaiserswerth fahren, stimmt's? Aber da gibt es einige Einwände, und ich möchte, daß du mir ruhig zuhörst.«

Susanna nickte folgsam und stieg zu ihm auf den Bock. Es war ein früher Augustmorgen. In den letzten Tagen war die Hitze so drückend gewesen, daß der Doktor seine Runde erledigt haben wollte, ehe die Sonne hoch am Himmel stand. Die Felder waren schon abgeerntet, die Stoppeln leuchteten gelb im hellen Licht. Auf den Wiesen waren die Bauern mit der zweiten Heumahd beschäftigt. Der würzige Duft nach trockenem Gras und Kräutern machte die Luft schwer. Zum ersten Mal seit jenem furchtbaren Januarmorgen empfand Susanna mit einem starken Glücksgefühl, daß die Sonne schien, daß die Vögel sangen, daß in den Hecken längs des Weges die Rosen blühten, daß der Himmel in einem kräftigen Blau leuchtete, nur an einigen Stellen gedämpft von zarten, hohen Wolkenschleiern. Die Kutsche wirbelte eine Staubwolke von dem heißen, trockenen Weg hoch, die wie eine Fahne hinter ihnen stand. Das Pferd schlug mit dem Schweif nach den Bremsen, trottete gemächlich und zuverlässig dahin und ließ sich auch von dem Zuruf des Doktors nicht zu einer schnelleren Gangart antreiben. Susanna atmete tief.

»Es ist ein wunderschöner Morgen, nicht?«

Dr. Harvey brummte zustimmend.

»Was wollten Sie mir sagen?«

»Hm – du weißt ja, daß ich kein Blatt vor den Mund nehme?«

Susanna nickte.

»Du bist jetzt zwanzig, Susanna, fast erwachsen – aber eben nur fast. Sir Isaac wird noch ein volles Jahr dein Vormund sein.

Ich habe ihn einmal bei deinem Vater kennengelernt, es ist schon viele Jahre her, aber er wird sich nicht verändert haben. Für ihn ist das Verlassen eingefahrener Wege gleichbedeutend mit Revolution. Er wird dir nie erlauben, nach Kaiserswerth zu gehen. Psst«, machte er, als Susanna ihn empört unterbrechen wollte, »psst, laß mich ausreden. Du hast versprochen, daß du mir ruhig zuhören willst. Dieser Pastor Fliedner in Deutschland hat zweifellos einen ungewöhnlichen, vielleicht sogar epochemachenden Weg beschritten mit seiner Gründung. Aber er ist in erster Linie Geistlicher. Er wird kein Mädchen bei sich aufnehmen, das ohne die Einwilligung seines Vormunds kommt, ja sogar gegen dessen Willen. Du mußt also warten, bis du volljährig bist. Zwar wird es auch dann noch viele Schwierigkeiten geben, aber ich traue dir zu, daß du die überwindest. Was die nähere Zukunft angeht –«, er räusperte sich. »Ich gebe Lady Margaret nur noch wenige Wochen. Ich glaube kaum, daß sie Weihnachten erleben wird. Du siehst ja selbst am besten, wie es um sie steht, und du weißt, daß der Tod eine Erlösung sein wird.«

Susanna sah starr über den schaukelnden Pferderücken. Auf einmal war ein Schatten über den schönen Tag gefallen. »Ja, das weiß ich. Ich habe dann niemanden mehr.«

»Du hast mich und Mrs. Birdie. Wir werden immer für dich da sein und alles tun, was in unseren Kräften steht. Aber du hast eine Familie, vergiß das nicht. Lady Crampton und Sir Isaac sind deine nächsten Verwandten, und sie werden erwarten, daß du zu ihnen kommst.«

Susanna nickte widerstrebend.

»Ich finde es sehr anständig von ihnen, daß sie dich aufnehmen wollen. Du wirst viele neue Menschen treffen und viele unbekannte Ansichten hören. Du wirst auf Gesellschaften gehen und in Konzerte, du wirst mit Mädchen deines Alters zusammenkommen und auch junge Männer aus der Nähe sehen.«

»Pah! Das interessiert mich überhaupt nicht!«

»Es wird dir ganz gut tun, die Nase einmal über den eigenen Zaun hinauszustrecken«, beharrte Dr. Harvey. »Vergiß nicht, daß dein Vater auch dieser Ansicht war.«

»Aber Papa wollte mit mir durch Europa fahren! Was soll ich in Exeter bei den Cramptons?«

Dr. Harvey seufzte. »Das kann ich dir auch nicht genau sagen, Susanna. Aber der liebe Gott wird schon einen Grund dafür haben. Du weißt doch: Es fällt kein Spatz vom Dach und kein Haar von unserem Haupt ohne seinen Willen. Vielleicht wirst du in ein paar Jahren eine Fügung in dieser Reise erkennen.« Und als Susanna widerspenstig den Kopf schüttelte, fuhr er energisch fort: »Sir Isaac ist dein Vormund, und wenn er will, daß du zu ihm kommst, dann bleibt dir nichts anderes übrig, als zu gehen. Laß dir von einem alten Mann gesagt sein: Wenn man gezwungen ist, etwas zu tun, dann ist es am vernünftigsten, das Beste daraus zu machen. Sag dir einfach, daß du um eine Menge Erfahrungen reicher wirst, und daß dir das bestimmt nicht schaden wird. Brrr, Bess, brrr!«

Er zog die Zügel an, denn sie waren vor dem Haus ihres ersten Patienten angekommen. Dr. Harvey untersuchte ihn und mußte dann noch etwas Geduld für die geschwätzige Frau des Kranken aufbringen. Susanna stand bereits neben dem Stallknecht, der das Pferd hielt. Der Arzt betrachtete sie nachdenklich, die langaufgeschossene, magere Gestalt, die unbändige, rote Mähne, die grell gegen ihre zarte, sommersprossengesprenkelte Haut abstach. Sie stand bequem gegen das Pferd gelehnt, blinzelte gegen die Sonne, die sie blendete, und war in eine angeregte Unterhaltung mit dem Stallknecht vertieft. Diese Unbefangenheit, ja Kameradschaftlichkeit im Umgang mit dem Personal würde in einer standesbewußten Umgebung bestimmt übel vermerkt werden, überlegte Dr. Harvey besorgt.

Susanna wandte den Kopf, als sie seine Schritte auf dem Kies hörte, und lächelte ihm entgegen. Das Lächeln verwandelte ihr ganzes Gesicht, es schien von innen zu leuchten. Ich wünschte, ich hätte auch so eine Tochter, dachte Dr. Harvey. Er hatte nach dem frühen Tod seiner Frau nie wieder eine neue Heirat in Betracht gezogen. Ich wünschte, ich hätte eine Tochter, die mich genauso anlächeln würde. Ich werde Susanna sehr vermissen. Aber die Cramptons werden sie nicht hierlassen. Ich werde Mrs. Birdie bitten, daß sie ihr auch zuredet, damit sie ohne Widerstreben geht.

3. Kapitel

Schon nach einer Woche bei den Cramptons wußte Susanna, daß Dr. Harvey und Birdie recht gehabt hatten, allerdings in einem ganz anderen Sinne, als sie erwartet hatten. Sie würde Erfahrungen machen, oh ja, daran bestand kein Zweifel. Aber es würden die bittersten Erfahrungen ihres Lebens sein, bitterer noch als Papas Tod und das Sterben von Tante Margaret, die in der ersten Adventwoche friedlich eingeschlafen war. Der Tod war ein Schicksal, das Gott verhängt hatte und das man letztlich akzeptieren mußte. Aber die Behandlung, die sie bei den Cramptons aushalten mußte, war nichts Gottgewolltes, Unausweichliches, sie war zusammengesetzt aus Bosheit, Niedertracht und Heuchelei. Jawohl, das war sie – und wenn es hundertmal eine Sünde war, so etwas auch nur zu denken.

Susanna vergaß bei diesen zornigen Überlegungen, daß Sir Isaac seine eigenen Kinder auch nicht gerade liebevoll behandelte. Es waren sechs, drei Mädchen und drei Jungen, die Jüngste zwölf, der Älteste 24 Jahre alt, und Susanna hatte sich vorgestellt, daß es fröhlich und turbulent zugehen müsse bei ihnen. Aber sie merkte schnell, daß Onkel Isaac Lärm und Lachen als Ausdruck von Sündhaftigkeit verabscheute und jeden streng bestrafte, der in dieser Hinsicht auffiel. Also senkte sich jedesmal Grabesstille auf alle Räume, sobald er aus der Stadt zurückkam und sein großes, düsteres Haus betrat. Er hatte es vor einigen Jahren nach der inzwischen allgemein anerkannten Mode im gotischen Stil umbauen lassen, so daß es mit seinen dunklen Ziegelmauern, seinen spitzgiebeligen Fenstern und seinen Erkern und Türmchen einer Festung ähnelte.

Isaac Crampton war ein untersetzter, vierschrötiger Mann, der seine fehlende Körpergröße durch eine gewaltige Ausdehnung in die Breite wettzumachen versuchte. Alles an ihm war rund: Seine spiegelnde Glatze, seine blaßblauen, hervortretenden Augen, sein mächtig vorgewölbter Bauch. Wenn er gravitätisch durch die Räume schritt, bebten die Dielen leise unter seinem Gewicht. Er hatte es nicht für nötig befunden, zu Susannas Ankunft zu Hause zu bleiben und sie zu begrüßen, sondern ließ sie erst am Abend zu sich rufen. Da hatte Susanna schon eine erste Ahnung bekommen von dem Leben, das sie erwartete. Die Begrüßung durch die Tante war kühl gewesen, und ihre Kinder behandelten die neue Hausgenossin mit unverhohlener Herablassung. Die Jüngste, ein puppenhaftes, blasses Kind mit dünnen, blonden Zöpfen, führte die Cousine in ihr Zimmer und enthüllte ihr mit offensichtlicher Befriedigung den Grund für dieses eigenartige Benehmen.

»Du bist nur eine arme Verwandte, sagt Mama. »Es ist aus lauter Güte und Barmherzigkeit, daß wir dich aufnehmen. Deshalb kriegst du auch nicht das Zimmer zwischen Clarissa und Malvina. Das hier ist gut genug, sagt Mama.«

»Das hier« erwies sich als ein Kämmerchen unterm Dach, in

dem sich nichts befand außer einem Bett, einem Schrank und einer Waschkommode, die alle ehemals weiß lackiert, aber jetzt so abgeblättert und zerkratzt waren, als ob man sie nach der Behandlung durch mehrere Kindergenerationen ausrangiert hätte. Das schräge Fensterchen war mit Eisblumen bedeckt. Amalia war dem Blick ihrer Cousine gefolgt.

»Du bist ja doch nur zum Schlafen hier, sagt Mama. Tagsüber mußt du im Haus helfen. Deshalb brauchst du keinen Ofen.« Sie sah ihre reglose Cousine triumphierend an, sagte dann gönnerhaft: »Du kannst jetzt auspacken. Mama sagt, es braucht dir niemand zu helfen«, und verschwand.

Langsam setzte Susanna sich aufs Bett. Sie war müde und durchfroren von der Reise und sehnte sich nach einer Tasse Tee und einem warmen Zimmer und einer Kanne mit heißem Wasser, um sich Staub und Schmutz der Straße abwaschen zu können. Vor allem aber sehnte sie sich nach ein paar freundlichen Worten. Am liebsten hätte sie gar nicht erst ihren Mantel ausgezogen, sondern hätte ihre Koffer genommen und auf der Stelle das Haus verlassen. Aber wohin hätte sie gehen sollen? Eine Zeitlang saß sie da und starrte düster auf die ramponierten Möbel. Hamlet hockte still in seinem Käfig, hatte die Federn dick aufgeplustert und betrachtete sie mit schiefgelegtem Kopf. »Sein oder Nichtsein, das ist hier die Frage«, krächzte er plötzlich.

Susanna nahm ihn aus dem Käfig und kraulte seinen grauen Nacken. »Wir lassen uns nicht unterkriegen, mein Alter«, versicherte sie ihm. »Papa hat gesagt: Du schaffst es! Also schaffe ich es auch.«

Die Bekanntschaft mit ihrem Onkel ließ in ihr deutliche Zweifel an diesem Vorsatz aufkommen. Sir Isaac betrachtete sie mit unbewegtem Gesicht und sagte dann: »Du also bist die einzige Tochter meiner armen Schwägerin. Und du hast ...«

»Wieso arm?« fragte Susanna dazwischen, gereizt durch seinen dünkelhaften Ton.

Tante Honoria machte eine hastige Bewegung, als ob sie ihre Nichte zum Schweigen bringen wollte, die Crampton-Sprößlinge warfen sich verstohlene Blicke zu. Die blassen Quellaugen des Onkels sahen Susanna ausdruckslos an, über das fette Doppelkinn lief ein Beben, und die Farbe der dunkelroten Wangen vertiefte sich.

»In diesem Hause redet ein Kind nur, wenn es gefragt wird«, sagte er schließlich. »Ich erwarte von dir, daß du dich in Zukunft an diese Regel hältst. Aber weil dies dein erster Tag unter meinem Dach ist, will ich über deine Ungehörigkeit hinwegsehen und dir deine Frage beantworten. Ich nannte deine Mutter arm, weil ich diese Bezeichnung auf jede Tochter anwenden würde, die ihren lieben Eltern Kummer bereitet. Man kann solche Geschöpfe nur bedauern, ja, man muß sie sogar verdammen, wenn man den Worten der Bibel folgt. Daß der Segen Gottes die arme Anne nicht mehr begleitete, beweist ja ihr früher Tod.«

Susannas Augen wurden grasgrün und blitzten. »Bezeichnest du jede Frau, die im Kindbett stirbt, als von Gottes Segen verlassen?«

Die Familie Crampton hielt hörbar den Atem an. Dann öffnete Sir Isaac den Mund, schloß ihn aber wieder und atmete mit sichtlicher Beherrschung einige Male schwer. Er nickte unheilschwanger und sah seine Frau an.

»Ich sehe, du hast keineswegs übertrieben. Der Fall ist ja noch ärger, als ich befürchtet hatte. Wir müssen ihn wohl als eine Prüfung betrachten, die der Allmächtige uns auferlegt hat. Und das kann ich dir schon jetzt prophezeien, auf diesen ersten Eindruck hin: Du wirst es sehr schwer haben, einen Mann für sie zu finden. Du weißt, wie entsetzt ich war, als ich bei der Prüfung der Hinterlassenschaft feststellen mußte, daß so gut wie kein Vermögen vorhanden ist. Wenigstens hat dein verstorbener Schwager die Weitsicht besessen, Whittlay auf seine Tochter zu übertragen – aber das ist auch wirklich das einzig Positive, was man von seiner Verwaltung sagen kann. Eine magere Mitgift ist natürlich ein schweres Los für ein Mädchen. Und jetzt kommt noch dieses Aussehen dazu. Und dieses Benehmen.« Wieder musterte er Susanna mit deutlichem Mißfallen. »Sie ist viel zu lang. Wenn sie wenigstens eine junonische Gestalt hätte – aber sie ist ja spindeldürr. Und dann diese Sommersprossen! Gesprenkelt wie ein Kiebitzei. Und diese Masse von Locken, noch dazu rot. Du weißt doch, daß Locken eine sündhafte Huldigung bedeuten gegenüber dem Leben und Treiben der Welt.«

»Ich glaube, Susanna ist von Natur aus lockig«, wagte Lady Crampton zu erklären.

»Von Natur aus? Ja, aber wir dürfen uns der Natur nicht unterwerfen! Weshalb diese Haarfülle? Das Haar hat schlicht, züchtig und glatt nach hinten gekämmt zu sein, um Reverend Brocklehurst zu zitieren. Ich werde morgen nach einem Barbier schicken, die Haare müssen ganz kurz abgeschnitten werden.«

»Ich fürchte, wenn man sie schneidet, dann wachsen sie noch krauser und wilder«, gab Lady Crampton zu bedenken. Sir Isaac runzelte ärgerlich die Stirn.

»Nun, jedenfalls empfinde ich diesen Anblick als eine Zumutung. Also laß dir bitte etwas einfallen.«

»Gewiß, mein Lieber, ganz wie du wünschst.«

Susanna hatte schon den Mund geöffnet, um dem Onkel zu erklären, daß ihrem Vater ihre Haare immer gefallen hätten, aber der Gong, der zum Abendessen rief, übertönte ihre Einwände.

Es war eine ungemütliche Mahlzeit. Tatsächlich antwortete jedes Kind nur, wenn es gefragt wurde. Susanna war froh, daß Sir Isaac nicht mehr das Wort an sie richtete, denn so konnte sie sich ungestört dem Essen widmen. Sie war hungrig von der langen Reise und beschäftigte sich gerade mit mehreren Hammelkoteletts, die sie auf ihren Teller gehäuft hatte, als eine plötzliche Stille am Tisch sie aufblicken ließ. Susanna sah, daß aller Augen auf ihren Teller gerichtet waren. Sie ließ Messer und Gabel sinken und betrachtete ihre Verwandten ratlos.

»Kennst du die Sieben Werke der Barmherzigkeit?« fragte Sir Isaac.

»Oh ja, gewiß – das heißt, wenn du Wert legst auf die richtige Reihenfolge, da bin ich mir nicht völlig sicher. Meine religiöse Ausbildung ist etwas vernachlässigt worden, muß du wissen. Reverend Finney hat sich zwar sehr darum bemüht, aber er liebte es, theologische Probleme zu erörtern, und wenn ich eine Frage hatte, kamen wir immer vom Thema ab. Deshalb habe ich die Bibel nie im Zusammenhang gelesen, und ich glaube, mir fehlen auch einige Teile.«

Dieses Eingeständnis erschütterte Sir Isaac derart, daß er die Werke der Barmherzigkeit momentan vergaß. »Hast du das gehört, Honoria? Deine Nichte kennt die Bibel nicht! Dieses Mädchen, dieses Kind, das in einem christlichen Land geboren wurde und aufwuchs, ist schlimmer als manch kleine Heidin, die zu Brahma betet und vor Jagannath auf die Knie fällt, wie Reverend Brocklehurst sagen würde. Ich habe eine Heidin unter meinem Dach! Und an meinem Tisch!« Die Erwähnung des Tisches brachte seine Augen, die er gen Himmel geschlagen hatte, wieder zu diesem Möbel und damit zu Susannas fleischbeladenem Teller zurück. »Gott hat uns eine schwere Aufgabe zugedacht«, sagte er seufzend. »Aber Er gibt keinem mehr, als er tragen kann. Er wird uns Seinen Beistand gewähren, und mit Seiner Hilfe werden wir diese arme, vernachlässigte Seele für das Reich retten, das nicht von dieser Welt ist. Amalia, nenne deiner Cousine die Sieben Werke der Barmherzigkeit.«

Amalia, die ihre Cousine schon so zuvorkommend über ihre

Stellung im Hause Crampton aufgeklärt hatte, warf dieser einen überlegenen Blick zu und begann:

»Die Hungernden speisen«, aber ihr Vater unterbrach sie sofort:

»Man bleibt nicht sitzen, wenn man die Worte Gottes zitiert.«

»Gewiß, Papa. Verzeih, Papa« sagte Amalia folgsam, stellte sich neben ihren Stuhl und schnurrte die Sieben Werke der Barmherzigkeit herunter. Susanna betrachtete währenddessen die Hammelkoteletts und ärgerte sich, daß sie kalt wurden. Sie griff nach der Gabel, kaum daß Amalia mit ihrer Rezitation fertig war, und schob sich ein großes Stück Fleisch in den Mund.

»Wirst du wohl warten, bis ich mit meinen Ausführungen fertig bin!« rief Sir Isaac scharf. »Warum, glaubst du wohl, habe ich nach den Sieben Werken der Barmherzigkeit gefragt?«

Susanna, den Mund voller Fleisch, zuckte mit den Achseln.

»Was ist das für ein Benehmen?« bellte der Onkel. »Antworte gefälligst, wenn du gefragt wirst!«

»Ich weiß es nicht«, sagte Susanna undeutlich.

»Das ist doch nicht zu fassen! Sie spricht mit vollem Mund«, entrüstete sich die Tante. »Mein armer Vater würde sich im Grabe herumdrehen, wenn er wüßte, daß eine seiner Enkelinnen nicht einmal die simpelsten Tischsitten beherrscht.«

»Es geht hier um viel elementarere Dinge als Tischsitten, meine Gute. Die Neigung zu reichlichem Essen ist eine schwere Gefahr, denn sie führt zu einem verweichlichten Körper, und dieser ist anfällig für alle Versuchungen des Fleisches. Die Fleischeslust ist es, die wir abtöten müssen in uns. Selig sind, die um meinetwillen Hunger und Durst leiden. So sprach unser Herr.« Sir Isaac lüftete sein massiges Hinterteil, um seine Ehrfurcht vor dem Worte Gottes kundzutun und ließ sich dann wieder zurücksinken. Der Stuhl ächzte. »Bei jeder Mahlzeit gibt Gott uns Gelegenheit, den Verlockungen der Welt zu widerstehen und in Seiner Nachfolge Mäßigkeit oder sogar Askese zu üben.«

Susanna betrachtete ihn ungläubig. Hatte der Mann denn keinen Spiegel? So wie er konnte man nur aussehen, wenn man seit Jahren zu viel aß und trank. Ob sie ihn fragen sollte, mit dem unschuldigsten Gesicht der Welt, ob er seine Figur vom Fasten bekommen hätte? Bei der Vorstellung, welche Reaktion eine solche Kühnheit auslösen würde, konnte sich Susanna ein Kichern kaum verbeißen. Der Onkel sah sie mißtrauisch an.

»Mäßigkeit und Askese – das gilt insbesondere für dich, Susanna. Ich habe die Sieben Werke der Barmherzigkeit erwähnt, um dir vor Augen zu führen, daß ich fast alle diese Werke erfülle, indem ich dir einen Platz unter meinem Dach und in meiner Familie gewähre. Wobei ich betonen möchte, daß es heißt: die Hungernden speisen, und nicht: die Hungernden mästen. Diesen Anblick, den du da mit deinem vollgeladenen Teller bietest, will ich nicht noch einmal ertragen müssen. Dein Leben bei mir wird keineswegs geprägt sein von Luxus und Überfluß. Das hast du dir vielleicht beim Anblick meines Hauses gedacht, aber das ist ein Irrtum. Ich bin für Arbeit und strenge Zucht. Gott hat dich in unsere Hände gegeben, damit wir die Wurzeln des Bösen, die Abstammung und Erziehung in dir stark gemacht haben, mit Stumpf und Stiel ausrotten. Wir werden dich zu einem Wesen machen, das Ihm wohlgefällig ist.«

Das war zu viel für Susannas Beherrschung. »Ich glaube nicht, daß ich das möchte. Ich gehe lieber wieder zurück nach Hause.«

Sogar der Diener und das Mädchen, die das Essen servierten, erstarrten. Sir Isaac, dessen Gesicht dunkelviolett anlief, griff mit zitternden Fingern nach seinem Weinglas und leerte es auf einen Zug.

»O Herr, gib mir Kraft!« sagte er dann mit erstickter Stimme.

Die anderen beobachteten ihn ängstlich, nur Susanna betrachtete ihn ohne eine milde Regung. Er ist widerlich, dachte sie. Er ist scheinheilig – heuchlerisch – herrschsüchtig – häßlich – humorlos – beschränkt – es gibt überhaupt kein abwertendes Adjektiv, das nicht zu ihm passen würde ... Meine Abstammung und meine Erziehung als Wurzeln des Bösen zu bezeichnen, das ist wirklich eine himmelschreiende Unverschämtheit. Papas Erziehung steht turmhoch über seiner! Er wäre nicht einmal gut genug, um Papa die Schuhe zu putzen ... Und Angst hat dieser Fettwanst um seine lächerlichen Hammelkoteletts! Am liebsten würde ich sie ihm ins Gesicht werfen! Wahrscheinlich wird er mir jeden Tag jeden Bissen vorrechnen, den ich zu mir nehme ... Nein, in diesem Haus bleibe ich nicht. Gleich morgen fahre ich zurück nach Whittlay.

Sir Isaac hatte sich inzwischen so weit erholt, daß er mit leidlich normaler Stimme weitersprechen konnte.

»Ich werde dir jetzt einige Tatsachen ins Gedächtnis rufen, meine liebe Nichte, und ich rate dir, alles, was ich sage, gut zu behalten, denn es wird deine Lage sehr unangenehm machen, wenn du das nicht tust. Ich hoffe, du verstehst, was das heißen soll.«

Keiner der Anwesenden wagte es, sich zu rühren, sogar Susanna fühlte wider Willen ein leises Frösteln beim drohenden Klang seiner Stimme. Oh ja, er konnte unangenehm werden, das glaubte sie unbesehen.

»Du hast nur *ein* Zuhause, und das ist hier«, fuhr Sir Isaac fort. »Du bist meiner Gewalt unterstellt, genau wie meine Kinder, und du wirst mir genauso gehorchen wie sie. Du wirst jede Arbeit tun, die ich oder deine Tante dir auftragen. Du wirst das Haus nicht ohne unsere Erlaubnis verlassen. Du wirst keinen Einkauf tätigen, wenn wir es nicht wünschen. Du wirst jedes Kleidungsstück, sofern du eins benötigst, von uns zugeteilt bekommen. Du ...«

»Ich habe eigenes Geld«, unterbrach ihn Susanna zornig, aber unbedacht. Kräftige Finger, verborgen von dem tief herabhängenden Tischtuch, kniffen sie ins Bein. Sie gehörten ihrem jüngsten Cousin Felix, der neben ihr saß. »Pssst!« machte er fast unhörbar, als sein Vater den Kopf zur Seite drehte und das Stubenmädchen heranwinkte.

»Geh' hinauf, durchsuch' das Zimmer und bring' mir die Geldbörse!«

Susanna traute ihren Ohren nicht. Das konnte doch wohl nicht sein Ernst sein! Aber das Mädchen hatte schon geknickst und war zur Tür hinausgelaufen, daß die Bänder der gestärkten weißen Schürze hinter ihr herflatterten. Ganz offensichtlich legte Sir Isaac Wert auf die schleunigste Befolgung seiner Befehle.

»Geld gehört nicht in die Hände von heranwachsenden Mädchen«, erklärte er. »Frauen sind von Natur aus ungeeignet, sich mit pekuniären Fragen zu beschäftigen. Solange sie im Hause ihres Vaters leben, wird dieser für sie sorgen, und später übernimmt der Ehemann diese Aufgabe.«

Hätte ich doch bloß die Börse nicht ausgepackt, dachte Susanna. Jetzt liegt sie ganz offen in der obersten Kommodenschublade, wo jeder sie auf den ersten Blick finden kann. Ich hätte sie in der Reisetasche mit dem doppelten Boden verstecken sollen, neben meiner Pistole. Ein Glück, daß ich die nicht herausgeholt habe. Onkel Isaac würde sicher der Schlag rühren, wenn er sie zu Gesicht bekäme. Wahrscheinlich würde er mich als potentielle Raubmörderin bezeichnen. Hätte ich doch bloß meinen vorwitzigen Mund gehalten! Er hätte nie etwas von meinem Geld erfahren dürfen. Sie schob den Teller von sich. Auf einmal widerte das Fleisch sie an. Und die Gesichter um sie her ebenso! Sie ließ die Augen von einem zum anderen wandern. Felix neben ihr war der einzige, der offen und teilnahmsvoll wirkte. Und diese Gesichter sollte sie jetzt Tag für Tag ansehen müssen, fast ein Jahr lang? Sie schob den Teller noch weiter zurück.

»Ich mag nicht mehr!«

»Ich habe dich nicht danach gefragt. Du hast schon wieder gesprochen, ohne dazu aufgefordert zu sein. Bist du eigentlich begriffsstutzig oder verstockt? Ein langsamer Geist ist zwar eine Prüfung für seine Umgebung, jedoch keine Sünde. Aber wenn ich Verstocktheit bei dir entdecke, dann werde ich sie dir unnachsichtig austreiben, verlaß' dich darauf! Außerdem gilt bei uns die Regel, daß gegessen wird, was auf dem Teller ist. Wer seinen Teller nicht leer ißt, zeigt nur zu deutlich, daß er sich der Sünde der Gier schuldig gemacht hat. Ah, da ist ja das Geld!«

Das Zimmermädchen war zurückgekommen, rot im Gesicht vor Stolz und Eile, das weiße Häubchen verrutscht, und überreichte seinem Herrn die geräumige, bestickte Börse. Sir Isaac steckte sie mit einem kurzen Nicken, aber ohne ein Wort des Dankes, ein. Das Mädchen ging hastig an seinen Platz an der Kredenz zurück. Susanna preßte die Hände im Schoß zusammen. Am liebsten wäre sie aufgesprungen und hätte Sir Isaac seine Beute entrissen. Wenn Birdie wüßte, daß ihr liebevoll gefertigtes Abschiedsgeschenk gestohlen worden war! Noch dazu von einem Mann, der in Zukunft Vaterstelle vertreten sollte an ihrem Liebling! Wieder spürte Susanna die magere Jungenhand, die sie in die Seite stieß. Felix wollte sie offensichtlich warnen, schließlich kannte er seinen Vater.

»Pssst!« machte er wieder zwischen kaum geöffneten Lippen.

Susanna erwog im Stillen, ob sie einfach aufstehen und hinausgehen sollte, sah dann aber ein, daß das in den Augen ihres Onkels ein Akt offener Rebellion sein würde, und verzichtete auf diesen Affront. Sie blieb also sitzen und wartete, bis die Familie Crampton die nächsten Gänge verzehrt hatte. Es gab ein Wildragout und dann ein Roastbeef, umlegt von Gemüsen, und allmählich erwachte Susannas Appetit wieder. Doch der Teller mit den kalten Hammelkoteletts blieb demonstrativ vor ihr stehen und wurde auch nicht abgeräumt, als der Nachtisch aufgetragen wurde, ein Reisauflauf mit Früchten, überzogen von Vanilleschaum, garniert mit kandiertem Ingwer. Susanna seufzte.

Sir Isaac wertete den Seufzer als Zeichen beginnender Einsicht und Bußfertigkeit. Außerdem freute er sich auf Portwein und Zigarre, die im Rauchzimmer auf ihn warteten. »Ich werde dir ausnahmsweise gestatten, vor dem gemeinsamen Abendgebet zu Bett zu gehen«, sagte er gnädig. »Ich rate dir, bedenke meine Worte gut.« Er stand auf. »Der Herr segne deinen Eintritt in unsere Familie. Er gewähre dir Seine Hilfe bei deinem dringend gebotenen Streben nach einem demütigen, christlichen Lebenswandel.«

Bei seinen Worten hatten sich alle erhoben und sahen Susanna an. Sie kam sich vor wie vor einem Tribunal. Sie stand ebenfalls auf und knickste ungeschickt, als ihr Onkel das Eßzimmer verließ.

»Hast du das gesehen?« flüsterte Amalia ihrer Schwester zu. »Sie knickst wie ein Schulmädchen. Ob sie nicht weiß, wie komisch sie aussieht?«

Susanna spürte, wie ihr das Blut ins Gesicht stieg. Ihre Bakken brannten.

»Guck mal, wie rot sie wird«, flüsterte Amalia weiter, wieder deutlich vernehmbar. »Und wie sich die Haut mit ihren Haaren beißt! Das sieht ja zum Totlachen aus. Wir müssen sie immer zum Rotwerden bringen, das wird lustig. Ob sie das Lied kennt: Rote Haare, Flecken im Gesicht, pfui die Haare mag ich nicht? Frag' sie doch mal!«

»Bestimmt kennt sie das! Das singen die Kinder doch überall, wenn eine Rote vorbeigeht.«

»Aber sie kommt doch vom platten Land, aus einem ganz kleinen Dorf, sagt Mama. Deshalb ist sie doch auch so ein Dorftrampel. Und wie sie ißt – hast du das gesehen? Einmal hat sie sogar den Ellbogen aufgestützt.«

Malvina kicherte unterdrückt. »Hör auf! Schau nur, wie sie

dich anblitzt! Als ob sie dich erdolchen wollte. Und guck dir die Augen an! Wie eine Katze! Bestimmt kann sie im Dunkeln sehen. Vielleicht leuchten sie sogar. Iiih, stell' dir mal vor, wie unheimlich, wenn sie durch ein dunkles Zimmer geht, und man sieht nur ihre grünen Augen leuchten.«

»Besser als solche toten Kuhaugen wie deine!« zischte Felix.

Lady Crampton, die dem Hausmädchen die Wünsche ihres Gatten für die morgige Speisenfolge mitgeteilt hatte, brachte ihre Kinder mit einem Blick zum Schweigen. Sie wünschte Susanna gemessen eine gute Nacht, erinnerte sie daran, sich von dem Mädchen eine Kerze geben zu lassen, und begab sich in den Salon.

»Laß sie brennen, es gibt nämlich Mäuse da oben«, rief Amalia leise, während sie hinter ihrer Mutter her ging. Mit zwei großen Schritten war Felix bei ihr und zog sie kräftig an einem ihrer dünnen Zöpfe.

»Wenn du nach Mama schreist, steck' ich dir Regenwürmer ins Bett«, drohte er. Amalia klappte ihren Mund wieder zu, unterdrückte ein Schluchzen und begnügte sich damit, ihren Bruder mit schmerzverzerrtem Gesicht vors Schienbein zu treten. Malvina zog sie zur Seite.

»Laß' ihn doch! Er will sich doch bloß einschmeicheln, weil er gehört hat, daß die Lange so gut reiten kann. Wahrscheinlich bildet er sich ein, sie gibt ihm Reitunterricht. Er kann sich ja immer noch nicht richtig im Sattel halten!«

Felix wollte auf sie los, aber sie brachte sich mit einem Satz hinter ihren ältesten Bruder in Sicherheit und streckte dem Jüngsten die Zunge heraus. Der zuckte mit den Achseln und schaute Susanna an. »Laß dich bloß nicht von ihnen ärgern! Wenn Vater da ist, tun sie immer wie zwei Lämmchen, aber in Wirklichkeit sind sie zwei hinterhältige Ratten. Sie tun nichts lieber als Gemeinheiten aushecken und Streiche spielen und Lügen erzählen.« Susanna hörte ihm erstaunt zu. Allzuviel Zuneigung schien unter den Geschwistern nicht zu herrschen, von der von Onkel Isaac geforderten christlichen Nächstenliebe ganz zu schweigen. »Weißt du, was sie heute nachmittag gemacht haben? Ich kam vom Ausreiten zurück, und sie haben sich hinter dem Tor versteckt und haben mein Pferd so erschreckt, daß es gescheut hat. Da bin ich natürlich runtergefallen.«

»Da hätte ich mich auch geärgert.«

»Ja – aber wärst du auch runtergefallen?«

»Ich glaube nicht«, sagte Susanna ehrlich. »Aber ich bin ja auch ein ganzes Stück älter als du. Wenn du möchtest, reiten wir ab morgen zusammen, vielleicht kann ich dir noch etwas zeigen.«

Felix' aufleuchtende Augen waren der erste angenehme Anblick an diesem Abend.

Susanna stieg in ihr kaltes Kämmerchen, ihren Teller in der Hand. Sie hatte ihn schnell festgehalten, als das Mädchen ihn abräumen wollte.

»Ich habe mich der Sünde der Gier schuldig gemacht.« Sie zog ein zerknirschtes Gesicht. »Ich werde den Teller mitnehmen, damit ich mich den ganzen Abend an meine Sünde erinnern und Besserung geloben kann.«

Das Mädchen betrachtete sie unschlüssig und sah dann den Diener an. Der hob die Achseln. Es war nicht seine Aufgabe, in einem solchen Fall eine Entscheidung zu treffen. Das neue Familienmitglied war noch eine unbekannte Größe. Man mußte erst abwarten, wie sich seine Stellung im Haus gestalten würde. Nach dem, was man heute während des Essens zu hören bekommen hatte, würde diese Stellung keineswegs beneidenswert sein. Aber Sir Isaac war unberechenbar. Wenn die junge Dame die Absicht hatte, künftig in diesem frommen Ton mit ihm zu reden, dann würde der Wind bald aus einer anderen Richtung wehen. Zwar war es den Kindern streng verboten, Eßbares mit in ihre Zimmer zu nehmen, aber es wäre schließlich die Aufgabe Ihrer Ladyschaft gewesen, ihre Nichte darauf hinzuweisen. Jedenfalls stand es einem Diener nicht an, einem Mitglied der Familie den Teller wegzunehmen, den dieses nachdrücklich festhielt. Also konnte Susanna dem wartenden Hamlet ein üppiges Abendessen bieten.

»Das kriegst du nur, weil ich weder Mäßigung noch Askese gezeigt habe, damit du's nur weißt!« Hamlet war so hungrig, daß er es nicht für nötig hielt, sich eine passende Antwort zu überlegen.

Susanna zog sich hastig und zähneklappernd aus, wickelte ihren größten Schal über ihr dickstes Nachhemd, zog Wollsocken an und kroch so bekleidet ins Bett. Laken und Decke fühlten sich klamm, fast feucht an. Mit lautem Knurren gab ihr Magen zu erkennen, daß er die heutige Abendmahlzeit als ausgesprochen unzureichend empfand. Susanna hätte sich am liebsten in den Schlaf geweint, so wie damals, als Mama gestorben war. Aber sie hatte von ihrem Vater außer der Dickschädeligkeit auch eine gehörige Portion Nüchternheit geerbt. Tränen würden nicht helfen. Sie mußte versuchen, sich über ihre Lage klar zu werden und einen Plan zu entwerfen, wie sie sich in Zukunft verhalten wollte.

Onkel Isaac hatte sie offensichtlich nur aufgenommen, um vor aller Welt zu demonstrieren, daß er den Gesetzen der christlichen Nächstenliebe und der Wohlanständigkeit Genüge tat. Aus den nämlichen Gründen würde er sie nicht nach Hause gehen lassen. Sie mußte also hierbleiben, ob sie wollte oder nicht. Und da kam noch etwas ins Spiel. Susanna massierte nachdenklich ihre kalte Nasenspitze. Der Eindruck war schwer zu definieren. Sie hatte einige Male ganz deutlich einen Ausdruck in seinen blassen, vorquellenden Augen gesehen, als ob es ihm Vergnügen machte, sie in seiner Macht zu haben. Und es würde ihm Vergnügen machen, diese Macht bei jeder sich bietenden

Gelegenheit zu beweisen. Er war ihr Vormund, und bis zu ihrem 21. Geburtstag mußte sie ihm gehorchen. Mit dieser Tatsache würde sie sich abfinden müssen. Wenn sie sich gegen seinen Willen auflehnen würde, dann hätte sie selbst den größten Schaden davon, denn er würde jeden Widerstand mit allen Mitteln brechen, dessen war Susanna sicher. Irgendwie sah er gewalttätig aus. Und seine Kinder wirkten so, als seien sie mit Prügeln erzogen worden. Sie rieb ihre kalten Hände und Füße kräftig gegeneinander. Das alte Bett knarrte und ächzte. Hamlet wurde wach und steckte den Kopf unter dem Flügel hervor.

»Sein oder Nichtsein – das ist hier die Frage«, knarzte er schläfrig.

»Du wiederholst dich, mein Guter! Ist dir das Gehirn eingefroren? Und überhaupt, sei du nur ganz still! Du hast wenigstens den Bauch voll mit Hammelkoteletts!«

»Wohl bekomm's!« Hamlet rülpste unfein. Dann steckte er den Kopf wieder unter den Flügel und schlief weiter.

»Ich wünschte, ich hätte deine Federn!« seufzte Susanna. Im Grunde war es eine Gemeinheit, daß sie in diesem eiskalten Kämmerchen schlafen mußte. Wenigstens eine Wärmeflasche hätten sie ihr ins Bett legen können! Nun, dafür würde sie in Zukunft selbst sorgen müssen. Und für vieles andere auch. Das sorglose, verwöhnte Leben war jedenfalls zu Ende, das war schon nach diesem ersten Abend klar. Aber vielleicht war das gar nicht so schlimm? Sie spürte ein leichtes Prickeln in Händen und Füßen. Ihre Zähne klapperten nicht mehr.

Susanna rollte sich auf den Bauch, in ihre bevorzugte Schlafhaltung. Allmählich gewann ihr angeborener Optimismus wieder die Oberhand. Bei Pastor Fliedner würde es auch keine Birdie geben, die ihr jeden Wunsch von den Augen ablas und sie bemutterte wie ein Kleinkind. Vielleicht war die Zeit bei den Cramptons eine gute Vorübung für eine Ausbildung zur Krankenpflegerin? Wie so oft in den letzten Wochen dachte sie an

Florence Nightingale, deren Berufung nach Skutari zu den Verwundeten des Krimkrieges sie mit glühender Anteilnahme verfolgt hatte. Was die Zeitungen von dem Lazarett dort berichteten – dagegen war die kalte Kammer hier eine geradezu luxuriöse Unterkunft! Und ein bißchen Hausarbeit war auch kein Grund, in Panik zu geraten. Sie wollte ja arbeiten! Sie hatte erst während des letzten Jahres gemerkt, wieviel Energie in ihr steckte und wie viele wichtige Dinge man tun konnte außer Lernen und Reiten und Lesen. Tante Honoria würde sich wundern! Und Onkel Isaac auch! Er würde eine brave, schweigsame Nichte haben, die alles tat, was man von ihr verlangte, und die tatsächlich nur auf Befragen reden würde. Jawohl! Sie wollte es zumindest versuchen.

Susanna blies die Kerze aus. Morgen früh würde sie sich eine Strichliste machen wie Robinson Crusoe auf seiner einsamen Insel. Aber im Gegensatz zu diesem armen Mann wußte sie genau, wann ihr die Freiheit winkte. Am 20. August 1855 würde sie dieses gräßliche Haus verlassen!

4. Kapitel

Wie immer, wenn Sir Isaac am Frühstückstisch hastig durch die »Times« blätterte, wußte die Familie, daß er schlechte Laune hatte, und verhielt sich mucksmäuschenstill. Susanna, die von Speck, Schinken und Eiern nur noch träumen konnte, knabberte lustlos an einer trockenen Scheibe Toast. Sir Isaac registrierte jeden Bissen, den seine Nichte zum Mund führte. Deshalb hatte sie sich in den vergangenen Monaten angewöhnt, bei Tisch so wenig zu essen wie ihre Cousinen und in unbeachteten Momenten in die Küche zu schlüpfen. Die Köchin hatte ein mitleidiges Herz und außerdem eine Schwäche für die Nichte ihrer Herrschaft, die ausgenutzt und schlecht behandelt wurde. Dabei war sie doch etwas Besseres, denn ihr Vater war ein richtiger Lord gewesen, nicht bloß ein Sir wie Sir Isaac. Und jetzt mußte sie Arbeiten tun, die sich für eine Lady eigentlich nicht schickten. Kein Wunder, daß sie oft ganz still und traurig war.

Der Onkel schob die Zeitung zur Seite und stand auf. »Ich bin in Eile, ich habe eine Verabredung im Club. Ich möchte euch noch einmal daran erinnern, daß ich heute nachmittag Vetter Ephraim mitbringen werde, der die nächste Woche bei uns verbringen will. Ihr wißt, daß ich ihn besonders schätze und von euch erwarte, daß ihr ihn mit der allergrößten Zuvorkommenheit behandelt.«

Sein Blick schweifte über die gehorsam nickenden Köpfe und blieb bei seiner Nichte hängen. »Ach, übrigens, Susanna, das wird dich interessieren: Es ist meinem Makler endlich gelungen, dein Haus zu verkaufen. Einen guten Preis hat es nicht gebracht, das muß man sagen, aber es ist eben zu alt und unmodern.«

Er ergriff die Rechte seiner Lady, deutete einen Handkuß an und ging hinaus. Susanna saß da wie eine Bildsäule, die Teetasse auf halbem Weg zum Mund, und starrte hinter ihm her. Dann setzte sie langsam die Tasse zurück und drehte den Kopf ihrer Tante zu, als ob selbst diese kleinen Bewegungen eine ungeheure Anstrengung bedeutete. Alles Blut war aus ihrem Gesicht gewichen. Sie öffnete den Mund und versuchte, etwas zu sagen, aber es kam kein Ton heraus.

»Ja, meine Liebe, ich weiß, es ist eine ziemlich große Überraschung für dich«, sagte Tante Honoria nervös. »Dein Onkel hat es mir schon gestern erzählt, aber ich habe ganz vergessen, es dir zu sagen. Er wird dir eine Aussteuer kaufen von dem Erlös, falls du eines Tages doch heiraten solltest. Und bis dahin wird er es für dich anlegen. Die Zinsen stehen selbstverständlich *ihm* zu für alle Kosten, die du verursachst. Du ißt immer noch viel mehr als deine Cousinen.«

Ihre Kinder betrachteten Susanna interessiert, und jedes Gesicht zeigte einen anderen Ausdruck – Neugier, Schadenfreude, Mitleid, Spott, Herablassung.

»Mama, paß auf, gleich fällt sie um«, rief Felix aufgeregt. Tatsächlich sah Susanna, wie das Geschirr und der ganze Frühstückstisch vor ihren Augen zu schwanken begannen. Sie holte mühsam Luft, ihr war, als ob sie ersticken müßte. Ihr Kopf war wie mit Watte gefüllt, sie konnte kaum einen Gedanken fassen. Ganz allmählich begriff sie erst, was der Onkel gesagt hatte. Whittlay war verkauft! Sie hatte kein Zuhause mehr! Susanna hielt sich mit den Händen an der Tischkante fest. Das Schwanken hörte auf. Sie versuchte zu denken. Das würde ja bedeuten, daß sie auf immer in diesem verhaßten Haus bleiben müßte! Sie hatte die Tage gezählt bis zu ihrem 21. Geburtstag. 122 waren es noch gewesen heute morgen auf dem Kalender, den sie neben ihr Bett gehängt hatte. Sie schaute ihre Verwandten an. Sie hatte das Leben mit ihnen nur deshalb ausgehalten, weil sie sich immer wieder gesagt hatte: Es dauert nicht mehr lange! Bald kannst du nach Kaiserswerth gehen und dann zurück nach Hause, und du siehst sie nie wieder! Aber diese Möglichkeit war ihr jetzt genommen. Wie hatte der Onkel ihr das nur antun können?

Ich hasse ihn, dachte Susanna wild, ich habe ihn immer gehaßt. Er hat Whittlay verkauft, *mein* Whittlay! Oh Gott, wenn Papa das wüßte! Whittlay gehört einem Fremden. Und ich habe nichts mehr auf der Welt, was mich an Papa erinnert. Ich habe nur noch Hamlet. Und den mag dieses heuchlerische Scheusal genausowenig wie mich. Warum hat er Whittlay verkauft? Warum will er mich überhaupt in seinem Haus halten? Um mich zu demütigen? Um mich auszunutzen? Um mir zu zeigen, daß er mich in seiner Macht hat? Ha! Jetzt sollen sie mich kennenlernen. Ich werde nicht mehr den Mund halten und alles hinunterschlucken und mich herumhetzen lassen wie ein Dienstmädchen und dabei auch noch still und geduldig sein! Jetzt sollen sie einmal sehen, was es heißt, keine Erziehung zu haben!

* * *

Es war etwas geschehen. Das spürte Susanna sofort, als sie den Salon betrat. Die ganze Familie war dort versammelt und blickte ihr erwartungsvoll entgegen. Unwillkürlich blieb Susanna an der Türe stehen.

»Komm herein und setz' dich, mein Kind«, sagte Sir Isaac mit ungewohnter Freundlichkeit. »Ich habe dir etwas Wichtiges mitzuteilen.«

Susanna ging zu ihrem Sessel und setzte sich auf die vordere Kante. Der Onkel räusperte sich. »Es ist etwas eingetreten, was ich nicht für möglich gehalten hätte, und was dich, meine liebe Susanna, sicher mit ebenso großer Freude und Dankbarkeit erfüllen wird wie mich. Mein lieber Vetter Ephraim hat eine Neigung zu dir gefaßt und bei mir um deine Hand angehalten! Ich habe seinen Antrag in deinem Namen angenommen.«

Susanna gab keine Antwort und rührte sich nicht.

»Ich glaube gerne, daß dir diese Überraschung die Sprache verschlägt«, sagte der Onkel gönnerhaft. »Ich war selbst überaus überrascht. Ich kenne Vetter Ephraim als einen sehr vorsichtigen Mann, der wichtige Entschlüsse erst nach reiflicher Überlegung fällt, aber wie er mir in wahrhaft rührenden Worten darlegte, ist er in diesem Fall seiner Sache völlig sicher.«

»Du kannst wirklich stolz darauf sein, sein Interesse erregt zu haben«, fügte Tante Honoria hinzu. »Sir Ephraim ist ein Mann von beträchtlichem Einfluß und besitzt ein beachtliches Vermögen. Als seine Gattin wirst du eine anerkannte Stellung in der Gesellschaft einnehmen.«

Susanna dachte an die wäßrigblauen, vorquellenden Augen, die Haarbüschel, die auf seinen fleischigen Händen wuchsen, die Schweißperlen, die ständig auf seiner Stirn glitzerten, an den gierigen, lauernden Ausdruck, den sein Gesicht jedesmal bekommen hatte, wenn er mit ihr sprach – ein Schauder lief ihr über den Rücken.

»Ich will ihn nicht«, sagte sie entschlossen. Einige Augenblicke lang herrschte Stille.

»Du scheinst den Sinn meiner Worte nicht begriffen zu haben!« In Sir Isaacs Stimme klang ein drohender Unterton. »Es geht hier nicht darum, was du willst. Ich als dein Vormund habe diesen sehr schmeichelhaften Antrag bereits angenommen und erwarte selbstverständlich deine Zustimmung. Ich wüßte keinen vernünftigen Einwand, den man gegen eine für dich – und ich betone, in erster Linie für *dich* – sehr vorteilhafte Verbindung vorbringen könnte.«

»Oh doch, einen sehr wichtigen: Ich liebe ihn nicht!«

Sir Isaac stieß einen verächtlichen Grunzlaut aus. »Was hat Liebe mit einer Eheschließung zu tun? Ich hätte dich eigentlich für vernünftiger gehalten. Aber das kommt nur von deiner unmöglichen Erziehung. Wenn man seine Tochter zum Bücherwurm macht, ist es kein Wunder, daß ihr die Literatur den Kopf vernebelt. Meine Töchter wissen jedenfalls genau, daß jeder Antrag ihnen willkommen zu sein hat, den ihr Vater akzeptiert.«

»Gewiß, Papa!« sagten drei Stimmen wie aus einem Munde.

»Aber ich kann ihn nicht heiraten! Ich finde ihn abscheulich! Er ist einfach widerlich!«

»Ich verbiete dir, in diesem Ton von meinem Vetter und deinem zukünftigen Gemahl zu reden! Er ist ein sehr großzügiger Mann mit einem ausgeprägten Familiensinn, den er schon mehrfach unter Beweis gestellt hat, und wir sind ihm deshalb zu großem Dank verpflichtet. Ich denke nicht daran, ihm einen Wunsch abzuschlagen.«

»Er hat deinem Onkel in einer – hm – etwas prekären Lage geholfen«, erklärte Tante Honoria widerstrebend. »Das heißt, er ist immer noch dabei. Wir werden selbstverständlich alles tun, um uns irgendwie erkenntlich zu zeigen und uns sein Wohlwollen zu erhalten.«

»Dann kann Clarissa ihn ja heiraten.«

Clarissa machte ihr tugendhaftes Gesicht, das sie meistens in Gegenwart ihres Vaters aufsetzte. »Ich würde selbstverständlich dem Wunsch meiner Eltern Folge leisten und mich glücklich schätzen, ihnen auf diese Art meine töchterliche Ehrerbietung zu beweisen«, behauptete sie geziert. »Aber Vetter Ephraims Wahl ist auf dich gefallen. Du solltest seinen Antrag als große Ehre auffassen. Wobei einem der arme Mann schon jetzt leid tun kann mit so einer Frau«, fügte sie viel weniger geziert hinzu.

Susanna war keineswegs beleidigt. »Dann sag ihm das doch! Wenn er erst weiß, wie unmöglich ich bin, dann schlägt er sich die Sache wieder aus dem Kopf.«

»Ich habe es selbstverständlich für meine Pflicht gehalten, meinen lieben Vetter über die Nachteile deiner Erziehung aufzuklären«, sagte Sir Isaac gemessen. »Ich habe mir sogar die Freiheit genommen, ihm von dieser Verbindung abzuraten, die ihm, wie ich sicher bin, viele Peinlichkeiten und Aufregungen eintragen wird. Aber Sir Ephraim hat mir versichert, daß ihn diese Schwierigkeiten nicht abschrecken können. Im Gegenteil, diese gewisse Ungebärdigkeit seiner Erwählten, wie er sich ausdrückte, erhöhe noch ihren Reiz.«

»Brrrrr!« machte Susanna und schüttelte sich.

»Aber verstehst du denn nicht?« rief Lady Crampton. »Wir sind auf seine Hilfe angewiesen ... und wenn er ... und wenn du nicht ...«

»Ich verstehe«, sagte Susanna langsam. »Er hat euch in der Hand – und was aus mir wird, ist euch gleichgültig. Aber ich denke nicht daran, mich für euch zu opfern!«

»Ich habe eine Schlange an meinem Busen genährt«, jammerte Lady Crampton und legte die Rechte dramatisch auf ihre gewaltige Oberweite. »Ich habe dir eine Heimstatt geboten und dich wie eine Mutter behandelt und jede Mühe auf mich genommen, und das ist der Dank!«

Darauf wäre eine Menge zu erwidern gewesen, dachte Susanna, besonders was die Liebe und Mühe anging, aber sie preßte die Lippen zusammen und schwieg.

»Spar dir deine Worte, Honoria! Ich habe immer gewußt, daß von einem Sprößling dieses ... dieses ... Mädchenräubers keine angemessene menschliche Regung zu erwarten ist.«

Susanna funkelte ihn mit zorngrünen Augen an. »Meinem Vater wäre es jedenfalls nie in den Sinn gekommen, sein Mündel einem alten Wüstling in die Arme zu werfen, bloß um die eigene Haut zu retten!«

Sir Isaac rang nach Luft. »Wie kannst du es wagen, dieses Wort in meinem Haus zu gebrauchen? Und noch dazu im Zusammenhang mit meinem Vetter!«

»Weil Wüstling genau die richtige Bezeichnung für ihn ist«, zischte Susanna. Der Angriff auf ihren Vater ließ sie jede Vorsicht vergessen. Sir Isaac machte auf dem Absatz kehrt und stürmte aus dem Zimmer.

»Oh Gott, das wird fürchterlich enden«, jammerte die Tante. »Schnell, Susanna, lauf hinterher und entschuldige dich bei deinem Onkel.«

»Was ist ein Wüstling?« piepste Amalia dazwischen.

»Oh, sei still, um Himmels willen«, entsetzte sich ihre Mutter. »Da siehst du, was du anrichtest mit deinen unzüchtigen Redensarten! Meine unschuldigen Kinder, die nie ...«

Sie kam nicht weiter, denn die Tür wurde aufgerissen, und Sir Isaac stampfte herein, die Reitpeitsche in der Hand, das Gesicht blaurot vor Wut.

»Susanna, bitte, entschuldige dich und sag', daß du ihn heiraten willst!« rief Felix ängstlich. »Schnell, Susanna!«

Sir Isaac packte seine Nichte am Arm und ließ die Peitsche durch die Luft pfeifen mit einer solchen Hingabe, daß man merkte, das war genau die Situation, auf die er schon lange gewartet hatte.

Ich bin ihm in die Falle getappt, dachte Susanna, ich habe ihm endlich einen Vorwand geliefert.

Felix machte ihr beschwörende Zeichen. Ob der Onkel es wirklich über sich bringen würde, die Peitsche zurückzulegen, wenn sie sich jetzt entschuldigte? Aber sie wollte nicht nachgeben! Sie würde diesen Kerl nicht heiraten!

»Wirst du den Antrag meines Vetters annehmen?« keuchte Sir Isaac. Susanna schüttelte den Kopf. Die Peitsche schnitt durch die Luft und traf ihre Schultern. Der Schlag nahm ihr fast den Atem. Ehe sie Luft holen konnte, kam schon der nächste Schlag, quer über den Rücken. Sie versuchte, sich loszureißen, aber die fetten Finger umklammerten sie wie ein Schraubstock. Die Peitsche biß in ihr Gesicht. Die Haut platzte, Blut lief in ihre Augen. Sie hob den Arm, um ihren Kopf zu schützen. Die Schläge prasselten auf Schulter und Rücken, als ob sie ihr das Fleisch von den Knochen fetzen wollten. Der Schmerz lief in feurigen Stößen durch den ganzen Körper. Obwohl sie keinen Laut von sich geben wollte, kam der Atem in lautem Stöhnen aus ihrem Mund. Sie wollte sich zur Seite werfen und stolperte über den Sessel. Quer über der Lehne blieb sie liegen, sie konnte sich nicht mehr aufrechthalten.

»Oh, bitte, Vater, bitte, hör auf, du schlägst sie tot!«

Das war Felix' Stimme. Vor Susannas geschlossenen Lidern tanzten rote Schleier. So fürchterlich hatte sie sich den Schmerz nicht vorgestellt. Sie hörte das unaufhörliche Zischen der Peitsche, aber sie hätte die Stelle nicht mehr angeben können, wo sie traf. Rippen, Schultern, Hals und Kopf waren wie eine einzige Wunde. Sie öffnete die Augen. Und da sah sie Sir Isaacs Hand, die linke Hand, die sich öffnete und schloß im Rhythmus der Schläge, die auf sie niedersausten. Susanna biß zu. Sie biß zu wie ein Hund, der sich in den Bären verbeißt, dessen Krallen ihn schon zerfleischen, nur noch aufrechtgehalten von dem Wunsch, zu verletzen – und wenn es das Letzte wäre, zu dem sie noch fähig war. Sie hörte ein Brüllen, ein Brüllen, das immer lauter wurde, und gleichzeitig Hamlets schrilles Schreien. Immer noch preßte sie die Kiefer zusammen. Sie schmeckte Blut. Sie hörte ein Knirschen in ihrem Mund. Sie ließ nicht los.

Die Schläge hatten aufgehört, aber das registrierte sie kaum. Sie spürte, wie eine Hand an ihren Haaren riß, aber die vielen strammen Zöpfe, die eng am Kopf festgesteckt waren, verwehrten einen zupackenden Griff. Immer noch brüllte die Stimme ganz unmenschlich, und immer noch kreischte Hamlet. Dann sprangen Haarnadeln mit hellem Klicken auf den Boden. Die Zöpfe lösten sich. Susanna wurde an den Haaren emporgezerrt, daß sie das Gefühl hatte, man reiße ihr die Kopfhaut vom Schädel. Sie mußte die Zähne öffnen. Das Brüllen hörte auf. Dann wurden ihre Haare losgelassen, und sie fiel auf den Boden. Eine Stimme, die kaum noch als die Sir Isaacs zu erkennen war, schnaubte: »Du wirst meinen Vetter heiraten, darauf kannst du dich verlassen. Und wenn ich dich vor den Altar prügeln muß, du bissige Hexe!«

Dann gingen Schritte zur Tür, und die Stimme befahl: »Laßt sie liegen! Sie soll selbst sehen, wie sie in ihr Zimmer kommt! Harold und Peter, ihr fangt später dieses Biest von einem Vogel und dreht ihm den Hals um! Honoria, laß Dr. Tinkerton holen, sie hat mir die Hand zerbissen. Ich glaube, der Daumen ist gebrochen.«

Weitere Schritte ertönten, dann schlug die Tür zu, und es war Stille.

5. Kapitel

Susanna wachte auf, als jemand an ihrer Schulter rüttelte und eine Stimme rief: »London! Endstation! Alles aussteigen!«

Der Schmerz durchfuhr ihren Arm wie ein glühendes Messer. Sie stöhnte auf. »Lassen Sie mich los«, fauchte sie. »Sie tun mir weh!«

Der Schaffner trat erschrocken einen Schritt zurück. »Nun beißen Sie mich nicht gleich, Miß«, sagte er beleidigt. »Ich wollt' Ihnen ja bloß sagen, daß hier Schluß ist.«

»Entschuldigen Sie bitte, ich wollte nicht unhöflich sein«. Susanna lächelte ihn etwas mühsam an. »Ich habe mir die Schulter verletzt, und sie tut schrecklich weh.«

Der Schaffner lächelte versöhnt zurück und reichte ihr sogar noch ihre Reisetasche und den Käfig mit Hamlet aus dem Abteil. Dann stand Susanna in der großen Halle und sah sich ratlos um. Das Hasten und Drängen um sie herum machte ihren ohnehin schon benommenen Kopf noch schwerer. Und sie war so furchtbar müde. Eine Bank in der Mitte des Bahnsteigs zog sie magisch an. Langsam ließ sie sich vom hin und her wogenden Strom der Passagiere darauf zuschieben. Sie würde sich ein bißchen ausruhen, und dann würde ihr bestimmt wieder einfallen, was sie jetzt tun mußte. Sie setzte sich vorsichtig hin, ohne mit ihrem zerschlagenen Rücken die Lehne zu berühren, schob die Reisetasche unter ihre Füße, nahm den Vogelkäfig auf den Schoß und legte den Kopf darauf.

Vergebens versuchte sie, sich auf die Ereignisse der letzten 48 Stunden zu besinnen. Wie aus einem Nebel tauchten nur zusammenhanglose Erinnerungsfetzen auf. Das Stubenmädchen Jane, das ihr aus der blutgetränkten Bluse geholfen und ihren Rücken verbunden hatte. Felix, der auf Zehenspitzen zur Kofferkammer geschlichen war und dann nach ihren Anweisungen die Reisetasche gepackt hatte, denn Susanna konnte sich nicht bücken. Es war lächerlich, wie wenig in so ein Ding hineinging, sie würde Tag für Tag die Wahl zwischen zwei Kleidern haben.

Und dann das mühsame, langsame Hinuntertasten über die dunkle Treppe in den Salon. Bei jedem Knacken war ihr fast das Herz stehengeblieben – aber niemand hatte sie gehört. Erst als sie die Tür hinter sich zugezogen hatte, hatte sie gewagt, eine Kerze anzuzünden. Der Schlüssel hatte im Sekretär gesteckt, und mit wenigen Griffen hatte sie gefunden, was sie suchte, die Rollen mit den Goldstücken. Sie hatte eine geöffnet, den Inhalt – zwölf Münzen – gezählt und überlegt. Was hatte Whittlay wohl eingebracht? Kurz entschlossen hatte sie eine zweite Rolle genommen. Sie würde etliche Ausgaben haben – die Billetts für die Postkutschen und die Eisenbahn, neue Kleider und Schuhe und Hüte – und das Geld gehörte ihr, wenn auch nicht jetzt, dann doch sobald sie großjährig war. Und eine Aussteuer würde der Onkel ihr ja nicht kaufen müssen. Sie hatte ein Blatt Papier genommen, eine Feder ins Tintenfaß getaucht und geschrieben:

Vorschuß auf das Geld von meinem Haus, das mir in vier Monaten zusteht: 24 Goldstücke. Erhalten am 19. April 1855. Susanna Whittlay. Das hatte sie sehr korrekt gemacht, fand sie, kein Mensch könnte ihr etwas vorwerfen.

Beim Hinausgehen fiel ihr Blick auf den Kamin. Das Feuer glühte noch und verbreitete eine schwache Helligkeit. Vor dem Kamin lag ein umgestürzter Sessel, daneben eine Reitpeitsche. Susanna ballte die Fäuste und ging langsam ein paar Schritte näher. Auf dem Kaminsims glänzten schwach die Köpfe der Pfeifen. Wie oft hatte sie mit an Ekel grenzendem Widerwillen beobachtet, wie die Finger des Onkels über die Pfeifen strichen. Wahrscheinlich hatte er in seinem ganzen Leben die Köpfe seiner Kinder kein einziges Mal so liebevoll gestreichelt wie die Köpfe seiner Pfeifen.

Susanna stand still und sah die Pfeifen an – und dann die Reitpeitsche. Schnell packte sie ein Pfeifenbrett nach dem anderen und warf es in den Kamin. Das Feuer flackerte unruhig, dann züngelte eine Flamme höher und dann noch eine. Im Zimmer verbreitete sich der Duft nach Tabak. Susanna blieb regungslos stehen, bis das Feuer hell brannte und die Pfeifenköpfe mit leisem Knacken barsten.

Von da an wurde ihre Erinnerung wieder undeutlich. Felix, der tapfer mit den Tränen kämpfte, als sie sich verabschiedeten. Der Stallbursche Ronald, der mit zwei Pferden am Hintereingang wartete. Der Ritt durch das Dämmern der endenden Nacht zu seinem ältesten Bruder, der außerhalb von Exeter eine Farm hatte. Die Fahrt mit dem rumpelnden Ochsenkarren, auf dem sie weich und wohlgeborgen auf einer Lage Stroh gelegen hatte, umgeben von Käfigen mit gackernden Hühnern, die zum Markt gebracht wurden. Das Umsteigen in verschiedene Postkutschen, das Warten in den Poststationen, die Fahrt mit der Eisenbahn – alles war untergegangen in einem Schleier aus Schmerz und Müdigkeit. Das Rumpeln und Rütteln der Kutschen war eine Qual gewesen, vergebens hatte Susanna versucht, ihren geschundenen Rücken von den Polstern und den dicht gedrängt sitzenden Mitreisenden fernzuhalten. Sie war schon am Rande ihrer Kräfte gewesen, als sie den Bahnhof von Bristol erreicht hatte. Die Fahrt mit der Eisenbahn war bedeutend ruhiger gewesen, aber immer, wenn Susanna einschlief, rutschte sie nach einiger Zeit gegen eine Polsterung und wachte vom Schmerz der Berührung wieder auf.

Und jetzt war sie in London. Susannas Kopf fuhr mit einem Ruck in die Höhe. Sie mußte wieder eingeschlafen sein. Der Bahnsteig war fast leer, und vor ihr stand ein Mann in einem alten speckigen Rock, der früher eine Uniform gewesen sein mochte, einen ebenso speckigen Zylinder auf dem Kopf, und sagte: »Sie seh'n mir so aus, Miß, wie wenn Sie 'ne Droschke brauchen täten.«

Susanna betrachtete ihn verwirrt. Die Peitsche in seiner Hand ließ auf einen Kutscher schließen, obwohl ihr Vater einen so wenig vertrauenerweckenden Menschen nicht einmal als Stallknecht angestellt hätte. Was hatte er gesagt? Etwas von einer Droschke? Richtig, sie war ja in London. »Ich – ich kenne hier niemanden.«

»Und da haben Ihre Eltern Sie fahr'n lassen?«

»Ich habe keine Eltern«, sagte Susanna müde. »Und ... und ... alles ergab sich ganz plötzlich.«

»Wohl ausgerissen, was?« fragte der Kutscher schlau. Und als Susanna teilnahmslos vor sich hinstarrte, bückte er sich und packte ihre Reisetasche. »Nun kommen Sie mal mit, Miß. Hier könn Sie nicht bleiben. Ich bring Sie in ein honoriges Haus, da könn Sie erstmal schlafen. Ich kenn die Chefin, die wird sich um Sie kümmern. London ist 'n schlimmes Pflaster, müssen Sie wissen, das reinste Sündenbabel. Nichts für junge Damen wie Sie, so ganz alleine.«

Susanna nahm den Vogelkäfig und folgte ihm zu seiner

Droschke. Irgendwo mußte sie schlafen, und wenn er ein gutes Hotel kannte, um so besser. Sie war so schrecklich müde. Sie mußte sich erst einmal ausruhen, ehe sie Pläne machen oder überhaupt klar denken konnte.

Die Droschke sah genauso verwahrlost aus wie ihr Besitzer, und das Pferd hatte das Gnadenbrotalter längst überschritten. Der Kutscher öffnete den Schlag, schob die Tasche hinein, und Susanna kletterte hinterher. Die Polster rochen nach Staub und Moder. Ich möchte eigentlich gar nicht mitfahren, dachte Susanna. Aber da fielen ihr die Augen schon wieder zu. Sie schreckte erst wieder hoch, als der Kutscher sagte: »Gleich haben wir's geschafft, Miß.«

Die Droschke hielt vor einem großen, eleganten Haus mit vielen erleuchteten Fenstern. Der Kutscher brachte sie zu einem Seiteneingang, ein Portier in goldbetreßter Uniform musterte sie und sagte dann zu einer ebenfalls livrierten Gestalt im Hintergrund: »Sag Madame, daß Jem da ist mit einem Mädchen.«

Susanna lehnte sich gegen die Wand. In ihrem Kopf hämmerte es, und ihr Rücken brannte wie eine einzige Wunde. Am liebsten wäre sie im Stehen eingeschlafen. Sie hörte das Klappern von Absätzen und sah auf. Eine Frau in einem dunkelroten, tiefausgeschnittenen Seidenkleid kam die geschwungene Treppe herunter. Sie hatte die blonden, graugesträhnten Haare zu einer eleganten Frisur emporgetürmt, um den Hals lagen Ketten mit glitzernden Steinen, ein Lorgnon baumelte an einer dicken Goldschnur. Sie sah eher aus wie eine reiche Dame, die Gäste erwartet, denn wie die Wirtin einer Pension. Sie musterte Susanna eindringlich und ungeniert von Kopf bis Fuß und nickte dann.

»In Ordnung, Jem. Hol' dir dein Geld bei Parker.«

Der Kutscher grinste erfreut, machte eine übertriebene Verbeugung und verschwand. Die Dame kam mit ausgestreckten Händen auf Susanna zu.

»Meine Liebe, welch ein Glück, daß Sie Jem getroffen haben! Er kennt mein gutes Herz und weiß, welche Gefahren in der Großstadt auf junge, unerfahrene Mädchen lauern. Wissen Sie, ich habe selbst eine Tochter in Ihrem Alter. Sie ist nach Amerika gegangen, und ich habe nichts mehr von ihr gehört. Und immer, wenn Jem so ein ratloses Ding wie Sie vom Bahnhof bringt, dann habe ich die Hoffnung, im fernen Amerika wird sich jetzt eine gute Seele genauso um meine Tochter kümmern. Deshalb sind junge Damen wie Sie mir immer willkommen. Sie brauchen mir nichts zu erzählen, man muß keine Mutter sein, um zu sehen, daß Sie todmüde sind. Ein Teller Suppe und ein Glas heiße Milch – und Sie werden schlafen wie ein Säugling in der Wiege.«

Während dieses Redeschwalls hatte sie Susanna am Arm gefaßt, die Treppe hinaufgeführt und in ein Zimmer gebracht. Susanna nahm schemenhaft den Glanz von Spiegeln, Seidenstoffen, Goldleisten wahr, fühlte sich aber zu benommen, um ihre neue Umgebung genau zu betrachten. Sie hörte, wie die freundliche Dame zu jemandem an der Tür sagte: »Bring' das Übliche!« und sich dann wieder ihr zuwandte.

»Lassen Sie sich beim Ausziehen helfen, desto schneller sind Sie im Bett. Mehr Gepäck haben Sie nicht?«

Susanna hatte das vage Gefühl, daß die Existenz einer einzigen Reisetasche sie irgendwie befriedigte. Den eingehüllten Vogelkäfig streifte sie mit einem Blick, verlor aber kein Wort darüber. Sie nahm Susanna den Mantel ab und hängte ihn auf einen Haken in den Wandschrank, der hinter einem der deckenhohen Spiegel verborgen war, und zog ihr dann mit schnellen, geübten Bewegungen Jacke und Bluse aus. Susanna kam sich vor wie eine Puppe in den Händen einer sehr routinierten Puppenmutter. Der Anblick ihres Rückens brachte die Dame allerdings aus dem Konzept.

»Was ist denn das, um Himmels willen?«

Susanna sah im Spiegel die Verbände, die Jane mehr schlecht als recht angebracht hatte. »Ich – ich bin vom Pferd gestürzt.«

Die Dame sah nicht aus, als ob sie dieser Erklärung Glauben schenken würde.

»Nimm das ab«, sagte sie zu dem Mädchen, das mit einem Teller heißer Suppe und einem Becher dampfender Milch erschien. Das Mädchen setzte beides auf einen kleinen Tisch und nahm mit spitzen Fingern die Verbände ab.

»Bei allen Heiligen, Madame. Sehen Sie bloß!«

Madame sog hörbar die Luft ein.

»Ich verstehe etwas von solchen Verletzungen, wie Sie sie haben«, sagte sie schließlich resolut. »Sie können mir glauben, das A und O in einem solchen Fall ist frische Luft. Essen Sie jetzt schnell Ihre Suppe, und dann trinken Sie Ihre Milch. Es gibt nichts Besseres als heiße Milch mit ein paar Tropfen Whisky. Und dann schlafen Sie auf dem Bauch, und morgen früh ist alles wunderbar verkrustet.«

Susanna löffelte ihre Suppe und nahm den Becher, den die Dame ihr hinhielt. Sie zögerte einen Moment. Sie wußte genau, wie Whisky roch, ihr Vater hatte es ihr beigebracht. Das hier war garantiert keiner, weder irischer noch schottischer. Die Milch roch eher nach Medizin.

»Nun trink schon, Herzchen, du gehörst ins Bett«, sagte die freundliche Dame drängend. Ach ja, ein Bett, dachte Susanna sehnsüchtig. Das ist das einzige, was ich will. Sie trank den Becher leer, die Dame sagte: »Braves Mädchen«, und führte sie zu einem Bett, half ihr beim Niedersetzen und zog ihr Schuhe und Strümpfe aus. Susanna legte sich auf den Bauch und schloß die Augen. Die Dame stopfte mütterlich die Decke um sie fest, so daß ihr der Rücken frei blieb, und sagte: »Hier ist noch ein Leinentuch. Wenn dir kalt wird in der Nacht, leg es dir über, aber es wäre besser, du kämst ohne aus.«

Susanna nickte nur. Wieso duzt sie mich denn, dachte sie verwundert. Aber da war sie schon eingeschlafen. Die Dame blieb noch einen Augenblick an ihrem Bett stehen, dann öffnete sie Susannas Reisetasche. Sie legte die Wäsche in den Wandschrank, hing nach einiger Überlegung auch das Reitkleid auf einen Haken und schob die Tasche in den Schrank. Die beiden Kleider und den Mantel aber legte sie sich über den Arm und ging leise aus dem Zimmer.

* * *

Susanna gähnte, hob den Kopf und sah sich um. Ratlos betrachtete sie das Zimmer, die langen weißen Spitzengardinen, die deckenhohen Spiegel, den dicken, rotblau gemusterten Teppich auf dem Boden, die eleganten, weißgoldenen Möbel, schließlich das riesige Bett, in dem sie lag. Das war zweifellos der luxuriöseste Raum, in dem sie je geschlafen hatte. Sie rieb sich die Augen. Wie war sie nur hierher gekommen? Ihr Kopf fühlte sich eigenartig schwer an, und im Mund hatte sie einen sonderbaren Geschmack. Sie schluckte. An irgend etwas erinnerte sie dieser Geschmack. Richtig, Laudanum. Dr. Harvey hatte ihr einmal, als sie schlimme Zahnschmerzen gehabt hatte, Laudanum gegeben, und am nächsten Morgen hatte sie genau so einen schweren Kopf und einen tauben Geschmack im Mund gehabt. Die Milch gestern abend hatte auch gar nicht nach Whisky gerochen, daran erinnerte sie sich jetzt. Aber warum hatte die freundliche Dame ihr nicht gesagt, daß sie Laudanum hineingetan hatte?

Susanna ging zu einem der hohen Spiegel und begutachtete ihren zerschlagenen Rücken. Die Haut von den Schultern bis hinunter zur Taille und an den Oberarmen war übersät mit braunen, blauen und dunkelroten Flecken, dazwischen waren geschwollene Striemen, die aufgeplatzt und leicht verschorft waren. Wahrhaftig, kein schöner Anblick. Am besten zog sie schnell eine Bluse an. Sie öffnete die Schranktüren, doch zu ihrem Erstaunen war außer ihrer Unterwäsche und dem Reitkleid nichts von ihren Sachen zu sehen. Nur die leere Reisetasche stand in einer Ecke. Sie öffnete den Verschluß für den doppelten Boden. Geld und Pistole waren noch da. Sie verschloß die Tasche sorgfältig und schob sie wieder in den Schrank.

Im gleichen Moment öffnete sich die Tür, und ein Mädchen steckte den Kopf herein. Sie sah Susanna neugierig an. »Bist du die Neue?«

Susanna griff errötend nach einem Hemd und hielt es vor ihren nackten Oberkörper. Am Abend zuvor hatte sie keinen Gedanken daran verschwendet, daß man sie bis auf den Unterrock auszog, da war sie zu müde gewesen, um irgend etwas zu empfinden. Aber jetzt war sie wach und ausgeruht, und die Vorstellung, teilweise unbekleidet einem fremden Mädchen gegenüberzustehen, genierte sie.

»Nun zier dich nicht so«, sagte das Mädchen gutmütig. »Wir sehen doch alle gleich aus.«

Auf diese treffende Feststellung wußte Susanna nichts zu sagen. »Wieso Neue?« fragte sie statt dessen.

»Ich hab die Madame sagen hören, daß gestern spät eine Neue gekommen ist.«

Susanna schüttelte verwirrt den Kopf. »Ich habe nur das Zimmer gemietet für eine Nacht. Oder vielleicht auch für mehrere Nächte, das weiß ich noch nicht.«

Das Mädchen sah sie erstaunt an und begann dann zu lachen. Sie lachte immer lauter. »Das ist gut«, japste sie zwischendurch. »Das Zimmer gemietet für eine Nacht oder zwei – das ist gut.« Sie verschluckte sich fast vor Lachen. Susanna wurde ärgerlich.

»Nun stehen Sie nicht da zwischen Tür und Angel! Erklären Sie mir lieber, warum Sie so lachen.«

Das Mädchen kam herein. Sie sah aus wie Maria Magdalena als Büßerin auf den Stichen der italienischen Meister, die Papa manchmal mit ihr angeschaut hatte. Nein, das Melancholische fehlte. Sie hatte einen ausgesprochen wachen, munteren Blick. Aber sonst stimmte alles: die üppigen, schwarzen Locken, die großen, dunklen Augen, das schöne Gesicht, das unerhört tiefe Dekolleté und das durchsichtige Gewand, das ihre wohlgerundete Gestalt mehr modellierte als verhüllte. Sie hätte genausogut nackt gehen können, dachte Susanna verwirrt. Das Mädchen lachte immer noch – aber nicht so, als ob es sich lustig machen wollte, sondern wie über einen gelungenen Scherz.

»Ich verstehe Sie nicht«, sagte Susanna ratlos.

»Nun siez' mich nicht, Kleine. Hier wird sich geduzt. Ich bin – na ja – Loulou.« Sie machte einen koketten Knicks und flötete: »Que voulez-vous, je suis Loulou. Einen ehrlichen Christennamen hab' ich natürlich auch, nämlich Sally. Sally Lowden, wenn's gefällig ist. Aber für die werte Kundschaft bin ich Loulou, das macht sich besser im Maison de Paris, sagt die Madame. Und wir dürfen sie bloß Madame nennen und beileibe nicht Mrs. Kirkbridge, was ihr richtiger Name ist. Und wie heißt du?«

»Susanna – hm – Susanna Brown.«

Die üppige Schöne fing wieder an zu lachen. »Gottachgott, da haben wir ein Spaßvögelchen, was?« Dann kniff sie die Augen zusammen und betrachtete Susannas bloßen Rücken. »Was haben sie denn mir dir gemacht, Kleine?«

Susanna zögerte. Sie hatte noch nie so ein Mädchen gesehen. Ob man ihr wohl trauen konnte?

»Mein Onkel hat mich geprügelt«, sagte sie schließlich. »Ich bin Waise und lebe bei ihm. Ich wollte seinen Vetter nicht heiraten. Und dann bin ich weggelaufen und nach London gefahren.«

Sally nickte verständnisvoll. »Und dann hat Jem dich erwischt und zu Madame gebracht. Das ist seine Spezialität. Der hat einen Blick für die richtigen Mädchen wie keiner sonst. Hat noch nie eine gebracht, wo es hinterher Ärger gibt, daß sie gesucht wird oder so. Nun ja, hättest es schlimmer treffen können. Ist nicht übel, die Madame. Da gibt's andere. Essen und Trinken, so viel du willst, und mit Kleidern ist sie auch nicht knauserig.«

Susanna starrte sie an. Das war doch wohl nicht möglich! Das durfte doch nicht wahr sein! Sie mußte auf einmal an ihre drei Cousinen denken. Die wußten nicht einmal, daß es solche Häuser gab. Sogar ihr unbekümmerter Papa hatte sich schwergetan, ihr zu erklären, was das war – ein Bordell. Sie war in einem lateinischen Text darauf gestoßen, und die Tatsache, daß es solche Einrichtungen auch heute noch gab, war ein kleiner Schock für Susanna gewesen. Sie hatte dann mit vorsichtigen Fragen ihren Vater zu näheren Erklärungen gebracht und hatte sich im Laufe der Zeit ein relativ zutreffendes Bild (und viele Gedanken) gemacht. Aber daß sie selbst je ein solches Haus von innen sehen würde – das hätte sie nie gedacht.

»Wie gesagt – es wird dir gutgehen hier. Sieh mich an – bin ich nicht gut im Futter?« Sie hob mit beiden Händen ihre schweren Brüste hoch und knetete dann ihre üppigen Hüften zwischen Daumen und Zeigefinger. »Vom Schampus gibt's vielleicht ein bißchen reichlich. Aber das hat auch sein Gutes. Dann nimmst du die Kerls leichter.«

Mit einer Mischung aus Neugier und Entsetzen sah Susanna sie an. »Wie sind sie denn?« fragte sie beklommen.

»Ooch, eigentlich kannst du nichts dagegen sagen. Erste Gesellschaft! Die Madame nimmt nur welche von Adel. Obwohl – da gibt's auch Schweine – das ist klar.«

Susanna hatte auf einmal das sichere Gefühl, daß auch Vetter Ephraim hier verkehren würde, und ihr Magen drehte sich um.

»Sally«, sagte sie beschwörend, »ich kann hier nicht bleiben! Ich wollte hier nie hin, und ich muß wieder weg!«

Sallys Augen wurden rund vor Staunen. »Aber Mädchen, wie stellst du dir das vor? Hast du dich mal umgeguckt? Gitter vor den Fenstern und an jeder Tür ein ganzer Haufen Lakaien. Hier kommst du nicht raus. Sie wird dich so lange einsperren, bis du fertig bist – bei Wasser und Brot.«

»Dann muß ich raus, bevor sie mich einsperren kann.«

»Aber wo willst du denn hin, Kleine?«

Susanna zögerte. Von Pastor Fliedner hatte diese Sally bestimmt noch nie gehört. »Ich will zu Florence Nightingale.«

Sallys Gesicht glänzte auf. »Das ist eine Heilige, die Frau, so wahr ich Loulou heiße. Mein Bruder war vor Balaklawa, und jetzt liegt er in Skutari, und was glaubst du, ist passiert? Einen Brief hat sie geschrieben an Mutter, die Miß Nightingale, mit ihren eigenen Händen, daß es ihm sehr schlecht ging, aber jetzt wieder besser, und daß er seinen Sold schicken würde. Und das hat er auch gemacht, kein Mensch hätte das für möglich gehalten. Jede Zeitung liest die Madame uns vor, die was über sie schreibt. Die Frau ist eine Heilige! Wenn du zu ihr willst, Kleine, und ihr helfen, daß die armen Kerls nicht krepieren, dann kannst du auf mich zählen! Alles tu ich für dich! Also, das Wichtigste ist erst mal: Nichts essen und nichts trinken, denn ...«

Sie kam nicht dazu, den Grund zu erklären, denn die Tür ging auf, und eine Frau mit einem Frühstückstablett erschien. An der hätte Rubens seine Freude gehabt, dachte Susanna und betrachtete fasziniert, wie die voluminöse Gestalt auf sie zuwogte. Sally hatte sehr geschickt nach einer winzigen Pause ihrem Satz eine neue Wendung gegeben und fuhr fort: »Also, wie gesagt, Essen und Trinken ist gut hier und ...«

»Hör' auf zu schwätzen, Sally«, unterbrach sie die Rubens-Schönheit. »Du weißt, Madame mag das nicht.« Dann musterte sie Susanna mit einem abschätzenden Blick. »Also du bist die,

die für den alten Riley reserviert ist. Du lieber Gott, der will's auch immer jünger! Wie alt bist du denn?«

»Ich bin zwanzig, bald einundzwanzig«, sagte Susanna würdevoll.

»Tatsächlich? Siehst aus wie siebzehn. Na ja, das wird sich schnell ändern. Hier zählt jedes Jahr doppelt. Speck ansetzen wirst du auch bei dem Leben hier. Hast du auch nötig.« Sie stellte das Tablett auf den Tisch, machte eine herrische Kopfbewegung zu Sally und wogte hinaus. Sally ging folgsam hinter ihr her, versuchte aber vor dem Hinausgehen, Susanna noch mit einer beschwörenden Geste klar zu machen, daß sie nichts essen sollte. Susanna hob den Deckel von der Teekanne und schnupperte. Riechen konnte man nichts. Sie goß einen winzigen Schluck in die Tasse und kostete. Ich hätte nichts gemerkt, dachte sie, aber es ist tatsächlich ein Nebengeschmack da. Und ich bin so wahnsinnig durstig! Sie probierte eine Löffelspitze von dem Porridge und von der Marmelade, mit der die Toastscheiben schon bestrichen waren und stellte denselben, fast unmerklichen Nebengeschmack fest. Susanna preßte die Lippen zusammen. Mich soll sie nicht kleinkriegen, dachte sie. Aber trinken muß ich. Ihr Blick fiel auf den geblümten Krug, der auf dem Waschtisch stand. Sie hob den Krug an die Lippen. Das Wasser schmeckte abgestanden, aber es war bestimmt nichts anderes als Wasser. Durstig trank sie den Krug leer, holte dann die Teekanne und leerte sie in den Krug. Wohin jetzt mit Porridge und Toast? Susanna öffnete ein Fenster und blickte durch die Gitter. Unten war ein großer Hinterhof mit Stallungen, Schuppen – und vielen Katzen. Im Nu hatten sie die unverhoffte Mahlzeit verschlungen.

Als wenig später die Herrin des Hauses erschien, saß Susanna vor einem leergegessenen Tablett. Die Dame lächelte befriedigt. Sie war immer noch oder schon wieder in dunkelroter Seide, und jetzt im Tageslicht sah Susanna, daß das Kleid zu tief ausgeschnitten und Gesicht und Dekolleté zu stark gepudert und die vielen Schmuckstücke zu üppig und zu bunt waren für eine Dame.

»Ich sehe, es geht Ihnen wieder besser.«

Susanna war bei ihrem Eintritt aufgestanden und machte jetzt einen tiefen Knicks. »Sie waren sehr gut zu mir! Ich weiß gar nicht, wie ich Ihnen danken soll!«

Sie knickste wieder, und Madame hatte Mühe, ihre Züge unter Kontrolle zu halten.

»Ich wäre Ihnen sehr dankbar, wenn Sie mir jetzt sagen würden, was ich Ihnen schuldig bin, damit ich weiß, wie lange ich das Zimmer bezahlen kann.«

Die Frau sollte nicht wissen, daß sie genug Geld hatte. Aber sie schien an Bezahlung nicht interessiert. »Darüber reden wir später. Jetzt lassen Sie erst einmal Ihren Rücken sehen. Hm – ein deutlicher Fortschritt, würde ich sagen. Die meisten Wunden sind gut verkrustet. Ich habe Ihnen etwas mitgebracht. Wie gefällt Ihnen das?«

Sie breitete den weißen Stoff, den sie über dem Arm getragen hatte, auf dem Bett aus, und Susanna sah, daß es ein weißes Batistkleid war mit einer breiten, weißen Seidenschärpe.

»Ihre Kleider aus der Reisetasche waren so zerdrückt, daß ich sie zum Bügeln gegeben habe. Dieses Kleid müßte Ihnen passen.

»Oh – zu gütig –«, murmelte Susanna verwirrt. »Ich weiß nur nicht – ich meine –«

»Kommen Sie, ich helfe Ihnen hinein«, unterbrach sie die Hausherrin und zog schon vorsichtig den zarten Stoff über die abgeschürfte Haut. Irgendwie hatte diese Madame ein ausgesprochenes Durchsetzungsvermögen. »Es paßt wie angegossen! Ganz entzückend sehen Sie aus!«

Susanna betrachtete sich im Spiegel. Noch nie in ihrem Leben hatte sie ein so schönes Kleid getragen. Die breite Schärpe betonte ihre schmale Taille, das Weiß ließ ihre Haut durchsichtig und zart wirken und ihre Haare goldrot leuchten, die Volants um den Hals und die weiten Ärmel verdeckten die Verletzungen.

»Ich weiß nicht, ob ich das annehmen kann«, sagte Susanna zögernd. »Es ist viel zu kostbar für mich. Und es sieht irgendwie – wie ein Brautkleid aus.«

Ein seltsames Lächeln glitt über das Gesicht der Frau, verschwand aber gleich wieder. »Aber nein, meine Liebe, es ist nur ein ungewöhnlich hübsches Hauskleid und steht Ihnen ganz ausgezeichnet. Wollen wir uns jetzt nicht setzen, und Sie erzählen mir Ihre Geschichte?« Sie setzte sich an den Tisch und sah Susanna erwartungsvoll an.

»Ich habe keine Geschichte. Ich wollte mir in London eine Stelle suchen.«

»Und Ihre Eltern haben Sie mit diesen Verletzungen fahren lassen?

»Ich habe keine Eltern. Ich lebte bei meinem Onkel.«

»Aber der wird sich doch zweifellos Sorgen machen?«

»Nein, das wird er nicht.« Susanna versuchte, überzeugend zu klingen. »Er weiß, daß ich sehr selbständig bin.«

»Und deshalb hat er sie ohne Begleitung fahren lassen?«

Susanna errötete. »Ich – meine Abreise ergab sich ganz plötzlich.«

Madame lächelte. Es war kein angenehmes Lächeln, fand Susanna. »Wissen Sie, mein Kind, ich bin nicht von gestern. Ich würde sagen, Sie sind ausgerissen, und es wäre Ihnen höchst unangenehm, wenn ich die Polizei benachrichtigen und Sie Ihrem Onkel zurückschicken würde, so wie es eigentlich meine Pflicht ist.«

»Ich gehe nicht zurück!«

Madame lächelte wieder. »Die Polizei hat da ihre Methoden. Ich glaube kaum, daß man Sie nach Ihrer Meinung fragen wird.« Sie wartete, bis das Mädchen den Ernst seiner Lage begriffen hatte. Susanna schluckte. Diese Frau hatte recht, sie war völlig in ihrer Gewalt. »Was wollten Sie eigentlich arbeiten?«

Susanna zuckte die Schultern. »Irgend etwas – egal was – im Haushalt – oder bei den Kindern – oder bei der Krankenpflege.«

Madame schüttelte nachsichtig den Kopf. »Das sind Jungmädchen-Vorstellungen, meine Liebe. Haben Sie gelernt, im Haushalt zu arbeiten? Wissen Sie überhaupt, was arbeiten heißt – von sechs Uhr früh bis zehn Uhr abends und einmal im Monat ein Sonntag frei? Und wissen Sie, was von einer Kinderfrau erwartet wird? Zuerst einmal Zeugnisse! Haben Sie die?« Susanna schüttelte stumm den Kopf. »Das dachte ich mir! Und dann dieses Gerede von Krankenpflege! Seit die Zeitungen voll sind von Florence Nightingale und ihrem Lazarett in Skutari ist das überhaupt der letzte Schrei. Die Leute reden von nichts anderem. Sogar meine Mädchen sammeln Liebesgaben für das Lazarett.«

»Ihre Mädchen?«

Madame war etwas aus dem Konzept gebracht. »Nun ja, ich nenne sie so. Sie sind natürlich nicht meine Töchter. Ich führe hier so eine Art Pension – für Mädchen, die begriffen haben, daß es noch eine andere Möglichkeit gibt, als sich totzuarbeiten. Wissen Sie, daß die meisten Näherinnen in London kurz vor dem Verhungern sind bei den derzeitigen Löhnen? Und daß die meisten Hausangestellten hilflos den Nachstellungen ihrer Dienstherren oder ihrer männlichen Kollegen ausgesetzt sind? Und daß jedes Jahr Hunderte in die Themse gehen oder bei der Engelmacherin sterben? Und daß Tausende auf der Straße landen? Ich hoffe, Sie verzeihen mir diese krasse Formulierung und wissen, was sie bedeutet?« Susanna nickte verlegen. »Und um den armen Dingern dieses Schicksal zu ersparen, führe ich meine Pension.«

»Sie scheinen ein sehr weiches Herz zu haben, Madame!«

»Das habe ich zweifellos«, stimmte die Frau selbstgefällig zu. »Aber ich habe auch einen nüchternen Verstand. Und der sagt mir, daß es klüger ist, Männer für etwas zum Zahlen zu bringen, als sie es sich einfach nehmen zu lassen. Meine Kunden zahlen gut. Wenn Sie bei mir bleiben, werden Sie weit mehr verdienen als eine Gouvernante oder ein Stubenmädchen.«

Diese Wendung zum Wesentlichen kam etwas plötzlich für Susanna. Wie sollte sie auf diesen Vorschlag reagieren? Sie wollte ihr energisches Gegenüber nicht gleich durch ihre Ablehnung verärgern. Die Freundlichkeit war nur Fassade, das hatte sie längst gemerkt. Und was sich dahinter verbarg und einige Male während ihres Gespräches sichtbar geworden war, ließ es Susanna geraten erscheinen, eine Konfrontation so lange hinauszuzögern, wie es irgend ging.

»Verzeihen Sie bitte, Madam, ich fühle mich auf einmal schrecklich müde und gar nicht in der Lage, Ihren Worten zu folgen. Können wir vielleicht etwas später weiterreden?«

Madame überlegte. Sie hielt sich einiges zugute auf ihre Menschenkenntnis. Es gab nur wenige Frauen, die soviel Erfahrung im Taxieren von Menschen hatten wie sie. Das brachte das Gewerbe so mit sich. Sie hatte Susanna gleich richtig eingeschätzt. Mädchen aus gutem Hause, eigenwillig, empfindlich und so unschuldig wie ein Lämmlein. Sie würde ein Magnet werden im Maison de Paris – da war Madame völlig sicher. Männer wie Charles Riley würden jeden Preis für sie zahlen. Aber sie war auch unberechenbar und störrisch, und wenn man sie reizte, würde sie nach vorne und hinten auskeilen wie ein junges Pferd. Madame verabscheute jede Art von Aufregung und melodramatischen Szenen. Die waren schlecht für den Ruf des Hauses und damit für das Geschäft – und das Geschäft stand in Madames Leben an erster Stelle.

Also lächelte sie Susanna freundlich an und sagte: »Aber natürlich meine Liebe. Wir werden unser Gespräch nach dem Mittagessen fortsetzen.«

Sie ging. Susanna setzte sich auf das Bett und zwirbelte eine Locke um den Finger. Sie mußte jetzt nachdenken, ganz konzentriert nachdenken. Sie mußte einen Plan entwerfen, wie sie unbemerkt aus diesem »Maison de Paris« herauskam. So versunken war sie in ihre Gedanken, daß sie kaum hörte, wie nach einiger Zeit die Tür aufging und Sally hereinhuschte.

»Ich hab' mir gedacht, ich komm' lieber gleich. Wer weiß, wie lange sie mich noch zu dir lassen. Was hast du dir denn nun überlegt, Kleine?«

»Daß ich auf gar keinen Fall hierbleibe! Und wenn du sagst, daß Lakaien an allen Türen stehen, dann muß man sie eben fortlocken! Ich habe mir gedacht, wenn du heute abend ... hm ... Besuch bekommst ...«

»Kannst ruhig Kundschaft sagen.« Sally war nicht im mindesten verlegen. »Ich bin da nicht so etepetete.«

»Also gut. Weißt du denn, wer kommt?«

»Ganz genau weiß man das nie ... aber ich würde sagen ... Lord Worthby. Der ist ein Schatz.«

Susanna hätte nicht gedacht, daß Männer, die man als ›Schatz‹ bezeichnen konnte, in Bordelle gingen. Aber sie erfuhr an diesem Tag überhaupt eine Menge ungeahnter Dinge. »Wenn er wirklich so nett ist, wie du sagst, dann tut er dir doch sicher einen Gefallen, nicht? Du erzählst ihm einfach, du wolltest dem Portier einen Streich spielen, weil er dich immer so hochnäsig behandelt. Der Lord tut so, als ob er ohnmächtig ist, und du rennst los und machst ein Riesentheater, daß er vielleicht im Sterben liegt und Hilfe braucht. Der Portier wird mit dir gehen und alle anderen, die in der Nähe sind, auch – und dann husche ich zur Tür hinaus.«

»Aber – wie wirst du den Riley denn los? Der blüht dir nämlich heut abend, das ist schon 'rum im Haus. Das ist ein richtiges

Ferkel! Fällt der Madame schon ewig auf die Nerven, daß er eine Jungfrau will. Ist ja gut, Kleines«, sagte sie tröstend, als Susanna flammend rot wurde. »Nun reg' dich nicht auf. Männer gibt's, die gibt's gar nicht – sagte mein Großmütterlein immer. Und der Riley ist auch einer von der fiesen Sorte. Das ist schon schlimm für dich, wenn du den als ersten hast.«

»Ich werde ihn nicht haben, verlaß' dich drauf!« sagte Susanna grimmig.

»Aber was willst du denn machen, Kleine?«

»Soll ich's dir zeigen?«

Mit einem Schritt war Susanna bei ihr und legte ihr die Hände um den Hals, sanft, fast liebevoll. Die Fingerspitzen trafen sich in Sallys Nacken, die Daumen in ihrer Halsgrube. Plötzlich drückten die Daumen zu, so hart und überraschend, daß Sally spürte, wie ihr die Augen aus den Höhlen traten. Sie sperrte den Mund auf, um nach Luft zu schnappen, aber ihre Kehle war blockiert. Einen furchtbaren Augenblick lang hatte sie das Gefühl, als ob sie ersticken müßte. Vor ihren Augen tanzten feurige Kreise, in ihren Ohren begann ein lautes Rauschen. Dann lockerte Susanna den Griff, und Sally konnte wieder atmen. Sie faßte an ihren Hals und massierte vorsichtig ihre schmerzende Kehle. Sie wollte sprechen, brachte aber nur ein Krächzen heraus.

»Ich hab' dir doch nicht etwa wehgetan?« fragte Susanna erschrocken. »Ich wollte dir nur andeuten, wie es geht.«

»Andeuten ist gut«, flüsterte Sally heiser. »Wenn das eine Andeutung war, dann möchte ich die Ausführung nicht erleben. Gib bloß Obacht, daß er nicht wegbleibt. Eine Leiche im Haus – das gibt nur Ärger! Gott, Mädchen, was hast du Kraft in den Fingern!« Sie rieb sich immer noch den Hals und räusperte sich mehrmals, aber die Stimme kam nicht wieder. »Wenn ich den Herrn heut abend ein Liedchen vorsing, dann werden sie sich aber wundern.«

Sie verschwand hastig, als die Rubens-Schönheit mit dem Mittagessen erschien. Es duftete verführerisch und die Weinkaraffe ebenfalls. Es kostete Susanna große Überwindung, alles den Katzen zu opfern. Wie lange dauerte es wohl, bis ein Mensch verhungerte und verdurstete? Sie hatte das Gefühl, als ob sie sich diesem Zeitpunkt in bedrohlicher Schnelligkeit näherte. Wenn sie wenigstens einen Schluck zu trinken hätte! Ob sie sich nach draußen schleichen und Wasser suchen sollte? Oder Sally? Sie drückte vorsichtig die Klinke nieder – die Tür ging nicht auf. Sie rüttelte kräftig am Griff – die Tür war verschlossen. In einem Anfall von Panik hämmerte Susanna mit beiden Fäusten gegen die Tür. Sie hörte draußen Stimmen, dann Schritte, die sich entfernten. Wenig später ging die Tür auf. Madame überzeugte sich mit einem schnellen Blick, daß das Tablett leergegessen war, und sah Susanna tadelnd an.

»Du darfst nicht so viel Lärm machen, einige Mädchen schlafen noch.«

Sie duzt mich wieder, dachte Susanna. Für sie gehöre ich schon zum Haus. »Jemand hat mich eingeschlossen«, sagte sie anklagend.

»Das mache ich immer so mit den Neuen, bis sie sich eingewöhnt haben«, erwiderte Madame ruhig.

Vergiß nicht, du bist jetzt betäubt, ermahnte sich Susanna. »Ich habe mir Ihr Angebot überlegt«, sagte sie langsam und sorgfältig artikulierend. »Ich muß leider ablehnen. Ich glaube, das ist nichts für mich.«

»Da gibt es nichts zu überlegen!« Madames Gesicht war unbewegt, aber in ihrer Stimme klang Stahl, und die grauen Augen blickten eiskalt. »Entweder ich schicke dich zu deinem Onkel zurück, oder du bleibst hier.«

»Sie kennen meinen Onkel nicht«, sagte Susanna nach einer

langen Pause, in der sie offensichtlich angestrengt nachgedacht hatte.

»Die Polizei hat Mittel und Wege, das herauszufinden«, konterte Madame kühl.

»Das – das nennt man Erpressung, glaube ich.«

Madame war diese Anschuldigung gleichgültig. »Nenne es, wie du es willst! Tatsache ist, daß dir keine andere Wahl bleibt.«

»Aber wie soll ich denn – ich weiß doch gar nicht – ich kann das einfach nicht«, sagte Susanna kläglich.

»Unsinn! Jede kann das! Jetzt leg' dich hin und ruh' dich aus. Du empfängst heute abend deinen ersten Gast in diesem Haus.« Sie wartete, bis Susanna langsam und ungeschickt das Kleid ausgezogen hatte, zum Bett getorkelt war und die Augen geschlossen hatte. »Und das sage ich dir, Mädchen, wenn du dich nicht so benimmst, wie ich es erwarte, nämlich höflich und entgegenkommend, dann wird es dir leid tun! Hast du mich verstanden?« Susanna nickte nur. Die Stimme wurde drohend. »Auch im Maison de Paris gibt es eine Reitpeitsche. Ich glaube kaum, daß es dir gefallen würde, wenn Sie mit deinem zerschlagenen Rücken in Berührung käme?«

Susanna schüttelte langsam den Kopf. Hamlet, der den drohenden Tonfall durchaus verstanden hatte, hüpfte aufgeschreckt auf seiner Stange hin und her.

»Da werden Weiber zu Hyänen«, kreischte er. Mit einem schnellen Griff hatte Madame den Käfig gepackt und war zur Tür hinaus, längst ehe Susanna sich überlegen konnte, wie sie aus ihrer angeblichen Betäubung erwachen sollte. Sie hörte Hamlet noch ein paarmal »Hyäne, Hyäne« schmettern. Dann war es still.

6. Kapitel

Susanna hatte nach ihrer Ankunft im »Maison de Paris« weit in den Tag hinein geschlafen. Das Stückchen Himmel, das sie über den Dächern sehen konnte, war schon dämmrig, als man ihr das Mittagessen gebracht hatte. Jetzt war der Himmel so dunkel, daß sich das schwarze Gitter vor ihrem Fenster kaum noch abhob. In den Nachbarzimmern war es lebendig geworden. Frauenstimmen, Lachen, Schritte ertönten, aber niemand kam zu ihr herein. Ihre Tür war immer noch verschlossen. Susanna lag auf dem Bett und dachte nach. Daß Hamlet fort war, brachte ihren ganzen Plan durcheinander. Wie und wann sollte sie ihn suchen? Sie konnte ihn doch nicht zurücklassen! Sie zerbrach sich den Kopf, aber ihr fiel nichts ein.

Als sie da lag in dem immer dunkler werdenden Zimmer und die luxuriöse Einrichtung betrachtete, kamen ihr ihre Überlegungen fast absurd vor. Sie war doch nicht im Dschungel! Sie war mitten in London, in einer großen, reichen, zivilisierten

Stadt, mit einer Polizei, die über die Einhaltung der Gesetze wacht und mit Bewohnern, von denen bestimmt die meisten bereit waren, diese Gesetze anzuerkennen. Sie würde noch einmal vernünftig reden mit Madame und notfalls auch mit diesem Sir – wie hieß er? – Riley? –, und dann würde man sie sicher gehen lassen. Es konnte doch niemandem daran gelegen sein, sie hier gegen ihren Willen festzuhalten. Sie fühlte sich seltsam getröstet von diesem Gedanken und lächelte die Rubens-Schönheit freundlich an, die nach einiger Zeit erschien, um die Vorhänge zuzuziehen und die Lampen anzuzünden. Die Spiegel und Goldleisten blinkten, die Farben der Stoffe begannen zu schimmern.

»Dir wird das Lachen schon vergehen«, sagte die Dicke übellaunig. »Der Riley ist ein unangenehmer Kunde. Da, das schickt dir Madame, das sollst du anziehn.«

Es war die prachtvollste Unterwäsche, die Susanna je gesehen hatte, aus weißer Seide und derart reich mit Spitzen verziert, daß eine sparsame Frau wie Tante Honoria mehrere Blusen und Oberteile damit geschmückt hätte, statt sie an so unsichtbare Teile wie Hemdchen, Unterröcke und Kniehosen zu verschwenden. Susanna sank das Herz. Madame rechnete also mit ihrem Bleiben.

»Na, wird's bald?« fragte die Dicke ungeduldig. »Oder kannst du nicht alleine?« Sie zog Susanna das Hemd aus und schnalzte überrascht mit der Zunge. »Na, appetitlich siehst du nicht gerade aus. Aber wie ich den Riley kenne, findet der das noch aufreizend, das alte Schwein. Hoffentlich werden die Spitzen nicht blutig.« Sie streifte Susanna vorsichtig das Seidenhemd über den Kopf. »Nun beweg' dich mal ein bißchen, Mädchen. Oder haben sie dir zuviel ins Essen getan? Na ja, ist vielleicht gar nicht so schlecht, dann kriegst du weniger mit von dem fiesen Hund. Nun komm' schon! Die Madame kann verdammt unangenehm werden, wenn du nicht fertig bist.«

Susanna rührte sich nicht. Sie hatte sich die Unterwäsche anziehen lassen, aber jetzt machte das Gerede des Mädchens ihr angst. Ob das wirklich alles stimmte, was sie da schwätzte? Die Verletzungen würden aufreizend wirken? Als Madame hereinkam, stand Susanna immer noch ohne Kleid da.

Sie drehte sich langsam um und streckte ihr die Hände entgegen.

»Madame, ich bitte Sie, lassen Sie mich gehen!«

Madames Blick flog zu der Dicken. Die zuckte mit den Schultern. »Hat zuviel Stoff gekriegt, glaube ich.«

Madame wandte sich an Susanna. »Was soll das heißen?«

»Sie können mich doch nicht einfach hier festhalten und erwarten, daß ich ... daß ich ...«

»Natürlich kann ich das«, sagte Madame mit unbewegtem Gesicht.

»Aber ich will nicht! Sie können mich nicht zwingen!«

»Natürlich kann ich das«, sagte Madame, immer noch unbewegt. Sie ging auf Susanna zu und schlug ihr plötzlich mit aller Kraft erst die rechte, dann die linke Hand vor den Kopf. Ein Schlag traf die Strieme am Haaransatz, die aufplatzte und wieder zu bluten anfing. Susanna taumelte zurück. Sie war so überrascht, daß sie die Frau nur aus aufgerissenen Augen anstarrte.

»Ich schlage nie ins Gesicht«, sagte Madame ruhig. »Die Striemen sehen so unschön aus. Wenn du eine falsche Bewegung machst, hält Anna dich fest, und ich hole die Peitsche. Anna ist schon mit ganz anderen Mädchen fertig geworden.«

Susanna, die sich schon in Bewegung gesetzt hatte, hielt inne und sah die mächtige Gestalt an ihrer Seite an. Ich muß mich jetzt beherrschen, dachte sie. Gegen die zwei komme ich nicht an. Und selbst wenn ich aus dem Zimmer käme, ich wäre noch lange nicht aus dem Haus. Ihre Finger ballten sich zu Fäusten. Was gäbe sie darum, Madame die Schläge zurückzuzahlen. Aber sie durfte sich jetzt nicht provozieren lassen. Sie ließ sich auf das Bett fallen und schlug die Hände vor's Gesicht.

»Mir ist so sonderbar«, murmelte sie. »Ich weiß gar nicht, was ich tun soll.«

Madame trat zu ihr und wischte ihr das Blut von der Schläfe.

»Du ziehst jetzt das Kleid an«, befahl sie. Gehorsam stand Susanna auf und ließ sich in das Kleid helfen. »Und halt das Tuch fest, bis das Bluten aufhört.«

Die beiden Frauen gingen hinaus. Susanna setzte sich mit zitternden Knien auf einen der rotgepolsterten Sessel. Die plötzlichen Schläge hatten sie stärker erschüttert, als sie für möglich gehalten hätte. Von dieser Frau war kein Mitleid zu erwarten, das wußte sie jetzt. Ob es überhaupt einen Sinn hatte, es bei diesem Riley noch einmal zu versuchen? So wie die Mädchen von ihm gesprochen hatten, schien das ziemlich aussichtslos zu sein. Womit war ein regelmäßiger Bordellbesucher wohl zu rühren? Sie hatte keine Ahnung. Ob sie einfach Shakespeare zitieren sollte? Die Szene aus »Maß für Maß« fiel ihr ein, in der Isabella den Statthalter um das Leben des Bruders bittet. Sie rekapitulierte schnell den Text – nein, das paßte nicht. Und Desdemona, die Othello anfleht? Nein, das paßte noch weniger. Die Tür ging auf. Ich werde einfach die Wahrheit sagen, dachte Susanna.

Der Herr in Madames Begleitung war längst über die erste und auch zweite Jugend hinaus. Die schütteren, blonden Haare zeigten viel Grau an den Schläfen, der kleine, pomadisierte Spitzbart war ebenfalls graumeliert. Die Tränensäcke unter den Augen waren gedunsen, die Wangen eingefallen, fast hohl, um den Hals hing die Haut in Falten. Er war nicht einmal mittelgroß, mit leicht gebeugten Schultern und dürren Armen und Beinen. Die elegante Kleidung – ein schwarzer Frack mit leuchtend bunter Seidenweste und auffallendem Halstuch – betonte eher seine Jahre, statt sie zu verbergen.

Susanna fühlte ihren Mut sinken. Es war nicht sein Alter, das sie so schockierte, vielleicht hätte man mit einem älteren Mann sogar besser reden können. Aber dieser Riley hatte so etwas Ausgebranntes, Erloschenes im Gesicht. Die merkwürdig hellen, fast farblosen Augen unter den schweren Lidern musterten sie ausgiebig und wandten sich dann Madame zu.

»Mein Kompliment! Sehr apart!«, sagte er mit hoher, näselnder Stimme.

Madame verneigte sich leicht. »Wir bemühen uns stets, unseren treuen Kunden gefällig zu sein.«

Der Herr ließ seine Blicke wieder über Susannas Gesicht und Gestalt gleiten. Sie hatte das Gefühl, etwas Schleimiges, Kaltes kröche langsam über sie.

»Und zugeknöpft bis zum Hals! Das ist sonst gar nicht Ihre Art, Madame. Aber Sie verstehen Ihr Geschäft. Es betont den Reiz der Unschuld.« Er betrachtete Susanna weiter mit Kennermiene. Ihr stieg das Blut ins Gesicht. Was fiel dem Menschen ein, sie zu taxieren wie ein Tier auf einer Versteigerung? »Und rot werden kann sie auch noch! Tatsächlich eine Unschuld vom Lande, Madame?«

»Wie ich Ihnen schon gesagt habe! Sie zweifeln doch nicht etwa an meinen Worten, Sir Charles?« fragte Madame indigniert. »Das erhöht natürlich den Preis beträchtlich.«

Der Herr nickte langsam, ohne die Augen von Susanna zu lassen. »Also – ich höre ...«

»Das Zehnfache vom Üblichen«, sagte Madame gelassen. Sir Charles griff nach seinem Monokel, klemmte es ins Auge und betrachtete Madame mit übertriebenem Erstaunen.

»Das kann doch nicht Ihr Ernst sein? Wollen Sie mich ruinieren?«

Madame lachte metallisch. »Ich bitte Sie, Sir Charles! Einer der reichsten Männer von London ...«

»Das war einmal, meine Liebe, das war einmal. Wissen Sie,

was ich allein im letzten Monat am Spieltisch verloren habe? Von den Monaten davor ganz zu schweigen! Und bei den verfluchten Pferderennen?«

»Nein, das weiß ich nicht«, erwiderte Madame ungerührt. »Sie haben mein Mitgefühl, aber mehr nicht.«

»Sie haben ein hartes Herz, Madame!«

»Aber keineswegs! Ich habe nur meine Informationen. Und deshalb weiß ich, daß Lord Ellbury derzeit eine geradezu sagenhafte Glückssträhne beim Roulette hat. Und außerdem hat er eine Schwäche für rote Haare.«

Es flog ein Ausdruck über Sir Charles Gesicht, der empfindsamere Naturen wohl zu einem hastigen Rückzieher veranlaßt hätte. Aber Madame zuckte mit keiner Wimper, sondern sah gerade in seine zornfunkelnden Augen. Sie hatte die besseren Karten in diesem Spiel – und sie wußte es. Sir Charles wußte es ebenfalls.

»Nun gut«, sagte er schließlich gedehnt. »Das Zehnfache! Abgemacht!«

»Dann – wenn ich bitten darf!« Madame zog ein Blatt aus ihrem Retikül und hielt es ihrem treuen Kunden entgegen. Der maß sie mit einem Blick, als ob er am liebsten das Papier zerreißen und die Fetzen in ihr Gesicht schleudern würde, beherrschte sich dann mit sichtlicher Anstrengung, trat an den Tisch und warf einige Buchstaben auf das Blatt. Madame nahm es wieder an sich, verneigte sich gemessen, warf dem jüngsten Mitglied ihres Etablissements noch einen warnenden Blick zu und verließ den Raum. Fassungslos hatte Susanna zugehört, wie die beiden über sie verhandelten, als ob sie ein Gegenstand in einem Schaufenster wäre. Sir Charles rieb seine Hände mit einem leisen, schabenden Geräusch aneinander.

»Und nun, mein schönes Kind ...«

»Ich muß Ihnen zuerst noch etwas sagen, Sir«, unterbrach ihn Susanna schnell. »Ich bin gegen meinen Willen in dieses Haus gebracht worden und werde mit Gewalt hier festgehalten. Ich möchte Sie inständig bitten, mir zu helfen!«

Sir Charles war keineswegs überrascht von dieser dramatischen Äußerung. »Madame hat mich schon darauf vorbereitet, daß du mir irgendein rührendes Märchen erzählen wirst.«

»Das ist kein rührendes Märchen, das ist die Wahrheit! Der Droschkenkutscher hat mir gesagt, dies wäre ein besonders gutes Hotel.«

Ein zynisches Lächeln kräuselte seine Mundwinkel. »Das ist einer der Gründe, warum man junge Mädchen nie alleine reisen lassen sollte. Ich zum Beispiel habe das meinen Töchtern nie erlaubt.«

»Sie haben Töchter? Dann können Sie mich doch gewiß verstehen! Stellen Sie sich nur vor, eine Ihrer Töchter wäre in meine Lage geraten.«

Das zynische Lächeln vertiefte sich. »Das kann ich nicht. Meine Töchter sind nämlich absolut reizlos. Weder wäre es einem Kutscher eingefallen, sie in ein Freudenhaus zu bringen, noch hätte dessen Besitzerin versucht, sie dort zu behalten.«

Er war langsam auf Susanna zugegangen und hinter sie getreten. Plötzlich faßte er mit beiden Händen ihre Haare und wühlte sein Gesicht hinein. Susanna überlief ein Schauer des Abscheus, als sie seinen Atem im Nacken spürte. Sie krampfte die Hände um die Lehne. Ruhig, Susanna, ruhig, ermahnte sie sich. Noch ist nichts passiert. Vielleicht redet er nur.

»Das erinnert mich an meine zweite Frau«, sagte Sir Charles verträumt. »Sie hatte auch sehr üppiges Haar. Das war aber auch das einzige, was für sie sprach. Außer ihrem Geld natürlich. Es ist ein Jammer, daß gerade die reichen Erbinnen immer so häßlich sind. Und langweilig dazu. Es war eine Erleichterung für mich, und wahrscheinlich auch für sie, daß sie bei der Geburt ihres ersten Kindes starb. Nebenbei bemerkt – diese häufigen Todesfälle im Kindbett sind eine für die meisten Ehemänner recht erfreuliche Erscheinung.«

Er ließ seine Hände nach vorne gleiten und umfaßte ihre Brüste. Mit einer unbeherrschten Bewegung sprang Susanna auf und stieß ihm den Sessel gegen den Leib.

»Rühren Sie mich nicht an!«

Er betrachtete sie ungerührt. »Diesen Wunsch kann ich dir leider nicht erfüllen. Oder besser, ich will nicht.«

»Wie können Sie nur so unmenschlich sein? Sie wissen doch jetzt, wie ich hierher gekommen bin! Sie werden mich ins Unglück stürzen.«

»Und warum sollte mich das kümmern?« Seine Stimme klang erstaunt. »Ich bin ausschließlich an meiner Person interessiert. Und für mich ist diese Situation ein einmaliger Glücksfall. Eine Jungfrau aus gutem Hause zu verführen, das ist eine höchst prekäre Angelegenheit. Wenn es überhaupt gelingt, muß man sie am Ende noch heiraten – und dieser Preis ist wahrlich zu hoch. Ich spreche aus Erfahrung, denn meine derzeitige Ehe ist das Ergebnis dieses Vorgangs. Da ist mir deine Bekanntschaft entschieden angenehmer – trotz des horrenden Preises.«

Es war zwecklos. Er würde sich nicht erweichen lassen. Vielleicht könnte man ihn ärgerlich machen?

»Sie sind viel zu alt für mich! Ich könnte Ihre Tochter sein.« Aber das traf ihn nicht im mindesten.

»Wie alt bist du? Fünfzehn? Sechzehn? Du könntest sogar meine Enkelin sein. Um so angenehmer für mich! Du wirst im Laufe der nächsten Zeit die Erfahrung machen – und an Erfahrungen wird es dir in diesem Haus nicht mangeln –, daß ältere Männer eine Vorliebe für sehr junge Mädchen haben.«

»Aber ich will Sie nicht«, flüsterte Susanna. »Sie sind widerlich!«

»Das macht doch nichts, mein Täubchen. Ein gewisses Widerstreben erhöht den Reiz ganz beträchtlich. Und Angst erhöht ihn noch mehr ... Ich soll dir von Madame ausrichten, daß bei allzu ausgeprägtem Widerstand die Peitsche auf dich wartet.«

»Aber ich kann mich gar nicht wehren«, sagte Susanna kläglich. »Sie haben mir etwas ins Essen getan. Mir ist jetzt schon ganz schwindelig.«

Sie schwankte leicht hin und her. Sofort war er bei ihr und umfaßte sie. Susanna fühlte ein unbeherrschbares Zittern in sich aufsteigen. Sir Charles spürte es auch – und lächelte. Sie sah seine schadhaften, von Nikotin verfärbten Zähne unmittelbar vor sich und schloß die Augen.

»Schau mich an!« befahl er heiser. »Ich will sehen, wie du dich ekelst!«

Aber Susanna ließ den Kopf auf seine Schulter sinken und machte sich schwer und schlaff in seinem Griff. Sir Charles kicherte und schob sie geschickt zum Bett. Bruchstückhaft tauchte die Erinnerung an Bilder in Papas Kunstbüchern auf. Ein Faun! Er sieht aus wie ein Faun. Sie legte ihm haltsuchend die Hände um den Hals – und drückte mit aller Kraft zu. Ein Gurgeln kam aus Sir Charles Kehle, seine Hände zuckten in die Höhe, um den Griff zu lockern, der ihm die Luft aus der Kehle preßte. Aber bevor er Susannas Handgelenke erreichen konnte, schwanden ihm die Sinne, und seine Arme sanken kraftlos herab. Susanna verstärkte ihren Griff. Sie sah, wie sein Gesicht sich blaurot verfärbte, wie Adern in seinen Augen platzten, wie die Lippen sich öffneten und die Zunge sich herausstreckte. Mit einem gezielten Stoß warf Susanna ihren ersten Kunden aufs Bett. Er blieb bewegungslos liegen.

Sie stand einen Augenblick ganz still und sah auf ihn hinunter. Ihre Hände und Armmuskeln schmerzten von der Anstrengung, ihr Atem ging schnell. Ein Gefühl ungeheurer Erleichterung erfüllte sie und gleichzeitig Abscheu und Ekel. Unwillkürlich wischte sie sich die Hände am Rock ab. Die regungslose Gestalt röchelte leise. Susanna gab sich einen Ruck. Sie mußte ihn noch einmal anfassen! Sie zog ihm den bunten Seidenschal vom Hals und schnürte damit seine Handgelenke zusammen. Dann lief sie zum Schrank. Ein Paar Strümpfe mußte sie wohl opfern – im Austausch für die Luxuswäsche, die sie jetzt trug. Sie hätte sich das Zeug am liebsten vom Körper gerissen und ihre eigenen Sachen angezogen, aber dazu war jetzt keine Zeit. Sie knotete die Strümpfe fest um die Fußgelenke des Bewußtlosen, zog ihn in die Mitte des Bettes und häufte alle Kissen und Decken auf ihn. Falls Madame sie kontrollieren würde – Susanna konnte es sich nicht vorstellen, aber was wußte sie von den Gepflogenheiten in diesen Häusern? –, würde sie nur ein benutztes Bett sehen und sicher annehmen, daß zwei Personen darin lagen.

Sie ließ ihre Blicke durch das Zimmer wandern. Die Kleider fehlten! Selbst der eiligste Kunde würde doch wohl nicht voll bekleidet ins Bett gehen? Und gewiß nicht mit Schuhen. Sie lief zurück zum Bett und hob die Decke von Sir Charles Füßen. Oh Himmel: Lackstiefeletten mit einem guten Dutzend winziger Knöpfe. Das würde zu lange dauern. Hastig zog sie einen Paravent vor den Sessel neben das Bett. Sollte Madame glauben, daß alle Kleider dahinter lagen.

Susanna öffnete die Tür einen Spalt und spähte hinaus. Der Gang war menschenleer. Sie huschte zu Sallys Tür und drückte langsam und vorsichtig die Klinke hinunter.

»Nun sag ja, Schatz«, hörte sie Sally mit schmeichelnder Stimme sagen. »Das ist doch ein toller Jux.«

Susanna atmete auf. Gottseidank, es war der Lord. Jetzt brauchte sie Sally nur noch ein Zeichen zu geben. Behutsam schob sie die Tür weiter auf. Loulou räkelte sich auf dem Bett, die Arme hinter dem Kopf verschränkt, das Schleiergewand bis weit über die Hüften herabgestreift, und ein Mann saß neben ihr und streichelte ihre bloßen Brüste und den nackten Bauch. Er hatte den Rücken zur Tür gewandt, so daß Susanna sein Gesicht nicht sehen konnte, nur die blonden Locken, das weiße Hemd, die dunkle Samtweste, die engen karierten Hosen. Also doch bekleidet, dachte sie automatisch. Der Mann beugte sich vor und begann, Sally zu küssen. Schnell und mit einem hörbaren Klicken zog Susanna die Tür zu. Sie spürte, daß ihr Gesicht brannte. Ich kann doch nicht stehenbleiben und zuschauen, dachte sie verwirrt. Unschlüssig blieb sie vor der Tür stehen.

»Ich hab' dich gesehen«, sagte Sally völlig unbefangen, als sie herauskam: »Er macht mit. Gleich ist die Bahn frei.«

»Ich weiß gar nicht, wie ich dir danken soll! Kann ich dir von draußen nicht irgendwie helfen?«

Sally schüttelte den Kopf. »Mir geht's doch ganz gut hier. Paß lieber auf dich selber auf, Kleine. Eigentlich müßt ich dich ja siezen, wo's schon rund ist im ganzen Haus, daß du was Besseres bist. Ich hab gar nicht gewußt, daß eine Dame so nett sein kann.«

Spontan beugte sich Susanna zu ihr hinunter – Sally ging ihr knapp bis zur Schulter – umarmte sie und gab ihr einen Kuß.

»Danke«, sagte sie einfach.

Sally errötete vor Vergnügen. »Mach's gut, Kleine! Du schafft es!« Sie lief den Gang entlang und die Treppe hinab.

Susanna ging zurück in ihr Zimmer. Aus dem Bett kam ein leises Stöhnen. Es würde eine geraume Zeit dauern, bis sich die Stimme ihres Opfers so weit erholt haben würde, daß es um Hilfe rufen konnte. Hastig stopfte Susanna ihre Sachen in die Reisetasche. Viel besaß sie nicht mehr: Ein altes Reitkleid, etwas Unterwäsche – und natürlich die Luxus-Sachen, die sie auf dem Leibe trug.

Vom Gang tönten Schritte und Stimmen. Sally, in Begleitung mehrerer livrierter Männer, verschwand gerade in ihrem Zimmer. Der Weg war frei!

Susanna zog die Tür hinter sich zu und huschte zur Treppe. Niemand war zu sehen. Sie lief ins nächste Stockwerk und schaute hinunter. Die große Eingangshalle war menschenleer, die Flügel der mächtigen Tür standen offen, und kein Portier hielt Wache. Susanna zögerte. Sie konnte die Straße schon sehen, die ihre Freiheit bedeutete. In weniger als einer Minute konnte sie draußen sein. Aber was würde dann aus Hamlet? Sie hatte ihm das Leben gerettet, als sie ihn als halbflüggen Nestling der Ratte entrissen hatte, und seit diesem Tag war er nicht mehr von ihrer Seite gewichen. Er war der einzige gewesen bei dieser schrecklichen Szene im Hause der Cramptons, der sie verteidigt und ihren Onkel attackiert hatte. Sie konnte ihn doch jetzt nicht im Stich lassen! Wahrscheinlich hatte Madame ihn in die Küche gebracht. Wenn sie ihn schnell fand, konnte sie die Galgenfrist nutzen, die ihr noch blieb, ehe die Diener zurückkamen. Oder sie fand ein unvergittertes Fenster im Erdgeschoß oder eine andere Tür. Küchen waren normalerweise im Hinterhaus. Sie sah sich um.

Sie stand auf dem Podest eines überaus prächtigen Treppenhauses. Madame hatte offensichtlich eine Vorliebe für Rot, Gold und Weiß. In den beiden Gängen, die in die Tiefe des Hauses führten, waren alle Türen weiß lackiert und mit Goldleisten verziert, alle Wände waren mit roter Seide bespannt, die Fenster von weißen Spitzendraperien umgeben, an jedem freien Platz hingen Spiegel und Gemälde in breiten Goldrahmen. Es ist unübersehbar, daß Madames Gewerbe einen golden Boden hat, dachte Susanna. Sie ging schnell in einen Gang hinein, die dikken Teppiche schluckten jedes Geräusch. Da hinten war etwas, das wie eine Dienstbotentreppe aussah. Plötzlich ertönte eine gedämpfte Stimme.

»Aber es ist mir eine Ehre und ein Vergnügen, Ihnen behilflich zu sein, Mylord. Wenn ich einen Vorschlag machen darf, dann gehen wir in mein Zimmer, dort können wir in Ruhe reden.«

Es war Madame! Die Klinke der Tür, neben der Susanna

stand, bewegte sich. Mit zwei Sätzen war Susanna an der nächsten Tür, hatte sie aufgerissen und hinter sich geschlossen. Es war niemand im Zimmer, aber es mußte vor kurzem jemand dagewesen sein, denn auf dem Tisch in der Mitte des großen Teppichs und auf dem Sekretär brannten Lampen.

»Hier hinein, bitte«, sagte Madames Stimme vor der Tür. Das war ja zum Verzweifeln! Es gelang Susanna gerade noch, sich hinter ein Sofa zu ducken.

»Darf ich Sie bitten, Platz zu nehmen? Und würden Sie mir die Ehre erweisen, ein Glas Sherry mit mir zu trinken?« So höflich war sie zu Sir Charles nicht gewesen. Es mußte ein besonders wichtiger Kunde sein. Vielleicht der Lord mit der Glückssträhne beim Roulette? Susanna merkte an dem Beben des Sofas, daß jemand sich gesetzt hatte, und am Rascheln der Röcke, daß es Madame sein mußte. Dann wurde ein Sessel über den Teppich geschoben, Gläser klirrten, und eine Männerstimme sagte:

»Ich bin Ihnen sehr verbunden, Madame, daß Sie bereit sind, mir zu helfen. Wie ich Ihnen bereits sagte, handelt es sich um eine persönliche Angelegenheit, und ich möchte Sie um größte Diskretion bitten.« Er machte eine Pause und fuhr dann mit veränderter Stimme fort: »Und wer immer da hinter dem Sofa hockt, der sollte besser schleunigst verschwinden.«

»Ich ... ich verstehe nicht ...« sagte Madame erstaunt. »Dies ist mein Arbeitszimmer. Außer mir kommt hier kein Mensch herein.«

»Ich fürchte, Sie irren sich, Madame. Sie brauchen nur den Kopf zu drehen, um sich davon zu überzeugen.«

Susanna blieb regungslos hocken, den Kopf auf den Knien. Sie fühlte sich schwach und schwindelig. Sie war entdeckt. Die Schabracken des Sofas reichten nicht ganz bis zum Boden, der Mann mußte ihre Füße dahinter gesehen haben. Madame schaute über die Rückenlehne, sah die roten Haare und sprang auf.

»Was soll das heißen? Wo ist Sir Charles?«

Susanna suchte verzweifelt nach einer plausiblen Erklärung. »Er hat mich geschickt, weil er mit Ihnen reden will.«

»Und warum versteckst du dich dann hinter meinem Sofa?«

Madames Stimme war anzumerken, daß sie kein Wort glaubte. »Wie kommst du überhaupt hierher?«

In Susannas Kopf wirbelten die Gedanken, aber sie ließen sich nicht fassen. Ihr fiel keine Antwort ein. Sie stand langsam auf und sah Madame schweigend an.

»Geh sofort in dein Zimmer«, sagte Madame scharf. »Ich werde gleich nachkommen.«

Susanna rührte sich nicht. Diese Frau hatte es gewagt, sie zu schlagen. Sie hatte ihre Unerfahrenheit ausgenutzt und sie erbarmungslos einem reichen Scheusal in die Arme geworfen. Susanna fühlte eine heiße Welle durch ihren Körper rollen, eine Welle von solcher Wut, daß das Gefühl der Hilflosigkeit und Erschöpfung völlig darin verschwand. Sie warf den Kopf in den Nacken.

»Ich gehe nicht zurück! Sie haben mich eingesperrt und wollten mich ruinieren und mich festhalten in diesem Haus. Aber Sie haben sich verrechnet. Ihr Sir Riley wird Ihnen sagen, was passiert, wenn man mich zwingen will. Es wird allerdings noch einige Zeit dauern, bis er wieder sprechen kann.«

Madame hörte diese Worte mit bemerkenswerter Gelassenheit. Susanna war nicht das erste Mädchen, das sich ihrem Regiment widersetzte.

»Das wird dir noch leid tun«, sagte sie bloß und streckte die Hand nach dem Klingelzug aus. Susannas Arm schoß vor. Blitzschnell hatte sie Madame am Handgelenk gepackt und ihr den Arm auf den Rücken gedreht. Madame stöhnte auf.

»Sie werden niemanden zur Hilfe rufen!« Susanna zog den

Arm ein wenig höher. Es bereitete ihr eine wilde Freude, Madame stöhnen zu hören.

»Mylord!« flehte Madame.

Der Herr hatte sich höflich erhoben, als Madame aufgesprungen war, und stand jetzt neben dem Sessel, das eine Bein lässig über das andere gekreuzt, die Hand leicht auf der Lehne. Susanna fuhr herum, ihre Beute mit sich ziehend, und funkelte ihn an.

»Wagen Sie nicht, sich zu rühren!«

»Ich wüßte nicht, wie Sie mich daran hindern könnten.«

»Ich werde ihr den Arm ausrenken«, drohte Susanna.

»Es gibt Schlimmeres als einen ausgerenkten Arm«, erwiderte der Herr unbeeindruckt.

Susanna musterte ihn feindselig. Er war auffallend groß und schlank, fast mager, mit schwarzem, militärisch kurzgeschnittenem Haar, das sich in starken Locken krauste. Die Augenbrauen waren ebenfalls schwarz, sehr breit und dicht, was dem Gesicht einen düsteren Ausdruck gab, die tiefliegenden Augen blickten so kalt und starr, daß Susanna sofort überzeugt war, daß ein Appell an sein Mitleid sinnlos sein würde. Auch das kantige Kinn und die große, vorspringende Nase verrieten kein entgegenkommendes Wesen. Die Haut war bleich, nur auf den mageren Wangen lagen bläuliche Schatten. Ein Basilisk, dachte Susanna. Die Andeutung eines Lächelns kräuselte die Lippen des dunklen Herrn.

»Diese junge Dame hat Augen wie eine Katze und funkelt mich auch genauso an. Wahrscheinlich würde sie mir am liebsten mit allen zehn Fingern durch's Gesicht fahren«, sagte er zu Madame.

»Wenn Ihr Ruf nur zur Hälfte berechtigt ist, würde sie das sehr zu bedauern haben.« Madame war trotz der Mißlichkeit der Lage bemüht, höflich zu antworten, fügte dann aber flehend hinzu. »So tun Sie doch etwas, ich bitte Sie!«

»Er wird nichts tun!« rief Susanna. »Denn wenn er nur eine einzige Bewegung macht, dann wird er zwei Tote auf dem Gewissen haben.«

Noch während sie sprach, hatte sie sich vorgebeugt, die Karaffe auf dem Tisch ergriffen und mit aller Kraft gegen die Tischkante geschlagen. Das Glas zersplitterte mit lautem Klirren. Der Sherry ergoß sich in einem Schwall auf Madames rotes Seidenkleid. Susanna setzte ihrer Gefangenen die zerbrochene Flasche an den Hals.

»Wenn Sie Hilfe holen, schneide ich ihr die Kehle durch.«

Ihre Stimme zitterte nur ein bißchen. »Und dann schneide ich mir die Pulsadern auf und die Halsschlagader und springe aus dem Fenster. Lebendig kriegt mich keiner!«

Der dunkle Herr betrachtete sie nachdenklich. »Es scheint mir übertrieben, gleich drei Todesarten zu wählen. Würde nicht eine genügen?«

»Wenn Sie nur die geringsten medizinischen Kenntnisse hätten, dann würden Sie wissen, daß es eine ziemliche Zeit dauert, bis man verblutet. Dieses Risiko würde ich nicht eingehen wollen.«

Ihre Antwort schien den Herrn aus irgendeinem Grund zu erheitern. Madame wandte impulsiv den Kopf, um etwas zu sagen, verschluckte ihre Worte aber, als sich der scharfgezackte Flaschenrand in ihren Hals bohrte. Ein paar winzige Blutströpfchen erschienen.

»Mylord!« flüsterte Madame drängend.

Seine Lordschaft ließ sich nicht drängen. Er stand entspannt und lässig da, wie bei einem zwanglosen kleinen Empfang, und die dramatische Szene vor ihm schien ihn nicht im mindesten zu beeindrucken. Schließlich nickte er mehrmals. Er schien einen Entschluß gefaßt zu haben.

»Das ist genau die Sorte Mädchen, mit der ich ein Geschäft

machen könnte, Madame. Ich würde vorschlagen, Sie überlassen sie mir, da sie ohnehin nicht bei Ihnen bleiben will.«

Madame nickte schwach. Sie war offensichtlich bereit, alles zu tun, damit dieses Mordinstrument von ihrem Hals genommen wurde. Der dunkle Herr wandte sich an Susanna.

»Mein wertes Fräulein Katze, ich gebe Ihnen mein Ehrenwort, daß Sie dieses Haus unbeschadet verlassen können. Ich möchte Ihnen einen Vorschlag unterbreiten. Wenn Sie nicht darauf eingehen wollen, können Sie gehen, wohin Sie wollen. Aber Sie sollten sich mein Angebot zumindest anhören. Sie können sehr viel Geld dabei verdienen.«

»Und wer sagt mir, daß ich mich auf Ihr Ehrenwort verlassen kann?«

Über sein bleiches Gesicht flog eine leichte Röte, seine Augen verengten sich und betrachteten Susanna mit einer solchen Mischung von Hochmut und Verachtung, daß sie errötete. Starr' mich ruhig an mit deinem Basiliskenblick! *Mir* jagst du keine Angst ein, dachte sie böse. Sie wußte wohl, daß ihre Frage eine schwere Beleidigung für jeden Mann von Ehre war. Im Salon ihrer Tante wäre sie jetzt wahrscheinlich am liebsten in den Boden versunken. Aber diese Zeiten waren vorbei! Susanna hatte während der letzten Tage einiges gelernt von den Menschen und speziell von den Männern. Ein Typ wie Charles Riley würde wahrscheinlich genauso beleidigt tun wie dieses Gerippe mit dem Totenschädel da vor ihr. Sie blies die Backen auf und pustete sich eine Strähne aus der Stirn. Er sollte sich nur nicht einbilden, daß sie sich von ihm beeindrucken ließ. Schließlich befand sich dieser Ehrenmann in einem höchst unehrenhaften Haus.

»Das ist seine Durchlaucht Lord Jonathan Sinclair, der Earl of Shore, du Dummkopf«, zischte Madame.

»Der Name sagt mir gar nichts«, zischte Susanna zurück.

»Und die Tatsache, daß Sie ihn kennen und daß er in diesem Haus verkehrt, spricht eindeutig gegen ihn.«

Auf einmal lächelte der Basilisk. »Recht hast du, Kätzchen. In deinem Gewerbe ist Vorsicht besser als Nachsicht. Was schlägst du also vor?«

»Erstens, daß Sie mich nicht so herablassend behandeln«, sagte Susanna wütend. »Zweitens, daß Sie Ihre unverschämten Andeutungen über mein Gewerbe unterlassen. Nehmen Sie bitte ein für allemal zur Kenntnis, daß ich in diesem Haus gefangengehalten werde. Sonst brauchen wir überhaupt nicht weiter zu reden.«

Der Earl verneigte sich schweigend. Das sollte wohl Zustimmung bedeuten. Er hätte sich ruhig entschuldigen können, fand Susanna. Aber sie hatte ja gleich gesehen, daß er hochmütig und eiskalt war. »Und drittens«, fuhr sie fort – und verstummte. Madame seufzte abgrundtief. Ihre Lage war auch für die stärksten Nerven eine Zumutung.

»Psst!« machte Susanna ungerührt. »Ich muß mich konzentrieren.«

Ein Muskel in Lord Sinclairs Mundwinkel begann zu zucken. Was war das für ein merkwürdiges Mädchen!

»Und drittens«, wiederholte Susanna nach einiger Zeit, »nehme ich Ihr Angebot an – unter einigen Bedingungen. Die erste ist: Ich gehe nicht ohne Hamlet! Läuten Sie jetzt und lassen ihn holen. Ich nehme an, daß Ihr Personal vernünftig genug ist, Ihr Leben nicht in Gefahr zu bringen.«

Madame biß sich auf die Lippen. »Das ist … ich fürchte …« Sie verstummte.

»Lassen Sie ihn sofort holen«, befahl Susanna scharf.

Sichtlich widerstrebend streckte Madame die Hand nach dem Glockenzug und läutete. Ein würdevoller Butler öffnete die Tür – und sah seine Herrin in Lebensgefahr, brutal bedroht von einer grimmig blickenden jungen Dame, an deren gestrige Ankunft er sich durchaus erinnerte. Er bewies seine Zugehörigkeit zur Spitze seiner Zunft, indem er seine Gefühle mit keinem Wimpernzucken verriet, sondern sich nur gemessen verneigte und mit farbloser Stimme fragte: »Madame haben geläutet?«

Madame wandte ihm ein unter all der dick aufgetragenen Schminke sichtlich erbleichtes Gesicht zu und sagte mit gepreßter Stimme: »Erinnern Sie sich an den Vogel, Parker?«

Parker neigte bejahend sein unerschütterliches Gesicht. »Der, dem die Köchin den Hals umdrehen sollte?«

»Waas?« kreischte Susanna.

Der Butler ließ seinen gleichgültigen Blick zu ihr wandern. Ein Hauch von Leben kam in seine ausdruckslosen Augen. »Die Köchin hat sich geweigert, Miß. Sie faßte eine spontane Zuneigung zu dem Vogel. Sie hat förmlich einen Narren an ihm gefressen, wenn ich so sagen darf. Das gesamte Personal hat das. Es ist ein ganz ungewöhnliches Tier, wenn ich mir diese Bemerkung erlauben darf, Miß. So gebildet und so amüsant und ...«

Er hörte ein Schnauben von seiner Herrin und verfiel wieder in seine standbildhafte Unbeweglichkeit. Susanna nickte heftig.

»Ja, da haben Sie recht, das ist Hamlet wirklich. Würden Sie jetzt bitte so freundlich sein, ihn zu holen?«

Der Butler neigte würdevoll den Kopf, verschwand und kam nach wenigen Minuten mit dem Vogelkäfig samt Bewohner zurück. Hamlet schlug aufgeregt mit den Flügeln und schrie durchdringend:

»Oh, Susanna, oh, Susanna!«

»Ist ja gut, Hamlet, ist ja gut, mein Alter! Warte noch ein bißchen, ich kann dich jetzt nicht nehmen.«

Ihr Gesicht glänzte. Ihre dunkle Stimme, die Drohungen und Befehle mit metallischer Härte gesprochen hatte, klang so zärtlich, daß Lord Sinclair sie erstaunt betrachtete.

»Oh, Susanna, oh, Susanna!« Hamlet konnte sich gar nicht beruhigen.

»Ist das Ihr Name? Wie überaus passend. Die keusche Susanna!«

»Besser keusch als ein Bordellbesucher!« Die Worte waren heraus, ehe Susanna sie zurückhalten konnte. Sie biß sich auf die Lippen. Tante Honoria hatte recht, sie war wirklich unmöglich. Eine junge Dame ihrer Kreise kannte diesen Begriff nicht, zumindest sprach sie ihn nicht aus, schon gar nicht in Gegenwart eines Herren, und erst recht nicht, um ihn herabzusetzen. Sogar Madame schien ihren Schnitzer zu empfinden.

»Lord Sinclair ist zum erstenmal in unserem Hause«, sagte sie zurechtweisend.

»Ich bin Ihnen sehr dankbar für Ihr Leumundszeugnis, Madame. Am Ende würde mich Miß Susanna noch wegen moralischer Bedenken zurückweisen.«

Der Sarkasmus in seiner Stimme war unüberhörbar. »Sie sprachen doch von mehreren Bedingungen für unser Abkommen?«

Susanna nickte, erleichtert, daß er das Thema wechselte. »Stellen Sie sich bitte neben Parker an die Tür. Und Sie, Madame, gehen ein paar Schritte mit mir nach rechts. Und jetzt bücken Sie sich, stellen meine Reisetasche auf den Tisch und machen sie auf.«

Sie hielt die zersplitterte Flasche noch immer gegen Madames Hals und sah schnell zwischen ihrer Gefangenen und den Männern hin und her. Sie mußte jetzt drei mögliche Angreifer im Auge behalten. Als die geöffnete Reisetasche vor ihr stand, griff sie mit der linken Hand hinein, fingerte den Verschluß des doppelten Bodens auf und zog die Pistole heraus. Drei Augenpaare blickten die Waffe an: Madame entsetzt, Parker ungläubig, Lord Sinclair mit unverhohlenem Interesse. Susanna legte die zerbrochene Flasche auf den Tisch und hielt die Pistole an Madames Schläfe.

»Mir ist diese Waffe vertrauter und daher angenehmer. Ich

habe die ganze Zeit bedauert, daß ich nicht an sie herankam. Außerdem habe ich damit eine größere Reichweite.« Sie zielte kurz auf die beiden Männer. Parker hüstelte nervös, Lord Sinclair schien deutlich amüsiert. Entweder er nahm sie nicht ernst, oder er war erstaunlich kaltblütig. Madame, die aufgeatmet hatte, als sich die Pistole von ihrer Schläfe entfernte, stöhnte leise auf, als sie den Lauf wieder spürte.

»Ich habe doch schon eingewilligt, daß du gehst«, sagte sie gequält.

»Vielleicht ist Miß Susanna noch nicht fertig mit ihren Bedingungen«, vermutete Lord Sinclair.

Susanna nickte wieder. »Ich will, daß der Kutscher Jem bestraft wird, denn der hat mich hierhergebracht und mir erzählt, dieses Haus wäre ein anständiges Hotel für junge Mädchen.«

Bei diesen Worten konnte der Earl ein Lächeln nicht unterdrücken. Susanna sah es und fauchte ihn an:

»Für Sie mag das ein Grund zur Heiterkeit sein, aber für die armen Geschöpfe, die da oben gefangengehalten werden, ist das keineswegs zum Lachen, das kann ich Ihnen versichern. Das ist noch schlimmer als Sklaverei und Ausbeutung. Aber daran verschwenden Leute Ihres Schlages wohl keine Gedanken!«

»Nun mach mal halblang, Mädchen!« Madame vergaß ihre bisherige gewählte Ausdrucksweise – teils aus Ärger über die Anschuldigungen, teils weil ihre Nerven dem Druck der Pistole an ihrem Kopf nicht mehr standhielten. »Den Mädels geht's doch allen prächtig! Essen und Trinken, soviel sie wollen und alle naselang ein neues Kleid. Was weißt du denn, wie's anderswo zugeht? Und wovor ich sie bewahrt habe! Bist du mal in den Slums von London gewesen? Oder in den Kaschemmen an den Docks?«

Susanna war einen Moment abgelenkt. »Davon weiß ich wirklich nichts. Ich war noch nie in London.«

Der Butler glaubte, ihre Unaufmerksamkeit ausnützen zu

können, und schob sich unauffällig näher. Aber er hatte nicht mit Susannas Reaktionsschnelle gerechnet. Wie konnte er auch etwas ahnen von der jahrelangen Schulung durch einen so exzellenten Soldaten wie Jasper Whittlay? Ein ohrenbetäubender Knall ertönte, der deckenhohe Kristallspiegel neben der Tür zerbarst in einem Scherbenregen. Der Butler, der den Luftzug der Kugel an seinem Ohr gespürt hatte, stand wie eine Salzsäule.

»Ich habe absichtlich daneben geschossen«, sagte Susanna kühl. »Das nächste Mal ziele ich genau.«

Madame war, einer Ohnmacht nahe, auf dem Sofa zusammengesunken. Eine fürchterliche Sekunde lang hatte sie geglaubt, der Schuß gelte ihr.

»Das war ein echter Venezianer Spiegel«, jammerte sie kraftlos.

»Seien Sie froh, daß Sie so billig davonkommen«, sagte Susanna verächtlich. »Wenn ich Sie vor Gericht bringen würde, und das täte ich am liebsten, dann kämen Sie ins Gefängnis.«

Dieser Drohung hatte Madame nichts entgegenzusetzen. Sie wandte sich an ihren Besucher.

»Mylord, ich will gewiß nicht unhöflich erscheinen, aber ich wäre Ihnen dankbar, wenn Sie mein Haus so schnell wie möglich verlassen würden, und zwar in Begleitung dieses Mädchens.«

»Ich habe großes Verständnis für Ihren Wunsch, Madame! Miß Susanna, Sie haben jetzt Ihren Vogel, Ihre Pistole und hiermit mein Versprechen, daß ich mein Möglichstes tun werde, um Ihren Entführer zu bestrafen. Sind Sie bereit, mit mir zu kommen?«

Susanna zögerte: »Mein Vater hat immer gesagt, daß man den Rückzug genauso sorgfältig planen muß wie den Angriff.« Sie dachte nach, zwirbelte mit der linken Hand eine Locke um den

Zeigefinger und ließ mit der Rechten die Pistole auf Madames Brust wandern.

»Wo ist der Schlüssel zu diesem Zimmer?«

Madame griff in ihre Rocktasche und reichte Susanna mit bebenden Fingern einen Schlüssel. Susanna wandte sich an den dunklen Herrn.

»Würden Sie jetzt bitte meine Reisetasche und den Vogelkäfig nehmen? Solange ich in diesem Hause bin, möchte ich die Hände frei haben.«

Lord Jonathan Sinclair, Earl of Shore, zögerte nur den Bruchteil einer Sekunde. Noch nie hatte ihn jemand aufgefordert, Gepäck zu tragen. Dann nahm er Susannas Habseligkeiten, ging zur Tür und öffnete sie.

»Im Gang ist niemand«, meldete er.

Susanna scheuchte den Butler mit einer Pistolenbewegung in die Zimmerecke und wandte sich an Madame. Madame zitterte. Susanna sah sie an, dann zuckte sie die Achseln. Hier war jedes Wort verschwendet.

»Wagen Sie nicht zu läuten, bevor zehn Minuten vorbei sind«, sagte sie nur, während sie rückwärts zur Tür ging. Sie verschloß sie von außen und schob den Schlüssel in ihre Rocktasche. Vorläufig würde niemand heraus oder hinein können. Dann ging sie schnell neben Lord Sinclair auf die Treppe zu.

Auf dem Podest blieb sie jäh stehen: Die Lakaien standen wieder in der Eingangshalle! Ihr Begleiter war ihrem Blick gefolgt.

»Ich würde Ihnen empfehlen, die Pistole in die Tasche zu stecken«, sagte er ruhig. »Ich weiß, daß Sie imstande sind, sich den Weg freizuschießen, aber ich glaube, es wäre angenehmer, wenn wir das Haus ohne Aufsehen verlassen würden.«

Susanna schob die Waffe in die Rocktasche, hielt aber den Finger am Abzug. Lord Sinclair stieg gelassen die Treppe hinunter. Er neigte den Kopf leicht zu ihr hinunter.

»Es wäre vielleicht besser, den Anschein einer zwanglosen Unterhaltung zu erwecken, statt wie ein verschrecktes Kaninchen nach unten zu starren«, schlug er vor.

Susanna schaute ihn empört an. Sie mußte den Kopf ein bißchen in den Nacken legen, um seine Augen sehen zu können. Wie konnte ein Mensch nur so groß sein?

»Ich starre nicht wie ein verschrecktes Kaninchen, sondern ich überlege mir, auf wen ich zuerst schießen werde, falls sie uns angreifen.«

»Sie werden uns nicht angreifen«, sagte er überzeugt.

Und tatsächlich konnte Susanna wenig später beobachten, daß der Basiliskenblick bei anderen Menschen seine Wirkung nicht verfehlte. Was immer die Lakaien von dem seltsamen Paar gedacht haben mochten – ein auffallend langer Herr, der trotz seines eleganten Anzuges eine Reisetasche und einen Vogelkäfig trug, in Begleitung eines ebenfalls sehr großen Mädchens mit hüftlangen roten Haaren, ohne Mantel und Hut – sobald der kalte Blick auf Ihnen ruhte, verwandelten sie sich in reinen Diensteifer.

»Meinen Stock und meinen Hut! Und eine Droschke, so schnell wie möglich!«

Er sprach, ohne die Stimme zu erheben, aber mit einem derart herrischen Unterton, daß sich die Lakaien hastigst bewegten. Der erste nahm Mylord die Tasche ab, der zweite den Käfig, der dritte erschien im Handumdrehen mit einem Zylinder und einem Ebenholzstock mit Silberknauf, der vierte sprang auf die Straße und pfiff gellend nach einer Droschke. Durch den fünften, der sich untertänigst erlaubt hatte, zu fragen, ob er den Mantel des gnädigen Fräuleins holen sollte, ging der hochmütige Blick hindurch, als ob der beflissene Frager aus Luft bestünde, und der Mann zog sich verwirrt zurück. Draußen rollte die Droschke vor.

»Ich wünschte, jetzt käme Jem, dann könnten Sie ihm gleich eins über den Schädel geben«, flüsterte Susanna rachsüchtig.

Die Vorstellung, in eine Rauferei mit einem ordinären Droschkenkutscher verwickelt zu werden, hatte wenig Verlockendes für Lord Sinclair, und er hörte mit Erleichterung, daß Susanna beim Anblick des Kutschers enttäuscht murmelte: »Das ist er nicht.«

7. Kapitel

Ein Lakai riß den Schlag auf, die anderen schoben Tasche und Käfig hinein und klappten das Trittbrett herunter. »Grosvenor Square«, sagte Lord Sinclair zu dem Kutscher, half seiner Begleiterin höflich die Stufen hinauf und setzte sich ihr gegenüber. Ein Lakai schloß die Tür, die Pferde trabten an. Susanna zog die Pistole aus der Tasche und verstaute sie sorgfältig in ihrem Versteck in der Reisetasche. Dann sank sie auf ihrem Sitz zusammen und schloß die Augen.

»Lieber Gott, ich danke dir!« flüsterte sie inbrünstig. Sie fühlte sich auf einmal so müde, daß sie am liebsten auf der Stelle eingeschlafen wäre. Aber da saß ja noch dieser Lord Sowieso und wollte ein Geschäft mit ihr machen. Er hatte dem Kutscher eine Adresse genannt, das hatte sie gehört. Dabei hatte er doch bei Madame erklärt, daß sie selbst entscheiden könne, wohin sie gehen wolle. Ob sie etwa vom Regen in die Traufe gekommen war? Der Schreck, der sie bei dieser Vorstellung durchzuckte, machte sie hellwach.

»Ich möchte zum Bahnhof. Würden Sie mich bitte dorthin bringen.«

»Selbstverständlich, wenn Sie das wünschen. Aber wollen Sie sich nicht erst anhören, was ich Ihnen für einen Vorschlag zu machen habe?«

Er wollte also tatsächlich ein Geschäft mit ihr machen und hatte nicht vor, sie zu entführen. Susanna entspannte sich. »Also gut. Was ist das für ein Vorschlag?«

»Ich bin einem Geheimnis in meiner Familie auf der Spur, einem dunklen Geheimnis, fürchte ich. Ich brauche dazu eine mutige und einfallsreiche junge Dame, die bereit wäre, für einige Zeit meine Verlobte zu spielen. Ich muß erwähnen, daß diese Aufgabe unter Umständen nicht ungefährlich ist, aber ich würde dafür eine angemessene Summe zahlen.«

Susanna dachte nach. Der Basilisk hatte zweifellos eine Gabe, ungewöhnliche Wünsche knapp zu formulieren. Dunkles Geheimnis – tapferes Mädchen – nicht ungefährlich – das waren Worte, die sie unmittelbar ansprachen. Das Wort Verlobte allerdings, nun ja. Sie zwirbelte eine Locke um den Zeigefinger.

»Und was müßte ich tun als Ihre Braut?« fragte sie vorsichtig.

»Nichts Ehrenrühriges, wenn es das ist, was Sie beunruhigt. Sie scheinen recht strenge Moralbegriffe zu haben, und die werde ich selbstverständlich respektieren.«

Sie betrachtete ihn mißtrauisch. In der Kutsche war es dunkel, und sie konnte sein Gesicht nicht erkennen, aber sie hatte das deutliche Gefühl, daß er sich über sie lustig machte.

»Es gibt Dinge, die nicht ehrenrührig sind und trotzdem – hm – unangenehm.«

»Welche zum Beispiel?«

Herrjeh, war dieses Gerippe begriffsstutzig!

»Händchenhalten und sich Anschmachten zum Beispiel«, sagte sie ärgerlich. »Und Küsse!«

Der Earl schwieg einige Minuten. Er schwankte zwischen Amüsement und Indigniertheit. Was bildete dieses Mädchen sich ein? Als er schließlich sprach, war seine Stimme farblos.

»Dies ist eine geschäftliche Unterredung, Miß Susanna, und als Geschäftspartner wollen wir ehrlich zueinander sein und die üblichen höflichen Floskeln außer acht lassen. Ihre Abneigung gegen verliebtes Betragen, speziell gegen Küsse, kann ich durchaus verstehen, und ich versichere Ihnen hiermit, daß ich keineswegs die Absicht habe, Ihnen – und mir – diese Intimitäten zuzumuten. Ich habe noch nie ein Mädchen gegen seinen Willen geküßt! Und wenn es Sie beruhigt, kann ich Ihnen außerdem ehrlich versichern, daß Sie erstens überhaupt nicht mein Typ sind, und daß ich zweitens eine Braut engagieren muß, weil ich eine tatsächliche Bindung auf alle Fälle vermeiden will.«

Was immer er mit diesen barschen Worten beabsichtigt haben mochte, das Ergebnis entsprach nicht seinen Erwartungen.

Susanna fühlte sich weder in die Schranken gewiesen noch in ihrer Eitelkeit getroffen, sondern sagte erleichtert: »Dann ist ja alles gut! Sie müssen nämlich wissen, ich liebe Gefahren und dunkle Geheimnisse und habe immer davon geträumt, in ein Abenteuer verwickelt zu werden.«

Der Earl hielt ihr seine Hand hin. »Dann ist es also abgemacht? Sie spielen meine Braut?«

Susanna legte ihre Hand in die seine. Die mageren Finger umfaßten die ihren mit festem Druck.

»Abgemacht! Ich nehme ihr Angebot an. Sie können meine Hand jetzt loslassen.«

»Sie haben vergessen, mich nach dem Honorar zu fragen«, erinnerte Lord Sinclair sie etwas spitz. Das Mädchen hatte eine abweisende Art, die ihn eigentümlich irritierte. Er war es nicht gewöhnt, mit derartiger Kühle behandelt zu werden.

»Ich bin nicht sehr erfahren in Gelddingen«, gab Susanna unumwunden zu. »Ich bin Ihnen sehr verbunden, daß ich mit Ihrer Hilfe aus diesem gräßlichen Haus herausgekommen bin und daß Sie mir einen Posten angeboten haben. Ich vertraue darauf, daß Sie mich angemessen bezahlen.«

Lord Sinclair drehte seinen breiten, goldenen Siegelring um den Mittelfinger und überlegte. Das war wirklich ein höchst seltsames Mädchen! Sollte es tatsächlich ein weibliches Wesen geben, dem Geld gleichgültig war? Der Earl hatte einige Erfahrungen mit dem schönen Geschlecht, aber so ein Exemplar war ihm noch nicht vorgekommen.

»Ihr Vertrauen ehrt mich, Miß Susanna«, sagte er förmlich und verneigte sich. Er machte eine Pause und ließ den Ring wieder um seinen Finger kreisen. »Ich werde Ihnen jetzt etwas über mein dunkles Geheimnis erzählen. Ich hatte einen Bruder, Timothy, vier Jahre jünger als ich. Unser Vater starb, als wir beide noch klein waren, und wir hingen sehr aneinander. Vor fünf Jahren wurde mein Regiment nach Indien geschickt.«

»Sie sind Soldat?« fragte Susanna impulsiv. »Mein Vater war auch …« Sie brach ab. Was ging ihn ihre Familie an? Er wartete einen Moment, daß sie weitersprach, dann fuhr er fort, als ob sie nichts gesagt hätte.

»Ich war damals Leutnant im Vierten Regiment Ihrer Majestät Dragoner. Schon kurz nach unserer Ankunft wurden wir in ein Scharmützel mit Aufständischen verwickelt. Ich wurde schwer verwundet und beim Rückzug als tot auf dem Schlachtfeld liegengelassen. Die Aufständischen fanden mich später und nahmen mich mit. Es grenzt an ein Wunder, daß ich überlebte und daß es mir nach Monaten gelang, aus der Gefangenschaft zu fliehen. Da war die Nachricht von meinem Tode natürlich längst in England eingetroffen. Wenig später hatte Timothy bei einem

Besuch in London eine junge Dame kennengelernt und sie vom Fleck weg geheiratet. Ihre Eltern waren gegen die Verbindung, weil er noch nicht großjährig war. Mein kleiner Bruder, erschüttert durch meinen Tod und zum ersten Mal verliebt, entführte seine Schönheit – auf ihr Betreiben hin, wie ich inzwischen weiß, und heiratete sie mit Sonderlizenz. Es waren ohnehin nur noch zwei Monate bis zu seinem 21. Geburtstag. Er war jetzt der Earl of Shore und Besitzer eines beträchtlichen Vermögens – denn ich galt ja als tot. Meine Schwägerin Rachel fühlte sich nicht wohl auf Wimberley. Das Klima bekam ihr angeblich nicht, aber ich glaube, es war eher die Einsamkeit, die sie nicht vertrug. Sie zog mit Timothy von einem mondänen Bad ins nächste, und dort war sie so munter, wie man nur wünschen – oder vielmehr nicht wünschen kann bei einer jungverheirateten Frau, wenn man den Gerüchten glauben darf. Es war ein Schock für meine Schwägerin, daß ich noch am Leben war. Sie waren in Bath, als ich zurückkam, und ich besuchte sie dort. Timothy war außer sich vor Freude. Aber Rachel gab sich nicht einmal Mühe, ihre Wut zu verbergen. Ihr Mann war auf einmal nur ein jüngerer Bruder, ohne Aussicht auf den Titel und das Vermögen. Ich weiß nicht, was schlimmer für sie war. Sie befand sich übrigens in anderen Umständen, und Timothy war stolz und glücklich darüber. Ich reiste bald wieder ab, und es vergingen Wochen, ehe ich ihn wiedersah. Als er nach Hause kam, erkannte ich ihn fast nicht wieder. Das Gesicht war ausgezehrt, er bestand nur noch aus Haut und Knochen, und er hustete ständig. Trotz seines Protestes holte ich unseren alten Arzt. Der war genauso entsetzt wie ich, aber er konnte auf Anhieb nichts finden. Er müsse ihn längere Zeit beobachten, sagte er, aber am nächsten Morgen reiste Timothy wieder ab, ohne mir zu sagen, warum er eigentlich gekommen war. ›Ich bin unruhig‹, sagte er. ›Ich will dabei sein, wenn das Kind kommt.‹«

Der Earl preßte die Lippen zusammen und schwieg. Seine

Stimme war ohne jeden Ausdruck, als er weitersprach. »Ich habe ihn nicht wiedergesehen. Die Nachricht von seinem Tod und die von der Geburt seines Sohnes kamen gleichzeitig. Er hat ihn noch gesehen, bevor er starb. Er war kaum von der Wiege wegzubringen, sagte Rachel. In der nächsten Nacht hat er einen Erstickungsanfall gehabt, und ehe der Arzt kam, war er schon tot. Das ist jetzt vier Jahre her.«

Es sieht so aus, als ob er es immer noch nicht verwunden hätte, dachte Susanna, die ihn verstohlen betrachtete. Im spärlichen Licht der Straßenlaternen war das Gesicht so starr wie eine Maske, die Falten um den Mund tief eingekerbt.

»Ich will sie nicht mit der Schilderung dieser vier Jahre langweilen«, fuhr Lord Sinclair fort. »Das Trauerjahr war gerade vorüber, da starb erst die Mutter, wenige Monate später der Vater meiner Schwägerin. Rachel fuhr, in Begleitung einer alten Tante, in ihr Elternhaus und pflegte beide wochenlang bis zu ihrem Tode – wie sich das für eine liebende Tochter gehört. Der kleine Thomas blieb selbstverständlich bei meiner Mutter auf Wimberley.«

Wieso selbstverständlich? dachte Susanna. Viel selbstverständlicher wäre es doch gewesen, das Kind mitzunehmen.

»Die Tante ist übrigens von zartester Konstitution und darüber hinaus sehr empfindsam, denn sie wird in regelmäßigen Abständen von immer neuen Leiden heimgesucht und kann dann niemanden um sich haben außer der lieben Rachel. Also muß meine Schwägerin häufig nach London fahren, um sie zu pflegen, natürlich ohne ihren Sohn, denn einem Kind kann man die Atmosphäre eines Krankenzimmers ja nicht zumuten. Sie ist eine aufopfernde Seele.« Seiner Stimme war anzuhören, daß er seine Schwägerin ganz anders einschätzte.

Wann kommt er denn bloß endlich zur Sache? fragte sich Susanna verzweifelt. Der Hunger war ein wütender Schmerz in ihrem Bauch. Die Zunge klebte ihr am Gaumen. Sie spürte, wie ihr am ganzen Körper der kalte Schweiß ausbrach. Wann hatte sie das letzte Mal etwas getrunken? Richtig, heute früh, das Waschwasser aus der goldgeränderten Kanne, lauwarm und schal, aber garantiert ohne Betäubungsmittel. Und gegessen? Lieber Himmel, das war ja mehr als vierundzwanzig Stunden her. Kein Wunder, daß ihr vor Hunger schwindelig wurde. Vor ihren Augen begannen kleine, schwarze Punkte zu kreisen. Lord Sinclairs Stimme kam aus weiter Ferne. Sprach er immer noch?

»Verzeihen Sie bitte, daß ich Sie unterbreche. Ich – ich will gewiß nicht unhöflich sein und sagen, daß mich Ihre Geschichte nicht interessiert. Ich fürchte nur –«

Sie stockte. Ihr Gegenüber schien auf einmal hin und her zu schwanken. Sie rieb sich mit der Hand über die Augen, aber das Schwanken hörte nicht auf. »Ich bin so schrecklich hungrig ... und ich glaube ... ich werde ohnmächtig.«

Und kaum hatte sie die Möglichkeit in Erwägung gezogen und sogar ausgesprochen, als ein Dröhnen in ihren Ohren begann, das immer lauter wurde und ihren Kopf und ihren ganzen Körper ausfüllte. Dann versanken alle Empfindungen in einer kreisenden Schwärze.

Susannas Worte waren so stockend und leise gekommen, daß Lord Sinclair sie kaum verstanden hatte. Er sah, wie sie auf einmal zusammensank, streckte instinktiv die Hände aus und konnte sie gerade noch halten, ehe sie vom Sitz glitt. Das hatte noch gefehlt! Schon während er mit ihr sprach, hatte er sich gefragt, warum er seiner plötzlichen Eingebung gefolgt war und sie aus diesem Haus gebracht hatte. Sie hatte so tapfer und so kriegerisch und – einfach ungewöhnlich ausgesehen –, und ganz spontan hatte er gedacht: Das ist die Richtige! Sie wird mir helfen, das Rätsel zu lösen! Und nun fiel sie grundlos in Ohnmacht wie ein zimperliches Schulmädchen. Wenn er etwas verabscheute, dann waren es weinende oder mit Ohnmacht drohende Frauenzimmer. Aber dieses hier drohte nicht, es war tatsächlich ohnmächtig. Es hing schwer in seinen Armen, und der Kopf war in den Nacken gerollt und schwankte hin und her.

Die Kutsche rumpelte gerade an einer Laterne vorbei, und in ihrem Licht sah er, daß das Gesicht des Mädchens kalkweiß war und kleine Schweißtropfen auf Oberlippe und Stirn glänzten. Sie sah kein bißchen kriegerisch mehr aus, sondern sehr jung und verletzlich. Behutsam legte er die Ohnmächtige in eine Wagenecke und versuchte, sie mit einer Hand in dieser Position zu halten, während er mit der anderen in seine Rocktasche griff und eine flache, silberne Flasche herauszog. Er öffnete sie und hielt sie seiner Begleiterin unter die Nase. Diese krauste sich nach einiger Zeit, die Augenlider begannen zu flattern. Er strich mit der feuchten Flaschenöffnung über die ausgetrockneten Lippen. Eine spitze Zunge erschien und leckte die Lippen ab.

»So ist's besser«, sagte er aufmunternd. »Jetzt versuchen Sie, ob Sie einen Schluck trinken können.«

Er hob die Flasche höher und ließ die Flüssigkeit vorsichtig in ihren Mund laufen. Susanna schluckte gierig, fing dann an zu husten und schlug die Augen auf. Einen Augenblick sah sie ihn verwirrt an, dann dämmerte ein Erinnern in ihrem Blick, und sie setzte sich gerade hin.

»Noch einen Schluck?« fragte Lord Sinclair freundlich. Sie nickte, nahm wortlos die Flasche und tat einen tiefen Zug. Der Earl seufzte unhörbar. In absehbarer Zeit würde sie wieder umfallen, diesmal betrunken.

»Nicht übel«, sagte sie fachmännisch. »Französischer Cognac, mindestens zehn Jahre alt, schätze ich. Mein Vater hat mir beigebracht, wie man das Alter schon am Duft erkennt.«

»Hm, interessant! Ihr Herr Vater scheint einen etwas ungewöhnlichen Erziehungsstil geschätzt zu haben. Sicher hat er Ihnen auch das Schießen beigebracht?«

»Natürlich – er hatte doch nur mich.« Für seine Begleiterin

schien das eine Selbstverständlichkeit zu sein. Etwas anderes interessierte sie weit mehr: »Bin ich eben wirklich ohnmächtig geworden?«

»Das läßt sich nicht leugnen.«

»Also – ich muß sagen – das finde ich höchst sonderbar! Ich bin noch nie ohnmächtig geworden, in meinem ganzen Leben noch nicht. Es ist mir schrecklich peinlich.« Sie sah zerknirscht aus.

»Sie sagten etwas von Hunger, glaube ich«, versuchte Lord Sinclair dem Vorfall eine vernünftige Erklärung zu geben.

Susannas Gesicht hellte sich auf.

»Das muß es sein – ja, jetzt, wo Sie es erwähnen, merke ich es wieder.« Sie zögerte. »Sie haben nicht zufällig etwas Proviant in der Kutsche?«

»Dies ist nicht meine Kutsche – Gottseidank!« Der Earl betrachtete voll Abscheu die zerschlissenen Polster und klopfte dann mit dem Knauf seines Ebenholzstockes an das Fenster. Der Kutscher zügelte die Pferde und beugte sich vom Bock herunter. »Wie heißt das nächste Wirtshaus, in dem man einigermaßen essen kann?«

»Das nächste ist Das Einhorn. Da kochen sie ganz passabel, aber«, der Kutscher zögerte und betrachtete den vornehmen Herrn mit Kennermiene, »es ist gewiß nicht das, was Euer Gnaden gewöhnt sind. Und was die Kundschaft angeht, da würd' ich sagen, Der Goldende Hahn ist besser, wegen der Dame, mein' ich, der ist ein paar Ecken weiter.«

Von der Dame kam ein Stöhnen.

»Jede Minute ist kostbar, wenn wir keinen Tod auf dem Gewissen haben wollen! Also ins Einhorn! Sonst müssen wir am Ende noch eine Leiche verschwinden lassen.«

Der Kutscher salutierte verwirrt und knallte mit der Peitsche. Diese noblen Herrschaften benahmen sich manchmal ziemlich seltsam.

Der Wirt des Einhorn sah mit einem Blick, daß er seine späten Gäste nicht in die allgemeine Gaststube führen konnte, in der seine übliche Klientel, Droschkenkutscher und Straßenhändler, befeuert vom Gin, umgeben von Tabakqualm, lautstark die jüngsten Ereignisse des Krimkrieges diskutierte. Er geleitete den dunklen Herrn und seine Begleiterin in ein kleines, muffiges Privatzimmer und leierte auf Befragen die Speisekarte herunter.

»Hühnerbouillon, gekochtes Huhn in weißer Soße, Hammelpastete, Rindsragout mit Zwiebeln, Kalbskopf in Aspik, eingelegte Bratheringe, Irish Stew, Rosinenpudding, Apfelkuchen ...«

Lord Sinclair betrachtete nachdenklich die schmierigen Hände des Wirtes und seine noch schmutzigere Schürze und empfand ein Gefühl der Erleichterung, daß er bereits zu Abend gespeist hatte. »Hm – das ist eine wahrhaft beeindruckende Auswahl! Was darf ich Ihnen bestellen?«

»Alles«, sagte Susanna schlicht.

Den Wirt, an den Appetit schwer arbeitender, ausgewachsener Männer gewöhnt, erstaunte diese Antwort weniger als den Earl. Er nickte wortlos und verschwand. Lord Sinclair fand seine Sprache wieder.

»Darf ich fragen, wie lange Sie nichts mehr gegessen haben?«

»Das kann ich Ihnen genau sagen, ich habe es eben ausgerechnet«, sagte Susanna bereitwillig. »Eine ganze Nacht und einen ganzen Tag und noch ein paar Stunden mehr, denn jetzt ist es viel später als gestern abend, als ich den einen Teller Suppe bekommen habe.«

»Dann würde ich Ihnen empfehlen, zunächst nur etwas Bouillon und Toast zu nehmen, damit Ihnen nicht übel wird.«

»Ich habe einen Magen wie ein Pferd«, erklärte Susanna selbstbewußt. »Mir wird nie übel.«

»Sie sind auch noch nie ohnmächtig geworden!« Gegen dieses Argument war wenig einzuwenden.

»Also gut, ich werde mit der Hühnersuppe anfangen und ganz langsam essen und nach jedem Gang warten, ob er mir auch bekommt. Warum dauert das denn so lange?«

Sie trommelte mit den Fingern auf dem unsauberen Tischtuch und blickte zur Tür, als ob ihr Leben vom Erscheinen des Wirtes abhinge.

»Wahrscheinlich ist kein sauberes Geschirr da«, sagte Lord Sinclair pessimistisch. Aber seine Befürchtungen erwiesen sich als grundlos. Das Essen, das der Wirt auf einem riesigen Tablett vor seinem Gast absetzte, sah erstaunlich appetitlich aus und duftete köstlich. Mit einem Aufseufzen ergriff Susanna die Suppentasse und trank sie in wenigen Zügen leer. Dann lehnte sie sich mit geschlossenen Augen zurück und wartete. Ihr Begleiter sah, wie ein Hauch von Farbe in die blassen Wangen stieg. Nach einigen Augenblicken öffnete sie die Augen und sah ihn an. »Ob es hier wohl Limonade gibt? Ich bin so schrecklich durstig!«

»Ich fürchte, das ist ein zu exotisches Getränk für dieses Etablissement. Zitronen kennt man hier gewiß nur als Gewürz. Ich würde Ihnen eigentlich Wasser empfehlen, wenn ich bedenke, wieviel Cognac sie schon getrunken haben. Aber wenn ich den Wirt und seine Sauberkeit richtig einschätze, wird das Wasser hier Sie bestimmt krank machen, während ein leichtes Bier nicht schaden wird.«

»Gut! Dann ein Bier, bitte«, sagte Susanna kurz und begann, schnell und geschickt das Huhn zu zerlegen. Ihren Gastgeber hatte sie völlig vergessen. Ein Versuch zu irgendeiner Art von Konversation wäre zwecklos gewesen, das war offensichtlich. Also beschränkte Lord Sinclair sich darauf, einen großen Krug Bier zu bestellen und dann schweigend und fasziniert zu beobachten, wie das Mädchen systematisch einen Teller nach dem anderen leerte. Einmal blickte sie auf, sah das unverhohlene Staunen auf seinem Gesicht und grinste wie ein Schuljunge.

»Die Köchin meiner Tante sagte immer, daß ich mehr vertilgen kann als ein Fleischerhund.«

Schließlich schob sie die leeren Teller zusammen, zog den Rosinenpudding und den Apfelkuchen in Reichweite und sah ihren Gastgeber an.

»Danke! Vielen Dank! Das war sehr, sehr gut. Ich kann jetzt wieder zuhören. Wenn es Sie nicht stört, daß ich ein bißchen von dem Nachtisch probiere, reden Sie ruhig weiter.«

Die grünen Augen sahen ihn derartig klar und aufmerksam an, daß Lord Sinclair sicher war, sie würde seinen Worten folgen können.

»Wo war ich stehengeblieben?«

Susanna kaute schon wieder. Sie krauste die Stirn. »Ich glaube, bei dieser kränklichen Tante, die immer von Ihrer Schwägerin gepflegt werden wollte«, sagte sie undeutlich zwischen einigen Apfelstücken hindurch.

»Rachel ist immer seltener auf Schloß Wimberley. Der kleine Thomas scheint ihr ziemlich gleichgültig zu sein. Zum Glück liebt meine Mutter ihn sehr. Er erinnert sie so an Timothy.« Er zögerte. »Vielleicht sollte ich die Tatsache erwähnen, daß Rachel eine Zeitlang mit allen Mitteln versucht hat, mein Interesse zu erregen.« Daß diese Versuche erfolglos gewesen waren, konnte Susanna an seinem angewiderten Gesicht erkennen. »Erst als sie sah, daß mir andere Frauen genauso gleichgültig sind, war sie beruhigt.«

»Was haben Sie eigentlich gegen Frauen?« fragte Susanna neugierig und hätte sich am liebsten auf die Zunge gebissen, als sie den hochmütigen Ausdruck auf seinem Gesicht sah. Offensichtlich hielt er ihre Frage für impertinent. Fast sah es so aus, als ob er ihr überhaupt keine Antwort geben würde.

»Ich diskutiere ungern persönliche Ansichten, schon gar

nicht mit Untergebenen«, sagte er schließlich eisig. »Es gibt derart viele Gründe für meine Einstellung, daß es zu lange dauern würde, sie alle aufzuzählen. Neugier ist einer von ihnen.«

Susanna kam sich vor wie geohrfeigt. Einen Moment lang versuchte sie, sich zu beherrschen, dann ging der Zorn mit ihr durch. Diesem arroganten Kerl würde sie ein Zitat um die Ohren schlagen!

»Wie, Herr? hab ich Erlaubnis nicht zu reden?
Ja, ich will reden, denn ich bin kein Kind!
Schon Beßre hörten meine Meinung sonst,
Mögt Ihr das nicht, stopft Euch die Ohren zu.«

Sie hielt plötzlich inne, denn die nächsten Zeilen waren durchaus nicht in ihrem Sinne.

»Was haben Sie da gesagt?«

»Pardon, ich habe laut gedacht – zweifellos auch einer der Gründe, warum Sie Frauen verabscheuen.«

»Im Gegenteil – wenn es so treffende Gedanken in so ungewöhnlicher Form sind.«

»Ich kann dieses Kompliment leider nicht annehmen«, sagte Susanna spöttisch. »Wenn Sie eine gewisse literarische Bildung hätten, dann wüßten Sie, daß die eben geäußerten Gedanken nicht von mir stammen, sondern von William Shakespeare.«

»*Der Widerspenstigen Zähmung*, 1. Akt, 4. Szene. Und es wundert mich gar nicht, daß Sie nicht zu Ende zitiert haben. Wenn ich mich recht erinnere, lauten die nächsten Zeilen folgendermaßen:

›Mein Mund soll meines Herzens Bosheit sagen,
Sonst wird mein Herz, verschweig ich sie, zerspringen.
Und ehe das geschehe, will ich frei
Und über alles Maß die Zunge brauchen!‹«

»Ich bitte um Verzeihung«, sagte Susanna verlegen. »Wenn man mich ärgert, verliere ich sogar noch die wenigen Manieren, die ich habe.«

»Ich wollte Sie nicht ärgern!« Der hochmütige Ausdruck war aus seinem Gesicht verschwunden. »Entschuldigen Sie bitte. Ich bin vielleicht manchmal etwas schroff, besonders jetzt, weil ich in einer so schwierigen Lage bin. Ich habe nämlich vor kurzem etwas entdeckt.« Er ließ den goldenen Siegelring um seinen Mittelfinger kreisen und betrachtete eine Zeitlang geistesabwesend seine Finger, die den Ring drehten.

»Meine Mutter schenkte mir eine Anstecknadel, als ich großjährig wurde. Es war eine ungewöhnliche Arbeit, eine liegende Acht aus Gold, die sich um zwei dunkelblaue Saphire schlang. Sie sahen fast so aus wie zwei Augen hinter einer Maske. Mein Bruder war so begeistert von diesem Schmuckstück, daß ich ihm zu seinem nächsten Geburtstag genau die gleiche Nadel machen ließ, nur mit etwas helleren Saphiren, denn seine Augen waren nicht so dunkel wie meine. Diese Nadel war das einzige Schmuckstück, das er ständig trug. Nur an dem Tag nicht, als wir uns das letzte Mal sahen, bevor er nach Bath zurückfuhr. Es fiel mir sofort auf, und ich fragte danach, aber er sagte bloß: ›Sie ist an einem sicheren Ort‹. Ich wunderte mich zwar, dachte aber nicht weiter darüber nach – auch nach seinem Tode nicht. Rachel ist versessen auf Schmuck, und ich war überzeugt, sie hätte sie an sich genommen. Ich selbst trug sie fast nie mehr, sie erinnerte mich zu sehr an Timothy.«

Er sah Susanna an. Die hörte pflichtschuldig auf zu kauen. Ob es jetzt endlich spannend wurde?

»Aber als ich vor zwei Monaten von der Krim zurückkam, steckte ich sie am ersten Abend an – ich weiß selbst nicht, warum. Kaum sah mich Rachel, da rief sie: ›Also dir hat er die Nadel geschenkt! Ich habe sie überall gesucht und konnte mir gar nicht erklären, wieso sie verschwunden war.‹ Gottseidank war niemand in der Nähe, als sie das sagte, denn meine Mutter und alle Dienstboten wissen natürlich, daß es zwei Nadeln gibt. Da erinnerte ich mich an Timothys Worte bei unserem letzten Zusammentreffen, und jetzt wußte ich, was sie bedeuten sollten. Noch am selben Abend durchsuchte ich seinen Sekretär.«

Susanna, die trotz ihrer klassischen Bildung eine ausgeprägte Neigung zu Schauerromanen hatte, nickte wissend. Jetzt kam bestimmt ein Geheimfach.

»Rachel hatte sich noch während des Trauerjahrs ihre Räume ganz modern einrichten lassen und allen alten Plunder, wie sie ihn immer nannte, hinausgeworfen. Dazu gehörte auch Timothys Sekretär, den meine Mutter in meine Zimmer hatte bringen lassen. Dieser Sekretär hat ein Geheimfach. Wir hatten es als Jungen nur durch einen Zufall entdeckt und keinem Menschen davon erzählt, nicht einmal unserer Mutter. In diesem Geheimfach lag die Nadel. Und ein Brief an mich.«

Die Muskeln in seinen mageren Wangen bewegten sich, als ob er die Zähne zusammenbeißen würde.

»Ich kann den Brief auswendig«, sagte er schließlich leise. »Lieber Jonathan, wenn Du diese Zeilen liest, bin ich tot. Ich vermute, daß ich vergiftet werde – aber wie und von wem, das weiß ich nicht. Ich kann und will nicht glauben, daß es Rachel ist. Sie hat mich nur geheiratet, weil sie Geld und Titel wollte – dessen bin ich mir inzwischen sicher. Es war ein Schock für sie, daß Du noch am Leben warst. Jetzt hofft sie auf einen Sohn, damit ihr Anspruch auf das Erbe gesichert ist. Ich bin ihr dann nur noch im Wege. Ich liebe sie immer noch. Aber sie hat mich von Anfang an betrogen. Ich bitte Dich, sorge für mein Kind.«

Die dunklen Augen sahen Susanna an. Es war so viel Trauer darin und gleichzeitig so viel Zorn und Rachsucht, daß sie erschrak. »Ich muß herausbringen, ob er wirklich vergiftet worden ist. Und wer es getan hat. Ich habe das Gefühl, als ob ich keine ruhige Minute haben werde, ehe ich es nicht weiß.«

»Ja, das kann ich gut verstehen. Aber es ist vier Jahre her. Was wollen Sie jetzt noch feststellen?«

»Ich gehe von folgender Überlegung aus: Rachel war auf irgendeine Art an Timothys Tod beteiligt. Sie ist die einzige, die einen direkten Vorteil davon hatte, nämlich ein Leben ohne Aufsicht und Verpflichtung und mehr Geld, als sie ausgeben kann. Sie ist mittlerweile wohl sicher, daß ich nie heiraten werde und daß sie später über Thomas an das gesamte Vermögen kommt. Wenn ich jetzt mit einer Braut erscheine, wird sie sich in dieser Erwartung getäuscht sehen. Falls mein Verdacht zutrifft, wird ihr jedes Mittel recht sein, diese Braut beiseite zu schaffen.«

»Es wäre doch viel sicherer, Sie aus dem Wege zu räumen.«

»Aber mein plötzlicher Tod wäre viel verdächtiger und würde viel mehr Aufsehen erregen. Außerdem ist es ein Unterschied, ob man einen Soldaten attackiert oder ein junges Mädchen. Wie ich Rachel einschätze, wird sie den leichteren Weg wählen. Und dabei werde ich sie erwischen – mit Ihrer Hilfe! Dann habe ich sie in der Hand, und sie wird mir alles sagen müssen. Ich habe inzwischen Nachforschungen angestellt. Es würde zu lange dauern, Ihnen alles zu erzählen. Rachels Eltern wohnten in Schottland. Die McWheatons sind ziemlich verarmter Landadel. Ich weiß mittlerweile, daß ihre einzige Tochter zwei Jahre vor dem Tod des Vaters durchgebrannt ist. McWheaton hat sie enterbt – wohl mehr als symbolische Geste, denn der Besitz ist nichts wert. Die Tochter hat sich nie mehr blicken lassen. Aber der alte Verwalter hat sie mir beschrieben, und ich habe die Bilder ihrer Eltern im Haus gesehen – es könnte Rachel sein.«

»Ja – aber – wer soll es denn sonst sein?«

»Ich hatte zunächst den Verdacht, daß sie sich unter falschem Namen an meinen Bruder herangemacht hat. Denn soviel steht fest: Lord McWheaton und seine Frau waren zum Zeitpunkt von Rachels Hochzeit schon tot.«

»Ja – aber –« Susanna versuchte mühsam, Ordnung in ihre Erinnerungen zu bringen. »Sie haben mir doch erzählt, daß sie am Anfang gegen die Heirat waren und erst zugestimmt haben, nachdem die zwei einfach ohne Erlaubnis geheiratet haben.«

Lord Sinclair nickte grimmig. »So hat mein Bruder es mir jedenfalls erzählt. Er war sehr beeindruckt von der Szene, besonders, wie seine Schwiegermutter nach einem Ohnmachtsanfall schließlich in Tränen zerfloß und ihn umarmte und ihren lieben Sohn nannte. Ich weiß inzwischen, daß es gar nicht Rachels Mutter war, die da so rührende Gefühle gezeigt hat, denn die lag samt ihrem Ehemann längst auf einem schottischen Friedhof – ich habe die Daten im Kirchenbuch nachgeprüft. Ich habe weiter herausgefunden, daß es eine Theater-Agentur in London gibt, die mit dem Theater gar nichts zu tun hat. Sie vermittelt stellungslose Schauspieler in Rollen, die nicht aus einem Bühnenstück stammen, man könnte sagen, in Rollen, die das Leben schrieb. Gegen horrende Summen, versteht sich. Ich bin zu dieser Agentur gegangen und habe erklärt, daß ich in einer heiklen Familienangelegenheit ein ehrbares Elternpaar engagieren müsse. Es solle den ablehnenden Eltern meiner Braut erklären, meine Eltern würde im Falle meiner Heirat meine Apanage verdoppeln. Das war für die Agentur kein Problem. Ich wurde an einen noblen alten Herrn und eine durchaus kultivierte ältere Dame verwiesen, beide seit langem entsprechend tätig und sehr interessiert an meinen Vermutungen über meinen Bruder und seine Braut. Sie zierten sich erst und konnten sich partout nicht an Rachel erinnern, aber jede Verschwiegenheit hat ihren Preis. Als die Summe hoch genug war, fingen sie an zu reden. Und wissen Sie, was sie mir erzählt haben?«

Die Frage war eher rhetorisch gedacht, trotzdem hatte der Earl mit einer gewissen Reaktion gerechnet. Das absolute Stillschweigen brachte ihn aus dem Konzept. Irritiert hob er den Blick von seinem Siegelring, den er unablässig um den Finger gedreht hatte, und sah Susanna an. Ihr Kopf lag auf der Tischplatte. Ihre Augen waren geschlossen, und sie atmete gleichmäßig. In der einen Hand hielt sie ein abgebissenes Stück Kuchen. Lord Sinclair betrachtete seinen schlafenden Gast ungehalten. Diese junge Dame hatte eine gewisse grundlegende Art, ihn beim Erzählen seiner Geschichte zu unterbrechen. Dann gewann sein Gerechtigkeitssinn die Oberhand. Es war lange nach Mitternacht, das Mädchen hatte auf leeren Magen erst Cognac getrunken, dann eine riesige Mahlzeit verzehrt und obendrauf noch Bier geschüttet. Außerdem hatte sie zweifellos einige Aufregungen hinter sich – kein Wunder, daß sie einfach am Ende ihrer Kräfte war. Zum ersten Mal war der Earl dankbar, daß sie in dieser Spelunke gelandet waren. Hier würde wahrscheinlich kein Mensch den Kopf wenden, wenn er seine Begleiterin hinaustrug.

Er nahm sie auf die Arme – sie war trotz ihrer Länge erstaunlich leicht – und trug sie in die wartende Kutsche. Susanna war gar nicht richtig wach geworden, murmelte nur etwas, was ihr Begleiter nicht verstand, und schwankte dann so schlaftrunken auf ihrem Sitz hin und her, daß der Earl wohl oder übel den Arm um sie legen mußte, sie wäre sonst bei der nächsten Kurve auf den Boden gerutscht. Susanna kuschelte sich an seiner Schulter zurecht und schlief friedlich weiter.

Die Kutsche rumpelte und schwankte durch die dunklen, spärlich erleuchteten Straßen Londons, und im unsicheren Licht der Laternen betrachtete Lord Sinclair das Gesicht an seiner Schulter. Er hätte keinem über seine Gefühle Rechenschaft geben können – am wenigsten sich selbst. Er hatte sich schon vor Jahren geschworen, jedes weibliche Wesen auf Distanz zu halten, und es war ihm nicht schwergefallen, diesen Schwur zu halten. Doch jetzt saß er hier, mit einem schlafenden Mädchen im Arm, das er erst vor sehr kurzer Zeit und noch dazu unter höchst zweifelhaften Umständen kennengelernt hatte –, und er fand das Gefühl keineswegs unangenehm. Er runzelte die Stirn. Was sollten diese Überlegungen? Er war froh, als die Kutsche endlich hielt und der Kutscher die Adresse rief. »Susanna, Sie müssen jetzt wach werden!« Er sprach laut und befehlend und stellte sie nachdrücklich auf die Beine. »Und vergiß nicht, daß du meine Braut bist.«

»Aye, aye, Sir«, sagte das Mädchen mechanisch und nahm Haltung an.

Also Marine, dachte Lord Sinclair.

8. Kapitel

Der erste Kammerdiener Seiner Lordschaft war dem Butler aus dem »Maison de Paris« an Herkunft und Ausbildung weit überlegen. Trotzdem hatte er Mühe, seine Fassung zu bewahren, als lange nach Mitternacht ein Droschkenkutscher an das Portal des Sinclairschen Stadtschlosses klopfte und dem Öffnenden den Blick auf seinen Herrn freigab, der gerade ein offensichtlich schlaftrunkenes weibliches Wesen (noch dazu ohne Hut und Mantel!) aus der Droschke hob. Er drehte sich zu seinem Diener um und befahl gleichmütig: »Das gelbe Zimmer, Burton! Meine Braut schläft heute nacht hier.«

Burton erlaubte sich einen prüfenden Blick in das Gesicht Seiner Lordschaft, um sich zu vergewissern, daß dieser nicht etwa zu tief ins Glas geschaut hatte, aber der kurze Blick beruhigte ihn. Nicht, daß Seine Lordschaft etwa dem Trunke ergeben gewesen wäre – im Gegenteil. Er vertrug zwar eine Menge, aber er hegte eine Abneigung gegen die Saufgelage seiner Standesgenossen, und kein Mensch hatte ihn je betrunken gesehen. Man sah ihn auch nie in Spielhöllen und ähnlichen zweifelhaften Etablissements von London, die der Ruin so manchen jungen Edelmanns geworden waren, statt dessen aber bei zahlreichen sportlichen Veranstaltungen, vom Pferderennen bis zum Boxkampf. Sein Ruhm als Schütze und Faustkämpfer war legendär (sogar bis zur Herrin des »Maison de Paris« war er gedrungen), er war ein ausgezeichneter Reiter und wurde allgemein um seine Pferde beneidet. Ansonsten kultivierte er keine Extravaganzen, sondern widmete sich sehr klug und erfolgreich der Verwaltung seines beträchtlichen Vermögens. Für seine Tapferkeit im Kampf mit den indischen Rebellen war er posthum zum Major befördert worden, und als er nach einem halben Jahr zwar sehr mitgenommen, aber lebendig wieder erschienen war, hatte man ihm die Rückversetzung nach England gewährt. Er hatte sich in der Schlacht an der Alma und vor Balaklawa ausgezeichnet, und kürzlich hatte die Roebuck-Kommission um einen Bericht über seinen Aufenthalt im Lazarett von Skutari gebeten – eine höchst ehrenhafte Aufforderung.

Diese Gedanken schossen Burton durch den Kopf, während er sich würdevoll verneigte und nach einer angemessenen Pause sagte: »Wie Mylord befehlen.«

Sein mißbilligender Blick blieb an der Droschke hängen. Ausgesprochen schäbig! Was fiel Seiner Lordschaft ein, in so ein Gefährt zu steigen? Noch dazu in Begleitung einer Dame! Himmel, ob sie überhaupt eine Dame war? Aber Mylord hatte sie als seine Braut bezeichnet! Ob er vielleicht verrückt geworden war? Sein sonderbares Benehmen seit seiner Rückkehr aus dem Krimkrieg war Tagesgespräch im Dienstbotentrakt von Schloß Wimberley. Nicht nur sein Aussehen war erschreckend – er war abgemagert bis auf die Knochen –, auch die Art, wie er ruhelos im Land umherfuhr, einmal sogar bis nach Schottland, und dann wieder tagelang untätig dasaß und vor sich hinbrütete, hatte etwas Erschreckendes.

Diese Fahrt nach London in das unbewohnte Palais schien ebenfalls einer verrückten Eingebung entsprungen zu sein. Oder ob das Treffen mit dieser Braut verabredet gewesen war? Seine Lordschaft hatte schon einmal eine Braut gehabt, bevor er nach Indien ging. Aber seit dem Tod seines Bruders, und das war jetzt vier Jahre her, hatte man kein weibliches Wesen mehr in seiner Nähe gesehen (nun ja, jedenfalls kein heiratsfähiges, beziehungsweise eines, das würdig gewesen wäre, die Gattin Seiner Lordschaft zu werden – irgendwelche Dämchen gab es natürlich ab und zu einmal). Und gewiß war er heute abend, als er sein Stadtpalais verließ, nicht verlobt gewesen, darauf hätte Burton jede Wette abgeschlossen. Und jetzt stand er da, mitten in der Nacht, mit einer schlafenden Braut im Arm. Einer rothaarigen noch dazu, wo doch jedermann wußte, daß rote Haare ein Hinweis auf ein flatterhaftes oder heftiges Wesen waren. Burton wurde steif wie ein Kleiderständer vor Ablehnung. Was waren das für Sitten? Das Mädchen, das gegen die Schulter Seiner Lordschaft lehnte (höchst unschicklich!), öffnete große, goldgrüne Augen und sah Burton schläfrig und schüchtern an.

»Das kommt etwas überraschend, fürchte ich? Machen Sie sich meinetwegen keine Mühe, bitte. Ich brauche nur ein Bett.« Sie hatte eine sehr dunkle Stimme und ein so kindliches Lächeln, daß Burtons Herz schmolz. Und sie hatte ihn gebeten, sich keine Mühe zu machen, wirklich und wahrhaftig! Als ob je ein Mensch daran gedacht hätte – er selbst eingeschlossen, denn das war ja schließlich sein Beruf. Burton schluckte.

»In wenigen Minuten ist alles fertig, Mylady«, versicherte er diensteifrig. »Ich brauche nur die Schonbezüge abzuziehen und ein Feuer anzuzünden. Und eine Wärmpfanne zwischen den Laken wäre sicher auch zu empfehlen, wenn ich mir den Vorschlag erlauben darf. Es ist eine recht kalte Nacht. Ich werde gleich das Gepäck mitnehmen, wenn Sie gestatten.«

Er wandte sich der Droschke zu, aber Seine Lordschaft, der seinen wegen seiner Wortkargheit berüchtigten Kammerdiener erstaunt betrachtete, sagte bloß: »Das Gepäck kommt morgen. Das hier ist alles.«

›Das hier‹ erwies sich als eine ziemlich abgeschabte Reisetasche und ein Käfig, in dem ein großer schwarzer Vogel saß, den Kopf unter einem Flügel. Das war denn doch – hastig verbot sich Burton jeden weiteren Gedanken, entlohnte den Kutscher, der eine erstaunlich hohe Summe forderte, »wegen der langen Warterei«, wie er auf Burtons indignierte Frage bereitwillig erklärte, und lief dann voraus, um den einen Türflügel weit zu öffnen.

Susanna sah sich in der Eingangshalle um, deren riesige Ausmaße in der Dunkelheit nur zu ahnen waren, und dann die breite Treppe empor, an deren unterster Stufe Burton mit einem vielarmigen Kandelaber stand, um ihnen zu leuchten. Sie seufzte.

»Ist es noch sehr weit?«

»Nun reiß dich zusammen, Mädchen, gleich hast du's geschafft«, sagte Lord Sinclair energisch und doch aufmunternd.

Burton, der gerade die ersten Stufen hinaufging, hätte beinah Gepäck und Leuchter fallenlassen, als er seine Stimme hörte. Das war genau der Ton, in dem Seine Lordschaft immer mit Mr. Timothy gesprochen hatte. Burtons Hände zitterten. Er mußte sich alle eisernen Regeln seines Standes ins Gedächtnis rufen, um sich davor zu bewahren, sich umzudrehen und seinen Herrn anzustarren. Er – und nicht allein er, sondern alle Mitglieder des großen Haushaltes von Schloß Wimberley hatten die Hoffnung aufgegeben, je wieder diesen Ton in der Stimme Seiner Lordschaft zu hören. Mr. Timothys Tod hatte ihn in eine Erstarrung versetzt, in der jede tiefere Regung ihm unmöglich schien. Und jetzt – er sprach beileibe nicht wie ein verliebter Bräutigam, so hätte Burton untertänigst seiner Überzeugung Ausdruck gegeben, wenn man ihn danach gefragt hätte, aber so spöttisch-liebevoll und gleichzeitig so unauffällig besorgt wie … wie … nun wie früher eben mit Mr. Timothy.

Auch Susanna fühlte sich durch diesen Ton ermutigt. Sie rieb sich mit beiden Händen kräftig das Gesicht und schüttelte den Kopf so heftig, daß die langen Haare knisterten.

»Verzeihung. Es geht schon wieder. Wo ist das Zimmer?« Sie begann auch tapfer, die Stufen emporzusteigen, aber als Burton den Kandelaber hochhob, um ihr besser zu leuchten, und dabei einen unauffälligen Blick nach hinten werfen konnte, sah er, daß sie schwankte und sich am Geländer festhielt, obwohl Seine Lordschaft sie immer noch stützte.

»Du bist ja viel zu müde! Komm, ich trage dich nach oben.«

»Nein, nein, es geht schon. Ich muß nur richtig wach werden. Außerdem bin ich viel zu schwer.«

»Darf ich dich daran erinnern, daß ich dich eben schon in die Droschke getragen habe!«

Auf einmal kicherte Susanna. »Also daher kam dieses Keuchen!«

»Susanna«, sagte Seine Lordschaft streng. »Du bist impertinent!«

Und dann lachte er, und sie lachte auch und ging, langsam zwar, aber ohne zu stolpern, neben ihm die breite Treppe empor. Im gelben Zimmer lehnte sie sich gegen den Türrahmen, als ob sie keinen Schritt mehr tun könnte.

Burton zündete alle Kerzen an und hatte im Handumdrehen das Zimmer in einen wohnlichen Zustand versetzt, das Feuer im Kamin entzündet, die Wärmpfanne aus dem ein Stockwerk tiefer liegenden Zimmer Seiner Lordschaft geholt, in dem das Feuer schon den ganzen Tag brannte, den Inhalt der Tasche in den Schrank geräumt und das Nachthemd (beklagenswert altmodisch und fadenscheinig!) auf dem Bett ausgebreitet. Den Vogelkäfig hatte er gleich nach Betreten des Zimmers auf den Tisch gestellt und mit einem Tuch verhängt.

»Vielen Dank!« Sie lächelte ihn wieder an mit diesem eigentümlichen Lächeln, das ihn völlig verzauberte. »Wie können Sie das nur so schnell?«

Burton verneigte sich tief, ohne ein Wort herauszubringen. Er sah, wie Seine Lordschaft sich ebenfalls verneigte und »Gute Nacht, Susanna!« sagte, und wie sie wieder anfing zu kichern, dann aber überaus würdevoll »Gute Nacht – Jonathan!« erwiderte. Auch die lange Pause vor dem Namen entging ihm nicht.

»Wenn dir noch etwas fehlt, brauchst du nur auf den Boden zu klopfen, ich schlafe gleich unter dir.«

Susanna machte einen Knicks. »Vielen Dank. Ich möchte nur schlafen.«

Worauf Seine Lordschaft zur Tür hinausging, die sein Diener ihm offenhielt. Burton entschwebte wie auf Flügeln und schockierte seinen Herrn wenig später dadurch, daß er mit einer Kasserolle voll Milch in einem Kamineinsatz bei ihm erschien. Lord Sinclair saß bereits in seinem seidenen Hausmantel vor dem Feuer und starrte gedankenverloren in die Flammen. Er sah seinen Diener stirnrunzelnd an. »Was soll das heißen? Du weißt doch, daß ich Milch verabscheue!«

Burton ließ sich nicht aus der Ruhe bringen. »Heiße Milch mit Whisky ist das Beste bei angegriffenen Nerven. Und Mylady sah mir sehr mitgenommen aus. Es könnte ja sein, daß sie klopft.«

Und ohne das verblüffte Gesicht seines Herrn zu beachten, verneigte er sich und entschwand in sein entlegenes Küchenquartier. Lord Sinclair sah ihm kopfschüttelnd nach.

* * *

Nach seinem Morgenritt traf Lord Sinclair seine gekaufte Braut im Frühstückszimmer, wo sie mit offensichtlicher Begeisterung das üppig bestückte Buffet inspizierte. Als er hereinkam, sagte sie gerade: »Das ist ein Frühstück, wie wir es zuhause hatten. Ich habe es so vermißt in den letzten Monaten. Vielen Dank, Mr. Burton.«

Burton sah aus, als sei ihm ein Orden verliehen worden. Er häufte Rührei und Speck auf einen Teller und trug ihn mit väterlichem Lächeln zu ihrem Platz. Troll, Mylords goldgelber Spaniel, ging zögernd auf Susanna zu, schnupperte an ihrer Hand und wedelte begeistert, als sie genau die Stellen hinter seinen langen Schlappohren fand, an denen er am liebsten gekrault wurde.

»Ich sehe, du bist schon von Anbetern umgeben. Guten Morgen, Susanna!«

»Guten Morgen«, erwiderte Susanna gemessen, seine Bemerkung ignorierend. »War der Ritt angenehm?«

Er merkte durchaus, daß sie die Anrede vermied. »Mein Vergnügen am Reiten im Hyde Park hält sich in Grenzen. Ich reite lieber auf dem Land. Es ist gut, Burton, ich versorge mich schon selbst.«

Burtons Miene drückte soviel Mißbilligung aus, wie mit seiner Stellung gerade noch vereinbar war. Er wußte genau, daß Seine Lordschaft lediglich einige Tassen Tee trinken und dabei eine Scheibe Toast zerbröseln würde.

»Das kann ich übernehmen«, erbot sich Susanna bereitwillig. »Ich habe das bei meinem Vater auch immer gemacht.« Sie legte mehrere Scheiben geräucherte Zunge, kalten Braten, gekochten Schinken und marinierten Kürbis auf einen Teller. Zufrieden zog Burton sich zurück. Lady Susanna würde schon dafür sorgen, daß Seine Lordschaft endlich wieder so aß, wie es sich gehörte. Der betrachtete mit leisem Widerwillen das Fleisch auf seinem Teller.

»Ich habe morgens keinen Appetit.«

»Wann denn? Eher mittags? Oder abends?«

»Hm – eigentlich nie. Mir liegt nichts am Essen.«

»Man sieht's«, sagte Susanna trocken. »Könnte Ihre Abneigung vielleicht mit diesem Speisezimmer zusammenhängen? Nicht, daß ich mir Kritik erlauben möchte, aber man muß schon einen sehr gesunden Appetit haben, um hier etwas essen zu können.«

Sie ließ ihren Blick umherwandern. Der riesige Tisch bot ohne weiteres zwei Dutzend Personen Platz. Das gewaltige Buffet aus schwarzbraunem Holz erhob sich wie eine Festung. An den Wänden hingen überdimensionale Stilleben, die in dunklen Ölfarben Arrangements von toten Hirschen, Rehen, Wildschweinen, Hasen, von gebündelt hängenden Fasanen, Rebhühnern, Wildtauben, von diversen, ebenfalls toten Fischen und Schalentieren zeigten. Schwere, dunkelgrüne Portieren umrahmten die Fenster und dämpften das Licht. Eine schwarzbraune Holztäfelung bedeckte die Wände. Wie alle Räume des Palastes war auch dieser sehr hoch, sehr groß – und sehr düster.

»Dies ist nicht der Speisesaal, dies ist das Frühstückszimmer«, stellte der Hausherr richtig. »Den Speisesaal werden Sie heute mittag sehen, aber ich fürchte fast, er wird noch weniger Ihre Zustimmung finden. Man könnte ihn auch als Totenhalle verwenden. Doch ich bin sicher, er wird Ihren Appetit nicht im mindesten beeinträchtigen. Ich muß sagen, es hat etwas Ansteckendes, Sie essen zu sehen. Wenn Ihr ärgster Hunger gestillt ist, könnten Sie vielleicht eine kleine Pause machen, mir bewundernd zuschauen, wie ich mit meiner Portion fertig werde, und mir dabei etwas aus Ihrem Leben berichten.«

Susanna, die gerade einen Löffel mit dick gezuckerter Hafergrütze und Sahne zum Mund führen wollte, ließ den Löffel sinken und betrachtete ihn unsicher. Sollte sie ihm denn wirklich alles erzählen? Er hatte so ein strenges Gesicht, und die Augen sahen so kalt aus wie zwei dunkle Steine. Aber es ging eine gewisse Überlegenheit von ihm aus, die ruhige Autorität eines Mannes, der gewohnt ist, zu befehlen und Verantwortung zu tragen. Und die kalten Augen konnten erstaunlich verständnisvoll blicken. Sie waren gar nicht schwarz, sondern schwarz-blau, entdeckte Susanna. Und sie zwinkerten jetzt eindeutig belustigt bei ihrer eingehenden Musterung.

»Es ist höchst unschicklich für eine junge Dame, einen Herrn derartig ausdauernd anzustarren. So etwas ist nicht einmal mit dem Hingerissensein einer frisch Verlobten zu entschuldigen.«

Susanna ignorierte diese unsachliche Bemerkung. »Es ist nicht so, daß ich – ich meine, ich hätte – ich habe schon Vertrauen, es ist nur ...« Entschlossen nahm sie die Hürde mit einem Satz: »Ich habe etwas Schlimmes gemacht und werde vielleicht verfolgt. Und deshalb soll niemand meinen Namen wissen.«

Lord Sinclair nahm diese Enthüllung ohne erkennbare Gemütsbewegung auf und sah Susanna ruhig an. Er schien sicher, daß eine nähere Erklärung folgen würde. Fast ohne es zu wollen, redete Susanna weiter.

»Mein Vater starb letztes Jahr ganz plötzlich nach einem Reitunfall. Obwohl – nur der Reitunfall war plötzlich. Er starb sehr lange.« Sie schluckte. Ihre Unterlippe zitterte. Sie sah auf einmal aus wie ein kleines Mädchen. »Ich kam zur Schwester meiner Mutter, weil sie sagte, allein dürfte ich nicht bleiben. Das heißt, eigentlich ist sie nur ihre Halbschwester. Eine gräßliche Person! Ihr Mann wurde mein Vormund. Er ist noch viel gräßlicher! Sie konnten meine Mutter nicht leiden, obwohl sie schon lange tot ist, und meinen Vater noch weniger und mich natürlich auch nicht. Vom ersten Tag an haben sie mich schikaniert. Man konnte ihnen einfach nichts recht machen.« Sie verlor sich einige Minuten in düsteren Erinnerungen und sagte dann mit entwaffnender Ehrlichkeit: »Ich muß zugeben, daß ich auch nicht einfach für sie war. Sie haben ganz andere Vorstellungen von Erziehung als mein Vater.«

Lord Sinclair, der ja schon einige Beispiele der väterlichen Vorstellungen hatte erleben dürfen, nickte verständnisvoll. »Sie haben sechs Kinder«, fuhr Susanna fort, »drei Jungen und drei Mädchen, natürlich auch alle gräßlich, bis auf den Jüngsten, aber was kann man erwarten bei solchen Eltern wie den Cramptons.« Nichts deutete darauf hin, daß der Earl einen Namen gehört und behalten hatte. »Die Mädchen sind dumme Zierpuppen und haben nichts im Kopf außer Kleidern und Heiraten. Sie können keinen Gedanken fassen, den man ihnen nicht dreimal vorredet, und sagen am liebsten: Ja, Mama und: Gewiß, Papa. Und die Jungen sind genauso. Na ja, der Kleinste nicht, mit dem habe ich mich sehr gut verstanden. Und außerdem haben sie einen Vetter.« Sie schüttelte sich bei der Erinnerung. »Wissen Sie, wie der heißt? Ephraim! Wie kann man nur so einen gräßlichen Namen haben? Und er hat ganz dicke, weiße, feuchte Hände und kann einen ansehen mit seinen blassen Fischaugen, daß einem ganz komisch wird. Und uralt ist er auch noch, schon weit über dreißig.«

»Ich werde auch bald dreißig.«

Susanna sah ihn überrascht an. »Dann haben Sie sich aber gut gehalten. Vetter Ephraim könnte Ihr Vater sein!«

Lord Sinclair verneigte sich dankend. »Und dieser fleischige Vetter hat sich also in Sie verliebt?«

»Woher wissen Sie das?«

»Ach, wenn man so uralt ist wie ich und etwas herumgekommen in der Welt, dann macht man so seine Erfahrungen. Es ist nicht unüblich, daß sich ältere Herren in ungewöhnliche junge Mädchen verlieben.«

»Ich weiß nicht, ob ich ungewöhnlich bin. Ich weiß nicht einmal, ob er in mich verliebt war – ich glaube fast, er war es nicht, denn sonst hätte er doch sicher zuerst versucht, herauszufinden, wie ich zu der Sache stehe, oder nicht? Jedenfalls war er kaum eine Woche da, als er schon bei Onkel Isaac um meine Hand angehalten hat. Und der hat zugestimmt.« Susanna preßte die Lippen aufeinander. Über ihr Gesicht glitt ein Ausdruck von so wildem Zorn, daß Lord Sinclair fast einen Anflug von Mitleid mit dem unbekannten Verwandten seiner gekauften Braut verspürte. »Danach ging alles sehr schnell. Ich habe mich geweigert. Der Onkel hat mich geschlagen. Ich habe ihm die Hand zerbissen. Er hat mich eingesperrt. Ich bin weggelaufen. Und vorher habe ich ihm seine Pfeifensammlung verbrannt.«

»Wertvoll?«

»Nein, überhaupt nicht. In Geld, meine ich. Aber für ihn war sie schon wertvoll. Es waren alles Erinnerungs- und Erbstücke, und zu jeder gehörte eine Geschichte.«

»Aber das ist ein rein ideeller Wert. Deshalb wird sich kein Polizist auf den Weg machen und Sie suchen und festnehmen.«

»Und die kaputte Hand? Sie war gebrochen, hat der Arzt gesagt. Nicht ganz, aber ein Knochen.«

»Es ist gut, daß ich das weiß. Ich werde mich immer außerhalb der Reichweite Ihrer Zähne halten, wenn Sie wütend sind.«

Er versuchte offenbar, sie aufzuheitern. Susanna lächelte kläglich. »Ich habe noch nie jemanden gebissen. Ich hatte allerdings auch noch nie Grund dazu. Man nennt das Körperverletzung, glaube ich. Und es wird ganz bestimmt bestraft.«

»Könnte man es nicht als Notwehr bezeichnen? Sie sagen doch, er hätte sie geschlagen.«

»Ein Vater darf seine Kinder prügeln, und ein Vormund auch. So steht es im Gesetz. Mein ältester Vetter studiert die Rechte, der hat es mal nachgeschlagen. Und außerdem steht's in der Bibel, die ist für Onkel Isaac am wichtigsten. ›Wer seinen Sohn liebt, der züchtigt ihn‹ – ständig hat er das zitiert.«

»Aber selbst wenn er im Recht war, er wird doch sein eigenes Mündel nicht verfolgen. Stellen Sie sich den Skandal vor!«

Susanna überlegte und zwirbelte dabei eine Locke um den Zeigefinger. »Er ist tatsächlich ein Mann, der Skandale fürchtet. Aber ich glaube, in diesem Fall wird ihm alles egal sein. Er war einfach zu wütend. Er wird sich von mir lossagen und den Skandal riskieren – schon um die Befriedigung zu haben, daß er mich für's ganze Leben ruiniert hat.«

»Aber hätte er das denn?«

»In seinen Augen schon. Kein Mensch, der von der Sache erfährt, würde doch noch mit mir sprechen oder mich gar einladen – von heiraten ganz zu schweigen.« Sie blies verächtlich die Backen auf. »›Die Ehe ist die schönste Bestimmung des Weibes‹, das hat er auch ständig zitiert. Dabei will ich sowieso nicht heiraten.«

Er sah sie mit gespielter Bestürzung an. »Sie müssen mir verzeihen, daß mich diese Enthüllung – so unmittelbar nach unserer Verlobung – etwas aus der Fassung bringt.«

»Ach, Sie wollen mich nur zum Lachen bringen.«

»Die Ansichten Ihres Onkels sind zum Lachen! Sie brauchen doch nur in eine andere Stadt zu ziehen.«

»Das wollte ich ja. Ich wollte zurück nach Hause. Aber er hat mein Haus verkauft, unser altes Haus, das Papa mir hinterlassen hat. Und jetzt habe ich gar nichts mehr.« Sie drehte ihr Gesicht weg und blickte aus dem Fenster, aber er sah trotzdem, daß die großen Augen sich mit Tränen füllten. Er merkte zu seinem Erstaunen, daß seine grundsätzliche Abneigung gegen weinende Frauenzimmer Ausnahmen zuließ. Dieses hier setzte Tränen nicht als Waffe ein. Es war geradezu rührend, wie sie sich bemühte, sie zu unterdrücken. Man mußte ihr helfen! Aber Mitgefühl würde die Sache wahrscheinlich noch schlimmer machen.

»Reden Sie nicht solch ein dummes Zeug!«

Das wirkte. Susanna schluckte und wandte ihm ein empörtes Gesicht zu, die Augen grasgrün und ohne Tränen.

»Sie vergessen offenbar, daß ich Sie als Braut gekauft habe. Sie haben jetzt eine Anstellung, bei der Sie soviel verdienen werden, daß Sie Ihr Haus wahrscheinlich zurückkaufen können. Wissen Sie, wieviel es gebracht hat?«

Ihr Gesicht war eine Studie wechselnder Empfindungen. Die Empörung verschwand, dann wurde der Ausdruck blanker Verständnislosigkeit von einem langsamen Begreifen und schließlich von jäher Freude abgelöst.

»Ich – nein – ich war so verzweifelt – ich habe ganz vergessen zu fragen – aber es kann nicht viel sein – es liegt so einsam – es gibt nur die Kirche und ein paar Häuser, und Maidenhead ist fast zwanzig Meilen entfernt – ich weiß nicht einmal, wer es gekauft hat.«

»Das wird sich feststellen lassen. Wie sagt der Dichter doch, den Sie zweifellos auch kennen: Kommt Zeit, kommt Rat.« Zwanzig Meilen von Maidenhead also, dachte er. Es gab ein Maidenhead an der Grenze zu Cornwall. Ein exzentrischer Marine-Offizier mit einer rothaarigen, exzentrischen Tochter war bestimmt in der ganzen Gegend bekannt. Ebenso wie ein Sir Isaac Crampton mit Gattin Honoria und sechs Sprößlingen. Auch das würde sich feststellen lassen.

»Ich würde sagen: Alte Volksweisheit«, schlug Susanna vor und lächelte ihn an. Lord Sinclair, der geglaubt hatte, daß Grübchen in Mädchenwangen ihn nie wieder würden beeindrucken können, mußte einsehen, daß er sich geirrt hatte.

»Hören Sie doch endlich auf, so nervtötend an ihren Haaren zu zerren! Man muß ja ständig fürchten, daß Sie sich ganze Büschel ausreißen. Eines Tages werden Sie kahl sein!«

Die Grübchen vertieften sich. »Meine Haare halten eine ganze Menge aus. Genau wie ich.«

»In diesem Punkt will ich Ihnen nicht widersprechen. In anderen wäre ich geneigt, es zu tun. Ich halte es zum Beispiel für kindisch, eine Verfolgung durch Ihren Onkel zu fürchten. Aber wenn Sie diese übertriebene Geheimhaltung durchaus wollen, dann sollen Sie Ihren Willen haben. Obwohl das unsere Position zusätzlich kompliziert. Wenn Sie Ihre Herkunft geheimhalten wollen, dann müssen wir einen ganz neuen Lebenslauf für Sie erfinden.«

Susanna begann, an einem Hörnchen zu knabbern und versank in Nachdenken. »Ich habe eine französische Urgroßmutter«, sagte sie schließlich. »Sie hieß Ariane de Saint-Pol-Kercoff und stammte aus der Bretagne. Papa und ich haben die Verwandten dort einmal besucht. Sie lebten in einer alten Burg, und es war wie im Mittelalter.«

»Ausgezeichnet! Komtesse de Saint-Pol-Kercoff – das klingt sehr attraktiv.«

»Sie war Baronesse, glaube ich.«

»Das stört mich nicht«, sagte Lord Sinclair großzügig. »Ich nehme auch eine Baronesse.«

»Gut! Ich bin also eine französische Baronesse. Und ich kenne England kaum, denn ich bin in Frankreich erzogen worden, weil ... weil ... meine Mutter bei meiner Geburt starb – sie war übrigens Engländerin – und weil mein Vater ein paar Jahre später bei einem fürchterlichen Sturm vor der Küste Kanadas unterging.« Susanna geriet in Fahrt. »Englische Verwandte hatte ich keine und französische auch nur ein paar entfernte, und deshalb wurde ich in einem ganz einsamen Internat erzogen bei wirklich schrecklich strengen Klosterfrauen ...

»Halt! Nicht so schnell! Ich glaube, Sie lesen gerne Schauerromane.«

»Ja, natürlich. Sie etwa nicht?«

»Ich finde, es trübt den Sinn für die Realität. Wie wollen Sie zum Beispiel erklären, daß Sie englisch sprechen, wenn Sie in einem französischen Internat erzogen worden sind?«

»Weil es der testamentarisch festgelegte Wunsch meiner englischen Mutter war, daß ihre Tochter nicht als Französin aufwachsen sollte. Deshalb bin ich zweisprachig erzogen worden.«

»Aber dann müßten Sie perfekt Französisch sprechen!«

»Das tue ich doch«, sagte Susanna erstaunt und fuhr auf französisch fort: »Ich habe sogar einen leichten Pariser Akzent, denn die Gouvernante, von der ich es gelernt habe, war aus Paris. Sie sprach kein Wort Englisch, die Arme, deshalb habe ich es so schnell gelernt, und zum Schluß hat sie sich noch in Papa verliebt, obwohl ich glaube, daß es mehr Heimweh und Einsamkeit war, weil er der Einzige war, mit dem sie richtig sprechen konnte. Ich war sehr traurig, als sie ging. Die nächste Gouvernante war auch eine Französin, aber sie ging auch, denn sie fand, ein normaler Mensch müßte verrückt werden in unserer verlassenen Gegend, und außerdem wäre Smithy's Pub auf der anderen Seite der Bide-Mündung ein Schmugglernest, und eines Morgens würden wir mit durchgeschnittenen Hälsen erwachen. Wobei mir gerade einfällt, der Pariser Akzent ist vielleicht gar nicht so gut, ich müßte eigentlich einen bretonischen haben, aber der ist sehr schwer nachzumachen.«

Lord Sinclair, der ihrem Redestrom mit wachsender Bewunderung gelauscht hatte, sagte langsam und ebenfalls auf französisch: »Sie werden in ganz England nur wenige Menschen finden, die fähig sind, den Unterschied zu erkennen, und von denen verkehrt keiner auf Wimberley.«

Susanna strahlte ihn an. »Das ist ja wunderbar! Sie sprechen auch Französisch? Dann können wir immer so miteinander reden, wenn uns niemand verstehen soll. Oder wäre Ihnen Spanisch oder Italienisch lieber?«

»Nein, das wäre es nicht! Meine Kenntnisse in diesen Sprachen sind ausgesprochen rudimentär und beschränken sich, wenn ich ehrlich sein soll, auf einige allerdings sehr komplizierte und lange Flüche.«

»Ausgezeichnet! Die müssen Sie mir beibringen! Flüche kenne ich leider keinen einzigen, weil sie beide sehr fromm waren, meine Gouvernanten, meine ich, die Italienerin und die Spanierin«

»Verlief deren Karriere bei Ihnen ebenso wie die der Französinnen?«

»Wenn Sie damit meinen, ob sie sich in Papa verliebt haben oder trübsinnig wurden, dann nicht. Aber sie versuchten beide, Papa zu einem gottesfürchtigen Lebenswandel zu bekehren. Die erste ging, als er Neujahr in der Kirche einschlief, weil er die Nacht durchgefeiert hatte, wobei noch viel schlimmer war, daß er den Pfarrer zum Mitfeiern verführt hatte, und dem armen Mann wurde übel, weil er nicht so viel vertrug wie mein Vater. Und mit der anderen bekam er Streit, weil sie ihm Vorhaltungen machte, als er Ovid und Aristophanes mit mir las.«

»Oh, tat er das?« fragte Lord Sinclair schwach.

»Aber sicher! Papa war ein begeisterter Anhänger der klassischen Literatur. Mit meinen Leistungen im Griechischen war er nie ganz zufrieden, aber mein Latein fand er sehr gut, und tatsächlich ist Ovid einer meiner Lieblingsdichter, gleich nach Shakespeare.«

»Oh, ist er das?« fragte Lord Sinclair noch schwächer.

»Gewiß! Ich liebe auch Dante und Lope de Vega, und ich fand auch Choderlos de Laclos sehr interessant und ...«

»Soll das heißen, daß Sie ›Die gefährlichen Liebschaften‹ gelesen haben?«

»Natürlich! Mein Vater war der Ansicht, daß es sehr wichtig ist für ein junges Mädchen, nicht allzu vertrauensselig zu sein, sondern zu wissen, wozu Männer fähig sein können.«

Lord Sinclair erinnerte sich an die Arglosigkeit, mit der sie ihm gestern nacht in sein Palais gefolgt war, und es kamen ihm leise Zweifel an dem Erfolg der väterlichen Abschreckungstherapie. Er äußerte sie aber nicht, sondern fragte bloß: »Und wie wollen Sie diese Kenntnisse mit Ihrer angeblichen Internatserziehung erklären?«

»Deshalb sprach ich ja von den strengen Klosterfrauen! Sie wollten ihre Schäflein vor allen Übeln bewahren, und darum zeigten sie ihnen höchst drastisch, wenn auch nur auf dem Papier, die Sünden und Gefahren der Welt, in der Hoffnung, daß wir alle Nonnen würden.«

Ihr Gegenüber verschluckte sich und hustete. »Und warum sagten sie ›ganz einsam‹?«

»Um meinen absoluten Mangel an Manieren zu rechtfertigen. Wir bekamen nie eine Menschenseele zu Gesicht, und alles, was nach gesellschaftlichem Schliff aussah, war für die Schwestern sowieso ein Werk des Teufels.«

»Und wie wollen Sie die Tatsache plausibel machen, daß Sie schießen können? Wenn das keine teuflische Kunst ist ...! Und falls Sie mit Pferden umgehen können, wird sich das in Wimberley kaum verbergen lassen. Reiten ist so ungefähr der einzige Zeitvertreib, der sich dort bietet.«

»Wunderbar! Ich reite für mein Leben gern! Aber Sie haben recht, das habe ich tatsächlich nicht bedacht. Was hielten Sie von ... von ... einem Onkel, einem Oberst a. D., bei dem ich die Ferien verbringen durfte? Er war der beste Reiter und Schütze weit und breit« – Susanna begann, sich für den Onkel zu erwärmen – »ein Hagestolz und Sonderling, in der ganzen Bretagne als der wilde Baron bekannt, weil er bei mitternächtlichen Hindernisrennen mitmachte, jeden unter den Tisch trinken konnte, sein halbes Vermögen verwettet hatte und die feine Gesellschaft verachtete.«

»Und wieso brachten die Nonnen es über sich, Sie zu ihm gehen zu lassen?«

»Es blieb ihnen nichts anderes übrig. Es war schließlich mein Vormund. Es wagte sowieso niemand, ihm entgegenzutreten. Zu Beginn jeder Ferien erschien er einfach und holte mich ab. Außerdem erklärte er der Ehrwürdigen Mutter – wie hieß sie doch gleich? Richtig, Maria Aufrida, das ist ein sehr passender Name – also er sagte ihr ganz unverblümt, daß ich bei ihm vor allen Gefahren der Welt, also, Pfänderspiele, Flirten und was es da sonst noch so gibt, völlig sicher wäre und daß er ...«

»Was bitte, verstehen Sie unter ›was es da sonst noch so gibt‹?«

Susanna krauste die Stirn. »Im Augenblick gar nichts«, sagte sie, etwas aus dem Konzept gebracht. »Aber im gegebenen Moment wird mir schon etwas einfallen. Allerdings glaube ich nicht, daß jemand so unhöflich sein wird, mich danach zu fragen.«

Lord Sinclair lachte. »So wie ich, meinen Sie?«

»Und wenn doch«, fuhr Susanna fort, ohne den Einwurf zu beachten, »dann werde ich zu Ihnen kommen und Sie fragen, denn Sie haben zweifellos Erfahrungen auf diesem Gebiet.«

»Was bringt Sie auf diese abwegige Vermutung?«

»Das«, erklärte Susanna, und die Grübchen erschienen wieder, »werde ich Ihnen später einmal sagen, wenn wir uns besser kennen. Jetzt sind wir bei Onkel – wie soll er heißen – Honoré Armand Frédéric, letzter Baron de Saint-Pol-Kercoff – das klingt gut, nicht wahr? Er hat es meiner Mutter nie verziehen, daß sie keinen Erben zur Welt brachte, und meinem Vater nicht, daß er ertrank, statt wieder zu heiraten, aber da sie beide tot waren, konnte ihnen das ja gleichgültig sein.«

Lord Sinclair betrachtete sie amüsiert. »Und warum sollte sich der wilde Baron in jeden Ferien ein Mädchen aufhalsen lassen, das statt des ersehnten Erben gekommen war?«

»Man merkt wirklich, daß Sie keine Schauerromane lesen! Das hatte er doch meinem Vater auf dem Totenbett – nein, das geht nicht, der ist ja vor Kanada ertrunken – also am Grab meiner Mutter versprochen. Es war eine rührende Szene. Mein Onkel hat mir oft davon erzählt. ›Frédéric‹, hat mein Vater gesagt,

›mein einziges Kind ist ein schutzloser Säugling, und ich bin Soldat. Bald sticht mein Schiff wieder in See, und du weißt, daß der Tod dort mein ständiger Begleiter ist‹.«

»Würde er nicht eher den Namen seines Schiffes nennen?« fragte Lord Sinclair, um einen kreativen Beitrag bemüht. »Das klingt echter.«

»Mein Vater war Erster Offizier auf der *Bluebird*«, sagte Susanna, ohne nachzudenken und hielt jäh inne.

»Ich würde dem Schiff doch lieber einen französischen Namen geben! Was halten Sie von *Dragon d'Or?*« Es war nicht zu erkennen, ob er ihren Fehler bemerkt hatte.

»Ja – gut –«, Susanna hatte den Faden verloren. »Jedenfalls hat Onkel Frédéric meinem Vater versprochen, sich um mich zu kümmern«, schloß sie ziemlich lahm.

»Und damit er wenigstens etwas mit Ihnen anfangen konnte, hat er Ihnen Reiten und Schießen beigebracht«, half der Earl ihr weiter.

Susanna nickte wehmütig. »Genau das hat Papa auch immer gesagt.« Sie schaute vor sich hin und zeichnete mit der Gabel Muster auf das Tischtuch. Offensichtlich war ihr die Lust am Geschichtenerfinden vergangen. Sie muß sehr an ihrem Vater gehangen haben, dachte Lord Sinclair.

»Damit haben wir eine sehr überzeugende Jugend für Sie erfunden, die den Vorteil hat, daß man sie von England aus kaum nachprüfen kann. Was noch fehlt, *ma chère baronesse,* ist unsere Liebesgeschichte. An der werde ich mich jetzt einmal versuchen, auch ohne die Kenntnisse entsprechender Lektüre.«

Susanna legte die Gabel hin, griff nach einem Hörnchen und sah ihn erwartungsvoll an.

»Also – erst einmal muß ich Sie aus der Bretagne weg und nach London bekommen ... Hm – nach Abschluß der Schulzeit sind Sie zunächst noch im Internat geblieben und haben Ihre immense Bildung komplettiert, und dann sind Sie zu Ihrem Onkel gezogen, in das einsame, nebelumwallte Schloß auf den Meeresklippen –« Susanna nickte beifällig – »nur Bücher und Pferde zur Gesellschaft. Der wilde Baron war mittlerweile alt und krank geworden. Sie haben ihn gepflegt, und als er starb, hat er Ihnen aufgetragen, zu Ihrer letzten noch lebenden Großtante zu fahren, die ... die ... nach Quebec ausgewandert war. Damit nähern wir uns endlich London. Sie engagierten eine Zofe, und ...«

»Warum sollte ich das?«

»Weil es absolut unerläßlich ist für eine Baronesse und überhaupt für jedes wohlerzogene junge Mädchen, Reisen nur in Begleitung wenigstens einer weiblichen Anstandsperson zu unternehmen. Das müßten Sie als Internatszögling aber wissen! Sie engagierten also eine Zofe, gerieten aber dank Ihrer klösterlichen Erziehung, sprich Ihrer Unerfahrenheit in allen praktischen Dingen, an eine betrügerische Person, die Sie in Calais auf's Schiff brachte und dann mit Ihrem Gepäck verschwand. Sie hatten also nur noch eine Reisetasche, als Sie in England ankamen, und ... und ... nein, nein, lassen Sie mich weitermachen!« sagte er, als ihn Susanna mit blitzenden Augen unterbrechen wollte. »Ich kann mir schon denken, daß Sie einen sehr abenteuerlichen Vorschlag parat haben, aber ich habe auch schon eine Idee: Sie erinnerten sich an mehrere Briefe, die Sie im Nachlaß Ihrer Mutter gefunden hatten, sehr freundschaftliche Briefe, die von einer Lady Georgina Sinclair stammten. Diese Dame, es gibt sie übrigens wirklich, hat einen riesigen Bekanntenkreis, ist eine unermüdliche Briefeschreiberin, liebt das Ungewöhnliche und hat außerdem den Vorzug, meine Patentante zu sein. Wir werden sie zur Freundin Ihrer Mutter, nein, besser Ihrer Großmutter, ernennen und darauf vertrauen, daß sie irgendwann einmal eine passende Dame gekannt hat. Ich habe ihr heute morgen einen Brief geschrieben und für heute nachmittag unseren Besuch angekündigt.«

»Ja, aber – aber –«, stotterte Susanna, von der Schnelligkeit überwältigt, mit der er auf einmal von der Fiktion in die Realität wechselte, »Sie können doch nicht einfach ... ich meine ... wenn sie nun nicht will?«

»Aber natürlich will sie! Sie ist eine ganz wunderbare Frau, und wenn ich sie um etwas bitte, dann tut sie das auch.«

Susanna versuchte, seinen Überlegungen zu folgen. »Ich bin also zu dieser Lady Georgina gefahren, und da haben Sie mich kennengelernt?«

»Ja natürlich. Ich werde Sie heute noch zu ihr bringen, und Sie werden die nächsten Tage bei ihr bleiben. Ich besuche sie immer, wenn ich in London bin, und Sie waren gerade eingetroffen, und ich habe mich in Sie verliebt.«

»Aber warum?«

»Haben Sie noch nie etwas von Liebe auf den ersten Blick gehört?«

»Natürlich – das schon – aber nicht bei mir – ich meine, nicht bei Mädchen, wie ich es bin – also, ich meine, in den Romanen sind es immer umwerfende Schönheiten – das heißt, einmal war es auch ein ganz schlichtes graues Mäuschen mit einer geradezu heiligen Ausstrahlung, und in die verliebte sich ein Graf, den alle Schönheiten kalt ließen, weil er nämlich am liebsten Mönch geworden wäre und ...«

»Aber Sie sind kein kleines graues Mäuschen, sondern eher eine große rote Katze, und eine heilige Ausstrahlung haben Sie weiß Gott nicht, und ich habe auch noch nie daran gedacht, Mönch zu werden – was hat dieser Unsinn mit uns zu tun?«

»Ich meine ja nur – ich wollte Ihnen nur klar machen, daß kein Mensch begreifen wird, warum Sie sich in mich verliebt haben. Oder ich mich in Sie, denn zum Verlieben gehören schließlich zwei.«

Lord Sinclair, der seit Jahren von ehrgeizigen Müttern samt

heiratsfähigen Töchtern umgarnt wurde, wenn auch ohne Erfolg, war einen Moment sprachlos.

»Ich muß Ihnen nämlich gestehen, daß Sie mir gar nicht gefallen haben, als ich Sie gestern kennenlernte.« Sie lächelte spitzbübisch. »Ich habe Sie ›das Gerippe mit dem Basiliskenblick‹ getauft und hätte mich fast vor Ihnen gefürchtet, so kalt und hochmütig waren Sie.«

Jonathan Sinclair, der aufgrund seiner Stellung und seines Reichtums von Leuten umgeben war, die Kritik an seinem Charakter und seinem Aussehen nicht zu ihren Aufgaben zählten, brauchte eine volle Minute, um sich von dieser Mitteilung zu erholen. Dann sah er Susanna mit einem seltsamen Lächeln an.

»Und hat sich Ihre Meinung inzwischen geändert?«

»Oh ja! Ich finde Sie jetzt sehr nett! Sie sind gar nicht so streng, wie Sie aussehen, ich kann sogar mit Ihnen lachen, und das finde ich sehr wichtig. Gutes Aussehen dagegen ist mir ziemlich gleichgültig. Obwohl ich glaube, daß Sie recht hübsch sein könnten, wenn man Sie etwas herausfüttern würde.«

Seine Mundwinkel zuckten. »Man könnte das gleiche von Ihnen behaupten. Obwohl ich zugeben muß, daß Sie auch mager recht hübsch sind. Ein weiterer Vorteil ist Ihre Größe. Ich muß mich nicht ständig krümmen wie ein Fragezeichen, wenn ich mit Ihnen rede, was auf die Dauer eine äußerst unbequeme Haltung ist, das können Sie mir glauben. Aber ich denke schon wieder an die Gründe, die Sie für mich angenehm machen – dabei müßte ich als Mann auf Freiersfüßen doch eher meine Person ins rechte Licht rücken, damit Sie mich akzeptieren, nicht wahr? Wenn ich Ihnen verrate, daß Shakespeare und Ovid ebenfalls zu meinen Lieblingsdichtern zählen, daß ich sehr gerne reite und ungerne auf Gesellschaften und Bälle gehe, daß ich einen großen Reitstall und eine noch größere Bibliothek besitze, daß das Leben auf Schloß Wimberley fast ebenso ereignislos ist wie das Leben in der Bretagne – könnte Sie das geneigt stimmen?«

»Ein Reitstall und eine Bibliothek? Aber das ist ja wunderbar! Mehr brauche ich nicht!« Sie erhob sich, machte einen Knicks und legte mit theatralischer Geste die Hand auf's Herz. »Ich nehme Ihren mich ehrenden Antrag mit Freuden an! Und wenn Sie mich möglichst schnell zur Witwe machen würden, wäre ich Ihnen sehr verbunden.«

»Sie hätten zur Bühne gehen sollen!« sagte Lord Sinclair lachend.

»Daran habe ich auch schon gedacht, aber ich fürchte, ich bin zu groß. Meine Anbeter müßten immer auf einen Schemel steigen, und das würde jede Wirkung zunichte machen.«

Er lachte noch immer. Susanna betrachtete ihn erleichtert. »Ich bin froh, daß Sie mich nicht für impertinent halten. Ich weiß wohl, daß ich als Untergebene nicht so mit Ihnen reden darf. Aber ich will ja nur genau überlegen, wie wir mein Engagement glaubwürdig als Verlobung darstellen können.«

Noch während sie sprach, merkte sie, daß ihre Worte seinen Erwartungen wohl nicht entsprachen. Die Fröhlichkeit verschwand von seinem Gesicht, er sah – nicht ärgerlich aus – auch nicht verstimmt – Susanna konnte sich seinen Ausdruck nicht erklären. Er sah vor sich hin und sagte nach einer ziemlich langen Pause: »Ihr Bemühen, Ihren Posten gut auszufüllen, verdient Bewunderung. Sie haben allerdings noch eine wesentliche Einzelheit vergessen. Um überzeugend zu wirken, müßte unser Umgangston eine gewisse Vertraulichkeit haben – Verliebtheit wäre natürlich noch besser, aber ich nehme an, daß das wohl Ihre Vorstellung von Pflichterfüllung übersteigen würde, nicht wahr?«

Susanna nickte stumm. Warum war er auf einmal so anders?

»Als erstes müssen wir uns angewöhnen, uns mit unseren Vornamen anzureden. Wie Sie, nein, wie du vielleicht bemerkt hast, habe ich schon einige Versuche in dieser Richtung unternommen, damit Burton nicht mißtrauisch wird. Am besten üben wir das ein bißchen. Bilde bitte mindestens fünf Sätze, in denen mein Name vorkommt, Susanna.«

Sie sah ihn unsicher an. Sollte sie jetzt etwa sagen: »Reich mir bitte den Zucker, Jonathan. Und gib mir deine Tasse, Jonathan, ich gieße dir noch Tee ein«? Auf einmal erhellte sich ihr Gesicht.

»Was ist ein Name? Was uns Rose heißt,
Wie es auch hieße, würde lieblich duften:
So Jonathan, wenn er auch anders hieße,
Er würde doch den köstlichen Gehalt
Bewahren, welcher sein ist ohne Titel.
O Jonathan, leg deinen Namen ab,
Und für den Namen, der dein Selbst nicht ist,
Nimm meines ganz! O Jonathan!«

»Oh, Susanna, du bist doch eine wandelnde Shakespeare-Ausgabe!«

Er lächelte wieder. Susanna lächelte schüchtern zurück. »Darf ich etwas fragen? Warum haben Sie – warum hast du eben so ein eigenartiges Gesicht gemacht?«

»Das, meine liebe Susanna«, erwiderte Jonathan, »werde ich dir später einmal erzählen, wenn wir uns besser kennen.«

9. Kapitel

Rachel Sinclair lag in einem Fauteuil in ihrem Ankleidezimmer, den Rücken mit Kissen abgestützt, die Füße bequem auf einem Schemel, und ließ sich von ihrer Zofe hauchdünne Gurkenscheiben auf das Gesicht legen. Die scharfe Aprilsonne hatte es gewagt, ein paar Sommersprossen auf die marmorweiße Stirn der Dame zu locken, und Mrs. Fairchild hatte erklärt, daß man diesem Übel sofort entgegentreten müsse.

»Heute abend trage ich eine Bleichcreme auf, die kann über Nacht einwirken. Und morgen früh noch einmal Gurkenscheiben. Und ich werde sofort die Strohhüte heraussuchen, Mylady.« (Rachel Sinclair hatte diesen Titel nur in jener Zeit zu Recht geführt, als ihr Mann nach dem vermeintlichen Tod seines älteren Bruders der Earl of Shore gewesen war, aber ihre Zofe, die Lord Jonathans Wiederauferstehung von den Toten, respektive seine Rückkehr aus der Gefangenschaft fast ebenso empört hatte wie ihre Herrin, hatte sich geweigert, die veränderten Umstände anzuerkennen und redete sie immer noch mit ihrem früheren Titel an.) »Sie dürfen ab sofort nur noch mit Hut in die Sonne, Mylady.«

»Aber die Strohhüte sind alle vom letzten Sommer! Du glaubst doch wohl nicht, daß ich mich in einem altmodischen Modell sehen lasse?«

»Es gibt weit und breit keine Dame, deren Hüte jünger sind als drei oder vier Jahre. Keine ist immer so nach der letzten Mode gekleidet wie Sie, Mylady.«

»Du vergißt, daß sich Lady Woodley für morgen früh angesagt hat. Ich bin sicher, sie hat die neuesten Modelle aus London gleich kofferweise mitgebracht. Das tut sie immer, wenn sie ihre Mutter besucht. Und Lady Penneham zeigt ihre Älteste dann in der Nachbarschaft herum und ist so stolz, als ob sie selbst genauso elegant wäre. Dabei sieht sie immer aus wie ein entlaufener Haremswächter mit dieser Vorliebe für Turbane und riesige Fransenschals. Sie bildet sich wohl ein, sie würde dadurch malerisch aussehen, aber mit ihrer Hakennase wirkt sie einfach lächerlich. Lady Woodley kann dem Himmel danken, daß sie ihrer Mutter überhaupt nicht gleicht.«

»Lady Woodley ist zweifellos recht hübsch. Aber elegant? Nein, das finde ich nicht. Sie ist einfach zu winzig.«

Rachel erwog diese Ansicht eine Zeitlang und stimmte dann befriedigt zu. »Ich glaube, du hast recht. Sie sieht immer noch aus wie ein Schulmädchen. Such mir für morgen einen Hut mit ganz hohem Kopf heraus, dann wirkt sie noch winziger. Trotzdem werde ich, sobald es geht, nach London fahren. Im Frühjahr muß man einfach eine neue Garderobe kaufen, sonst wird man trübsinnig.«

»Gewiß, Mylady«, sagte Mrs. Fairchild überzeugt, obwohl sie ihr Leben lang nichts anderes getragen hatte als schwarze Kleider nach immer demselben Schnitt, wenn auch aus verschiedenen Stoffen. »Sie brauchen das wirklich. Der Winter nimmt Sie immer ein bißchen mit, besonders, wenn Sie mehrere Wochen hintereinander in Wimberley waren. Es ist hier einfach zu einsam für Sie.«

»Am besten fahre ich gleich, wenn mein Schwager wieder zurück ist. Dann wird das Leben hier sowieso unerfreulich. Ich werde noch ein Nervenleiden bekommen, wenn er so weitermacht. Dieses Vor-sich-hin-Brüten und dieses finstere Wesen kann den stärksten Geist erschüttern. Und ich halte das schon gar nicht aus, wo ich doch so zart besaitet bin. Manchmal starrt er mich an, daß ich fast Angst bekomme. Oder glaubst du, meine Nerven spielen mir einen Streich, und ich bilde mir das nur ein?«

»Keineswegs, Mylady. Das Personal redet auch schon darüber.«

»Aha!« Rachel versank in Nachdenken. Das Personal redete zwar immer, aber es nahm eben innigen Anteil an der Herrschaft und zog aus seinen unentwegten Beobachtungen durchaus bedenkenswerte Schlußfolgerungen. »Und was vermutet man?«

Mrs. Fairchild hob die Schultern. »Sie vermuten natürlich viel. Mylady wissen ja, wie diese einfachen Leute sind, die kommen auf die absonderlichsten Gedanken. Aber das ist alles nur Gerede, niemand weiß etwas Genaues. Und Mr. Burton könnte ebensogut taubstumm sein, wenn man versucht, etwas aus ihm herauszuholen. Nicht, daß ich das je versuchen würde, Gott bewahre, ich weiß, wo mein Platz ist. Die anderen, die wollen ständig seine Meinung hören, aber wenn es um Seine Lordschaft geht, da schweigt Mr. Burton wie eine Auster. Das einzige, was wir wissen, ist, daß sie nach London gefahren sind, aber warum und wie lange, das weiß niemand.«

»Bei jedem anderen würde ich denken, er macht sich ein paar schöne Tage. Aber bei meinem Schwager bin ich sicher, daß etwas Stocknüchternes dahintersteckt oder etwas Todlangweiliges, jedenfalls kein Vergnügen. Der Mann hat nicht die geringste Begabung, sich ein schönes Leben zu machen. Wenn ich mir vorstelle, was ich alles täte, wenn ich soviel Geld hätte wie er – ach, es ist wirklich verschwendet an ihn.«

»Nun, Mylady, was ist von einem Mann zu erwarten, der derartig zurückgezogen lebt wie er? Dabei geht er immerhin auf die Dreißig zu. Die meisten Herren in seinem Alter sind längst verheiratet.«

»Und kannst du dich noch an all die jungen Dinger erinnern, Clara, die meine Schwiegermutter unermüdlich eingeladen hat? Die waren zunächst alle höchst interessiert. Vergrault hat er sie, eine nach der anderen. Wahrscheinlich hat ihm der Treuebruch von Victoria Penneham ein für allemal den Wunsch nach einer Gattin verleidet. Du kennst ja das Gerücht, daß die beiden heimlich verlobt gewesen sein sollen. Doch kaum war Jonathan nach Indien abgereist, da hat Victoria den reichen Herbert Woodley geheiratet, und zwar hauptsächlich auf Verlangen ihrer Mutter. Um die Nachfolge braucht Jonathan sich auch keine Gedanken zu machen, denn er hat ja Thomas als Erben. Außerdem ist er in letzter Zeit so absonderlich geworden, daß sich heute wohl tatsächlich kein Mädchen mehr für ihn erwärmen wird.«

Mrs. Fairchild wiegte skeptisch den mageren, dunklen Kopf, ohne sich bei ihrer Tätigkeit stören zu lassen. Sie hatte sich mittlerweile Sandpapier und Polierleder geholt und brachte die rosigen Fingernägel ihrer Herrin in Form und auf Hochglanz.

»Da wäre ich nicht so sicher, Mylady. Er ist reich, und er hat einen Titel. Dafür nehmen viele ein finsteres Wesen in Kauf.«

Rachel hob mit einer ruckartigen Bewegung den Kopf, so daß die Gurkenscheiben ins Rutschen gerieten. »Es soll nur ja kein Mädchen versuchen, ihn einzufangen! Die bekommt es mit mir zu tun! Wenn alles mit rechten Dingen zugegangen wäre, dann wäre ich heute die Herrin von Wimberley und würde für Thomas das Vermögen verwalten. Ich darf gar nicht daran denken, wie ich in all meinen Erwartungen enttäuscht worden bin. Jonathan war tot, als ich Timothy geheiratet habe. Nicht einen einzigen Menschen hat es gegeben, der an diesem Tod gezweifelt hat!«

»Aber Mylady, so beruhigen Sie sich doch!« Mrs. Fairchild fing die Gurkenscheiben auf, drückte ihre Herrin sanft zurück und applizierte die Schönheitsmittel erneut. Wenn Mylady sich heftig bewegte, war Vorsicht geboten. Mona Lisa hatten die Herren in dem Londoner Salon ihrer Tante sie oft genannt, und zu diesem Namen paßte die majestätische Haltung und die träge, dabei geschmeidige Art ihrer Gebärden. Aber wenn Mylady sich ärgerte oder gar zornig wurde, dann wurden ihre Gesten abrupt und unbeherrscht, ihre helle Stimme bekam einen schrillen Klang, und nicht selten folgte solchem Auftakt ein hysterischer Anfall, bei dem Mylady alles gegen die Wand schmetterte, was ihr in die Finger kam.

»Das ist alles aus und vorbei«, fuhr die Zofe energisch fort. »Mehr als vier Jahre – es hat keinen Sinn, sich darüber den Kopf zu zerbrechen. Sobald Seine Lordschaft zurückkommt, werden Sie nach London fahren und Kleider kaufen. Was halten Sie von diesen stählernen Krinolinen, Mylady? Sogar Ihre Majestät soll sie schon tragen. Ich habe eben die neuesten Modejournale ausgepackt, alle schreiben sie darüber. Der Erfinder soll damit ein Vermögen gemacht haben in bloß ein paar Wochen. Wenn Sie wollen, lese ich Ihnen die Artikel vor, solange die Gurkenscheiben noch wirken müssen.«

Rachel war sofort abgelenkt, womit Mrs. Fairchild aufgrund langjähriger Erfahrungen auch gerechnet hatte. Sie ließ sich aus einem Journal vorlesen und war bald vollständig von der Erörterung der Vorteile der stählernen Krinoline in Anspruch genommen.

Am nächsten Morgen näherte sich Lord Sinclair in Begleitung seiner gekauften Braut seinem Stammsitz Wimberley. Susanna pfiff vergnügt vor sich hin. Sie hielt Thunder in einem gleichmäßigen, leichten Galopp. Er spitzte manchmal die Ohren und schnaubte und wandte den Kopf nach Thief, der neben ihm galoppierte. Die beiden mächtigen Rappen Thief und Thunder waren Zwillingsbrüder. Jonathan hatte den einen Susanna geschenkt, nachdem sie ihm bewiesen hatte, daß sie so mühelos mit ihm fertig wurde wie noch kein Mensch außer seinem Herrn. Die Sonne schien warm, am Himmel trieben weiße Lämmerwölkchen, aus allen Feldern stiegen Lerchen auf und zogen trillernd in immer höheren Kreisen der Sonne entgegen. Aus den dunkelbraunen Ackerfurchen schauten die ersten grünen Spitzen, auf den Wiesen mischte sich das fahle Wintergras mit frischem Grün. Susanna ließ ihre Blicke umherschweifen. In sanften Wellen rollten die Hügel von Surrey bis zum Horizont, bunt gesprenkelt von kleinen Dörfern und Weilern, von dunklen Wäldchen und blinkenden Bächen und Seen. Es war ein friedliches, üppiges Land.

»Zufrieden?« fragte Jonathan neben ihr. Susanna nickte nur heftig und pfiff weiter. Ja, sie war sehr zufrieden. Zwar schillerte ihr Rücken noch immer in allen Farben, wie sie heute morgen im Spiegel gesehen hatte, aber alle Wunden waren verkrustet und die Entzündungen abgeklungen. Der lange Ritt gestern war anstrengend gewesen, doch sie hatte ihn genossen. Nach ihrem Wettrennen, das Jonathan gewonnen hatte, waren sie langsam geritten, um die Pferde zu schonen. Als es dämmerte, hatten sie bei den Ellesmeres in Bridgewater House Station gemacht. Bevor das Haus in Sicht kam, war Susanna in die Kutsche zu Mrs. Griffin gestiegen, die Georgina Lady Sinclair ihr als Zofe geborgt hatte, und Jonathan war vorausgeritten und hatte sie angekündigt. Am Morgen waren sie nach einem üppigen Frühstück aufgebrochen, Susanna sittsam in der Kutsche, mit der

Zofe als Anstandsdame und Mr. Burton als Kutscher. Die Türme von Bridgewater House waren kaum hinter den Bäumen verschwunden, da wechselte Susanna auf Thunders Rücken und ritt neben Jonathan durch den morgenfeuchten Wald. Sie sprachen kaum ein Wort miteinander, sondern hingen ihren Gedanken nach, aber es war ein friedliches Schweigen, und beide fühlten sich wohl dabei. Manchmal geckerte ein Häher und schwieg verwirrt, wenn Hamlet seinen Ruf nachahmte, und Troll trieb ein paar Fasanen auf, die sich mißtönend kreischend mit rauschendem Flügelschlag erhoben.

Susanna pfiff unzusammenhängende Bruchstücke aus Liedern und Sonaten, so wie sie ihr gerade in den Sinn kamen. Sie empfand mit wachsender Freude, daß dies nicht einer ihrer üblichen Morgenritte war, die sie nur unternehmen durfte, um die Pferde zu bewegen und Felix das Reiten beizubringen und nach denen sie in das düstere Haus ihrer Verwandten zurückkehren mußte. Die Cramptons waren ein abgeschlossenes Kapitel. Sie war frei! Und sie ritt einem aufregenden, gefährlichen Abenteuer entgegen, so wie sie es sich immer gewünscht hatte. Sie würde alles tun, was in ihren Kräften stand, damit Jonathans Plan gelang. Sie würde Geld verdienen, und sie würde Whittlay zurückkaufen. Und sobald sie volljährig war, würde sie zu Pastor Fliedner nach Kaiserswerth gehen und sich als Krankenpflegerin ausbilden lassen. In knapp vier Monaten war es soweit – ob Jonathan so lange brauchen würde, das Rätsel um den Tod seines Bruders zu lösen? Falls es ein Rätsel war! Es war schwierig, Pläne zu machen, es hing alles davon ab, wie Rachel reagieren würde.

Sie ritten lange. Auf einmal zog Jonathan die Zügel an und streckte die Hand aus.

»Da liegt Wimberley.«

Sie hielten auf einem Hügel und blickten in ein weites, welliges Tal.

Auf einer kleinen Anhöhe erhob sich ein mächtiger, zweigeschossiger Vierflügelbau mit vorspringenden Ecktürmen. Er war aus dem blaßgelben Sandstein der Gegend gebaut und wirkte trotz seiner Ausdehnung nicht schwer, sondern schien auf den auf- und abschwellenden Rasenflächen zu schweben. In zahllosen Fenstern blitzte die Sonne.

»Oh!« machte Susanna überwältigt und nach einer Weile noch einmal: »Oh!«

»Ja, es ist sehr groß«, sagte Jonathan im Ton eines Fremdenführers. »Ja, man braucht sehr viel Personal. Nein, wir bewohnen nicht alle Zimmer. Das stimmt, es ist im Winter manchmal etwas ungemütlich.«

»Ich wollte nicht einen einzigen derartigen Satz sagen, das weißt du ganz genau!«

»Aber die meisten Leute sagen das. Timothy und ich haben früher oft Wetten abgeschlossen, wenn Besucher zum ersten Mal kamen, und immer ist mindestens einer dieser Sätze gefallen. Doch ich müßte tatsächlich inzwischen wissen, daß du anders bist als die meisten Leute. Ich bitte um Verzeihung. Also, was wolltest du sagen, meine Schöne?«

»Wenn es mir gehörte, würde ich ein Hospital daraus machen. Es hat die ideale Bauweise dafür.«

Der Herr von Wimberley betrachtete seine gekaufte Braut eine Zeitlang voller Verblüffung. Dann setzte er sein Pferd wieder in Bewegung.

»Allmählich beginne ich, zu begreifen, warum ihr euch derartig gut verstanden habt, Tante Georgie und du. Ihr müßt eine gemeinsame Ader haben. Meine Tante bringt es auch immer wieder fertig, mich sprachlos zu machen. Ein Hospital! Wie kommst du auf eine so verrückte Idee? Und was verstehst du überhaupt von der Bauweise von Hospitälern?«

»Eine ganze Menge! Hospitäler waren das Steckenpferd von – von einem Arzt, den ich gut kannte. Ich glaube, es gibt kein

Buch über dieses Thema, das er nicht gekauft hat. Und er hat sie mir alle geborgt.«

»Und du hast sie natürlich alle gelesen, um nicht zu sagen auswendig gelernt. Und wie ich dich und deine energiegeladene Art kenne, wirst du sofort einen genauen Plan entwerfen, wo die Betten aufgestellt werden könnten, welcher Raum geeignet wäre für einen Operationssaal oder für ein Schwesternzimmer und wo Speiseaufzüge einzurichten wären – oder findest du Etagenküchen fortschrittlicher?«

»Ja, das tue ich. Aber das soll nicht heißen, daß ich sie unbedingt befürworte. Sie sind nur sinnvoll bei einem sehr großen Krankenhaus.«

»Aha. Und wie ist deine Meinung zu Badezimmern? Ziehst du ein großes oder viele kleine vor?«

»Ganz entschieden viele kleine. Ein großes hat zwar Vorteile beim Bau, aber bei der Benutzung überwiegen die Nachteile.«

»Und wo ist deiner Ansicht nach der beste Platz für eine Latrine? Du bist dir hoffentlich im klaren darüber, daß diese Frage von entscheidender Bedeutung ist für das Funktionieren eines Hospitals?«

»Natürlich bin ich das. Sie muß ausreichend groß sein und leicht zu reinigen und weit genug entfernt von den Krankenzimmern, um – Warum lachst du?«

»Ich habe mir gerade überlegt, mit welchem weiblichen Wesen meiner gesamten Bekanntschaft ich diese Frage diskutieren könnte, und mir ist kein einziges eingefallen außer meiner Mutter. Alle anderen wären auf das äußerste schockiert.«

»Und ich habe mir gerade überlegt, wieso du so viel über Hospitäler weißt?«

»Mein liebes Kind, ich war mehrere Monate in Skutari.«

Thunder blieb jäh stehen. Susanna sah ihren Begleiter an wie eine Erscheinung. »Du warst in Skutari?«

»Aber ja. Was ist daran so unwahrscheinlich? Hast du in deinem einsamen, bretonischen Schloß etwa nichts vom Krim-Krieg gehört?«

Susanna beachtete die Frage nicht. »Dann kennst du Florence Nightingale?«

»Natürlich kenne ich Miß Nightingale. Ich bin nur ihretwegen nach Skutari gegangen und dort so lange geblieben. Und ich muß dir sagen, daß dich noch keine meiner Äußerungen derartig zum Strahlen gebracht hat wie diese – nicht einmal das Versprechen, daß du mein Pferd reiten darfst, von meinem Heiratsantrag ganz zu schweigen. Findest du nicht, daß ich darüber gekränkt sein müßte?«

Wieder beachtete Susanna seine Frage nicht. »Hast du sie oft gesehen?«

Sie sah ihn so begierig an, daß er wußte, er würde erzählen müssen. Und er wußte auch, daß sie keine rührende Geschichte vom Engel der Verwundeten hören wollte, sondern die ungeschminkte Wahrheit.

»Ja, ich habe sie oft gesehen. Jeden Tag, oft mehrmals. Ich war nach der Schlacht von Inkerman nach Skutari gekommen. Am 5. November, erinnerst du dich? Innerhalb weniger Tage strömten Tausende von Verwundeten und Kranken in das Lazarett. Und das Lazarett war leer. Es gab einfach nichts, keine Operationstische, keine Badewannen, keine Bettpfannen, keine Seife oder Zahnbürsten oder Entlausungsmittel, nicht einmal Socken und Hemden oder Messer und Gabeln. Miß Nightingale besorgte alles, und zwar auf eigene Rechnung. Ich habe nie begriffen, warum sie nicht schon nach wenigen Wochen zusammengebrochen ist.

Denn sie hatte ja nicht nur die Sorge um Ausstattung und Proviant übernommen, sondern in erster Linie die für die Verwundeten und Kranken. Die schwersten Fälle pflegte sie selbst. Wenn wieder eine Schiffsladung Soldaten eintraf, war sie zwanzig Stunden auf den Beinen. Sie schien einfach keine Müdigkeit zu kennen. Ich habe sie acht Stunden hintereinander auf den Knien gesehen, um Wunden zu verbinden.

Und sie behielt immer den Überblick und setzte jeden ein. Ich war kaum eine Stunde im Lazarett, da kniete ich schon neben einem Sterbenden, um seine letzten Worte an seine Familie aufzuschreiben. Der Boden war verfault, es wimmelte von Ungeziefer. Während ich schrieb, krochen die Läuse übers Papier. Sie krochen auch über die Verwundeten, die in dichten Reihen auf den verschmierten Brettern lagen, weil es nicht einmal genug Strohsäcke gab. Die Soldaten waren so verdreckt, daß sie sich vor den Schwestern schämten.

Der Gestank war einfach unvorstellbar. Die meisten Kranken litten an Diarrhöe, aber die Aborte waren so gut wie unbenutzbar, weil die Wasserleitungen nicht funktionierten. Der flüssige Unrat bedeckte den Boden zollhoch und überschwemmte sogar den Vorraum. Die Männer hatten weder Pantoffeln noch Schuhe, sie mußten barfuß in diesen Dreck hineinsteigen. Mit der Zeit rafften sie sich gar nicht mehr dazu auf, die Aborte aufzusuchen. Die Wasserleitungen wurden nicht in Ordnung gebracht, sondern man stellte große hölzerne Bottiche auf. Aber die Wärter ekelten sich davor, sie auszuleeren, und so blieben sie manchmal vierundzwanzig Stunden lang stehen, obgleich dicht daneben die Lebensmittel lagen. Ich habe einmal den abgezogenen Kadaver eines Schafes eine ganze Nacht lang in einem Krankenzimmer liegen sehen, dicht neben so einem Bottich.

Anfang Januar brach eine Epidemie aus. Die Männer starben zu Hunderten, zu Tausenden, trotz aller Anstrengungen von Miß Nightingale und ihren Pflegerinnen. Ich weiß noch, wie eines Tages ein großer türkischer Schuttkarren an mir vorbeifuhr. Er war hoch voll beladen mit etwas, was ich zunächst für Tierkadaver hielt. Es waren aber die nackten, ausgemergelten Leichen englischer Soldaten. Die Türken gruben ein großes, rechteckiges Loch – nicht sehr tief –, die Leichen wurden hineingeworfen, bis die Grube randvoll war, dann wurde eine Lage Erde darüber geschaufelt und niedergetreten. Die Engländer konnten ihre Toten nicht mehr begraben. Man konnte kein Arbeitskommando mehr zusammenstellen, das stark genug gewesen wäre, eine Grube auszuheben.«

Er schaute mit unbewegtem Gesicht geradeaus, während er sprach, als ob er sie vergessen hätte. Susanna wandte keinen Blick von ihm.

»Erst Anfang März trat eine Änderung ein. Die Empörung in England über die Zustände in Skutari war so groß, daß die Regierung gestürzt wurde. Die neue Regierung schickte eine Sanitätskommission an den Bosporus. Diese Roebuck-Kommission stellte fest, daß das ganze riesige Lazarett auf einem See von Fäkalien stand. Sogar die Wände waren mit der stinkenden Flüssigkeit vollgesogen. Jeder Luftzug brachte giftige Dämpfe in die Krankenzimmer. Ich kenne die Elendsquartiere vieler Großstädte, aber eine Luft wie in Skutari habe ich nirgendwo erlebt. Wir hatten Besucher, die schon nach einem halben Tag Aufenthalt krank wurden. Auch ich bekam das Lazarettfieber. Als ich es überstanden hatte, war ich so schwach, daß ich zurück mußte nach England.«

Er wandte den Kopf und sah sie an.

»Es erfüllt mich mit tiefer Befriedigung, zu sehen, mit welcher Hingabe du an meinen Lippen hängst. Trotzdem mußt du deine Aufmerksamkeit jetzt auf ein anderes Gebiet lenken, meine Schöne. Löse deine Smaragdaugen von meinem Mund und richte sie gen Osten. Du wirst gleich deine zukünftige Schwiegermutter begrüßen können. Und nicht nur sie allein.«

Seine Stimme war ernst und ruhig gewesen, als er von Skutari erzählt hatte, aber jetzt hatte sie wieder ihren spöttischen Ton. Susanna schaute nach vorn. Das erste, was ihre Aufmerksamkeit fesselte, war ein gewaltiger Magnolienstrauch, so groß wie ein Gartenpavillon und über und über bedeckt mit schimmernden, weißen Blütenkelchen. Er stand auf einer weiten Rasenfläche, die gesäumt war von übermannshohen Rhododendren. Einige standen schon in Blüte und waren so übersät von zartweißen oder leuchtend rosa Blüten, daß kein grünes Blatt mehr zu sehen war, andere zeigten pralle, dunkelrote oder violette Knospen.

»Wimberley ist berühmt für seine Magnolien und Rhododendren. Die meisten Besucher brechen in Entzückensschreie aus, wenn sie sie zu Gesicht bekommen. Wir sind gerade durch die legendäre Magnolien-Allee geritten, und du hast keinen Laut von dir gegeben.«

Susanna wandte sich um und sah, daß sie tatsächlich durch einen Laubengang geritten waren, dessen Wände aus weißen und rosa und violetten Magnolien gebildet wurden.

»Ich habe dir zugehört. Ich habe gar nicht auf den Weg geachtet.«

»Ich fühle mich geehrt. Und gefallen dir die Blumen?«

»Oh ja – sehr!«

»Nun, dann werden wir sehen, ob du das von den Bewohnern und Gästen dieses Hauses auch sagen wirst.«

Hinter dem riesigen Magnolienstrauch erklangen Stimmen und Lachen, und als sie ein paar Schritte weiter geritten waren, sah Susanna, daß sich auf dem Rasen dahinter eine kleine Gesellschaft versammelt hatte.

»Das trifft sich ja ausgezeichnet«, sagte Jonathan. »Man spielt Krocket. Komm, jetzt werden wir sie schockieren.«

»Nein! Warte noch ein bißchen. Ich – ich glaube, ich habe Lampenfieber. Das sind so viele Leute. Was soll ich denn jetzt machen? Ich meine, möchtest du, daß ich etwas Besonderes tue oder sage? Oder soll ich nur auf Rachel achten?«

»Du bist zwar nur eine gekaufte Braut, meine Liebe, aber vergiß nicht, daß das niemand außer uns beiden hier weiß. Wenn du wirklich meine Braut wärest, auf wen würdest du achten?«

Susanna überlegte einen Augenblick. »Auf deine Mutter. Und sonst eigentlich auf keinen.«

»Sehr gut. Also bleib' dabei. Und ansonsten benimmst du dich ganz genau so wie immer. Du brauchst dich nicht zu verstellen. Im Gegenteil, je natürlicher du dich gibst, desto besser. Du bist nämlich eine ideale Braut, weißt du das nicht? Und wir sind ein ideales Paar.«

Seine Stimme klang immer noch spöttisch, und seine Augen blickten kühl, wurden aber freundlich, als er Susanna ansah. »Kein Grund zur Nervosität, meine Schöne. Du siehst bezaubernd aus! Wie dem neuesten Modejournal entsprungen, was die Damen sofort registrieren werden. Du warst schließlich mit Tante Georgie im ersten Modesalon Londons. Und du kannst sagen, was du willst, du darfst sie ruhig schockieren. So, und jetzt werden wir dieser Gesellschaft demonstrieren, wie gut wir zusammenpassen. Absoluter Gleichschritt, bitte! Rechts fängt an. Achtung, fertig, los!«

Auf den Schenkeldruck ihrer Reiter hoben Thief und Thunder gleichzeitig den rechten Vorderhuf, dann den linken, dann wieder den rechten.

»Ausgezeichnet! Wir sollten im Zirkus auftreten.«

Sie ritten in vollkommenem Gleichklang weiter.

»Da wäre ich jetzt viel lieber. Wir würden uns verneigen und den Applaus entgegennehmen, und dann könnten wir fortreiten und brauchten mit niemandem zu sprechen.«

»*Mais, ma belle,* was ist los mit dir? Seit wann fehlen ausgerechnet dir die Worte? Die ganze Sache ist nichts weiter als ein Riesenspaß! Du wirst sehen, wir werden uns in den nächsten Wochen herrlich amüsieren.«

»Also gut«, seufzte Susanna leise. »Amüsieren wir uns.«

10. Kapitel

Mama, sieh doch nur! Sieh doch nur, Mama!«

»Aha, man hat uns bemerkt. Dieses durchdringende Organ gehört meinem Neffen Thomas. Er liebt es, seine Sätze zu wiederholen. Ich hoffe, das liegt an seinem Alter und nicht an einer Schwerfälligkeit seines Verstandes. So, inzwischen werden sie alle herschauen. Und jetzt ein schmelzendes Lächeln, bitte! Vergiß nicht, daß du bis über beide Ohren verliebt in mich bist. Pardon, und ich natürlich in dich. Ich werde dich mit meinen Blicken versengen!«

»Sei nicht so albern!« flüsterte Susanna. »Du bringst mich zum Lachen.«

»Das will ich doch! Du siehst sehr hübsch aus, wenn du lachst. Sie werden mich alle beneiden.«

Sie – das waren, wie Susanna mit einem schnellen Blick feststellte, hauptsächlich weibliche Wesen, die ihnen alle erstaunt entgegensahen: zwei ältere Damen, die eine zierlich und graublond in schwarzem Kleid und schwarzem Häubchen, die andere groß und hager, die Haare von einem lila Turban verdeckt. Dann eine üppige, junge Frau, die gerade ihren Krocketschläger gegen einen Korbstuhl gelehnt und sich graziös gesetzt hatte. Schneewittchen, dachte Susanna. Weiß wie Schnee, rot wie Blut, schwarz wie Ebenholz. Das mußte Rachel sein. Das honigblonde Püppchen an ihrer Seite wäre allein eine Schönheit gewesen, wirkte aber in Schneewittchens Nachbarschaft nur niedlich, und die beiden jungen Mädchen mit braunen Locken und frischen Gesichtern verblaßten zur bloßen Staffage. Hinter den Damen stand ein lang aufgeschossener, schmaler junger Mann mit hellen Haaren und scharfen Zügen, der der Dame im Turban glich, vor ihnen ein Knirps von höchstens vier Jahren in einem dunkelblauen, weiten Kittelchen und weißen Hosen, dem das Schneewittchen die Hand auf die Schulter legte. Susanna sah aus dem Augenwinkel, daß Jonathan die Hände bewegte und zog ebenfalls die Zügel an. Thief und Thunder blieben wie aus einem Guß vor der Gruppe stehen.

»Wie schön, euch alle hier zu sehen«, sagte Jonathan. »Mama, ich habe eine Überraschung für dich. Darf ich dir meine Braut vorstellen? Susanna de Saint-Pol-Kercoff.«

Es war eine Szene wie aus Madame Tussauds Wachsfiguren-Kabinett. Alle Anwesenden schienen sich in Puppen verwandelt zu haben, wie erstarrt in der Haltung, die sie eingenommen hatten, als Jonathan seine Ankündigung machte.

Nie werde ich dieses Bild vergessen, dachte Susanna, die leuchtenden und matten Farben der verschiedenen Stoffe – die beiden Mädchen in Rosa, die beiden älteren Damen in Schwarz und Lila, das Püppchen in Veilchenblau, Schneewittchen in Flieder, der junge Mann in Braun – dazu das Grün des Rasens, die blühenden Rhododendren im Hintergrund und die riesige weiße Magnolie vorn. Man müßte es malen. Wie würde ich das Bild nennen? Vornehme Krocketgesellschaft bei der Nachricht von ... oder beim Anblick von ... ja, von was? Etwas Schlimmes müßte es sein, etwas, das den Schrecken, die Fassungslosigkeit, die Reglosigkeit erklären würde. Freude zeigte niemand. Doch – jetzt – die kleine Dame, jetzt beginnt sie zu lächeln.

In diesem Augenblick rief Thomas: »Au, Mama! Du tust mir weh! Das tut richtig weh, Mama!«

Es war, als ob ein Stein die gefrorene Haut eines Gewässers zersplittert hätte und eine Welle der Bewegung über die Fläche laufen würde. Das Bild zerbrach. Alle Köpfe wandten sich Rachel zu, die hastig die Hand von der Schulter des Kleinen nahm, während eine dunkle Röte langsam vom Hals hoch in die Wangen stieg. Thomas rieb sich die Schulter.

»Du hast ganz spitze Nägel«, sagte er anklagend. »Ich hab' richtig deine Nägel gespürt. Warum hast du das gemacht, Mama?«

Seine Mutter rückte nervös den breitkrempigen Strohhut zurecht, der ihr Gesicht beschattete und mit breiten Bändern geschmückt war, die in demselben zarten Fliederton schimmerten wie ihr Batistkleid. Sie rang sichtlich nach Fassung. Es dauerte mehrere Atemzüge lang, bis sie ihre Stimme wiedergefunden hatte.

»Mir scheint, du machst wieder aus einer Mücke einen Elefanten, Thomas. Und dein Betragen läßt sehr zu wünschen übrig! Es wird höchste Zeit, daß die Gouvernante kommt, die ich engagiert habe. Warum begrüßt du deinen Onkel nicht, so wie es sich gehört?«

»Ich fürchte, auch mein Benehmen läßt zu wünschen übrig.« Die Stimme der kleinen Dame in Schwarz klang so zart und melodisch wie eine Spieluhr. »Ich habe euch auch noch nicht begrüßt. Jonathan, mein Junge, welch eine Überraschung! Ich kann dir gar nicht sagen, wie ich mich freue!«

Gottseidank, dachte Susanna, sie ist die Mutter und nicht die andere, die große Hagere, die eigentlich eher danach aussieht.

Was für eine hübsche Stimme! Und wie geschickt sie den Kleinen in Schutz genommen hat!

Während seine Mutter noch sprach, war Jonathan vom Pferd gesprungen und hatte auch Susanna herunter gehoben, die sich gerade noch rechtzeitig daran erinnert hatte, daß es den Eindruck ihres eleganten Reitkleides gewaltig schmälern würde, wenn sie kurzerhand das Bein über den Sattelknauf schwingen und ohne Hilfe absitzen würde. Mit einem fast unmerklichen Zwinkern gab Jonathan zu erkennen, daß er ihre Zurückhaltung bemerkt hatte. Er nahm ihre Hand und legte sie in seine Armbeuge, mit der Rechten griff er nach den Zügeln der beiden Pferde.

»Du mußt entschuldigen, Mama, daß ich dir Susanna nicht eigenhändig ans Herz lege, doch ich möchte diese beiden temperamentvollen Tierchen nicht loslassen. Deshalb muß ich auch die allgemeine Vorstellung etwas summarisch halten: Susanna de Saint-Pol-Kercoff. Meine Schwägerin Mrs. Timothy Sinclair mit ihrem Sohn Thomas. Meine Nachbarin Hester Lady Penneham mit ihren Kindern Victoria, Christopher, Marian und Sarah.«

Man verneigte sich.

»Aber warum sprichst du von Überraschung, Mama? Hast du denn Tante Georgies Brief noch nicht bekommen? Sie hat dir doch ausführlich geschrieben, daß ich meine Braut bei ihr kennengelernt habe. Susanna ist die einzige Enkelin ihrer ältesten Freundin und hat auf ihrer Reise nach Kanada Tante Georgie einen Besuch abgestattet, und das habe ich auch getan, und so haben wir uns getroffen. Du kannst dir nicht vorstellen, wie begeistert Tante Georgie war! Sie hatte Susanna sofort in ihr Herz geschlossen und war schon dabei, sie zu überreden, die Reise nach Kanada zu verschieben oder am besten aufzugeben und bei ihr zu bleiben. Daß ich ausgerechnet während dieser Zeit bei ihr erschien, hat sie als einen Wink des Schicksals angesehen. Am liebsten wäre sie mitgekommen, um dein Gesicht zu sehen und um Susannas Loblied zu singen.«

Etwas benommen schüttelte Eugenia Lady Sinclair den Kopf. »Nein, ich habe keinen Brief bekommen. Ihre älteste Freundin, sagst du?«

»Du kannst sie nicht kennen«, erwiderte Jonathan rasch. »Das war lange vor deiner Zeit. Sie ist mit ihrem Mann nach Frankreich gezogen, und ihre Tochter hat einen französischen Baron geheiratet und ist kurz nach Susannas Geburt gestorben.«

»Ach, wie traurig! Sie armes Kind!« rief Lady Sinclair voller Mitgefühl. »Ohne Mutter aufzuwachsen, das stelle ich mir ganz schrecklich vor. Wobei man natürlich zugeben muß, daß der Verlust des Vaters auch sehr schlimm ist für ein Kind. Man bemüht sich zwar nach Kräften, ihn zu ersetzen, aber ganz gelingt das nie. Wenn ich an all die Situationen denke, wo ich ganz ratlos war und ohne Georgie sicher das Falsche getan hätte und – aber da rede ich daher wie ein Wasserfall, und ich weiß gar nicht – Jonathan, du hast eben einen ausländischen Namen genannt – spricht deine Braut überhaupt englisch?«

»Aber ja, Madam«, sagte Susanna mit ihrer tiefen Stimme. »Es war der letzte Wunsch meiner Mutter, daß ihr einziges Kind in ihrer Muttersprache erzogen werden sollte. Das hat meinem Onkel gar nicht gefallen.«

»Ihrem Onkel? Aber Ihr Vater?«

»Mein Vater ist auch tot. Er starb, als ich noch ganz klein war. Ich bin Waise.«

»Oh, wie schrecklich! Keinen Vater und keine Mutter! Sie armes, armes Kind! Und dann kommen Sie aus Frankreich und treffen meinen Jonathan – welch eine Fügung! Sie werden ihn glücklich machen, davon bin ich überzeugt. Ich brauche nur sein Gesicht zu sehen. Er sieht so froh aus wie lange nicht mehr. Und jetzt sind Sie hier – und wir werden eine Hochzeit haben –

und Taufen – ich kann Ihnen gar nicht sagen, wie sehr ich mich freue!«

Das kleine, zarte Gesicht unter den graublonden Haaren strahlte. Susanna lächelte beklommen zurück und blickte Jonathan hilfesuchend an. Wie sollte sie angesichts dieser unverstellten Freude die Verliebte spielen? Sie war eine gekaufte Braut und führte jeden hinters Licht, der an ihre Verlobung glaubte, und den um so mehr, der sich darüber freute.

Ein Rauschen in den Tulpen erlöste sie aus ihrer Verlegenheit. Sie zogen sich als breiter, bunter Saum längs der Rhododendrenbeete, und ein begabter Gärtner hatte darauf geachtet, daß ihr Weiß, Rosa und Dunkelrot perfekt mit den Farben der Sträucher harmonierte. Vielleicht war es diese Harmonie, die die destruktive Seite von Hamlets Natur gereizt hatte. Er saß zwischen den Tulpen und köpfte mit lustvollen, kräftigen Schnabelhieben eine Blüte nach der anderen. Er mußte schon einige Zeit am Werke sein, denn durch das Beet lief eine lange Spur der Zerstörung. Hastig zog Susanna ihre Hand aus Jonathans Armbeuge, streifte den rechten Handschuh ab, raffte den Rock empor und rannte mit langen Schritten über den Rasen. Dabei steckte sie zwei Finger in den Mund und stieß einen gellenden Pfiff aus.

»Bei Jupiter!« sagte der junge Mann ergriffen. »Hätte nie gedacht, daß ein Mädchen so laufen kann! Wäre gar nicht sicher, daß ich gewinnen würde, wenn ich gegen sie antreten müßte.«

»Du wirst wohl kaum je Gelegenheit dazu haben, mein Sohn«, erwiderte die hagere Dame im Turban mit einem deutlichen Verweis in der Stimme. »Ich finde diese Überlegung reichlich absurd. Mädchen laufen nicht.«

»Aber du siehst doch, daß sie laufen! Nun ja, vielleicht nicht alle …« Er streifte die anderen jungen Damen mit einem suchenden Blick, als ob er sich fragte, ob er sie je in schneller Bewegung gesehen hätte, und wandte sich dann spontan an Jonathan.

»Und wie sie reitet! Noch nie habe ich ein Mädchen so reiten sehen! Einen Sitz hat sie, das ist unglaublich! Wie Ihr beide eben auf uns zugekommen seid – das muß man gesehen haben! Ich hätt' es nicht geglaubt, fürchte ich, wenn's mir wer erzählt hätte. Vor allem, wenn ich dieses Riesenroß anschau'! Und sie sah aus, als ob sie's mit dem kleinen Finger lenken würde.«

Seine Begeisterung war offenkundig – ganz im Gegensatz zu der restlichen Gesellschaft, wie Jonathan amüsiert bemerkte. Sie bewahrte ein vielsagendes Stillschweigen, während sie der rennenden Susanna nachsah. Nur Lady Sinclair nickte ihrem jungen Gast beifällig zu.

»Ich bin ganz deiner Meinung, Christopher. Sie ist die erste Reiterin, die es mit Jonathan aufnehmen kann. Wenn ich noch daran denke, wie viele junge Damen du vergrault hast mit deinen stundenlangen Ritten, mein Lieber, und dann triffst du – Aber was hat sie denn da?«

»Schau nur, Mama!« quietschte Thomas. »Schau nur! Sie hat einen Vogel! Sie hat einen großen, schwarzen Vogel!«

Susanna hatte Hamlet recht unsanft vom Boden hochgehoben, die Erde von seinen Krallen und die zerfetzten Blütenblätter von seinen Federn gestreift. Während sie zu der Gesellschaft zurückging, hielt sie ihm eine leise, aber nachdrückliche Strafpredigt, die Hamlet dazu brachte, den Kopf zwischen die Schultern zu ziehen und schuldbewußt mit den Augen zu plinkern.

»Aber das ist ja eine Dohle!« rief Lady Sinclair entzückt. »Ich habe auch eine Dohle gehabt, als ich ein kleines Mädchen war. Ich habe ihr sogar das Sprechen beigebracht. Kann diese auch sprechen?«

Das war ein Stichwort für Hamlet. Er hob den Kopf. »Sein oder Nichtsein, das ist hier die Frage«, flötete er, hörbar bemüht, jedes Krächzen aus seiner Stimme zu verbannen.

»Aber das ist ja entzückend! Eine Dohle, die Hamlet zitiert! Du bist ja ein ganz besonders kluges Vögelchen! Kommst du einmal zu mir? Sieh einmal, ich wickele meinen Schal um die Hand, da hast du einen schönen Sitzplatz. Ich weiß noch, daß ihr ziemlich scharfe Krallen habt. Komm, mein Vögelchen, komm.«

Das Vögelchen breitete seine großen Flügel aus und flog auf ihre Hand, wo es sich bequem zurechtrückte und zart und vorsichtig mit dem Schnabel über die Fransen strich.

Lady Sinclair lachte. »Du willst dich nur einschmeicheln, du kleiner Racker. Du bist ein Schauspieler. Alle Dohlen sind das. Meine konnte ein ganzes Kotelett stibitzen und anschließend so klein und erbärmlich tun, als sei sie gerade aus dem Nest gefallen. Du hast meine schönen Tulpen geköpft, das habe ich wohl gesehen. Eigentlich müßte ich mit dir schimpfen.«

»Sein oder Nichtsein«, wiederholte Hamlet mit gedämpfter Stimme und ließ den Kopf hängen.

»Ich weiß, ich weiß, du hast es nicht so gemeint. Bald hast du mich so weit, daß ich dich bedaure und nicht die Tulpen. Wie heißt du denn überhaupt?«

Hamlet merkte an dem freundlichen Ton, daß das Thema Tulpen wohl abgeschlossen war, und richtete sich wieder zu seiner normalen Größe auf.

»Sein oder Nichtsein, das ist hier die Frage.«

»Er heißt Hamlet«, erklärte Susanna.

»Natürlich. Wie dumm von mir. Das ist ja ein idealer Name für ihn. Und kann er noch mehr sprechen?«

Hamlet legte den Kopf schief und äugte über den Rasen. »Ihr naht Euch wieder, schwankende Gestalten«, krächzte er, diesmal in voller Lautstärke. Vom Schloß her näherte sich ein ganzer Zug von Personal.

Lady Sinclair lachte, daß ihr die Tränen in die Augen stiegen. »Schau nur, Rachel, ist das nicht komisch?«

»Überaus komisch.« Rachel lächelte höflich. Sie hatte trotz ihrer üppigen Gestalt eine hohe, etwas harte Stimme. »Obwohl ich deine Heiterkeit nicht ganz verstehe, liebe Mutter. Der Vogel plappert doch nur einen auswendig gelernten Spruch daher, der zufällig auf diese Situation paßt. Wahrscheinlich sind es deine Jugenderinnerungen, die dich so nachgiebig stimmen. Ich für meinen Teil muß gestehen, daß ich dieses Gekrächze ziemlich enervierend finde. Ich kann nur hoffen, daß der Vogel nicht die Angewohnheit hat, ständig den Schnabel aufzureißen. Das wäre höchst abträglich für meine zarten Nerven. Man weiß ja, daß die Franzosen wenig Zartgefühl haben, aber ich fürchte, in England werden viele Leute dieses Tier als eine Zumutung empfinden.«

Hamlet begriff durchaus, daß von ihm die Rede war, und zwar in wenig schmeichelhafter Weise. Er drehte den Kopf hin und her und betrachtete Rachel aus seinen blanken, hellgrauen Augen.

»Da werden Weiber zu Hyänen«, schnarrte er.

»Verzeihung«, sagte Susanna hastig. »Er meint es nicht so. Er plappert nur einen auswendig gelernten Spruch daher, wie Sie eben ganz richtig gesagt haben, der zufällig auf eine Situation paßt. Oh – ich meine – ich meine natürlich nicht – Verflixt, nun steh' nicht da und amüsier' dich«, fuhr sie ärgerlich in ihrem schnellsten Französisch fort, »sondern sag' irgend etwas Höfliches, sonst durchbohrt sie mich gleich mit ihren Eisaugen.«

»Aber ich habe dir doch versprochen, daß wir uns amüsieren«, erwiderte Jonathan ebenfalls auf Französisch, wenn auch nicht ganz so schnell, dafür aber leise. Dann wandte er sich an Rachel.

»Susanna will sagen, daß es nur die Meinung des Vogels ist, daß du eine Hyäne bist, und natürlich nicht ihre eigene.«

»Wieso bist du eine Hüjähne, Mama? Was ist das überhaupt, eine Hüjähne?«

Da seine Mutter den Kopf zur Seite drehte und keine Antwort

gab, verlor Thomas das Interesse an seiner Frage und näherte sich vorsichtig seiner Großmutter, die noch immer Hamlet auf der Hand hielt.

»Das ist ein schöner Vogel! Der gefällt mir! Darf ich auch so einen haben?«

»Nein!« sagte seine Mutter scharf.

Der Kleine zog einen Schmollmund.

»Susanna bleibt doch jetzt bei uns, dann haben wir ja einen Vogel und brauchen keinen zweiten«, tröstete ihn seine Großmutter. »Vielleicht kannst du ihm auch einen Satz beibringen, wenn du Susanna darum bittest.«

Thomas war sofort abgelenkt. »Au fein! Darf ich, Sanna?«

»Das heißt Baronesse Susanna«, fuhr seine Mutter dazwischen.

»Aber laß doch die Formalitäten, Rachel, wir sind doch nicht bei Hofe. Susanna gehört ohnehin bald zur Familie.«

»Hast du – habt ihr schon einen Termin festgesetzt?« fragte ein zartes Stimmchen zögernd. Es gehörte der Niedlichen mit den honigblonden Locken. Sie trug ein veilchenblaues Batistkleid, das die Farbe ihrer Augen betonte, und einen weißgefärbten, breitkrempigen Strohhut mit blauen Bändern. Neben ihr kam sich Susanna riesig und ungeschlacht vor. Sie hockte sich neben Thomas auf den Boden, so daß ihr Gesicht mit dem seinen auf einer Höhe war, und gab sich den Anschein, als ob die Unterhaltung sie nicht interessieren würde.

»Möchtest du Hamlet auch einmal nehmen? Warte, ich ziehe dir meinen Handschuh über, dann spürst du seine Krallen nicht.«

Hamlet hüpfte folgsam auf seinen neuen Sitzplatz. Thomas kicherte vor Aufregung.

»Welchen Satz möchtest du ihm denn beibringen?«

Der Junge dachte nach. »Ich mag keine Milch!« sagte er schließlich mit Nachdruck.

»Du hast nach dem Hochzeitstermin gefragt, meine liebe Victoria?« fragte Jonathan nach eine Weile, während der er Susanna und Thomas zu seinen Füßen lächelnd betrachtet und sich zu Victorias geheimen Ärger keineswegs beeilt hatte, ihre Frage zu beantworten. »Wir haben ihn leider noch nicht festlegen können. Ich würde meine Braut natürlich lieber heute als morgen heiraten, aber es gibt da noch eine Tante, die letzte aus dem Stamme der Saint-Pol-Kercoff, zu der Susanna ja unterwegs war. Auf deren Einwilligung möchte sie nun erst warten. Diese Tante lebt zur Zeit in Kanada, und das gestaltet die korrekte Einholung einer Heiratserlaubnis natürlich schwierig. Ich habe mir erlaubt, meinen Antrag schriftlich zu formulieren und der Post anzuvertrauen, und es bleibt uns jetzt also nichts anderes übrig, als auf Antwort zu warten. Ich habe Susanna allerdings schon gewarnt, daß ich ein Nein nicht akzeptieren werde. Und ich werde auch nicht monatelang warten.«

»Ah ja – ich verstehe. Dann – dann wird es also in absehbarer Zeit sein, nicht?« fragte Victoria leise. Klang ihre Stimme nicht irgendwie enttäuscht, fragte sich Susanna, während sie Hamlet langsam und geduldig: »Ich mag keine Milch« vorsprach. Thomas blickte gespannt von ihr zu Hamlet und wieder zurück.

»Du hast ja das ganze Gesicht voller Punkte«, sagte er plötzlich. »Was sind das für Punkte, Sanna?«

»Das sind Sommersprossen«, antwortete Susanna unbefangen.

»Und warum hast du die?«

»Sommersprossen bekommt man, wenn man sich nicht ausreichend vor der Sonne schützt«, sagte die hagere, ältere Dame. »Ich habe meinen Töchtern nie erlaubt, ohne einen breitkrempigen Hut nach draußen zu gehen, sobald die Sonne Kraft hat. Schon im März kann sie gefährlich werden. Dieser Hut, den Sie da tragen, ist völlig ungeeignet, wenn Sie mir die Bemerkung gestatten. Sie dürfen nur Hüte mit breiter Krempe tragen.« Sie nickte so energisch, daß der lila Turban zitterte.

»Die würden bei mir nichts nützen. Ich habe auch im Winter Sommersprossen. Sie sind erblich. Mein Vater hatte sie auch – jedenfalls hat mein Onkel mir das erzählt. Sie sind gewissermaßen ein Merkmal der Familie.«

»Da kann man Sie aber nur bedauern. Bei einem Mann mag man ja noch darüber hinwegsehen können – aber bei einem Mädchen – Ich weiß natürlich nicht, wie man in Frankreich darüber denkt, aber in England gelten Sommersprossen geradezu als Schönheitsfehler. Ich würde an Ihrer Stelle die Sonne absolut meiden und es mit Bleichcreme versuchen.«

»Ich wüßte nicht, warum. Mir ist die englische Meinung über Schönheit ziemlich gleichgültig.« Tante Honoria hatte sich schon ständig über die Sommersprossen ausgelassen, bis man es nicht mehr hören konnte. Aber daß eine Wildfremde darüber sprach, noch dazu vor anderen, das mußte man sich doch wohl nicht bieten lassen! Der lila Turban erstarrte.

»Das will ich mir aber auch ausgebeten haben, Susanna! Dir hat nur eine einzige Meinung nicht gleichgültig zu sein, und das ist die meine. Und ich finde deine Sommersprossen bezaubernd. Sie geben dir so etwas – so etwas Goldgesprenkeltes. Ich sehe zu meiner Befriedigung, daß mir der Himmel eine goldene Braut geschenkt hat. Es soll ja Menschen geben, die achten bei der Wahl ihrer Ehepartner ausschließlich auf das Gold in den Taschen, aber ich muß gestehen, daß ich für dieses Vorgehen nie viel Verständnis habe aufbringen können.«

Aus dem unbehaglichen Schweigen, das seinen betont harmlos gesprochenen Worten folgte, merkte Susanna, daß wohl ein Hintersinn darin verborgen war, den die anderen erkannten. Jonathan drehte sich um.

»Und da nähern sich die schwankenden Gestalten, die Hamlet schon so treffend angekündigt hat. Burton hat offensichtlich

Alarm geschlagen. Aus der Fülle von dienstbaren Geistern schließe ich, daß er dich dem Hungertode nahe glaubt, Susanna. Es ist ja bereits einige Zeit her, daß du höchst ausgiebig gefrühstückt hast. Immerhin hat er auch meine Wenigkeit nicht vergessen. Ich sehe gleich vier Untergebene des Stallmeisters, die darauf brennen, mir die Pferde abzunehmen. Du mußt nämlich wissen, Mama, daß auf die Küche von Wimberley schwere Zeiten zukommen. Susanna hat Jahre ihres Lebens bei der Hungerkost einer französischen Klosterschule zugebracht, und sie ist offensichtlich bestrebt, die Zeit der Entbehrung ein für allemal zu vergessen und alles nachzuholen, was ihr entgangen ist. Tante Georgies Koch hat Überstunden machen müssen.«

»Du kannst meine Milch haben, Sanna«, bot Thomas bereitwillig an. »Alle meine Milch kannst du haben. Jeden Tag.«

»Ich mag keine Milch«, krähte Hamlet.

Thomas fing an, auf einem Bein zu hüpfen und stieß dabei einen Schrei aus, der den lila Turban in ein indigniertes Kopfschütteln versetzte und Hamlet dazu veranlaßte, sich auf Susannas Schulter in Sicherheit zu bringen, von wo aus er den Schrei in mehreren Variationen wiederholte.

»Hast du gehört, Sanna? Hast du gehört? Er spricht meinen Satz! Er kann meinen Satz sprechen! Und er kann so schreien wie ich! Hast du das gehört?«

»Natürlich hat sie das«, sagte sein Onkel. »Es gibt nicht den geringsten Grund, warum sie es nicht gehört haben sollte. Wir alle haben es gehört. Ich glaube, sogar die Pritchels am äußeren Parktor haben es gehört.«

Lady Sinclair lachte. »Es wird lebendig bei uns. Das gefällt mir.«

»Ich freue mich, daß dir das gefällt, Mama. Ich sehe es deinen glänzenden Augen an, daß du darauf brennst, aller Welt die Neuigkeit mitzuteilen, auch dem sich nähernden Personal. Trotzdem möchte ich dich bitten – und alle Anwesenden ebenso

– unsere Verlobung noch eine Weile als ein Geheimnis zu betrachten. Wir werden die Anzeige erst an die ›Times‹ schicken, wenn die Antwort aus Kanada eingetroffen ist.«

Thomas betrachtete Susanna abwägend. Sie war zwar sehr groß. Aber sie hatte einen sprechenden Vogel. Und sie hatte sich neben ihn gehockt, da war sie gar nicht mehr so groß. Und sie hatte ihn den Vogel halten lassen. Sie war sehr nett. Man konnte ja mal fragen. »Willst du mit mir spielen?«

Susanna lächelte ihn an. »Aber sicher! Gerne!«

»Jetzt gleich? Willst du Krocket mit mir spielen?«

»Dann mußt du mir erklären, wie es geht. Ich habe noch nie Krocket gespielt.«

»Waas? Äh – wie bitte? Das glaube ich nicht! Alle Leute spielen Krocket.«

»Es gehört in England zu den beliebtesten Spielen, nicht zuletzt, weil es auch für Damen erlaubt ist, als einzige Sportart außer Reiten«, sagte die Honigblonde mit dem Silberstimmchen etwas geziert.

»Ich erkläre Ihnen gerne die Regeln, wenn Sie möchten«, erbot sich der junge Mann eifrig. Er trug eine kakaobraune Jacke zu cremefarbenen Hosen und einer beigebraun karierten Weste, und das üppige Halstuch verriet dem Kenner, daß er in Modefragen noch einiger Anleitungen bedurfte, denn es war für einen Morgenbesuch entschieden zu aufwendig geschlungen. Christopher Penneham glich seiner Mutter sehr, doch sein Gesicht zeigte nicht ihren kalten und herrischen Ausdruck, sondern wirkte freundlich und zutraulich.

»Ihr müßt uns noch eine Galgenfrist einräumen für eine kleine Stärkung«, sagte Jonathan. »Wollt ihr uns nicht Gesellschaft leisten? Ich sehe, daß Susanna dieses überreiche Angebot bereits mit Kennermiene mustert und zweifellos schon eine erste Auswahl getroffen hat. Komm, Susanna, laß dir den wichtigsten Mann auf Wimberley vorstellen, der die Geschicke des ganzen

Hauses leitet. Dies ist Mr. Stearns, der Haushofmeister. Er wird dir später die anderen vorstellen. Ich bin zurück aus London, Stearns, was eine überflüssige Bemerkung ist, wie ich zugebe, und habe einen Gast mitgebracht – eine ebenfalls überflüssige Bemerkung, denn es ist offensichtlich, daß schon der halbe Haushalt deshalb in Bewegung gesetzt worden ist. Meinetwegen wird nie so viel Aufhebens gemacht!«

Mr. Stearns überging diese Bemerkung mit einem duldsamen Lächeln und verneigte sich vor Susanna. Er kannte Seine Lordschaft, seit dieser im kurzen Kittelchen durch das Schloß gewackelt war, und sah mit einem Blick, daß die düstere Miene vom Gesicht seines Herrn verschwunden war. Seine Lordschaft war so aufgeräumt wie lange nicht. Das bemerkten auch die Diener, die in einer erstaunlichen Vielzahl den Rasen bevölkerten, und warfen sich vielsagende Blicke zu. Man hatte sich danach gedrängt, an der Gestaltung des Frühstücks beteiligt zu werden, das Mr. Burton bestellt hatte. Man hatte sich mit Tischen, Stühlen und Kissen beladen, mit Flaschen, Gläsern, Tellern, Karaffen, Bestecken, Tischtüchern, Fleisch- und Pasteten- und Käseplatten, Obstkörben, Kuchenschüsseln und silbernen Wärmeplatten, unter deren hochgewölbten Deckeln gebratene Forellen und Heringe, geschmorte Nieren, geröstete Tauben und ein gekochter Schinken verborgen waren.

Das Personal von Schloß Wimberley hatte seine Schlüsse gezogen: Der Erste Kammerdiener Seiner Lordschaft war aus London zurückgekehrt mit einer hochbeladenen Kutsche und in Begleitung einer fremden Kammerzofe und hatte, kaum daß sein Fuß den heimatlichen Boden berührt hatte, höchst aufregende Befehle erteilt. Daß nämlich die blauen Zimmer für einen Gast herzurichten seien. (Die größten und schönsten Gästezimmer, die genauso geschnitten waren wie die Räume Seiner Lordschaft, denn die lagen direkt unter ihnen!) Daß sofort die Pferde aus dem Park zu holen seien, wo Seine Lordschaft wahrscheinlich schon eingetroffen sei. (Die Pferde! Nicht etwa ein Pferd! Die Küchenmädchen stießen sich mit den Ellbogen an.) Daß ein Imbiß herzurichten und in den Park zu tragen sei, und zwar ein Imbiß, der für einen ausgewachsenen Hunger, nicht für einen kleinen Appetit berechnet sein und dem Hause Ehre machen müsse. Es gab lange Gesichter bei allen, die nicht einmal mehr einen Brotkorb oder Servietten ergatterten zum Tragen und deshalb nicht mit in den Park gehen konnten. Einige der Zurückgebliebenen erheiterten sich wieder, nämlich die, die zum Herrichten der blauen Zimmer und zum Auspacken des Gepäcks eingeteilt wurden, und die sich später überboten bei der Beschreibung der Garderobe der Dame. Mrs. Timothy würde grün werden vor Neid, so viel stand fest.

Noch begehrter waren natürlich die Auskünfte derjenigen, die bei dem Frühstück hatten aufwarten dürfen und die während des Abräumens den Fortgang der Ereignisse im Park hatten beobachten können. Es war eine junge Dame! Es war sogar eine sehr junge Dame! Und sie war von Stand, denn man titulierte sie Baronesse. Und sie hatte von allem probiert, was auf dem Tisch stand, wirklich von allem, und sogar Seine Lordschaft hatte so viel gegessen wie in den guten alten Zeiten, als Mr. Timothy noch gelebt hatte. Und dann hatte sie gesagt, daß sie noch nie ein so gutes Frühstück gehabt hätte, und sich sogar ausdrücklich bedankt. Diese Nachricht versetzte natürlich das gesamte Küchenpersonal in Euphorie.

Und dann, berichteten die Augenzeugen weiter, hatten Seine Lordschaft und Mr. Christopher und Master Thomas angefangen, der Baronesse Krocketspielen beizubringen, und alle hatten sehr viel gelacht. Das war Mrs. Timothy gar nicht recht, das sah man deutlich, und den Damen Penneham auch nicht. Die drängten dann auch bald zum Aufbruch, sehr zum Leidwesen von Mr. Christopher, der offensichtlich noch gerne geblieben wäre, und von Lady Woodley, die Seine Lordschaft und die Baronesse die ganze Zeit nicht aus den Augen gelassen hatte. Aber Seine Lordschaft machte gar keine Anstalten, sie zurückzuhalten, er sagte bloß ganz beiläufig, daß er sie sicher in nächster Zeit häufig sehen würde, denn er plane eine ganze Reihe von Unternehmungen, um seinem Gast die Zeit zu vertreiben, und das machte Mrs. Timothy noch ärgerlicher, die sich doch immer über das langweilige Landleben beklagte und darüber, daß Seine Lordschaft überhaupt nichts übrig hatte für's Gesellschaftsleben. Ihre Ladyschaft und Master Thomas waren jedenfalls begeistert von dem Gast, darüber waren sich alle Augenzeugen einig.

11. Kapitel

Die Reihe von Unternehmungen, die Jonathan Sinclair angekündigt hatte, um seinem Gast die Zeit zu vertreiben, wurde umgehend vorbereitet. Ein wahrer Schauer von Einladungskarten ergoß sich über die Nachbarschaft, der alle Damen der Gesellschaft zu eigenen Aktivitäten animierte, und es war abzusehen, daß in den folgenden Wochen ein reges gesellschaftliches Leben herrschen würde. Den Anfang machte ein informelles Dinner auf Schloß Wimberley, das in der Woche nach Susannas Ankunft stattfand.

Nach Tisch zogen sich die Herren ins Rauchzimmer zurück, die Damen begaben sich in den Salon, wo Lady Penneham sogleich ein Strickzeug aus ihrem Beutel zog und ihre Töchter mit einem herrischen Blick aufforderte, ihrem Beispiel zu folgen. »Ich habe es mir zur Regel gemacht, keinen Tag verstreichen zu lassen, ohne wenigstens ein Paar Pulswärmer fertiggestellt zu haben«, erklärte sie selbstgefällig. »Und die Socken, die ich seit

Kriegsbeginn gestrickt habe, lassen sich schon gar nicht mehr zählen. Die Berichte über unsere armen Soldaten, die buchstäblich auf dem nackten Boden überwintern mußten, haben mich zu Tränen gerührt. Jedes christliche Herz mußte sich doch da zur tätigen Nächstenliebe aufgerufen fühlen. Und dann die schrecklichen Zustände in Skutari! Ich kann mir lebhaft vorstellen, wie dankbar Miß Nightingale für die Liebesgaben sein muß.«

Sie streifte die beschäftigungslosen Hände der anderen Damen mit einem mißbilligenden Blick. »Ich habe es mir außerdem zur Regel gemacht, in Elm Hurst immer ausreichend Wolle und Nadeln zur Verfügung zu haben, damit jeder Gast, der sich von unsrem Vorbild angeregt fühlt, sogleich mit der Arbeit beginnen kann. Du solltest diese Möglichkeit auch bieten, liebe Eugenia. Stelle dir nur vor, wie viele Pulswärmer wir alle hier heute abend hätten stricken können. Ich habe leider nur noch ein Paar Nadeln und ein Knäuel Wolle in meinem Beutel. Wenn Sie möchten, werde ich sie Ihnen gerne leihen«, wandte sie sich an Susanna, die neben ihr saß.

»Nein, danke. Ich kann nicht stricken.«

Lady Penneham ließ ihr Strickzeug sinken und schaute erst Susanna, dann alle anderen Damen entgeistert an, um sich zu vergewissern, daß auch jede diese unglaubliche Äußerung gehört hatte.

»Sie können nicht stricken?« wiederholte sie in einem Ton, als ob Susanna von einer Erbkrankheit in ihrer Familie gesprochen hätte. Wie schade, daß Jonathan nicht im Raum war und von diesem zusätzlichen Manko seiner Braut erfuhr!

»Jedenfalls nicht gut genug, um einem Menschen zuzumuten, meine Socken oder Pulswärmer zu tragen«, erwiderte Susanna gleichmütig. »Außerdem kommt mir das Ganze reichlich unpraktisch vor. Man muß alles verpacken und verschiffen, und das ist bestimmt sehr teuer. Und hinterher muß man alles wieder auspacken und verteilen, und dazu braucht man Zeit und Leute. Wenn ich mir Miß Nightingale in diesem Riesenlazarett vorstelle mit Tausenden von Kranken und bloß drei Dutzend Pflegerinnen, dann hat sie bestimmt Besseres zu tun.«

»Wie kann man nur so prosaisch sein?« fragte Victoria vorwurfsvoll. »Man muß doch an all die Gefühle denken, die in diese Socken und Pulswärmer fließen.«

»Wenn ich Soldat wäre im Lazarett von Skutari, dann wären mir gefühlsbeladene Stricksachen gleichgültig«, sagte Susanna unbeirrt. »Und wenn ich Miß Nightingale wäre, dann würde ich statt all dieser Liebesgaben lieber Geld haben wollen, mit dem man Medikamente und Essen und meinetwegen auch warme Socken an Ort und Stelle kaufen kann.«

Wie auf Kommando hörten die Stricknadeln auf zu klappern, und die Damen Penneham sahen Susanna empört an.

»Wissen Sie, daß Sie die heiligen Gefühle einer ganzen Nation in den Staub ziehen?« fragte Lady Penneham mit bebender Stimme.

»Aber meine liebe Hester, ich glaube, das siehst du ein wenig zu dramatisch«, besänftigte Lady Sinclair. »Und Susanna zeigt eine erstaunliche Einsicht in praktische Dinge. Ich kann sogar beweisen, daß sie recht hat. Ich bekam erst gestern einen Brief von meiner alten Freundin Mary Gaskell, deren Mann um drei Ecken herum mit den Nightingales verwandt ist. Ich werde euch einmal eine Stelle aus diesem Brief vorlesen.«

Sie streckte die Hand nach dem Klingelzug aus, aber Susanna war schon aufgesprungen.

»Ich hole ihn dir«, sagte sie eifrig.

Lady Eugenia lächelte sie an. »Das ist lieb von dir, mein Kind. Er liegt auf meinem Sekretär. Du wirst ihn leicht finden, er ist aus blauem Papier. Und bring auch die Schatulle daneben mit. Ich habe einmal alle Briefe herausgesucht und geordnet, die mit Miß Nightingale zu tun haben, weil du dich doch so für sie interessierst. Und du brauchst nicht zu laufen, wir haben Zeit.«

Susanna war schon zur Tür hinaus. Lady Penneham verzog den Mund. Diese Person konnte überhaupt nicht gesittet gehen! Warum machte ihr Eugenia denn nicht mit dem nötigen Nachdruck klar, daß es sich für eine junge Damen nicht schickte, wie ein Junge durch die Räume zu rennen? Aber sie war offensichtlich blind für die Fehler dieser Französin. Kein Wunder, wenn man sah, wie die sich bei der zukünftigen Schwiegermutter einschmeichelte! Sie hatte sich ja förmlich danach gedrängt, den Brief zu holen. Kein Gefühl für Würde – das wurde immer deutlicher! Wozu gab es schließlich Dienstboten?

»Da kannst dem Himmel danken, daß du so ein liebenswürdiges, hilfsbereites Wesen im Haus hast, Eugenia«, sagte Lady Barrett da mit einem leisen Seufzer. Sie erntete, je nach Veranlagung der Damen, mitleidige oder schadenfrohe Blicke, denn alle wußten, daß der junge Lord Barrett bei der Wahl seiner Braut ausschließlich deren Mitgift im Auge gehabt und eine immens reiche, aber kaltherzige Erbin geheiratet hatte, deren Arroganz und Hochmut ihre friedliebende Schwiegermutter zur Verzweiflung trieben.

»Ich kann dir gar nicht sagen,wie froh ich darüber bin«, versicherte Lady Sinclair strahlend und fügte dann, nach einem Blick auf die zusammengepreßten Lippen ihrer Schwiegertochter hastig, aber etwas verspätet hinzu: »Besonders, da meine liebe Rachel mich ja leider so oft verlassen muß. Der Gesundheitszustand ihrer armen Tante will sich einfach nicht bessern.«

»Da muß sich Mrs. Sinclairs Gegenwart aber immer sehr positiv auswirken, denn Lady McCaine ist bekannt für ihr gastliches Haus und ihre fröhlichen Gesellschaften«, bemerkte Lady Esperson mit seidenweicher Stimme. In Rachels Wangen stieg eine leichte Röte, und in ihre Augen kam ein gefährliches Blitzen. Aber sie wurde, zur Enttäuschung einiger Damen, die schon neugierig die Ohren gespitzt hatten (man munkelte so einiges über Lady McCaines Gesellschaften!), einer Antwort enthoben, weil in diesem Augenblick Susanna zurückkam. Lady Eugenia dankte ihr und überflog den Brief.

»Ah ja, hier ist es. Hört selbst, was Miß Nightingale schreibt: ›Es gibt in England keine noch so kleine Stadt, keine Pfarrei, von der wir nicht diese gräßlichen Liebesgaben bekommen haben. Kaum eine davon ist die Frachtspesen wert, aber je wertloser sie ist, desto größeren Wert legen die Spender darauf. Wenn sie nur wüßten, wieviel Mühe es macht, das Zeug auszuladen, es auszupacken und den Empfang zu bestätigen! Was hier Gutes geschehen ist, ist durch Geld geschehen, mit dem man in Konstantinopel Ware einkaufen kann.‹«

Lady Penneham ließ erneut das Strickzeug sinken und schüttelte ehrlich entrüstet den Kopf. »Ich traue meinen Ohren nicht! Das – das ist ja wirklich kaum zu fassen! Wie kann man nur solche brüskierenden Worte äußern? Und dabei schreiben doch alle Zeitungen, daß sie ein wahres Wunder an Güte und Freundlichkeit ist! Sie wird der Engel der Barmherzigkeit genannt.«

»Aber mit Güte und Barmherzigkeit allein kann man diese wahnwitzige Aufgabe, die die Leitung eines Lazaretts wie Skutari bedeutet, wohl kaum bewältigen«, gab Lady Sinclair zu bedenken. »Und diese Aufgabe wäre ihr niemals übertragen worden, wenn sie sich nicht zuvor in jahrelangem Kampf gegen ihre Familie durchgesetzt hätte. Es war ein endloses Drama, und man fragt sich wirklich, wie sie es durchgestanden hat. Jedesmal, wenn sie ihrem Vater die Erlaubnis abgeschmeichelt oder abgetrotzt hatte, die Krankenpflege zu erlernen, gab es anschließend Tränen, Beschuldigungen, hysterische Anfälle von Mutter und Schwester, und wenn gar nichts Florence zur Aufgabe ihrer Pläne bewegen konnte, dann wurde eine der beiden krank und durfte nicht verlassen werden. Sie haben es ihr jahrelang nicht verziehen, daß sie schließlich doch zu Pastor Fliedner nach Kaiserswerth am Rhein ging und sich dort als Pflegerin ausbilden ließ und später nach Paris, wo sie einen Monat lang Spitäler und Armenhäuser besuchte und sogar bei Untersuchungen und Operationen dabei war. In den Jahren davor hatte sie ihr gesamtes Studium verheimlichen müssen. Sie konnte nur nachts oder im ersten Morgengrauen lernen. Ihr kennt doch alle Liz Herbert, die Frau des früheren Kriegsministers? Sie ist eng mit Miß Nightingale befreundet, und sie sagt, es gebe buchstäblich kein Buch über Krankheiten und Krankenhauswesen und Geschichte der Medizin, das Miß Nightingale nicht studiert hätte.«

»Wenn sie das gegen den Willen ihrer Eltern getan hat, halte ich das für keine rühmenswerte Sache! Kinder, und vor allem Töchter, haben die elterlichen Wünsche über alles zu stellen.« Lady Penneham streifte ihre beiden jüngsten Töchter mit einem prüfenden Blick, ob wohl erste Anzeichen von Eigenmächtigkeit zu erkennen seien. Die zwei senkten die Köpfe und ließen die Nadeln klappern.

»Ich glaube kaum, daß die Soldaten in Skutari Ihrer Ansicht sind, Madam«, sagte Susanna. »Denn wenn sich Miß Nightingale ihren Eltern nicht widersetzt hätte, dann wäre sie jetzt nicht dort.«

Lady Penneham ignorierte diese vorlaute Bemerkung und wandte sich betont an ihre Gastgeberin. »Ich kann mich noch genau an das ungeheure Aufsehen erinnern, das Miß Nightingales Ernennung zur Oberaufseherin aller Pflegerinnen für die englischen Hospitäler in der Türkei verursachte. Im Oktober war es, nicht wahr? Alle Zeitungen schrieben tagelang darüber. Und die Eltern und die Schwester und alle Verwandten äußerten sich begeistert. Also kann es doch wohl kaum gegen ihren Willen geschehen sein.«

»Zu diesem Zeitpunkt natürlich nicht mehr. Sie wußten sich

vor Stolz kaum zu lassen. Noch nie war eine Frau so ausgezeichnet worden! Aber als Miß Nightingale neun Jahre zuvor im Krankenhaus von Salisbury die Krankenpflege lernen wollte, da haben alle in tagelangen Szenen behauptet, sie würde sich und die ganze Familie in Schande stürzen.«

»Ja, das stimmt«, sagte Susanna impulsiv. »Ich selbst ... ich selbst habe eine Freundin, die auch Krankenpflegerin werden wollte, und die Familie hat behauptet, jedes Krankenhaus wäre ein Ort des Lasters, und zwischen Ärzten und Pflegerinnen spielten sich unbeschreibliche Dinge ab, und überhaupt seien gewöhnliche Wundärzte Menschen niederen Ranges, und ihre unanständigen Redensarten könne man keinem Mädchen zumuten und all solche Einwände mehr. Daß man mit Eiter und Blut und Exkrementen zu tun hat oder sich sogar anstecken kann, hat sie viel weniger bekümmert.«

Zu Rachels tiefer Befriedigung war während dieser Worte die Türe aufgegangen, und die Herren waren eingetreten, so daß Jonathan die schockierenden Äußerungen seiner Braut mitanhören mußte. Sein Gesicht blieb zwar unbewegt, aber er setzte sich, wie Rachel freudig registrierte, nicht neben Susanna, sondern neben seine Mutter.

»Eine ganze Schachtel voller Briefe, Mama? Was hat das zu bedeuten? Zitierst du aus deiner wildbewegten Vergangenheit?«

Lady Eugenia drohte ihm lächelnd mit dem Finger. »Du weißt ganz genau, daß meine Vergangenheit so ehrsam und ereignislos war, daß manche Leute sie bestimmt als langweilig bezeichnen würden – besonders solche, die sich von aufständischen Eingeborenen haben fangen lassen. Nein, ich habe für Susanna alle Briefe herausgesucht, die mit ihrer verehrten Miß Nightingale zu tun haben. Und gerade wollte ich Hester beweisen, daß unser Engel der Barmherzigkeit auch durchaus kalt und hart sein kann. Diesen Brief schickte mir Mrs. Gaskell im letzten September, kurz vor Miß Nightingales Berufung in die Türkei.«

Sie unterbrach sich und blickte in die Runde, in der auch die Herren jetzt Platz genommen hatten. »Ich sollte vielleicht erst fragen, ob Sie alle zuhören möchten?«

Erst als man übereinstimmend versichert hatte, daß man sich kein interessanteres Thema denken könne, begann sie zu lesen: »Eines Tages gerieten Florence und ich heftig aneinander. Sie sagte, wenn es nach ihr ginge, dürfte keine Mutter ihr Kind selber aufziehen; für die Armen wie für die Reichen müßte es Krippen geben. Und wenn sie zwanzig Kinder hätte, sie würde sie alle in Krippen stecken, natürlich nur, falls es gut geleitete Krippen wären. Daran sieht man genau, was mir ihr größter oder eher einziger Fehler zu sein scheint – aber dann wieder glaube ich, daß dieser Mangel an Liebe für den Einzelnen ihre eigentliche Begabung ist, und zwar eine sehr seltene, denn sie hat gleichzeitig eine überaus innige Liebe für das ganze Menschengeschlecht und eine unendliche Selbstlosigkeit im Helfen und Dienen. Manchmal erscheint sie mir so außergewöhnlich, daß mir jedes Urteil vermessen vorkommt.«

»Kinder in Krippen – den ganzen Tag ohne Mutterliebe und Familienleben?« fragte Lady Barrett empört. »Wie kann Miß Nightingale sich nur auf die Seite einiger verrückter Feministinnen stellen? Wenn man das Menschengeschlecht solchen modernen Mädchen ausliefert, dann kann man ihm nur die düsterste Zukunft prophezeien.«

»Aber Sie dürfen nicht vergessen, daß es nur eine ganz schmale Schicht ist, die ihren Kindern Mutterliebe und Familienleben bietet«, wandte Susanna ein. »Die gibt es meist im Bürgertum. Die Oberschicht hat Kinderfrauen und Erzieher und Gouvernanten, und die Unterschicht kämpft ums nackte Überleben und hat weder Zeit noch Mittel zur Kindererziehung.«

»Das mag in Frankreich so sein«, sagte Lady Penneham spitz. »In England ist die Lage sicherlich anders. Und ich glaube kaum, daß Sie schon lange genug hier sind, um das beurteilen zu können.«

So! Jetzt hatte dieses vorlaute Wesen einen Dämpfer bekommen! Mußte sie denn ständig ihre Meinung sagen, statt erst einmal höflich zu warten, bis die Älteren, und vor allem die Herren, sich geäußert hatten?

»Ich glaube schon, daß sie das kann.« Jonathan lächelte Susanna aufmunternd an. »Sie hat sich nämlich, seit sie in Wimberley ist, durch die gesamten philanthropischen Broschüren meiner Mutter gearbeitet, und es wird kaum einen Mißstand in England geben, der ihr verborgen geblieben ist.«

Susanna lächelte zurück, etwas übertrieben dankbar, wie Lady Penneham fand. Gab es einen Grund, über diese harmlose Bemerkung so offensichtlich erleichtert zu sein? Lady Penneham krauste die Stirn. Jedenfalls wußte sie jetzt, woher das Einvernehmen zwischen Eugenia und dieser Person rührte. Lady Sinclairs menschenfreundliche Neigungen waren in der ganzen Grafschaft bekannt. Sie war Mitglied in unzähligen Vereinen, von der ›Liga zur besseren Behandlung jugendlicher Straftäter‹ über das ›Komitee zur Betreuung alter, kranker Gouvernanten‹ und den ›Verein zur Rettung gefallener Mädchen‹ bis zur ›Organisation für die Auswanderung ausgebeuteter Arbeiter‹. Nun ja, es war leicht, menschenfreundlich zu sein mit diesem immensen Vermögen im Rücken. Obwohl man die Nächstenliebe auch übertreiben konnte! Eugenia sollte statt dessen ruhig etwas mehr für ihr Äußeres tun. Seit dem Tode ihres Gatten vor mehr als zwanzig Jahren trug sie ausschließlich schwarze Witwenkleidung und dazu die lange Perlenkette, die der Earl ihr zur Hochzeit geschenkt hatte. Die Perlen waren fast kirschgroß und makellos – und ein Vermögen wert, wie Lady Hester vermutete, aber der berühmte Sinclairsche Familienschmuck bestand ja schließlich noch aus anderen Stücken. Aus diesen Gedanken wurde sie durch das zarte Stimmchen ihrer Ältesten geweckt.

»Ach bitte, Jonathan, mein Wollknäuel ist voller Knoten. Würdest du mir wohl helfen? Du konntest das immer so gut!« Sie klopfte einladend auf den Stuhl an ihrer Seite, gegenüber von ihren Schwestern, wie ihre Mutter anerkennend feststellte. »Und weißt du, worauf wir schon ewig warten? Du hast uns noch gar nichts von der Schlacht von Balaklawa erzählt. Zumindest nicht ausführlich. Du warst sicher schrecklich tapfer! Und wir würden so gerne deinen Orden sehen!« Sie sah mit seelenvollem Augenaufschlag erst ihn, dann ihre beiden Schwestern an, die eifrig nickten, aber Jonathans Augen waren auf seine Finger gerichtet, die geschickt das Wollknäuel entwirrten.

»Ach nein, erzähl uns lieber von Miß Nightingale«, rief Susanna dazwischen. »Schlachten und Orden hat es schon immer gegeben, aber was diese Frau unternimmt, ist wirklich ganz einzigartig.«

Rachel betrachtete sie nachdenklich. »Ich finde diesen Mangel an Anteilnahme am Schicksal deines – deines Gastgebers erstaunlich.«

»Im Gegenteil, sie wird einmal eine ideale Soldatenfrau«, widersprach der alte General Stafford mit seiner dröhnenden Stimme. »Nichts ist besser für die Kerls als rauhe Behandlung. Zuviel Verehrung macht sie nur übermütig. Wird überhaupt zu viel Theater um Soldaten gemacht in letzter Zeit. Daran sind nur diese Zeitungen schuld. Was soll die ganze Aufregung? Im Krieg wird nun mal gestorben, das läßt sich nicht ändern.«

»Nein, das läßt sich nicht ändern«, sagte Jonathan langsam. »Aber etwas läßt sich ändern: die Unfähigkeit der Heeresleitung und ihre brutale Gleichgültigkeit gegenüber dem Schicksal der Soldaten. Sie mußten auf den eisigen Hügeln um Sewastopol überwintern, ohne Brennholz, ohne Zelte, ohne warme Kleidung, durchnäßt vom Dauerregen. Sie schliefen im Schlamm und hatten nichts zu essen als Trockenerbsen und rohes Fleisch. Die britische Armee ist nicht in der Schlacht vernichtet worden, sondern durch Cholera und Skorbut – und das hätte ein fähiger Generalstab verhindern können.«

General Stafford schnappte hörbar nach Luft, aber Jonathan sprach ungerührt weiter. »Schon an der Alma war die Organisation des Heeres zusammengebrochen. 30 000 Mann wurden in Schiffe gezwängt, aber Packtiere, Zelte, Küchen und die gesamte Lazarettausrüstung blieben zurück. Es gab nicht genügend Lazarettschiffe für den Transport nach Skutari. Ein Schiff, das für 250 Mann eingerichtet war, mußte zwölf- oder sogar fünfzehnhundert transportieren. Verwundete und Amputierte und Cholerakranke wurden zusammengepfercht. Sie waren zu entkräftet, um sich zu bewegen, wurden von dem schlingernden Schiff durcheinandergeschleudert und waren bald bedeckt mit Unrat.

Die Schlacht an der Alma kam nicht aus heiterem Himmel, das kann kein Mensch behaupten. Und doch war nichts vorhanden, um die einfachste Operation auszuführen. Man hat die Leute eine Woche lang liegen und sie in Qualen verkommen lassen, ohne daß sie einen Arzt zu Gesicht bekamen. Zahllose Menschen mußten sterben, nur weil der Sanitätsstab der britischen Armee nicht daran gedacht hat, daß man zum Verbinden von Wunden altes Leinen braucht.

Und in Skutari wurde alles noch schlimmer. Skutari – das war die Hölle. Eine riesige, halbzerfallene türkische Kaserne, die überhaupt nicht als Lazarett eingerichtet war. Es gab keine Betten. Es waren nicht einmal genug Strohsäcke da. Die Männer lagen auf dem Boden und mußten sich in die Decken einwickeln, in denen man sie vom Schlachtfeld getragen hatte und die vor Blut und Dreck starrten. Man konnte sie nicht ernähren, denn es gab nur eine einzige Küche. Es gab nicht einmal Tassen oder Becher. Viele Verwundete lagen ohne einen Schluck Wasser die ganze Nacht hindurch und auch noch den folgenden Tag.«

General Stafford hatte sich schon mehrmals geräuspert, jetzt konnte er sich nicht mehr beherrschen.

»Das haben die Zeitungen auch geschrieben. Ich nenne das Gefühlsduselei! Meinen Sie etwa, früher sei es anders gewesen? Bei dem Zug nach Walcheren 1809 sind die Leute gestorben wie die Fliegen. Und nach dem Winter in den Pyrenäen war die Garde so dezimiert, daß sie gar nicht mehr eingesetzt werden konnte. Ja, glauben Sie, wir haben Betten mitgeschleppt für die Kranken oder Nachttöpfe?«

Von Lady Penneham, der schon Jonathans drastische Ausführungen förmlich die Sprache verschlagen hatten, kam ein erstickter Laut, aber der General hatte kein Gefühl für weibliche Empfindsamkeiten. »Oder Operationstische und all dies andere neumodische Zeug? Amputiert wurde bei vollem Bewußtsein! Ich hör noch den alten Lord Raglan, wie er schreit: ›He, Jungs, bringt mir meinen Arm zurück, da steckt noch ein Ring am Finger von meiner Frau, den will ich behalten.‹ Das ist die wahre Einstellung! Und der gemeine Mann hat sowieso kein Empfinden. Wissen Sie, wie Wellington seine Armee genannt hat? Den Abschaum der Erde, der nur Soldat geworden ist, um sich betrinken zu können. Und da kann ich ihm nur recht geben! Wer wird denn Soldat? Der Schandfleck des Dorfes, das schwarze Schaf der Familie, der Auswurf der Slums. Das sind keine Menschen, sondern Bestien, und zwar gefährliche; und die einzigen Mittel, sie zu bändigen, sind Prügel, Drill und eiserne Disziplin. Warum die auf einmal in Betten liegen sollen wie die Offiziere und von Damen bedient werden, ist mir ein Rätsel. Wenn ich zu sagen gehabt hätte in Skutari, dann hätte ich dieser Miß Nightingale mit ihrem Gefolge nie erlaubt, dort zu arbeiten.«

»Sie sind nicht allein mit dieser Ansicht«, erwiderte Jonathan kühl. »Im Gegenteil, Sie befinden sich in recht zahlreicher Gesellschaft. Daß diese Gesellschaft allerdings gut ist, wage ich zu bezweifeln. Jedenfalls hat Miß Nightingale nach ihrer Ankunft fast eine Woche mit ihren Pflegerinnen im Lazarett gesessen – vierzig Leute in Räumen, die vorher von drei Ärzten bewohnt worden waren! –, und man hat ihr nicht erlaubt, die Krankensäle zu betreten. Die Patienten sind verhungert, verdurstet, im Dreck verfault – und man hat sich auf Vorschriften berufen und sich auf Kompetenzen und Nicht-Kompetenzen herausgeredet. Jeder hat Angst gehabt vor der Verantwortung oder dem Tadel eines Vorgesetzten oder einer verscherzten Beförderung. Wissen Sie, was Miß Nightingale zu mir gesagt hat, bevor ich nach England zurückfuhr? ›Man hat viel von unserem Opfermut, unserem Heldentum und so weiter geredet. Die eigentliche Demütigung, die wirkliche Härte unserer Arbeit besteht darin, daß die Offiziere hier weder Gentlemen sind noch gebildete Menschen, nicht einmal Geschäftsleute oder nur Menschen mit einem fühlenden Herzen, sondern Leute, deren einziges Bestreben es ist, sich keinem Tadel auszusetzen.‹ Und diese Leute sitzen in der britischen Armee überall.«

General Staffords Gesicht war rot angelaufen. »Ich muß doch sehr bitten! Ich verwahre mich ganz entschieden gegen diese Vorwürfe.« Er räusperte sich wieder und versuchte sichtlich, sich zu beruhigen. »Ich behaupte ja nicht, daß keine Fehler gemacht worden sind. Aber Damen sind nun einmal zur Krankenpflege nicht geeignet. Man kann sie ihnen einfach nicht zumuten. Schon jedes Krankenhaus ist eine Höhle des Lasters. Ich selbst würde freiwillig keinen Fuß hineinsetzen. Ein anständiger Mensch geht in kein Krankenhaus, sondern wird zu Hause von seiner Familie betreut. Und die Pflegerinnen sind einfach der Abschaum! Die meisten haben eine Karriere auf der Straße hinter sich und sind zu alt und verkommen für's Gewerbe und ...

»Das geht nun aber wirklich zu weit!« Lady Penneham hatte

endlich ihre Sprache wiedergefunden. »Darf ich darauf hinweisen, daß junge Mädchen im Raum sind?«

General Stafford empfand die Rüge als Unterstützung. »Sie sprechen mir aus der Seele, Madam! Das ist nichts für junge Mädchen! Und für achtbare Frauen auch nicht! Zustände herrschen in den Krankenhäusern wie im alten Rom. Bloß leider nicht so sauber. Man soll ja ohnmächtig werden allein von dem Gestank. Apropos altes Rom: Wenn man den Bacchus-Kult als Religion anerkennen würde, dann hätte er in den Krankenhäusern seine frömmsten Anhänger.«

Lady Sinclair nickte bekümmert. »Da haben Sie leider recht, General. Ich habe einmal die Oberschwester eines Londoner Krankenhauses kennengelernt. Sie hat mir versichert, daß sie in ihrer ganzen Dienstzeit keine Pflegerin gekannt hätte, die nicht getrunken hätte. Nüchtern lassen sich diese Zustände wohl nicht ertragen.«

General Stafford blinzelte ihr triumphierend zu. »Das ist es ja, was ich meine. Unerträgliche Zustände! Und jetzt stellen Sie sich ein Lazarett vor. Das bedeutet noch eine Steigerung dieser Zustände, und zwar eine absolute Steigerung ins Negative. Keine normalen Krankheiten, sondern schwerste Verwundungen und Seuchen. Und als Patienten ausschließlich Männer, und zwar junge Männer von der übelsten, gemeinsten Sorte.«

»Vielleicht kann Ihnen Miß Nightingale selbst eine Antwort darauf geben«, erwiderte Lady Sinclair. Sie nahm einen Brief aus der Schatulle. »Hier, das schrieb sie an Mrs. Gaskell: ›Tränen steigen mir in die Augen, wenn ich daran denke, wie inmitten von gräßlichen Krankheiten und bitterem Sterben die angeborene Würde, Freundlichkeit und Höflichkeit dieser Leute offenbar wurde. Nie zuvor habe ich so rührende Beispiele von Ritterlichkeit gesehen. Sie erstrahlte im tiefsten Abgrund menschlichen Elends. Instinktiv vermieden alle jeden Ausdruck, der vielleicht eine Dame hätte verletzen können.‹«

»Ja, so war es«, sagte Jonathan leise. »Männer, die früher nur fluchen und lästern konnten, verhielten sich nach Miß Nightingales Ankunft in Skutari wie in einer Kirche. Sie verehrten sie wie eine Heilige. Alle fühlten sich getröstet, wenn sie nur vorbeiging. Den einen sprach sie an, vielen nickte sie zu oder lächelte. Aber auch das konnte sie nicht für alle tun. Hunderte lagen dort, und sie küßten nachts ihren Schatten, wenn sie mit der Lampe vorüberging. Man spürte die Magie ihrer Macht über Menschen förmlich im Raum – besonders in jenem gefürchteten, blutbespritzten Zimmer, wo die Operationen stattfanden. Es gab viele Soldaten, die lieber sterben wollten, als sich unters Messer zu legen, aber wenn Miß Nightingale kam und neben ihnen stand, dann fanden sie die Kraft, sich zu fügen und auszuhalten.«

»Sie hatte schon als junges Mädchen eine ganz ungewöhnliche Ausstrahlung«, sagte Lady Barrett nachdenklich. »Ich bin ihr früher oft in London begegnet. Jeder, der sie kennenlernte, war fasziniert von ihr.«

»Wie sieht sie denn aus?« fragte Susanna eifrig. »Oh, bitte, könnten Sie sie wohl beschreiben?«

»Oh ja, natürlich kann ich das. Sie ist groß und schlank und sehr graziös. Sie hat dichtes, braunes Haar, graue Augen und prachtvolle Zähne. Sie macht gern Spaß und kann sehr fröhlich und ausgelassen sein. Sie hat eine schauspielerische Ader und kann die verschiedensten Leute und Dialekte nachahmen. Manchmal hat sie uns die armen Gouvernanten in ihrer Anstalt vorgespielt, die so entzückt waren, daß sie einen Diener zur Verfügung hatten und eine Lady Canning und eine Lady Mounteagle, die dies und jenes für sie taten – und man sah die alten Frauen förmlich vor sich.«

»Ich kann diese Begeisterung über Miß Nightingale überhaupt nicht verstehen.« Rachels Stimme hatte einen deutlichen Unterton von Gereiztheit. »Sie ist doch nur ein sitzengebliebenes Mädchen, das jetzt irgendwie auf sich aufmerksam machen will.«

»Wie kommen Sie denn auf diese absurde Idee?« fragte Lady Barrett erstaunt. »Sie hatte buchstäblich an jedem Finger zehn Verehrer, und der arme Richard Monckton Milnes hat jahrelang um sie geworben.«

Lady Penneham sah interessiert auf. »Ist das dieser reiche Erbe aus Yorkshire mit seinen berühmten Frühstücksgesellschaften?«

Lady Barrett nickte lächelnd. »Man hat Thomas Carlyle einmal gefragt, was wohl passieren würde, wenn Christus wieder auf die Erde käme? ›Monckton Milnes würde ihn zum Frühstück einladen‹, hat er geantwortet. Er ist ein sehr begabter, erfolgreicher Mann und war einer der begehrtesten Junggesellen Londons. Er hat erst geheiratet, nachdem Miß Nightingale ihn immer wieder abgewiesen hatte.«

»Erzählen kann man viel«, sagte Rachel ärgerlich. »In meinen Augen ist sie eine geltungssüchtige, alte Jungfer.«

In Lady Barretts sanfte, braune Augen trat ein kriegerisches Funkeln. »Aber meine liebe Rachel, Sie sind doch selbst längst dem Backfischalter entwachsen, da müßten Sie Miß Nightingale doch eigentlich kennen und die allgemeine Begeisterung verstehen. Sie war ein Jahrzehnt lang der strahlende Mittelpunkt der Londoner Gesellschaft.«

Rachel schluckte. »Ich kann mich nicht entsinnen, sie je gesehen zu haben.«

»Aber das ist doch nicht möglich! Miß Nightingale war einfach ein Begriff in London. Alle Welt sprach von ihr und lud sie ein. Sie war gebildeter als die meisten Oxford-Absolventen. Sie verstand von Philosophie und Mathematik ebenso viel wie von Musik und Malerei, sprach fließend mehrere Sprachen, plauderte lebhaft und witzig, war eine ausgezeichnete Tänzerin, immer höchst elegant gekleidet und verkehrte nur in den ersten

Kreisen. Ich selbst habe sie bei einem Ball in Chatsworth kennengelernt, wo sie und ihre Schwester Seiner Königlichen Hoheit, dem Herzog von Sussex, vorgestellt wurden. Könnte es vielleicht sein, daß Sie in diesen Kreisen nicht verkehrten?«

Die Gesellschaft erstarrte. Eine solche Bemerkung war geradezu unerhört. Noch nie hatte sich die sanfte Lady Barrett zu einem derartigen Affront hinreißen lassen. In die atemlose Stille hinein, die nach Susannas melodramatischem Empfinden eine Explosion von Tränen, Racheschwüren und lebenslanger Feindschaft ankündigte, klang die geschmeidige Stimme von Lord Heathcliff:

»Ich glaube, wir müssen uns die Situation eher folgendermaßen denken: Jedes Treffen der ersten Londoner Gesellschaft war nicht ein Kreisen um den Mittelpunkt Florence Nightingale, sondern eine Ellipse um zwei Brennpunkte, von denen der zweite unsere bezaubernde Rachel war. Und jeder kann sich vorstellen, daß diese beiden Brennpunkte derartig umschwärmt waren von Bewunderern, daß sie einander nie zu Gesicht bekamen, die anerkannte Größe nicht den aufgehenden Stern, und umgekehrt unsere junge Schönheit auch nicht die künftige Heldin des Krimkrieges.«

Die Entspannung war fast mit den Händen zu greifen. Rachels Finger, die die Sessellehne umklammerten, lockerten sich. Sie lächelte Lord Heathcliff schmelzend an. Lady Barrett schienen ihre unbedachten Worte erst jetzt zu Bewußtsein zu kommen. Sie errötete und wandte sich dann mit betonter Anteilnahme an Rachel, um sich nach ihrem Sohn zu erkundigen. Der Rest der Gesellschaft begann mit Eifer und Nachdruck verschiedene Gespräche auf einmal.

12. Kapitel

»Findest du nicht, daß sowohl Christopher wie Malcolm Penneham etwas auffallend sind in ihren Aufmerksamkeiten gegenüber Susanna?«

Rachel und Jonathan saßen im Frühstückszimmer von Wimberley. Lady Sinclair kam morgens nie herunter, und Susanna war schon gegangen, um mit Christopher Latein zu lernen, nachdem sie zu Rachels unverhohlenem Widerwillen von allen Gerichten auf dem reichhaltigen Buffet gekostet und auch Jonathan den Teller vollgeladen hatte. Jonathan führte gemächlich seine Tasse zum Mund und trank einen Schluck Tee.

»Ich habe nichts davon bemerkt. Vielleicht liegt das daran, daß ich die beiden Herren nicht ständig beobachte, die du gerade erwähnst.«

»Willst du damit andeuten, daß ich sie beobachte?«

»Warum sollte ich das andeuten wollen? Es ist doch offensichtlich.«

»Willst du mir etwa unterstellen, daß ich mich für sie interessiere? Das ist doch lächerlich! Christopher ist ein grüner Junge, und Malcolm ist dafür bekannt ...« Sie verstummte.

»Daß er sich nur für die erste Jugend begeistert – das wolltest du doch sagen, nicht wahr? Und über die bist du nun wirklich längst hinaus!«

Rachel versuchte, herablassend zu lächeln, aber es gelang ihr nicht. »Was bist du doch für ein Meister im Komplimentemachen!«

»Aber meine liebe Schwägerin, du mißverstehst mich! Wie käme ich dazu, dir Komplimente zu machen? Ich bin überzeugt, du hast so viele Verehrer gehabt in deinem Leben, daß ich mich nur durch ein gegenteiliges Verhalten von ihnen unterscheiden kann.«

Rachel lachte metallisch. »Mein lieber Schwager, sei überzeugt, daß ich dich noch nie mit einem meiner Verehrer verwechselt habe.«

»Das wäre auch ein großer Irrtum«, sagte Jonathan ruhig.

Rachel biß sich auf die Unterlippe. Warum ließ sie sich immer wieder zu Wortgefechten mit ihrem Schwager hinreißen, obwohl sie dabei stets den Kürzeren zog? Irgend etwas an ihm reizte sie derartig, daß sie einfach nicht den Mund halten konnte.

»Wir sprachen nicht von mir, sondern von Susanna«, sagte sie mit mühsam unterdrücktem Ärger und zerbrach eine Scheibe Toast in immer kleinere Stückchen.

»Aber keineswegs, meine Liebe. Du sprachst von ihr.«

»Nun gut«, Rachel beherrschte sich, »ich sprach von ihr, und zwar allein aus freundschaftlicher Sorge um den Eindruck, den sie in der Gesellschaft macht. Dieses Ermutigen von Anbetern, dieses ...«

»Eine Kunst, die du selbst meisterhaft beherrschst, das muß

der Neid dir lassen!« Jonathan nutzte die Pause, in der sie nach Worten suchte.

Rachel funkelte ihn an. »Das kann man ja wohl kaum vergleichen! Ich bin immerhin eine Witwe und außerdem, wie du eben so zuvorkommend bemerktest, längst über die erste Jugend hinaus. Susanna dagegen ist erstens ein junges Mädchen und zweitens frisch verlobt, da sollte sie doch wirklich für niemanden Augen haben als für dich!«

»Ich komme fast in die Versuchung, gerührt zu sein über deine Sorge um mich. Du bist also der Ansicht, Susanna habe nicht nur Augen für mich?«

»Ich bin ja schließlich nicht blind! Ich merke sehr wohl, daß du ständig von ihrer französischen Erziehung sprichst und meinst, damit ließe sich alles entschuldigen. Aber ich war schließlich selbst einmal eine Braut und weiß, daß man sich dann ganz anders verhält.«

»Ich bin überzeugt, meine liebe Rachel, du fändest weder als Braut noch als Ehefrau deinesgleichen.« Er sah sie nachdenklich an, und irgend etwas in seinem Blick ließ ein leises Unbehagen in ihr aufsteigen. »Ja, davon bin ich überzeugt. Du warst zweifellos eine ganz außerordentliche Braut und eine noch außerordentlichere Ehefrau. Und trotzdem möchte ich nicht, daß Susanna sich in ihrer Einstellung zu ihrem Verlobten und später zu ihrem Ehemann ein Beispiel an dir nimmt. Kannst du das verstehen?«

Ihr Unbehagen wuchs. Seine Worte hatten so doppeldeutig geklungen. Nur mit Mühe gelang es ihr, ein versöhnliches Lächeln auf ihre Lippen zu bringen.

»Natürlich verstehe ich das. Ich habe mir noch nie eingebildet, daß ich als Vorbild dienen könnte.«

Jonathan zog mit ironischem Blick die Brauen hoch. »Welch ungewohnte Bescheidenheit, meine liebe Schwägerin! Würdest du mich jetzt bitte entschuldigen? Ich habe zu tun. Deshalb kann ich auch vorläufig meiner Braut keine Gelegenheit geben, ihre Augen ausschließlich auf mich zu heften. Sie muß sie also Christopher zuwenden, dem sie gleich Nachhilfe in Latein gibt, und zwar mit meiner vollsten Billigung. Bis jetzt hat sich noch jeder gerührt gezeigt, daß Susanna sich so um den Armen kümmert. Ohne sie würde er die Aufnahmeprüfung für Oxford wohl kaum bestehen. Du bist die erste, die diesen Unterricht in einem anderen Licht zu sehen scheint. Wie schade, daß deine Schulbildung nicht ausreicht, um Susanna von dieser zweifellos langweiligen Aufgabe zu erlösen. Wie ich deinen selbstlosen Charakter kenne, wärest du nur zu gerne bereit, dich selbst den Gefahren eines täglichen Beisammenseins mit Christopher auszusetzen.«

Rachel hätte ihn am liebsten geohrfeigt. Jonathan verbeugte sich höflich und ging in sein Arbeitszimmer, fand es aber schwierig, sich auf die Schriftstücke zu konzentrieren, die sein Verwalter ihm vorlegte. Er war fast erleichtert, als seine Mutter hereinkam.

»Ich suche die Liste für den Ball, Jonathan, habe ich sie dir gegeben?«

»Nein, aber ich glaube, ich weiß, wo sie ist. Ich werde sie dir bringen. Geh' ruhig schon ins Gartenzimmer. Wir arbeiten später weiter, Mr. Weldon.«

Er entließ seinen Verwalter und ging die Treppe hinunter zur Bibliothek.

»Entschuldigt, daß ich euch störe. Mutter möchte die Liste mit den Namen für die Einladungen haben. Sie hat sie auf dem Flügel vergessen.«

Waren die Köpfe nicht auffallend schnell auseinandergefahren? Und sah nicht zumindest Christopher deutlich schuldbewußt aus? Jonathan krauste ärgerlich die Stirn. Diese Schlange Rachel hatte eine unbestreitbare Begabung, ihre verbalen Giftpfeile mit Widerhaken zu versehen. Man mußte schließlich dicht nebeneinander sitzen, wenn man in ein Buch schaute. Und gewiß war es für einen jungen Mann nicht angenehm, von einem älteren bei Nachhilfestunden angetroffen zu werden, die noch dazu von einem Mädchen gegeben wurden.

»Oh, will sie doch diesen Ball veranstalten?« Susannas Stimme klang gar nicht erfreut. »Ich habe versucht, es ihr auszureden.«

»Aber warum denn das? Sie hat sich schon mit Rachel auf ein Datum geeinigt. In zehn Tagen ist Vollmond, dann sehen ihrer Ansicht nach Schloß und Park sehr malerisch aus, und man kann nicht nur im Ballsaal tanzen, sondern auch auf der Terrasse. Ich halte es für viel wahrscheinlicher, daß es regnet, aber ich habe mich gehütet, diesen Einwand vorzubringen, denn irgendwann müssen wir die Sache einmal hinter uns bringen.«

Christopher sah ihn erstaunt an. »Das klingt ja so, als ob du auch keinen Spaß an einem Ball hättest? Dabei bist du doch so ein guter Tänzer – jedenfalls sagt Victoria das.«

Jonathan zuckte mit den Achseln. »Du kennst mich doch, ich bin nun mal kein Gesellschaftslöwe. Und Tanzen war nie ein Vergnügen für mich. Wenn du so lang wärest wie ich, würdest du das verstehen. Meistens befinden sich meine Partnerinnen irgendwo zwischen meinem obersten und mittleren Westenknopf. Eine Unterhaltung ist da ziemlich schwierig.«

»Aber mit Susanna ist das doch jetzt etwas anderes!« Christopher sah Susanna anbetend an.

»Nun, um ehrlich zu sein – ich kann gar nicht tanzen.«

»Ach Susanna, das ist wieder einer deiner Scherze! Ein Mädchen, das nicht tanzen kann – so etwas gibt es doch gar nicht!«

»Du vergißt die strengen Klosterfrauen. Sie hielten Tanzen für eine Kunst des Teufels, nicht wahr, Susanna? Genau wie Flirten, Pfänderspiele und was es da sonst noch gibt.«

Susanna sah ihn an. Sie wußte genau, worauf er anspielte: Auf ihre Unterhaltung am ersten Morgen in London, als sie in dem düsteren Frühstücksraum des Stadttpalais eine Biographie für sie erfunden hatten.

»Dein Gedächtnis ist bewundernswert, lieber Jonathan. Genau das habe ich dir erzählt.«

»Komische Vögel, diese Nonnen! Scheinen nicht nachgedacht zu haben. Mit Verlaub, Susanna. Ich will natürlich niemanden beleidigen. Aber wo liegt der Sinn? Wie soll ein Mädchen in die Gesellschaft eingeführt werden, wenn es nicht tanzen kann?«

»Das Interesse der ehrwürdigen Schwestern war ausschließlich auf Gott gerichtet«, erklärte Jonathan. »Und auf die Wissenschaft.«

»Ja, ja, ich weiß schon. Ovid und so.« Christopher grinste. »Meine Mutter war richtig schockiert, als Malcolm ihr erzählt hat, daß wir Ovid zusammen übersetzen. Sie war kurz davor, mir die Nachhilfe zu verbieten. Gottseidank hat Victoria ihr das ausgeredet.«

»Victoria?« fragte Susanna überrascht. »Und wie?«

»Ach, du kennst sie noch nicht so, aber sie setzt immer ihren Kopf durch. Wenn sie will, kann sie einen förmlich totreden. Stimmt doch, Jonathan, nicht?« Jonathan nickte nur kurz. »Na, sie hat ihr stundenlang auseinandergesetzt, wie wichtig die Prüfung für mich ist, und daß du der erste Lehrer bist, bei dem ich gerne lerne, und wie unhöflich es wäre, jetzt aufzuhören, das wäre fast ein Affront, und sie jedenfalls wollte auch weiterhin nach Wimberley kommen können, und so weiter und so fort.«

»Nun, das tut sie ja auch sehr ausgiebig«, sagte Susanna trokken. »Und sie kümmert sich immer sehr rührend um Jonathan, wenn wir beide Latein lernen.«

Christopher sah sie unsicher an. Klang da ein Unterton in ihren Worten? Ihre Augen waren grasgrün und folgten Jonathan, der wortlos an den Flügel trat und ein paar Akkorde anschlug.

»Ich habe eine Idee!« rief Christopher plötzlich. »Wir bringen dir das Tanzen bei. Los, Jonathan, spiel einen Walzer. Sieh her,

Susanna, das ist der Grundschritt – ganz einfach. Das lernst du im Handumdrehen!«

Er war so ansteckend in seiner Begeisterung, daß Jonathan lachte, sich vor die Tasten setzte und zu spielen begann. Christopher nahm Susanna bei der Hand.

»Komm, mach mit: Vor – Seit – Seit. Rück – Seit – Seit – das ist alles. Jawohl, so ist's richtig – und jetzt mit halber Drehung – ausgezeichnet – und jetzt mit mir zusammen. Darf ich bitten, gnädiges Fräulein?«

Er verneigte sich, nahm ihre Hand und legte den rechten Arm um ihre Mitte. »Leg die andere Hand auf meine Schulter, ja, so, und jetzt ganz langsam: Eins zwei drei – Eins zwei drei – es ist wirklich nicht schwer, nicht wahr? Du bist begabt, ich wußte es gleich. Wer so reitet wie du, der kann auch tanzen.«

Susanna hatte sich zunächst etwas steif und verkrampft bewegt, wurde aber zusehends gelöster. »Es ist wirklich ganz einfach. Ich kann es kaum glauben. Ich lern' es tatsächlich.«

Jonathan, der am Anfang mit großer Verzögerung und deutlich abgesetzter Betonung gespielt hatte, wurde jetzt schneller. Christopher drehte Susanna immer geschwinder durch den Raum. Er tanzte gerne und gut.

Susanna lachte vor Begeisterung. »Das ist ja wunderbar! Was für eine mitreißende Musik.«

Christopher erhöhte das Tempo. Wie ein roter Fächer flogen die Haare um Susannas Schultern.

»Nicht so schnell! Mir wird ganz schwindelig!«

Sie lachte noch, aber ihre Stimme klang etwas unsicher. Doch Christopher hörte nicht. Wie ein Kreisel drehte er sich auf der Stelle, als ob die Klänge der »Schönen blauen Donau« ihn anpeitschten. Vor Susannas Augen begannen die Wände zu schwanken. Sie ließ den Kopf auf Christophers Schulter sinken und legte ihm haltsuchend die Arme um den Hals. Jonathan sah mit gerunzelten Brauen zu den beiden hinüber. Was machte der Junge bloß? Warum änderte er nicht die Richtung?

Aber Christopher, der Susannas Locken an seinem Kinn und ihre Hände an seinem Hals fühlte, war von diesem Zustand so überwältigt, daß er keinen klaren Gedanken mehr fassen konnte. Er umschlang sie fest mit beiden Armen und tanzte weiter. Mit einem dissonanten Akkord hielt Jonathan den Lauf der »Schönen blauen Donau« an und war mit ein paar schnellen Schritten neben den Tänzern. Christopher war so entrückt, daß er nicht einmal das Ende der Musik bemerkte. Er hatte die Augen geschlossen, den Mund in Susannas Haar vergraben und drehte sich weiter. Jonathan legte ihm eine Hand auf die Schulter.

»Der nächste Tanz gehört mir! Setz du dich ans Klavier!«

Christopher öffnete die Augen, sah Jonathan vor sich stehen und wurde puterrot. Wie ein kleiner Junge, der beim Naschen ertappt wird, ließ er Susanna los. Sie schwankte, aber da hatte Jonathan sie schon umfaßt und drehte sie in die entgegengesetzte Richtung.

»Wozu kannst du den ganzen Shakespeare auswendig, wenn du ihn nicht anwendest, mein kleiner Blaustrumpf? ›Dreh dich im Schwindel, hilf durch Drehn dir wieder‹, weißt du das denn nicht?«

»Ich glaube, mein Gehirn dreht sich auch«, murmelte Susanna. Sie war ziemlich blaß. Jonathan merkte, daß sie Mühe hatte, ihre Augen auf sein Gesicht zu fixieren.

»Romeo und Julia, erster Akt«, sagte sie schließlich.

»Bravo! Ich sehe, dein Gehirn funktioniert wieder. Und dir muß ich sagen, Christopher, auch wenn dir die meisten Shakespeare-Zitate unbekannt sind, so müßtest du doch in der Tanzstunde gelernt haben, daß kein Kavalier so tanzt, daß seiner Dame schwindelig wird. Wenn deine Mutter das gesehen hätte, wäre sie wahrscheinlich noch schockierter gewesen als über

Ovid. Jetzt geh' und spiel' einen Galopp. Walzer allein genügt nicht für einen Ball.«

Christopher stand immer noch am gleichen Fleck, wie betäubt von der plötzlichen Erkenntnis der eigenen Gefühle und von dem Schock, sich auf einmal statt im siebten Himmel in der Bibliothek von Wimberley wiederzufinden, seine Angebetete in den Armen eines anderen, der noch dazu ein Anrecht darauf hatte, mehr als er selbst jedenfalls, so daß es zunächst keine Möglichkeit gab, sie ihm wieder zu entreißen. Dabei verdiente er sie gar nicht, dieser Eiszapfen, der ihn da so herablassend betrachtete, statt nur Augen für das Wunderwesen in seinen Armen zu haben. Aber ihn bespötteln und seine Mutter erwähnen, als ob er ein kleiner Junge wäre, und seine Manieren bekritteln, das konnte er.

Während diese verworrenen Gedanken durch Christophers Kopf wirbelten, drehte er sich langsam um und setzte sich an den Flügel. Verwundert sah er, daß seine Hände zitterten. Er spürte Jonathans ironischen Blick und riß sich mit großer Anstrengung zusammen. Einen Galopp wollte er? Den sollte er haben! Christophers Finger hämmerten auf die Tasten. Wie lange der Herr Major dieses Tempo wohl durchhalten würde? Aber als er nach einiger Zeit aufsah, hielt Jonathan Susanna an den Händen und zeigte ihr eine Schrittfolge, ohne sich um die Musik im mindesten zu kümmern. Konsterniert ließ Christopher die Finger sinken.

»Du überschätzt uns, mein Guter! Susanna ist Anfängerin, wenn auch eine sehr begabte, und ich bin ein alter Mann von fast Dreißig und außerdem Invalide. Bei dem Galopp, den du da spielst, könnte wohl nur ein durchgehender Gaul mithalten.«

Susanna lachte, ohne zu ahnen, daß sie damit Öl in die Flammen der Eifersucht goß, die in Christophers Brust loderten. Er fühlte sich mißverstanden – verspottet – verhöhnt – und schloß mit einem Knall den Deckel über den Tasten.

»Dann kommt ihr ja wohl besser ohne mich zurecht?« Er verbeugte sich vor Susanna und stolzierte hinaus.

»Nanu? Was hat er denn auf einmal?«

»Kannst du dir das nicht denken?«

Susanna überlegte. »Vielleicht, weil ich die Bemerkung über Victoria gemacht habe? Aber nein, das war noch vor dem Tanzen. Und etwas sagen mußte ich doch, denn schließlich rennt sie ja förmlich hinter dir her, und wenn ich eine richtige Braut wäre, müßte mich das doch eifersüchtig machen, oder?«

Mit einem undeutbaren Ausdruck im Gesicht sah Jonathan auf sie hinunter, legte dann den Arm um ihren Rücken und nahm ihre Hand. »Komm, wir werden Walzer tanzen und uns dabei unterhalten, denn das ist auch etwas, was du unbedingt lernen mußt. Tanzen und Konversation machen, das gehört einfach zusammen.« Er summte ein paar Takte aus der »Schönen blauen Donau«. »Denk nicht an deine Füße, laß dich führen. Ja, so ist's richtig. Ich weiß, daß du deinen eigenen Kopf hast, aber hier mußt du einmal brav und folgsam sein. Das Tanzen gehört zu den wenigen privaten Bereichen, in denen der Mann noch das Sagen hat.«

»Das sagst du nur, um mich auf's Glatteis zu führen. Ich merke wohl, daß du mich nicht ernst nimmst, wenn ich für die Rechte der Frauen eintrete.«

Jonathan machte ein übertrieben schuldbewußtes Gesicht. »Du hast mich durchschaut! Aber du ereiferst dich immer derartig, daß man sich einfach amüsieren muß. Ich hätte nicht gedacht, daß du das merken würdest.«

»Ich merke noch viel mehr.«

»Du siehst mich erbleichen. Heraus mit der Sprache! Welchen Geheimnissen bist du auf die Spur gekommen?«

Diesmal summte Susanna die Walzermelodie. »Du bist sehr überzeugt von dir«, sagte sie dann. »Ganz gleich, was du tust, du bist sicher, daß niemand es besser machen könnte.«

»Du hältst mich also für überheblich und eingebildet?«

»Aber nein – keineswegs –, das Fatale ist nämlich, daß du tatsächlich alles sehr gut machst. Ich glaube fast ...« Sie zögerte. Sein Gesicht war auf einmal so gespannt und ernst, daß sie befangen wurde.

»Was glaubst du?«

»Nun, daß dir die Menschen im Grunde gleichgültig sind. Das soll kein Vorwurf sein, ganz bestimmt nicht! Du bist immer sehr höflich, geradezu formvollendet, aber nie herzlich. Ich glaube, wenn du nur deine Pferde und deine Bücher hättest, wärest du völlig zufrieden. Denn nach einiger Zeit geht dir jede Gesellschaft auf die Nerven. Ich frage mich manchmal wirklich ...« Sie zögerte wieder, » ... also ich frage mich, wie du dir das Leben mit Victoria vorgestellt hattest? Sie muß doch ständig Menschen um sich haben.«

»Weißt du, das frage ich mich manchmal auch«, sagte Jonathan langsam.

»Nun, sie ist sehr hübsch«, gab Susanna ehrlich zu. »Richtig süß, wie ein Porzellanpüppchen. Sie hat eine gewisse Ähnlichkeit mit deiner Mutter. Aber deine Mutter ist so herzlich – und lebendig – und verständnisvoll. Und das ist Victoria nicht.« Sie sah Jonathan schüchtern an. »Soll ich lieber nicht von ihr sprechen?«

»Nein, das macht nichts. Es ist längst vorbei. Es hat eine Zeit gegeben, da wollte ich nicht einmal mehr ihren Namen hören. Damals in Indien, als ich von ihrer Heirat erfuhr, da wäre ich am liebsten gestorben. Ich hatte tatsächlich das Gefühl, daß das Leben jeden Sinn für mich verloren hätte. Deshalb habe ich mich auch so weit vorgewagt bei dem Scharmützel mit den Aufständischen. Aber diese Stimmung hat nur kurz gedauert. Schon als ich wieder zu mir kam und merkte, daß sie mich gefangen hatten, war ich wild entschlossen, am Leben zu bleiben. Und inzwischen begreife ich gar nicht mehr, wie – nun ja, das

Ganze kommt mir irgendwie unwirklich vor. Ich sehe sie an und denke: Ihretwegen hast du sterben wollen – und ich begreife es einfach nicht. Man kann sich schon zum Narren machen.«

Eine Zeitlang tanzten sie schweigend weiter.

»Du hast beängstigend scharfe Augen, meine Liebe.«

»Oh nein – eigentlich nicht –, ich sehe solche Sachen sonst gar nicht, es ist nur – bei dir merke ich es, weil – ich fürchte, wir sind uns ziemlich ähnlich. Ich brauche auch nur Bücher und Pferde, und viele Menschen machen mich nervös. Deshalb möchte ich ja auch nicht heiraten. Ich bin ein Einsiedler – genau wie du.«

Jonathan fing an zu lachen. Susanna war getroffen.

»Das sollte kein Scherz sein!«

»Nein, natürlich nicht – pardon, ich wollte dich nicht auslachen –, aber du kommst wirklich auf die verrücktesten Ideen! Einsiedler! Warum bauen wir uns nicht jeder eine Hütte, du in der einen Ecke des Parks, ich in der anderen, und verkehren mit der Umwelt nur noch durch Zeichensprache? Keinen Tag würdest du das aushalten bei deinem Mundwerk!«

»Wetten, daß doch!«

»Top, die Wette gilt. Wir machen den Tag und die Bedingungen noch aus. Aber vorher wollen wir unseren Walzer zu Ende tanzen. Kennst du die tanzenden Derwische? Das sind auch Einsiedler!«

Er lachte noch immer. Gleichzeitig fing er an, sie mit kleinen, schnellen Schritten auf der Stelle zu drehen.

»Oh nein, mir wird wieder schwindelig. Du hast gesagt, ein Kavalier tut das nicht!«

»Ich bin kein Kavalier, das müßtest du doch wissen. Halt dich fest!«

Das Kreiseln wurde immer schneller. Susanna faltete die Hände in seinem Nacken und schloß die Augen.

»Schau nur, ich liege in der Luft. Gleich hebe ich vom Boden ab und fliege.«

Sie summte den Donauwalzer. Jonathan betrachtete ihr gelöstes Gesicht, die langen Haare, die vom Luftzug emporgetragen wurden und als roter Schleier über den sich bauschenden Rökken wehten. Er begann leise zu sprechen:

»Ihre Kleider verbreiterten sich weit
und trugen sie sirenengleich
ein Weilchen noch empor,
Indes sie Stellen alter Weisen sang,
Als ob sie nicht die eigene Not begriffe,
Wie ein Geschöpf, geboren und begabt
Für dieses Element.«

Susanna hatte aufgehört zu summen. »Soll das heißen, daß ich aussehe wie eine Wasserleiche?«

»Ophelia war eine ungewöhnlich schöne Leiche.«

Er blieb plötzlich stehen. Susanna öffnete die Augen. »Oh, alle Bücherregale fahren Karussell. Laß mich nur nicht los, sonst falle ich um!«

Sie schloß die Augen wieder. Jonathan verschränkte die Arme auf ihrem Rücken und hielt sie fest. Sie spürte, wie schnell seine Brust sich hob und senkte und wie sein Atem über ihre Haare strich. Sie standen ganz still. Auf einmal beugte er den Kopf und ließ seine Lippen über ihre Stirn und ihre geschlossenen Augen gleiten.

»Weißt du jetzt, warum Christopher gegangen ist?«

Susanna versuchte, sich zu befreien, aber er drückte sie so fest an sich, daß sie sich kaum rühren konnte.

»Laß mich sofort los! Was fällt dir ein, mich zu küssen?«

»Das war kein Kuß! Das war eine zarte Liebkosung. Und die wird ab und zu von einem Bräutigam erwartet!«

Susanna blickte rundum. Die Umrisse der vertrauten Regale zitterten noch ein wenig und standen dann am angestammten

Platz still. Sie machte ein spöttisches Gesicht. »Ich sehe ungeheuer viele Leute, die das von dir erwarten.«

»Willst du damit sagen, daß es dir in Gesellschaft lieber ist? Das werde ich mir merken! Vielleicht hält das auch diesen lächerlichen Knaben davon ab, sich an dich heranzumachen. Noch dazu vor meinen Augen. Es ist im Grunde eine Unverschämtheit!«

»Du brauchst nicht den Eifersüchtigen zu spielen«, sagte Susanna zornig. »Es ist niemand hier.«

»Woher weißt du, daß ich spiele? Vielleicht bin ich wirklich eifersüchtig!«

»Auf Christopher? Das ist doch lächerlich!«

»Und auf Malcolm? Ist das auch lächerlich? Er scharwenzelt doch ständig um dich herum. Ich weiß nicht, wie du das aushältst. Etwas mehr Geschmack hätte ich schon von dir erwartet.«

Susanna stemmte beide Fäuste gegen seine Brust. »Laß mich gefälligst endlich los! Wie kannst du es wagen, in diesem Ton mit mir zu reden? Malcolm ist immer sehr höflich zu mir – ganz im Gegenteil zu dir! Und außerdem ...«, sie suchte fieberhaft nach einem Satz, der ihn ärgern würde, »und außerdem muß ich die Zeit im Auge behalten, wenn mein jetziges Dienstverhältnis beendet ist. Lady Penneham zu werden, wäre vielleicht gar kein schlechter Gedanke.«

Jonathan ließ sie so jäh los, daß sie beinahe das Gleichgewicht verlor.

»Das schlag' dir nur aus dem Kopf! Lady Penneham, daß ich nicht lache! Das haben schon ganz andere versucht!«

»Immerhin erfüllt Malcolm eine Grundvoraussetzung: Er ist nicht verheiratet. Das kann man nicht von allen Leuten sagen, die um andere herumscharwenzeln!«

»Jedenfalls ist er der Mann, der dir die Prügel geben wird, die du verdienst, du Lästermaul! Manchmal kann ich deinen Onkel verstehen.«

Er war jetzt genauso wütend wie sie. Susanna sah ihn erschrocken an. Wie konnte er so etwas sagen? Sie schluckte mühsam. Wie hatte es nur so weit kommen können? Sie waren doch Freunde! Und jetzt standen sie hier und beschimpften sich, und er erinnerte sie an die schlimmste Demütigung ihres Lebens. Mit bebenden Händen strich sie die Haare aus der Stirn.

»Susanna! Ich bitte dich, mach nicht so ein Gesicht! Ich bin ein Esel – ein Dummkopf – ein Grobian. Ich weiß nicht, warum ich das gesagt habe. Aber du kannst einen Heiligen zur Weißglut treiben! Bitte – Susanna!«

Sie lächelte etwas zittrig. »Nun, ein Heiliger bist du nicht gerade!«

»Mag sein – aber ich kann mich bemühen, einer zu werden, wenn du willst. Und ich werde dir jetzt deinen eben geäußerten Wunsch erfüllen. Wir bekommen Gesellschaft und werden entsprechend beschäftigt sein.«

Ehe Susanna verstand, was er meinte, hatte er sie wieder in die Arme genommen und an sich gezogen. Stimmen und Schritte kamen die Treppe herauf und machten vor der Tür halt. Jonathan neigte den Kopf und preßte seine Lippen auf Susannas Mund. Jemand drückte die Klinke herunter – die Stimmen brachen jäh ab. Susanna hatte das Gefühl, als ob sie erstickt würde. Dann fiel die Türe wieder ins Schloß. Jonathan ließ Susanna los und legte den Finger auf die Lippen.

»Psst! Ich weiß, daß du mich anfauchen willst, ich seh' es deinen grün funkelnden Augen an, aber warte noch so lange, bis draußen keiner mehr ist.«

Susanna schnappte nach Luft und rieb sich die schmerzenden Handgelenke. Er sollte bloß nicht glauben, daß er sie in Verlegenheit gebracht hatte.

»Ich muß schon sagen, unter einem Kuß habe ich mir etwas anderes vorgestellt!«

Jonathan sah sie überrascht an. Dann begann er zu lächeln. »Aber Susanna! Du willst doch nicht etwa behaupten, daß dies dein erster Kuß war?«

Nun, es war vielleicht nicht besonders klug gewesen, das zuzugeben. Aber andererseits, was erwartete er denn? »Ich bin überzeugt, daß die Damen, die die Ehre haben, mit Eurer Lordschaft bekannt zu sein, über mehr Erfahrung verfügen. Aber ich habe nun mal keine.«

Jonathan überhörte die Anspielung. »Aber du hast doch nicht auf dem Mond gelebt! Es muß doch junge Männer gegeben haben in eurer Nachbarschaft!«

»Und wieso hätte ich die küssen sollen?«

»Natürlich nicht alle! Aber du hättest dich doch in einen verlieben können.«

Susanna zwirbelte eine Locke um den Finger und dachte nach. »Es gab gar keine jungen Männer bei uns. Es war einfach zu einsam.«

Jonathan ließ nicht locker. »Aber dein Onkel, der hatte doch Söhne. Und die hatten Freunde.«

Susanna schüttelte sich. »Brrr – aber doch keinen, den man hätte küssen wollen!«

»Gar keinen?«

Susanna zwirbelte die nächste Locke und ließ in Gedanken die Gesichter der jungen Männer an sich vorbeiziehen, die sie während der Zeit bei Onkel Isaac kennengelernt hatte.

»Nein, keinen. Es hat auch keiner versucht«, fügte sie aufrichtig hinzu.

»Und was hättest du gemacht?«

Susanna versuchte, sich diese Situation vorzustellen. Dann grinste sie. »Ja, weißt du, das ist der Vorteil, wenn man so lang ist. Ich hätte ihn ganz von oben herab angeschaut – so«, und sie fixierte einen imaginären Anbeter knapp über dem Fußboden mit eisigem Blick –, »und hätte gesagt: ›Mein Herr, ich würde Ihnen empfehlen, erst noch ein bißchen zu wachsen!‹ Ganz höflich, weißt du, so daß er sich nicht noch einmal traut.«

»Der Ärmste! Er wäre sicher zu Eis erstarrt unter diesem Blick. Aber du hast eines nicht bedacht: Es gibt ja auch große Männer. Was würdest du sagen, wenn ich dich küssen wollte?«

Susanna sah ihn unsicher an. Wollte er sich lustig machen über sie? Seine Stimme klang so wie immer, wenn er sie neckte, aber in seinen Augen war ein Blick, der Susanna das Blut ins Gesicht trieb. Er streckte die Hand aus, ließ sie langsam über ihre Haare gleiten und hob dann mit einer sehr behutsamen Bewegung ihr Kinn empor.

»Nun, was würdest du sagen, mein wertes Fräulein Katze?«

In Susannas Kopf jagten sich die Gedanken. So hatte er sie in diesem gräßlichen Haus genannt. Ob er jetzt daran dachte? Ob er deshalb glaubte, daß er sie einfach küssen könnte? Birdie hatte ihr immer versichert, daß sich nur Verlobte küssen würden. Und daß kein Kavalier einen Kuß von einer jungen Dame erwarten würde, wenn er sie nicht heiraten wollte. Aber – hatte er eben nicht selbst gesagt, daß er kein Kavalier wäre? Vielleicht war er das, was ihre Vettern hinter vorgehaltener Hand einen Draufgänger genannt hatten? Und Birdie hatte sie immer vor Männern mit dichten, schwarzen Augenbrauen gewarnt. Obwohl das natürlich Unsinn war. So wie ihre Ansichten über das Küssen vielleicht auch?

In den Büchern standen jedenfalls ganz andere Dinge! Hatten sich nicht Romeo und Julia geküßt, nachdem sie kaum ein paar Sätze gewechselt hatten? Andererseits – was sollten diese Fragen? Wenn er sie wirklich küssen wollte, warum tat er es dann nicht einfach? Sie hätte nichts dagegen gehabt, merkte sie zu ihrem eigenen Erstaunen. Im Gegenteil! Aber das konnte sie ihm doch nicht sagen! Eine Aufforderung zum Kuß war ganz bestimmt unmöglich. Das kam nicht einmal in den Büchern vor. Was mußte er dann von ihr denken?

»Ich würde sagen, Sie nutzen die Situation aus, Lord Sinclair«, sagte sie leise. »Ich bin nur eine kleine Angestellte, die sich nicht wehren kann.«

Er errötete genauso heftig wie sie. Einen Augenblick lang sahen sie sich schweigend an. Dann ließ Jonathan die Hand sinken.

»Du bist ein Mädchen von bemerkenswert strengen Grundsätzen. Wenn wir wirklich verlobt wären, müßte ich wahrscheinlich stolz auf dich sein.«

Er verneigte sich und ging hinaus, und Susanna verspürte auf einmal den absurden Wunsch, in Tränen auszubrechen.

13. Kapitel

Susanna klopfte an die Türe zu Lady Sinclairs Zimmern. Sie hatte versprochen, sich begutachten zu lassen, ehe das Essen mit jenen Gästen begann, die die Ehre gehabt hatten, zum Dinner vor dem Ball eingeladen worden zu sein. Lady Eugenia sah ihr erwartungsvoll entgegen, sprang auf und ging um sie herum.

»Wunderbar! Ich kann nur sagen: Wunderbar! Diese Gold- und Gelbtöne sehen hinreißend aus zu deinen Haaren. Weißt du, in meiner Jugend gingen alle Mädchen in Weiß oder Rosa oder Bleu zum Ball, weil man der Meinung war, daß diese Farben ideal seien für die ganz Jungen.«

»Nicht nur in deiner Jugend – der Meinung ist man heute noch. Dabei sind die Farben keineswegs ideal. Manchmal wirken die armen Dinger darin wie zu groß geratene Babypuppen.«

Die Stimme kam aus dem Lehnstuhl am Fenster, in dem Jonathan saß und seine langen Beine von sich streckte, wobei er mit schiefgelegtem Kopf den Himmel betrachtete. »Ich habe gerade mit Mutter gewettet, daß wir nicht die vollkommenste Vollmondnacht dieses Jahres bekommen, so wie sie behauptet, sondern daß diese Wolkenschleier im Westen sich bald verdichten werden. Wahrscheinlich wird kein Schimmer vom Vollmond zu sehen sein, statt dessen aber ein kräftiger Regenschauer.«

»Aber Jonathan! Wie kannst du jetzt vom Wetter reden? Das ist doch ganz gleichgültig! Der Ballsaal ist mehr als groß genug, wir brauchen die Terrasse nicht. Warum kommst du nicht und bewunderst Susanna? Wenn du die Absicht hast, deine Gleichgültigkeit gegenüber Kleidung auch auf deine Braut auszudehnen, so werde ich die Geduld mit dir verlieren. Du hast sie ja noch nicht einmal angeschaut!«

»Das habe ich sehr wohl! Und ich war so geblendet, daß ich meine Augen gleich wieder abgewandt habe.«

»Du findest auch, daß ich aussehe wie ein aufgeputzter Rauschgoldengel, nicht? Du bist bloß zu höflich, um es zu sagen.«

»Aber meine Herzallerliebste, du solltest mich doch inzwischen lange genug kennen, um zu wissen, daß ich *nie* höflich zu dir bin. Du kannst gar nicht aussehen wie ein Rauschgoldengel, denn jedes Engelhafte ist dir absolut fremd. Du erinnerst mich eigentlich immer an einen verkleideten Lausbuben.«

Er stand auf und betrachtete Susanna kritisch. Sie trug ein Seidenkleid in einem warmen Goldton, dessen Rock sich zweifellos über einer dieser neumodischen stählernen Krinolinen bauschte, denn er war trotz seiner Weite leicht an den Türpfosten vorbeigeglitten. Der mäßig tiefe Ausschnitt war rundum von einer breiten Spitzenbordüre eingefaßt, die Brust und Schultern bedeckte. Sie war in einem helleren Ton eingefärbt als die Seide, fast strohfarben, und dicht mit kleinen goldenen Pailletten besetzt. Unter dem maisgelben, eng geschnürten Seidengürtel krauste sich ein Oberrock aus durchsichtigem, zartgelbem Chiffon, überwuchert von einer aufgestickten Blütenranke aus Goldfäden, die bei jeder Bewegung glitzerte. An einer üppigen Brünetten hätte dieses Kleid vielleicht ein wenig protzig gewirkt, aber Susannas langer, schmaler Gestalt gab es etwas Feenhaftes.

»Du siehst aus, als wolltest du gleich entschwinden ins Reich der Elfen und unterirdischen Paläste. Gibt es nicht ein Märchen von der Königstochter, die unerkannt als Küchenmädchen in Sack und Asche lebt und zum Ball des Prinzen ein goldenes Kleid aus einer Nußschale zieht? Ja, siehst du, da versagt deine klassische Bildung. Ich werde Nanny fragen müssen, sie hat es uns früher immer vorgelesen.«

»Nanny wird sich sehr freuen, sie liegt nämlich mit einem verstauchten Knöchel im Bett. Ich habe ihr jede Stunde einen neuen Umschlag mit essigsaurer Tonerde gemacht, und die Schwellung ist auch schon ein bißchen zurückgegangen, aber sie tut ihr noch sehr weh, und sie kann nicht auftreten.«

»Du hast ihr Umschläge gemacht? Warum du? War denn sonst niemand da?«

»Doch natürlich. Alle wollten ihr helfen. Aber ich war zufällig dabei, als sie umgeknickt ist, und da hab' ich sie gleich in ihr Zimmer getragen und ins Bett gepackt.

»Du hast sie getragen?«

»Aber warum bist du denn so erstaunt? Sie ist doch so klein und so leicht wie ein Kind. Und es macht mir Freude, Kranke zu pflegen, viel mehr als – als – nun als zum Beispiel Tee zu trinken und über das Wetter zu reden und dabei diversen Damen zuzuschauen, wie sie Strümpfe stricken für Skutari. Und ich hätte ohnehin den ganzen Nachmittag bei Nanny sitzen müssen, denn sie wollte mir unbedingt die Haare machen.«

»Aha, eine neue Frisur! Deshalb siehst du so verändert aus. Wie hat sie das zustande gebracht?«

Susanna verdrehte die Augen. »Ich mußte mich auf einen

Schemel an ihr Bett setzen, und dann hat sie angefangen, jede einzelne Strähne auf Papilloten zu wickeln. Ich wäre am liebsten davongelaufen und konnte schon gar nicht mehr stillsitzen, aber Nanny war unerbittlich.«

»Oh ja, sie hat einen eisernen Willen, das weiß ich aus jahrelanger Erfahrung. Wenn Timothy und ich früher unsere Milch nicht trinken wollten, dann hatte sie eine Art, sich danebenzusetzen mit einem Gesicht, daß man genau wußte, es konnte Mittag werden, und sie würde nicht weichen, solange der Becher nicht leer war. Allerdings ist das Ergebnis ihrer heutigen Geduld wahrhaft bewundernswert, und du mußt zugeben, meine Schöne, daß sich das Stillsitzen gelohnt hat.«

»Nun ja, ich weiß nicht recht ...« Susanna betrachtete sich unschlüssig in einem der deckenhohen Spiegel in schmalen Silberrahmen, die die Wände zwischen den Fenstern bedeckten. »Ich habe einfach zu viele Haare, und das fällt jetzt noch mehr auf.«

Die Stirnhaare waren am Hinterkopf zu einem dicken Knoten geschlungen, und darunter ringelten sich die dank der Papilloten zu Korkenziehern geformten Locken bis zum Gürtel.

»Ich kann dir eins versichern, mein Kind: Jedes weibliche Wesen heute abend wird dich um deine Haare beneiden, das kannst du mir ruhig glauben«, sagte Lady Eugenia lächelnd. »Nanny war stolz wie ein Pfau über ihr Werk, und ich habe ihr streng verbieten müssen, aufzustehen und heimlich von der Empore in den Ballsaal zu lugen. Sie wird dich in den nächsten Jahren noch oft genug im Ballkleid bewundern können.«

Wie immer bei solchen Bemerkungen bückte sich Susanna, um ihr errötendes Gesicht zu verbergen, und zupfte eine tadellose Falte an ihrem Rock zurecht. Jedesmal ärgerte sie sich darüber, daß Jonathan nicht bereit war, seiner Mutter die Wahrheit zu sagen. Je herzlicher und liebevoller ihre Gastgeberin sie behandelte, desto mehr wuchs Susannas schlechtes Gewissen. Wie enttäuscht würde Lady Eugenia sein und wie verletzt, wenn sie eines Tages merken würde, daß man sie von Anfang an hinters Licht geführt hatte, und daß die ersehnte Schwiegertochter nur eine Angestellte war, die ihre Rolle gegen Geld gespielt hatte. Aber Jonathan war überzeugt, daß seine Mutter unfähig wäre, sich zu verstellen, und daß sein Plan dadurch gefährdet würde. Nun gut, es war seine Mutter, und wenn er die Verantwortung übernehmen wollte, sie zu kränken, so war das seine Sache. Doch wenn man das herzliche Verhältnis der beiden bedachte, so war diese Einstellung schwer zu verstehen. Und jetzt bemerkte er natürlich die Verlegenheit seiner gekauften Braut, das sah sie ihm deutlich an. Warum kam er ihr denn nicht zur Hilfe?

»Das wird ganz von Susanna abhängen«, sagte Jonathan. »Du weißt, ich mache mir nicht viel aus Bällen, und wenn Susanna den gleichen Geschmack hat, dann werden wir uns diesem anstrengenden Vergnügen so selten wie möglich unterziehen.«

»Nein, mein Lieber, diese Hoffnung kannst du gleich wieder aufgeben. Wenn du die Entscheidung wirklich Susanna überläßt, was ich übrigens recht großzügig von dir finde, dann sehe ich mich schon einen Ball nach dem anderen arrangieren. Jedes Mädchen liebt Bälle.«

»Aber Susanna ist nicht wie andere Mädchen. Sie macht lieber Umschläge, statt mit den Damen zu plaudern; sie gibt Lateinunterricht, statt die neueste Mode zu diskutieren; sie – oh, da fällt mir etwas viel Naheliegenderes auf: Sie trägt keinen Schmuck, obwohl alle Damen behängt sein werden wie die Maibäume. Aber das heißt, die Unterscheidung zu weit treiben, Susanna. Etwas Schmuck mußt du tragen.«

Susanna warf den Kopf zurück.

»Was? ist der Häher edler als die Lerche,
weil sein Gefieder bunter fällt ins Auge?
Und ist die Otter besser als der Aal,
weil ihre fleck'ge Haut das Aug ergötzt?«

Jonathan schüttelte den Kopf. »Bezeichnenderweise zitierst du da die Worte eines Mannes. Wenn ich mich nicht irre, stammen sie von Petrucchio aus *Der Widerspenstigen Zähmung*. Du weißt aus Erfahrung, daß ich immer die Waffen strecke, wenn du mit Shakespeare argumentierst, aber in diesem Fall erlaube ich mir, ihm zu widersprechen. Du kannst nicht ganz ohne Schmuck gehen.«

Susanna blitzte ihn ärgerlich an. »Aber ich habe keinen. Ich – ich hatte meine Schmuckschatulle der Zofe gegeben, als wir an Bord gingen. Ich – ich hatte ja schon den Käfig mit Hamlet in der Hand.«

Mußte er sie schon wieder zum Lügen bringen? Sie hatte es sich angewöhnt, möglichst wenig über ihr Leben in Frankreich zu sprechen. Der Tod ihres Onkels würde alle Erinnerungen überschatten, hatte sie erklärt, und die zartfühlende Lady Sinclair war sofort darauf eingegangen und hatte immer demonstrativ das Thema gewechselt, wenn Besucher neugierige Fragen stellten – sehr zu Lady Pennehams Ärger, die zu gerne Susannas Vergangenheit und Familie ausgeforscht hätte.

»Ja, richtig. Und der Käfig mit Hamlet war dir natürlich wichtiger als dein Schmuck?«

»Natürlich! Ich mache mir überhaupt nichts aus Schmuck.«

»Das hätte ich mir eigentlich denken müssen.« Er lächelte sie an. »Diese Enthüllung läßt mir die Zukunft in etwas düsterem Licht erscheinen. Ich sehe mich schon vor jedem Geburtstag und Namenstag und Hochzeitstag mit rauchendem Kopf dasitzen und mir das Hirn zermartern über ein Geschenk für dich.«

»Du kannst mir eine Hausapotheke einrichten. Zu jedem Feiertag eine neue Medizin!« Wenn er glaubte, er könnte sie noch weiter verlegen machen, dann sollte er sich geirrt haben!

»Das ist ein – hm – recht unkonventioneller, aber beherzigenswerter Vorschlag. Ich werde mich daran erinnern. Und ich werde ihn allgemein zur Nachahmung empfehlen. Ha, die Gesichter der Damen möchte ich sehen! Aber wir werden diese Regelung auf die Zeit nach unserer Hochzeit verschieben. Heute abend möchte ich dich lieber mit normalem Schmuck sehen statt mit einer Flasche essigsaurer Tonerde um den Hals. Borgst du Susanna deine Smaragde, Mama? Sie würden gut zu ihren Augen passen.«

Seine Mutter wurde sichtlich verlegen bei dieser Frage. »Aber selbstverständlich, mein Lieber, das tue ich gerne. Das heißt, ich täte es selbstverständlich gerne, aber da ist folgende Schwierigkeit – ich habe die Smaragde gar nicht mehr.«

»Du hast – das glaube ich nicht!«

»Nun laß mich doch alles erklären! Du weißt doch, daß ich seit deines Vaters Tod nur noch seine Perlen getragen habe. Und Rachel fand es so traurig, daß die Smaragde immer nur in der Schatulle lagen, und Timothy fand das auch – und – nun ja, da habe ich sie ihr gegeben.«

»Die Sinclairschen Smaragde? Aber sie sind unveräußerlicher Besitz der Lady of Shore!«

»Gewiß, gewiß, mein Lieber, das weiß ich ja. Ich habe sie ja auch nicht veräußert, ich habe sie doch nur Rachel gegeben – geliehen, wenn du willst. Sie sind hier im Haus, und ich kann sie jederzeit wieder zurückholen.«

»Dann tu das bitte!«

Lady Sinclair betrachtete einige Augenblicke lang das kantige Gesicht ihres Sohnes. Wie sehr er seinem Vater glich, wenn er so unnachgiebig aussah! Aus irgendeinem Grund schien Jonathan plötzlich der Familienschmuck wichtig zu sein, an dem er nie ein erkennbares Interesse gezeigt hatte. Sie betätigte den Klingelzug und sagte dem eintretenden Stubenmädchen: »Ich lasse Mrs. Timothy um die Smaragde bitten, die ich ihr geliehen habe. Ich brauche sie heute abend für den Ball.«

Wenig später ging die Tür auf, und Rachel rauschte herein, prachtvoll anzusehen in einer tiefdekolletierten Ballrobe aus grauer Seide und schwarzer Spitze, die dunklen Haare kronenartig emporgetürmt, geschmückt von einem Diadem, das mit kleinen Blüten aus Diamanten besetzt war. Die gleichen Blüten zierten auch das Collier, den Armreif und den Ring. Es war ein Schmuck, der sofort ins Auge fiel und trotz der Fülle der kostbaren Steine filigranhaft zart wirkte.

»Ich wollte mich selbst davon überzeugen, daß das Mädchen dich nicht falsch verstanden hat, liebe Mutter. Es sprach von geliehenen Smaragden«, sagte Rachel auf ihre langsame, gedehnte Art und machte eine Pause, während sie ihre Schwiegermutter halb ungläubig, halb indigniert ansah.

»Debbie hat mich ganz richtig verstanden. Ich wollte dich bitten, mir die Smaragde zu geben, die ich dir geliehen habe.«

»Geliehen? Aber ich dachte – ich war sicher, sie gehörten mir. Timothy sagte, du hättest sie mir geschenkt.«

»Ich muß dir mitteilen, daß du dich in einem Irrtum befindest, werte Schwägerin. Diese Smaragde sind unveräußerliches Eigentum der Lady of Shore.«

Der Fächer aus schwarzen Straußenfedern in Rachels Hand zitterte. »Ich war die Lady of Shore, als Timothy mir die Smaragde brachte.«

»Es ist seit mehr als vier Jahren allgemein bekannt, daß du nie die Lady of Shore warst – wenngleich dieser Irrtum eine Zeitlang unvermeidlich war. Du müßtest dich inzwischen mit dieser Tatsache abgefunden haben. Timothy konnte dir die Smaragde gar nicht schenken, denn sie gehören meiner Mutter. Und nach ihr werden sie meiner Frau gehören. Meine Mutter ist so freundlich, sie heute abend meiner Braut zu leihen – sie werden ja ohnehin eines Tages ihr Besitz sein. Ich hoffe, du hast meine Erklärung verstanden und bist bereit, die Smaragde zu holen.«

Der schwarze Fächer zitterte stärker. »Ich bin nicht dein

Dienstmädchen«, sagte Rachel schließlich mit bebender Stimme.

»Aber meine Teure, was bringt dich auf diesen abwegigen Gedanken? Wer hat denn so etwas behauptet? Du brauchst natürlich nicht selbst zu gehen, wenn du nicht möchtest. Im Gegenteil, wir sind dankbar, wenn du bei uns bleibst und uns mit deinem sachkundigen Rat unterstützt, nicht wahr, Susanna?«

Susanna nickte nur beklommen und schwieg. Ihr war die Szene peinlich. Aber sie merkte, daß Jonathan es darauf anlegte, Rachel wütend zu machen und wußte, daß sie ihn unterstützen mußte. Jonathan klingelte.

»Mrs. Timothy möchte ihre Schmuckschatulle haben«, sagte er dem Mädchen, das daraufhin einen triumphierenden Blick in Rachels Richtung warf.

»Ich will meine Schmuckschatulle nicht! Sag Fairchild, sie soll dir nur das Etui mit den Smaragden geben und sonst nichts.«

Debbie knickste und verschwand. Jonathan sah seine Schwägerin prüfend an. »Deine Bemerkung legt die Vermutung nahe, daß die Smaragde nicht die einzigen Schmuckstücke aus dem Sinclairschen Familienbesitz sind, die meine Mutter dir geliehen hat. Stimmt das?«

Rachel gab keine Antwort.

»Stimmt das, Mama?«

Lady Eugenia runzelte die Stirne und schüttelte leicht den Kopf, um ihrem Sohn anzudeuten, daß sie weder seinen Ton noch den Zeitpunkt dieser Erörterung für vertretbar hielt, aber Jonathan reagierte nicht auf diese Andeutungen, sondern blickte seine Mutter fordernd an.

»Nun ja, ich habe ihr tatsächlich einige Sachen gegeben – also, um genau zu sein, ich habe ihr im Grunde alles gegeben, denn ich trage ja nur die Perlen, und da dachte ich – und da sagte Rachel –«

»Und da sagte Rachel zweifellos, daß es auch für die Rubine und Saphire und Opale und Topase traurig sei, daß sie immer in deiner Schatulle lägen. Sie hat so ein mitleidiges Herz, meine verehrte Schwägerin.« Er sah sie so verächtlich an, daß Susanna sich bei dem Wunsch ertappte, daß ihr nie ein ähnlicher Blick gelten möge. Sie hatte Jonathan einen Basilisken genannt, und sie sah jetzt, wie treffend dieser Name war, obwohl sie damals noch gar nicht wußte, zu welch eiskalten, geradezu versteinernden Blicken er fähig war.

»Ich ersuche dich hiermit, den Schmuck morgen meiner Mutter zurückzugeben. Hast du mich verstanden?«

Der Basilisken-Blick schien auch auf Rachel zu wirken: Sie stand wie ein Denkmal und rührte sich nicht. Es klopfte, und Mrs. Fairchild trat ein, gefolgt von einer ärgerlichen Debbie.

»Ich bringe Ihnen Ihre Smaragde, Mylady«, sagte sie in einem derart selbstgerechten Ton, daß man sich die vorangegangene Diskussion mit dem Stubenmädchen vorstellen konnte.

»Danke«, erwiderte Jonathan knapp, nahm ihr das Etui aus der Hand und ging damit zu Susanna. »Jetzt laß uns einmal sehen, ob dir Mamas Smaragde stehen. Nimm zuerst das Collier, bitte.«

Innerlich widerstrebend griff Susanna nach dem breiten Smaragdhalsband. Sie kam sich vor, als ob man ihr in einem schlechten Theaterstück die Rolle der Erbschleicherin aufgedrängt hätte. Sie hakte den Verschluß zu nahm dann das Armband, das Jonathan ihr entgegenhielt, und zum Schluß die Ohrringe. Jonathan nickte zufrieden.

»Es ist ganz so, wie ich gedacht habe: Die Smaragde passen wunderbar zu deinen Augen. Hm – aber nicht zu diesem Kleid. Ich glaube nicht, daß du sie heute abend tragen solltest. Mama wird sie für dich aufbewahren und sie dir geben, wenn du in Grün bist.«

Sofort und ohne jedes Bedauern öffnete Susanna die Schmuckstücke und legte sie in das Etui zurück.

»Damit wären wir allerdings wieder beim Ausgangspunkt unserer Überlegungen: Welchen Schmuck trägst du heute? Aber da sehe ich ja – meine teure Rachel, wo habe ich nur meine Augen gehabt? Ich muß dich tatsächlich nicht mit der dir gebührenden Aufmerksamkeit betrachtet haben und bitte untertänigst um Verzeihung. Ich sehe zu meiner Freude, daß du dich mit den Sinclairschen Diamanten geschmückt hast. Ich weiß nicht, ob dir bekannt ist, daß sie jeder Braut eines Sinclairschen Erben vor ihrer Hochzeit überreicht werden? Doch deine Hochzeit hat in unwürdiger Hast und Heimlichkeit stattgefunden – nicht, wie es seit jeher üblich war, in der Schloßkapelle von Wimberley. Du hast nicht das geringste Recht, den Brautschmuck zu tragen, schon gar nicht auf einem Ball, der zu Ehren der wahren Braut des Herrn von Wimberley gegeben wird.«

Seine Arroganz ist wirklich unerträglich, dachte Susanna. Und seine Heuchelei auch. Wahre Braut! Ich bin eine gekaufte Braut, und eines Tages werden das alle wissen. Wie kann er nur in diesem anmaßenden Ton mit Rachel sprechen, noch dazu vor der Zofe und dem Mädchen. Sie ist so fassungslos, daß sie kein Wort herausbringt. Sie kann einem fast leid tun. Natürlich, er will sie so wütend machen, daß sie alle Vorsicht vergißt und sich eine Blöße gibt. Wenn sie die Beherrschung verliert, verrät sie vielleicht etwas, was mit Timothys Tod zu tun hat. Aber er wird es doch wohl nicht wagen, den Schmuck von ihr zu fordern, den sie gerade trägt?

»Gib mir die Diamanten – bitte«, fuhr Jonathan fort, und das verspätet angehängte »bitte« milderte den Befehlston nur unwesentlich. In der Stille, die seinen Worten folgte, war nur das leise Knacken einer Fächerstange zu hören, die unter Rachels verkrampften Fingern zerbrach.

»Aber, meine Gute, wie ungeschickt! Jetzt hast du deinen

schönen Fächer zerbrochen. Du mußt mir erlauben, dir einen neuen zu schenken! Soll es wieder einer aus schwarzen Straußenfedern sein? Findest du nicht, daß diese Farbe deinen Witwenstand etwas zu sehr betont und so gar nicht deiner Gemütslage entspricht?«

Die nächste Fächerstange knackte. Jonathan lächelte maliziös.

»Und da du derart mit deinem Fächer beschäftigt bist, möchte ich um die Vergünstigung bitten, dir beim Ablegen des Schmucks behilflich zu sein.«

Er trat auf sie zu, aber Rachel wich zurück zu ihrer Zofe, die hastig die Schmuckstücke öffnete und auf ein Tischchen legte. Rachel warf Susanna einen haßerfüllten Blick zu, verneigte sich leicht vor ihrer Schwiegermutter und rauschte hinaus, gefolgt von Mrs. Fairchild und dem Stubenmädchen, das nur noch aus Augen und Ohren zu bestehen schien und vor Aufregung über die eigenen Füße stolperte.

Das war ja eine Szene gewesen, die sie da miterlebt hatte! Mund und Nase würden sie alle aufsperren, wenn sie ihnen davon erzählte. Den Schmuck hatte sie ausziehen müssen, die hochnäsige Mrs. Timothy, den ganzen Schmuck, dabei wußte jeder im Haus, daß sie so versessen war wie eine Elster auf das Zeug. Und gesprochen hatte Seine Lordschaft mit ihr in einem Ton, also in einem Ton, das konnte man überhaupt nicht nachmachen. Zum Gänsehautkriegen war das gewesen. Und gleichzeitig irgendwie so höhnisch und von oben herab. Mit einem Wort: gemein. Richtig gemein! Und eine Gänsehaut konnte man auch bei dem Blick kriegen, den Mrs. Thimothy der jungen Gnädigsten zugeworfen hatte. So als ob sie die am liebsten aufspießen würde. Also, an der jungen Gnädigsten ihrer Stelle würde sie in nächster Zeit auf Abstand bleiben von der Witwe, die war jähzornig, das wußte man, und am Ende würde sie ihr das Gesicht zerkratzen vor Wut über den Schmuck oder eine Tasse mit heißem Tee auf sie schleudern. Obwohl – Damen taten so was wohl nicht, die mußten sich beherrschen und durften höchstens in Ohnmacht fallen. Aber nach Ohnmacht hatte Mrs. Timothy nicht ausgesehen, wie sie da aus dem Zimmer fegte, daß die Röcke nur so rauschten.

Lady Sinclair schüttelte den Kopf und sah ihren Sohn betroffen an.

»Was ist denn nur in dich gefahren, Jonathan? So habe ich dich ja noch nie erlebt!«

»Das mußte einmal gesagt werden! Der Schmuck gehört ihr nicht, das weißt du sehr wohl!«

»Gewiß, gewiß, du hast recht, aber war es nötig, ihr das in diesem Ton zu sagen, noch dazu vor dem Personal? Rachel ist immerhin die Witwe deines Bruders, das mußt du bedenken, auch wenn du sie nie mochtest.«

»Aber Mama, wie kannst du so etwas sagen? Ich denke durchaus daran. Ich denke sogar viel häufiger daran, als du es dir vorstellen kannst. Die Witwe meines Bruders – das ist ein Gedanke, der mich förmlich verfolgt!«

Lady Sinclair betrachtete ihren Sohn beunruhigt und wandte sich dann etwas hilflos zu Susanna, die aber sichtlich mit eigenen Gedanken beschäftigt war. Plötzlich hob sie den Kopf und sah Jonathan an.

»Sie hätte mich am liebsten umgebracht«, sagte sie in einem Ton, der zu Lady Eugenias Verwunderung keineswegs ängstlich oder schuldbewußt, sondern – ja – fast hoffnungsvoll klang. Und Jonathan nickte ihr derart befriedigt zu, als ob sie einen geheimen Wunsch erraten hätte.

Lady Sinclairs Unruhe wuchs. Irgend etwas ging hier vor, was ihr verborgen bleiben sollte! Ihre Freude über die so urplötzlich aufgetauchte Schwiegertochter und ihre wachsende Begeisterung über dieses ungewöhnliche Mädchen hatten ihre Beobachtungsgabe und ihren gesunden Menschenverstand keineswegs beeinträchtigt. Sie sah durchaus, daß die beiden nicht miteinander umgingen wie ein verliebtes Brautpaar: Jonathan behandelte Susanna – nun ja – freundlich – fast brüderlich – ja, das war es, er ging mit ihr um wie früher mit Timothy. Nur vor anderen, besonders vor Rachel, zeigten sie eine betonte, fast ein wenig übertriebene Zuneigung, die sich aber nur in Worten, selten in Gesten oder in Blicken äußerte. Oh nein, ich bin keine schlechte Beobachterin, dachte Lady Eugenia. Ich sehe durchaus, daß sie sich anders benehmen, wenn sie mit mir allein sind, offener und unbekümmerter. Obwohl – bei Susanna bin ich da gar nicht so sicher ... Wenn ich bedenke, wie zutraulich und fröhlich sie mir gegenüber ist, dann muß ich zugeben, daß sie mit Jonathan reservierter und vorsichtiger und manchmal auch spöttisch und abweisend umgeht. Bei jedem anderen Mädchen hätte ich das als bräutliche Koketterie eingestuft, aber Susanna ist nicht wie andere Mädchen, und kokett ist sie schon gar nicht. Ob sie Zweifel bekommen hat? Sie weicht immer aus, wenn ich auf die Zukunft zu sprechen komme. Ob sie fürchtet, daß sie ihrer Rolle nicht gewachsen sein wird? Rachel und auch Hester Penneham lassen wirklich keine Gelegenheit verstreichen, um sie über die Qualitäten aufzuklären, die von einer Lady Sinclair erwartet werden. Dabei sind das im Grunde nur Äußerlichkeiten, die jeder erlernen kann. Aber die beiden sind zu borniert, um das zu begreifen. Habe ich Susanna eigentlich schon eingeschärft, daß sie auf keinen Fall mehr als zweimal mit demselben Herrn tanzen darf? Lady Eugenia tauchte aus ihren Gedanken wieder auf und sah, daß Jonathan inzwischen seiner Braut beim Befestigen des Diadems geholfen hatte.

»Wenn Ihr die Verlobung noch geheimhalten wollt, dann ist es kein sehr glücklicher Einfall, Susanna im Sinclairschen Brautschmuck auftreten zu lassen, finde ich.«

»Du hast ganz recht, Mama. Er paßt auch gar nicht so gut zu dem Kleid, wie ich mir das vorgestellt habe. Und das Diadem ist entschieden zu auffallend. Ich würde vorschlagen, du behältst nur den Ring an, Susanna, und ich werde den Verschluß des Colliers abhaken. Das ist sehr geschickt gearbeitet, siehst du, man kann den Verschluß auch als Agraffe verwenden, und die werden wir in deinen heute so perfekt arrangierten Locken befestigen – so – das sieht sehr schlicht und trotzdem kleidsam und ein bißchen ungewöhnlich aus, paßt also sehr gut zu dir. Und nicht einmal die scharfäugigste Dame wird auf den Gedanken kommen, daß der berühmte Sinclairsche Brautschmuck auseinandergenommen wurde.«

»Rachel wird ihn sofort erkennen.«

»Das macht nichts. Sie weiß ja, daß Susanna meine Braut ist. Vor Rachel haben wir keine Geheimnisse.«

Wieder warfen die beiden sich einen Blick zu, der Lady Eugenia beunruhigte. Warum war sie nicht froh und zufrieden? Hier stand Jonathan im Frack, neben sich ein Mädchen in goldener Seide und Spitzen, und beide sahen so schön aus, daß auch ein unparteiischeres Auge als das einer Mutter sie bewundern mußte. Sie seufzte leise. Sie hatte sich so gefreut auf diesen Ball, aber bei der Vorstellung, daß Rachel in schwärzester, ja gefährlicher Laune erscheinen würde, war ihre Vorfreude wie weggeblasen.

Doch Lady Sinclairs ängstliche Gefühle erwiesen sich als übertrieben. Rachel benahm sich, als ob die Diskussion um den Schmuck gar nicht stattgefunden hätte. Sie trug jetzt ihre eigenen Brillanten, die an Wert dem Sinclairschen Brautgeschmeide nicht nachstanden, wohl aber an Schönheit, denn sie waren zwar Timothys Geschenk, aber Rachel hatte sie ausgesucht, und sie liebte Schmuck, dem man seinen Wert ansah.

Das Essen im kleinen Kreis verlief ohne Zwischenfälle. Susanna saß neben dem alten General Stafford, der mit sichtlichem Wohlgefallen beobachtete, mit welcher Hingabe sie sich dem Essen widmete, und sie mit einer ausführlichen und lautstarken Schilderung eines Kriegsabenteuers unterhielt, und neben Brian Woodley, dem jüngeren Schwager von Victoria, der am Vortag auf Elm Hurst eingetroffen war. Er hatte die Augen nicht von Susanna gelassen, seit sie den Raum betreten hatte, und versuchte auch nach Tisch, in ihrer Nähe zu bleiben. Er machte ein ärgerliches Gesicht, als Jonathan Susanna zu seiner Mutter brachte, die sie den eben eingetroffenen Gästen vorstellen wollte. Auf dem Weg in die große Halle kam ihnen Lady Penneham entgegen und lächelte Susanna gönnerhaft zu.

»Sie haben eben bei Tisch General Stafford recht hübsch für seine Schilderung gedankt. Ich muß gestehen, ich fand sie wie immer etwas lang geraten, denn ich habe sie bestimmt schon zwanzigmal gehört, aber es steht natürlich einem jungen Mädchen nicht an, solche Vorbehalte zu machen, weder in Gedanken noch gar mit Worten. Gar nicht hübsch war Ihre Antwort auf die Frage von Victorias Schwager nach Ihrer Tanzkarte, die Sie so unbekümmert laut gegeben haben, daß sie am ganzen Tisch zu hören war. In England ist es üblich, leise zu sprechen, zumindest in unseren Kreisen, und außerdem …«

»Aber ich dachte, General Stafford gehörte zu unseren Kreisen? Er wird sich sicher wundern, wenn ich ihn gleich frage, warum Sie ihn nicht dazu zählten.«

Lady Penneham entfaltete rauschend ihren Fächer und verschaffte sich erregt Kühlung. Wie konnte dieses Mädchen es wagen, so mit ihr zu reden?

»Sie werden nichts dergleichen tun! Sie wissen genau, daß ich – daß ich nur von Ihnen und Ihrem wenig korrekten Benehmen gesprochen habe. Sie sollten mir dankbar sein, daß ich meine Christenpflicht erfülle und einer Waise behilflich sein will, ihren Weg in die Gesellschaft zu machen.«

»Ich fürchte, Sie befinden sich in einem grundlegenden Irrtum, Madam. Susanna braucht Ihre Hilfe nicht. Sie braucht auch keine Hinweise über korrektes Benehmen. Sie ist perfekt, so wie sie ist – zumindest in meinen Augen, und ich bin selbstbewußt genug, um das für das wichtigste Kriterium zu halten. Im übrigen erlaube ich mir die Empfehlung, sich um die elterlichen Pflichten zu bemühen. Ihre Tochter Victoria hat während des Essens den armen William Heresford in einer Art angelächelt, daß sein Verstand sichtlich aufhörte, zu funktionieren. Ein mütterlicher Hinweis über korrektes Benehmen könnte in diesem Fall nicht schaden. Darf ich hoffen, daß Sie mir für diese aus purer christlicher Nächstenliebe erfolgte Bemerkung dankbar sind?«

Lady Pennehams graues Gesicht hatte während seiner Worte allmählich die Farbe ihres Kleides angenommen, das eine kühne Kombination von Purpur und Lila zeigte. Sie beantwortete Jonathans Frage nicht, sondern klappte ihren Fächer mit einem schnappenden Geräusch zu, drehte sich um und ging zurück in den Speisesaal, wo immer noch einige Gäste plaudernd beisammenstanden, unter ihnen tatsächlich Victoria Woodley und William Heresford. Jonathan hatte also keinen bösen Scherz gemacht. Trotzdem waren Lady Pennehams Gefühle von Dankbarkeit weit entfernt. Sie erschrak, als sie ihr wütendes Gesicht in einem Spiegel sah, und versuchte angestrengt, sich wieder zu fangen und ein Lächeln auf ihre Züge zu bringen.

»Deine Schärpe ist verrutscht, mein Kind. Komm ein paar Schritte mit mir zur Seite, damit ich sie dir richten kann.«

Victoria wußte sofort, daß dieses Anerbieten ein Vorwand war, denn sie hatte sich die ganze Zeit neben einem Spiegel befunden und war äußerst zufrieden gewesen mit ihrer Erscheinung.

Lady Penneham zog ihre Tochter vor einen anderen Spiegel, zupfte etwas an der perfekt sitzenden, dunkelblauen Seidenschärpe herum und fragte streng: »Wieso kokettierst du während des ganzen Essens mit William Heresford? Ich halte das für ein sehr tadelnswertes Benehmen, um so mehr, da der liebe Bruder deines Mannes zugegen ist.«

Aber Victoria war nicht mehr der schüchterne Backfisch, der keine Widerworte wagte, sondern eine Ehefrau und eine Dame von Welt. Sie öffnete ihren Fächer, ein Prunkstück aus blaugefärbten Straußenfedern, und bewegte ihn graziös hin und her.

»Ich kann mir deine Worte nicht erklären, Mama. Erstens kokettiere ich nie, zumindest tue ich nichts, was man in London in den ersten Kreisen so bezeichnen würde. Zweitens hast du mich überhaupt nicht sehen können, denn du hast auf der gleichen Tischseite gesessen wie ich, noch dazu ein gutes Stück entfernt. Und der liebe Bruder meines Mannes hätte mich zwar sehen können, aber er hat nur Augen für Susanna gehabt, und zwar in einer so lächerlichen Ausschließlichkeit, daß ich gleich mit *ihm* über sein Benehmen werde reden müssen.«

Ihre Mutter verstand den Hinweis auf die töchterliche Überlegenheit durchaus – sowohl was den gesellschaftlichen Umgang wie die Fähigkeit zur Beurteilung korrekten Verhaltens anging – und nahm beleidigt ihre Hände von der Seidenschärpe.

»Jonathan hat dich beobachtet.«

Der blaue Fächer stand einen Moment still und flatterte dann wie ein aufgeregter Vogel.

»Und was hat er gesagt?«

»Daß du den armen William so angelächelt hättest, daß er fast den Verstand verloren hätte, und daß ich dir einen mütterlichen Hinweis geben müßte.«

Auf Victorias Gesicht erschien ein so leuchtendes Lächeln, daß Lady Penneham die Reaktion von Billy Heresford durchaus verstehen konnte.

»Ich kann nichts an meiner Mitteilung entdecken, was dich derartig zum Strahlen bringt«, sagte sie ärgerlich. »Schamhaftes Erröten schiene mir eher am Platz zu sein. Ich habe schon seit einiger Zeit vor, einmal ein ernstes Wort mit dir zu reden, denn mir scheint ...«

Aber Victoria hatte tatsächlich die Stirn, sie zu unterbrechen. »Danke, Mama, das ist nicht nötig. Ich weiß durchaus, was ich zu tun habe. Und gleich beginnt der Ball, und ich möchte mich amüsieren. Sieh nur, alle sind schon im Ballsaal, nur Billy Heresford steht immer noch ganz allein und geduldig da und wartet auf mich. Er ist wirklich ein sehr höflicher, junger Mann.«

»Ich hoffe, dein Ehemann ist auch dieser Ansicht«, sagte ihre Mutter sarkastisch, aber Victoria überhörte diese Bemerkung und schwebte lächelnd auf ihren Tischherrn zu, der ihr hingerissen entgegensah.

Jonathan hatte sie beobachtet! Er wollte nicht, daß sie Billy Heresford anlächelte! Das ließ nur einen einzigen Schluß zu. Er war eifersüchtig! Während sie mit aufmerksamem Gesicht ihrem Kavalier lauschte, der seine umständliche Schilderung eines Jagdabenteuers genau dort fortsetzte, wo er zuvor von Lady Penneham unterbrochen worden war, versuchte Victoria, eine Strategie zu entwerfen. Sollte sie Jonathan weiter eifersüchtig machen? Oder sollte sie ihn zunächst einmal – natürlich als alte, treue Freundin – über den Wahnsinn seiner Brautwahl aufklären? Sie nickte mechanisch und sagte »Oh« und »Ah« und »Nein, wirklich« und »Ja, gewiß« zu den Ausführungen, von denen sie kein Wort verstand, und merkte auf einmal an seiner begeisterten Reaktion, daß sie ihm alle noch freien Tänze versprochen hatte. Nun gut, damit waren die Würfel gefallen für Billy Heresford.

14. Kapitel

Im Ballsaal stimmte das Orchester die Instrumente, die jungen Männer suchten ihre Partnerinnen für den nächsten Tanz, kritisch beäugt von Müttern, Tanten und Anstandsdamen, die auf weiß und silbern lackierten Stühlen am Rand der Tanzfläche saßen. Der Ballsaal von Wimberley hätte auch in den prächtigsten Londoner Palast gepaßt mit seinen gewaltigen Ausmaßen, seiner von Stuckrosetten und -girlanden überzogenen Decke und seinen schier endlos wirkenden Reihen von deckenhohen Spiegeln und Sprossenfenstern. In leuchtendem und mattem Widerschein zeigten die Spiegel und Fenster das dunkle Grün der Gewächse, die kleine Lauben längs der Tanzfläche bildeten, und den bunten Wirbel der Tanzenden.

Es hätte Victorias Wohlbefinden noch gesteigert, wenn sie gewußt hätte, daß Susanna aus Jonathans Bemerkung die gleichen Schlußfolgerungen gezogen hatte. Er hatte also Victoria beobachtet! Und er wollte nicht, daß sie William Heresford anlächelte! Also mußte er eifersüchtig sein. Susanna empfand auf einmal die Walzerklänge als gar nicht mehr so elektrisierend wie zuvor. Jonathan hatte ihr die Agraffe aus dem Sinclairschen Brautschmuck ins Haar gesteckt und den Ring an den Finger, und er hatte sie Lady Penneham gegenüber in einer Art in Schutz genommen, daß ihr ganz warm ums Herz geworden war – aber das war alles nur Theater gewesen, um die Rolle der gekauften Braut glaubwürdig zu machen.

Sei nicht albern, Susanna, ermahnte sie sich ärgerlich. Du spielst nicht die Hauptrolle in einem Rührstück von Aschenputtel, du bist engagiert worden, um bei der Aufdeckung eines Mordes zu helfen. Sie hatte sich auf den ersten Tanz mit Jonathan gefreut, doch seine Bemerkung über Victoria hatte ihre Freude verdorben. Wahrscheinlich wartete er nur darauf, mit seiner alten Liebe tanzen zu können. Sie rief sich zur Ordnung. Ihre Aufgabe war es, Rachel im Auge zu behalten. Wo war sie denn nur? Sie ließ ihre Blicke durch den funkelnden Saal wandern und schaute im Vorbeitanzen in die grünen Lauben. Da hinten saß sie, umlagert von einem Kreis, der aus sämtlichen Witwern und älteren Junggesellen der Grafschaft zu bestehen schien.

»Falls du Malcolm suchst, so kann ich dich beruhigen«, sagte Jonathan scharf. »Er ist noch nicht da. Wahrscheinlich wartet er, bis er mit dir tanzen kann.«

»Falls du Victoria suchst, so kann ich dich auch beruhigen«, antwortete Susanna mit gleicher Schärfe. »Sie ist schon da und tanzt mit William Heresford. Ich weiß aber nicht, ob diese Auskunft zu deiner Ruhe beiträgt.«

Sie drehten verbissen schweigend einige Runden durch den Saal, und dann stand schon Malcolm neben ihnen und reklamierte Susanna für den nächsten Tanz. Nach einem Blick in ihr Gesicht plauderte er munter und fast witzig auf seine etwas übertrieben charmante Art, und nach einiger Zeit begann Susanna, sich zu entspannen und sogar zu lachen. Malcolm bemühte sich jedenfalls um sie und war höflich und aufmerksam, und außerdem war dies ihr erster Ball, angeblich ein besonderes Ereignis für jedes Mädchen. Unter normalen Umständen wäre sie wahrscheinlich aufgeregt und unsicher gewesen, aber das Wissen, daß sie in einigen Wochen oder Monaten keinen der hier Anwesenden je wiedersehen würde, gab ihr ein Gefühl von Unbeschwertheit. Sie flog von einem Arm in den anderen, so wie Malcolm es galant prophezeit hatte, und bei jedem Wechsel standen mehrere tanzbereite junge Männer in ihrer Nähe in der Hoffnung, daß ihr nächster Partner vielleicht nicht erscheinen würde.

Unter ihnen war auch Brian Woodley, der sich jedesmal mißvergnügt abwandte, wenn ihm seine Nebenbuhler mit Susannas Tanzkarte beweisen konnten, daß sie ältere Rechte hatten. Er blieb mit verschränkten Armen und finsterem Gesicht am Rand der Tanzfläche stehen, ohne eine andere Dame aufzufordern, und überschwemmte Susanna, als er endlich an der Reihe war, mit prahlerischen Schilderungen seiner Abenteuer und Bekanntschaften in der feinen Londoner Welt. »Alles erste Klasse, müssen Sie wissen! Nicht so untermischt mit Krautjunkern wie hier. Sie müssen unbedingt nach London kommen und sich von mir in die dortige Gesellschaft einführen lassen!«

Susanna fand ihn dumm und eitel und machte ein steinernes Gesicht. Es hob ihre Laune nicht gerade, als sie Victoria in Jonathans Armen vorübertanzen sah, die ihn genauso strahlend anlächelte wie zuvor ihren Tischherrn. Und Jonathan lächelte zurück – wenn man auch zugeben mußte, daß sein Gesicht dabei keineswegs einen so schafsähnlichen Ausdruck annahm wie das von Billy Heresford eben. Sie paßt überhaupt nicht zu ihm, dachte Susanna zornig. Sie ist viel zu klein und zu niedlich und sagt immer nur wohlerzogene Sachen. Doch warum hält er sie so fest? Wenn jemand wagen würde, mich so an sich zu drücken, dann würde ich ihm kräftig auf den Fuß steigen! Aber Victoria scheint keine Einwände zu haben, im Gegenteil! Wahrscheinlich preßt sie sich an ihn! Sie tut immer genauso vornehm wie ihre Mutter, und jetzt tanzt sie wie – wie – erbost suchte Susanna nach einem passenden Wort, wurde aber dabei von Brian Woodley unterbrochen, der mit deutlich beleidigtem Unterton fragte:

»Warum antworten Sie mir denn nicht?«

»Ich habe nicht zugehört«, erwiderte Susanna brüsk. »Was haben Sie gefragt?«

»Ob ich Sie um den nächsten Tanz bitten darf?«

»Nein! Ich habe jetzt keine Zeit. Ich habe ein Rendezvous.«

Während Brian noch damit beschäftigt war, diese ungewöhnliche Mitteilung zu verdauen, merkte er, daß seine Dame die Führung übernommen hatte, ihn mit zwei kräftigen Drehungen an den Rand der Tanzfläche brachte, sich knapp verneigte und eilig davonging. Er versuchte, die roten Locken in dem Gewirr der Tanzenden zu entdecken, glaubte nach einiger Zeit, sie vor den hohen, grausilbernen Flügeltüren am Eingang zu sehen, die sich öffneten und schlossen – und dann war sie verschwunden. Sie hatte ihn stehenlassen! Ihn, Brian Woodley, der zweifellos der reichste Mann von allen war, die sich in diesem Ballsaal aufhielten. Und ein gutaussehender dazu! Oder etwa nicht? Er betrachtete sich in einem der hohen Silberspiegel. Nun ja, er war ein wenig füllig geworden in letzter Zeit, der seidene Frack saß ziemlich knapp, das Gesicht war gerötet – aber das kam vom Walzer – eine verdammt schnelle Art, sich fortzubewegen, wenn man außer Übung war.

Er zwirbelte eine Spitze seines dicken Schnurrbartes in die Höhe. Wieso stand er hier und zerbrach sich den Kopf über sein Aussehen, bloß weil ein fremdes, offensichtlich mangelhaft erzogenes Mädchen sich schlecht benahm? Brian zwirbelte auch die andere Schnurrbartspitze hoch. Ihre Haut war so zart, daß man die Adern an ihrer Schläfe und an ihrem Hals durchscheinen sah. Und was für eine Flut von Haaren! Rücken und Schultern waren völlig darunter verschwunden. Und ihre Augen wechselten die Farbe. Sie waren grasgrün gewesen, als sie endlich geruht hatte, ihn anzuschauen und ein paar Worte zu ihm zu sprechen. Katzenaugen! Und was für eine Kraft sie in den Händen hatte! Sie hatte ihn einfach von der Tanzfläche bugsiert, und er war doch weiß Gott kein Leichtgewicht. Dieses Mädchen interessierte ihn! Dieses Mädchen interessierte ihn immer mehr! Und er wollte verdammt sein, wenn er sich einfach so abschütteln ließ. Sie sollte Brian Woodley noch kennenlernen!

Brian ging zielstrebig zum Eingang des Saales, ohne die auf Tanzpartner wartenden Damen eines Blickes zu würdigen, und bezog in Nähe der Flügeltüren Stellung. Er würde die Rote abpassen, wenn sie wieder hereinkam, und dann sollte sie ihm nicht entwischen! Doch er hatte seine Rechnung ohne Lady Sinclair gemacht, der sein ungehobeltes Benehmen schon seit geraumer Zeit aufgefallen war. Sie stand auf einmal neben ihm und lächelte ihn auf ihre mütterliche Art an.

»Wie ich sehe, bemühen Sie sich schon seit geraumer Zeit, eine Partnerin zu finden, und können sich zwischen den hier anwesenden Schönheiten nicht entscheiden. Darf ich Ihnen behilflich sein?«

Es blieb Brian nichts anderes übrig, als seiner Gastgeberin zu folgen und fünf endlos scheinende Walzer lang das Geplapper der fünf in seinen Augen völlig nichtssagenden Petres-Töchter zu ertragen. Diese ihm aufgezwungenen Pflichtübungen auf dem Parkett, während der er vergeblich versuchte, die Flügeltüren im Auge zu behalten, brachten Brian derart in Rage, daß er am liebsten geknurrt hätte, als er sich endlich schwer atmend von den Damen Petres zurückziehen konnte und dabei seinem Gastgeber über den Weg lief, der ihm höflich zunickte.

»Ich sehe, Sie amüsieren sich, Woodley?«

Brian witterte Herablassung in dem fragenden Ton und ließ endgültig die Rücksicht auf die Etikette fahren.

»Nun ja, wie man's nimmt. Habe schon bessere Bälle erlebt«, erwiderte er gereizt. Sein Gegenüber zog die Brauen hoch.

»Ich hätte lieber mit meiner Tischherrin getanzt«, fuhr Brian trotzig fort. »Aber die hat, wie sie mir mitteilte, ein Rendezvous. Es muß ein sehr interessantes Rendezvous sein, denn sie hat schon vor geraumer Zeit den Ballsaal verlassen und ist immer noch nicht zurück, so weit ich sehe.«

Zu Brians Ärger zuckte Jonathan Sinclair mit keiner Wimper. »Ich weiß nicht, wie es um Ihre französischen Sprachkenntnisse bestellt ist«, sagte er mit unverminderter Höflichkeit: »Wir Engländer haben eine etwas schlichte, um nicht zu sagen einfallslose Art, das Wort Rendezvous zu übersetzen, nämlich als ein Treffen mit einem Verehrer. Die Franzosen hingegen ...«

»Sie brauchen mich nicht auf meine mangelnden Sprachkenntnisse hinzuweisen«, unterbrach Brian ihn grob. »Es kann schließlich nicht jeder so viele Sprachen sprechen wie Sie. Aber wenn Sie mir weismachen wollen, daß Baronesse Susanna einen Ball verläßt, um ein Rendezvous mit ihrer Zofe einzuhalten – pah!«

Die Augenbrauen gingen wieder in die Höhe. Brian fühlte zu seinem Ärger, daß er errötete. Verdammt, was hatte der Kerl einen hochmütigen Blick!

»Mir scheint, auch Ihr englisches Vokabular ist etwas mangelhaft«, sagte Jonathan nach einer peinlichen Pause. »Die Wahl Ihrer Worte ist nicht eben glücklich. Warum sollte ich Ihnen etwas weismachen? Mir liegt nicht das Geringste an Ihrer Meinung! Ich wollte lediglich andeuten, daß die Baronesse de Saint-Pol-Kercoff ein sehr geachteter und beliebter Gast in diesem Hause ist und daß sie sich treffen kann, mit wem sie will. Auch während eines Balles. Und auch, wenn Sie lieber mit ihr tanzen wollen. Ist Ihnen eigentlich gar nicht der Gedanke gekommen, daß die Baronesse diesem zweifelhaften Vergnügen vielleicht entgehen wollte?«

Er wartete keine Antwort ab, sondern drehte sich um und schlenderte davon, während sein Blick durch den Saal schweifte. Susanna war tatsächlich nicht da, er hatte es schon eher bemerkt, aber daß sie schon längere Zeit verschwunden sein sollte, erfüllte ihn mit plötzlicher Sorge. Er hatte sie ermahnt, daß sie nicht auf eigene Faust das Schloß und den Park erkunden sollte, und Thomas Anhänglichkeit, der seinem Idol auf Schritt und Tritt folgte wie ein Hündchen, hatte diese Vorsichtsmaßnahme sehr erleichtert, ebenso wie die Freude von Lady Eugenia an Susannas Gesellschaft.

Jonathan hatte Rachel seit der Ankunft seiner gekauften Braut unausgesetzt beobachtet, und er war zu der Überzeugung gekommen, daß sie sich nach dem ersten Schock wieder gefangen hatte und abwartete, ob die Verlobung hielt. Ihre ständigen Sticheleien grenzten an Unverschämtheit und hätten eine normale Braut durchaus ins Wanken bringen können. Aber der heutige Auftritt, als Rachel den Brautschmuck hatte hergeben müssen, mußte ihr klar gemacht haben, daß Susanna eine ernstzunehmende Gefahr war. Und bot nicht ein Ball, wenn das ganze Haus in Aufregung war, eine ideale Gelegenheit für eine Attacke? Ob Rachel gesehen hatte, daß Susanna den Saal verlassen hatte, und ihr gefolgt war?

Jonathans Sorge wuchs. Wieder überflog sein Blick die Tanzenden. Wo war Rachel? Hatte er sie nicht auch schon seit geraumer Zeit nicht mehr gesehen? Er ging an den Lauben vorbei und bemühte sich, seine Schritte langsam und sein Gesicht gleichmütig zu halten. Trotzdem warfen sich einige der Anstandsdamen, die ihn beobachteten, verständnisinnige Blicke zu. Der Hausherr war offensichtlich auf der Suche nach jemandem. Und seine Laune schien nicht die beste zu sein. Ob das mit der rothaarigen Französin zusammenhing, die während der ersten Stunden so eifrig getanzt hatte und dann auf einmal verschwunden war? Ein reichlich sonderbares Benehmen, sich aus dem Ballsaal zu entfernen!

Jonathan atmete auf, als er Rachel in einer der Lauben fand. Sie war erhitzt vom Tanzen und fächelte sich mit einem Fächer aus silbergrauen Straußenfedern Kühlung zu.

»Nein, mein Lieber, ich habe seit einer Stunde ununterbrochen getanzt und möchte mich jetzt ausruhen. Sie dürfen mir ein Glas Champagner holen und sich neben mich setzen«, sagte sie gerade zu Harold Drury, als ihr Schwager am Eingang der Laube erschien. Rachel wandte den Kopf und sah ihn an. Und dann lächelte sie.

Jonathan fühlte erneut Unruhe in sich emporsteigen. Wenn Rachel ihn zornig angeschaut oder ignoriert hätte, so wäre das in seinen Augen eine durchaus verständliche Reaktion gewesen nach der Szene im Zimmer seiner Mutter. Er hatte ihr die Brillanten abgenommen, die sie trug, er hatte sie zur Herausgabe des gesamten restlichen Schmuckes aufgefordert, den sie als den ihren betrachtet hatte, er hatte sie vor ihrer Schwiegermutter und vor den Dienstboten gedemütigt, er hatte unmißverständlich klar gemacht, daß seiner Braut die erste Stellung im Haus zukam und daß die Witwe seines Bruders ihr in allem nachgeordnet sein würde – Warum lächelte sie dann? Es war kein konventionelles Lächeln, um vor Außenstehenden eine Unstimmigkeit zu verbergen, sondern es war ein Lächeln voll satter Zufriedenheit.

Rachel sah die Ratlosigkeit auf seinem Gesicht, und ein kaum verhohlener Triumph blitzte in ihren Augen auf, dann drehte sie den Kopf zur Seite und wandte sich wieder ihrem Tanzherrn zu.

Langsam ging Jonathan weiter. Was war geschehen, das Rachel in eine so gute Stimmung versetzt hatte?

»Ich halte gar nichts von diesem Gerücht von einer heimlichen Verlobung«, sagte eine weibliche Stimme aus der nächsten Laube. »Ich habe schließlich Augen im Kopf. Ein einziges Mal haben sie zusammen getanzt und keine Miene dabei verzogen.«

»Aber mit Malcolm Penneham hat sie zweimal getanzt und sich offensichtlich sehr amüsiert dabei«, fuhr eine zweite Stimme fort. »Und jetzt ist sie verschwunden, und zwar nicht mit ihrem angeblichen Verlobten, denn der geht umher und schaut in jede Laube und meint, keiner merkt, daß er sie sucht.«

»Und ist euch aufgefallen«, fiel eine dritte ein, »wer noch verschwunden ist? Malcolm Penneham! Ich wette mit euch, daß sie im Park sind und den Mondschein bewundern – oder wie immer die Entschuldigung für eine solche Eskapade heutzutage lauten mag. Ich an ihrer Stelle würde die Finger von dem jungen Mann lassen, und nicht nur deshalb, weil ich die gute Hester Penneham nicht als Schwiegermutter haben möchte.«

»Aber er sieht gut aus und ist recht charmant.« Jetzt war wieder die erste Stimme an der Reihe. »Und er bemüht sich offensichtlich um sie. Wie ich eben hörte, soll er jeden Tag vorsprechen in Wimberley und ...«

»Zusammen mit seinem Bruder und seinen Schwestern und den jungen Männern, die sie gerade zu Besuch haben«, unterbrach sie die zweite. »Und ich sage euch, ab morgen wird noch jemand dabei sein. Habt ihr den jungen Woodley gesehen? Kein Auge gelassen hat er von der Französin. Und wie er sich aufgeführt hat, um mit ihr tanzen zu können! Es war fast zum Lachen.«

»Ich fand es eher zum Weinen. Ich kann diese Jünglinge nicht ausstehen, die sich einbilden, daß sie wegen ihres Vermögens auf gute Manieren verzichten können. Es hat mir gut gefallen, wie ihn das Mädchen hat abblitzen lassen. Daß sie jetzt allerdings verschwunden ist, um sich mit Malcolm Penneham zu treffen, nimmt mich doch gegen sie ein. Aber das ist eben das

Kreuz mit den Ausländerinnen. Sie wissen einfach nicht, wie man sich korrekt benimmt.«

»Nun, da hat es heute abend auch einige englische Beispiele gegeben. Habt ihr nicht gesehen, wie Victoria Woodley den kleinen Billy Heresford angelächelt hat? Dabei weiß ich aus sicherer Quelle, daß Herbert Woodley geradezu krankhaft eifersüchtig ist, und daß er seinen Bruder nur nach Elm Hurst geschickt hat, um ein Auge auf Victoria zu haben. Und was ich noch schlimmer fand ...«

Jonathan machte auf dem Absatz kehrt, um sich nicht in die Sichtweite der Damen zu bringen. Er hatte genug gehört. Deshalb also hatte Rachel derartig zufrieden gelächelt. Sie hatte Susanna mit Malcolm beobachtet. Was mochte sie gesehen haben? Er preßte die Lippen zusammen, als er sich die Möglichkeiten ausmalte. Ganz gleich, was sie gesehen hatte, es hatte sie wohl zu der Überzeugung gebracht, daß die Braut ihres Schwagers sich einem anderen zugewandt hatte.

Jonathan trat durch eine der geöffneten Flügeltüren auf die Terrasse hinaus. Er war so zornig, daß er nicht mit normaler Stimme hätte antworten können, wenn ihn jetzt jemand angesprochen hätte. Was fiel dieser Susanna ein? Sie war eigenwillig – sie war störrisch – sie hatte die verrücktesten Einfälle – war sie nicht erst vorgestern völlig zerzaust und verschmutzt aus dem Park gekommen, weil sie mit Thomas einen angeblich idealen Kletterbaum entdeckt hatte, auf dem sie einen Hochsitz bauen wollten – kindisch konnte man das nur nennen! Aber er hätte es nicht für möglich gehalten, daß sie ihren Vertrag brechen würde! Und erst recht nicht wegen eines Malcolm Penneham! Was fand sie nur an dem Laffen? Ob sie seine übertriebenen Komplimente tatsächlich ernst nahm? Dazu war sie doch zu klug! Er war doch nur ein hübscher Hohlkopf, dem sie turmhoch überlegen war. Sie würde sich unglücklich machen!

Jonathan stampfte mit dem Fuß auf. Warum erregte er sich

über Susannas Schicksal? Es ging schließlich um ihn und seine Pläne. Susanna hatte zu tun, was er wollte! Er hatte sie engagiert, damit sie ihm helfen sollte, den Tod seines Bruders aufzuklären, und bis jetzt hatte sie die Rolle der Braut ausgezeichnet gespielt! Es hatte einige schwierige Situationen gegeben, aber niemand hatte Verdacht geschöpft, und inzwischen gehörte Susanna schon so zum Leben auf Wimberley, als ob sie seit Monaten hier lebte. Nun ja, einige der alten Klatschbasen eben schienen nicht an die inoffizielle Verlobung glauben zu wollen, und er mußte zugeben, daß sie heute abend nicht wie ein heimliches Brautpaar gewirkt hatten, sie sollten sich in Zukunft vielleicht doch um etwas mehr Zärtlichkeit in ihrem Benehmen bemühen.

Wieder stampfte Jonathan mit dem Fuß auf. Was dachte er da für einen Unsinn zusammen? Es würde keine Zukunft geben. Vielleicht schon morgen würde Susannas Verlobung mit Malcolm Penneham bekanntgegeben werden, und dann würde sie nach Elm Hurst gehen. Da sah man also, was dieses ganze Gerede von der Ehelosigkeit wert war. Susanna dachte genauso an ihren Status und ihre Versorgung wie alle anderen Mädchen auch. Denn daß sie sich in diesen Laffen verliebt hatte, das wollte er nicht glauben! Und warum eigentlich nicht? Was interessierte ihn denn Susanna und der Grund für ihre Entscheidung überhaupt noch?

Sie würde fortgehen. Er brauchte keine Pläne mehr zu machen. Es würde keine langen Morgenritte mehr geben mit anschließendem Frühstück, bei dem Susanna ihm den Teller vollhäufte, und keine gemeinsamen Mahlzeiten und keine Schachpartien und keine Lesestunden in der Bibliothek, Susanna zusammengerollt in einer der tiefen Fensternischen oder bäuchlings unterm Flügel, mit Thomas und den Zinnsoldaten beschäftigt. Es würde auch keine Klopfzeichen geben am Abend, die sie vereinbart hatten zum Zeichen, daß alles in Ordnung war, wenn Susanna zu Bett ging. Er sah zu den dunklen Fenstern ihrer Zimmer empor und stutzte plötzlich. In Thomas Zimmer brannte Licht. Jonathan zog seine Uhr aus der Tasche und trat an eine der hohen Fackeln. Mitternacht war längst vorüber. Was sollte das heißen? War der Kleine etwa noch wach? Er betrachtete einige Augenblicke das erleuchtete Fenster, dann sagte er plötzlich laut: »Du bist ein Idiot!«

»Mylord?« fragte eine erschreckte Stimme neben ihm.

»Schon gut, schon gut! Du bist nicht gemeint.«

Er sprang die Stufen hinunter, lief über den Innenhof und verschwand in einem Seiteneingang. Der Diener, der seine Arbeit unterbrochen hatte, als sein Herr auf die Terrasse getreten war, und sein sonderbares Benehmen besorgt betrachtet hatte, sah ihm ratlos nach, schüttelte dann den Kopf und fuhr fort, neue Fackeln in die Eisenringe zu stecken und anzuzünden. Im großen Ganzen war Seine Lordschaft ja so wie früher. Aber wie er da eben auf die Terrasse gekommen war mit einem Gesicht wie eine Gewitterwolke, daß man sich als vorsichtiger Mensch nur still verhalten konnte, und wie er dann aufgestampft hatte und wild um sich geguckt – das war schon sehr sonderbar – wie im Winter, als er von Skutari zurückgekommen war, da war er auch so seltsam gewesen. Und auf welchen Idioten hatte er wohl geschimpft? Und warum war er auf einmal losgerannt wie gestochen? Na, in den Schuhen von dem Idioten wollte man jetzt nicht stecken, den konnte man nur bedauern.

15. Kapitel

Jonathan lief die Treppen empor, immer zwei Stufen auf einmal nehmend, und öffnete, ohne anzuklopfen, die Tür von Thomas Zimmer.

»Da bist du ja endlich!« sagte Susanna. »Ich warte schon auf dich. Wo bleibst du denn so lange?«

Der Kontrast zwischen ihren Worten und allen Befürchtungen, die Jonathan während der letzten Viertelstunde erfüllt hatten, verschlug ihm für einen Augenblick die Sprache. Er stand nur da und sah sie an. Sie saß neben Thomas Bett, wrang ein Tuch über einer Schale mit Wasser aus, die auf dem Nachttisch stand, und legte es auf Thomas Stirn. Im Zimmer verbreitete sich ein schwacher Duft nach Lavendel. Thomas wimmerte leise:

»Mein Kopf, oh, mein Kopf! Mein Kopf tut so weh!«

»Das weiß ich ja, Liebelein, das weiß ich ja, du hast es mir ja immer wieder gesagt. Lieg nur schön still und laß das kühle

Tuch wirken. Es ist Lavendelwasser, das nimmt alle Schmerzen weg.«

»Aber mein Hals tut noch mehr weh. Ich kann gar nicht schlucken.«

»In ein paar Minuten ist Ellen wieder da. Sie bringt dir eine schöne, kühle Limonade, dann wird dein Hals besser.«

Der Kleine hustete trocken, wobei er schmerzhaft das Gesicht verzog, und lag dann wieder still. Jonathan ging zu ihm und nahm seine Hand. Sie war glühend heiß und trocken. Thomas öffnete die Augen, schloß sie aber gleich wieder, als ob das Licht ihm weh täte.

»Hallo, Onkel Jon«, sagte er schwach.

»Hallo, Thomas. Was machst du für Geschichten? Du wirst uns doch nicht krank werden?«

Er schob seinen Zeigefinger auf den Puls des Kleinen. Der Puls ging so schnell, daß Jonathan erschrak.

»Wir müssen Dr. Lindlow holen.«

»Das meine ich auch. Deshalb warte ich ja so auf dich! Ich habe erst Ellen geschickt, aber die hat sich nicht in den Ballsaal getraut und ist wieder zurückgekommen. Dann hab ich sie Mr. Burton holen lassen und hab ihn gebeten, dich zu suchen und mir Mr. Lesley zu schicken, und ich war schon ganz aufgeregt, weil immer noch keiner kam.«

»Ich bin ja da. Und ich glaube, da kommt auch Lesley.«

Er legte Thomas Hand behutsam auf die Bettdecke, ging zur Türe und ließ den Stallmeister herein.

»Fahr sofort zu Dr. Lindlow. Es ist Vollmond, du wirst schnell fahren können. Ich lasse ihn bitten, mit dir zurück nach Wimberley zu kommen. Sag ihm, daß Master Thomas krank ist. Und komm nicht ohne ihn zurück. Wenn er bei einem Patienten ist, dann fahr' hinterher und hol' ihn da ab.«

Der Stallmeister salutierte, warf einen besorgten Blick auf das stöhnende Kind und ging eilig hinaus. Unter der Türe stieß er fast mit Ellen zusammen, die mit einem beladenen Tablett hereinkam, damit zum Nachttisch ging und es aufatmend absetzte.

»Ich hab alles, Mylady, Limonade, ganz frisch gepreßt und mit viel Zucker. 'Ne ganze Schüssel Quark. Jede Menge Tücher. Und auch 'ne Schürze für Sie. Tante Lucy wollt' erst nicht glauben, daß die für Sie ist, aber wie ich ihr sage, daß Sie noch das schöne Goldkleid anhaben, da holt sie mir ihre eigene Sonntagsschürze.«

Obwohl sie bereits mehrere Monate auf Wimberley war, waren alle Versuche, Ellens Manieren ein wenig Schliff und ihrer Ausdrucksweise ein wenig schriftsprachliche Politur zu verleihen, gescheitert.

»Tante Lucy sagt, sie weiß nicht, ob die Schürze passen täte, weil Sie so lang sind und so mager ...«

Eine männliche Stimme räusperte sich. Ellen fuhr herum und sah zu ihrer Verwirrung, daß sich der Herr des Hauses im Krankenzimmer befand.

»Sehr gut! Vielen Dank!« sagte Susanna unbefangen. »Hast du auch an ein Band gedacht? Ich kann mich gar nicht vorbeugen, ohne daß mir meine Haare in die Quere kommen. Hast du's vergessen? Macht nichts, ich werde schon etwas finden, du brauchst deshalb nicht noch einmal nach unten zu laufen.« Sie sah sich suchend im Zimmer um, griff dann nach einem von Thomas langen Strümpfen, die säuberlich gefaltet auf einem Stuhl neben dem Bett lagen, packte all die mühsam ondulierten Korkenzieherlocken und band sie zu einem Pferdeschwanz nach hinten.

»Ach Gottchen, die schöne Frisur! Nu ist sie hin!«

Doch Susanna legte schon die Schürze um, goß Limonade in ein Glas und setzte sich neben Thomas aufs Bett.

»So, Liebelein, Ellen hat dir eine gute Limonade gebracht. Du kriegst jetzt schöne kühle Wadenwickel und auch einen

Wickel um den Hals, die nehmen das Fieber weg, und bald kommt Dr. Lindlow und bringt dir eine Medizin.«

Als Susanna den Halswickel anlegte, machte sie Jonathan ein Zeichen. Er trat zu ihr und folgte ihrem Blick. Halsgrube und Schlüsselbeine des Kleinen waren übersät mit stecknadelgroßen roten Flecken. Mund und Kinn bildeten ein scharf umrissenes, weißes Dreieck in dem fieberroten Gesicht.

»Und schon sind wir fertig!« Susanna deckte den Jungen wieder zu. »Das ist doch schnell gegangen, nicht? Und jetzt darfst du mir ganz weit die Zunge herausstrecken.«

Thomas lächelte matt und zeigte seine Zunge. Sie war mit einem dicken weißen Belag überzogen. Susanna zog vorsichtig die Lippen empor. Mundhöhle und Zahnfleisch waren himbeerrot. Jonathan hob ratlos die Schultern.

»Ich verstehe nichts von Kinderkrankheiten.«

»Ich fürchte, es ist Scharlach«, sagte Susanna leise. Ellen stieß einen Jammerlaut aus und bekreuzigte sich.

»Können es nicht auch Masern sein? Oder Windpocken?«

»Ich glaube nicht. Da kommen die roten Pöckchen erst später, und das Fieber ist nicht gleich so hoch. Er war gestern schon so unleidlich, und heute morgen hat er auch über Halsweh geklagt, aber mit Nannys verstauchtem Fuß und mit dem Ball war ich so beschäftigt, daß ich nicht weiter auf ihn geachtet habe. Und ich habe auch geglaubt, daß seine Abneigung gegen Miß Peterson die Ursache war für seine Weinerlichkeit.«

»Wer ist Miß Peterson?«

»Die neue Gouvernante, die gestern angekommen ist. Und ich muß dir eins sagen, Thomas hat Grund zum Weinen, denn sie ist wirklich eine ganz unmögliche Person, und wenn es nach mir ginge, dann würde ich sie lieber heute als morgen hinauswerfen.«

Sie warf einen Blick auf den Kranken, aber der hatte die Augen geschlossen und schien ihre unpädagogischen Äußerungen nicht gehört zu haben. Susanna zog Jonathan ein paar Schritte vom Bett weg und bemühte sich, ihre Stimme zu dämpfen.

»Vielleicht geht sie auch von alleine, denn ich habe eben einen ordentlichen Streit mit ihr gehabt und habe sie so ausgeschimpft, daß sie ganz außer sich war. Sie sieht richtig furchterregend aus, wie ein Dragoner in Röcken, und es hat bestimmt noch nie jemand gewagt, ihr die Meinung zu sagen. An die armen Kinder darf ich gar nicht denken, die unter ihrer Fuchtel haben leben müssen. Weißt du, was sie mit Thomas gemacht hat?«

Sie stemmte die Hände in die Hüften und warf den Kopf in den Nacken, so daß das Füßchen von Thomas Strumpf ihr über die Schulter rutschte. Es sah so komisch aus, daß Jonathan fast gelacht hätte, trotz des Ernstes der Situation.

»Sie hat ihn ins Bett gesteckt und ihm gedroht, der Schwarze Mann würde ihn holen und ihn mit in die Hölle nehmen, wenn er auch nur einen Fuß herausstreckt. Kannst du dir so eine Grausamkeit vorstellen? Das arme Kind lag da und wußte nicht aus noch ein vor Fieber und Schmerzen und Angst und traute sich nicht einmal an den Klingelzug, um jemanden zur Hilfe zu rufen. Er war ganz außer sich, als ich kam.«

»Und warum bist du gekommen?«

»Aber wir hatten doch ein Rendezvous, Thomas und ich. Ich wollte ihm mein Ballkleid zeigen und meine neue Frisur, das hatte ich ihm versprochen. Es war leider schon sehr spät, das gebe ich zu, ich hatte nicht gedacht, daß es so schwierig sein würde, aus dem Ballsaal fortzukommen, aber ich wußte genau, daß er auf mich warten würde. Er war natürlich noch wach, der arme, kleine Kerl, und in einem schrecklichen Zustand, denn er hatte sich übergeben müssen, und das ganze Bett war verschmiert. Und weißt du, was diese Person gesagt hat, als ich sie zur Hilfe holen wollte? Sie wäre als Gouvernante engagiert und nicht als Krankenpflegerin, und sie würde keinen Fuß in Thomas Zimmer setzen, solange er krank wäre.« Susanna blies die Backen auf vor Empörung. »Na, der habe ich aber die Meinung gesagt! Sie war so überrascht, daß überhaupt jemand in diesem Ton mit ihr zu reden wagte, daß es ihr die Sprache verschlagen hat. Du hättest ihr Gesicht sehen müssen!«

»Das hätte ich auch gerne! Ich bedauere sehr, daß ich diesen Auftritt nicht miterlebt habe. Ich hätte mich weit besser amüsiert als auf dem Ball.«

»Hast du dich nicht amüsiert?«

»Nein, überhaupt nicht. Ich wollte mit einem gewissen goldgesprenkelten Mädchen tanzen, aber das war immer vergeben, und dann war es verschwunden.«

»Oh, wirklich? Aber ich ...«

»Sanna!« rief Thomas kläglich. Er würgte. Susanna war schon bei ihm, griff geistesgegenwärtig nach dem Nachttopf und hielt seinen Kopf darüber. In hohem Bogen kam die Limonade wieder heraus. Der Kleine fing an zu weinen. Susanna wischte ihm das Gesicht ab.

»Du darfst jetzt nicht weinen, Liebelein, das macht dein Kopfweh noch schlimmer. Komm, mach die Augen zu und versuch, ein bißchen zu schlafen. Oder soll ich dir noch etwas erzählen? Kennst du schon die Geschichte, wie ich schwimmen gelernt habe, weil die wilden Bienen hinter mir her waren und ich in den Teich springen mußte?«

»Nein«, schniefte Thomas und hörte auf zu schluchzen. Susanna setzte sich zu ihm und nahm seine Hand.

»Also, paß auf, es war mitten im Sommer, und es war schrecklich heiß, noch heißer als jetzt in deinem Bett ...«

Jonathan blieb noch ein paar Minuten stehen und hörte zu (»und angeguckt hat er sie mit einem ganz eigentümlichen Blick«, wie Ellen später in der Küche berichtete), dann ging er leise hinaus. An eine Unterhaltung mit Susanna oder gar an einen Tanz war wohl vorläufig nicht zu denken. Dabei war heute ihr erster Ball. Warum saß eigentlich *sie* an Thomas Bett und nicht dessen Mutter? Er ging zurück in den Ballsaal und suchte Rachel.

Sie saß noch immer mit Lord Drury in der Laube am Ende der Tanzfläche, nippte an ihrem Champagnerglas, lächelte ihr langsames Lächeln und sah ihn so rätselhaft aus ihren rauchgrauen, großen Augen an, daß der Herkules sichtlich verzaubert war.

»Ich möchte ein paar Worte mit meiner Schwägerin sprechen, Drury«, sagte Jonathan knapp.

Der junge Mann sprang auf, schlug die Hacken zusammen und zog sich mit einer Verbeugung zurück.

»Ich hoffe, Sie lassen mich nicht im Stich, mein Lieber«, rief Rachel ihm nach. »Sie sind mein Partner beim nächsten Tanz.«

»Wie könnte ich das vergessen!«

Jonathan stellte sich so, daß er Rachel verdeckte, und schnitt dem jungen Mann dadurch jedes weitere Wort ab. Rachel würdigte ihren Schwager keines Blickes, sondern schaute betont den Tanzenden zu.

»Thomas ist krank.«

Rachel gab keine Antwort, sondern nippte wieder an ihrem Glas.

»Soweit ich weiß, ist er jetzt in dem typischen Alter für alle möglichen Kinderkrankheiten«, sagte sie schließlich unbeeindruckt.

»Er ist sehr krank. Er hat hohes Fieber.«

»Das gehört dazu, habe ich mir sagen lassen. Es geht genauso schnell wieder herunter, wie es in die Höhe gegangen ist.«

»Und was gedenkst du zu tun?«

»Ich? Warum sollte ich etwas tun? Es gibt in diesem Haus doch wohl genug Personen, die sich ein paar Stunden oder meinetwegen auch ein paar Tage lang um ein krankes Kind kümmern können. Das ist schließlich Aufgabe der Dienstboten. Was hat das mit mir zu tun? Ich möchte tanzen.«

Sie erhob sich, doch Jonathan vertrat ihr den Weg.

»Thomas hat vielleicht Scharlach.«

Zum ersten Mal zeigten Rachels statuarische Züge Anzeichen von Beunruhigung, ja Schrecken.

»Scharlach? Aber das ist doch ansteckend!«

Jonathan nickte.

»Und bekommt man dabei nicht diesen schrecklichen, roten Ausschlag und hat hinterher das ganze Gesicht voller Narben?«

»Das sind die Blattern.«

»Nein, nein, ich weiß genau, daß es auch eine Kinderkrankheit gibt mit Fieber und Ausschlag, die später Narben gibt.« Sie sah Jonathan mit schreckgeweiteten Augen an. »Aber das ist ja entsetzlich! Ich bin nämlich als Kind überhaupt nie krank gewesen, meine Mutter hat oft davon gesprochen! Stell' dir vor, ich würde mich anstecken! Für Erwachsene sind Kinderkrankheiten sehr gefährlich! Und ich würde bestimmt Narben zurückbehalten. Meine Haut ist ohnehin so empfindlich, sie nimmt ja schon den kleinsten Sonnenstrahl übel.«

»Mir scheint, du vergißt bei deiner Aufregung, daß Thomas krank ist und nicht du.«

»Aber ich werde mich bestimmt anstecken! Ich kenne doch meine zarte Konstitution. Er darf nicht mehr in meine Nähe kommen! Oh Himmel, vielleicht hat er mich schon angesteckt?« Sie dachte nach, schüttelte aber dann erleichtert den Kopf. »Nein, das kann nicht sein, ich habe ihn in den letzten Tagen kaum gesehen. Gott sei Dank!« Wieder dachte sie nach und sagte schließlich entschlossen: »Ich kann hier nicht bleiben. Es ist zu gefährlich. Ich wollte ohnehin zu meiner Tante. Ich fahre sofort.« Sie winkte einen Diener heran, der auf einem großen Silbertablett Erfrischungen in die Lauben trug, und sagte herrisch: »Stell' das ab und geh' sofort zu Fairchild. Ich fahre morgen früh nach London für – nun sagen wir für einige Wochen. Sie weiß dann, was sie packen muß. Und gib im Stall Bescheid, daß ich das Vierergespann und den Landauer brauche.«

»Du läßt Thomas allein?« Jonathan gab sich keine Mühe, seine Mißbilligung zu verbergen.

»Du erwartest doch wohl nicht, daß ich meine Gesundheit und Schönheit auf's Spiel setze, um eine Arbeit zu tun, für die ich mich sowieso nicht eigne und die jeder andere besser tun kann? Du hast manchmal erschreckend bürgerliche, um nicht zu sagen kleinbürgerliche Vorstellungen, finde ich. Zum Beispiel die, daß eine Mutter dazu bestimmt ist, die Pflege ihres kranken Kindes zu übernehmen. In unseren Kreisen ist das Personal für die Krankenpflege zuständig. Thomas ist ausgesprochen unleidlich und weinerlich, wenn er sich nicht wohlfühlt, und ich hätte dann ohnehin keine Geduld mit ihm. Es ist auch für ihn besser, wenn ich fahre, findest du nicht?«

Sie wartete eine Antwort nicht ab, sondern machte Lord Drury ein Zeichen, der in respektvoller Entfernung gewartet hatte, und nun eilig herankam.

»Ich werde meinen letzten Tanz mit Ihnen tanzen.« Rachel erhob sich und legte die Hand auf seinen Arm. »Mein Schwager sagt mir gerade, daß mein kleiner Junge sich nicht wohlfühlt, und Sie können sicherlich verstehen, daß dann selbst die schönsten Walzerklänge für eine Mutter an Reiz verlieren?«

»Oh ja, gewiß, das verstehe ich durchaus. Aber es wird viele enttäuschte Gesichter geben hier im Saal, wenn Sie den Ball verlassen.«

Rachel lächelte ihr langsames Lächeln. »Nun, wir werden sehen.«

Jonathan verstand ihre nächsten Worte nicht mehr, denn in diesem Augenblick spielte das Orchester zu einem neuen Walzer auf, und Rachel verschwand mit ihrem Kavalier zwischen den Tanzenden.

»Heuchlerin!« dachte Jonathan zornig. Er würde jede Wette eingehen, daß sie bis zum Schluß des Balles keinen Tanz auslassen würde, es sei denn, um möglichst früh nach London aufbrechen zu können.

Er ging wieder hinauf ins Krankenzimmer, das inzwischen einige Veränderungen erfahren hatte. Neben Thomas Bett stand ein Wandschirm, der ihn vor dem Lampenlicht schützte und das Zimmer unterteilte. In einer Ecke war ein Klappbett aufgestellt und für die Nacht hergerichtet worden, gerade legte Susanna ein Nachthemd und einen Morgenmantel auf den Stuhl daneben. Auch sie hatte sich verändert. Sie trug nicht mehr ihre goldene Ballrobe, sondern ein schlichtes, braunes Hauskleid. Thomas Strumpf war aus ihren Haaren verschwunden, sie waren zurückgebürstet und im Nacken zu einem dicken Knoten geschlungen.

»Was soll das heißen?« fragte Jonathan verblüfft. »Willst du nicht mehr tanzen?«

Vom Bett kam ein wimmernder Seufzer.

»Pssst! Nicht so laut! Er ist gerade eingeschlafen, obwohl ich fürchte, nicht für lange. Er ist sehr unruhig und quält sich sehr, das arme Kind.«

»Aber was ist mit dir?« wiederholte Jonathan, diesmal flüsternd. »Willst du nicht mehr tanzen?«

»Nein, ich will lieber bei Thomas bleiben.«

»Aber Susanna! Dies ist dein erster Ball!«

»Ja, ich weiß. Es ist schrecklich unhöflich, einfach wegzugehen, nicht?«

»Unhöflich? Sei nicht lächerlich! Jedes Mädchen unten würde es als ein unzumutbares Opfer ansehen, den ersten Ball nicht bis zum Ende zu erleben. Du bist nicht nach Wimberley gekommen, um ein krankes Kind zu pflegen, schon gar nicht an deinem ersten Ball. Es gibt genug Leute, die das übernehmen können.«

»Nein, die gibt es eben nicht. Thomas will am liebsten Nanny haben, aber die liegt mit ihrem verstauchten Fuß zu Bett. An zweiter Stelle käme deine Mutter, aber die ist auf dem Ball und kann auf keinen Fall weggehen, denn sie ist schließlich die Gastgeberin. Und Nummer Drei bin ich. Ich habe ihm Ellen vorgeschlagen, die mir eben wunderbar geholfen hat, als er das ganze Bett vollgespuckt hatte, oder Debbie oder Mrs. Allen, aber er hat ein solches Theater gemacht, daß ich lieber nachgegeben habe. Normalerweise täte ich das nicht, denn er ist wirklich ein bißchen verwöhnt, doch in diesem Fall schien es mir besser. Er ist einfach zu krank, um jetzt mit Erziehungsversuchen anzufangen.«

»Mit dir zu streiten, ist wie immer zwecklos. Du hast für alles eine Entschuldigung und behältst doch das letzte Wort.«

»Oh – wolltest du mit mir streiten?«

»Nein, keineswegs. Ich wollte mit dir tanzen. Ich warte schon den ganzen Abend darauf. Und ich sehe nicht ein, warum mein schlafender Neffe mich um dieses Vergnügen bringen sollte. Er braucht dich im Moment wirklich nicht, und die Musik wird ihn beruhigen.«

Er trat ans Fenster und öffnete einen Flügel. Aus den geöffneten Terrassentüren des Ballsaales drangen die Klänge des »Donauwalzers«.

»Das nenne ich einen Wink des Schicksals. Zu dieser Musik hast du tanzen gelernt, meine Schöne. Du hast es wahrscheinlich vergessen, aber ich erinnere mich genau. Darf ich bitten?«

»Aber Jonathan, willst du etwa hier tanzen?«

»Warum nicht? Was braucht man zum Tanzen? Musik – ein glattes Parkett – und einen Partner. Soweit ich sehe, ist alles vorhanden.«

Er nahm ihre Hand, legte den Arm um ihre Taille und zog sie an sich. »Mach' dir keine Sorgen. Wir werden ihn nicht stören. Wir werden so lautlos tanzen wie zwei Fledermäuse.«

Susanna kicherte. »Wir sind viel zu riesig für Fledermäuse. Wir sind eher zwei kleine Drachen, ein schwarzer und ein brauner.«

Sie tanzten mit behutsamen Schritten, fast auf der Stelle. Jonathan hielt Susanna fest an sich gedrückt, aber sie trat ihm weder auf den Fuß noch schob sie ihn von sich. Sie hatte ihre diesbezüglichen Vorsätze völlig vergessen.

»Tut es dir nicht leid, daß du jetzt nicht im Ballsaal bist?« fragte Jonathan flüsternd.

»Nein, überhaupt nicht. Ich tanze viel lieber hier mit dir, ohne all die vielen Leute, die einen anstarren.«

»Hat dir dein erster Ball etwa nicht gefallen?«

»Oh doch – sehr – obwohl – ich finde es immer noch etwas eigenartig, wenn mich ein Mann so einfach in den Arm nimmt, und dann habe ich sein Gesicht so dicht vor mir, daß ich seinen Atem spüre.«

»Aber du spürst mich doch jetzt auch.«

»Mit dir ist es etwas anderes, dich kenne ich ja – und Christopher und Malcolm auch.«

Sein Griff lockerte sich beträchtlich.

»Welche Ehre für mich, daß du mich wenigstens an die Spitze deiner bevorzugten Tänzer setzt.«

»Warum sagst du das so? Du weißt genau, daß ich am liebsten mit dir tanze. Und du weißt auch, daß ich nicht vergessen habe, wie du mir in der Bibliothek den Walzer beigebracht hast. Und daß ich das sehr schön fand!«

»Woher soll ich das alles wissen?« Er zog sie wieder an sich. Sie tanzten wie vorher. »Ich bin sehr froh, daß du es mir gesagt hast.«

Thomas jammerte leise im Schlaf, wurde aber nicht wach. Jonathan sah besorgt zu ihm hinüber.

»Jedenfalls haben wir jetzt eine Sorge weniger. Rachel fährt morgen früh nach London und bleibt so lange bei ihrer Tante, bis Thomas wieder gesund ist.«

Susanna blieb vor Staunen stehen und ließ die Arme sinken. Jonathan lachte leise. »Jetzt weiß ich auch, warum du keine Zuschauer magst. Du hättest mich zum Gespött des ganzen Ballsaales gemacht, wenn du mich mitten im Tanz hättest stehenlassen. Du mußt diesen Walzer schon mit mir zu Ende tanzen, es sei denn, ich hätte dich beleidigt.«

»Jetzt hör' doch endlich auf, dich über mich lustig zu machen! Ich tanze ja schon wieder. Rachel fährt nach London? Aber warum? Und warum hast du mir das nicht eher gesagt?«

»Bitte keine Vorwürfe, meine strenge Dame! Ich habe es selbst erst eben erfahren. Ich habe ihr mitgeteilt, daß Thomas schwer krank ist, und daraufhin beschloß sie, sich nicht der Gefahr der Ansteckung auszusetzen, sondern sofort abzureisen.«

»Aber – das ist – ich kann das nicht glauben! Stimmt es auch wirklich? Hältst du mich nicht zum Narren?«

»Das tue ich nie, das weißt du doch.«

»Aber wie kannst du sagen, daß wir jetzt eine Sorge weniger haben? Wenn sie fort ist, dann kommen wir doch überhaupt nicht weiter. Und wenn Thomas wirklich Scharlach hat, dann kann es ein paar Wochen dauern.«

»Das soll mir nur recht sein. Ich möchte endlich einmal wieder eine Nacht durchschlafen können. Und wenn ich das ein paar Wochen lang kann – um so besser.«

Susanna sah ihn verständnislos an. Ob er sich nicht doch über sie lustig machte? Sie schüttelte den Kopf. »Ich versteh' dich nicht.«

»Ach, Susanna, du läßt es an der nötigen bräutlichen Anteilnahme fehlen. Hast du denn nicht gemerkt, daß ich tagsüber wahre Gähnkrämpfe unterdrücken muß? Ich bin schließlich noch ein Rekonvaleszent und brauche meine Nachtruhe.«

»Aber wieso schläfst du nicht?«

»Weil ich jeden Abend warten muß, bis du endlich deine Lektüre beendet hast und dein Klopfzeichen gibst. Und weil ich dann nach einer Stunde emporschrecke und mir einbilde, ein Geräusch von oben hätte mich geweckt. Dann schleiche ich nach oben und horche an deiner Tür. Bis ich überzeugt bin, daß alles in Ordnung ist, bin ich so wach, daß ich nicht wieder einschlafen kann. Und wenn es mir nach einiger Zeit doch gelungen ist, dann geht das ganze Theater nach einer Stunde wieder von vorne los.«

»Oh, Jonathan, du Ärmster«, flüsterte Susanna, zwischen Mitleid und Lachen schwankend. »Das ist doch nicht nötig. Ich habe doch meine Pistole.«

»Ja, glaubst du, ich lasse mir die Gelegenheit entgehen, Rachel in flagranti zu ertappen?«

»Ach so!« Diesmal war es Susanna, die den Abstand nachdrücklich vergrößerte. »Und mir traust du das also nicht zu?«

»Ich traue dir sehr viel zu – mehr als allen anderen Mädchen.«

»Soll das ein Kompliment sein?«

»Das weiß ich selbst nicht genau. Ich kann dich immer noch nicht richtig einschätzen, *ma belle.* Mit Rachel wirst du sicher fertig. Aber ich würde so gerne vor dir den Helden spielen und dich aus Todesgefahren retten. Deshalb opfere ich doch meine Nachtruhe.«

»Und da spottest du immer über junge Männer, die Süßholz raspeln«, sagte Susanna versöhnt und ließ sich widerstandslos näher ziehen. »Du bist viel schlimmer.«

»Es tröstet mich, daß du mich auch nicht einordnen kannst. Wenn du mich zu den süßholzraspelnden jungen Männern zählst, zeigst du erstaunlich wenig Scharfblick. Erstens bin ich kein junger Mann, und zweitens sage ich immer die Wahrheit.«

Unten verklangen die letzten Takte des »Donauwalzers«. Jonathan verneigte sich zeremoniell.

»Es war mir eine große Ehre, *ma chère baronesse*. An den Dragonerschritten und dem Geklirr auf der Treppe höre ich, daß Ellen mit einem Tablett naht. Ich werde mir erlauben, später noch einmal vorzusprechen, wenn der Arzt da ist.«

Susanna versank in einen tiefen Knicks.

»Bei jedem Schwur, den Männer je gebrochen,
Mehr an der Zahl, als Frauen je gesprochen,
Du findest sicher mich bis Mitternacht
An diesem Platz, wie wir es ausgemacht.«

Sie richtete sich wieder auf. »*Ein Sommernachtstraum*«, erster Aufzug, erste Szene. Hermia spricht.«

»Du bist genau wie Hermia etwas voreilig mit deinen Versprechungen. Du müßtest nämlich über zwanzig Stunden lang hier bleiben. Mitternacht ist längst vorüber.«

Er öffnete die Türe und hielt sie für Ellen auf, deren Tablett daraufhin bedrohlich ins Schwanken geriet, weil sie gleichzeitig versuchte, zu knicksen und zurückzugehen, um Seiner Lordschaft den Vortritt zu lassen.

»Komm nur herein«, sagte Jonathan freundlich. »Ich habe gehört, daß du eine große Hilfe bist. Kannst du heute nacht im Spielzimmer schlafen und Lady Susanna weiter zur Hand gehen?«

»Aber sicher doch! Wird mir 'ne Ehre sein«, versicherte Ellen geschmeichelt.

»Das ist eine gute Idee«, meinte Susanna. »Dann können wir uns alle zwei Stunden mit dem Schlafen abwechseln und werden morgen gar nicht müde sein.«

»Bilde dir nur nicht ein, daß du allein mit Ellen die gesamte Pflege übernehmen kannst. Morgen früh werde ich mit meiner Mutter einen genauen Plan machen, wer wann eingesetzt wird, wobei deine Vorschläge natürlich berücksichtigt werden. Ich habe dir schon einmal gesagt, daß du nicht als Krankenpflegerin nach Wimberley gekommen bist, und dabei bleibe ich. Also keine nutzlosen Diskussionen, bitte!«

Ellen hatte sich während dieser strengen Worte in die hinterste Zimmerecke zurückgezogen, aber Susanna zeigte sich nicht im mindesten beeindruckt. »Wir werden ja sehen«, sagte sie nur.

»Wir werden gar nichts sehen. Ich werde meine Anordnungen geben, und damit basta!«

»Du vergißt, daß Thomas kein Soldat ist – und ich auch nicht. Psst, ich glaube, er wird wach.«

Thomas stöhnte nur, wie schon mehrmals im Verlauf der leise geführten Unterhaltung, und wurde keineswegs wach, aber Jonathan war damit der Wind aus den Segeln genommen. Ellen sah, daß er Susanna, die sich über das Bettchen gebeugt hatte und vorsichtig das Kissen glattzog, einige Augenblicke lang unter zusammengezogenen Augenbrauen betrachtete, was ihm ein äußerst finsteres Aussehen gab, bis er plötzlich lächelte, etwas murmelte, was sie nicht verstand, und leise hinausging.

Während der nächsten Stunde besann sich Seine Lordschaft auf seine Pflichten als Hausherr, plauderte höflich mit seinen Gästen, tanzte einige Runden mit den Damen, die darauf aufgrund ihres Titels und Alters Anspruch hatten, und bemerkte mit einem zynischen Lächeln, daß seine Schwägerin den Ballsaal noch immer mit ihrer strahlenden Gegenwart beehrte. Er glaubte nicht, daß sie sich von Thomas verabschieden würde, aber trotzdem war er froh, daß Ellen bei Susanna war. Deshalb hatte er das Mädchen auch gebeten, ein Bett im angrenzenden Zimmer aufzuschlagen. Rachel war so wutentbrannt gewesen heute abend, daß er ihr eine Attacke zugetraut hätte. Es hatte ihn sehr verwundert, wie schnell sie sich wieder beruhigt hatte. Aber man konnte nicht wissen, ob sie sich nicht hinreißen lassen würde, sobald sie mit Susanna allein war.

Als Burton unter der Flügeltür erschien, wußte Jonathan, daß der Arzt eingetroffen war, und verließ unauffällig den Ballsaal.

Thomas schrak empor, als Dr. Lindlow an sein Bett trat, und schrie nach Nanny, wurde aber von Susanna schnell beruhigt.

»Jetzt hör' mir einmal zu, Thomas! Nanny hat einen wehen Fuß und liegt im Bett. Du wirst es doch wohl nicht über's Herz bringen, sie traurig zu machen! Das tust du nämlich, wenn sie hört, wie du dich aufführst. Morgen kommt deine Großmutter zu dir und bald auch Nanny, denn ihr Fuß wird sicher ganz schnell heil. Ich habe dir versprochen, daß ich bei dir bleibe und an deinem Bett sitze. Aber ich erwarte von dir, daß du jetzt ganz lieb bist und Dr. Lindlow deine Zunge zeigst.«

Während sie sprach, hatte sie ihn so in den Arm genommen, daß er seinen Kopf an ihre Schulter lehnen konnte. Thomas schluchzte noch ein paarmal, ließ sich dann aber untersuchen wie ein Lämmchen und öffnete sogar den Mund, um einen Löffel Medizin zu schlucken. Dr. Lindlow, ein hagerer, energischer Mann mit scharfen grauen Augen, ließ sich von Susanna einen genauen Bericht erstatten, nickte dann, stellte zwei braune Flaschen auf den Nachttisch und schrieb mit seiner großen, krakeligen Schrift ein Rezept aus.

»Wer wird ihn pflegen?« fragte er schließlich knapp.

»Ich«, erwiderte Susanna ebenso knapp, ohne einen Blick auf Jonathan zu werfen, der schweigend am Fußende des Bettchens stand und ihnen zuschaute.

»Gut!« Dr. Lindlow nickte befriedigt. »Wie ich sehe, wissen Sie, was Sie zu tun haben. Das Fieber wird in den nächsten Tagen noch steigen, also machen Sie ihm weiter Waden- und Halswickel. Die Medizin wird ihn zum Schlafen bringen. Ich habe noch eine andere mitgebracht, für tagsüber, gegen die Schmerzen.

»Also ist es Scharlach?« fragte Jonathan leise.

»Ja, daran besteht kein Zweifel – leider. Erschrecken Sie nicht über seinen Zustand in den nächsten Tagen. Der ist typisch für diese Krankheit, und der Kleine wird ihn schon überstehen, so wie ich ihn einschätze. Er ist ja ein kräftiges Kerlchen, und wir wollen das Beste hoffen. Entscheidend ist die sorgfältige Pflege in den nächsten Wochen. Er darf keinen Rückfall bekommen, das könnte fatal sein. Ich werde jeden Tag kommen und nach ihm sehen.

»Eine Frage noch, Dr. Lindlow. Ist Scharlach auch ansteckend für Vögel?«

»Für Vögel? Scharlach? Ich fürchte, ich verstehe nicht ganz.«

»Ich habe eine zahme Dohle. Sie ist daran gewöhnt, bei mir zu sein.«

»Ah so – hm – ich muß gestehen, da bin ich überfragt. Hm – ich glaube, es geht hier nicht so sehr um die Frage, ob der Vogel sich anstecken kann, sondern ob er im Krankenzimmer geduldet werden sollte. Und dem würde ich ganz entschieden widerraten. Niemand kann wissen, ob er nicht etwas einschleppt, was für den Kranken schädlich ist, und wir wollen doch jedes Risiko ausschließen, nicht wahr?«

Susanna nickte, erst widerstrebend, dann zustimmend, wenn auch mit einem Seufzer.

»Ja, gewiß, das sehe ich ein.« Sie sah Jonathan an. »Du kümmerst dich doch um ihn, ja? Bitte!«

»Du brauchst mich nicht zu bitten. Ich brenne schon seit langem darauf, Hamlet einmal für mich zu haben. Mein italienischer Fluch fehlt noch in seinem Repertoire.«

Sie lächelte etwas mühsam, und er nahm ihre Hand.

»Ich werde jetzt Dr. Lindlow hinunterbegleiten. Ich sage dir gute Nacht. *Bonne nuit, ma bien-aimée.* Und danke!«

Er verbeugte sich, zog ihre Hand empor und küßte ihre Fingerspitzen. Susanna war so überrascht, daß sie den Abschiedsgruß des Arztes nur mechanisch erwiderte und immer noch wie angewurzelt dastand, als sich die Türe längst geschlossen hatte. Ihre Kenntnisse der Etikette mochten ja sehr beschränkt sein, aber so viel wußte sogar sie, daß man unverheirateten Damen nicht die Hand küßt, es sei denn, die Dame war von beträchtlichem Alter oder eine Prinzessin oder Herzogin. Junge Mädchen erhielten keine Handküsse. Susanna betrachtete ihre Fingerspitzen, als ob sie sie noch nie gesehen hätte. Sie mußte auf einmal an den Kuß in der Bibliothek denken. Da war auch dieser elektrische Schlag durch ihren Körper gelaufen. Sie spürte Ellens Blick und ließ verlegen die Hand sinken.

»Wir wechseln uns ab«, sagte sie hastig. »Ich fange an. Nach zwei Stunden wecke ich dich, und du übernimmst die beiden nächsten Stunden. Die Medizin scheint zu wirken. Thomas sieht aus, als ob er jeden Moment einschlafen würde. Und du siehst auch todmüde aus, Ellen.«

»Wecken Sie mich auch bestimmt?« fragte Ellen mißtrauisch. »Ich möcht' nämlich Seiner Lordschaft nicht gegenübertreten, falls Sie mich etwa schlafen lassen.«

»Nein, nein, du kannst dich darauf verlassen, daß ich dich pünktlich wecke.«

Worauf Ellen sich ins angrenzende Spielzimmer zurückzog und schon fünf Minuten später schnarchte, während Susanna sich an das Bettchen setzte, und besorgt beobachtete, wie das kleine Gesicht immer röter wurde. Sie faltete die Hände. Wenn ich doch nur schon bei Pastor Fliedner gewesen wäre, dachte sie inbrünstig. Was ich brauche, ist eine richtige Ausbildung. Die paar Stunden hier bei Thomas haben mir wieder gezeigt, daß mir nichts auf der Welt wichtiger ist als Krankenpflege. Und ich werde eine gute Pflegerin, das weiß ich. Jedenfalls kann ich besser mit Kranken umgehen als mit all diesen Damen, die nichts im Kopf haben außer Mode und Gesellschaften und ihrem Rang. Ich muß unbedingt nach Kaiserswerth gehen!

16. Kapitel

Jonathan ließ sich trotz der langen Nacht nicht von seinem üblichen Morgensport abhalten. Er ritt zu gewohnter Stunde aus, nachdem er sich durch einen Blick zu den Fenstern seines Neffen davon überzeugt hatte, daß noch alle Vorhänge zugezogen waren. Nach einiger Zeit merkte er, daß er das Reiten nicht als so angenehm empfand wie sonst, und als er einmal unbewußt den Kopf zur Seite wandte, um etwas zu sagen, dämmerte ihm die Erkenntnis, daß sein mangelndes Wohlbefinden mit der Abwesenheit seiner gekauften Braut zusammenhängen mußte. Darüber irritiert, ritt er noch eine Strecke weiter – er hatte schließlich jahrelang seinen Morgenritt alleine unternommen –, aber das übliche Wohlgefühl wollte sich nicht einstellen. Seine Gedanken liefen immer wieder zu Susanna zurück, und als ihm dabei Hamlet einfiel, kehrte er spornstreichs um.

Noch bevor er die Reitkleidung gewechselt hatte, ging er in Susannas Zimmer und zog die Vorhänge zurück. Hamlets Käfig stand am gewohnten Platz auf dem Tisch zwischen den Fenstern, war aber weder mit einem Tuch verhängt noch verschlossen. Das hatte Ellen gestern nacht sicher vergessen, als sie Susannas Kleider und Nachtzeug geholt hatte. Jonathan klopfte an die Käfigstäbe.

»Hallo, Hamlet, alter Junge. Deine Herrin hat sich der Krankenpflege verschrieben. Du mußt ein paar Tage mit mir vorlieb nehmen. Ich werde dir das Fenster aufmachen, dann kannst du auf Thomas Fensterbrett fliegen und sie begrüßen.«

Hamlet plinkerte nur müde mit einem Auge und rührte sich nicht. Jonathan wunderte sich. Hatte sich Susanna nicht darüber beklagt, daß er immer mit dem ersten Hahnenschrei wach und munter war, wenn sie einmal vergessen hatte, den Käfig zuzudecken? Aber vielleicht hatte er sich durch die Musik gestört gefühlt? Jonathan vergewisserte sich, daß Wasser und Körner in den Schüsselchen im Käfig waren, und öffnete einen Fensterflügel.

Dabei fiel sein Blick auf die Schale auf dem Sekretär, und er schüttelte den Kopf. Wie war Susanna im Hause ihres Onkels genannt worden? Gefräßig wie ein Metzgerhund? Man konnte dieser Einschätzung nur zustimmen. Die Schale war offensichtlich gefüllt gewesen mit Mrs. Allens Spezialität, in Essig eingelegten, kandierten Pflaumen, von denen sich jetzt nur noch zwei Exemplare in der mit Zucker bestäubten Schale befanden. Da hatte dieses Mädchen doch tatsächlich noch vor dem Abendessen eine Portion Zuckerpflaumen vertilgt! Mrs. Allen kannte die Schwäche der jungen Lady und stellte ihr ständig neue Leckereien ins Zimmer.

»Hier gibt's etwas Gutes für dich, Hamlet!« Jonathan bewegte aufmunternd die Schale hin und her. »Zwei köstliche, saftige Zuckerpflaumen. Wie ich Mrs. Allen kenne, hat sie schon für Nachschub gesorgt.«

Aber Hamlet hatte das eine Auge wieder geschlossen und

blieb reglos im Käfig sitzen. Nun gut, dann sollte er seine offensichtlich beeinträchtigte Nachtruhe nachholen. Er würde sowohl die Zuckerpflaumen wie das offene Fenster entdecken und von beidem den vorgesehenen Gebrauch machen. Jonathan kleidete sich um, erfuhr von Burton, daß Mrs. Sinclair bereits abgereist war, saß allein und lustlos am Frühstückstisch, zerbröselte so wie früher (was Burton besorgt bemerkte) nur eine Scheibe Toast und sprang erleichtert auf, als Dr. Lindlow gemeldet wurde. Zusammen gingen sie ins Krankenzimmer. Susanna sah blaß aus und hatte Schatten um die Augen, wirkte aber ruhig und konzentriert, während sie dem Arzt ihren Bericht über den Verlauf der Nacht und des Morgens gab. Dr. Lindlow nickte und erteilte dann seine Anweisungen.

Jonathan erschrak, als er Thomas sah. Er lag apathisch auf seinem Kissen und hob kaum die Augen, um seinen Onkel und den Arzt zu betrachten. Er lächelte auch nicht, als Jonathan an sein Bett trat, ja, er gab nicht einmal ein Zeichen, daß er ihn erkannt hatte. Sein Gesicht war gedunsen, die Lippen geschwollen, die Haare verklebt. Sein Atem ging so kurz und schnell, daß er fast klang wie ein Keuchen. Jonathan spürte, wie sich seine Kehle zusammenkrampfte. Und Timothy hat mich gebeten, für ihn zu sorgen, dachte er. Er ist alles, was mir von Timothy geblieben ist. Und jetzt liegt er da und hört sich an wie die Sterbenden auf den endlosen Strohsäcken von Skutari. Wenn der Atem so flach und hastig kam, war das nicht immer ein Zeichen gewesen für das nahe Ende? Starben nicht ständig Kinder an Scharlach? Würde Thomas sterben? Er starrte das hochrote Gesichtchen an. Sah es nicht schon ganz verändert und fremd aus? Auch Timothy war so schrecklich verändert gewesen, damals, als er ihn zum letzten Mal gesehen hatte.

Auf einmal konnte Jonathan den Anblick nicht länger ertragen. Er hatte Hunderte sterben sehen in jenen schrecklichen Wochen in Skutari. Aber Thomas – das war etwas anderes. Er drehte sich abrupt um und ging aus dem Zimmer. Der Arzt kam ihm nach.

»Liegt er im Sterben?« fragte Jonathan rauh.

»Aber nein, Mylord! Der Junge sieht besorgniserregend aus, das gebe ich zu, aber die Temperatur ist nicht so hoch gestiegen, wie ich befürchtet hatte. Baronesse Susanna hat ihm heute alle halbe Stunde frische Quarkwickel gemacht, die ziehen das Fieber aus dem Körper. Es wäre mir am liebsten, wenn sie die Oberaufsicht behielte. Ich werde natürlich auch weiterhin jeden Tag kommen, und Sie können mich jederzeit rufen, wenn Ihnen das nötig erscheint.«

»Ich danke Ihnen. Ich werde jetzt meine Mutter von der Situation unterrichten. Sie weiß noch gar nichts von Thomas Krankheit. Es wird sie sehr treffen. Thomas ist ihr Augapfel.« Er räusperte sich. »Die Kutsche wartet vor dem Portal auf Sie. Und wenn Sie noch Patienten zu besuchen haben, so zögern Sie bitte nicht, das zu tun, der Kutscher steht ganz zu Ihrer Verfügung.«

Dr. Lindlow war überrascht und erfreut. Lord Sinclair schien ein großzügiger Mann zu sein. Es gehörte keineswegs zu den Gepflogenheiten vornehmer Herren, ihre Kutsche dem Arzt für seine Runde zur Verfügung zu stellen. Mrs. Lindlow würde außer sich sein vor Begeisterung, wenn sie erfuhr, daß ihr Gatte in der gräflichen Kutsche bei seinen Patienten vorgefahren war. Das würde der Praxis Auftrieb geben!

Jonathan erschien schon während des Lunchs wieder im Krankenzimmer, um sich zu vergewissern, daß Susanna ausreichend versorgt worden war – was ein fadenscheiniger Vorwand war, denn die Tabletts, die man wegen der Ansteckungsgefahr vor der Türe abgestellt hatte, hätten zwei hungrigen Männern genügt.

»Ich kann mir gar nicht erklären, wo Hamlet bleibt«, fragte Susanna besorgt. »Ich habe schon ein paarmal nach ihm gepfiffen, aber er kommt nicht. Selbst wenn er zu Mr. Mackenzie an die Volière geflogen ist, müßte er doch längst wieder zurück sein.«

»Er wirkte heute morgen ausgesprochen übernächtigt. Vielleicht ist er wieder eingeschlafen. Ich werde sofort nach ihm sehen und ihm sagen, daß du ihn erwartest.« Jonathan ging eilig in Susannas Zimmer. Ihre Unruhe hatte ihn angesteckt. Die Erklärung über die Abwesenheit seiner Herrin hatte Hamlet wohl kaum verstanden. Doch der Vogel war daran gewöhnt, in Susannas Nähe zu sein. Warum hat er sich nicht längst auf die Suche nach ihr gemacht? Noch in der Türe sah Jonathan zum Käfig hinüber und blieb erschrocken stehen. Was war das?

Mechanisch drückte er die Tür ins Schloß und ging langsam auf den Käfig zu. Hamlet lag auf dem Rücken, die Füße in die Luft gereckt, die Zehen verkrümmt, den Schnabel aufgerissen. Die Lage war so unnatürlich, ja, so grotesk, daß sie nur einen Schluß zuließ. Es hatte keinen Sinn mehr, den Vogel beim Namen zu rufen. Hamlet war tot.

Der Käfigboden war befleckt mit schaumigen Exkrementen, auch aus dem Schnabelwinkel lief eine Flüssigkeit, die aussah wie blutiger Schaum. Sie hatte auf dem glänzenden Gefieder eine stumpfe Spur hinterlassen. Einen Augenblick lang tauchte die Vorstellung von verwestem, vielleicht schon giftigem Fleisch in Jonathans Kopf auf, aber er verwarf den Gedanken gleich wieder. Zwar fraßen Dohlen Aas, aber Hamlet war ein gezähmter Vogel, der sein Futter ausschließlich von Susanna nahm oder von Menschen, die er kannte. Er hatte nichts dagegen, wenn Ellen ihn mit einem Leckerbissen lockte, aber die würde ihm nie etwas Verdorbenes anbieten. Nein, nein, Hamlet war ein Feinschmecker, das hatte er oft genug bewiesen, dachte Jonathan bei der Erinnerung an manches Picknick oder Mahl auf der Terrasse, bei dem der Vogel immer die besten Sachen stibitzt hatte. Und wenn Susanna ihm gedroht oder gar mit ihm geschimpft hatte, dann hatte er immer die Flügel hängen lassen und ausgesehen wie ein armer Sünder.

Susanna – Wie sollte er Susanna beibringen, daß Hamlet tot war? Es würde sie schrecklich treffen. Er wagte gar nicht, sich ihr Gesicht vorzustellen. Und wie sollte er es ihr sagen? Mit welchen Worten? Er konnte sie doch nicht einfach von Thomas Bett wegziehen und sagen ... Ja, was?

Wie hatte das überhaupt geschehen können? Woran starben Vögel eigentlich? An Altersschwäche? An Herzversagen? War Hamlet vielleicht in einem Alter, wo man an seinen Tod hätte denken müssen? Wie alt wurden Dohlen überhaupt? Aber das hier war kein normaler Tod! Jonathan trat dicht an den Käfig und versuchte, in den stinkenden Überresten auf dem Boden etwas zu erkennen, aber es gelang ihm nicht.

Ratlos wandte er sich ab. Da stand immer noch die Schale mit den beiden Zuckerpflaumen. Hamlet hatte sie nicht angerührt, obwohl er doch so versessen war auf Süßigkeiten. Hatte er sie wirklich nicht angerührt? Der Gedanke durchzuckte Jonathan wie ein elektrischer Schlag. Er stand ganz still, dann setzte er sich langsam auf den nächsten Stuhl. Das würde ja bedeuten, daß ... Er schüttelte den Kopf. Nein, der Gedanke war gar zu fantastisch! Aber warum eigentlich? Er glaubte, einem Mord auf der Spur zu sein, einem Mord, der bis heute nicht entdeckt worden war. Warum sollte der Mörder nicht ein zweites Mal zuschlagen? Jonathan sah Hamlets steifen Körper, den aufgesperrten Schnabel, die starren Augen – und eine Gänsehaut lief ihm über die Arme. Waren die Pflaumen überhaupt für Hamlet bestimmt gewesen? Warum sollte sich ein Mörder mit einem Vogel aufhalten? Waren sie nicht – hatte man sie nicht Susanna zugedacht? Was genau war gestern geschehen?

Er versuchte, sich zu erinnern und seine Gedanken auf den gestrigen Nachmittag zu konzentrieren. Nach dem Auftritt mit Rachel war Susanna gar nicht mehr in ihre Zimmer zurückgegangen, sondern bei seiner Mutter geblieben, und er hatte sie später in den blauen Salon begleitet, in den die Gäste geführt wurden, die zum Abendessen eingeladen waren. Wer hatte die Zuckerpflaumen in Susannas Zimmer gebracht? Und wann? Das waren die entscheidenden Fragen. Wenn die Süßigkeiten schon dort gestanden hatten, als Susanna für den Ball zurechtgemacht wurde, also vor dem Auftritt mit Rachel, dann waren seine Verdächtigungen sinnlos.

Jonathan streckte die Hand nach dem Klingelzug aus – und ließ sie wieder sinken. Ich darf jetzt nichts überstürzen, dachte er. Wenn ich anfange, Nachforschungen anzustellen, wird Wimberley bald brodeln von Gerüchten. Kein Mensch darf wissen, welchen Verdacht ich habe, niemand außer Susanna. Er versank in Nachdenken und zog schließlich die Taschenuhr aus der Westentasche. Am frühen Nachmittag pflegte Mrs. Allen bei seiner Mutter vorzusprechen und ihr den Speiseplan des nächsten Tages vorzutragen, Änderungswünsche für das Dinner entgegenzunehmen oder Sonderwünsche für das Frühstück, obwohl das letztere seit Susannas Ankunft von einer Üppigkeit war, die jede Erwartung zufriedenstellte. Jonathan öffnete die Tür einen Spalt, überzeugte sich, daß der Gang leer war, verschloß die Tür und steckte den Schlüssel in seine Tasche. Was sich in Susannas Zimmer befand, sollte vorläufig ein Geheimnis bleiben. Er ging langsam zu den Räumen seiner Mutter, klopfte und trat ein. »Pardon, Mama, ich sehe, du bist beschäftigt. Nein, nein, bleiben Sie nur, Mrs. Allen, die Dinge, die Sie zu besprechen haben, sind zweifellos wichtiger als meine Frage. Hast du Hamlet gesehen, Mama? Dr. Lindlow hat ihm das Krankenzimmer verboten, aber Susanna würde ihn gerne wenigstens auf dem Fensterbrett sehen. Er ist nicht mehr in seinem Käfig, und da ich weiß, daß er eine Schwäche für dich hat, habe ich ihn bei dir vermutet.«

»Hamlet? Nein, ich habe ihn heute überhaupt noch nicht gesehen. Vielleicht ist er bei Mr. Mackenzie?«

»Das hat Ellen auch gesagt. Ihre Nichte ist Lady Susanna eine große Hilfe, Mrs. Allen. Und Sie sorgen sich geradezu rührend um ihr Wohl. Warum bekomme ich nie Ihre berühmten Zuckerpflaumen?«

»Aber Mylord! Lady Susanna ist doch die einzige, die so dahinter her ist – äh, die die Pflaumen schätzt, wollte ich sagen.« Mrs. Allen wurde durch den Vorwurf aus ihrer üblichen, gemessenen Sprechweise gebracht. »Die meisten finden sie zu süß und zu klebrig.«

»Tatsächlich? Sie stellen Sie nicht auch in andere Zimmer?«

»Aber nein, Mylord. Ich werd mich hüten! Gestern, wie ich die Schale für Lady Susanna fertig gemacht hab, da hat Mrs. Fairchild noch darüber gespottet, wie man so klebriges Zeug essen könnte, das würde nur die Figur verderben, und ihre Lady, also Mrs. Sinclair, täte das nie, weil, die wäre eine wahre Lady und würde nicht Süßigkeiten in sich hineinstopfen wie eine –« Sie brach verlegen ab.

»Da muß ich Ihre Pflaumen aber in Schutz nehmen«, sagte Lady Sinclair prompt. »Ich fand sie immer köstlich und würde gerne einmal wieder einige probieren. Aber nur eine kleine Schale, Mrs. Allen, bitte, ich bin leider nicht mehr in dem Alter, in dem man einen so gesegneten Appetit hat wie Lady Susanna.«

»Für mich gilt dasselbe, Mrs. Allen. Wenn es Ihre Zeit erlaubt, wäre ich gleich für eine kleine Kostprobe dankbar.«

»Aber gewiß, Mylord.« Mrs. Allen strahlte. »Ich werde sie sofort bringen.«

»Das ist sehr freundlich. Ich werde mich in meine Kinderzeit versetzt fühlen. Haben Sie auch Lady Susanna die Pflaumen selbst gebracht?«

Mrs. Allen nickte. »Eigentlich wollte ich Debbie schicken. Aber dann bin ich selbst gegangen, weil ich dachte, dann krieg ich das Ballkleid zu sehen. Ellen hat wunders was erzählt von goldener Seide und Glitzersteinen. Aber wie ich gekommen bin, da waren die Zimmer schon leer, und da hab' ich ihr die Pflaumen auf den Sekretär gestellt. Aber ich hab sie doch gesehen, Lady Susanna mein ich, nämlich von der Galerie aus, wo die kleine Tür in der Ecke ist. Wir waren alle der Reihe nach gukken. Wunderschön sah sie aus, wie aus einem Märchenbuch.«

»Ich kann Ihnen nur zustimmen, Mrs. Allen. Mama, ich werde mich jetzt auf die Suche nach diesem pflichtvergessenen Vogel machen. Ich bin gespannt, ob ich ihn bei Mr. Mackenzie finde.«

Er blieb eine Zeitlang vor der Tür stehen und nickte gedankenvoll. Dann ging er schnell und umsichtig ans Werk. Er verschwand ungesehen in Susannas Zimmer und schloß sich dort ein. Er packte die Schale mit den beiden Pflaumen und den toten Vogel in eine Schatulle, reinigte den Käfig und stellte ihn wieder an seinen Platz. Jetzt kam die schwerste Aufgabe. Er mußte mit Susanna reden – und er wußte immer noch nicht, was er ihr sagen sollte. Er versteckte die Schatulle in seinem Sekretär und stieg dann langsam die Treppe zu den Kinderzimmern empor. Susanna stand hastig von ihrem Stuhl am Bett auf, als er hereinkam, und lief auf ihn zu.

»Er ist immer noch nicht dagewesen! Du wolltest ihn mir doch schicken!«

»Das konnte ich nicht. Ich habe ihn nicht gefunden. Die Käfigtür stand offen und das Fenster auch, genau wie heute morgen. Er muß hinausgeflogen sein. Ich habe ihn schon bei meiner Mutter gesucht und bei den Mackenzies und an seinen restlichen Lieblingsplätzen auch, aber er ist wie vom Erdboden verschluckt.

»Aber das verstehe ich nicht! Er ist noch nie so lange fortgeblieben. Jedenfalls nicht, ohne mich vorher zu begrüßen. Ich habe eben etwas geschlafen, aber Ellen hat aufgepaßt, und in der Zeit war er auch nicht da, nicht wahr, Ellen?«

»Nein, Mylady, ganz gewiß nicht. Also, wenn Sie mich fragen – vielleicht gibt es irgendwo eine Dohlin?«

Jonathan nickte nachdenklich. »Ja, das wäre natürlich eine Erklärung.«

»Nein, nein, das glaube ich nicht! Er würde nicht einfach verschwinden. In all den Jahren hat er das noch nie gemacht, noch nie!« Susanna preßte die Hände gegeneinander. »Ich kann mir das nicht erklären. Ich bin schon ganz unruhig. Es wird ihm doch wohl nichts passiert sein? Nicht wahr, Jonathan – das ist doch nicht möglich?«

Sie sah ihn so flehend an, daß Jonathan Mühe hatte, seine Fassung zu bewahren. Nein, er konnte sie nicht belügen. Er würde es nicht übers Herz bringen, sie tagelang im Ungewissen zu lassen. Er müßte angeblich immer auf der Suche nach dem verschwundenen Vogel sein. Sie würde sich in immer größere Sorge hineinsteigern, immer wieder Hoffnung schöpfen, hundert Gründe erfinden, warum Hamlet verschwunden sein könnte und warum er bestimmt wiederkäme – und dann würde sie doch mit der schrecklichen Nachricht fertigwerden müssen. Ich habe noch nie etwas von Taktieren und Lavieren gehalten, dachte Jonathan. Ich bin dafür, die Wahrheit zu sagen. Es ist mir auch schrecklich, Mama zu belügen. Wenn ich nicht sicher wäre, daß sie sich einfach nicht verstellen kann und dadurch meinen Plan gefährdete, ich hätte ihr längst alles erzählt. Ich habe sie noch nie belogen. Und ich will auch Susanna nicht belügen.

»Nicht wahr, Jonathan?« wiederholte Susanna drängend, mit einem Unterton von Panik in der Stimme, und er merkte, daß er ihr immer noch nicht geantwortet hatte. Er mußte jetzt allein mit ihr sein!

»Ich weiß nicht, worüber du dich so aufregst«, sagte er kühl.

»Du führst dich auf wie die Mutter eines Kleinkindes. Hamlet ist doch wirklich fähig, selbst auf sich achtzugeben. Warum gönnst du ihm nicht seine Dohlin? Er wird wiederkommen, wenn er Lust dazu hat, egal, ob dir das paßt oder nicht. Ich finde, du solltest deine Nerven für Thomas schonen. Ich möchte jetzt den Plan mit dir besprechen, den ich mit meiner Mutter ausgearbeitet habe. Wir gehen wohl besser ins Nebenzimmer, da stören wir Thomas nicht.«

Er hielt ihr die Türe auf, und es blieb Susanna nichts anderes übrig, als ihm zu folgen, obwohl sie seine kalten Worte derartig verletzend fand, daß sie sich am liebsten auf dem Absatz umgedreht und ihn stehengelassen hätte.

Ellen schaute ihnen verwirrt nach. Uuh, was konnte Mylord eisig reden! Ob die alte Fairchild etwa recht hatte? Die hatte doch glatt behauptet, aus der heimlichen Verlobung würde nichts, obwohl sie natürlich gar nicht heimlich war, weil alle Welt darüber tuschelte. Seiner Lordschaft würden schon noch die Augen aufgehen, hatte sie gesagt, und dann würde die Baronesse ihre noble Garderobe wieder einpacken müssen in ihre Luxuskoffer. Ob Seiner Lordschaft jetzt die Augen aufgegangen waren? Aber warum bloß? Er konnte doch wohl nichts dagegen haben, daß Lady Susanna sich um ihren Vogel sorgte? So ein ulkiges Tier! Und all die Sprüche, die er wußte, die waren direkt zum Totlachen. Und hängen an ihr tat er und sie an ihm, das sah doch jeder. Also war es doch wohl ihr gutes Recht, sich um ihn Sorgen zu machen. Ellens üppiger Busen schwoll von weiblichem Solidaritätsgefühl. Wenn Donald in so einem Ton mit ihr sprechen würde, na, dem würde sie aber was erzählen!

Es hätte sie sehr befriedigt zu hören, daß auch Seine Lordschaft seinen Ton grundlegend änderte, kaum daß sich die Türe geschlossen hatte, und es waren nicht Susannas zorngrüne Augen, die ihn dazu gebracht hatten.

»Ich muß dir etwas sagen, Susanna, und ich weiß nicht, wie. Es geht um Hamlet.«

Sie sah ihn nur an, während alles Blut aus ihrem Gesicht wich. Die Sommersprossen hoben sich deutlich von der weißen Haut ab.

»Es fällt mir sehr schwer, dir wehzutun, Susanna, aber ich glaube, es ist besser, du weißt es. Hamlet ist tot.«

Susanna rührte sich nicht. Sie stand so reglos da wie eine Statue. Dann hob sie langsam die Hand, tastete nach einem Stuhlrücken und hielt sich daran fest.

»Hamlet tot? Aber das kann nicht sein! Wir haben doch gestern nachmittag noch ...« Ihre Stimme versagte.

Jonathan räusperte sich. »Ich fürchte, er ist vergiftet worden.«

»Vergiftet? Hamlet vergiftet?« Susanna war so benommen, daß sie das Wort mechanisch wiederholte. »Aber wie?«

»Mrs. Allen hatte dir eine Schale mit Zuckerpflaumen ins Zimmer gestellt.«

Susanna schüttelte langsam den Kopf. Ihr Gesicht verlor den betäubten Ausdruck. »Mrs. Allen? Mrs. Allen soll Hamlet vergiftet haben? Das glaube ich nicht.«

»Nein, natürlich nicht. Für Mrs. Allen lege ich meine Hand ins Feuer. Aber die Schale stand den ganzen Abend auf deinem Sekretär, und deine Türen waren nicht verschlossen. Im Schloß waren alle mit dem Ball beschäftigt. Niemand hätte einen Fremden in deinem Zimmer bemerkt.«

»Aber – aber wie sollte ein Fremder von den Zuckerpflaumen wissen?«

»Mit Fremder meine ich ja auch nur eine Person, die in deinen Zimmern nichts zu suchen hatte. Und von den Zuckerpflaumen wußten alle, die die Unterhaltung in der Küche angehört hatten. Mrs. Fairchild hat sich nämlich darüber mokiert, daß du das klebrige Zeug essen könntest.«

»Oh – ich verstehe – und du meinst, daß sie ...« Wieder versagte ihr die Stimme.

»Nein, das meine ich nicht. Ich glaube nicht, daß es Mrs. Fairchild war. Und ich glaube auch nicht, daß Hamlet sterben sollte. Du warst gemeint, Susanna.«

Susanna starrte vor sich hin.

»Rachel – du meinst, Rachel –« Sie verstummte. »Also deshalb war sie so fröhlich gestern abend? Ich habe gar nicht begriffen, wieso sie nicht länger wütend war über den Schmuck. Aber Hamlet – warum Hamlet? Was hat er ihr getan? Er mag sie nicht, das stimmt, und er hat es ihr auch gezeigt, aber das ist doch kein Grund, daß sie ihn vergiftet.«

»Aber Susanna! So versteh' doch endlich! Hamlet ist ihr gleichgültig! Sie meinte nicht Hamlet, sie meinte dich! Du solltest sterben! Ich weiß nicht, was sie mit den Pflaumen gemacht hat, aber die Schale war voll davon, und wenn sie jede einzelne vergiftet hat, dann hätte die Menge zweifellos ausgereicht, um einen Menschen zu töten. Hamlet hat dir das Leben gerettet. Wenn er die Pflaumen nicht gefressen hätte, dann hättest du sie gefunden. Und nicht er wäre tot, sondern du!«

Susanna sank auf den Stuhl. Ihr Gesicht war immer noch kreidebleich.

»Ich hätte bestimmt davon gegessen, wenn nicht vor, dann nach dem Ball. Was für eine unheimliche Vorstellung! Ich könnte tot sein, tatsächlich!« Doch dann schüttelte sie heftig den Kopf. »Nein, ich wäre nicht tot. Denn ich bin ja gar nicht mehr in meine Zimmer gegangen, sondern gleich bei Thomas geblieben. Ich habe mir selbst das Leben gerettet. Und zwar dadurch, daß ich mich um den Sohn der Frau gekümmert habe, die mich umbringen wollte. Ist das nicht ein makabrer Gedanke? Und ich bin schuld an Hamlets Tod! Wenn ich ihn in seinen Käfig eingeschlossen oder ihn wenigstens zugedeckt hätte, dann hätte er die Pflaumen nicht fressen können. Wenn ich doch bloß Ellen daran erinnert hätte! Sie ist nur gerannt, um meine Sachen zu holen. Ich hätte sie noch einmal schicken müssen!«

»Nein, nein, das stimmt nicht! Wenn du zurückgegangen wärest, dann hättest du die Pflaumen da stehen sehen und bestimmt ein paar probiert. Und wenn du Ellen zurückgeschickt hättest, dann hätte sie dir die Pflaumen mitgebracht oder vielleicht selbst welche genascht. Oder ein Stubenmädchen hätte sie gefunden und Mrs. Allen zurückgebracht. Ich darf gar nicht an alle Möglichkeiten denken. Stell dir vor, die Pflaumen wären zurückgelegt worden in den großen Krug und mit den anderen vermischt worden. Der halbe Haushalt hätte zugrunde gehen können.«

»Ach, das hört sich alles so unwahrscheinlich an. Irgendwie kann ich es gar nicht glauben. Woher willst du überhaupt wissen, daß die Pflaumen vergiftet waren? Vielleicht hat Hamlet etwas anderes gefressen?«

»Ja, daran habe ich auch schon gedacht. Das kann ich natürlich nicht ausschließen. Deshalb werde ich die Relikte einem Apotheker in London schicken. Er ist Spezialist für Gifte. Der Apotheker von Farnham versteht sich auch darauf, aber hier in der Gegend will ich niemanden fragen, sonst würden sofort die Gerüchte kursieren.«

»Was meinst du mit Relikte?«

Jonathan zögerte. »Die Vogelleiche und die restlichen Pflaumen.«

»Hamlet? Du willst Hamlet nach London schicken? Und was machen sie dort mit ihm?«

»Das weiß ich auch nicht genau. Ich nehme an, daß man versuchen wird, in seinem Schnabel oder Hals Reste zu finden, die sich analysieren lassen. Vielleicht muß man auch den Mageninhalt untersuchen.«

»Das heißt, sie werden ihn aufschneiden, nicht?«

»Ich fürchte, ja.«

»Das will ich nicht!«

»Das kann ich gut verstehen. Aber ich fürchte, es wird sich nicht umgehen lassen.«

»Hamlet gehört mir! Und ich lasse ihn nicht aufschneiden!«

»Aber Susanna! Sei doch vernünftig!«

Susanna preßte die Lippen aufeinander und schüttelte den Kopf.

»Hast du einen besseren Vorschlag?«

Wieder ein Kopfschütteln.

»Willst du ihm hier ein feierliches Begräbnis ausrichten, am besten im Tulpenbeet, und der ganze Haushalt versammelt sich als Trauergemeinde?«

Susanna schob das Kinn vor und preßte weiter die Lippen zusammen.

»Was willst du dann? Als einzige Hinterbliebene an einem versteckten Grab stehen, das niemand außer dir kennt?«

»Wie kannst du nur so herzlos sein?«

»Aber Susanna, ich will dich doch nur zur Vernunft bringen. Es ist ein Verbrechen geschehen! Wann begreifst du das endlich? Du solltest umgebracht werden! Und das bestätigt meine Theorie, daß auch Timothy einem Verbrechen zum Opfer gefallen ist. Du magst mich herzlos nennen, aber ich finde es besser, daß Hamlet tot ist als du. Entschieden besser! Und wenn du ruhig nachdenkst, wirst du mir recht geben müssen. Ich weiß, wie sehr du an ihm gehangen hast. Aber er ist tot, und daran ist nichts mehr zu ändern. Wir können nur versuchen, so viele Hinweise aus seinem Tod abzuleiten, daß wir ein weiteres Verbrechen verhindern können – und vielleicht das erste aufdecken. Und deshalb müssen wir Hamlet untersuchen lassen.«

Der störrische Ausdruck war von Susannas Gesicht verschwunden. Sie nickte widerstrebend.

»Ich – kann ich ihn noch einmal sehen?«

»Tu's lieber nicht. Behalte ihn so in Erinnerung, wie du ihn zuletzt gesehen hast.«

Sie sah ihn an. »Bitte!«

Er betrachtete sie einen Augenblick, dann ging er wortlos aus dem Zimmer. Nach wenigen Minuten kam er mit der Holzschatulle zurück und legte sie ihr in den Schoß. »Faß' ihn nicht an!« sagte er nur.

Susanna öffnete den Deckel und schlug behutsam die Tücher zurück. Sie stieß einen unterdrückten Schreckenslaut aus, als sie den Kopf mit dem aufgerissenen Schnabel sah. »Oh mein Gott! Meinst du, er hat – war es schlimm für ihn?«

»Ich weiß es nicht. Ich hoffe, bei der Menge, die er gefressen hat, ist es sehr schnell gegangen.«

Mit zitternden Fingern zog Susanna die Tücher auseinander. »Er sieht so klein aus«, flüsterte sie. »Fast wie damals, als er aus dem Nest gefallen war. Bloß seine Federn waren damals viel kürzer und struppiger. Papa hat nicht geglaubt, daß ich ihn durchbringen würde.« Sie hob unwillkürlich die Hand, um über den grau schillernden Fleck am Hals zu streichen, aber Jonathan hielt sie fest. Susanna ließ die Hand in seinem Griff und saß ganz still. Tränen liefen über ihr Gesicht und tropften auf den Vogelkörper. Sie schluchzte auf.

»Ach, sieh nur. Einen Moment lang hab' ich geglaubt, er lebt noch und plinkert mir zu, und du hast dich geirrt, und er ist gar nicht tot. Aber es sind nur meine Tränen.« Sie preßte mit einem Mal Jonathans Hand über ihre nassen Augen, als ob sie den Anblick in ihrem Schoß nicht mehr ertragen könnte. Dann ließ sie die Hand los und legte sorgfältig die Tücher wieder zusammen. »Danke! Du kannst ihn jetzt haben.«

Sie sah mit starrem Gesicht zu, wie Jonathan die Schatulle wieder verschloß.

»Es ist gut, daß sie nicht hier ist«, sagte sie plötzlich. »Es ist gut, daß sie noch lange weg bleibt. Ich könnte sie umbringen!

Wenn ich sie jetzt vor mir hätte, ich würde mich nicht beherrschen können! Ich würde sie – oh, ich würde sie ...« Sie ballte die Fäuste und schlug sie gegeneinander.

»Ja, es ist gut, daß sie fort ist. Und wenn sie zurückkommt, tust du keinen Schritt mehr alleine, das mußt du mir versprechen! Du läßt nur Ellen in dein Zimmer, und sie wird dich ins Frühstückszimmer begleiten, und dort warte ich auf dich und werde dich nur aus den Augen lassen, wenn du bei meiner Mutter bist.«

Susanna lächelte schwach. »Du Armer! Du wirst dich zu Tode langweilen.«

»Diese Befürchtung hege ich keineswegs. Du erstaunst mich immer noch mit unbekannten Zitaten. Und für nachts werde ich dir Troll geben. Diese Idee hätte mir schon eher kommen sollen. Er ist ein ausgezeichneter Wachhund.«

»Oh ja, das ist gut. Dann habe ich jemanden, mit dem ich abends reden kann. Ich habe immer mit Hamlet ...«

Ihre Stimme geriet wieder ins Schwanken. Jonathan griff in seine Tasche und reichte ihr wortlos sein Taschentuch.

»Danke. Ich – ich gehe jetzt besser.«

Jonathan wartete, bis er ihre Stimme hörte, die liebevoll und ohne verräterisches Schwanken auf Thomas Jammern antwortete. Dann nahm er die Schatulle, ging in sein Arbeitszimmer und begann einen Brief an seinen Rechtsanwalt Mr. Burroughs in London, auf dessen Findigkeit und Verschwiegenheit auch in nichtjuristischen Angelegenheiten er sich absolut verlassen konnte.

17. Kapitel

Es hatte geregnet in der Nacht, und die Tropfen hingen noch an den Zweigen der Bäume und Hecken, doch am späten Vormittag brannte die Sonne vom Himmel und hatte schon alle Feuchtigkeit vom Gras weggesogen. Ein feiner Dunst hing über den Wiesen, die Luft war erfüllt von Lerchengezwitscher und dem scharfen Duft der blühenden Weißdornhecken. Es war einer jener Frühsommertage, die noch die Frische und Zartheit des Frühlings haben und doch schon die Hitze eines Augustmorgens ahnen lassen.

Susanna betrachtete die Reitgesellschaft vor ihr mit ungnädigem Blick. Am liebsten ritt sie mit Jonathan. Seitdem Thomas gesund und in die Obhut von Nanny und Lady Eugenia übergegangen war, trafen sich Lord Sinclair und seine gekaufte Braut wieder täglich vor dem Frühstück zu ihrem Morgenritt und oft auch ein zweites Mal vor dem Lunch. Heute hatte sie auf ihn gewartet, endlos lange wie ihr schien, und dann hatte er sich entschuldigen lassen, weil ein Besucher für ihn gekommen war. Sie war über Gebühr enttäuscht gewesen und hatte beschlossen, alleine zu reiten. Da Rachel immer noch in London war, konnte sie das unbesorgt tun. Sie liebte das Land um Schloß Wimberley und wurde nicht müde, es zu erkunden.

Sie war gerade auf den breiten Weg eingebogen, der zu dem großen, schmiedeeisernen Parktor führte, als ihr von dort die Pennehams mit ihren Gästen entgegen kamen, alle hoch zu Roß. Nur Lady Hester fehlte und Brian Woodley, der schon längst abgereist war. Christopher stieß seinem Pferd die Hacken in die Weichen, als er Susanna sah, und trabte auf sie zu.

»Sag' nicht, daß du gerade ausreiten willst! Wir wollen dich besuchen.«

»Mich ganz allein?« Susanna warf seinen Schwestern einen ungläubigen Blick zu.

Christopher grinste. »Nun ja, für die anderen kann ich nicht sprechen. Aber ich wollte ganz bestimmt nur dich sehen.«

»Und ich auch!« versicherte Malcolm mit Nachdruck und legte mit übertriebener Geste die Hand aufs Herz.

»Wie könnt ihr nur so unhöflich sein?« Der Verweis kam natürlich von Victoria. Sie war als einzige der Gruppe verheiratet und genoß es immer, ihre Autorität auszuspielen. »Wir sind natürlich auch gekommen, um Lady Sinclair und Jonathan zu sehen.« Ihre Schwestern nickten.

»Da muß ich euch leider enttäuschen. Jonathan hat Besuch. Irgend etwas Geschäftliches. Aber Lady Sinclair ist im Park. Sie wird sich bestimmt freuen, wenn ihr ihr Gesellschaft leistet. Und wenn ihr lange genug wartet, werdet ihr vielleicht auch noch Jonathan zu Gesicht bekommen.«

Den letzten Satz sagte Susanna mit betont harmlosem Gesicht. Victoria sah sie unsicher an und errötete leicht.

»Ich glaube, wir tun Jonathan einen größeren Gefallen, wenn

wir dich auf deinem Ausritt begleiten.« Sie bemühte sich, herablassend zu klingen.

»Wirklich? Meinst du, es ist eine solche Zumutung für ihn, euch zu sehen?«

Die Röte in Victorias Gesicht wurde dunkler. »Das meine ich keineswegs! Wir sind schließlich Freunde von Kindesbeinen an. Aber er ist bestimmt dankbar, daß wir dich vor einem faux pas bewahren, denn es ist überaus unschicklich, ohne Begleitung auszureiten. Ich weiß natürlich nicht, wie man in Frankreich darüber denkt, dort sollen ja überhaupt etwas eigenartige Sitten herrschen, wie man so hört. Ich will zu deinen Gunsten annehmen, daß du dir deines Fehlers nicht bewußt warst. Du wirst mir wahrscheinlich dankbar sein, daß ich dich darüber aufkläre, daß es in England absolut unmöglich ist, wenn ein Mädchen ohne die Begleitung eines Reitknechts ausreitet.«

»Warum sollte ich dir dankbar sein? Mich interessieren die englischen Sitten nicht. Ich würde eigentlich lieber allein reiten«, erwiderte Susanna grob.

Acht Gesichter sahen sie fassungslos an. Wenn ich erklärt hätte, ich wollte zur Bühne gehen, könnten sie nicht entsetzter sein, dachte Susanna ärgerlich. Dann gewann ihr Spaß an der Komik der Situation die Oberhand.

»Also schön, warum nicht? Reiten wir zusammen.« Sie ließ Thunder einen Satz nach vorne machen. »Du wirst dann allerdings auf das Vergnügen verzichten müssen, Jonathan von meinem ungehörigen Benehmen zu berichten, Victoria. Aber sicher wird sich später noch eine Gelegenheit dazu ergeben.«

Doch Victoria ließ sich nicht reizen. Sie wandte den Kopf zur Seite, ohne Susanna einer Antwort zu würdigen, und erkundigte sich bei Lord Heresford mit einer derartigen Anteilnahme nach dem Befinden seiner lieben Mama, als ob es auf der ganzen Welt kein interessanteres Thema gäbe. Was ist nur los mit mir, fragte sich Susanna gereizt. Warum bin ich so unleidlich und unhöflich? Wahrscheinlich denken sie jetzt alle, ich sei eifersüchtig. Pah, so ein Unsinn. Wenn Jonathan es schön findet, sich von einem solchen Zuckerpüppchen anschmachten zu lassen, dann soll das nicht meine Sorge sein ... Er findet es auch gar nicht schön, da bin ich sicher ... Ich wünschte, er wäre hier und wir könnten zusammen darüber lachen, wie Lord Heresford sich bemüht, Victoria zu unterhalten.

»Was ist denn los mit dir?«

Als Susanna Christophers bekümmertes Gesicht sah, tat ihr ihre Unhöflichkeit leid. »Du warst doch nicht gemeint, du Dummer. Mit dir reite ich gerne, das weißt du doch! Komm, wir machen ein Wettrennen bis zum Ende der Allee. Ich gebe dir fünf Längen Vorsprung.«

»So wenig hältst du von meinen Fähigkeiten? Du willst mich wohl beleidigen? Drei Längen genügen.«

Der Apfelschimmel preschte die Allee hinunter, dicht gefolgt von Thunder, der beständig an Boden gewann. Grasbüschel und Erdbrocken flogen von den Hufen der Pferde, die Erde dröhnte. Die anderen hatten Mühe, ihnen zu folgen. Es dauerte eine geraume Zeit, bis sie sie schließlich eingeholt hatten. Malcolm schob sich sofort neben seinen Bruder. »Es geht nicht an, Christopher, daß du Lady Susanna derart in Anspruch nimmst«, sagte er gönnerhaft. »Sie opfert schon einen geraumen Teil ihrer Zeit deinen Nachhilfestunden. Jetzt hat sie noch ein Wettrennen mit dir gemacht, und damit bist du mehr als großzügig bedacht worden. Vergiß nicht, daß es noch viele andere Menschen gibt, die von einer Viertelstunde an ihrer Seite träumen. Es ist jetzt einfach Ihre Christenpflicht, Lady Susanna – von den Erfordernissen der Etikette ganz zu schweigen –, daß Sie diesen bevorzugten Knaben bitten, sich ein wenig um seine liebreizenden Schwestern zu kümmern. Ich wundere mich ohnehin, daß Jonathan ihn nicht längst gefordert hat! Sie handeln durchaus in seinem Sinne, wenn Sie sich jetzt ein Weilchen mir widmen, glauben Sie mir.«

Wie immer, wenn Malcolm den Mann von Welt herauskehrte, räumte Christopher nach einem wütenden Blick auf seinen Bruder das Feld. Er setzte sein Pferd an die Spitze der Gruppe und ritt alleine weiter.

»Sie müßten inzwischen eigentlich wissen, daß mir die Etikette gleichgültig ist. Ich reite gerne mit Christopher.«

»Ich wiege mich in der Hoffnung, daß Sie eines Tages gerne oder vielleicht sogar noch lieber mit mir reiten werden, wenn Sie mir nur die Gelegenheit geben würden, meine zahlreichen Vorzüge ins rechte Licht zu setzen.«

Susanna warf ihm einen schrägen Blick zu, sagte aber nichts. Malcolm sah das als Ermutigung an und begann ein munteres Geplauder, ohne sich durch ihre einsilbigen Antworten aus dem Konzept bringen zu lassen. Auch die Gegenwart der anderen hielt ihn nicht davon ab, die Verlobte seines Nachbarn mit Komplimenten zu überschütten – wenn sie wenigstens nicht so einfallslos gewesen wären, dachte Susanna mit verächtlich geschürzten Lippen. Es lohnte sich nicht einmal, sie sich für Jonathan zu merken, um gemeinsam darüber zu lachen. Wäre sie doch bloß allein geritten! Sie hatten den Wald hinter sich gelassen und trabten durch einen heckengesäumten Weg. Durch die blühenden Zweige sah man ein kleines Haus, in der Ferne, am Ende des weiten, flachen Tales lag ein Dorf.

»Die Göttin Diana müßte erbleichen vor Neid, wenn sie sähe, wie Sie reiten«, sagte Malcolm gerade. Seit er von Susannas Vorliebe für die Klassiker wußte, pflegte er seine Konversation mit Gestalten der antiken Mythologie zu bevölkern.

»Pssst!« machte Susanna. »So seien Sie doch endlich still! Was war das?«

Malcolm schwieg verdattert, die anderen tauschten vielsagende Blicke über diese Abfuhr – aber dann hörten sie es alle, einen langgezogenen Laut, eine Mischung aus Heulen und Schluchzen und Stöhnen. Dann war Stille, und dann kam wieder dieser schmerzerfüllte Laut, und dann noch einmal.

»Es kommt daher, glaube ich.« Christopher zeigte auf das windschiefe Häuschen. Wieder ertönte der Klagelaut.

»Wenn jetzt Vollmond wäre, würde ich sagen, ein Hund heult den Mond an oder ein Kater bringt seiner Schönen ein Ständchen«, witzelte Malcolm. »Aber im hellen Sonnenschein finde ich diese Töne etwas deplaciert. Ich schlage vor, daß wir weiterreiten. Die empfindlichen Ohren der Damen müssen sich von diesem Klang beleidigt fühlen.«

»Das ist ein Mensch!«

Susanna trieb ihr Pferd an und war mit einem Satz über die Hecke, hielt vor dem zerfallenen Gartenzaun und sprang ab. Die Gesellschaft blickte ihr entgeistert nach. Dann setzte sich auch Christopher in Bewegung.

»Sie ist wirklich unmöglich«, sagte Victoria naserümpfend. »Sie geht tatsächlich in diese Hütte.«

Man schaute einander an, unsicher, ob man weiterreiten oder warten sollte. Christopher band sein Pferd neben Susannas fest und ging auf die Tür zu. Da kam Susanna schon wieder heraus und packte ihn an beiden Händen.

»Oh Christopher, es ist schrecklich! Die Frau hat starke Wehen, und es ist keiner da, der ihr helfen kann. Du mußt eine Hebamme holen!«

Sie sprach derartig laut und erregt, daß die Reitgesellschaft jedes Wort hörte. Die Damen erröteten, die Herren schauten betroffen. Hinter Susanna war ein schmieriger, magerer Knabe aus der Hütte gekommen, der jetzt lakonisch Auskunft gab.

»Eine Hebamme gibt's hier nicht. Die nächste ist in Thursley. Gestern wollt' ich sie holen, aber da war sie nach Hensley rüber, da gibt's Zwillinge.«

»Du lieber Himmel, liegt deine Mutter etwa seit gestern schon so da?«

Der Junge nickte bloß. Hinter ihm war ein Mädchen aus der Tür getreten, etwas älter als er und genauso mager und zerlumpt. Beide Gesichter waren verschmiert und verschwollen von Tränen. Das Mädchen trug ein schmutziges kleines Kind auf dem Arm, ein zweites, das offensichtlich gerade laufen lernte, klammerte sich an ihrem dünnen Rock fest. Die vier betrachteten die unverhofften Besucher schweigend und mit großen Augen.

»Wo ist denn euer Vater?«

»Im Pub. Schon seit gestern. Manchmal ist er tagelang weg.«

Aus der Hütte kam wieder ein Schrei. Susanna verschwand. An dieser Stelle hielt es Victoria für geraten einzugreifen. »Ich glaube kaum, daß dies der richtige Ort für meine Schwestern ist«, sagte sie, zu den Freunden ihres Bruders gewandt. »Ich wäre Ihnen sehr verbunden, wenn Sie die beiden nach Hause begleiten würden.«

Die Bereitwilligkeit, mit der vier Pferde gewendet wurden, war unübersehbar. Victoria erkannte mit leiser Befriedigung, daß das Entfernen vom Schauplatz so unziemlicher Vorgänge unter Umständen gewisse Möglichkeiten für Sarah und Marian in sich barg. Sie schlug ihre veilchenblauen Augen fragend zu Lord Heresford auf. »Sie wollen sich nicht anschließen?«

»Aber ich bitte Sie, Lady Woodley! Wo denken Sie hin? Ich werde Sie doch hier nicht allein lassen!«

Er strahlte sie an, und Victoria lächelte süß. Malcolm betrachtete die beiden mit deutlichem Mißfallen. Hatten sie nicht den ganzen Ritt über die Köpfe zusammengesteckt? Er hatte sich nur mit Susanna beschäftigt und nicht auf die anderen geachtet, aber jetzt fiel es ihm wieder ein.

»Meine Schwester hat immerhin ihre beiden Brüder zur Seite. Das dürfte wohl genügen!« sagte er ziemlich scharf.

»Gewiß, gewiß, habe das nicht bezweifelt. Ich dachte nur, ihr beiden würdet der Baronesse helfen.«

»Helfen? Bist du verrückt? Was gibt es hier zu helfen?«

In diesem Moment kam Susanna aus der Hütte gelaufen. »Lord Malcolm, ich bitte Sie, können Sie nicht Dr. Lindlow holen? Die Frau ist in einem fürchterlichen Zustand. Sie braucht einen Arzt!«

»Einen Arzt? Aber meine Verehrteste, wie stellen Sie sich das vor? Dr. Lindlow wohnt in Farnham, und das ist fast zehn Meilen entfernt. Ich sehe nicht ein, warum ich diese Strecke hin- und zurückreiten soll, bloß um ihn zu einer Häuslerin zu bringen, die keineswegs todkrank ist, sondern lediglich ein Kind bekommt. Pardon, Victoria! Ich hoffe, du erwartest nicht, daß ich hier von delikaten Umständen spreche? Wie ich mich eben mit eigenen Augen überzeugen konnte, hat die Frau bereits vier dieser reizenden Exemplare. Und wenn mich meine Kenntnis der niederen Klasse nicht trügt, wimmeln irgendwo noch mehr herum. Man sollte also meinen, daß sie geübt genug ist, um dieses Geschäft ohne Hilfe zu verrichten.«

Als er sah, daß Susanna ihn zornig anfunkelte, setzte er eilig hinzu: »Ich würde Ihnen natürlich gerne den Gefallen tun. Aber wer sagt mir, daß ich Dr. Lindlow überhaupt antreffe? Und wer sagt mir, daß er mit mir geht? Er kann zig Patienten haben, deren Zustand er als ernster betrachtet. Er wird mir erklären, daß für diesen Fall die Hebamme zuständig ist, und das kann ich ihm nicht verdenken.«

»Sie könnten ihn schon dazu bringen, mitzukommen, wenn Sie nur wollten! Aber Sie haben recht, es würde zu lange dauern, selbst wenn er zuhause wäre. Oh Himmel, was machen wir nur?«

»Ich würde empfehlen, Sie lassen der Natur ihren Lauf und reiten mit uns weiter«, schlug Malcolm vor. »Diese einfachen Leute werden am besten selbst mit solchen Situationen fertig.«

Susanna hörte überhaupt nicht zu. Sie zwirbelte eine Locke um den Finger, nickte dann entschlossen und sah Victoria an. »Komm! Wir werden ihr helfen.«

»Wir? Das kann doch nicht dein Ernst sein! Bildest du dir etwa ein, ich würde einen Fuß in diese verkommene Hütte setzen?«

»Aber Victoria! Bitte, denk doch einmal nach! Diese Frau wird sterben, wenn wir ihr nicht helfen. Sie liegt jetzt schon den zweiten Tag in den Wehen. Kannst du dir das vorstellen – einen Tag und eine Nacht und noch einen Tag in den fürchterlichsten Schmerzen? Und dabei ganz verlassen und allein!«

»Die Kinder sind ja bei ihr«, murmelte Victoria verstockt.

»Wie kannst du nur so etwas sagen? Die Kinder sind doch viel zu klein, um ihr zu helfen. Im Gegenteil, sie werden es noch schlimmer machen für sie, wenn sie sieht, wie sie so hilflos und unversorgt umherlaufen. Schau sie doch an!«

»Das tue ich ja! Und ich werde mich nicht in ihre Nähe wagen. Sie starren ja vor Dreck. Bestimmt haben sie Ungeziefer.«

»Aber Victoria! Versetz dich doch in ihre Lage. Sie können nicht sauber und gepflegt sein, wenn die Mutter krank ist und sie in so einer Umgebung leben müssen. Man muß doch einfach Mitleid mit ihnen haben. Kannst du dir nicht vorstellen, was es heißen muß, hier ein Kind zu gebären?«

»Nein, das kann ich nicht!« Victoria wurde heftig. »Ich lehne es auch ab, mich mit solchen Gedanken zu befassen oder sogar darüber zu sprechen – und erst recht nicht in Gegenwart von Herren!«

»Aber du wirst selber vielleicht eines Tages ein Kind bekommen«, versuchte es Susanna noch einmal, die Herren einfach ignorierend. »Stell dir vor, du wärest in der gleichen Lage wie diese arme Frau. Würdest du nicht dem Himmel danken, wenn dann jemand käme, der dir helfen würde, oder der einfach nur bei dir säße und dir Mut zusprechen würde?«

»Wie kannst du es wagen, mich mit dieser Häuslerin zu vergleichen?« Die Tatsache, daß Victoria ihrem Lord trotz mehrjähriger Ehe noch keinen Erben und noch nicht einmal eine Tochter geschenkt hatte, nagte ohnehin an ihrem Selbstbewußtsein, und daß Susanna diesen Umstand erwähnte und sogar einen Zweifel an ihrer diesbezüglichen Fähigkeit anklingen ließ, erbitterte sie. »Ich weiß genau, was du willst! Du willst dich wichtig machen und Florence Nightingale spielen! Meinetwegen tu, was du nicht lassen kannst. Aber ohne mich. Ich weiß jedenfalls, was sich gehört und was ich meiner Stellung schuldig bin. Wenn du unbedingt ins Gerede kommen willst – bitte sehr! Aber behaupte hinterher nicht, ich hätte dich nicht gewarnt.«

Damit wendete sie ihr Pferd und warf Lord Heresford einen auffordernden Blick zu. »Sie begleiten mich doch sicher?«

»Wüßte nicht, was ich lieber täte!« Er drehte sich zu Susanna um. »Lady Woodley hat recht. Was machen Sie, wenn der Mann zurückkommt, betrunken und so? Verflixt unangenehme Situation wäre das, müssen Sie zugeben. Würde Ihnen empfehlen, mit uns zu kommen.«

Aber Susanna schenkte seinen Worten keine Beachtung, sondern drehte sich um und ging ins Haus zurück. Victoria hatte ihr Pferd bereits in Bewegung gesetzt, und Lord Heresford beeilte sich, an ihre Seite zu kommen. Malcolm sah den beiden finster nach, dann entschloß er sich, sie zu begleiten. Er wollte verdammt sein, wenn er dieser exzentrischen Französin zuliebe – und mochte sie noch so reizvoll sein – den barmherzigen Samariter spielte, noch dazu in einer Umgebung, die man wahrscheinlich nicht ohne Flohstiche und Wanzenbisse würde verlassen können. Schon gar nicht, wenn er dafür seine Schwester mit einem Mann allein lassen mußte, der sichtlich bereit war, sich zum Narren zu machen. Herbert Woodley würde ihm den Marsch blasen, wenn er davon erführe. Verdammt lästig, diese Geschichte! Aber wer hätte auch ahnen können, daß der harmlose Billy Heresford sich in Victoria vergucken würde? Er hatte doch sonst nichts im Kopf außer Pferde und Rennen und Jagden! Wenn man allerdings bedachte, wie sie ihn anlächelte, so war das schon fast als eine Aufforderung anzusehen. Mißmutig sah Malcolm seinen Bruder an.

»Kommst du?«

Christopher schüttelte den Kopf. »Ich bleibe hier.«

Ein schiefes Lächeln verzog Malcolms Mund. »Du hast dir eine verdammt anstrengende Dame für deinen ersten Minnedienst ausgesucht, mein Kleiner. Und ich glaube kaum, daß Jonathan dir dankbar sein wird.«

Damit ritt er davon.

Christopher vergewisserte sich, daß die beiden Pferde gut festgebunden waren, und trat nach kurzem Zögern durch die Haustür. Der Gestank nahm ihm fast den Atem. Unsicher blieb er stehen und hielt die Tür weit offen, damit etwas Licht und Luft in das übelriechende Dämmern eindringen konnten. Wieder ertönte das qualvolle Stöhnen und dann Susannas beruhigende Stimme: »Es ist gleich vorbei. Ich helfe dir jetzt, und dann hast du es bald geschafft. Christopher, bist du das? Das ist gut! Mach bitte die Läden auf, man kann kaum etwas sehen hier drinnen!«

Christopher ging wieder hinaus und ließ die Tür offen stehen, froh, dem Gestank noch für eine kurze Zeit entrinnen zu können. Er schob die Holzläden vor den Fenstern zurück. Viel besser würde das Licht nicht werden, die Scheiben waren staubig, viele zerborsten und mit Pappe geflickt. Als er zurückkam, war die Luft etwas frischer, aber er blieb wieder stehen, diesmal entsetzt von dem Anblick, der sich ihm bot. Das Haus bestand nur aus einem einzigen Raum. Es gab nichts darin außer zwei großen Betten an der einen Wand, einer Bank mit Tisch und ein paar Schemeln aus rohem Holz an der anderen, einer großen Feuerstelle mit Küchenutensilien an der dritten. An der Wand neben der Haustür lehnten Ackergeräte, auf der anderen Seite waren Holzpflöcke in das Fachwerk getrieben, an denen verblichene Kleidungsstücke hingen. Auf dem schmutzigen Boden scharrten Hühner, die durch ein Schlupfloch neben der Türe aus- und einspazierten. Das alles sah Christopher mit einem schnellen Blick, der dann weiter zu dem Bett wanderte, neben dem Susanna stand. Sie hielt die Hand einer Frau, die mit geschlossenen Augen dalag. Das helle Haar hing ihr in wirren Zotteln um das gelblich-weiße, magere Gesicht. Die Wangen waren eingefallen, in dem offenstehenden Mund sah man große Zahnlücken. Sie sah aus wie eine alte Frau, nicht wie die Mutter von vier kleinen Kindern, von denen das älteste höchstens acht Jahre alt war. Im Vergleich zu ihrem mageren Körper wirkte ihr hochgewölbter Leib fast grotesk. Die Wehen schienen schwächer geworden zu sein, denn sie stieß nicht mehr diese fürchterlichen Laute aus, sondern nur manchmal ein leises Wimmern.«

»Ich brauche frisches Wasser«, sagte Susanna energisch. »Viel Wasser und einen sauberen Kessel und frisches Heu oder Stroh. Weißt du, wie man ein Feuer anmacht, Christopher?«

»Oh – ich – nein, es tut mir leid.« Alle Kamine auf Elm Hurst fielen in den Aufgabenbereich des Stubenmädchens. »Aber ich kann's versuchen.«

»Ich weiß, wie«, meldete sich das Mädchen. Sie legte das Baby in einen alten Korb, der neben dem Bett stand, und hob das Kleine, das sich noch immer an ihren Rock klammerte, in einen ledernen Hängesitz, der an einem Strick von einem Haken in der Decke baumelte. Beide fingen an zu weinen, beruhigten sich aber, als das Mädchen jedem harte Brotrinde vom Tisch holte und in die Finger schob. Schmatzend fingen sie an, an der Brotrinde zu lutschen. Auf dem Tisch standen die Reste von mehreren Mahlzeiten, die offenbar nur aus Kohlsuppe und Brot bestanden hatten, umsurrt von Fliegen. Fliegen summten auch um das Bett der Frau und um den Topf auf dem kalten Herd.

Aus einem Berg von Knüppeln und Ästen, die unordentlich in einer Zimmerecke aufgetürmt waren, suchte das Mädchen viele kleine Holzscheite, die sie im Herd zu einem Kegel aufschichtete, nachdem sie zuvor die kalte Asche hinausgefegt hatte.

»Und du nimmst den Topf vom Herd und leerst alle Teller hinein und kippst ihn dann auf den Abfall«, befahl Susanna dem Jungen. »Ihr könnt das nicht mehr essen, es riecht schon ganz sauer!«

»Aber wir haben nichts anderes«, protestierte der Junge.

»Ich werde euch etwas besorgen«, versprach Susanna. »Aber bring das sofort hinaus. Geh mit ihm, Christopher, und hilf ihm beim Wassertragen. Und dann halt ihn mir aus dem Weg.«

Widerstrebend tat der Junge, was Susanna ihm aufgetragen hatte. Der Gestank, der aus dem Topf kam, als er den Deckel öffnete, war unbeschreiblich. Christopher konnte kaum seinen Ekel verbergen. Hatten die Kinder das wirklich essen wollen? Er folgte dem Jungen hinaus, der den Inhalt des Topfes mit sichtlichem Bedauern auf einen Dunghaufen schüttete, wo sich sofort ein mageres Schwein darüber hermachte. An der Hauswand hingen ein paar zerbeulte Eimer. Der Junge nahm zwei kleine, Christopher zwei große, und sie gingen zusammen über die Wiese hinter dem Haus und dann eine Böschung hinunter zu einem kleinen Bach, wo der Junge seine Eimer füllte.

»Habt Ihr keinen Brunnen?« Christopher betrachtete das Wasser unschlüssig. Es sah zwar recht sauber aus, aber Susanna hatte sicher nicht an einen Bach gedacht, der durch Schaf- und Kuhweiden geflossen war.

»Im Dorf«, sagte der Junge in seiner lakonischen Art, und sein Gesichtsausdruck machte klar, daß es eine Plackerei war, diesen Weg mit zwei vollen Wassereimern zurücklegen zu müssen. Aus der Hütte kam ein Schrei. Der Junge zuckte zusammen. Seine Lippen zitterten. Christopher sah ein, daß jetzt keine Zeit mehr war, um über die Qualität des Wassers zu grübeln. Er bückte sich und füllte seine Eimer, und die beiden gingen so schnell es mit den überschwappenden Gefäßen möglich war zum Haus zurück. Die Pferde wieherten, sichtlich in der Erwartung von einem erfrischenden Trunk. »Schöne Gäule sind das!« Der Kleine bemühte sich mannhaft, sein Schluchzen zu unterdrücken. Christopher sah, wie die Tränen frische Spuren auf die schwärzlichen Backen zeichneten, und auf einmal empfand er Mitleid mit dem schmierigen kleinen Kerl.

»Magst du Pferde? Wie heißt du eigentlich?«

»Jimmy. Und ob ich Gäule mag!«

»Hast du schon mal einen geputzt?«

»Na klar doch! Ich helf doch immer bei Sellars im Stall.«

»Dann geh jetzt zu ihnen und bring ihnen Wasser, und dann holst du frisches Stroh und reibst sie trocken. Und vorher zeigst du mir, wo der Stall ist.«

»Gleich hinterm Haus. Oh Mann, das tu ich gern!«

Er stolperte mit seiner Last auf die Pferde zu und verkündete ihnen schon aus zehn Schritt Entfernung lautstark, daß jetzt was extra Frisches zum Saufen käme.

Gut! Jimmy würde einige Zeit mit den Pferden beschäftigt sein.

18. Kapitel

Als Christopher in die Hütte trat, brannte das Feuer, und Susanna hatte aus den vorhandenen Kesseln den saubersten ausgesucht, außerdem eine irdene Schüssel und einen kleinen Holzbottich, der groß genug war, ein Kind darin zu baden. Sie füllten Wasser in den Kessel und hoben ihn auf den Herd. Die beiden Kleinen waren eingeschlafen, das Mädchen stand neben dem Bett der Mutter und betrachtete angstvoll das weiße Gesicht mit den geschlossenen Augen.

»Sie hat gesagt, sie schreit so laut, damit das Kleine hört, wo's langgeht«, schluchzte sie. »Warum kommt's denn nicht? Sie schreit doch schon so lange.«

Die Frau bewegte unruhig den Kopf. Susanna legte den Arm um das Mädchen und zog es vom Bett weg.

»Du mußt nicht weinen«, sagte sie tröstend. »Das macht deine Mutter nur traurig. Hilf mir lieber beim Saubermachen, dann freut sie sich. Komm, wir räumen den Tisch ab, und du gehst nach draußen und spülst alles Geschirr.«

Sie stapelten die schmutzigen Teller und Becher in eine Schüssel. Susanna nahm den Kessel vom Herd, goß heißes Wasser über das Geschirr, und Christopher trug die schwere Schüssel auf die Bank neben der Haustüre. Jimmy winkte, als er seine Schwester sah.

»Liza, ich darf dem Herrn seine Gäule putzen.«

Lizas Tränen versiegten sofort. Sie sah Christopher bittend an. »Darf ich ihm helfen, wenn ich hier fertig bin?«

Christopher nickte, und die Kleine tauchte resolut die Hände in die fettige Brühe und begann, das Geschirr zu säubern. Es sah nicht gerade appetitlich aus, aber Christopher wäre am liebsten bei ihr stehengeblieben, bloß um seine Rückkehr in die Hütte noch ein wenig hinauszuzögern. Er hatte noch nie eine Geburt gesehen – nicht in den Ställen, denn das war Sache der Pferdeknechte und Bauern, nicht bei den Haustieren, denn das war Sache des Personals – und schon gar nicht bei einer leibhaftigen Frau. Die Vorstellung entsetzte ihn. Dann fiel ihm ein, daß Susanna Heu und Stroh haben wollte. Er lief in die Scheune hinterm Haus und betrachtete unschlüssig die schmutzigen Bündel. Er hatte eine neue, schwarze Reitjacke an. Dann zuckte er mit den Achseln, lud sich die Arme voll und schleppte alles ins Zimmer. Susanna stand über die wimmernde Frau gebeugt, deren Röcke sie hochgeschlagen hatte. Christopher blickte krampfhaft zur Seite.

»Das Baby liegt falsch herum, mit den Füßen zuerst. Und die arme Frau hat einfach keine Kraft mehr. Oh Gott, Christopher, was sollen wir bloß machen. Das ist ein Fall für einen Arzt. Das einzige, was wir tun können, ist, sie aufrecht zu setzen und ihr die Knie hochzuhalten.«

Von Christopher kam ein erstickter Laut. Susanna wandte ihm ihr Gesicht zu, das blaß und kantig aussah vor lauter Entschlossenheit. »Du darfst mich jetzt nicht im Stich lassen, Christopher! Ohne dich schaffe ich es nicht.«

Christopher schluckte mühsam und nickte. Dann gab Susanna ruhig ihre Anweisungen. Sie hoben zusammen den Strohsack aus der zweiten Bettstelle und stellten ihn als dickgerollte Rückenlehne gegen die Wand, an der das Bett der Kreißenden stand. Das Stroh stank nach Urin, und in der leeren Lade sah man Schmutz und Mäusekot. Sie füllten eine große Holzmulde, die wohl für den Brotteig bestimmt war, mit Heu. Susanna sagte kurz: »Dreh dich um!«

Christopher hörte ein Röckerascheln, dann ein scharfes Geräusch, wie von reißendem Stoff, und als er sich wieder umdrehte, breitete Susanna die eine Hälfte ihres spitzenbesetzten weißen Unterrocks als Bettuch über das Heubettchen und legte die andere Hälfte neben den Holzbottich. Sie scheuerte ein Messer mit Sand und legte es auf den Tisch. Mit einem Blick rundum vergewisserte sie sich, daß alles bereit war.

»Wenn ich es sage, bringst du mir das Messer. Und leg noch ein Bündel Stroh auf das Bett, wir müssen sie hochsetzen, sonst komme ich nicht an sie heran.«

Dann faßten sie die Frau unter beiden Achseln, hoben sie auf das Strohbündel und lehnten sie mit dem Rücken gegen den Bettsack. Sie war so schlaff und schwer, daß beide keuchten, bis sie sie in der richtigen Position hatten, quer auf dem Bett sitzend, die Füße gegen die seitliche Kante gestemmt. Die Frau jammerte auf und öffnete die Augen, schien ihre Umgebung aber kaum wahrzunehmen, denn sie zeigte kein Erstaunen oder gar Entsetzen, daß da auf einmal außer dem hilfreichen Mädchen auch ein junger Mann war. Susanna setzte sich auf einen niedrigen Schemel vor die Beine der Frau.

»Knie dich neben sie und halt sie so fest, Christopher. Und wenn sie schwach wird, preß ihr die Knie hoch. Mary, hörst du mich? Du mußt jetzt noch einmal mithelfen! Komm, streng dich an.«

Die nächsten Minuten kamen Christopher wie eine Ewigkeit vor. Er spürte die zotteligen, verklebten Haare der Frau an seiner Wange, roch den säuerlichen Geruch von Schmutz und Schweiß, der von ihr ausging, und ihren übelriechenden Atem, fühlte die knochigen Schultern und Rippen unter seinen Händen. Verzweifelt kämpfte er gegen die Übelkeit, die in seiner Kehle hochstieg.

»Du darfst jetzt nicht aufhören, Mary! Halt ihr die Knie hoch, Christopher!«

Christopher beugte sich vor und packte die Knie. Er fühlte, wie ihm der Schweiß auf die Stirn trat. Er hatte die Augen geschlossen, um möglichst wenig zu sehen, aber jetzt öffnete er sie wie unter einem Zwang. Er sah Susannas Gesicht vor sich, ebenfalls schweißnaß, aber ruhig und konzentriert, und davor die hochgeschobenen Röcke der Frau, ihre nackten, dürren Beine, den offenen, blutigen Schoß.

»Streng dich noch einmal an, Mary! Ich muß dir jetzt wehtun, Mary. Hör auf zu atmen! Schrei nicht!«

Der Leib unter Christophers Armen wurde hart von einer Wehe, Susannas Hände, die zart und weiß wirkten gegen die schmutziggelbe Haut der Frau, griffen zu, und dann brüllte ein Schrei durch den Raum, der nichts Menschenähnliches mehr an sich hatte. Zitternd umklammerte Christopher die mageren Knie. Mir wird fürchterlich übel, dachte er und konnte doch die Augen nicht abwenden. Er hörte das Anschwellen des Schreies und daneben auf einmal die Stimme seines Kindermädchens, das ihm vor vielen Jahren die Geschichte eines Heiligen erzählt hatte, dem man bei lebendigem Leibe die Gedärme herausgedreht hatte. Und dann die feierliche Stimme des Pastors: »Unter Schmerzen sollst du deine Kinder gebären.« Aber das konnte Gott doch nicht gemeint haben, diese Marter, diese Qual! Der

Schrei schraubte sich höher. Die Seelen im ewigen Höllenfeuer konnten nicht schlimmer heulen! Mit aufgerissenen Augen starrte Christopher auf Susannas Hände. Sie waren blutverschmiert und zogen ebenso blutverschmierte, kleine Glieder aus dem Leib der Frau heraus.

»Hör auf, Susanna, du bringst sie um!« stöhnte Christopher. Aber seine Stimme war nicht zu hören. Es war nichts zu hören außer dem Schrei der Frau. Der Raum vibrierte unter seiner Gewalt.

Dann brach der Schrei plötzlich ab. Der Körper wurde schlaff. Der Kopf rollte zur Seite. In der geradezu unnatürlichen Stille, die nun folgte, wirkte jedes Geräusch doppelt laut: Das Knarren des Bettgestells, Susannas erleichterter Seufzer, das Wimmern der beiden Kleinen, die wachgeworden waren, ein Klatschen und dann ein klägliches Greinen, das klang wie Miauen eines Kätzchens.

Christopher spürte ein Würgen in der Kehle. Ganz gleich, was Susanna noch von ihm erwartete – er konnte nicht mehr. Er stolperte zur Tür hinaus. Der Sonnenschein blendete ihn, so daß er die Augen zusammenkneifen mußte. Undeutlich erkannte er ein windschiefes Gatter, an dem er sich festhalten konnte, während er sich in krampfartigen Stößen übergab. An den Zaun gelehnt, wartete er, bis der Brechreiz nachließ. Er fühlte sich jetzt besser, aber so kraftlos, als ob seine Beine ihn nicht mehr tragen wollten. Er ließ sich auf den Boden sinken und legte den Kopf auf die emporgezogenen Knie. Er hörte die Schritte der Kinder, die neben ihm haltmachten, und dann ihr Flüstern, aber das war ihm gleichgültig.

Die Schritte entfernten sich und kamen nach einiger Zeit wieder, und Jimmy sagte bloß: »Da!«

Christopher hob den Kopf und öffnete die Augen. Die beiden standen vor ihm und hielten ihm einen frisch gefüllten Wassereimer entgegen. Christopher grinste schwach bei der Vorstellung, daß sie die Symptome seines Unwohlseins wohl als die gleichen wie die ihres häufig betrunkenen Vaters eingeschätzt hatten. Er tauchte die Hände in den Eimer und kühlte sein verschwitztes Gesicht. Jimmy schüttelte mißbilligend den Kopf. »Das hilft nicht! Ganz rein!«

Gehorsam tauchte Christopher seinen Kopf in den Wassereimer. Luftschnappend kam er empor. Das tat gut! Die Übelkeit war völlig verschwunden, und auch die Schwäche ließ nach. Noch etwas wackelig kam er auf die Beine und sammelte die Strohhalme von seiner Jacke. Greyhound wieherte, als er seinen Herrn sah.

»Die Gäule sind trockengerieben«, meldete der Junge stolz.

»Und gesoffen haben sie auch«, fügte das Mädchen hinzu.

»Das habt ihr gut gemacht! Danke! Vielleicht könnt ihr ihnen noch etwas Heu geben? Und das hier.« Er zog ein paar Zuckerstücke aus der Hosentasche. Die Augen der Kinder leuchteten begehrlich auf.

»Ihr könnt sie auch haben, wenn ihr wollt«, sagte Christopher verlegen. In Sekundenschnelle waren die Zuckerstücke verschwunden. Er durchsuchte seine Taschen und fand noch ein paar Stücke. Die beiden lutschten hingebungsvoll.

Als Christopher in die Hütte zurückkam, kniete Susanna neben dem Holzbottich und badete das Baby.

»Es tut mir leid«, begann er, aber sie unterbrach ihn.

»Schau nur, ist er nicht niedlich?«

Christopher trat neben sie und betrachtete die roten schrumpeligen Glieder und das kleine, faltige Gesicht. »Findest du wirklich?«

»Aber sicher, für ein Neugeborenes ist er ungewöhnlich hübsch.«

»Ich habe noch nie eines gesehen. Ich hätte gedacht – ich meine, ich habe noch nie darüber nachgedacht, aber ich hätte es mir irgendwie größer – und runder – und glatter vorgestellt.«

Susanna lächelte. »Das dauert noch ein paar Wochen.«

Christopher sah schweigend zu, wie sie dem Kind vorsichtig mit einem Fetzen ihres Unterrocks den Kopf wusch. Wie konnte ein Wesen nur so winzig sein? Er würde gar nicht wagen, es anzufassen, aus lauter Angst, etwas zu zerbrechen. Er sah zu dem Bett hinüber, in dem die Frau lag.

»Wenigstens ist es ein Junge. Dann braucht er so etwas nicht mitzumachen!«

»Es war schlimm, nicht? Und es geht ihr gar nicht gut. Sie hat schrecklich viel Blut verloren. Und sie ist so unruhig. Aber ich muß mich jetzt um das Kind kümmern.«

Es lag eine unausgesprochene Bitte in ihren Worten. Christopher trat zögernd an das Bett. Susanna hatte das blutgetränkte Heu und Stroh beiseite geschoben. Es war schon schwarz übersät von Fliegen. Er bemühte sich, nicht hinzuschauen und nur auf die Frau zu blicken. Sie lag auf dem Rücken und hatte die Augen geschlossen. Ihr Gesicht sah noch eingefallener aus als vorher und völlig erschöpft. Die Lippen waren bläulich verfärbt und formten tonlose Worte, die Hände fuhren auf der Bettdecke hin und her, die Susanna über sie gebreitet hatte. Auf einmal schlug sie die Augen auf und sah Christopher an. Die Augäpfel waren so rot unterlaufen, daß kaum noch das Weiße zu erkennen war. Sie starrte ihn eine Zeitlang an, als ob sie ihn gar nicht wahrnehmen würde, dann schien sie ihn bewußt zu sehen, und es kam etwas Flehendes in ihr Gesicht. Sie versuchte zu sprechen, aber es gelang ihr nicht.

Christopher fühlte sich plötzlich an seinen Vater erinnert, wie er auf dem Sterbebett gelegen hatte. Er hatte dieselbe Unruhe in den Händen gehabt und denselben flehenden Ausdruck in den Augen und hatte sich erst beruhigt, als der Pfarrer gekommen war und mit ihm gebetet hatte. Einer Eingebung folgend kniete Christopher neben dem Bett nieder, nahm die Hände der Frau, faltete sie und hielt sie fest, während er zu sprechen begann. »Aus der Tiefe rufe ich, Herr, zu dir. Höre, oh Herr, meine Stimme.«

Ein schwaches Lächeln erschien um ihre Lippen. Sie nickte leicht und hielt ihre Augen unverwandt auf ihn gerichtet, während er den Psalm zu Ende sprach. Christopher sah sie an. Er vergaß das blutige Stroh, die Fliegenschwärme, den Gestank, sogar den Ekel und das Entsetzen, die ihn während der vergangenen Stunde erfüllt hatten. Er sah nur das bleiche Gesicht, das den flehentlichen Ausdruck verloren hatte und ihn dankbar anblickte. Er hielt die gefalteten Hände fest. Was hatten sie damals noch gebetet? »Der Herr ist mein Hirte«, sagte er feierlich, »mir wird nichts mangeln. Er weidet mich auf einer grünen Aue und führet mich zum frischen Wasser. Er erquicket meine Seele; er führet mich auf rechter Straße um seines Namens willen. Und ob ich schon wanderte im finstern Tal, fürchte ich kein Unglück; denn Du bist bei mir, Dein Stecken und Stab trösten mich. Du bereitest vor mir einen Tisch im Angesicht meiner Feinde. Du salbest mein Haupt mit Öl und schenkest mir voll ein. Gutes und Barmherzigkeit werden mir folgen mein Leben lang, und ich werde bleiben im Hause des Herrn immerdar.«

Die Frau hatte die Augen geschlossen, während er sprach. Ihr Gesicht sah entspannt und friedlich aus. Vorsichtig legte Christopher ihre Hände auf das Deckbett. Sie öffnete die Augen nicht. Ihr Atem ging gleichmäßig.

»Sie ist eingeschlafen«, flüsterte Susanna. Sie war neben ihn getreten, das Kind im Arm, das sie so in ihren Unterrock gewickelt hatte, daß gerade das winzige Gesicht zu sehen war. »Oh Christopher, das hast du gut gemacht! Ich könnte dich küssen!«

Noch vor wenigen Stunden wäre Christopher von dieser Ankündigung in einen wahren Aufruhr von Gefühlen versetzt worden. Jetzt wurde er nicht einmal verlegen, sondern nickte nur und betrachtete weiter die schlafende Frau.

»Weißt du, das ist ein ganz eigenartiges Gefühl – ich habe das noch nie gehabt – wenn jemand ruhig bei deinen Worten wird – verstehst du, was ich meine? Ich kann es nicht richtig erklären, glaube ich – aber ich habe auf einmal denken müssen, daß es – daß ich – also als Geistlicher könnte man doch sicher vielen Leuten so helfen, meinst du nicht?«

Susanna sah sein ergriffenes Gesicht und nickte. Er war so sichtlich überwältigt von seiner Erkenntnis, daß sie es nicht übers Herz brachte, ihm zu widersprechen. Ihrer Ansicht nach wäre der Frau mit ärztlicher Hilfe besser gedient gewesen als mit geistlichem Zuspruch. Aber vielleicht hatten Gebete auch einen gewissen Einfluß auf Kranke? Sie war ein viel zu praktischer Mensch und außerdem viel zu wenig kirchlich erzogen, um in diesem Punkt mitreden zu können.

»Ich glaube tatsächlich, sie hat dich für einen Priester gehalten. Wahrscheinlich hat sie nur deinen schwarzen Rock gesehen. Und du hast wirklich so schön gebetet, daß es klang wie in der Kirche.«

Christopher war mit seinen Überlegungen schon weiter: »Wie soll ich bloß Mutter dazu bringen, daß sie mir erlaubt, Theologie zu studieren?«

Susanna seufzte unhörbar. Christopher war doch wirklich ein Kind! Vor wenigen Minuten erst war ihm der Gedanke an den geistlichen Beruf gekommen, und jetzt machte er sich schon Sorgen um die Ausführung. Dabei gab es doch im Augenblick Wichtigeres zu bedenken.

»Laß uns später darüber reden. Wir müssen jetzt erst überlegen, wie es hier weitergehen soll. Wir können doch jetzt nicht fortgehen und die arme Frau allein lassen. Und die Kinder brauchen etwas zu essen. Kannst du nicht ins Dorf reiten und etwas besorgen?«

Mit deutlichem Bedauern verzichtete Christopher auf die weitere Erörterung seiner theologischen Laufbahn und wandte sich den Erfordernissen der Stunde zu.

»Ich glaube, ich werde Jimmy mitnehmen. So wie ich ihn einschätze, kennt er alle Leute im Dorf und weiß, wer uns am besten helfen kann.«

Jimmy wurde bei der Ankündigung, mit dem Herrn auf dem Apfelschimmel ins Dorf reiten zu dürfen, in sprachloses Entzücken versetzt. Er war so überwältigt, daß er keinen Blick mehr auf seine Schwester verschwendete, die mit bebender Unterlippe zusah, wie er auf das Pferd gehoben wurde.

Susanna nahm ihre Hand. »Wenn du mir jetzt schön hilfst, dann werden wir schneller fertig, und dann darfst du mit mir auf meinem Pferd reiten, ja?«

Das Mädchen schien nur halb getröstet. »Aber hier sieht mich ja keiner!«

»Dann reiten wir morgen ins Dorf. Oder übermorgen.«

»Kommst du denn wieder?«

»Nun, ich glaube schon. Doch – ja, ich komme bestimmt.«

Sie gingen zusammen ins Haus und machten sich an die Arbeit. Sie säuberten die zweite Bettlade und füllten sie mit frischem Heu. Liza fand im Wandschrank Kleidungsstücke, die zwar sehr geflickt, aber wenigstens sauber waren, und half Susanna, sie den beiden Kleinen anzuziehen. Sie beruhigte die brüllenden Geschwister mit weiteren Brotrinden und hockte sich schließlich still neben die Holzmulde mit dem Neugeborenen.

19. Kapitel

Während Susanna das blutige Heu und Stroh nach draußen schaffte und begann, den Boden zu fegen und zu putzen, hatte sie Zeit genug, ihre Gedanken zu ordnen und zu überlegen, was nun geschehen sollte. Es war warm in der Hütte, warm und stickig, denn das Feuer brannte weiter im Herd, und draußen schien die Sonne wie im Hochsommer. Mit der heißen Luft kam der Gestank des Dunghaufens vor der Tür ins Zimmer. Zahllose Fliegen brummten. Susanna spürte, daß ihr der Schweiß vom Gesicht tropfte und daß ihre dünne Bluse am Körper klebte. Der Saum ihres Reitrocks schleifte im Putzwasser, das sie etwas zu großzügig über den Boden verteilt hatte. Resolut bückte sie sich, wrang ihn aus und schürzte ihn mit einem seitlichen Knoten hoch empor. Weder der Zeitpunkt noch der Ort schienen es erforderlich zu machen, über ihr Aussehen nachzugrübeln.

Sie griff erneut nach dem Putzlappen, wickelte ihn um den

Besen und versuchte, die Wasserlachen in Richtung Tür zu schieben. Ihr kam zu Bewußtsein, daß sie noch nie in ihrem Leben einen Boden geputzt hatte. Und auch noch nie Wäsche gewaschen, doch genau das hatte sie gleich vor, wenn der nächste Kessel Wasser auf dem Herd heiß geworden war. Sie seufzte und stützte sich auf den Besen. Der Rücken tat ihr weh, und nach dem Gefühl in ihrem Magen zu urteilen, waren schon viele Stunden vergangen, seit sie das letzte Mal etwas gegessen hatte. Wo Christopher nur blieb? Sie fuchtelte wütend mit dem Besen, um ein Huhn zu verscheuchen, das eine übelriechende Spur auf dem gerade gesäuberten Boden hinterließ, traf aber nicht das Tier, das sich gackernd und flügelschlagend in Sicherheit brachte, sondern den Putzeimer, der seinen Inhalt über ihre Füße ergoß. Susannas Selbstbeherrschung reichte gerade noch dazu aus, um nicht laut, sondern leise zu fluchen.

»Das sieht nicht sehr professionell aus«, sagte eine spöttische Stimme.

In der Tür stand Jonathan.

Susanna errötete über und über. Seit sie auf Wimberley war, hatte sie den Wert und die Wirkung eleganter Kleider wenn schon nicht schätzen, so doch anerkennen gelernt, und deshalb machte ihr zweifellos unerfreulicher Anblick sie unsicher. Sie schaute an sich hinunter. Sie sah aus wie eine Bauernmagd, die vom Felde kommt. Der Rock war voller Flecken, der Saum durchweicht vom Putzwasser und entschieden zu hoch geschürzt, die Bluse übersät mit Heu- und Strohhalmen, die Ärmel hochgekrempelt. An ihr Gesicht und ihre Haare durfte sie gar nicht denken. Und Jonathan war natürlich makellos gekleidet wie immer.

Sie sah ihn an. Er stand noch immer regungslos in der Tür. Sie konnte den Ausdruck auf seinem Gesicht nicht erkennen. Aber seine Stimme hatte nicht freundlich geklungen, und die Tatsache, daß er sich nicht rührte, konnte wohl nur auf seinem Widerstreben beruhen, sich den Bewohnern der Hütte zu nähern. Susanna stützte sich wieder auf den Besen.

»Woher weißt du, daß ich hier bin?«

»Von Victoria.«

Jonathans Stimme war nicht anzumerken, welche Sorgen er sich gemacht hatte, als Susanna nicht zum Lunch erschienen war. Normalerweise war sie, wenn es etwas zu essen gab, von geradezu militärischer Pünktlichkeit. Im Stall hatte man ihm nur sagen können, daß sie auf Thunder ausgeritten war. Erst bei den Pritchels am Parktor hatte er erfahren, daß die Pennehams sie begleitet hatten. Jonathan hatte sich zunächst mit der Vorstellung beruhigt, daß sie zum Lunch in Elm Hurst geblieben war, obwohl sie das noch nie getan hatte. Als aber der Nachmittag fortschritt, ohne daß eine Nachricht von ihr kam, war seine Unruhe wieder gewachsen, und er war nach Elm Hurst hinüber geritten. Dort hatte ihn Victoria, immer noch ganz angegriffen und fassungslos, wie sie ihm weinerlich erklärte, über das schockierende Verhalten seiner Verlobten unterrichtet.

Ihre Mutter hatte sie dabei kräftig unterstützt. Sie hatte sich nicht genug entsetzen können bei dem Gedanken, daß die Braut des Earl of Shore Hebammendienste bei einer Häuslerin verrichtete. War das nicht unerhört? Wo doch allein die Vorstellung, ein junges Mädchen von Stand kenne sich in diesen Dingen aus, jeder anständigen Mutter die Schamröte ins Gesicht treiben müsse, nicht wahr? Ganz zu schweigen von den Gefühlen, die eine Mutter überwältigten, wenn sie ihren minderjährigen Sohn von schamloser Hand in eine Situation gezerrt sähe, die weder seinem Alter noch seinem Geschlecht zuzumuten sei, nicht wahr?

Nach einer langen Pause hatte Jonathan die Hausherrin angeschaut, als ob er mit seinen Gedanken ganz woanders gewesen wäre und auf seine gewohnte, höflich-kühle Art gesagt: »Ich kann Ihren Worten nicht ganz folgen, fürchte ich. Heißt es nicht: ›Was Ihr dem geringsten meiner Brüder tut, das habt Ihr mir getan.‹? Bitte verbessern Sie mich, wenn das Zitat falsch war.«

Es kam selten vor, daß Lady Penneham um eine Antwort verlegen war, doch diesmal hatten ihr die Worte gefehlt. »Aber Christus spricht von Brüdern«, hatte sie schließlich hervorgebracht.

»Sie sind zweifellos viel versierter als ich in allen theologischen Fragen, Madam. Aber selbst wenn Sie der Erzbischof von Canterbury wären, würden Sie wohl kaum die Behauptung wagen, daß Christus die eine Hälfte des Menschengeschlechts ignorieren wollte, nicht wahr?«

»Nein – nein – gewiß nicht.«

»Ich will Sie natürlich nicht bevormunden, aber ich finde, Sie müßten Susanna dankbar sei, daß sie Ihrem Sohn Gelegenheit gibt, sich in praktischer Nächstenliebe zu üben. Sie erinnern sich zweifellos an die wirklich erhebende Predigt, die Reverend Gaskell vor einigen Sonntagen über die Sieben Werke der Barmherzigkeit gehalten hat? Er wird begeistert sein, wenn er erfährt, wie ernst seine Ermahnungen genommen werden.«

Damit hatte er sich vor den beiden sprachlosen Damen verbeugt und war hinausgeschritten. Mutter und Tochter blieben zunächst sprachlos zurück. Lady Penneham langte nach ihrem Riechsalz. »Wenn ich bedenke, daß er mir, ausgerechnet mir, mein mangelndes Christentum vorgeworfen hat – wenn auch natürlich auf seine versteckte Art, die man nie richtig fassen kann –, so bin ich sehr versucht, meine Hände in Unschuld zu waschen und ihn in sein Verderben rennen zu lassen. Obwohl – nein, ich habe eine bessere Idee. Ich werde Rachel Sinclair alarmieren. Ich kann zwar nicht behaupten, daß sie mir sympathisch ist, aber ich halte sie durchaus für fähig, der Französin mit allem Nachdruck klar zu machen, daß sie auf Wimberley fehl am Platze ist. Wenn man unter einem Dach wohnt, dann hat man da ganz andere Möglichkeiten. Du kannst mir glauben, meine Liebe, wenn ich dieses Mädchen hier auf Elm Hurst hätte, ich hätte es längst dazu gebracht, zu verschwinden. Ich wüßte schon einige Mittel und Wege, einem jungen Ding das Leben unerträglich zu machen, und ich bin überzeugt, Rachel Sinclair kennt sie auch.«

Victoria erhob sich plötzlich und verließ wortlos den Raum. Oh ja, Hester Penneham konnte einem das Leben unerträglich machen, das wußte ihre Tochter zu Genüge. Nie würde sie die Tage vergessen, die der Verlobung mit Herbert Woodley vorausgegangen waren, gegen die sie sich vergebens gewehrt hatte. Und jetzt blieb ihr nicht einmal der Trost, daß Jonathan sie immer lieben würde. Er hatte sie längst vergessen. Sie hatte ihre Rückkehr nach London immer wieder verschoben, sie hatte jede Gelegenheit ergriffen, in seine Nähe zu kommen, sie war ihm fast nachgelaufen, aber es hatte nichts genutzt. Er war überaus höflich, das war er ja immer und zu allen Leuten, aber er verriet mit keinem Blick, mit keiner Geste, daß Victoria ihm je etwas bedeutet hatte, geschweige denn noch bedeuten würde. Es wäre besser, abzureisen! Diese Szene jetzt hatte eindeutig bewiesen, daß Jonathan nicht willens war, Einwände gegen seine Braut zu akzeptieren. Victoria kämpfte vergebens mit den Tränen. Ihre Nerven waren der Aussicht einer baldigen Heirat auf Wimberley nicht gewachsen! Sie würde nach London fahren und sich von Dr. Rayman eine Badekur verschreiben lassen.

Jonathan war derweil im gestreckten Galopp zu der Hüte geritten, die Victoria ihm beschrieben hatte. Susanna hatte wirklich eine Begabung dafür, Aufsehen zu erregen. Er hatte ihr zwar ein gerütteltes Maß an Exzentrik zugestanden, aber dabei vorausgesetzt, daß sie einen gewissen Rahmen einhalten würde. Sie mußte schließlich weiterhin als seine Verlobte auftreten können. Und daß sie Christopher mit hineingezogen hatte, machte die Sache noch schlimmer. Jeder, der Augen im Kopf hatte, konnte sehen, daß der Junge bis über beide Ohren in Susanna verliebt war. Nur sie selbst in ihrer Ahnungslosigkeit merkte natürlich nichts. Die Leute begannen schon, amüsierte Blicke zu wechseln und zu tuscheln. Wie sagte Lady Penneham immer? »Wenn eine Dame Aufmerksamkeit oder Kommentare erregt, ist sie keine Dame.«

Diesen ehernen Grundsatz der englischen Gesellschaft lernten alle jungen Mädchen der Oberschicht von Kindesbeinen an. Nun gut, sie hatten Susannas französische Erziehung als Ausrede, aber auf die Dauer würde die nicht ausreichen. Er würde wohl ein ernstes Wort mit ihr reden müssen. Und warum mußte er das? Und warum dachte er an Dauer? Und warum wurde er zornig bei dem Gedanken an das Geschwätz der Leute? Und warum machte ihn der Gedanke an Christopher noch wütender? Das Auftauchen dieser Fragen verbesserte seine Laune keineswegs.

Die Hütte sah noch schlimmer aus, als er befürchtet hatte, und der Zustand seiner Braut spottete jeder Beschreibung. Sie sah so zerzaust und schmutzig aus, daß man sie fast für eine Bewohnerin dieser jämmerlichen Behausung hätte halten können. Dann sah sie ihn an, und ihr bleiches, erschöpftes Gesicht erschreckte ihn. Die beabsichtigten ernsten Worte blieben ihm buchstäblich im Hals stecken.

Susanna war sichtlich verlegen. »Und was hat Victoria gesagt?« fragte sie weiter.

»Oh – nicht viel.« Seiner Stimme war nicht anzumerken, ob er freundlich oder ärgerlich war.

Susanna verzog spöttisch den Mund. Sie konnte sich schon vorstellen, was Lady Woodley gesagt hatte! Von ihrer Mutter ganz zu schweigen. Sie strich sich die verschwitzten Haarsträhnen aus der Stirn. Ihre Erschöpfung wurde von aufsteigendem Zorn verdrängt. Was dachte sich Jonathan eigentlich dabei, so in der Tür zu stehen, wortkarg und überlegen, so daß sie sich vorkam, als ob sie den hohen Herrn mit ihren Fragen belästigen würde? Mit einer wütenden Bewegung brachte sie den Besen in eine neue Lage und fing wieder an, die Wasserlache in Richtung Tür zu schieben. Sollten seine auf Hochglanz polierten Stiefel doch ruhig Spritzer kriegen!

Er sah ihr zu und rührte sich nicht. Sie hatte doch recht gehabt, als sie ihn Basilisk genannt hatte! Warum konnte er jetzt nicht ein paar freundliche, anerkennende Worte sagen? Oder sich wenigstens erkundigen, was sie überhaupt tat in dieser Hütte? War er denn eigentlich blind? Sah er das Neugeborene nicht in seinem Heubettchen? Aber wahrscheinlich hatte Victoria ihm ausführlich erzählt – natürlich mit entsprechenden Kommentaren –, was am Ende des Reitausflugs geschehen war, und daß diese unmögliche Französin sich endgültig so daneben benommen hatte, daß man ihr den Laufpaß geben mußte. Natürlich – das war es! Er wußte nicht, wie er ihr beibringen sollte, daß ihr Engagement nicht mehr fortzusetzen war. Nun, diesen Gefallen würde sie ihm und dieser ganzen hochnäsigen, engstirnigen Gesellschaft nicht tun! Sie würde nicht demütig auf ihre Entlassung warten. Sie stützte sich auf den Besen.

»Ich möchte kündigen!«

Eine lange Pause folgte.

»Was soll das heißen?«

»Ich habe mich doch ganz klar ausgedrückt, glaube ich. Soll ich es noch einmal mit anderen Worten wiederholen? Ich sehe mein Engagement in den Diensten Eurer Lordschaft als beendet an.«

»Warum?«

Wenn das nicht wieder typisch Jonathan war! Er mußte doch sehen, wie müde sie war. Aber das war ihm egal. Man konnte ihn nicht einfach vor vollendete Tatsachen stellen, man mußte Rechenschaft ablegen. Warum zwang er sie jetzt dazu, lange Erläuterungen zu geben, die sie wahrscheinlich selbst nicht verstehen würde, weil sie viel zu erschöpft war, um sich eine glaubwürdige Erklärung auszudenken?

»Hat Victoria dir das nicht klar gemacht?« Susanna versuchte, sarkastisch zu klingen und gleichzeitig eine direkte Antwort zu umgehen.

»Ich wäre dir sehr verbunden, wenn du mir eine eigene Ansicht zugestehen würdest! Was geht mich Victoria an?«

Aha, das hatte ihn getroffen. Sie hatte ihn selten so zornig sprechen hören.

»Warum fragst du mich das?« fragte sie schnippisch. »Der einzige, der die Antwort auf diese Frage weiß, bist du.«

»Red' kein dummes Zeug! Jeder weiß, daß mir Victoria völlig gleichgültig ist.«

»Ich zum Beispiel weiß das nicht!«

»Dann bist du noch dümmer, als ich vermutet habe! Entschuldige bitte! Das wollte ich nicht sagen! Wirklich nicht! Warum weichst du überhaupt auf ein so nebensächliches Thema wie Victoria aus?« Er kam auf sie zu und blieb dicht vor ihr stehen. »Wir haben immerhin einen Vertrag geschlossen.«

»Dieser Vertrag wird allmählich zu einer Farce. Wir sind doch noch keinen Schritt weitergekommen. Du mußt dich einfach damit abfinden, daß diese Verlobung kein guter Gedanke war.«

»Da bin ich anderer Ansicht. Wir werden schon noch Erfolg haben. Wir dürfen nur nicht aufgeben.«

Also wollte er sie doch nicht entlassen! Aber Susanna hatte nicht vergebens so angestrengt nachgedacht, während sie mit dem Schmutz in der Hütte kämpfte. Warum sollte sie auf Wimberley die Braut spielen, wenn Rachel gar nicht da war, und wenn sie hier, in dieser Hütte, dringend gebraucht würde? Das erste, was sie heute abend in Angriff nehmen würde, war ein Brief an Pastor Fliedner in Kaiserswerth. Die letzten Stunden hatten ihr gezeigt, daß guter Wille und etwas Erfahrung nicht genügten, um wirkungsvoll helfen zu können. Sie hatte einfach Glück gehabt. Mutter und Kind hätten sterben können. Sie brauchte eine richtige Ausbildung. Als sie an das Bett der erschöpften Frau getreten war, mit dem geretteten Baby im Arm, da hatte sie wieder ganz sicher gespürt, daß sie Krankenpflegerin werden wollte und daß ihr nichts auf der Welt so wichtig war wie dieses Ziel. Nicht einmal Jonathan und seine Suche nach dem Mörder seines Bruders.

»Es kommt mir alles so überflüssig vor«, sagte sie müde. »Du willst einem Verbrechen auf die Spur kommen, das längst geschehen ist. Du willst dich einfach nur rächen. Aber es gibt Sachen, die wichtiger sind.«

Jonathan sah sie an, als ob sie den Verstand verloren hätte. »Und was für Sachen sind das?«

»Das hier zum Beispiel.« Susanna machte eine Handbewegung, die den Raum umfaßte. »Das muß doch jeder Mensch mit ein bißchen Herz und Gefühl einsehen.«

Jonathans Blick folgte ihrer Hand und kehrte dann ungläubig zu ihrem Gesicht zurück. »Du willst mir kündigen – du willst unseren Vertrag brechen, um diesen Leuten zu helfen?«

»Ich will ihn nicht brechen! Ich kündige ja! Ich bin dir sehr dankbar, daß du mich engagiert hast, wirklich! Aber diese Kinder und die Frau sind völlig hilflos! Schau sie dir doch an!«

Jonathan folgte ihrer Aufforderung nicht, sondern hielt die Augen unverwandt auf ihr Gesicht gerichtet. »Und was ist mit Malcolm?«

»Mit Malcolm? Was hat der damit zu tun?«

»Du bist dir hoffentlich darüber im klaren, daß deine Chancen bei ihm gleich Null sind, wenn du in dieser Hütte bleibst.«

»Hast du tatsächlich geglaubt, daß ich nur einen einzigen Gedanken an Malcolm Penneham verschwende? Dann bist du noch dümmer, als ich vermutet habe! Und das wollte ich durchaus sagen. Und ich entschuldige mich auch nicht dafür!«

Jetzt war sie zu weit gegangen. Aber das war ihr gleichgültig! Sollte er ruhig wütend werden! Statt dessen nahm er ihr den Besen aus der Hand, lehnte ihn gegen den Tisch, schob sie zu einem Stuhl und drückte sie auf den Sitz.

»Du brauchst dich nicht zu entschuldigen. Ich glaube, ich benehme mich reichlich begriffsstutzig. Aber du hast so eine Art, einem die Pistole auf die Brust zu setzen, daß man fast den Kopf verliert – und das will etwas heißen bei einem alten Soldaten. Du verhilfst mir da zu einer neuen und ziemlich deprimierenden Erfahrung. Also, um das ganz klar zu sagen: Ich nehme deine Kündigung nicht an. Wir werden einen anderen Weg finden. Und jetzt hör auf, deine scharfe Zunge an mir zu wetzen, und sei einmal still. Ich will nachdenken. Und als dummer Mensch ohne Herz und Gefühl brauche ich dazu Ruhe.«

Susanna seufzte erleichtert und lächelte. Das war wieder der Jonathan, den sie kannte. Er trat leise an das Bett der schlafenden Frau und betrachtete sie lange. Dann sah er die beiden Kinder an, die wieder eingeschlafen waren, das eine in seinem Hängesitz, das andere in seinem Korb. Schließlich ging er zu Liza, die immer noch neben dem Neugeborenen hockte und dem heftigen, wenn auch gedämpften Disput mit großen, verständnislosen Augen gefolgt war. Jonathan lächelte sie freundlich an. Wie schon so oft und immer aufs neue war Susanna überrascht von der Veränderung, die sein Gesicht dabei erfuhr. Liza schien das auch zu empfinden. Sie war ganz in sich zusammengekrochen, aber jetzt richtete sie sich auf und sah den fremden Herrn zutraulich an.

»Haben Sie auch Zuckerstückchen?« fragte sie erwartungsvoll.

»Ja, sicher. Möchtest du welche?«

Liza nickte heftig.

»Ich auch, bitte!« Susanna lief beim Anblick der kauenden Liza das Wasser im Mund zusammen.

Jonathan lachte leise. »Ach, du armes Mädchen. Du hast ja seit heute früh nichts mehr gegessen. Du mußt halbtot sein vor Hunger. Hier, das ist mein letztes Zuckerstückchen.« Dann wurde sein Gesicht wieder ernst. »Die Frau sieht mehr tot als lebendig aus. War es schlimm?«

Susanna nickte. »Das Baby lag verkehrt herum, mit den Füßen zuerst. Und sie hatte schon seit gestern Wehen und war ganz erschöpft.«

»Dann kann sie dem Himmel danken, daß du gekommen bist. Aber sie braucht einen Arzt. Ich werde jetzt nach Wimberley reiten und einen Boten zu Dr. Lindlow schicken. Und dann bringe ich Mrs. Pritchel mit. Sie kann hier so lange nach dem Rechten schauen, bis es der Frau wieder besser geht.«

»Und was wird Mr. Pritchel dazu sagen?«

»Oh, wie ich Pritchel kenne, ist er ganz froh, wenn er mal für einige Zeit Urlaub von seiner Eheliebsten hat. Sie ist eine Seele von Mensch, aber sie hat ein Mundwerk – dem ist kein Mann gewachsen. Mrs. Pritchel wird so lange bleiben, wie du es für richtig hältst. Du kannst dann hinüberreiten, sooft du willst, und du kannst ganz beruhigt sein: Mrs. Pritchel ist eine erfahrene Hausfrau und schon mit anderen Anforderungen fertig geworden als mit einer Wöchnerin und drei kleinen Kindern.«

»Es sind vier«, berichtigte Susanna. »Jimmy ist mit Christopher ins Dorf geritten, um Essen zu kaufen. Oh, Jonathan, du kannst dir nicht vorstellen, wie froh ich war, daß er bei mir geblieben ist. Er hat mir sehr geholfen, und es ist ihm auch erst übel geworden, als das Schlimmste schon vorbei war. Und dann hat er mit der Frau gebetet und hat sie so beruhigt, daß sie eingeschlafen ist, kannst du dir das vorstellen?«

»Nein, das kann ich nicht. Aber ich bin sehr lernfähig. Ich hätte mir bisher auch nicht vorstellen können, daß ich ein Mädchen umarmen möchte, daß so schmutzig ist, daß man es eigentlich nur mit der Kohlenzange anfassen sollte.« Ehe Susanna sich's versah, hatte er den Arm um sie gelegt und sie an sich gedrückt. »Ich bin sehr stolz auf dich, Susanna!«

Bevor Susanna ihm seine Überrumpelungstaktik vorwerfen konnte, hatte er sie schon wieder losgelassen. »Und jetzt hole ich Mrs. Pritchel. Und einen großen Proviantkorb. Übrigens, gibt's hier auch einen Hausherrn?«

»Natürlich. Er scheint ein Dauergast im Wirtshaus im Dorf zu sein. Jimmy meint, daß er dort seinen Rausch ausschläft.«

»Dann ist er die ideale Beute für Mrs. Pritchel! Sie ist nämlich Anti-Alkoholikerin, und zwar eine von der militanten Sorte. Solange sie hier ist, wird er sein Bett im Heuschober aufschlagen müssen. Vielleicht bekehrt sie ihn auch. Er wäre nicht der erste, bei dem ihr das gelungen ist.«

Dann war er verschwunden. Liza sah ihm neugierig nach. »War das dein Mann?«

»Nein! Er – ich – also – er ist mein Verlobter.«

Wenn Mrs. Pritchel gleich hier erscheinen würde, dann war es wohl das Beste, die Version von der Verlobung aufrecht zu erhalten und zu hoffen, daß Liza nichts von dem Gespräch gehört oder verstanden hatte, vor allem nicht das Wort »kündigen«.

»Das heißt, daß er dich bald heiraten will, nicht?«

Sie schien keinen Unterschied zu sehen zwischen Verlobung und Ehe, denn sie kommentierte mit aller Erfahrung eines Kindes, dessen gesamtes Familienleben sich in einem Raum abspielt: »Das kenn ich. Erst krakeelt Mutter und dann Vater und dann Mutter noch mehr, und dann drückt er sie, und dann ist sie still – meistens jedenfalls.«

20. Kapitel

Susanna und Thomas lagen nebeneinander auf dem dikken weichen Schaffellteppich im Kinderzimmer und betrachteten ein Bilderbuch. Die Fenster standen weit offen, Sonnenschein und warme Luft durchfluteten die Räume, im Park lärmten die Vögel. Dann erklang Hufgetrappel und Wiehern. Thomas sprang auf und stürzte ans Fenster.

»Onkel Jon, Onkel Jon! Hier bin ich!«

Susanna lief ihm nach und beugte sich ebenfalls aus dem Fenster. Jonathan schaute zu ihnen hinauf, lachte und winkte und ritt dann weiter zu den Stallungen. Susanna sah ihm versunken nach. Wie habe ich ihn je für eine Basilisken halten können? Er hat Thomas richtig lieb, das sieht man seinem Gesicht an. Hat er jetzt nur Thomas so angeschaut oder auch mich? Ich habe ihn richtig vermißt in den letzten Tagen. Ob er wirklich nur nach Cornwall gefahren ist, um Pferde zu kaufen, oder hat er eine neue Spur entdeckt? Er ist mir ausgewichen vor seiner Abreise, das habe ich wohl gemerkt. Was er wohl sagen wird, wenn er hört, daß Rachel gestern zurückgekommen ist? Wieso renne ich eigentlich zum Fenster, wenn ich ihn höre? Es ist doch niemand da, vor dem ich die glückliche Verlobte spielen müßte.

Thomas unterbrach ihre unzusammenhängenden Gedanken, indem er sie am Ärmel zupfte. »Du, Sanna ...«

Er stockte und machte ein betretenes Gesicht. Susanna lächelte ihn aufmunternd an.

»Onkel Jon hat mir ein Pony versprochen, wenn ich wieder ganz gesund bin.«

»Das ist ja wunderbar! Dann können wir zusammen ausreiten!«

Einen Augenblick lang erhellte sich Thomas Gesicht bei dieser Vorstellung, dann wurde es wieder besorgt.

»Ja, aber meinst du – meinst du, daß ich es überhaupt lerne?«

»Aber natürlich lernst du reiten. Du kannst ja erst einmal mit mir üben. Dann weißt du schon ein bißchen, wie es geht. Schau, wenn ich auf allen Vieren gehe, bin ich fast so groß wie ein kleines Pony.«

Thomas betrachtete sie kritisch, dann kicherte er und versuchte, auf ihren Rücken zu klettern, aber Susanna wieherte laut und bäumte sich auf, so daß er auf den Boden plumpste.

Nach mehreren mißglückten Versuchen war Thomas puterrot im Gesicht vor Zorn und Anstrengung.

»Du mußt dich richtig festhalten! Stell dir vor, dein Leben hinge davon ab, daß du oben bleibst.«

Thomas biß die Zähne zusammen und dachte an seinen Tod und an das ewige Höllenfeuer, von dem Nanny ihm erzählt hatte. Der Teufel würde ihn aufspießen und braten, wenn er jetzt nicht oben blieb. Seine prallen Beinchen umklammerten Susannas Rippen, seine Finger krallten sich in ihre Schultern. Sie mochte sich aufbäumen, so viel sie wollte, er schwankte zwar, aber er blieb sitzen.

»Bravo!« keuchte Susanna. »Bravo! Du hast es geschafft! Du bleibst oben! Jetzt setze ich dich auf jedes Pony. Puh, herunter mit dir! Ich bin wohl doch nicht zum Reittier geboren!«

Thomas zog begeistert an ihren Zöpfen. »Du kannst mich nicht abwerfen! Ich will noch ganz lange reiten!«

Aber schließlich ließ Susanna sich auf den Bauch fallen, so daß er absteigen mußte. Sie umarmte ihn und küßte ihn auf beide Backen. »Du bist ein Naturtalent, Thomas. Dein Onkel wird stolz auf dich sein.«

Ein Räuspern ließ sie aufblicken. Jonathan stand in der Tür – wer weiß, wie lange schon. Thomas stürmte auf ihn zu und umarmte seine Beine.

»Onkel Jon, Onkel Jon! Ich kann reiten! Sanna hat mir gezeigt, wie!«

»Du brauchst nicht so zu schreien. Ich bin noch nicht taub, trotz meines fortgeschrittenen Alters. Außerdem habe ich alles gesehen. Es war eine beeindruckende Vorstellung. Aber ich glaube, dein Pony war ein bißchen klein. Du solltest einmal ein großes Pferd versuchen.«

Er bückte sich, löste die Hände des Kleinen von seinen Knien und schwang ihn mit sicherem Griff auf seine Schultern. Thomas quietschte vor Entzücken – und Schreck.

»Aber so groß wie du ist kein Pferd. Laß mich bloß nicht los!«

»Natürlich lasse ich dich los. Du mußt alleine versuchen, das Gleichgewicht zu halten. Und nimm die Hände aus meinen Haaren. Versuch es freihändig!«

Er machte ein paar schnelle Schritte auf der Stelle. Thomas schwankte hin und her und ruderte mit beiden Armen durch die Luft.

»Oh nein! Das kann ich nicht! Sanna, hilf mir!«

Susanna, die noch auf dem Boden kniete, sprang auf die

Füße, lief zu ihm und hielt ihm die Hände entgegen, damit er sich daran festhalten konnte.

»Wie kannst du nur so dumm sein«, sagte sie ärgerlich auf Französisch. »Gerade habe ich ihm beigebracht, daß er sich nicht fürchten muß, und jetzt machst du ihm wieder Angst.«

»Aber meine Liebste, ich bin enttäuscht! Begrüßt du so deinen Verlobten, nach dem du dich doch zweifellos und unentwegt gesehnt hast in den letzten Tagen? Ich hatte gehofft, du würdest mir um den Hals fliegen, als du so auf mich zukamst!«

Wie immer, wenn er in diesem ironischen Ton mit ihr sprach, errötete Susanna heftig. Und wie immer lächelte er überlegen und amüsiert, was ihren Ärger noch vergrößerte. Auf einmal legte er die Rechte um ihre Taille, Thomas Füßchen mit der Linken haltend, und zog sie dicht an sich heran.

»Wie du so dastehst mit erhobenen Armen, kommt mir der Gedanke, daß dies eine überaus geeignete Haltung für einen innigen Begrüßungskuß ist.«

Susanna wollte instinktiv zurückweichen, aber Thomas umklammerte ihre Hände und sein Onkel mit nicht minder festem Griff ihre Mitte.

»Hast du gemerkt, Thomas? Sie will uns entwischen. Laß sie nicht los!«

Beide verstärkten ihren Griff, Thomas juchzend vor Vergnügen, weil er das Ganze für ein neues Spiel hielt, Jonathan mit einem beunruhigenden Lächeln im Gesicht. Susanna bog den Kopf zur Seite.

»Also, jetzt mußt du mir sagen, Thomas, ganz unter uns Männern, wie du das findest? Sie will mich nicht küssen!«

»Versteh' ich nicht«, sagte der Kleine geschmeichelt. »Warum küßt du Onkel Jon nicht, Susanna?«

»Nun – ich – man küßt sich erst, wenn man verheiratet ist.«

»Das stimmt nicht! Du küßt mich doch auch«, widerlegte Thomas sie sofort.

»Beim Zeus, du hast recht! Ich habe es mit eigenen Augen gesehen! Ich glaube, du willst mich eifersüchtig machen, meine Liebste! Ich sehe schon, über kurz oder lang muß ich mich mit meinem Neffen duellieren. Wählst du Pistolen oder Degen, Thomas?«

Der Junge schaute unsicher auf Susanna hinunter.

»Dein Onkel meint, ob du mit ihm um mich kämpfen willst.«

»Kämpfen? Um dich? Mit Onkel Jon? Nein, warum denn? Er kann dich ruhig haben. Hauptsache, du bleibst bei mir.«

Susanna warf Jonathan einen anklagenden Blick zu. Es war allein seine Schuld, daß die Unterhaltung diese Wendung genommen hatte! Was sollte sie jetzt sagen? Der Kleine hatte schon mehrmals Pläne gemacht, was er im Winter und im nächsten Sommer mit ihr unternehmen würde, aber solche Erörterungen hatte sie immer geschickt abgebogen. Jonathan und sie waren bei ihrem Vorhaben, Rachels Beteiligung am Tod ihres Mannes nachzuweisen, noch keinen Schritt weitergekommen. Sie wußte nicht, wie lange sie auf Wimberley bleiben würde, aber irgendwann einmal würde ihre angebliche Verlobungszeit zu Ende sein. Doch wie konnte sie das dem Jungen begreiflich machen? Und Jonathan kam ihr überhaupt nicht zur Hilfe, sondern machte die Sache noch schlimmer.

»Bravo, Thomas! Kindermund tut Wahrheit kund. Du würdest wahrscheinlich jetzt ein Shakespeare-Zitat anbringen, Susanna, aber ich finde, diese simple Volksweisheit hat den Nagel auf den Kopf getroffen. Thomas hat völlig recht: Hauptsache, du bleibst bei mir. Was antwortest du uns darauf?«

Susanna schaute unsicher von einem zum anderen. Thomas rundbackiges Gesichtchen über ihr lächelte vertrauensvoll, aber aus Jonathans Zügen war jedes Lächeln verschwunden. Er sah sie unverwandt an, als ob er ihre Antwort kaum erwarten könne.

»Das – das hängt nicht von mir ab.«

Er sah so bitter enttäuscht aus, daß Susanna die Augen senkte, um ihn nicht ansehen zu müssen. Eine lange Pause folgte.

»Von wem denn?«

Sie zögerte, dann lehnte sie den Kopf an seine Schulter. Was sollte all dieses Taktieren und dieses Überlegen, was er wohl meinte, und was sie wohl sagen dürfte, ohne sich in ein falsches Licht zu setzen? Warum gab sie nicht ehrlich zu, was sie dachte?

»Von dir«, sagte sie leise.

Ohne an seine Verantwortung gegenüber seinem Erben zu denken, ließ Jonathan die Füße des Kleinen los und legte auch seinen anderen Arm um Susanna. Sie hatte das Gefühl, als ob ihr die Luft aus den Lungen gepreßt würde. Thomas Schuhe bohrten sich schmerzhaft in ihre Rippen.

»Und jetzt sieh mich endlich an, du widerspenstiges, schreckliches Mädchen!«

»Ich bin nicht widerspenstig, und ich bin auch nicht schrecklich«, protestierte Susanna, während sie folgsam den Kopf hob.

»Natürlich bist du das! Du weißt genau, daß ich im Begriff bin, dich mit glühenden Küssen zu überschütten, und statt mir deine rosenknospengleichen Lippen darzubieten, bewegst du dieselben höchst hinderlich und widersprichst mir.«

Susanna mußte kichern. Er wollte ihr mit seinen geschraubten Redensarten offensichtlich über ihre Befangenheit hinweghelfen, und sie war ihm dankbar dafür. Sie sah ihn schüchtern an. Sein Gesicht war jetzt kaum eine Handbreit von ihrem entfernt.

»Du hast zwei verschieden blaue Augen«, sagte sie, plötzlich abgelenkt. »Das eine ist fast schwarz.«

»Oh, du lächerliches Kind!«

Er schüttelte den Kopf und lachte. Dann beugte er sich vor und küßte sie. Susanna spürte seine Lippen auf ihren, erst weich, dann härter, und in ihrem Inneren brach ein weißglühender Feuerstrom aus und lief in heißen, kleinen Wellen bis zu den Haarwurzeln, bis in die Finger und Fußspitzen. Das Gefühl war so stark, daß es jede andere Wahrnehmung erstickte. Susanna schloß die Augen. In ihren Ohren war ein dumpfes Dröhnen, das zu einer wattigen Stille verebbte. Sie hörte eine Stimme in der Stille, aber sie verstand die Worte nicht. Dann kehrten langsam wieder die normalen Empfindungen in ihren Körper zurück. Sie hielt noch immer Thomas feuchte Fingerchen in ihren Händen, sie merkte, daß ihre Arme schmerzten vom zu langen Hochhalten, und sie spürte Jonathans Hände auf ihrem Rükken, seine Lippen auf ihrem Mund, den Druck seines Körpers gegen den ihren.

Und da war die Stimme wieder, diesmal noch lauter und schärfer: »Ich habe etwas gefragt! Was soll das hier bedeuten?«

Die Stimme gehörte Rachel. Susanna machte eine hastige Bewegung, um einen schicklichen Abstand zu ihrem Arbeitgeber zu erreichen, aber Jonathan hielt sie fest. Mit betonter Langsamkeit löste er seine Lippen von den ihren, strich ihr zärtlich über die Haare und wandte dann sein Gesicht zur Tür.

»Ah, meine teure Rachel, ich grüße dich. Ich bin erfreut, dich bei guter Gesundheit zu sehen. Aber ich verstehe deine Frage nicht! Mir scheint, die Bedeutung unseres Tuns ist ganz offensichtlich: Erstens begrüße ich meine Braut, und zweitens bringe ich deinem Sohn das Reiten bei. Wobei die Reihenfolge eigentlich umgekehrt war, beziehungsweise ich habe versucht, beide Aufgaben miteinander zu verbinden.«

»Es ist mir unbegreiflich, wie du dich vor einem Kind derart schamlos aufführen kannst. Daß von Susanna kein korrektes Verhalten zu erwarten ist, das ist wohl mittlerweile jedem klar geworden, aber dir hätte ich so etwas Schockierendes doch nicht zugetraut.«

»Ich finde, du übertreibst gewaltig, meine Gute. Nicht einmal die strenge Hester Penneham würde Einwände machen, wenn sich Verlobte nach mehrtägigem Getrenntsein einen Kuß geben, davon bin ich überzeugt.«

»Sanna wollte auch gar nicht«, verkündete Thomas. »Sie hat den Kopf weggedreht.«

In Rachels grauen Gletscherblick kam ein lauernder Ausdruck. Prüfend sah sie die beiden an. Jonathan stellte seinen Neffen mit einem etwas unsanften Ruck auf den Boden. Susanna, die auf diesen Augenblick gewartet hatte, um sich außerhalb seiner Reichweite zu bringen, sah ein, daß dies nicht der richtige Zeitpunkt war. Sie ließ es zu, daß Jonathan den Arm um sie legte und sie an sich zog.

»Da hörst du, wie korrekt Susannas Verhalten ist, ganz im Gegenteil zu deinen unhöflichen Anschuldigungen. In Frankreich ist man offensichtlich sehr streng in diesen Dingen. Ich mußte ihr erst versichern, daß man in England den Mädchen durchaus gestattet, ein wenig Gefühl zu zeigen, zumindest, wenn sie verlobt sind. Nicht wahr, mein Schatz?«

Susanna nickte und lehnte demonstrativ den Kopf gegen seine Schulter. Rachel betrachtete das rührende Bild mit sichtlichem Mißfallen.

»Sie hätte besser daran getan, dich sofort aus dem Zimmer zu schicken. Es ist ein eklatanter Bruch jeder Etikette, daß sich ein weibliches Wesen allein in demselben Raum mit einem Mann aufhält, mit dem sie nicht verwandt ist – und mag sie hundertmal mit ihm verlobt sein.«

»Aber wir waren nicht allein. Thomas war bei uns. Er ist auch jetzt noch da und hört unserer Unterhaltung mit sichtlichem Interesse zu.«

Rachel, die ihren Sohn völlig vergessen hatte, sah zu ihrem Ärger, daß diese Bemerkung richtig war.

»Geh sofort zu Nanny! Und sag ihr, daß sie zu mir kommen soll, ich habe mit ihr zu reden.«

Thomas bewegte sich widerstrebend auf die Tür zu. »Aber – aber ich lerne gerade reiten.«

Sein Onkel zwinkerte ihm zu. »Du kannst ruhig gehen, wir haben ja deine Mutter als Anstandsperson bei uns. Und komm heute nachmittag in den Stall, ich habe eine Überraschung für dich.«

»Ooh, Onkel Jon, wirklich?« Thomas Gesicht strahlte, und er verschwand in Windeseile.

»Wenn du glaubst, daß ich dir die Erlaubnis gebe, ihm das Reiten beizubringen, dann irrst du dich. Ich möchte nicht, daß er zu einem dieser unerträglichen Zeitgenossen wird, die nichts im Kopf haben außer Pferden und den ganzen Tag im Reitdreß herumlaufen. Ein Mann von Welt zieht sich um, wenn er aus den Ställen kommt, und mutet einer Dame seine Gegenwart in diesem Aufzug nicht zu.« Sie musterte ihn angewidert. »Ich begreife nicht, wie Susanna das aushält.«

»Oh, ich liebe Pferdeduft!« Susanna rieb ihre Nase an Jonathans Reitjacke. Sein Arm lag noch immer auf ihren Schultern. Zu sehen, wie Rachel sich ärgerte, nahm ihr jede Verlegenheit.

»Ich wußte gleich, daß du die richtige Frau für mich bist, *ma chère.*« Er lächelte Rachel herausfordernd an. »Bin ich nicht ein Glückspilz?«

Rachel warf ihm einen zornigen Blick zu, preßte die Lippen zusammen und schwieg.

»Ich bin ein wenig ratlos über deine mangelnde Begeisterung, meine verehrte Schwägerin. Gerade das Unkonventionelle an unserer Verbindung müßte doch liebe Erinnerungen in dir wecken! Was ist schließlich ein Kuß gegen eine Entführung und eine heimliche Hochzeit? Du bist doch wohl die erste, von der man Verständnis erwarten könnte. Oder war dieser eklatante Bruch jeder Etikette – um deine eigenen Worte zu gebrauchen, und in deinem Fall sind sie zweifellos die richtige Bezeichnung – war diese skandalöse Ungehörigkeit etwa nicht das Ergebnis einer glühenden Leidenschaft? Man hat es mir immer so geschildert, aber du mußt es schließlich am besten wissen. Ich lasse mich gerne belehren.«

»Du kannst ja wohl die Gefühle eines zwanzigjährigen Jungen nicht mit den deinen vergleichen!«

»Ich bin eigentlich mehr an deinen Gefühlen interessiert. Soll ich aus deiner Antwort schließen, daß die Leidenschaft lediglich meinen armen Bruder ergriffen hatte? Was aber mag dann dich etiketteglaubiges Wesen bewogen haben, einer heimlichen Hochzeit zuzustimmen? Laß mich raten! Vielleicht kalte Berechnung? Und die Liebe zum schnöden Mammon?«

Rachel stieß einen Laut aus, der wie ein Fauchen klang. Ihre Nasenflügel bebten, ihre Augen wurden schmal. Sie preßte die Hände ineinander, als ob sie sich beherrschen müßte, um ihrem Schwager nicht in sein spöttisch lächelndes Gesicht zu schlagen. Einen Augenblick stand sie so schweratmend, dann drehte sie sich auf dem Absatz um und fegte zur Tür hinaus.

»Oh Himmel, warum hast du das gemacht? Sie hat kein Wort mehr herausgebracht vor lauter Wut.«

»Das war genau meine Absicht. Sie hat genug Unsinn geredet. Ich wollte sie möglichst schnell verscheuchen.«

»Aber warum?«

»Das weißt du nicht?« Er nahm ihre Hände und hielt sie fest.

»Aber – aber – du hättest das nicht sagen sollen! Sie weiß jetzt, daß du einen Verdacht hast.«

»Das ist mir völlig gleichgültig. Die ganze Rachel ist mir gleichgültig.« Er hob ihre Hände in seinen Nacken und verschränkte sie da. »Du hingegen, *ma bien-aimée*, bist mir nicht gleichgültig.«

»Aber Jonathan – willst du nicht mehr ...?«

»Nein, du Schäfchen, ich will nicht mehr. Dich will ich! Wann begreifst du das endlich?«

»Oh!« machte Susanna überwältigt. Sie legte den Kopf in den

Nacken und sah ihn an. Auf einmal erschienen die Grübchen in ihren Wangen.

»Bitte jetzt nichts von Shakespeare! Es gibt zweifellos mehrere passende Zitate, aber ich küsse lieber ohne dichterischen Kommentar.«

Susanna nickte zustimmend. »Bitte!« sagte sie nur und hielt ihm ihre Lippen entgegen. Wieder begann der glühende Strom, der durch alle Glieder pulste und die Augen blind und die Ohren taub machte. Ich falle in einen feurigen Schacht, dachte Susanna, immer tiefer und tiefer, und die Flammen brausen um mich herum. Als sie wieder auftauchte aus dem Schacht, merkte sie, daß ihre Knie zitterten und ihre Finger sich in Jonathans Locken verkrampft hatten.

»Ist es immer so – so betäubend?«

Jonathans Hände glitten über ihren Rücken. »Ich weiß es nicht. Ich hatte früher immer den Eindruck, man gewöhne sich daran. Aber bei dir ist es anders. Ich glaube fast, bei dir versagt meine Erfahrung. Wir müssen es einfach ausprobieren.«

Als Nanny eine Zeitlang später, gefolgt von Thomas, die Tür zum Kinderzimmer öffnete, blieb sie auf der Schwelle stehen. Inmitten von Bilderbüchern und Spielsachen, die auf dem Boden verstreut lagen, stand Seine Lordschaft und hielt Thomas' Lebensretterin in den Armen, und zwar sehr fest, nach der Art zu schließen, wie ihr weiter Rock sich nach hinten bauschte. Damit nicht genug, die Haltung seines Kopfes machte deutlich, daß er sie küßte. Obwohl Ort und Handlung im höchsten Maße unschicklich waren, nahm Nanny trotz ihrer strengen Grundsätze keinen Anstoß an der Szene. Im Gegenteil, sie betrachtete die beiden regungslosen, ineinander verschmolzenen Gestalten einige Sekunden lang höchst befriedigt und schloß dann leise die Tür.

»Warum gehst du nicht rein?« fragte Thomas verwundert.

Nanny zuckte zusammen. Himmel, der Kleine stand ja neben ihr.

»Was hast du gesehen?« fragte sie streng.

»Nichts. Gab es was zu sehen?«

»Nein, nein, überhaupt nicht. Ich – ich wunderte mich nur, daß deine Mutter nicht mehr da ist, weil sie doch nach mir geschickt hat.«

»Vielleicht mochte sie nicht, wie Onkel Jon Sanna küßte«, vermutete Thomas.

Nanny verschluckte sich und hustete. »War sie denn dabei?«

»Ja sicher. Ich auch. Sanna wollte erst nicht, aber jetzt will sie wohl, denn sie küssen sich immer noch, nicht?«

Nanny hustete wieder. »Darüber spricht kein feines Kind. Ich will kein Wort mehr von dir hören, Master Thomas.«

21. Kapitel

Einige Stunden später spähte Susanna über die Balustrade in die Halle. Ob alle Gäste schon im gelben Salon waren? Sie machte sich immer noch nichts aus Besuchern, und gerade heute wäre sie lieber mit Jonathan und seiner Mutter allein geblieben. Doch Rachel hatte angekündigt, daß einige Freunde aus London sie besuchen würden – sehr zum Erstaunen des ganzen Hauses, denn etwas Vergleichbares hatte sich in den vier Jahren, die Rachel auf Wimberley verbracht hatte, noch nie ereignet. Jetzt trat sie gerade in die Halle, sehr elegant in einem tiefdecolletierten Kleid aus amethystfarbener Seide, das ihre vollen Schultern und Arme sehr vorteilhaft zur Geltung brachte. Wieder entblößt bis an die Grenze des Erlaubten, dachte Susanna ungnädig, die sie von oben beäugte. Sie strich unbewußt über ihre Schlüsselbeine, die von honigbraunem Spitzengeriesel verhüllt waren. Ich binbloß neidisch, fügte sie dann ehrlich hinzu. Sie wollte sich gerade wieder in Bewegung setzen, als die Tür zum Gästetrakt aufging, und ein Herr im Frack erschien. Rachel trat auf ihn zu und fragte ihn höflich, ob er alles nach seiner Zufriedenheit vorgefunden habe.

»Aber meine hochverehrte Mrs. Sinclair, ein Haus, das Sie bewohnen, muß jeden Mann zufrieden stimmen«, erwiderte der Herr galant.

Susanna erstarrte. Diese hohe, gelangweilte Stimme kannte sie doch! Vorsichtig beugte sie sich vor, um den Herrn besser sehen zu können, und wich zurück, als hätte sie einen Schlag erhalten. Das war doch nicht möglich! Das konnte nur ein Trugbild sein! Wie kam Charles Riley nach Wimberley? Er gehörte nach London! Was wollte er hier? Ob er einer von Rachels Gästen war? Aber wieso hatte sie ihn eingeladen? Ob das ein Zufall war? Oder hatte sie von der rothaarigen Braut ihres Schwagers erzählt, und Sir Charles war neugierig geworden? Hatte er am Ende schon Andeutungen gemacht? Wieso kannte Rachel diesen Menschen überhaupt?

Mit weichen Knien ließ sich Susanna auf eine Bank fallen. Noch hatte er sie nicht gesehen. Aber das war nur eine Frage von Minuten. Sobald sie in den gelben Salon kam, würde sie ihn begrüßen müssen, und er würde sie erkennen, dessen war sie ganz sicher. Zu genau hatte er sie damals betrachtet in diesem gräßlichen Haus. Ein Schauer überlief sie bei der Erinnerung an seine fahlen Augen, die so gierig ihr Gesicht und ihre Gestalt gemustert hatten. Oh mein Gott, was würde das für einen Skandal geben! Jonathan konnte hundertmal erklären, daß ihm das Gerede der Leute gleichgültig sei. Er mußte sie wegschicken, wenn Sir Charles reden würde. Eine Braut aus einem Bordell – das konnte sich nicht einmal ein Jonathan Sinclair leisten. Kein Mensch würde glauben, daß sie ohne eigene Schuld da hinein geraten war!

Aber sie wollte nicht weg von Wimberley! Und schon gar nicht von Jonathan! Sie war keine gekaufte Braut mehr! Heute mittag hatte er sie geküßt, und sie war so glücklich gewesen wie noch nie in ihrem Leben. Und schon wenige Stunden später sollte alles zu Ende sein? Ob sie sich verstecken sollte, bis dieser Mensch wieder fort war? Aber wohin sollte sie gehen? Ob sie einfach krank werden und nicht mehr aus ihrem Zimmer kommen sollte? Aber das würde ihn nur neugierig machen. Und einmal mußte sie ja doch wieder herauskommen. Lieber Gott, was sollte sie nur machen? Sie ließ den Kopf gegen die Wand sinken und schloß die Augen. Warum nur hatte sie nie daran gedacht, daß sie diesen Unhold wiedersehen könnte? Er verkehrte ja schließlich nicht nur im Maison de Paris, sondern in erster Linie in der guten Londoner Gesellschaft, genauso wie die anderen ehrenwerten Kunden auch. Und selbst wenn sie nie nach London gehen würde – Einladungen auf die Landsitze gehörten durchaus zu den Gepflogenheiten, das hatte sie inzwischen gemerkt. Ich hätte ihn umbringen sollen, dachte sie wild und stöhnte. Eine Hand legte sich auf ihren Arm. Susanna stieß einen unterdrückten Schrei aus und riß die Augen auf. Thomas stand vor ihr und sah sie ängstlich an.

»Sanna! Was hast du?«

Susanna schüttelte nur schwach den Kopf und schloß wieder die Augen.

»Sanna! Wirst du ohnmächtig? Fairchild sagt immer, Mama schnürt sich zu eng, und eines Tages wird sie noch ohnmächtig. Bist du auch zu eng geschnürt? Du bist ganz weiß im Gesicht, Sanna!«

»Oh Gott!« stöhnte Susanna. »Nein! Nein! Ich brauche Jonathan!«

»Soll ich ihn holen?«

»Ja! Ja, bitte, tu das. Und beeil dich!«

»Und was soll ich ihm sagen?« fragte der Kleine in nervtötender Genauigkeit.

»Ich weiß nicht ... es ist egal ... er muß nur schnell kommen!«

»Soll ich ihm sagen, du wirst ohnmächtig, weil du zu eng geschnürt bist, und deshalb brauchst du ihn?«

»Es ist egal ... was hast du gesagt ... nein, natürlich nicht, bist du verrückt ... oh, ich werde noch wahnsinnig ... hol ihn einfach her!«

Thomas betrachtete sie zweifelnd, aber da Susanna ihn nicht mehr beachtete, sondern wieder gegen die Wand sank und die Hände vors Gesicht schlug, machte er sich schließlich auf den Weg. Er fand seinen Onkel im gelben Salon, umgeben von einem Kreis von Leuten, die er nicht kannte. Thomas blieb zögernd an der Tür stehen. Im Salon seiner Großmutter war er zu Hause, und mit allen Nachbarn stand er auf vertrautem Fuß. Aber der gelbe Salon war größeren Gesellschaften vorbehalten, die Thomas nie erlebte, weil er dann längst im Bett war. Heute abend war er Nanny entwischt, um noch einen Blick auf die fremden Gäste zu werfen, aber er hatte nicht damit gerechnet, ihnen gegenübertreten zu müssen.

Rachel sah ihren Sohn als erste, und weil er ausgesprochen dekorativ aussah in seinem blauen Samtanzug, der die Farbe seiner Augen betonte und einen hübschen Kontrast zu seinen dunklen Locken bildete, empfand sie eine ihrer seltenen Anwandlungen mütterlicher Zuneigung und winkte ihn zu sich. »Mein süßer, kleiner Liebling«, sagte sie zärtlich und streichelte seinen Kopf, »hattest du Sehnsucht nach deiner Mama?«

Die Umstehenden lächelten gerührt über diese innige Szene, wie Rachel zufrieden bemerkte.

»Nein, überhaupt nicht!« erwiderte Thomas mit seiner durchdringenden Stimme. »Ich suche Onkel Jon.«

Jonathan hörte seinen Namen und wandte sich um.

»Da bist du ja, Onkel Jon!« rief Thomas. »Sanna schickt mich. Sie ist zu eng geschnürt, und sie wird ohnmächtig, und sie braucht dich.«

Im gelben Salon breitete sich Schweigen aus. Thomas merkte

die allgemeine Spannung und rieb verlegen ein Knie am anderen. »Nein, das ist falsch. Sie ist nicht geschnürt, aber sie wird wahnsinnig, und deshalb braucht sie dich. Sie sitzt an der Treppe.«

Jonathan zwang sich zu einem gleichmütigen Lächeln. »Vielen Dank, Thomas«, sagte er freundlich in die Stille hinein. »Ich glaube, du hast die Botschaft etwas durcheinandergebracht. Aber Susanna wird mir bestimmt alles erklären, wenn du mich zu ihr bringst.«

Er nahm seinen Neffen an die Hand und ging mit ihm hinaus. »Sie sitzt da oben.« Thomas wies mit der Hand auf das breite Podest. »Und sie sieht ganz komisch aus.«

Er lief neben Jonathan durch die Halle und blieb am Fuß der großen Treppe stehen. »Du hilfst ihr doch, nicht? Ich bleibe hier und passe auf, daß keiner kommt.«

Sein Onkel nickte ihm zu und lief die Treppen empor. Susanna saß wie ein Häufchen Elend auf einer Bank und hatte den Kopf in den Händen vergraben. Als sie Jonathans Schritte hörte, wandte sie ihm ihr bleiches, angsterfülltes Gesicht zu. Ohne weitere Umstände zog er sie hoch und nahm sie in die Arme. »Susanna! Was ist passiert?«

Dankbar lehnte Susanna ihren Kopf an seine Schulter. Jonathan war da. Jetzt würde alles gut werden.

»Charles Riley ist unten.«

Mit einer abrupten Bewegung schob er sie von sich und sah sie scharf an.

»Ich glaube, Rachel hat ihn eingeladen. Ich weiß nicht, ob du ihn kennst?«

»Ich hatte bisher nicht das Vergnügen.«

»Ein Vergnügen wird man es wohl kaum nennen können«, sagte Susanna bitter.

»Darf ich aus dieser Bemerkung schließen, daß du den Herrn kennst?«

»Ich – ich habe ihn einmal getroffen.« Susanna zögerte, betroffen von dem kalten Ton in seiner Stimme. »Es – es war an meinem ersten Tag in London.«

Sie verstummte und sah ihn unsicher an.

»Nur weiter, Kätzchen. Ich höre.«

Susanna hatte auf einmal das Gefühl, als ob sie in einem Alptraum gefangen wäre. Dieser Mann mit den harten Augen und dem zynischen Mund war doch nicht ihr Jonathan! Er sah plötzlich genauso eisig und unnahbar aus wie damals im Maison de Paris. Oh, dieses verfluchte Haus! Sie hatte jede Erinnerung daran aus ihren Gedanken verdrängt. Es war vorbei! Sie hatte sich aus eigener Kraft gerettet und nicht zugelassen, daß man ihr Leben zerstörte. Und jetzt tauchte derselbe Mann, der das schon einmal versucht hatte, wieder auf. Und alles fing wieder von vorne an. Sie schluckte. »Ich wollte es dir später einmal erzählen – vielleicht. Eigentlich wollte ich gar nicht mehr davon sprechen.«

»Das glaube ich gerne!« Der Hohn in seiner Stimme war unüberhörbar. »Aber sprich nur.«

Susanna warf einen flüchtigen Blick in sein verändertes Gesicht und ließ die Lider gleich wieder sinken. Das Alptraum-Gefühl verstärkte sich. Sie schluckte wieder. »Ich – es war im Maison de Paris. Er – er« Sie biß sich auf die Lippen. Er war mein erster Kunde, hatte sie sagen wollen. Aber sie brachte es nicht heraus.

»Weiter!«

Seine Stimme war wie ein Peitschenschlag. Etwas in ihr bäumte sich auf gegen diesen Ton.

»Was weiter? Es war nichts weiter.«

Auf einmal packte er sie. Seine Finger gruben sich in ihre Oberarme.

»Ich will wissen, was er mit dir gemacht hat!«

»Nichts hat er mit mir gemacht! Eher ich mit ihm!«

Er fing an, sie zu schütteln, daß ihr Kopf hin und her flog. Sie war so überrascht, daß sie gar nicht auf den Gedanken kam, sich zu wehren.

»Sag mir die Wahrheit! Was hat er mit dir gemacht? War er es, der dich so geschlagen hat?«

»Nein! Hör auf! Das war mein Onkel. Das habe ich dir doch erzählt.«

»Woher soll ich wissen, ob das stimmt?«

Er hatte aufgehört, sie zu schütteln, hielt sie aber noch immer fest.

»Warum sollte ich dich anlügen?«

»Warum? Da gibt es eine ganze Menge Gründe. Zwing mich nicht, sie zu nennen. Sie wären kaum schmeichelhaft für dich.«

Susanna starrte ihn an.

»Und schau mich nicht so an mit deinem Unschuldsgesicht! Warum hast du solche Angst vor Riley, wenn nichts gewesen ist?«

»Was soll denn gewesen sein? Was glaubst du denn? Ich habe ihm die Gurgel zugedrückt, bis er ohnmächtig war, und dann bin ich weggelaufen.«

Sein Griff lockerte sich etwas, der wilde Ausdruck auf seinem Gesicht verschwand.

»Und wovor fürchtest du dich dann?«

Was sollte sie jetzt sagen? Daß Sir Charles natürlich nicht die Wahrheit zugeben würde? Daß kein Mensch mehr ein Wort mit ihr wechseln würde, wenn er auch nur eine Andeutung machte, wo er sie kennengelernt hatte? Nun, das war vielleicht übertrieben. Tante Georgie hatte nicht im mindesten Anstoß genommen an ihrem Abenteuer, sie hatte sogar überlegt, wie man die Herrin des Maison de Paris zur Rechenschaft ziehen könnte. Und auch Lady Eugenia würde in ihrer Zuneigung nicht wankend werden, davon war Susanna überzeugt. Aber wenn sogar Jonathan sie verdächtigte, was würden erst die anderen denken? Und tuscheln und tratschen und sie herabsetzen? Sollte sie ihm jetzt etwa sagen, daß ihr das Herz brechen würde, wenn sie Wimberley verlassen müßte? Und wenn sie ihn nie mehr sehen würde? Heute mittag hatte er sie geküßt und hatte sie gar nicht mehr loslassen wollen, und jetzt behandelte er sie – wie – sie preßte die Lippen aufeinander. Er konnte sie nicht lieben, wenn er so mit ihr sprach. Sie merkte auf einmal, daß sie am ganzen Körper zitterte. Jonathans Griff verstärkte sich wieder. »Du hast wohl doch etwas zu fürchten?«

»Ich fürchte, daß – daß mein Engagement hier beendet sein wird, wenn Riley seine Lügen erzählt.«

Er sah sie an, als ob er seinen Ohren nicht trauen würde, dann kam der Zorn wieder in sein Gesicht, und er stieß sie unbeherrscht von sich.

»Das ist das einzige, was dich interessiert, nicht? Du hast nie an etwas anderes gedacht! Ich bin dir völlig gleichgültig! Und der Tod meines Bruders auch! Warum sollten wir dich auch kümmern? Dir geht es nur um's Geld, damit du dieses lächerliche Haus zurückkaufen kannst, das weiß ich wohl. Und dafür bist du bereit, mir einen Haufen Lügen zu erzählen. Die Gurgel zugedrückt, ja? Das möchte ich gerne sehen, wie du das gemacht hast!«

Susanna war auf die Bank gesunken und umklammerte ihre Arme, um sie am Zittern zu hindern. Sie hörte die wütende Stimme und die Beschuldigungen und dachte verwundert: Es tut richtig körperlich weh. Es ist fast genauso schlimm wie Schläge. Auf einmal stieg ein heißer Zorn in ihr hoch. Sie spreizte langsam die Finger. Sie fühlte ein geradezu übermächtiges Verlangen, diesen brutalen Fremden, der da vor ihr stand und sie beschimpfte, genauso zu behandeln wie damals Sir Riley. Das wäre die beste Antwort auf seine Unverschämtheiten. Sie hob den Kopf und sah in an, und ihr Zorn fiel in sich zusammen.

»Man würgt seinen Arbeitgeber nicht.«

Sie versuchte, ihrer Stimme einen spöttischen Klang zu geben.

Jonathan machte eine Bewegung, als wollte er sie wieder packen, flammende Wut im Gesicht. Dann drehte er sich auf dem Absatz um und ging. Susanna blieb sitzen, unfähig, auch nur ein Glied zu rühren. Nach einer Weile hörte sie leise Schritte auf der Treppe, aber sie drehte nicht einmal den Kopf.

»Sanna, ich habe auf dich gewartet! Ist dir jetzt besser? Hat Onkel Jon dir geholfen? Sanna, warum weinst du denn?«

»Ich weine nicht«, sagte Susanna mühsam. »Meine Augen tränen nur.«

Thomas sah sie zweifelnd an, aber als sie ihn schwach anlächelte, nickte er zögernd.

»Was machst du denn jetzt?« fragte er, immer noch besorgt.

»Ich gehe zu Bett. Ich glaube, ich werde krank.«

Thomas Gesicht erhellte sich. Das war die natürlichste Erklärung für ihr sonderbares Verhalten. Er schob seine Hand in ihre.

»Ich gehe mit! Und ich warte, bis du eingeschlafen bist. Das hast du bei mir auch immer gemacht, und das war sehr gut.«

Susanna umklammerte die kleinen Finger und ging wie in Trance in ihre Zimmer. Thomas setzte sich in einen Sessel neben dem Bett und wartete geduldig, bis sie im Nachthemd aus dem Ankleidezimmer zurückkam. Er sah ihr ängstlich entgegen. Die Tränen liefen immer noch über ihr Gesicht, obwohl sie weder schluchzte noch überhaupt einen Laut von sich gab. Es sah schlimm aus, fand Thomas. Die magischen Worte aus seiner Krankheit fielen ihm wieder ein.

»Ich setz' mich an dein Bett und halte deine Hand und warte, bis du eingeschlafen bist!« zitierte er.

Zu seinem Entsetzen brach Susanna in wildes Schluchzen aus. Sie setzte sich neben ihn und hielt ihn fest, und dabei wurde ihr Körper vom Weinen förmlich geschüttelt. Thomas streichelte ratlos und unbeholfen ihren Arm. Nach einiger Zeit wurde sie ruhiger. Sie legte sich ins Bett und nahm seine Hand. »Danke, Thomas! Vielen Dank! Bist du sicher, daß du noch ein bißchen bei mir bleiben willst? Und daß du später in dein Zimmer findest?«

»Natürlich«, sagte Thomas großartig. »Ich tu alles für dich, das weißt du doch.«

Susanna drückte seine Finger, lächelte ihn unter Tränen an und schloß die Augen. Schon nach wenigen Minuten atmete sie ruhig und gleichmäßig, hielt aber seine Hand weiter fest. Thomas betrachtete sie befriedigt und saß ganz still. Er konnte sich genau erinnern, was für ein wunderbares Gefühl es war, wenn man einschlief und wußte, man war nicht allein. Ihr ruhiger Atem machte ihn schläfrig. Er legte den Kopf auf die Sessellehne. Ich gehe gleich, dachte er. Ich ruhe mich nur ein bißchen aus.

So fand Jonathan die beiden. Er war zunächst in sein Arbeitszimmer gestürmt und an seinen Sekretär gestürzt, hatte ein Bündel Briefe und Unterlagen aus einem Fach gerissen und vergebens versucht, sie in seine Jackentaschen zu stopfen. Daraufhin hatte er einen ellenlangen Fluch ausgestoßen, der Burton zum Zusammenzucken und zu einem empörten Räuspern brachte. Nach einem Blick in das Gesicht seines Herrn enthielt sich der erfahrene Diener jeder weiteren Mißfallensäußerung. Seine Lordschaft befand sich offensichtlich in der schwärzesten Laune, und die geringste Kleinigkeit würde genügen, ihn zum Explodieren zu bringen. Er warf die unschuldige Tür mit einem Tritt ins Schloß, nachdem er die Papiere in einen großen Umschlag gestopft hatte, und Burton sah besorgt hinter ihm drein. Was hatte ihn denn nur in einen solchen Zorn versetzt? Die Briefe konnten es nicht gewesen sein, im Gegenteil, er war durchaus zufrieden gewesen, als sie kurz vor seiner Abreise eingetroffen waren.

In der Tat war Jonathan mehr als zufrieden mit den Briefen und ihrem Absender. Sie kamen von seinem Rechtsanwalt in London, der jene dubiose Agentur und die Schauspieler entdeckt hatte, die Rachels Eltern gespielt hatten. Dann hatte er den Namen des Mannes ausfindig gemacht, der vor Jahren Erster Offizier auf Ihrer Majestät Schiff »Bluebird« gewesen war: Jasper Whittlay, verheiratet mit Anne Bonnington, Vater einer Tochter, nach dem Tod des ältesten Bruders den Dienst quittiert, wohnhaft in Bideford an der cornischen Grenze, Tod im März letzten Jahres nach Reitunfall und längerer Krankheit. Mr. Burroughs hatte auch die Adresse von Isaac Crampton mit Gattin Honoria und sechs Kindern ermittelt und ebenso die des Barons, dem Sir Isaac das Haus seines Mündels verkauft hatte. Es war Mr. Burroughs sogar gelungen, es ihm wieder abzukaufen, wenn auch zu einem deutlich höheren Preis. Was Seine Lordschaft allerdings mit diesem abgelegenen, altmodischen und etwas ungepflegten Anwesen zu tun beabsichtigte, diese Frage konnte Mr. Burroughs nicht beantworten.

Noch mehr als über den Kauf des alten Hauses an der cornischen Küste wunderte sich Mr. Burroughs über das plötzliche Interesse Seiner Lordschaft an einem gewissen Charles Riley. Der Auftrag hatte zunächst nur dahin gelautet, so viel wie möglich über ihn in Erfahrung zu bringen. Die Ergebnisse waren wenig schmeichelhaft für Sir Charles. Dann kam die Anweisung, alle Schuldverschreibungen des verschwenderischen Edelmanns aufzukaufen, natürlich mit der größtmöglichen Diskretion und ohne den geringsten Hinweis auf den wahren Käufer, aber das war eine Vorsichtsmaßnahme, die Seine Lordschaft nur in einem Nebensatz erwähnt hatte, weil sie bei Mr. Burroughs Arbeitsweise ohnehin selbstverständlich war. Der Rechtsanwalt hatte nachdenklich den Kopf gewiegt und sich vergebens bemüht, die Absichten Seiner Lordschaft zu enträtseln. Warum gab er derartige Summen aus (die zwar bei seinem

Vermögen kaum ins Gewicht fielen, aber doch beträchtlich waren), nur um diesen Sir Charles in die Hand zu bekommen? Mr. Burroughs hatte alle Unterlagen sorgsam verschnürt und versiegelt und nach Wimberley geschickt. Sein untrüglicher Spürsinn sagte ihm, daß es mit diesen Papieren eine besondere Bewandtnis haben müsse und daß unter Umständen nicht nur das Schicksal Rileys von ihnen abhinge.

Jonathan betrat den gelben Salon, blickte sich suchend um und ging dann geradewegs zu seiner Schwägerin, die mit zwei ihm fremden Herren plauderte. Rachel lächelte spöttisch.

»Ich fürchte, mein dummer, kleiner Junge hat dich eben in eine etwas peinliche Situation gebracht.«

»Ich fand sie keineswegs peinlich. Man kann von einem Vierjährigen schließlich nicht verlangen, daß er eine Botschaft wortwörtlich ausrichtet. Ich bin ihm jedenfalls sehr dankbar, daß er mich geholt hat. Susanna hat einen Migräneanfall. Sie wird heute abend nicht herunterkommen können.«

»Du wirst nicht der einzige sein, der untröstlich ist«, sagte Rachel. »Darf ich dir einen meiner ältesten Freunde vorstellen? Edward Tavernic. Mein Schwager, Jonathan Sinclair.« Sir Edward hatte zweifellos Wikinger unter seinen Vorfahren, die ihm ihre weißblonden Haare, hellgrauen Augen und mächtigen Glieder vererbt hatten.

»Ich muß gestehen, ich kann das Vergnügen kaum erwarten, der Baronesse vorgestellt zu werden«, sagte er lächelnd und entblößte dabei ein weißes Gebiß mit spitzen Eckzähnen, die seinem Gesicht etwas raubtierhaftesgaben. Jonathan verspürte plötzlich einen Anflug von Unbehagen, ja fast von Bedrohung. »Und dies ist Charles Riley.«

»Leider ist unsere Bekanntschaft erst allerjüngsten Datums, aber ich hoffe sehr, daß ich eines Tages auch die Ehre haben werde, von Mrs. Sinclair zu ihren alten Freunden gerechnet zu werden«, schnurrte Sir Charles.

Jonathan musterte ihn kurz – den fast hauteng gearbeiteten Frack mit der bunten Seidenweste und dem voluminösen Halstuch, das verlebte Gesicht, die fahlen Augen, die schütteren Haare – und entschied, daß der Mensch ihm widerlich war. Außerdem umgab ihn ein Dunst von Alkohol. »Ich möchte es fast als einen Fingerzeig des Schicksals betrachten, daß Sie nach Wimberley gekommen sind, Riley. Ich hatte vor, Ihnen bei meinem nächsten Aufenthalt in London einen Besuch abzustatten, um einiges mit Ihnen zu besprechen. Du entschuldigst uns sicher für einen Augenblick, Rachel?« Ohne eine zustimmende Bemerkung abzuwarten, wie seine Schwägerin ärgerlich konstatierte, wandte er sich zur Tür. Verflixt abrupte Art, dachte Sir Charles irritiert. Fragt nicht einmal, ob es mir recht ist. Hätte ja wohl Zeit gehabt bis nach dem Dinner. Frage mich überhaupt, was er von mir will. Wir haben uns doch gerade erst kennengelernt. Trotzdem folgte er dem Hausherrn aus dem gelben Salon und ließ sich durch die Halle, über breite Treppen und weitläufige Gänge führen. Mit anerkennenden Bemerkungen über die Schönheit der Architektur versuchte er, eine Konversation in Gang zu bringen, aber er erhielt nur einsilbige Antworten.

Reichlich ungehobelter Bursche, dachte Sir Charles ungehalten. Diese Ansicht wurde noch bestärkt, als der Earl die Tür zu einem schwach erleuchteten Raum öffnete, wortlos auf einen Stuhl wies und den Diener, der ihnen in respektvollem Abstand gefolgt war, anwies: »Brandy und zwei Gläser! Und mehr Licht!«, ohne sich nach den Wünschen seines Gastes zu erkundigen. Sir Charles beschloß verärgert, den Brandy nicht anzurühren. Sein Arzt hatte ihm ohnehin eine drastische Verschlechterung seiner Gesundheit prophezeit, wenn er seine Gewohnheiten nicht ändern würde, und hatte ihm alle hochprozentigen Getränke und jegliche Aufregung verboten, allerdings ohne daß sein Patient sich bisher daran gehalten hätte.

22. Kapitel

Der Earl wartete, bis sich die Tür hinter dem Diener geschlossen hatte, dann bot er nicht, wie Sir Charles erwartet hatte, den Brandy an, sondern schob ihm einen großen Umschlag zu.

»Ich halte nicht viel von langen Vorreden und vielen Worten. Ich möchte Sie bitten, sich diese Papiere einmal anzusehen.«

Sein Ton hatte keineswegs wie eine Bitte geklungen, eher wie ein Befehl. Hält das Leben wohl für einen Kasernenhof und bildet sich ein, alles hört auf sein Kommando, dachte Sir Charles zornig. Er lehnte sich betont lässig zurück und schlug ein Bein über das andere, ohne den Umschlag eines Blickes zu würdigen.

»Gibt es irgendeinen Grund, warum ich das tun sollte?«

Lord Sinclair gab keine Antwort, sondern sah ihn nur an. Sein kalter Blick hatte etwas Enervierendes. Ein Zucken ging um seine Mundwinkel. Es war kein Lächeln, eher ein Ausdruck von Hohn und Verachtung, den sich sein Gegenüber zwar nicht erklären konnte, der ihn aber merkwürdig beunruhigte. Widerstrebend beugte er sich schließlich vor, nahm den Umschlag und zog die Papiere heraus. Gleich vom ersten Blatt starrte ihn seine eigene Schrift an: »Durch diesen Wechsel erkläre ich, Sir Charles Riley, mich verpflichtet zur Zahlung von 500 Pfund an Mr. Samuel Marchfield, zahlbar am 1. Mai 1855.« Und dann folgte seine Unterschrift.

Mr. Marchfield war sein Brandylieferant, der gedroht hatte, seine Lieferungen einzustellen, wenn Sir Charles nicht wenigstens einen Teil seiner Schulden durch einen Wechsel anerkennen würde. Dabei war er sein bester Kunde! Verdammt unverschämt von dem Kerl! Der 1. Mai war längst vorbei, und Sir Charles hatte angenommen, der Kaufmann habe sich auf den pflichtschuldigen Respekt besonnen, den er einem nur momentan in kleinen Schwierigkeiten steckenden Edelmann schuldete. Dann hatte er die Schulden vergessen, wie so viele andere auch. Und jetzt befand sich dieser Wechsel auf Schloß Wimberley, offensichtlich im Besitze von Lord Sinclair. Wie konnte das zugehen? Er hob die Augen von dem Papier und sah sein Gegenüber an, begegnete aber nur demselben kalten Blick. Sir Charles hob sein Glas zum Mund und goß den Inhalt in einem Zug hinunter. Dann legte er das oberste Blatt auf die Seite und nahm das nächste: »Durch diesen Wechsel erkläre ich, Sir Charles Riley, mich verpflichtet zur Zahlung von 200 Pfund an Mr. Frederic Norton, zahlbar am 1. Juni 1855.« Unterschrift.

Hatte er wirklich 200 Pfund für Reitstiefel ausgegeben? Dieser Norton konnte wirklich jeden Preis fordern, den er wollte, bei seinem Ruf als bester Schuster Londons. Sir Charles nahm das nächste Blatt: 100 Pfund für den Schneider. Und das nächste: 500 Pfund für eine Victoria. Die hatte seine Frau unbedingt haben wollen, weil alle Welt jetzt in einer solchen Kutsche fuhr. Es wäre ein verdächtiger Hinweis auf erschütterte Vermögensverhältnisse gewesen, sie nicht zu kaufen, deshalb hatte Sir Charles eingewilligt.

Unwillkürlich fuhr er mit der Hand an den Kragen. Er hatte das Gefühl, als ob sein sorgsam gebundenes Halstuch ihn ersticken würde. Wortlos beugte sein Gastgeber sich vor und goß das Glas voll mit Brandy, den Sir Charles wieder hinunterstürzte. Dann nahm er den ganzen Stapel und blätterte ihn durch. Auf jeder Seite stand seine Unterschrift. Mit zitternden Händen ließ er die Blätter sinken.

»Wie kommen Sie zu diesen Wechseln?«

»Ich habe sie gekauft.«

»Und warum?«

»Sie werden doch wohl nicht von mir erwarten, daß ich glauben soll, Sie wüßten nicht, was ein Wechsel ist? Jeder Laufbursche weiß, daß ein Wechsel Geld bedeutet. Diese Wechsel sind fällig. Ich will, daß sie eingelöst werden.«

Sir Charles wurde bleich vor dem Hohn in seiner Stimme. »Wollen Sie mich ruinieren?«

»Aber keineswegs. Warum sollte ich das wollen? Ich will nur mein Geld.«

»Ich habe kein Geld.«

Die kalten Augen betrachteten ihn ungerührt. »Dann besorgen Sie es.«

Mit einer unbeherrschten Bewegung fegte Sir Charles die Papiere vom Tisch. Der Earl zog die Augenbrauen in die Höhe.

»Was erwarten Sie von einem derartig kindischen Verhalten? Wollen Sie mir beweisen, daß Ihre Manieren genauso schlecht sind wie Ihre finanzielle Lage?«

Er klingelte mit einer kleinen Tischglocke, und sofort öffnete sich die Tür, der Diener trat ein, sah mit einem Blick die verstreuten Papiere und sammelte sie ein. Der Earl füllte erneut das Glas seines Gastes und hob auch das seine. »Auf Ihre Gesundheit!«

Die Finger des anderen krampften sich um das Glas. Einen Augenblick lang war er versucht, es samt Inhalt in dieses hochmütige Gesicht zu schleudern. Dann beherrschte er sich mühsam. Es wäre nicht das erste Mal gewesen, daß er einem Menschen einen nicht dazu geeigneten Gegenstand an den Kopf geworfen hätte. Seine Ehefrau und sein Personal hätten das aus eigener leidvoller Erfahrung bestätigen können, denn er neigte zum Jähzorn. Aber ein Zornesausbruch würde ihn hier nicht weiterbringen, das wußte er.

Hastig trank er das Glas leer. Der spöttische Zug um den Mund des Earls vertiefte sich. Er sah aus, als ob er die Gedanken seines Gastes erraten hätte. Beide Männer schwiegen, bis alle Blätter wieder auf dem Tisch lagen und der Diener den Raum verlassen hatte. Sir Charles Blick fiel auf den obersten Wechsel. Er stutzte, nahm ihn hoch und betrachtete ihn mit einer Mischung aus Unglauben und aufsteigendem Zorn.

»Diesen hier zahle ich nicht! Er dürfte gar nicht mehr existieren! Es wurde mir zugesichert, daß er vernichtet würde.«

Wortlos streckte sein Gläubiger die Hand aus und betrachtete den Wechsel eine erstaunlich lange Zeit.

»Aber dies ist Ihre Unterschrift. Wollen Sie sagen, daß sie gefälscht wurde?«

»Nein. Die Unterschrift stimmt. Und die Summe auch.«

»Es ist in der Tat eine sehr hohe Summe. Ich schließe daraus, daß Sie ein häufiger Gast in diesem ... hm ... Etablissement sind, und daß man Sie um Ihre Unterschrift bat, nachdem Sie schon längere Zeit nicht gezahlt hatten.«

»Nein. Die Summe sollte für einen einzigen ... äh ... Besuch gezahlt werden.«

Lord Sinclair ließ das Blatt sinken und sah seinen Gast ungläubig an.

»Sie sehen mich erstaunt! Ich gestehe, daß ich Sie für einen

Mann gehalten habe, der sich in den Gepflogenheiten bei dieser Art von … nun … Geschäften bestens auskennt.«

An seinem Ton war deutlich zu hören, daß diese Bemerkung nicht als Kompliment gemeint war. Ärgerlich griff Sir Charles nach seinem leeren Glas und schwieg.

»Ich muß Sie um Verzeihung bitten, ich bin wirklich ein schlechter Gastgeber.« Lord Sinclair füllte das Glas wieder. »Wie erfreulich, daß mein Brandy Ihrem zweifellos verwöhnten Gaumen zusagt. Er bringt eine so angenehme Entspannung in unangenehme Gespräche, nicht wahr?«

Das Gespräch schien für ihn keineswegs unangenehm zu sein, denn er nippte immer noch an seinem ersten Glas, dachte Sir Charles bitter, während er selbst schon den Überblick verloren hatte. Trotzdem trank er wieder. Er merkte, daß sich der Alkohol als ein zarter Schleier über sein Gehirn legte. Sein Gläubiger betrachtete ihn nachdenklich.

»Ich muß zugeben, daß Sie mich fast ein wenig neugierig gemacht haben auf die Geschichte dieses Wechsels.«

Er füllte Sir Charles Glas erneut.

»Es war ein – hm – höchst seltenes Angebot. Es gab mehrere – hm – Interessenten, und das treibt den Preis natürlich in die Höhe. Sie verlangte das Zehnfache, diese gerissene Person. Und die Quittung natürlich im voraus. Sie versteht ihr Geschäft, das muß man ihr lassen.«

»Verzeihen Sie bitte meine Unkenntnis, ich bin nicht sehr vertraut mit diesen Dingen. Was, bitte, bezeichnen Sie als ein höchst seltenes Angebot?«

Zum ersten Mal an diesem Abend empfand Sir Charles ein Gefühl der Überlegenheit. Ein unangenehmes Lächeln verzog sein Gesicht.

»Nun, in diesem Fall war es eine Unschuld vom Lande. Frisch eingetroffen und garantiert noch keinen Kunden. Und eine Schönheit dazu. Nicht ganz im gängigen Stil dieser Häuser, man bevorzugt ja dort das Üppige, betont Weibliche, wie Sie vielleicht wissen. Sie war eher herb – verstehen Sie, was ich meine? Und mit roten Haaren. Aber das hätte mich warnen sollen.«

Er strich sich über die Kehle, trank und versank in dumpfes Brüten. Die Erinnerung an das höchst seltene Angebot schien keine angenehme zu sein. Der Earl saß still, ohne sich zu rühren, und fixierte ihn wie ein Raubvogel seine Beute. Sir Charles zuckte unwillkürlich zurück, als er aufsah und diesem glühenden Blick begegnete. Unsicher griff er wieder nach seinem Glas. Seine Überlegenheit war verschwunden.

»Äh – wo war ich stehengeblieben?«

»Bei der Unschuld vom Lande« sagte der andere leise.

»Ein verdammt rabiates Frauenzimmer war sie. Hat mir erst eine rührende Geschichte erzählt. Daß sie gefangengehalten würde im Maison de Paris und ähnlichen Unsinn. Interessierte mich nicht im geringsten. Man kennt ja die Phantasien, die diese Sorte Mädchen haben. Als sie merkte, daß ich nicht auf sie hörte und ... äh ... zur Sache kommen wollte, da hat sie mir die Kehle zusammengedrückt. Fast erwürgt hat sie mich!« Aus Sir Charles Stimme klang echte Empörung.

»Und Sie haben sich nicht gewehrt?«

»Wie hätte ich mich denn wehren sollen? Ich weiß bis heute nicht, welchen Trick sie angewendet hat. Ich habe sie umarmt, und sie hat sich nicht gesträubt, das kann ich beschwören. Und dann legt sie die Hände um meinen Hals, und im gleichen Moment wird mir schwarz vor Augen, und als ich wieder zu mir komme, ist sie verschwunden, und Madame steht an meinem Bett. Sie wollte mir allen Ernstes weismachen, daß ich einen Schwächeanfall erlitten hätte. Da kam sie aber bei mir an den Falschen! Schwächeanfall? Zusammen mit Stimmverlust? Daß ich nicht lache! Ich konnte tagelang nicht richtig reden. Mein Arzt befürchtete sogar, daß mein Kehlkopf einen dauernden Schaden davongetragen hätte. Mein Gedächtnis hatte ich jedenfalls nicht verloren. Ich weiß genau, daß sie mich gewürgt hat! Am liebsten hätte ich der Wirtin die Polizei auf den Hals gehetzt, denn sie hat diese angebliche Unschuld laufen lassen. Das war keine Unschuld, das war eine gemeingefährliche Verbrecherin. ›Sie hat mich beinahe ermordet‹, hat Madame mir erklärt. ›Sie muß wahnsinnig sein! Wir können beide dem Himmel danken, daß wir mit dem Leben davongekommen sind. Ich bin heilfroh, daß ich sie los bin.‹ Und das war kein Theater, dafür verwette ich meinen Siegelring, denn ich kenne sie lange genug, um zu wissen, wann sie mir etwas vorspielt – so wie den Schwindel mit dem Schwächeanfall, den hat sie auch sofort zugegeben. Man muß diese Leute nur energisch anfassen, damit sie wissen, mit wem sie es zu tun haben.«

Er nickte selbstgefällig, doch dann verdüsterte sich sein Gesicht. »Mit dem Wechsel allerdings, da hat sie mich übers Ohr gehauen. Sie hat mir hoch und heilig versichert, sie hätte ihn vernichtet. Aber sie wird es nicht wagen, mir ins Gesicht zu lügen. Sie wird jedes Wort bestätigen.«

»Das ist nicht nötig. Ich vertraue Ihrem Wort als Gentleman – oder sagen wir besser: Ihrem Wort als Edelmann.«

»Ist das ein Unterschied?« fragte Sir Charles mißtrauisch.

»Nun, ich weiß nicht, ob Sie ein Gentleman sind. Ich kenne nur Ihren Titel.«

Sir Charles biß die Zähne zusammen. Dieser Lord Sinclair war die Impertinenz in Person. Aber jetzt zerriß er den Wechsel. Und allein darauf kam es an.

»Wollen Sie jetzt die übrigen Wechsel auf ihre Richtigkeit überprüfen?«

Wieder dieser Befehlston! Innerlich kochend griff Sir Charles nach dem Stapel. Die Entdeckung, daß die Zahlen vor seinen Augen verschwammen, verbesserte seine Laune nicht. Der Arzt schien recht zu haben. Alkohol bekam ihm nicht mehr. Welcher Teufel hatte ihn dazu getrieben, so viel Brandy auf nüchternen Magen zu trinken, nachdem er sich schon während der Reise aus seinem Flacon erfrischt hatte? Jetzt war er nicht einmal imstande, die Zahlen im Kopf zu addieren. Aber wenn er den Stapel so betrachtete, mußte es eine verdammt hohe Summe sein.

»Soweit ich sehen kann, ist alles in Ordnung«, sagte er mürrisch.

»Gut. Wann können Sie zahlen?«

Auf Sir Charles Stirn bildeten sich Schweißperlen.

»Ich sagte Ihnen bereits, daß ich kein Geld habe.«

»Und ich sagte Ihnen bereits, daß Sie es besorgen sollen.« Die höfliche Stimme klang unerbittlich.

»Aber – aber wie?«

»Es ist mir klar, daß kein Mensch bereit sein wird, Ihnen eine solche Summe zu leihen. Sie werden verkaufen müssen.«

»Ver – kaufen?« stotterte Sir Charles. »Und – und dann?«

»Wenn ich richtig informiert bin, bleibt Ihnen noch ein kleines Gut im Norden – wie heißt es doch gleich?«

Sir Charles glotzte ihn an, ohne die Frage zu beantworten. Mit zitternden Fingern tastete er nach seinem Glas, das Lord Sinclair mit einer gemurmelten Entschuldigung wieder füllte. »Ist das Ihr Ernst? Ich soll für den Rest meines Lebens Schafe züchten?«

»Ich kann mich nicht entsinnen, einen derartigen Vorschlag gemacht zu haben.«

»Aber – aber – was bleibt mir denn sonst?«

»Nun, vielleicht ist die Jagd dort ganz ordentlich.« Jetzt klang die Stimme gelangweilt. »Obwohl ich fürchte, daß Sie sich Pferde und Hunde kaum noch werden leisten können.«

Sir Charles sprang auf und hob die geballten Fäuste. Der Earl blieb ruhig sitzen und betrachtete ihn ungerührt.

»Das würde ich nicht empfehlen!«

Sir Charles erinnerte sich an die Geschichten, die über Sinclairs Erfolge als Boxer kursierten, und setzte sich langsam wieder hin.

»Ich bitte Sie, geben Sie mir Zeit. Ich werde – ich werde irgend etwas ausfindig machen. Es wird mir schon etwas einfallen.«

»Sie haben lange genug Zeit gehabt. Die Wechsel sind längst überfällig.«

»Meine Frau – vielleicht wird meine Frau ...«

Sein Gläubiger schüttelte stumm den Kopf. Sir Charles holte ein spitzenbesetztes Taschentuch heraus und tupfte seine schweißnasse Stirn ab. Dann gab er sich einen Ruck.

»Ich flehe Sie an!« sagte er theatralisch.

Auf Lord Sinclairs Gesicht zeigte sich ein Ausdruck von Ekel.

»Was habe ich Ihnen getan?« Sir Charles weinte fast. »Jedermann weiß, daß Sie im Geld schwimmen. Sie brauchen meine Wechsel nicht. Sie werden mich ruinieren! Wollen Sie das? Warum?«

Er erhielt keine Antwort. Sir Charles lehnte sich erschöpft zurück, ließ das Kinn auf die Brust sinken und starrte auf den Boden. Die hellen und dunklen Hölzer des Parketts, die in kunstvollen Mäandern verlegt waren, schienen sich zu immer neuen Mustern zu verschieben.

»Sie gefallen mir nicht«, sagte der Earl nach einer langen Stille. »Ihr Lebenswandel gefällt mir nicht. Und am allerwenigsten gefällt mir Ihre Beziehung zu meiner Schwägerin.«

In Sir Charles' gebrochene Gestalt kam neues Leben. Er hob den Kopf und legte beteuernd die Rechte auf die Brust.

»Ich versichere Ihnen ...«

»Sie brauchen mir nichts zu versichern. Ich vertraue lieber meinen Informationen. Ihre Bekanntschaft mit meiner Schwägerin ist erst jüngsten Datums und bisher nicht zu beanstanden. Aber so wie ich Sie einschätze, ist das nur eine Frage der Zeit.«

»Aber ich versichere Ihnen ...«

Wieder wurde er unterbrochen. »Meine Schwägerin ist eine sehr schöne und reiche Frau. Das ist eine Mischung, die sie für Männer Ihres Schlages unwiderstehlich macht.«

Sir Charles rückte unbehaglich hin und her. Er hatte sich tatsächlich in ziemlich eindeutiger Absicht an die junge Witwe herangemacht. Es gab da so ein Gerücht, daß sie nicht ganz so unnahbar sein sollte, wie sie sich gab. Die Gerüchte betrafen auch die exklusiven Gesellschaften im Haus ihrer Tante. Bis jetzt hatte er noch nichts ausfindig machen können, was diese Gerüchte bestätigte, aber er war fest entschlossen gewesen, jede sich bietende Chance zu nutzen und notfalls dem Glück etwas nachzuhelfen. Nun, damit war es jetzt vorbei.

»Ich gebe Ihnen mein Ehrenwort, daß ich Mrs. Sinclair nie wiedersehen werde«, sagte er großartig.

»Ich halte nichts von Ihrem Ehrenwort!«

»Was wollen Sie dann?« fragte Sir Charles gequält.

»Ich will Sie außer Landes haben.«

Sir Charles riß die Augen auf. Dann rieb er sich mit beiden Händen die Ohren, als ob er sie im Verdacht hätte, ihm einen Streich gespielt zu haben.

»Sie wollen ...?«

»Ganz recht. Ich will Sie außer Landes haben. Ich biete Ihnen eine Reise zu meiner Plantage in der Karibik. Auf Barbados, um genau zu sein. Und einen unbeschwerten Aufenthalt dort, den Sie ausdehnen können, solange es Ihnen gefällt.«

Barbados! Vor Sir Charles innerem Auge erhob sich die Vision einer sonnenüberglänzten Insel, auf der braune, barbusige Mädchen unter Palmen tanzten und jeden weißen Mann mit Blumenketten bekränzten (von weiteren Zeichen freundlichen Entgegenkommens ganz zu schweigen), wo der Rum so billig war wie in England das Bier, und wo ein Edelmann aus London wie ein König behandelt werden würde, besonders wenn er Gast auf der Plantage der Sinclairs war. Ein Klimawechsel würde ihm gut tun! Und war nicht das Leben in London trotz oder vielleicht wegen der immer gleichen Ausschweifungen von einer Eintönigkeit, die schon fast an Langeweile grenzte? Auf Barbados gab es Mädchen in allen Schattierungen von Braun und Schwarz. Das mußte man sich einmal vorstellen! Und frische Säfte mit Rum trank man schon am Vormittag! Unwillkürlich leckte sich Sir Charles die Lippen.

»Abgemacht!« sagte er kurz, streckte die Hand nach der Brandyflasche aus und schenkte sich ein. Wer im Begriff stand, ein kleiner König in der Karibik zu werden, brauchte auf solche Nebensächlichkeiten wie Etikette keine Rücksicht zu nehmen. Sein Gläubiger schob die Wechsel wieder in den Umschlag, zog einen Brief aus der Tasche und legte ihn auf den Tisch.

»Das sind die Anweisungen für meinen Verwalter in Bridgetown auf Barbados. Sie fahren mit dem nächsten Schiff Richtung Karibik. Mein Agent in London ist bereits beauftragt, für Ihre Passage und Ausstattung zu sorgen.«

Ein Verdacht stieg langsam in Sir Charles brandyumnebeltem Gehirn auf.

»Sie haben den Brief schon geschrieben? Woher wußten sie ...?«

»Ein Spieler und Trinker geht nicht auf eine Schaffarm. Wie ich bereits erwähnte, hatte ich Informationen über Ihren Lebenswandel.«

Das war zuviel! Sir Charles kam mühsam auf die Füße.

»Nennen Sie mir Ihre Sekundanten!«

Unbeeindruckt griff Jonathan nach der Tischglocke.

»Sie sind ein geraumes Stück hinter der Zeit zurück, Riley. Duelle sind längst verboten.« Er betrachtete die leicht schwankende Gestalt abschätzig. »Mir scheint, Ihre ganze Person ist ziemlich aus der Mode gekommen, wenn Sie mir diese Bemerkung gestatten. Haben Sie eigentlich noch nicht bemerkt, daß

Sittenlosigkeit keineswegs mehr ein Kennzeichen der ersten Gesellschaft ist?«

Er läutete, und ehe Sir Charles seine Empörung artikulieren konnte, war der Diener eingetreten.

»Dieser Herr möchte sofort die Rückreise nach London antreten. Gib im Stall Bescheid, Lesley wird schon wissen, welches Gespann am besten geeignet ist. Hol' dir noch zwei Leute zur Hilfe, die dir beim Umkleiden und Packen helfen. In einer Viertelstunde könnt ihr fertig sein.«

Sir Charles glaubte nicht recht gehört zu haben.

»In einer Viertelstunde? Ich soll noch heute abend – jetzt sofort – Aber ich bin im Abendanzug.«

»Ich habe sehr geschicktes Personal, überaus effizient. Man wird Ihnen behilflich sein.«

»Aber – aber ich habe noch kein Dinner gehabt!«

»Es wird ein Proviantkorb in Ihrem Wagen sein. Ich bin überzeugt, die Künste meines ersten Kochs werden Ihnen zusagen. Er hat in Frankreich gelernt.«

Dieses Wort berührte eine undeutliche Erinnerung in Sir Charles Gedächtnis. Was hatte Mrs. Sinclair erzählt? »Sie scheinen eine gewisse ... äh ... Vorliebe zu haben für dieses Land. Ihre Braut soll auch von dort stammen, wie man hört? Eine französische Baronesse, nicht wahr?«

»Es gibt in der Tat viel Liebenswertes an diesem Land. Wohingegen mir in England recht häufig Menschen begegnen, die mir schlechterdings unerträglich sind.«

Sir Charles überhörte diese Anspielung.

»Es wäre mir ein außerordentliches Vergnügen gewesen, der Baronesse vorgestellt zu werden. Ihr Ruf ist schon bis nach London gedrungen. Sie soll sehr apart sein. Eine Rothaarige, nicht wahr?«

Irgendwie kamen ihm seine eigenen Worte auf einmal bekannt vor. Apart? Und rothaarig? ... Er hätte nicht so viel trinken sollen! Ob es da Zusammenhänge gab? Er blickte sein Gegenüber lauernd an. Dessen Gesicht war unbewegt geblieben.

»Sie werden dieses Vergnügen auf die Zeit nach Ihrer Reise verschieben müssen. Meine Frau wird dann zweifellos entzückt sein, Sie zu empfangen.«

Er nahm den Umschlag mit den Wechseln und erhob sich. »Dann werden wir uns auch weiter über unsere … hm … geschäftlichen Angelegenheiten unterhalten. Diese Papiere sind fällig, sobald Sie Englands Boden wieder betreten.«

Sir Charles rang nach Luft. Mit einem Schlag verschwanden alle vagen Erinnerungen und unwahrscheinlichen Vermutungen aus seinem Schädel. Die Illusion, die er sich über eine mögliche Kassation der Wechsel gemacht hatte, zerplatzte wie eine Seifenblase. Das Schwert der gesellschaftlichen Vernichtung hing also weiter über seinem Haupt? Und der Aufenthalt auf der Schaffarm war nur aufgeschoben, nicht aufgehoben? Welch gräßliche Aussicht! Doch dann gewann sein ausgeprägter Leichtsinn wieder die Oberhand. Nur der Kleinbürger sorgte sich um die Zukunft. Der Aristokrat genoß den Tag. Er hob sein Glas.

»Es lebe die Karibik!« sagte er mit schwerer Zunge.

Sie wird dir nicht bekommen, dachte Jonathan mitleidlos. Du wärest nicht der erste, für den sich die Mischung aus tropischem Klima und exzessivem Alkoholgenuß als fatal erweisen würde. Du siehst jetzt schon aus, als könnte dich jederzeit der Schlag treffen. Er wandte sich zur Tür. »Darf ich mir jetzt das Vergnügen machen, Sie zu Ihrem Zimmer zu begleiten?«

Sir Charles hatte das unbestimmte Gefühl, als ob er unter Aufsicht gestellt und nicht mehr aus den Augen gelassen werden sollte, bis er das Schloß verlassen hatte. Er machte keinen Versuch mehr, eine Konversation zu führen. Die beiden gingen schweigend nebeneinander her, Sir Charles mit deutlich unsicheren Schritten. In seinem Zimmer waren schon einige Diener mit Packen beschäftigt. Jonathans Gesicht hellte sich auf, als er seinen eigenen Kammerdiener sah.

»Ah, das ist gut, Burton. Du wirst Sir Charles beim Umkleiden helfen und ihn dann so schnell wie möglich in die Kutsche bringen. Er hat es eilig.«

Er sah seinen Schuldner an und neigte leicht den Kopf. »Ich wünsche eine angenehme Reise. Sie können versichert sein, daß ich Sie bei Mrs. Sinclair entschuldigen werde. Es war mir eine … hm … Erfahrung, Ihre Bekanntschaft gemacht zu haben.«

In Sir Charles Augen kam ein geradezu mörderischer Ausdruck. Dann fiel sein Blick auf den Umschlag in der Hand des Earls. Er verneigte sich gleichfalls.

»Ganz meinerseits«, sagte er mühsam und sah der langen Gestalt haßerfüllt nach. Vor der Tür blieb Jonathan stehen und nickte ein paarmal gedankenvoll. Er hatte das sichere Gefühl, daß er Sir Charles nie mehr wiedersehen würde. Er überdachte ihre Unterhaltung und nickte wieder. Dann machte er sich auf den Weg in den gelben Salon, blieb aber noch auf der Treppe stehen. Unten erklang der Gong zum Zeichen, daß das Dinner bald beginnen würde. Aber er mußte jetzt erst mit Susanna reden. Die Erinnerung an ihr weißes, entsetztes Gesicht verfolgte ihn. Sie hatte ihn so zornig angesehen, als ob sie ihm mit den Händen an die Kehle fahren wollte. Was sollte er ihr sagen? Es war zu früh, daß sie von seinem Besuch in Whittlay erfuhr. Er blieb vor der Tür stehen und klopfte, erst vorsichtig, dann etwas lauter, und als keine Antwort kam, drückte er nach kurzem Zögern die Klinke hinunter und ging hinein. Susanna lag im Bett und schlief, das Gesicht verquollen vom Weinen, und im Sessel neben dem Bett saß Thomas, seine Hand in der ihren und schlief auch. Jonathan betrachtete die beiden eine Zeitlang, dann löste er Thomas Finger behutsam aus Susannas Hand, nahm ihn auf den Arm und trug ihn in sein Zimmer. Der Junge wurde gar nicht wach, wohl aber Nanny, die ihn im Handumdrehen auszog und zu Bett brachte und dabei leise vor sich hin schimpfte, ärgerlich wegen der späten Stunde und über die eigene Schläfrigkeit.

»Nun hör' doch auf zu brummen, Nanny. Er war bei Susanna.«

Worauf Nanny sich sofort beruhigte und zufrieden nickte. »Dann ist ja alles in Ordnung.«

»Hm – ja – das ist es wohl.«

Die alte Frau warf ihm einen scharfen Blick zu, und er kam sich auf einmal vor wie ein kleiner Junge, der beim Lügen ertappt wird. Sie lieben sie alle, dachte er. Nicht nur Nanny, die glaubt, Susanna habe ihren Liebling aus den Krallen des Todes gerissen – nein, alle anderen auch, vom jüngsten Stallburschen und Zimmermädchen bis hinauf zu den obersten Chargen. Sie lieben sie, wie sie Timothy geliebt haben. Sie wären fassungslos gewesen, wenn sie gegangen wäre.

Nanny stand neben ihm und betrachtete das schlafende Kind. »Sie ist ja zu jung«, sagte sie unvermittelt. »Aber sie könnte seine Mutter sein. Sie erinnert mich immer an Master Timothy.«

Jonathan nickte wortlos und ging dann hinaus. Er stand einige Minuten unschlüssig im Gang. Ich werde sentimental. Das muß das Alter sein. Jetzt mache ich mir schon Sorgen um die Gefühle des Personals. Er drehte sich um und ging erneut zu Susannas Zimmer. Auf sein Klopfen kam keine Antwort. Er drückte die Klinke hinunter. Die Tür war verschlossen. Er klopfte lauter, schließlich rief er Susannas Namen. Er fuhr zusammen, als ihre Stimme unmittelbar hinter der Tür antwortete.

»Ja, bitte?«

»Ich bin's, Jonathan.«

»Das höre ich.«

»Ich muß mit dir sprechen.«

»Aber ich nicht mit dir.«

»Susanna – bitte!«

Nichts rührte sich. Sie machte keine Anstalten, die Tür zu öffnen. Er würde eine lächerliche Figur abgeben, wenn jetzt jemand vorbeikam. Aber das war im Augenblick nicht wichtig. Er versuchte es noch einmal.

»Susanna, ich will mich bei dir entschuldigen!«

»Das ist nicht nötig. Du hast nichts gesagt, wofür du dich entschuldigen müßtest. Ich habe dich durchaus verstanden. Darf ich übrigens darauf hinweisen, daß die Nachtstunden nicht zu meiner Arbeitszeit gehören, ganz gleich, wie hoch das Honorar ist!«

»Susanna – bitte – laß uns nicht so reden! Mach auf!«

»Darf ich außerdem darauf hinweisen, daß es höchst unschicklich ist, wenn ein Herr die Zimmer einer Dame betritt. Ich muß schließlich auf meinen guten Ruf achten, sonst werde ich keine neue Stellung mehr finden.«

»Dann komm' wenigstens heraus!«

»Ich denke nicht daran! Ich gehe jetzt zu Bett!«

Das klang endgültig. Sie ließ ihn tatsächlich hier draußen stehen. Jonathan sah den langen Gang hinunter. Waren da nicht Schritte auf der Treppe?

»Susanna – so hör' mir doch wenigstens zu! Du hast eine schwere Migräne. Du brauchst morgen nicht herunter zu kommen. Hast du verstanden?«

»Ja.«

Pause.

»Danke.«

Wieder eine Pause.

»Du kannst mir den Tag vom Lohn abziehen.«

Jonathan ertappte sich bei dem Gefühl, daß er am liebsten die Tür eingetreten hätte.

»Du bist ein unverschämtes Frauenzimmer«, sagte er wütend.

»Mach' dich darauf gefaßt, daß du jeden Tag Prügel kriegst, wenn wir erst verheiratet sind.«

Wieder eine lange Pause.

»Hast du schon einmal von einer conditio sine qua non gehört? Die unabdingbare Voraussetzung für eine Ehe ist eine Hochzeit.«

Die Stimme hinter der Tür war nicht mehr monoton und gleichgültig, sondern voller Spott. Ein letzter Rest von Selbstbeherrschung hinderte Jonathan daran, wild an der Türklinke zu rütteln.

»Gute Nacht«, sagte er knapp und ging.

Susanna lehnte den Kopf gegen den Türrahmen und horchte den verklingenden Schritten nach. Sie spürte, wie die Tränen ihr wieder in die Augen stiegen. Ich werde ein hysterisches Frauenzimmer, dachte sie. Ich habe früher doch nicht immer gleich geweint! Morgen werde ich aussehen wie ein Schwamm. Sie tappte zum Nachttisch und tauchte ein Tuch in den Wasserkrug. Wenn wir erst verheiratet sind – warum hatte er das gesagt? Wahrscheinlich war gerade jemand vorbeigegangen. Oder gab es noch einen anderen Grund? Aber sie war jetzt zu erschöpft, um darüber nachzudenken. Sie drückte das Tuch aus und kühlte ihr Gesicht. Wenn sie morgen nicht hinuntergehen mußte, hatten ihre Augen den ganzen Tag Zeit, abzuschwellen. Sie kroch ins Bett und faltete die Hände. Lieber Gott! Ich flehe dich an, tu ein Wunder und laß diesen Riley verschwinden!

23. Kapitel

Es war keine angenehme Nacht gewesen, die Susanna verbracht hatte. Immer wieder war sie aus Alpträumen emporgeschreckt, in denen sie vergeblich versuchte, Riley zu erwürgen. Jedesmal, wenn sie seine aus den Höhlen tretenden Augen dicht vor sich sah, wachte sie schweißgebadet auf. Erst als draußen schon das erste leise Vogelgezwitscher ertönte und der Himmel sich heller färbte, der in den Spalten der schweren Fenstervorhänge nur in schmalen Streifen zu sehen war, schlief sie endlich fest ein.

Als Ellen mit dem Morgentee erschien und das Silbertablett mit lautem Geklapper auf den Nachttisch stellte, fuhr Susanna mit einem Ruck in die Höhe. Es dauerte eine Weile, bis sie sich auf den gestrigen Abend besinnen konnte. »Zieh nicht alle Vorhänge auf, bitte«, sagte sie dann schnell. »Mir tut das Licht an den Augen weh. Ich habe fürchterliche Kopfschmerzen.«

Sollte denn der gesamte Haushalt von ihrem verweinten Gesicht erfahren? Aber Ellen hatte schon die ersten Vorhänge geöffnet.

»Ogottogott, wie sehen Sie denn aus?«

»Ich habe geweint in der Nacht, weil ich solche Schmerzen hatte«, erklärte Susanna mit schwacher Stimme. »Ich glaube, es ist eine Migräne. Ich sehe dann immer so aus.«

»Nun trinken Sie schön Ihren Tee! Und dann mach' ich Ihnen kalte Kompressen, und dann fühlen Sie sich gleich besser.« Sie hatte die Vorhänge wieder zugezogen und schenkte eine Tasse Tee ein. Ein aromatischer Duft stieg empor. Dankbar schlürfte Susanna das heiße, belebende Getränk. Ellen ging zum Waschtisch, goß aus der goldgeränderten Porzellankanne Wasser in die ebenfalls goldgeränderte Schüssel und tauchte einen Waschlappen hinein.

»Ich kenn noch jemand, der heut früh Kopfweh hat. Nicht, daß ich Sie mit ihm vergleichen tu, Gott bewahre! Der hat nämlich keine Migräne, sondern einen ausgewachsenen Kater. Kaum noch gerade stehen konnt' er, wie er gestern in die Kalesche steigen wollt'. *Ich* wär ja lieber ins Bett gekrochen, aber nee, er mußte partout noch weg. Dabei war's schon duster, und Donald mußte die Laternen anstecken an der Kalesche.«

Ellen wrang zum dritten Mal den Waschlappen aus. Offensichtlich waren ihre Beziehungen zu Donald so freundschaftlich, daß sie sich für alles interessierte, was im Bereich der Ställe vor sich ging, und über alle Ereignisse auf dem laufenden war.

Susanna hörte mit einem Ohr Ellens Redefluß zu und wünschte sich insgeheim, daß diese endlich gehen würde, damit sie selbst, mit einer kühlen Kompresse auf dem Gesicht, weiterschlafen könnte. Aber Ellen war mit ihrem Thema noch nicht fertig.

»Kleider hat er ja wie ein Earl, sagt Lilly, weil die hat ihm die Koffer gepackt. Aber er ist bloß 'n Sir, der Riley oder so.«

Die Tasse in Susannas Hand zitterte gegen die Untertasse, fiel auf den Boden und zersprang mit lautem Klirren. Ellen ließ den Waschlappen fahren und stürzte ans Bett. Sie konnte gerade noch die Untertasse auffangen, die Susannas kraftlos gewordenen Fingern entglitt.

»Was hast du gesagt?« flüsterte Susanna. Sie schluckte und fing sich wieder. »Tut mir leid, Ellen, daß ich so ungeschickt bin. Das liegt an den Kopfschmerzen. Ich kann gar nicht richtig sehen.« Sie ließ sich in die Kissen zurücksinken. Ihr war fast schwindelig vor Erleichterung. Der liebe Gott hatte sie erhört! Riley war abgereist! Es würde keine Konfrontation geben, kein Wiedererkennen, keine Andeutungen oder gar Beschuldigungen. Nichts würde geschehen, gar nichts! Die Anspannung, die sie selbst noch im Schlaf verkrampft hatte, ließ nach. Sie spürte förmlich, wie alle Muskeln sich lösten und alle Glieder weich und schlaff wurden.

Als Ellen mit Kehrblech und Besen kam, hatte Susanna die Augen geschlossen.

»Bitte, entschuldige mich unten, ich bleibe heute im Bett«, sagte sie mit schläfriger Stimme. Ellen bemühte sich, wenn auch erfolglos, die Scherben mit möglichst wenig Geräusch zusammenzufegen, und sah dann unschlüssig zum Waschtisch. Was war nun mit der Kompresse? Aber die konnte man auch später noch auflegen.

Als Susanna das nächste Mal wach wurde, erfüllte sie ein Gefühl tiefen Wohlbefindens. Sie reckte und streckte sich, verschränkte die Arme hinter dem Kopf und ließ ihren Blick durch das Zimmer wandern. Die dunkelblauen Fenstervorhänge dämpften das Licht und mattierten alle Farben, das Hellblau der seidenen Wandbespannung, das Honiggelb der Eibenmöbel, das Königsblau des Betthimmels. Sie fuhr mit der Hand über das steifgestärkte Leinen des Bettzeugs und dann über die gedrehten, polierten Säulen des Himmelbetts, die sich fast so weich und glatt anfühlten wie die seidenen Draperien. Ich liebe diesen Raum! Es wäre mir schrecklich gewesen, fort zu müssen.

Mit einem Seufzer der Erleichterung schwang sie die Beine aus dem Bett, gerade in den Streifen Sonnenlicht, der durch die Vorhangspalte fiel. Das blanke Parkett fühlte sich warm an unter ihren bloßen Füßen. Sie lief zu den Fenstern und zog die Vorhänge zurück. Die Sonne stand so hoch am Himmel, daß Mittag schon vorüber sein mußte. Das hatte Susanna auch ihr knurrender Magen verraten, der verläßlicher funktionierte als eine Uhr. Susanna öffnete ein Fenster. Die Luft war heiß. Nein, das würde sie nicht aushalten, den ganzen Tag im Zimmer zu hocken und die Kranke zu mimen. Sollten die anderen ruhig an eine Migräne glauben! Sie würde sich über die Hintertreppe schleichen und dann durch den Seiteneingang in den Stall und ausreiten.

Aber vorher mußte sie etwas essen! Sie hatte durch den Streit mit Jonathan die Abendmahlzeit verpaßt und heute morgen kein Frühstück gehabt – kein Wunder, daß sie sich schwach fühlte vor Hunger. Sie zog zweimal am Klingelzug und betrachtete sich dann im Spiegel. Ihre Haut war immer noch rot und fleckig, und die Augen waren verschwollen, aber nicht mehr so klein.

Susanna war noch mit ihrem Frühstück beschäftigt, als sich nach einem kurzen Klopfen die Tür öffnete und Thomas hereinließ. Er hatte schon seit geraumer Zeit auf dem Treppenpodest auf der Lauer gelegen, ob nicht endlich ein Lebenszeichen aus Susannas Zimmer käme, und Ellen mit dem beladenen Tablett hatte ihn auf den naheliegenden Gedanken gebracht, daß sich sein Idol auf dem Wege der Besserung befinden müsse.

»Hallo, Sanna! Ich warte schon die ganze Zeit! Bist du wieder gesund?«

Susanna, die mit vollen Backen kaute, nickte bloß. Thomas betrachtete sie prüfend.

»Du siehst auch wieder aus wie immer.« Großzügig übersah er die roten Flecken und geschwollenen Augen. »Nicht mehr so weiß wie gestern. Erzählst du mir jetzt weiter von Robinson Crusoe?«

»Da wird nichts draus, Master Thomas. Ihre Mama hat die Kalesche bestellt. Und sie sollen mitkommen. Und zwar im blauen Samtanzug.«

Thomas zog ein langes Gesicht. »Aber der ist doch viel zu heiß. Und ich mag nicht ausfahren. Dann machen wir wo Besuch, und ich muß immer stillsitzen.«

»Aber ich hätte jetzt ohnehin keine Zeit für dich. Ich habe den Simpsons versprochen, daß ich heute komme. Wir treffen uns hier vor deinem Abendessen. Ich verrate dir nur so viel: Es kommen Menschenfresser auf die Insel. Und Robinson findet einen Freund. Und er nennt ihn Freitag.«

»Oh – wirklich? Richtige Menschenfresser? Wollen die Robinson auch fressen? Und den anderen auch? Ist der Freund überhaupt ein Mensch? Menschen heißen doch nicht Freitag!«

Aber Susanna legte nur den Finger auf den Mund und schüttelte geheimnisvoll den Kopf.

»Du kannst ja darüber nachdenken, wenn du den Besuch machst. Dann wird es dir gar nicht schwerfallen, stillzusitzen.«

»Aber bist du auch zeitig zurück? Ganz bestimmt? Großes Ehrenwort?«

»Großes Ehrenwort!« Susanna ergriff seine Hand und drückte sie feierlich.

»Na gut.« Thomas bewegte sich widerstrebend zur Tür. »Dann geh ich jetzt. Aber die blaue Mütze setz' ich nicht auf! Mama sagt, der Prinz von Wales hatte auch so eine. Genau die gleiche. Aber ich find sie trotzdem häßlich.«

Ellen blickte ihm kopfschüttelnd nach. »Ich tät nicht ausreiten, wenn ich Sie wäre, wo Sie grad die Migräne überstanden haben.«

»Ich reite ja nur zu den Simpsons hinüber. Die frische Luft wird mir gut tun. Lange bleiben kann ich ohnehin nicht. Du hast ja gehört, daß ich eine Verabredung mit Thomas habe. Würdest du wohl Mrs. Allen bitten, mir einen kleinen Korb mit Essen zurechtzumachen und ihn mir dann in den Stall bringen?«

»Na klar doch.« Ellen betrachtete zufrieden das leergegessene Tablett, hob es hoch und klapperte hinaus. Die junge Gnädigste brauchte fast nie Hilfe beim Ankleiden – eine Angewohnheit, die auch aus dem klösterlichen Internat stammte und die im Gesindetrakt ausführlich erörtert worden war.

* * *

Es war schon spät, als Susanna aus dem kleinen Häuschen der Simpsons trat. Sie war nicht auf dem kürzesten Weg dorthin geritten, sondern hatte mehrere Umwege gemacht, einfach aus dem herrlichen Gefühl heraus, ohne Sorgen dahingaloppieren zu können. Und dann hatten Mrs. Pritchel und Mrs. Simpson und die Kinder sie länger aufgehalten, als Susanna beabsichtigt hatte. Der Wöchnerin ging es sichtlich besser, das Baby gedieh, und Mr. Simpson war vor den gräßlichen Beschreibungen der Höllenstrafen, die alle Trinker unweigerlich erwarteten, geflohen und hatte sein Nachtlager in den Stallungen von Wimberley aufgeschlagen, wo er eine Aushilfsarbeit bekommen hatte und wo unter der strengen Aufsicht des Stallmeisters nichts Stärkeres als Bier seine immer durstige Kehle befeuchtete.

Susanna warf einen besorgten Blick zum Himmel. Die sonnige Bläue hatte sich in ein stumpfes Blaugrau verfärbt, am Horizont wuchsen dunkle Wolkentürme empor, an deren Rändern es weiß und gelblich zuckte. Ganz in der Ferne hörte man ein schwaches Grollen. Die Schwalben schossen hin und her und berührten fast den Boden. Thunder würde sich anstrengen müssen, wenn sie noch vor dem Gewitter nach Hause kommen wollten. Sie lächelte über die Selbstverständlichkeit, mit der sie den Begriff ›nach Hause‹ gebrauchte. Jimmy, der das Lächeln auf sich bezog, lächelte zurück.

»Ich hab dem armen Gaul die Bremsen verjagt. Die Biester sind ganz verrückt.«

Susanna fuhr ihm übers Haar und war mit einem Satz im Sattel.

»Wir müssen uns beeilen, sonst werden wir patschnaß. Morgen komme ich wieder und bringe euch einen Kuchen mit. Die Köchin hat versprochen, daß sie einen für euch backt.«

Sie trabte an, setzte über die Hecke und galoppierte den Weg hinunter, der zum Wald führte. Die Luft war schwül und stickig, Wolken von Insekten waberten über dem heißen, staubigen Boden, auf den den ganzen Tag die Sonne gebrannt hatte. Es waren große Tiere, eine Art doppelflügeliger Ameisen, die da schwärmten, und als Roß und Reiterin sich näherten, wichen sie nicht zur Seite, sondern umgaben die beiden wie ein körniges, lebendes Gespinst, das sich in unaufhörlich flirrender Bewegung über sie breitete. Thunder peitschte wild mit dem Schweif, warf den Kopf hoch, zuckte mit Fell und Ohren. Susanna nahm die Zügel in eine Hand und schlug mit dem anderen Arm durch die Luft, aber die Tiere schienen diese Abwehrversuche überhaupt nicht zu registrieren. Angezogen und vielleicht auch erregt vom Geruch des warmen Pferdekörpers und von Susannas Parfum kamen ständig neue Schwärme zu den ersten und drehten sich in immer dichteren, flügelnden Schleiern.

Susanna spornte Thunder zu einer noch schnelleren Gangart an, preßte die Lippen fest aufeinander und hielt sich eine Hand vors Gesicht und die zusammengekniffenen Augen. Sie hatte das Gefühl, als ob die Tiere ihr in die Nase, in die Ohren oder zumindest in die Bluse kriechen würden. Ihre fröhliche Stimmung verflog. Der Besuch in der Hütte und die Ablenkung dort hatten sie völlig ins Gleichgewicht gebracht. Sie hatte den gestrigen Abend mit anderen Augen sehen können. Sie hatte sich kindisch benommen! Wie hatte sie erwarten können, daß Jonathan die Art ihrer Bekanntschaft mit Riley erraten sollte? Sie würde gleich erfahren, warum Sir Charles verschwunden war, und dann würde sie mit Jonathan reden. Aber in dieser Wolke von Insekten überkam sie ein Gefühl der Hilflosigkeit. Es waren viele Hunderte, vielleicht sogar Tausende, und es ging etwas eigenartig Bedrohliches von ihnen aus. Sie schwärmten, und keine Macht der Welt konnte sie daran hindern.

Susanna atmete auf, als sie den Waldrand erreichten. Die Tiere würden in der schwülen Hitze über den Wiesen bleiben wollen. Aber auch die Luft unter den Bäumen war dumpf und stikkig, und der Schwarm umwölkte sie weiter. Ob das nahende Gewitter die Tiere so wild machte? Der Himmel, der durch die dichten Zweige nur undeutlich zu sehen war, hatte sich mit schwarzen Wolken bezogen. Susanna blieb im Galopp und lenkte Thunder auf einen schmalen Seitenpfad. Zweige peitschten ihr ins Gesicht und über den Körper, doch sie empfand sie als Hilfe gegen die surrenden Insekten. Einmal glaubte sie, Hufschlag hinter sich zu hören, aber als sie sich umwandte, waren nur die schwarzen Tannen zu sehen, die schon nach wenigen Metern zu einer undurchschaubaren Wand verschmolzen. Der Boden unter den Bäumen war kaum zu erkennen, doch Thunder war ein Pferd, das sich auch im Dunkeln zurechtfand.

Allmählich blieben die Insekten zurück. Susanna klopfte Thunder beruhigend den Hals und ließ ihn in den Schritt fallen. Aber das Gefühl der Beklemmung blieb. Immer wieder drehte sie sich um. Hatten da nicht Zweige geknackt? Und trappelten da nicht Hufe? In dem fahlen, dämmrigen Licht konnte man nur wenige Meter weit sehen. Die Geschichten von wilden Ebern und Sauen fielen ihr ein, die die jagdbegeisterten Nachbarn Jonathans erzählt hatten. Nicht gerade der geeignetste Augenblick, jetzt daran zu denken, wo man sich allein im dunklen Wald befand! Thunder schien die Unruhe seiner Herrin zu spüren. Er schnaubte und wandte den Kopf hin und her. Warum war sie auch so lange bei den Simpsons geblieben? Und warum hatte sie sich von diesen widerlichen Insekten zu einem wilden Ritt durch das Unterholz treiben lassen, statt schnurstracks heimzureiten? Das Unwetter war jetzt schon bedrohlich nahe.

24. Kapitel

In das Donnergrollen mischten sich andere Geräusche. Das waren doch Pferdehufe! Sie kamen den Weg heruntergefegt, als ob sie alles über den Haufen reiten würden, was sich in ihrer Bahn befand. Thunder scheute. Susanna war eine zu gute Reiterin, um auch nur eine Sekunde die Gewalt über ihn zu verlieren, aber noch ehe sie ihn beruhigen konnte, war eine Gestalt an ihrer Seite, hatte mit der Linken in ihre Zügel gefaßt und mit der Rechten eine Pistole auf sie gerichtet.

Susanna reagierte fast ohne nachzudenken. Sie rammte Thunder die Hacken in die Weichen und preßte die Schenkel gegen seine Flanken. Er versuchte, sich aufzubäumen und nach hinten auszubrechen, aber sein Kopf wurde von eiserner Hand nach unten gezwungen. Gleichzeitig peitschte ein Schuß durch den Wald. Thunder wieherte schrill vor Schreck und keilte aus.

»Nur eine kleine Warnung, damit du siehst, daß die Pistole geladen ist.«

Die Stimme klang gedehnt, fast schleppend, mit dem typischen Näseln der Oberschicht. Das war kein Wegelagerer!

»Ich möchte deine Leiche nicht an diesem Weg liegen haben. Also steig ab!«

Die Stimme war nicht lauter geworden, während sie diesen Befehl sprach, aber es war ein Unterton darin, der es Susanna geraten erscheinen ließ, zu gehorchen. Sie ließ sich aus dem Sattel gleiten. Es war also passiert. Sie hatte gewußt, daß sie sich auf ein Abenteuer einließ, als Jonathan sie als seine Braut engagierte. Sie hatte tatsächlich mit der Pistole unter dem Kopfkissen geschlafen. Am Anfang hatte sie sogar Jonathans Befehl befolgt, nicht alleine auszureiten, ja nicht einmal alleine in einem Zimmer zu bleiben. Aber im Laufe der Wochen und besonders durch Thomas Krankheit und Rachels lange Abwesenheit waren ihr diese Maßnahmen als übertrieben erschienen. Sie hatte Rachel beobachtet, und es war ihr unwahrscheinlich vorgekommen, daß diese statuarische, träge Person, die kein anderes Interesse zu haben schien als ihre Schönheit, zu einer gewalttätigen Handlung fähig sein sollte. Ein langsames Morden mit Gift, so wie es bei Timothy gewesen sein mußte – vorausgesetzt, dieser war tatsächlich umgebracht worden und nicht einer schleichenden Krankheit erlegen, was man letztlich auch nicht ausschließen konnte – ja, Gift, das würde zu Rachel passen. Aber keine Attacke, kein Überfall.

Susanna lehnte sich gegen Thunders Bauch. Warum war sie so verblendet gewesen, anzunehmen, daß Rachel ihre Pläne selber ausführen würde? Warum hatte sie nicht an Komplicen gedacht? Warum – aber was nützten alle diese Fragen jetzt?

Der Fremde war ebenfalls abgesessen und hielt die Waffe noch immer auf Susanna gerichtet. Es war eine silberne Pistole mit Gravuren am Lauf. Die Hand, die sie hielt, war weiß und gepflegt, dabei auffallend groß und breit, eine richtige Pranke. Der ganze Mann war auffallend groß und breit, ein wahrer

Hüne, mit Schultern wie ein Schrank und mächtigen Armen und Beinen. Auch der Kopf war mächtig, umgeben von einer Löwenmähne aus weißblonden Locken. Er würde sie mit einem Fausthieb erledigen können. Noch nie war Susanna sich derartig klein und schwach vorgekommen. Jetzt nur ruhig bleiben, ermahnte sie sich. Keine Angst zeigen! »Sie müssen Wikinger haben unter Ihren Vorfahren! Kennen wir uns?«

Der Hüne verzog den Mund, halb spöttisch, halb amüsiert. »Aha, wir sind kaltblütig. Um so besser! Ich kann flennende Weiber nicht leiden. Nein, ich hatte noch nicht das Vergnügen deiner Bekanntschaft. Eigentlich schade, daß es so kurz sein wird. Aber so ist das Leben. Jetzt binde dein Pferd fest.«

Wieder wußte Susanna, daß sie gehorchen mußte. Sie ging zu einem Baum und schlang Thunders Zügel um einen niedrigen Ast. Der Mann kam hinter ihr her und betrachtete den Knoten, den sie gemacht hatte.

»Du mußt mich nicht für dumm halten. Zieh den Knoten fester. Ich will, daß der Gaul noch hier ist, wenn ich zurückkomme.«

Diese List hatte er also durchschaut. Susanna wußte, daß sofort ein Suchtrupp ausgeschickt werden würde, wenn ihr Pferd ohne sie nach Wimberley zurückkäme. Widerstrebend zog sie den Knoten so fest, daß Thunder sich nicht würde befreien können.

»Komm her! Gib mir deine Hände!«

Er hatte die Pistole in die Tasche geschoben und ein Seil herausgezogen, mit dem er ihre Handgelenke zusammenband. Er fesselte Thunders Vorderbeine mit einem Lederriemen. Dann saß er wieder auf, nahm die Zügel in die Linke, das Ende des Seils in die Rechte und ritt an. Ein schmerzhafter Ruck an den Handgelenken machte Susanna klar, daß sie hinter dem Pferd herlaufen mußte. Das hat Rachel sich ausgedacht, dachte sie.

Das ist typisch für sie. Sie will mich demütigen. Wie würde sie triumphieren, wenn sie mich jetzt sehen könnte!

Sie mußte rennen, um mit dem Pferd Schritt zu halten. Schon nach kurzer Zeit war ihr Mund ausgedörrt, die Kleider klebten ihr am Körper. Die Reitstiefel scheuerten an Fersen und Zehen und rieben die Haut zu Blasen. Ihre Rippen und Seiten stachen, ihr Atem kam in keuchenden Stößen. Am Anfang hatte sie noch versucht, auf den Weg zu achten, aber der Schweiß lief ihr in die Augen und brannte derartig, daß sie kaum den Boden zu ihren Füßen erkennen konnte. Ihr wurde klar, daß man sie nicht nur demütigen wollte. Sie sollte einfach keine Kraft mehr haben, um sich zu wehren oder an Flucht überhaupt nur zu denken.

Sie stolperte über eine Wurzel und schlug der Länge nach hin. Das Seil riß ihre Arme nach oben, so daß ihr Gesicht geschützt und ihr Fall etwas gebremst wurde, trotzdem war der Stoß gegen Becken und Rippen so heftig, daß er ihr den Atem nahm. Sie wurde über den Boden geschleift, dann blieb sie liegen, unfähig, sich zu rühren. Der plötzliche Zug ihres ganzen Gewichtes hatte den Mann fast aus dem Sattel gerissen. Mit einem Fluch ließ er das Seil fahren und brachte sein Pferd zum Stehen. Jetzt hätte sie laufen können! Aber wohin? Er würde sie mit wenigen Schritten eingeholt haben. Und sie war so erschöpft, daß sie nicht einmal die Kraft hatte, sich aufzurichten. Sie hörte, wie der Riese abstieg und sich neben sie stellte.

»Weißt du, was die Indianer machen, wenn ihre Gefangenen nicht mehr laufen wollen? Sie binden sie an die Schwänze ihrer Pferde und schleifen sie hinter sich her. Die meisten laufen dann lieber.« Er machte eine Pause, aber Susanna rührte sich nicht. »Ich hätte gute Lust, dieses Verfahren zu erproben. Aber – mit zerrissenen Kleidern und zerfetzter Haut wärest du eine zu auffällige Leiche. Du hast Glück.« Er bückte sich, faßte sie um die Taille, trug sie zum Pferd und schwang sie über dessen Rücken. Die ersten paar hundert Meter war Susanna froh, daß sie sich nur einfach hängenlassen und wieder zu Atem kommen konnte. Aber dann wurde der Druck des Pferdekörpers gegen ihren schmerzenden Körper unerträglich.

»Könnte ich wohl sitzen? Bitte!«

Ohne ein Wort zog der Mann sie empor und drehte sie herum. Er hatte tatsächlich Bärenkräfte! Mit der einen Hand hielt er sie fest, mit der anderen die Zügel. Susanna versuchte, sich mit ihren gefesselten, verschmutzten Händen den Schweiß vom Gesicht abzuwischen. Sie spannte alle Muskeln an, um von dem Mann abzurücken. Seine körperliche Nähe war ihr unheimlich. Er lachte leise.

»Keine Angst! Du interessierst mich nicht. Wenn du dich sehen könntest, wüßtest du, warum. Du bist mir viel zu unappetitlich.«

Sie ritten schweigend weiter. Vergebens versuchte Susanna, zu erkennen, in welchem Teil des Waldes sie sich befanden. Einmal und später noch einmal hielt der Hüne an einer Wegkreuzung an, holte ein Blatt Papier aus der Tasche, studierte es und ritt dann weiter. Susanna sah aus den Augenwinkeln, daß es eine handgezeichnete Karte war, in die ein Weg eingetragen war.

Auf einmal wußte Susanna, wo sie waren. Sie ritten zum See! Er lag noch unter ihnen, verborgen von dem dichten Tannenwald, aber gleich würde sich der Weg senken, sie würden durch Buchen reiten und dann an eine Stelle kommen, wo die Teilufer sich zu einer flachen, kieseligen Bucht senkten. Und dann? Warum wollte der Fremde mit ihr zum See? Sie spürte, wie sich eine geradezu tödliche Kälte in ihr ausbreitete. Natürlich – er hatte es ja selbst gesagt. Er wollte keine Leiche am Weg liegen haben. Sie würde auf dem Grund des Sees liegen oder im Gestrüpp der Schlingpflanzen, und vielleicht würde man ihren verwesenden Körper nie mehr finden. Sie konnte ihre gefesselten Hände nicht falten. Sie ballte die Fäuste. Lieber Gott, laß mich nicht sterben! Ich will nicht sterben! Laß mich am Leben, bitte! Sie konnte einfach nichts anderes mehr denken als diese drei Sätze, die sich in ihrem Kopf drehten wie ein monotoner Singsang.

Der Weg machte eine Biegung und führte steil nach unten. Da lag der See, groß und dunkel, rings umgeben von hohen Bäumen, die ihre Wurzeln und Äste ins Wasser hängen ließen. Er war von so tiefgrüner Farbe, daß er fast schwarz wirkte, besonders jetzt, wo der Himmel grau und von Wolken verfinstert war. Die Gebetsmühle in Susannas Kopf drehte sich weiter. Lieber Gott, laß mich nicht sterben! Ich will nicht sterben! Laß mich am Leben, bitte! Dazwischen blitzte die Erinnerung an einen Morgenritt auf, als Jonathan ihr den See gezeigt hatte. Auch damals war er ihr unheimlich vorgekommen, wie er so dalag in seiner reglosen Schwärze und Einsamkeit, mit einem Hauch von Grabeskühle über dem Wasser. Susanna hatte einen Schauder verspürt.

»Es sieht aus, als ob ein böser Zauberer ihn verwunschen hätte. Und wenn man hineinfällt, dann wird man in einen Fisch verwandelt oder in eine Kröte.«

Jonathan hatte gelacht. »So einen Unsinn erzählen sich die Leute in den Dörfern auch. Dabei gibt es hier die größten und fettesten Karpfen, die du dir vorstellen kannst. Früher bin ich mit Timothy oft zum Fischen hier gewesen. Wir müssen einmal wiederkommen, wenn die Seerosen blühen. Es gibt sie in allen Schattierungen, in Weiß, in Gelb, in Lachsrosa und Dunkelviolett. Dann sieht der See tatsächlich verwunschen aus. Aber du würdest nicht an einen bösen Zauberer denken, sondern an eine gute Fee.«

Jetzt blühten die Seerosen. Susanna konnte sie sehen, während sie den Weg hinabritten. Wie ein dichter Teppich lagen sie vor dem jenseitigen Ufer. Man konnte das dunkle Grün ihrer Blätter nicht von dem des Wassers unterscheiden, aber man erkannte die bunten Tupfer der Blüten. Mit einem würgenden Gefühl in der Kehle dachte Susanna daran, daß es nicht Jonathan war, mit dem sie die blühenden Seerosen sah, und daß sie vielleicht das Letzte sein würden, was sie überhaupt noch im Leben zu sehen bekam.

Warum war sie eigentlich so sicher, daß der Fremde sie umbringen wollte? Sie räusperte sich und versuchte, ihrer Stimme einen gleichmütigen Klang zu geben.

»Was haben Sie eigentlich mit mir vor?«

Der Riese sagte zunächst nichts. »Dich aus dem Weg zu räumen« antwortete er schließlich. Seine Stimme klang so unbeteiligt, als ob sie ihn nach der Uhrzeit gefragt hätte.

»Aber wieso bin ich Ihnen im Weg? Ich kenne Sie überhaupt nicht!«

Der Mann gab keine Antwort.

»Hat Rachel Sie geschickt?«

Wieder keine Antwort. Er ließ seine Augen über die kleine Bucht schweifen.

»Sieh da – ein Kahn! Wie angenehm! Ich hatte eigentlich vor, dich die erforderliche Zeit unter Wasser zu drücken, aber dabei hätte ich unweigerlich nasse Stiefel und nasse Ärmel bekommen. Eine kleine Kahnpartie erleichtert mir die Arbeit sehr.«

Er schwang sich aus dem Sattel, hob Susanna herunter, schlang sich das Seil, mit dem sie immer noch gefesselt war, ums Handgelenk und führte das Pferd zu einer mächtigen, dichtbelaubten Rotbuche. Susanna stolperte neben ihm her und sah, wie er das Pferd sorgfältig an einem schmalen Seitenstamm festband. Es war ein kräftiger Fuchs mit glänzendem, gepflegtem Fell und einer weißen Blesse auf der Stirn.

»Aber das ist ja Firebird!«

Der Mann deutete eine Verbeugung an. »Ich habe derzeit die Ehre, zu Gast auf Wimberley zu sein.«

Dann mußte er einer von Rachels Besuchern aus London sein! Aber was half ihr das, wenn sie das wußte? Sie mußte sich konzentrieren, jetzt, auf diesen Augenblick! Ihr Leben hing davon ab! Spiel die Ängstliche! Die Erschöpfte! Die Schicksalsergebene!

»Warum erschießen Sie mich nicht einfach?« fragte sie kläglich. »Hier kann uns doch niemand hören.«

»Woher soll ich das wissen? Es kann doch ein Holzfäller im Wald unterwegs sein oder ein Bauer. Außerdem wird man deine Leiche eines Tages finden, und dann soll sie ertrunken sein, nicht erschossen. Schußverletzungen machen die Leute nur mißtrauisch. Ich gebe zu, das ist nur ein kleines Risiko, doch warum soll ich es eingehen?«

»Aber ich fürchte mich vor Wasser!« Susanna ließ sich auf den Boden fallen. »Ich tue keinen Schritt weiter!«

Der Mann trat wortlos zu ihr, hob sie hoch und trug sie zu dem Kahn. Sie versuchte, mit den Beinen zu strampeln, aber das hatte nicht den geringsten Effekt. Sie kam sie vor wie ein Kind, das sich vergebens gegen einen Erwachsenen wehrt. Er warf sie ins Boot wie einen Sack, so daß sie mit der Sitzfläche auf die Planken und mit den Rippen gegen die Bank krachte. Sie wollte erst den Schmerz verbeißen, doch dann jammerte sie laut. Er sollte nicht glauben, daß sie noch Widerstand leisten konnte.

Der Riese schob das Boot an, als ob es aus Papier wäre. Es knirschte über die Kieselsteine und glitt dann aufs Wasser. Mit einem Satz sprang er hinterher, glich geschickt das wilde Schaukeln aus, in das er das Boot versetzt hatte, und legte mit schnellen, geübten Bewegungen die Ruder ein. Dann hob er Susanna auf die mittlere Bank, löste ihr die Fesseln und ließ sich auf der Heckbank nieder. Er kannte sich offensichtlich aus mit einem Boot.

Er zog seine Pistole aus der Tasche und richtete sie auf Susanna.

»Du ruderst!«

»Ich kann nicht rudern.«

»Dann lernst du es eben.«

Eine Weile der Panik überschwemmte Susanna. Sie hatte keine Chance, solange die Pistole auf sie zielte. Ihre Arme und Beine zitterten, ihr Mund wurde trocken, ihr Atem stockte. Das dauerte vielleicht einige Sekunden – sie wußte es nicht, sie wußte nur, daß die sausende Leere in ihrem Kopf auf einmal aufhörte und ihr Verstand wieder zu funktionieren begann. Ihr blieben nur wenige Minuten. Sie mußte Zeit gewinnen! Betont ungeschickt rührte sie mit den Rudern im Wasser herum. Das Boot schwankte und drehte sich langsam im Kreis.

»Tauch' beide Ruder gleichzeitig ein!« kommandierte der Fremde. »Zieh' sie nach vorne durch. Dann führ' sie über dem Wasser nach hinten und tauch' sie wieder ein – ja, ungefähr so – paß doch auf, verdammt nochmal! Wenn du das noch einmal machst, kriegst du eine Ohrfeige, daß dir Hören und Sehen vergeht!«

»Aber ich wollte doch nicht – ich weiß gar nicht, wie –«, stotterte Susanna weinerlich. Sie hatte mit einem gezielten Ruderschlag eine hochspritzende Fontäne auf ihn gelenkt. Aber ob die Pistole genug Wasser abbekommen hatte, um unbrauchbar zu werden? Susanna hätte ihr Manöver lieber noch einmal wiederholt. Ob er sie wirklich schlagen würde, wenn sie es ein zweites Mal versuchte? Sie sah ihn an. Er saß auf der abgeblätterten Ruderbank des alten, grauen Bootes so sicher wie eben im Sattel. Der hellgraue Reitanzug war ihm sichtlich auf den mächtigen Leib geschneidert. Sie verstand mittlerweile genug von Mode, um zu sehen, daß sowohl der Anzug wie das weiße Batisthemd und die schwarzen Reitstiefel von bester Qualität waren. Er war ein gutaussehender, ja schöner Mann mit seiner blonden Löwenmähne, den ebenmäßigen Gesichtszügen und der gebräunten Haut.

Verwirrt schlug Susanna die Augen nieder. Der Kontrast zu

ihrer eigenen Erscheinung hätte gar nicht größer sein können. Von ihrer ebenfalls sehr eleganten Kleidung war nichts mehr zu erkennen, sie war durch den Sturz auf den Waldboden zerrissen und überzogen von einer dicken Staub- und Schmutzschicht. Aber das war es nicht, was Susanna verwirrte. Noch nie war ihr ein derartig eiskalter Blick begegnet. Wie hatte sie nur je Jonathan mit einem Basilisken vergleichen können? Noch einmal sah sie den Fremden verstohlen an. Nein – der Blick war gar nicht unbewegt und teilnahmslos, sondern von einem geradezu diabolischen, wenn auch versteckten Vergnügen erfüllt. Es amüsierte ihn, daß sie sich mit den Rudern abmühen mußte, verdreckt und erhitzt und verängstigt, während er makellos und ruhig dasitzen konnte. Und am meisten amüsierte ihn, daß sie sterben würde, das fühlte sie auf einmal ganz sicher. Er hatte Spaß am Töten.

Eine Windböe fuhr über den See und kräuselte die Oberfläche. Die ersten schweren Tropfen bohrten Löcher in das glatte, dunkle Wasser. Ich könnte einfach über Bord springen, dachte Susanna. Er weiß nicht, daß ich schwimmen kann. Aber er ist mißtrauisch. Er wird jede Bewegung beobachten, die ich mache. Und vielleicht wird er doch noch schießen. Ich muß ihn ablenken. Er muß mit sich selbst beschäftigt sein. Und ich muß die Pistole loswerden. Am besten ist ein hysterischer Anfall. Sie warf sich auf beide Knie, ohne dabei die Ruder loszulassen, und rief:

»Ich bitte Sie, bei allem was Ihnen heilig ist – bei dem Leben Ihrer Mutter – oder Ihrer Kinder – töten Sie mich nicht! Wenn Sie mich am Leben lassen, werde ich sofort meine Koffer packen und abreisen.«

Der Fremde lächelte nur. Es war das böseste Lächeln, das Susanna je gesehen hatte.

»Ich werde gar nicht mehr nach Wimberley zurückgehen,

wenn Sie das nicht wollen. Setzen Sie mich am Ufer ab, und ich werde zur nächsten Poststation laufen und verschwinden.«

»Das glaubst du doch selber nicht.« Seine Stimme klang leicht gelangweilt. »Warum solltest du das tun, wenn ich dich nicht mehr zwingen kann? Sobald du aus meiner Gewalt wärest, würdest du zum nächsten Hof laufen und dich ins Schloß bringen lassen, und dann würde dein finsterer Verlobter Jagd auf mich machen.«

»Nein – nein – bestimmt nicht – ich schwöre es! Ich schwöre es bei allem, was mir heilig ist, daß ich verschwinden werde!«

Ihre Stimme war immer lauter und schriller geworden. Sie hob die Rechte theatralisch zum Schwur, hatte aber vorher mit einer unmerklichen Bewegung beide Ruder aus den Angeln gelöst. Sie glitten lautlos ins Wasser.

»Ich glaube nicht an Schwüre.« Er betrachtete ihre erhobene Rechte halb überdrüssig, halb indigniert, als ob er einer Darbietung auf einer Bühne beiwohnen müßte, die seinen Erwartungen nicht entspräche. »Schwüre sind nur dazu da, gebrochen zu werden.«

»Aber ich fürchte mich vor Wasser! Schauen Sie es doch an! So schaurig und dunkel und voller Schlingpflanzen – und Kröten – und Wasserschlangen. Niemand wird mich da hineinbringen, auch Sie nicht. Eher lasse ich mich erschießen!« Sie warf sich über die Ruderbank und klammerte sich mit beiden Händen daran fest. Der Kahn schaukelte gefährlich hin und her.

»Hör' auf, du Wahnsinnsweib!« Der Riese hielt sich mit beiden Händen am Bootsrand fest. »Du bist wohl verrückt geworden? Du wirst uns noch zum Kentern bringen!«

»Die Ruder!« kreischte Susanna. »Die Ruder sind weg! Wir sind verloren!«

Er wandte die Augen von ihr ab und blickte entgeistert aufs Wasser, in dessen schwacher Strömung sich die Ruder langsam, aber stetig entfernten. Ein Donnerschlag krachte. Über dem

Wald zuckten die Blitze. Jetzt – das war der Augenblick! Susanna sprang in die Höhe, machte einen großen Schritt nach vorn und trat mit dem anderen Fuß mit aller Kraft auf die Hand, die Pistole und Bootsrand umklammert hielt. Mit einem leisen Schmerzenslaut öffnete der Mann die Finger. Die Pistole verschwand im Wasser. Der Kahn schwankte so stark, daß er fast kenterte. Von beiden Seiten schwappte Wasser hinein. Susanna stieß einen gellenden Schrei aus, fuchtelte wild mit beiden Händen in der Luft und ließ sich über Bord fallen. Während sie fiel, sog sie so viel Luft in die Lungen, wie sie nur konnte. Es hätte zweifellos echter gewirkt, wenn ihr Schrei erst abgebrochen wäre, als das Wasser über ihr zusammenschlug, aber sie hegte die berechtigte Hoffnung, daß der Fremde auf solche Feinheiten nicht achten würde.

Der See war so eisig, daß sie die Kälte wie einen Schmerz auf der Haut spürte. Die Wellen schlugen über ihr zusammen. Das Wasser durchdrang ihre Stiefel, ihre Kleider, ihre Haare. Im Handumdrehen waren sie vollgesogen und hingen wie Gewichte an ihr, die sie nach unten zogen. Susanna fühlte den fast unbeherrschbaren Drang, um sich zu schlagen und mit aller Gewalt zurückzukommen an die Oberfläche, an die Luft, ans Licht! Aber sie mußte weg vom Boot! Ertrinkende tauchen höchstens dreimal wieder auf, und in dieser Zeit mußte sie außerhalb der Sichtweite ihres Mörders sein. Ihr Ziel waren die Seerosenfelder am anderen Ufer.

Sie machte ein paar energische Schwimmstöße, die sie mit unkoordiniertem Zappeln von Händen und Füßen zu kaschieren versuchte. Dann durchbrach ihr Kopf die Wasseroberfläche. Dankbar öffnete sie den Mund und schnappte nach Luft. Sie machte die Augen auf, die sie fest zusammengepreßt hatte (sie hatte sich sogar die Nase zugehalten, obwohl Papa sie ausgelacht hätte), und blinzelte durch ihre nassen Haare zum Boot hinüber. Sie war nur wenige Meter davon entfernt, und in den weißglühenden Blitzen konnte sie das Gesicht des Fremden erkennen und die hellen Augen, die sie unbewegt betrachteten. Seine Lippen waren etwas zurückgezogen, man sah wie die starken, weißen Zähne schimmerten. Das einzige Raubtier, das Susanna je gesehen hatte, war ein Luchs gewesen. Wölfe, Tiger und Löwen kannte sie nur von Abbildungen, doch die Bilder, die sie von allen in Erinnerung hatte, paßten zu dem menschlichen Raubtier da oben im Boot, das mit gefletschten Zähnen und starrem Blick ihr Zappeln beobachtete und auf ihren Tod wartete.

»Hilfe!« schrie Susanna, fuchtelte mitleiderregend mit den Händen und ließ sich dann wieder hinuntersinken. Diesmal behielt sie die Nerven. Kaum war sie unter Wasser, zerrte und trat sie sich die schweren Reitstiefel von den Füßen. Ein Glück, daß sie das dunkelgrüne Reitkleid anhatte, so war ihr Körper kaum zu erkennen. Sie versuchte, möglichst tief unten zu bleiben und schwamm in schnellen, kräftigen Stößen. Als sie merkte, daß ihr die Luft knapp wurde, stieg sie nach oben, aber der Weg war länger, als sie gedacht hatte, sie machte den Mund zu früh auf und verschluckte sich jämmerlich. Der gurgelnde Schrei, den sie ausstieß, klang auch für den mißtrauischsten Zuhörer überzeugend. Sie hustete und spuckte und schlug mit den Armen um sich, bis sie wieder genug Luft hatte, um zum letzten Mal unterzutauchen. Sie war jetzt weit genug vom Boot entfernt, um dicht unter der Wasseroberfläche bleiben zu können. Das Gesicht des Mannes war nur noch ein verschwommener, heller Fleck.

Der See war derartig aufgewühlt von Wind und Regen, daß man keine Schwimmbewegung würde erkennen können. Mehrmals mußte sie sich auf den Rücken drehen und nach oben gleiten, weil sie keine Luft mehr hatte. Sie hielt nur kurz Mund und Nase aus dem Wasser, dann ließ sie sich wieder nach unten sinken und schwamm weiter. Nach einiger Zeit überkam sie das schreckliche Gefühl, daß sie die Richtung verloren hätte und im

Kreis oder sogar zum Boot zurückschwimmen würde. Mit ziemlicher Überwindung öffnete sie die Augen unter Wasser. Weit hinten war ein dunkles Gewirr. Das mußten die Wurzeln der Seerosen sein.

Die Schauergeschichten von unvorsichtigen Schwimmern fielen ihr ein, die von Schlingpflanzen umstrickt und in die Tiefe gezogen worden waren. Sie war sich der Gefahr durchaus bewußt. Sie würde sich sehr vorsichtig bewegen und ganz am Rande des Seerosenfeldes halten müssen. Aber selbst ein Wald von Schlingpflanzen kam ihr nicht so gefährlich vor wie der mordgierige Riese auf dem Wasser hinter ihr. Sie schwamm weiter. Schließlich hatte sie ihr Ziel erreicht. Sie schob den Kopf behutsam unter den Saum der Blätter und tauchte empor. Der Regen prasselte. Sie ließ die Augen umherwandern, fast ohne das Gesicht zu bewegen. Sie war umgeben von weißen Blüten.

»Nymphaea alba«, murmelte sie. »Oder Nymphaea candida. Ich weiß nicht genau, wie ihr heißt, aber bitte, versteckt mich. Ich bin lange nicht so schön wie ihr. Aber ich hoffe zu Gott, daß mein Gesicht ein bißchen aussieht wie eine Seerose, zumindest aus der Ferne.«

Edward Tavernic kniete derweil in der Spitze des Bootes und paddelte mit beiden Händen den davontreibenden Rudern nach. Wenn dieses vermaledeite Frauenzimmer nicht hysterisch geworden wäre, dann könnte er jetzt längst am Ufer sein und unter einem Baum Schutz vor dem strömenden Regen suchen. Das Wasser floß über seine Haare und sein Gesicht, lief in seinen Kragen, bildete Lachen um seine Knie. Nach wenigen Minuten hatte er keinen trockenen Faden mehr am Leibe. Sir Edward zuckte die Achseln. Er hatte schon unangenehmere Situationen überstanden als ein Gewitter auf einem See. Es gab Dinge, die sich nicht ändern ließen. Dann mußte man sie eben mit Gleichmut ertragen.

Schließlich erreichte er die Ruder, legte sie ein und wendete das Boot. Bevor er mit kräftigen Schlägen dem Ufer zustrebte, ließ er seinen scharfen Blick über das Wasser gleiten. Die Oberfläche war von Wind und Regen aufgewühlt, das Licht durch die dunklen Wolken getrübt, aber trotzdem hätte er einen auf den Wellen treibenden Körper erkennen müssen. Sir Edward nickte befriedigt. Noch während er ruderte, hörte der Wolkenbruch auf. Der Wind fegte die Wolken davon, der Himmel erstrahlte in reingewaschener Bläue, am westlichen Rand schon golden überhaucht von der tieferstehenden Sonne.

Sir Edward sprang ans Ufer und zog das Boot auf die Kieselsteine. Dann holte er ein Fernglas aus der Tasche und hob es an die Augen. Langsam und sorgfältig suchte er den See ab. Das Wasser lag glatt und ruhig da. Die Seerosenfelder am anderen Ufer leuchteten weiß und gelb und violett. Ein Erpel flog gakkernd auf und platschte ein paar Meter weiter wieder aufs Wasser. War er erschreckt worden? Noch einmal schwenkte das Fernglas über die Seerosen. Eine Ente paddelte an ihnen vorbei, gefolgt von ihren gelben, flaumigen Jungen. Nicht die Spur einer menschlichen Gestalt war zu sehen.

Sir Edward schob das Fernglas in die Tasche und sah nachdenklich vor sich hin. Schließlich bückte er sich, drückte das Boot wieder ins Wasser und trieb es mit einem kräftigen Fußtritt auf den See hinaus. Er wußte nicht, wie oft der Besitzer zum Fischen kam. Es würde einige Zeit dauern, bis die Leiche nach oben steigen würde, die vollgesogenen Kleider und Stiefel würden sie unten halten. Aber wenn man sie gefunden hätte, dann würde natürlich das Fragen und Rätseln beginnen. Wieso war sie ertrunken? Wie war sie überhaupt ins Wasser gekommen? Ein auf dem See treibendes Boot wäre eine befriedigende Erklärung. Eine einsame Kahnpartie – Angst vorm Gewitter – eine hastige falsche Bewegung – und schon war der Unfall passiert. So wie Rachel ihm das Mädchen geschildert hatte, würde man ihm einen derartigen Leichtsinn durchaus zutrauen.

Der Riese schmunzelte und ging zu seinem Pferd. Ihn erheiterte die Vorstellung, daß er letztendlich gar nicht schuld war an ihrem Tod – sie war schließlich einfach über Bord gefallen. Er band das Pferd vom Baum los, das unter dem dichten Blätterdach den Wolkenbruch mit leidlich trockenem Fell überstanden hatte, saß auf und ritt in leichtem Trab davon. Jetzt war der schwarze Riesengaul an der Reihe. Ein Jammer, daß er ihn nicht behalten konnte. Dieses Pferd war wie geschaffen für ihn! Aber selbst wenn er Wimberley und seinen Besitzer nie wiedersehen würde – das Risiko war zu groß. Edward Tavernic hatte nur deshalb die Stelle erreicht, an der er heute stand, weil er leidenschaftslos alle Risiken berechnet und umgangen hatte.

25. Kapitel

Man folgte ländlichen Sitten in Wimberley, also speiste man relativ früh zu Abend. Die Flügeltüren zum Park waren geöffnet worden, die frische, vom Gewitter gereinigte Luft drang herein und verdrängte die Schwüle des Tages. Die Kerzen flackerten in dem leichten Luftzug und übersäten die Tafel mit sprühenden Reflexen von Kristall und Silber.

Man speiste im kleinen Kreis: Lady Sinclair, ihr Sohn, ihre Schwiegertochter und Sir Edward. Die Herrin des Hauses trug wie gewöhnlich schwarze Seide, Lord Sinclair einen schlichten, dunklen Frack. Rachel war wie immer in vollem Staat, heute in einer gewagten Kreation aus schwarzer Spitze und lachsfarben schillerndem Taft, tiefdecolletiert und am Ausschnitt mit Korallen bestickt.

Der einzige Gast war ebenfalls sehr prächtig anzusehen in seinem nachtblauen Frack, zu dem er kühn eine pflaumenfarbene Brokatweste mit goldgrünem Pfauenaugenmuster trug. Er hatte den Herrn des Hauses und seine Mutter zunächst ein wenig erstaunt gemustert ob der Unauffälligkeit ihrer Erscheinung, hatte dann aber mit dem Blick des Kenners gesehen, daß die kirschgroßen Perlen, die Lady Sinclair um den Hals trug, ein Vermögen wert waren, ebenso wie die Brillanten, die die Knöpfe am Frackhemd ihres Sohnes ersetzten.

Sir Edward hatte zu Beginn des Mahls mehrmals ein Niesen unterdrücken müssen, hatte daraufhin die Tischgesellschaft mit einer launigen Schilderung seines Gewitter-Rittes unterhalten und sich dann an seinen Gastgeber gewandt: »Würden Sie es als ein Ausnutzen Ihrer Gastfreundschaft ansehen, wenn ich Sie um eine sofortige Rückreisemöglichkeit nach London bitten würde? Ich bin ein wahrer Bär an Gesundheit – ohne damit prahlen zu wollen –, aber jede Erkältung wirft mich buchstäblich um. Es gibt nur einen einzigen Arzt in London, der mich vor dem völligen Zusammenbruch bewahren kann. Du kennst mich lange genug, meine verehrte Rachel, um zu wissen, daß ich dem delikaten Zustand meiner Bronchien und Lungen ständig Rechnung tragen muß, nicht wahr? Ich bitte sehr um Vergebung, daß ich dieses höchst private Thema vor den Damen zur Sprache bringe«, er verneigte sich leicht gegen seine Nachbarinnen, »noch dazu bei Tisch, aber es ist gewissermaßen von vitalem Interesse für mich, und ich muß gestehen, daß dieses im übrigen exzellente Lungenhaschée auf meinem Teller mir wahre Schauer der Todesangst über den Rücken jagt. Je eher ich nach London komme, desto größer ist die Aussicht, daß ich eine schwere Krankheit vielleicht doch noch vermeiden kann.«

»Es ist mir ein Vergnügen, Ihnen dabei behilflich zu sein.« Jonathan machte Burton ein Zeichen und befahl, nach Tisch den Landauer anspannen zu lassen und bereitzuhalten. Während er sprach, horchte er innerlich den Worten seines Gastes nach. Irgend etwas hatte unecht geklungen. Dieses eitle, fast dümmliche Geschwätz paßte nicht zu dem Mann.

»Du hättest meiner Einladung folgen und mich und Thomas zu den Clevallyans begleiten sollen«, sagte Rachel. »Dann hättest du während des Gewitters im Trockenen gesessen, genau wie wir, und hättest außerdem die Gelegenheit gehabt, Lady Clevallyan kennenzulernen. Sie ist eine bemerkenswerte Dame. Soviel ich weiß, bleibt sie seit ihrem vierzigsten Lebensjahr fünfunddreißig – und das ist auch schon lange her.«

»Das war zweifellos eine sehr verlockende Gelegenheit, die ich mir habe entgehen lassen. Viel mehr allerdings bekümmert mich die Tatsache, daß mich meine empfindliche Konstitution der Möglichkeit beraubt, der künftigen Herrin von Wimberley vorgestellt zu werden.« Er streifte den leeren Platz zwischen Jonathan und seiner Mutter mit einem bedauernden Blick.

»Nun, vielleicht wird dich diese Aussicht bald wieder einmal zu uns locken«, sagte Rachel lächelnd. »Nachdem ich solche Mühe gehabt habe, dich zu einem Besuch in unserer ländlichen Einsamkeit zu überreden, bin ich natürlich untröstlich, daß dieser nun so kurz sein wird.«

Sie ist keineswegs untröstlich, dachte Jonathan irritiert. Im Gegenteil, sie wirkt so vergnügt wie selten. Und auch ihre Worte klingen irgendwie falsch – oder zumindest mehrdeutig, als ob eine Botschaft darin verborgen liegt, die ich nicht verstehe.

Weder Jonathan noch seine Mutter legten übertriebenen Wert auf Etikette, aber ein gewisses Maß an Formen wurde durchaus eingehalten. Deshalb sahen sich die Tafelnden erstaunt an, als vor der Tür eine erregte Stimme laut wurde, die eine andere vergebens zu beschwichtigen versuchte.

Die Tür wurde aufgerissen, und Christopher Penneham stand auf der Schwelle, im Reitanzug, mit schmutzbespritzten Hosen und Stiefeln, die Haare zerzaust. Normalerweise wäre er vor den erstaunten Gesichtern der Anwesenden errötet und hätte Entschuldigungen gestammelt und zumindest zuerst die Damen begrüßt. Aber heute verschwendete er an solche Erfordernisse der Höflichkeit keinen Gedanken, sondern ging geradewegs auf Jonathan zu.

»Ich muß dich unbedingt sprechen!«

»Aber natürlich! Dürfen wir dabei weiteressen? Komm, setz dich und trink ein Glas. Du siehst – hm – etwas mitgenommen aus.«

»Sei nicht immer so verdammt gelassen und überlegen!« rief Christopher, ohne dem freundlichen Angebot Folge zu leisten. Die Lakaien erstarrten. Jonathan verzog keine Miene und sah den Jungen ruhig an.

»Entschuldige bitte!« sagte Christopher hastig. »Ich bin etwas – ich bin ziemlich außer mir. Ich habe Thunder gefunden, in der Nähe von Elm Hurst, mit Susannas Sattel, und er war so verschreckt, daß ich ihn kaum einfangen und in den Stall bringen konnte. Ich habe nicht gewagt, ihn zu reiten.«

Jonathan, der die Hand schon erhoben hatte, um Burton samt der Sherrykaraffe heranzuwinken, hielt mitten in der Bewegung inne. Dann ließ er die Hand langsam sinken und drehte Christopher sein Gesicht zu. Es war so weiß und eingefallen, als ob man ihm einen Boxhieb in die Magengrube versetzt hätte. Lady Sinclair, die Augen auf ihren Sohn gerichtet, stöhnte auf. Von der Anrichte kam ein lautes Klirren. Dort hatte ein geistesgegenwärtiger Lakai die silberne Schöpfkelle fallenlassen, um die Sherrykaraffe aufzufangen, die Burtons Finger entglitten war.

»Aber mein guter Christopher, du mußt einen Sonnenstich haben«, sagte Rachel in ihrer aufreizend langsamen Art. »Was redest du da für einen Unsinn? Susanna ist krank. Sie hat seit gestern Migräne und liegt schon den ganzen Tag zu Bett, wie wir alle wissen.«

Jonathan sah Burton an.

»Nachsehen! Und dann suchen!«

Seine Stimme war so tonlos, daß die Worte kaum zu verstehen

waren. Burton setzte sich in Bewegung. Noch nie hatte man ihn anders als in gemessenem Schreiten gesehen, so wie sich das für den Ersten Kammerdiener Seiner Lordschaft gehörte. Doch jetzt rannte er, daß die Rockschöße seiner Livrée flogen. Und er vergaß, die Tür hinter sich zu schließen. Auch das war ein Novum in seiner Karriere.

»Wo ist Thunder jetzt?« Jonathans Stimme klang immer noch tonlos.

»Auf Elm Hurst.«

»Warum hast du Malcolm nicht gebeten, ihn nach Wimberley zu reiten? Er hätte es zumindest versuchen können.«

»Malcolm ist heute nachmittag nach London abgereist.«

»Wann?« Auf einmal hatte Jonathans Stimme ihren Klang wiedergefunden. Die Frage kam wie ein Peitschenknall.

»Ich weiß es nicht genau.« Christopher sah Jonathan ratlos an. Was hatte Malcolm mit Susanna zu tun? »Ich war am Nachmittag bei den Palmerstones. Ich habe nur gehört, wie er ...« Er unterbrach sich.

»Wie er«, wiederholte Jonathan drängend.

»Nun, er hatte wohl erst das Gig bestellt«, antwortete Christopher zögernd. »Und dann kam er zum Stall, gerade als ich aufsitzen wollte, und wollte statt dessen den Landauer haben, denn – denn er brauchte viel mehr Platz, hat er gesagt.«

»Was genau hat er gesagt?«

»Nun, Pigwig stand da, das ist sein Kammerdiener. Der hatte schon das Gepäck hinunter gebracht, und Malcolm trat zu ihm, und – und dann sagte er ...« Christopher fuhr sich mit der Hand an den Kragen, als ob der ihm auf einmal zu eng geworden wäre.

»Und dann sagte er: ›Es gibt doch noch angenehme Überraschungen, Pigwig. Wer hätte das gedacht? Nimm nicht das Gig, sondern den Landauer. Ich brauche Platz.‹ Und Pigwig hat gegrinst und hat gefragt: ›Mylord fahren nicht alleine?‹« Er verstummte.

»Und weiter?«

»Da hat Malcolm mich gesehen und hat nur gesagt: ›Schon möglich‹, und ist dann schnell gegangen.«

Rachel fing an zu lachen. Alle Köpfe wandten sich ihr zu, doch bevor noch jemand etwas sagen konnte, erschien ein Diener. Er mußte gelaufen sein, so schnell ging sein Atem. »Mr. Burton hat mich zu Lady Susannas Zimmern geschickt, Mylord. Die Tür war verschlossen. Ich habe sehr laut geklopft, aber es hat sich nichts gerührt. Ich habe mir dann erlaubt, Mr. Stearns und den Zweitschlüssel zu holen, Mylord. Er hat auch geklopft, sehr laut und lange, und dann hat er aufgeschlossen. Die Zimmer sind leer, Mylord. Und Ellen sagt, daß Lady Susanna zu den Simpsons reiten wollte. Das hat sie Master Thomas gesagt.«

Rachel hatte aufgehört zu lachen. Einige Augenblicke lang war der Speisesaal von Wimberley erfüllt von Schweigen.

Jonathan räusperte sich.

»Weißt du etwas davon, Rachel?«

»Natürlich nicht! Glaubst du, ich horche meinen Sohn aus? Du überschätzt das Interesse, das ich an deiner Braut habe. Ich war bis vor wenigen Minuten der Meinung, daß sie krank im Bett liegt – wie du ja übrigens eben mit eigenen Ohren gehört hast. Man sollte übrigens einmal nachprüfen, ob etwas von ihren Sachen fehlt, ihre Zahnbürste und ihre Kämme oder vielleicht eine kleine Reisetasche. Aber wahrscheinlich wollte sie keinen Verdacht erregen und ist einfach so verschwunden, wie sie ging und stand.«

Lady Sinclair hatte die Hand von den Augen sinken lassen und sah ihre Schwiegertochter fassungslos an.

»Was willst du damit sagen?«

»Aber nun blickt doch den Tatsachen ins Auge! Sie ist durchgebrannt! Durchgebrannt mit Malcolm Penneham! Warum sonst hat sie sich heimlich aus dem Haus geschlichen? Ich habe Jonathan schon vor Wochen gewarnt, daß er ständig um sie herumscharwenzelt, aber er wollte natürlich nichts davon wissen. Ihr wart ja beide wie verblendet. Als ob sie die Verkörperung wer weiß welcher himmlischen Tugenden wäre, so habt ihr sie behandelt. Sie konnte sich so unmöglich benehmen, wie sie wollte, Ihr hattet für alles eine Erklärung und eine Entschuldigung. Aber ich – ich habe sie gleich durchschaut.« Ihre hohe Stimme überschlug sich fast. »Immer wieder habe ich gesagt, daß diese Verbindung nicht gutgehen kann. Ausgerechnet eine Französin! Meine Tante duldet auf ihren Empfängen nicht einmal französische Lieder. Jedermann weiß doch, daß die Texte unanständig sind. Es ist überhaupt ein unanständiges Volk. Und der Ruf der Französinnen ist katastrophal. Ich hatte als Kind eine französische Gouvernante, die war kaum ein paar Monate bei uns, da war sie – na, Ihr wißt schon und mußte nach Hause geschickt werden. Und das ist immer so bei Französinnen. Sie haben einfach keine Moral. Sie ...«

»Das genügt«, unterbrach Jonathan sie eisig. »Du vergißt dich.« Er sah seine Mutter an. »Entschuldige mich bitte, Mama. Ich reite mit Christopher nach Elm Hurst und hole Thunder.«

Lady Eugenia saß da wie betäubt.

»Ja, gewiß, mein Junge. Tu das.« Sie blickte ihn flehend an. »Und Jonathan, bitte ...«

Doch ihr Sohn ging schon mit langen Schritten auf die Flügeltüren zu, die auf die Terrasse führten. Das war der kürzeste Weg zu den Ställen.

Nach Beendigung des Mahles nahm Edward Tavernic mit formvollendeten Verbeugungen und Handküssen von den Damen Abschied.

»Ich möchte mich ganz herzlich für Ihre Gastfreundschaft bedanken und Sie bitten, diesen Dank auch Lord Jonathan zu übermitteln. Empfangen Sie mein tiefes Mitgefühl für diesen unglückseligen Zwischenfall, von dem ich sicher bin, daß er eine allseits befriedigende Aufklärung erfahren wird. Ja, ich bin fest davon überzeugt, denn sonst würde ich trotz meines angegriffenen Zustandes nicht zögern, meine Abreise zu verschieben und meine Hilfe anzubieten. Wahrscheinlich hat Lady Susanna bei freundlichen Menschen Schutz gesucht vor dem Gewitter und sich dann als verantwortungsvolle Reiterin auf die Suche nach ihrem verschwundenen Pferd gemacht. Sie können sich selbstverständlich auf meine Diskretion verlassen, das brauche ich wohl nicht eigens zu versichern.«

Er lächelte bei diesen Worten, was seinem Gesicht einen raubtierähnlichen Ausdruck verlieh, und Lady Sinclair, die den Widerspruch zwischen seinen beiden letzten Sätzen durchaus bemerkte, empfand ein unbestimmtes Gefühl der Bedrohung. Sie murmelte eine höfliche Antwort und ging zur Tür, die ein Dienstbote schon für sie offenhielt. Dort wandte sie sich, einem plötzlichen Impuls folgend, noch einmal um und sah, daß Sir Edward seine hellen Augen auf Rachel gerichtet hatte, die ihn ebenfalls direkt ansah. Man hätte sich keinen größeren Gegensatz denken können als diese beiden Gesichter, das kantige, gebräunte des Mannes mit den hellblonden Locken und das üppige, marmorweiße der Frau mit den schweren, schwarzen Haaren. Und trotzdem zeigten sie eine Gemeinsamkeit, die Lady Eugenia fast erschreckte. Die beiden lächelten sich an mit einem Lächeln, das ihre Gesichter mit einer Art grausamer Befriedigung erfüllte, und ihre Blicke zeugten von einem Einverständnis, ja einer Intimität, die geradezu schockierend war.

Als hätte Sir Edward Lady Sinclairs Augen auf sich gespürt, sah er plötzlich zu ihr hin, und sie errötete, als ob man sie beim Lauschen ertappt hätte.

»Ich wünsche Ihnen eine angenehme Reise«, sagte sie hastig und ging hinaus.

Am Rauschen der Röcke hinter sich hörte sie, daß auch Rachel den Speisesaal verlassen hatte und in ihre Zimmer ging. Ganz wie es sich gehört, dachte Lady Eugenia spöttisch. Keine Minute allein mit einem fremden Mann. Dabei habe ich doch Augen im Kopf. Sie hätten sich genauso gut küssen können! Ich muß Jonathan fragen, was er von diesem Sir Edward weiß. Ach, mein Gott, was denke ich da? Was interessiert mich dieser Mann – selbst wenn er Rachels Liebhaber sein sollte? Ich will nur wissen, wo Susanna ist!

Diese Frage war auch die einzige, die alle Köpfe in der großen Küche von Wimberley bewegte. Fast das gesamte Personal hatte sich dort versammelt, nachdem Christopher Pennehams aufgeregte Worte und Rachels Behauptung wie ein Lauffeuer durch das Schloß gegangen waren.

»Durchgebrannt? Das haut den stärksten Mann um!« sagte Donald bloß, und die anderen nickten, starrten sich ratlos und kopfschüttelnd an und versanken in dumpfes Brüten. Es war, als hätte ein Schock sie gelähmt.

Jonathan stand bereits in der Box, in die man Thunder gebracht hatte, als Christopher keuchend im Stall von Elm Hurst erschien.

»Ich habe ihn schon genau untersucht. Sattel und Zaumzeug sind in Ordnung. Aber hier, was hältst du davon?«

Er nahm Christophers Hand und führte sie vorsichtig über Thunders Fell. Deutlich waren Striemen und Schwellungen zu spüren, an der Kruppe, am Hals, ja sogar an den empfindlichen Stellen ums Maul.

Christopher pfiff leise durch die Zähne.

»Das war nicht Susanna!«, sagte er entschieden.

»Natürlich nicht. Er ist richtig geprügelt worden. Auffallend ist, daß an den Flanken nur wenige Striemen sind. Es muß jemand von oben auf ihn eingeschlagen haben, von einem anderen Pferd vielleicht. Denn ich kann mir kaum denken, daß Thunder einen Fremden auf seinen Rücken läßt, noch dazu einen, der ihn prügelt. Er ist noch nie geschlagen worden. Er muß ganz außer sich gewesen sein vor Schmerz und Schreck.«

Christopher nickte. »Das kann man wohl sagen. Er sah aus, als ob alle Teufel der Hölle hinter ihm her wären. Aber kannst du dir das erklären, Jonathan? Was ist geschehen?«

»Man hat ihn davonjagen wollen. Er war überflüssig«, sagte Jonathan mit steinernem Gesicht.

Christopher sah ihn unsicher an. »Jonathan – bitte – ich sage das nicht, weil Malcolm mein Bruder ist. Ich hätte viel lieber dich als Bruder. Also – ich will ihn bestimmt nicht entschuldigen. Aber eines weiß ich ganz sicher: Er entführt kein Mädchen mit Gewalt. Das ist einfach nicht sein Stil. Entschuldige, was heißt schon Stil – das klingt so hochtrabend – ich meine, er ist einfach viel zu eitel dazu. Und zu faul. Wahrscheinlich ist er davon überzeugt, daß jede Frau ihn lieben muß, so schön und reich wie er ist. Und wenn sie es nicht tut, dann hält er sie einfach für dumm. Es hat ihn bestimmt geärgert, daß Susanna überhaupt nicht beeindruckt von ihm war. Aber so verrückt ist er nicht, daß er einen Skandal riskiert und sie überfällt und entführt, weil sie ihn nicht will.«

Jonathans Gesicht war unbewegt geblieben, während er Christophers stockenden Sätzen zuhörte.

»Woher weißt du, daß sie nicht will? Und woher weißt du, daß er sie überfallen hat? Sie können sich verabredet haben.«

Der Junge starrte ihn an wie einen Geist. »Das glaubst du doch selbst nicht!«

Jonathan zuckte mit den Achseln. »Ich habe im Laufe meines Lebens eine ganze Menge geglaubt oder nicht geglaubt, was sich später als falsch erwiesen hat.«

Christopher schüttelte entschieden den Kopf. »Malcolm und Susanna? Das ist einfach absurd!«

»Frauen *sind* absurd, das kannst du mir glauben.«

Christopher sah ihn betroffen an. »Ich verstehe nichts von

Frauen, das weiß ich auch. Die Andeutung hättest du dir sparen können. Aber für Susanna würde ich meine Hand ins Feuer legen.«

»Du wärest nicht der erste, der sich dabei die Finger verbrennt.«

Christopher ballte die Fäuste. »Wie kannst du nur so etwas sagen? Du bist ja wahnsinnig! Du verdienst sie überhaupt nicht! Sie ist viel zu gut für dich!«

Jonathan verzog spöttisch den Mund. »So wie es aussieht, bekomme ich sie auch gar nicht. Bist du der Ansicht, daß Malcolm sie eher verdient?«

Christophers Faust schnellte vor, aber Jonathan hatte sie kommen sehen und fing sie mit einer geschickten Bewegung ab. »Mach dich nicht lächerlich, Junge! Wir sind doch keine Schmierenkomödianten! Zwei verlassene Liebhaber, die sich im Stall prügeln – das fehlte noch!«

Christopher riß seine Faust aus dem eisernen Griff. Neben dem Hohn in Jonathans Stimme war ein anderer Ton gewesen, der ihn stutzig machte.

»Was ist nur in dich gefahren, Jonathan? Bist du eigentlich blind?«

Jonathan fuhr sich mit der Hand übers Gesicht und schloß die Augen. »Ja, ich bin blind« sagte er leise. »Weißt du nicht, daß Eifersucht eine Leidenschaft ist, die blind macht?«

Christopher sah ihn beklommen an und suchte nach Worten. Was konnte er jetzt sagen? Jonathans Stimme hatte – ja – fast verzweifelt geklungen. Wer wußte schließlich, wie schwer ihn Victorias Heirat getroffen hatte? Vielleicht konnte man es ihm wirklich nicht verdenken, daß er mißtrauisch geworden war? Aber andererseits – Susanna war schließlich Susanna! Er holte tief Luft.

»Ich gehe sie jetzt suchen«, sagte er entschlossen.

Über Jonathans Gesicht hatte sich wieder die maskenhafte

Unbeweglichkeit gelegt. »Glaubst du etwa, daß du sie einholst? Sie haben mindestens zwei Stunden Vorsprung.«

Christopher drehte sich auf dem Absatz um, ging zu dem im Hintergrund wartenden Stallknecht und trug ihm auf, ihm ein frisches Pferd zu satteln und Greyhound zu versorgen.

26. Kapitel

Jonathan führte wortlos Thunder hinaus, saß auf, nahm Thiefs Zügel und ritt zurück nach Wimberley. Er hielt zunächst ein scharfes Tempo, wurde aber immer langsamer, je länger er ritt. Schließlich bog er ab und machte einen Umweg zu den Simpsons. Schon von weitem hörte er grelles Quieken, begleitet von ebenso lauten Kinderstimmen. Sie verstummten, als er sich dem Häuschen näherte. Jimmy und Liza, beide mit einem schreienden Ferkel unter dem Arm und alle vier reichlich abgekämpft wirkend, sahen ihm entgegen.

»Schade, daß Sie nicht früher kommen«, sagte Jimmy auf seine praktische Art. »Die Sau hat verrückt gespielt beim Gewitter und ist abgehauen. Und alle Ferkels hinten nach. Mit zwei Gäulen hätten wir alle ganz schnell geschnappt. Grad haben wir die zwei letzten beiden erwischt.«

»Erst haben wir noch's Gatter geflickt«, erläuterte Liza die lange Dauer des Unternehmens. »Sonst sind sie gleich wieder weg.«

Das unverminderte Kreischen der Ferkel zerrte an Jonathans Nerven, aber die Kinder schienen es gar nicht zu hören. Sie beäugten ihn neugierig.

»Wieso haben Sie denn Lady Susanna ihren Gaul, und sie sitzt nicht drauf?« fragte Jimmy. »Vorhin war sie doch noch hier.«

Jonathan sah ihn durchbohrend an. »Wann war das?«

»Gleich vorm Gewitter. Sie sagt noch, daß sie sich beeilen muß, sonst wird sie pitschenaß.«

»Und wo wollte sie hin?«

Jimmy sah ihn erstaunt an. »Nach Hause doch. Nach Wimberley.«

»Hat sie das gesagt?«

Jimmy dachte angestrengt nach. »Hm – weiß ich nicht genau.«

»Und was hat sie sonst noch gesagt?«

Jimmy wurde es unbehaglich unter dem brennenden Blick. Hilfesuchend sah er seine Schwester an.

»Nichts Besondres«, kam ihm Liza zur Hilfe. »Bei Mutter und Mrs. Pritchel war sie und beim Kleinen – so wie immer.«

»Und wie sie geht, da sagt sie, morgen kommt sie wieder und bringt uns Kuchen mit«, erinnerte sich Jimmy.

Der Blick wurde noch durchbohrender. »Weißt du das genau?«

»Aber ja doch!« Jimmy mußte sich beherrschen, um nicht ängstlich nach der Hand seiner Schwester zu greifen. »Die Köchin backt uns einen, sagt sie, und morgen kommt sie, die Lady Susanna, mein ich.«

Jonathan starrte vor sich hin, dann fuhr er auf, nickte den Kindern zu und ritt davon, verfolgt vom Geschrei der Ferkel, die sich vergebens aus dem festen Griff der Geschwister zu befreien suchten. Die beiden gingen wortlos zu dem geflickten

Zaun, schoben die Ausreißer zu dem bereits eingefangenen Teil der Familie und vergewisserten sich, daß alles Viehzeug unter Dach und Fach war. Dann tappten sie langsam auf die Haustür zu.

»Was meinst du, was er wollte?« fragte Liza leise.

»Ich glaub', er will nicht, daß sie uns Kuchen bringt«, vermutete Jimmy. »Augen hat er – zum Gruseln! Wenn er sie man bloß nicht haut.«

***

Jonathan ritt nach Wimberley, eine Beute widerstreitender Gefühle. Er hatte nur einen Wunsch: Möglichst schnell und ungesehen in seine Zimmer zu kommen, ohne mit irgend jemandem über den heutigen Abend reden zu müssen, nicht einmal mit seiner Mutter. Ohne den Stallknecht eines Blickes zu würdigen, schwang er sich aus dem Sattel und warf ihm die Zügel der beiden Pferde zu.

»Thunder braucht Umschläge! Alle zwei Stunden wechseln!«

Der Mann sah sein finsteres Gesicht und beeilte sich, aus seiner Nähe zu kommen. Jonathan war so mit seinen Gedanken beschäftigt, daß er zusammenschrak, als eine heisere Stimme sagte:

»Halten zu Gnaden, Mylord, ich muß Ihnen unbedingt was mitteilen. Mir ist nämlich was aufgefallen, Mylord, und ich …«

»Maul halten! Abtreten!« schnauzte Seine Lordschaft. Der Mann klappte den Mund zu, legte unwillkürlich die Hand an seine nicht vorhandene Mütze und trat einen Schritt zurück. Lord Sinclair stürmte aus den Stallungen ins Schloß und verschwand türenschlagend in seinen Zimmern. Dort ging er eine Zeitlang unablässig auf und ab und machte seinem hilflosen Zorn durch einen Tritt gegen einen im Weg stehenden Schemel und das Zerschmettern einer Wedgewood-Schale Luft, deren

Scherben er dann eigenhändig einsammeln mußte, weil sie ihn am Hin- und Herlaufen hinderten, er aber den Anblick eines Dieners nicht ertragen hätte.

»Warum schimpfst du so mit deinen Möbeln, Onkel Jon?« fragte eine besorgte Stimme von der Tür her.

Jonathan sah gereizt von dem Scherbenhaufen hoch und erblickte seinen Neffen, engelhaft anzusehen in seinem langen, weißen Nachthemd. Er mußte leise durch die Tür geschlüpft sein und betrachtete ihn mit ernstem Gesicht, wer weiß wie lange schon.

»Ich konnte nicht eher kommen.« Er war offensichtlich der Meinung, daß sein Onkel ihn erwartet hätte. »Ich mußte erst warten, bis Nanny gegangen ist. Sie will nicht, daß ich zu dir komme. Aber jetzt glaubt sie, ich schlafe. Darf ich hereinkommen?«

Jonathan nickte wortlos, und der Kleine ging zielstrebig auf den größten Sessel zu und ließ sich darauf nieder.

»Ich muß mit dir reden. Sie sagen so komische Sachen von Sanna. Sie wußten nicht, daß ich zugehört hab'. Die Tür stand offen.«

Auf einmal fing seine Unterlippe an zu zittern. Jonathan ging schnell zu ihm, setzte sich neben ihn und nahm ihn auf den Schoß. Er vergrub sein Gesicht in den weichen Locken. »Bitte, wein' jetzt nicht, Thomas«, flüsterte er. »Sonst muß ich auch weinen.«

»Du?« fragte Thomas ungläubig und fing dann zögernd an zu kichern. »Du machst Witze. Soldaten weinen doch nicht. Und ich weine auch nicht. Ich muß dich nur etwas fragen. Ich bin doch heute ausgefahren mit Mama. Und vorher war ich bei Sanna. Und da hat sie mir versprochen, sie erzählt mir heute abend weiter von Robinson Crusoe. Es wird nämlich gerade sehr spannend. Es kommen Menschenfresser und ein Freund, der heißt Freitag. Und ich weiß gar nicht, wer das sein kann.«

Jonathans Rührung verflog. »Bist du etwa gekommen, damit ich dir von Robinson Crusoe erzähle?«

Der Kleine machte ein beleidigtes Gesicht. »Natürlich nicht. Du kannst das nämlich bestimmt nicht so gut wie Sanna. Nein, ich komme wegen – also, es ist so: Sanna hat mir ihr Ehrenwort gegeben. Ihr großes Ehrenwort! Sie erzählt mir heute abend noch weiter, das hat sie mir versprochen.«

Er sah seinen Onkel erwartungsvoll an, offensichtlich enttäuscht, nicht die erwartete Reaktion erzielt zu haben. »*Ihr großes Ehrenwort*, Onkel Jon«, wiederholte er drängend. »Weißt du nicht, was das heißt? Das große Ehrenwort muß man halten! Man muß einfach! Aber warum ist sie dann nicht da?« Wieder zitterte seine Unterlippe. Jonathan drückte ihn an sich. Er brachte es nicht übers Herz, ihm die Wahrheit zu sagen.

»Gibt es denn keine Ausnahme?« fragte er.

Thomas schüttelte den Kopf. »Nur den Tod.«

Jonathan fuhr zusammen. Dem Jungen dämmerte erst allmählich die Bedeutung seiner Worte, dann klammerte er sich erschrocken an seinen Onkel. So saßen sie, als es vorsichtig an der Tür klopfte.

»Ja – bitte –«, sagte Jonathan heiser.

Stallmeister Lesley schob sich über die Schwelle, dicht gefolgt von Mr. Simpson.

»Bitte untertänigst um Vergebung, Mylord. Aber Simpson hat – er will – es scheint wichtig zu sein.«

Seine Lordschaft nickte und hörte dann dieselbe Stimme, die ihn schon im Stall angesprochen hatte, jetzt mit deutlich beleidigtem Unterton. »Ich will mich ja nicht aufdrängen, Mylord, das könn Sie mir glauben, aber jetzt sag ich, was mir aufgefallen ist und was ich Ihnen eben schon sagen wollt. Also der Gaul vom Sir, der heut ausgeritten ist, der Große, Blonde ...«

»Ja, ja, Edward Tavernic, was ist mit ihm?«

Zufrieden sah Mr. Simpson, daß er endlich die Aufmerksamkeit Seiner Lordschaft erregt hatte. »Also, erst wollt der ja mit Mrs. Timothy in der Kalesche fahren. Und dann kommt er und will 'nen Gaul. Na gut, denk ich mir, den kann er haben, und mach ihm Firebird parat. Also, der Sir reitet los, und zwar nicht neben der Kalesche her, sondern in 'ne andere Richtung. Und dann kommt's Gewitter, aber vom Sir keine Spur. Und wie er endlich kommt, da ist er wie aus'm Wasser gezogen. Na, ich denk mir nichts dabei, denn's hat ja gepladdert wie sonst was.«

Er machte eine bedeutungsvolle Pause und sah seine Zuhörer an wie ein Zauberkünstler, der im Begriff ist, das weiße Kaninchen aus dem Zylinder zu ziehen. »Und die Peitsche, die ist auch naß. Aber nicht vom Regen. Ich will nicht Simpson heißen, wenn das kein Blut ist. Und da denk ich mir, das mußt du melden, Simpson!«

Er blickte triumphierend in die Runde. Zunächst kam keine Reaktion. Der Stallmeister sah seinen Herrn an, in dem zufriedenen Gefühl, daß er die Information weitergeleitet hatte, daß es aber nicht seine Pflicht war, daraus Schlußfolgerungen zu ziehen. Jonathan starrte mit gerunzelten Brauen vor sich hin, bis Thomas, in dem das Gerede von Wasser und Regen eine Erinnerung wachgerufen hatte, plötzlich rief: »Sie hat gesagt: ›Paß auf, daß du nicht naß wirst!‹«

»Wer?« fragte sein Onkel verwirrt. »Wann?«

»Mama! Heute nachmittag! Dieser Sir Ta – Te –«

»Tavernic«, half ihm Jonathan.

»Ja, der! Er sagt, ich soll ihn Edward nennen, und wir werden bestimmt gute Freunde. Aber ich mag ihn nicht. Er schaut immer nur Mama an, und ...«

»Schon gut! Und warum sagte deine Mama das?«

»Das weiß ich nicht. Ich weiß nur, daß er erst mit uns fahren wollte. Er war schon bei uns in der Kutsche. Und ich sage, daß ich lieber mit Sanna reiten will. Zu den Simpsons. Und da springt der Sir Te – Tenick aus der Kutsche. Und Mama sagt:

›Paß auf, daß du nicht naß wirst!‹ Dabei war ganz heiße Sonne, und das Gewitter kam erst viel später.«

Jonathan sprang so plötzlich auf, daß sein Neffe unsanft auf dem Boden landete.

»Oh, mein Gott! Der See!«

Er starrte ein paar Sekunden blicklos vor sich hin, dann sah er Lesley an.

»Sofort alle verfügbaren Männer in die Ställe! Pferde satteln! Laternen mitnehmen! Und Stangen! Und das große Netz! Warte! Wann ist Tavernic abgefahren?«

»Vor einer Stunde.«

»Jag' ihm zwei Mann hinterher! Er muß zurückkommen! Ist das klar?«

Lesley knallte die Hacken zusammen. »Zu Befehl, Mylord!«

Er stürzte zur Tür hinaus. Mr. Simpson folgte diesem Ausbruch von Aktivität mit blinzelnden Augen. Jonathan sah ihn an. »Danke! Das war eine sehr wichtige Beobachtung, die Sie da gemacht haben! Wir reden später noch miteinander. Ich muß mich jetzt beeilen. Sie reiten mit den beiden und tragen Sorge, daß der Landauer zurückkommt. Dieser Tavernic darf mir nicht entkommen!«

Mr. Simpson salutierte, mehr bemüht als gekonnt. »Wird gemacht, Mylord! Nur über meine Leiche!«

Er stolzierte hinaus, durchdrungen von dem Gefühl seiner Bedeutung. Jetzt würde sie aber Augen machen, diese Beißzange, die sich bei seiner Frau einquartiert hatte und ihm das bißchen Schnaps verbieten wollte! Ihre giftige Zunge würde gelähmt sein vor Staunen, wenn sie erfahren würde, daß er Seiner Lordschaft einen besonderen Dienst erwiesen hatte und dann auch noch mit einer speziellen Aufgabe betraut worden war.

Jonathan rannte ins Ankleidezimmer, riß ein Reitcape aus dem Schrank, schob einen silbernen Flacon in die Hosentasche und wollte zur Tür hinaus, als eine weinerliche Stimme rief:

»Wo gehst du hin, Onkel Jon?«

»Ich gehe Susanna suchen.«

Thomas Gesicht glänzte auf. »Darf ich mitkommen?«

»Nein«, sagte sein Onkel entschieden. »Das darfst du nicht. Aber du darfst dich in mein Bett legen, und meinetwegen kannst du versuchen, so lange wach zu bleiben, bis ich zurückkomme. Laß Burton Nanny Bescheid geben.«

»Kommst du bald wieder?«

Jonathan zögerte. »Das weiß ich nicht.«

»Aber du findest sie doch bestimmt?«

Wieder zögerte Jonathan, die Hand schon auf der Klinke. »Ja, ich finde sie bestimmt!«

Thomas kletterte in das mächtige, geschnitzte Bett mit dem Wappen am Fußteil und dem goldenen Seidenhimmel und nahm sich vor, auf keinen Fall einzuschlafen, und wenn er die ganze Nacht warten müßte.

27. Kapitel

Als der Suchtrupp zum See kam, war der Himmel noch hell, von einer grauen, perlmutternen Blässe, die noch einige Zeit anhalten würde, denn die Nächte waren kurz. Die Farblosigkeit des Himmels hatte auch das Wasser stumpf gemacht, fast schieferfarben. Nur der Rand, auf dem der Schatten der hohen Bäume lag, glänzte wie ein dunkelgrüner Saum. Ein Käuzchen löste sich aus einer mächtigen Tanne, strich am Ufer hin und verschwand in den Baumkronen. Sein dumpfer Ruf tönte über das Wasser. Ein Schwarm Elstern stob auf, kreischte mißtönend und verfolgte es mit lautem Geschrei.

Die Abergläubigen unter den Männern bekreuzigten sich verstohlen. Jeder wußte, was der Ruf des Käuzchens zu bedeuten hatte. Und alle hatten den Nachen gesehen, der langsam auf dem See trieb. Niemand wagte, sich zu rühren oder ein Wort zu sagen. Stumm saßen sie auf ihren Pferden und blickten scheu zu ihrem Herrn, der den einsamen Kahn mit zusammengepreßten Lippen fixierte. Plötzlich hob er die Hände an den Mund und rief: »Susanna!«

Seine Stimme hallte über das Wasser. Wieder stoben die Elstern auf und geckerten empört. Im Kahn rührte sich nichts. Jonathan sah seine Männer an.

»Absitzen!« befahl er. »Drüben im Schilf liegt noch ein Kahn. Zwei fahren hinaus und sehen nach. Es könnte ja sein, daß sie ohnmächtig ist. Oder schläft. Bringt den Kahn zum Ufer. Und dann nehmt das Netz zwischen euch und sucht den Grund ab. Die mit den Stangen verteilen sich am Ufer. Jeder nimmt sich einen Abschnitt vor. Markiert euren Bereich, damit kein Stück übersehen wird. Die mit dem Netz fangen da an, wo die Stangen keinen Grund mehr finden. Und die anderen suchen erst die Böschung ab und dann den Wald dahinter.«

In die Männer kam Bewegung. Jonathan blieb im Sattel, Troll noch immer vor sich, und beobachtete, wie jeder an seinen Platz ging. Vergebens versuchte er, die Bilder zu verscheuchen, die ihn schon während des rasenden Rittes zum See bedrängt hatten: Susanna als Leiche auf dem Wasser treibend, Susanna in Schlingpflanzen verfangen, Susanna erstickt, mit dem Gesicht im Uferschlamm liegend. Er sah die mächtigen Pranken von Sir Edward vor sich, wie sie sich um ihren Hals legten und zudrückten – wie sie ihr mit einem Schlag das Genick brachen – wie sie ihr ein Messer in die Brust stießen – wie sie den Kopf mit der roten Mähne so lange unter Wasser hielten, bis die Glieder schlaff und leblos wurden.

Jonathan stöhnte auf. Troll drehte den Kopf zu ihm herum und winselte leise, aber sein Herr beachtete ihn nicht. Warum habe ich nicht besser auf sie aufgepaßt? Warum habe ich sie nicht gewarnt? Ich hätte wissen müssen, daß er Rachels Komplice ist! Und ich habe es ja auch geahnt. Ich habe ihn als bedrohlich empfunden, und statt dieser Empfindung zu folgen und die richtigen Schlüsse daraus zu ziehen, habe ich meine

Zeit und Energie an diesen Riley verschwendet und an meine vermaledeite Eifersucht und habe an nichts anderes denken können als daran, was wohl damals passiert oder nicht passiert ist. Als ob das irgendeine Rolle spielen würde! Es ist mir gleichgültig!

Und ich habe sie geschüttelt und beschimpft und zum Weinen gebracht. Wenn ich sie nun nie wiedersehe? Oh Gott, ich wäre jetzt lieber auf einem türkischen Schlachtfeld als an diesem toten See! Warum empfinde ich ihn als tot? Ich will dieses Wort nicht einmal denken! Dies ist einfach ein See, und ich weiß nicht mal, ob sie hier gewesen ist. Ich will sie wiederhaben! Sie könnte in einem Harem gewesen sein, und es wäre mir gleichgültig! Wieso denke ich an einen Harem? Ich werde noch den Verstand verlieren! Ich will sie wiederhaben! Er stöhnte wieder, und seine Blicke folgten den beiden Männern im Kahn, die sich dem treibenden Boot näherten. Einer der beiden wandte sich zum Ufer.

»Leer!« schrie er über das Wasser.

Jonathan nickte nur. Es wäre eine Möglichkeit gewesen, aber im Grunde seines Herzens hatte er die Antwort schon vorher gewußt. Sie ist nicht tot, sagte er sich immer wieder, sie ist nicht tot. Ich glaube erst, daß sie tot ist, wenn ich ihre Leiche sehe. Und das werde ich nicht! Sie kann nicht tot sein – nicht jetzt, wo ich weiß, daß ich ohne sie nicht leben kann. Oh mein Gott, das kannst du mir doch nicht antun! Ich liebe sie!

»Ich liebe sie!« sagte er laut.

Troll legte den Kopf schief und winselte wieder. Jonathan starrte auf das Wasser. Er sah Susanna vor sich an jenem Abend, als er sie kennengelernt hatte, wie sie die Flasche zerbrochen und an den Hals der Frau gehalten hatte, ohne zu zittern. Und wie sie haarscharf an dem Butler vorbeigeschossen hatte, blitzschnell, fast wie eine Reflexbewegung und trotzdem genau gezielt. Und wie sie zum ersten Mal auf Thunders Rücken gesprungen war, geschmeidig wie eine Katze, und er hatte es nicht fertiggebracht, sie abzuwerfen. Sie würde um ihr Leben kämpfen! Sie würde sich nicht einfach umbringen lassen, schicksalsergeben wie ein Lämmlein. Wenn der Kerl sie nicht überrascht hatte, wenn sie die Möglichkeit gehabt hatte, seine Absicht zu erkennen – dann hatte sie sich gewehrt. Dann hatte sie versucht, ihm zu entkommen.

Eine Welle der Hoffnung durchflutete ihn. Sie hat ihn ausmanövriert, irgendwie! Ihr ist bestimmt etwas eingefallen, etwas Ungewöhnliches, Tollkühnes. Er ist stärker als sie, aber sie ist klüger als er. Er ist abgereist, wandte eine skeptische Stimme in ihm ein. Das heißt, daß er seine Absicht ausgeführt hat, wie immer sie ausgesehen haben mag. Aber sie kann ihm auch mißlungen sein, konterte eine andere Stimme. Susanna kann ihm entkommen sein, und jetzt fürchtet er die Entdeckung und hat sich deshalb so schnell davongemacht. Jonathan ballte die Fäuste. Ich bringe ihn um, wenn er ihr auch nur ein Haar gekrümmt hat. Ich breche ihm jeden Knochen einzeln. Ich ziehe ihm die Haut vom Körper bei lebendigem Leibe. Ich ...

Seine blutrünstigen Gedanken wurden von einem Ruf vom anderen Ufer unterbrochen. Die Männer hatten eine halbkreisförmige Kette um den See gebildet und waren dabei, sich abschnittsweise vorzuarbeiten, bis die äußeren wieder zusammentreffen würden. Jetzt riefen und winkten die beiden, die hinter den Seerosenfeldern angekommen waren. Alle anderen hoben die Köpfe und hörten auf zu suchen. Jonathan trieb Thief an. Der schmale Weg um den See war von Unkraut und Gestrüpp überwuchert, aber der schwarze Hengst brauste hindurch, als ob er sich auf freiem Feld befände.

Als Jonathan neben den beiden Männern absprang und dabei Troll auf den Boden gleiten ließ, hielten sie ihm ein Stück Stoff entgegen. Es war ein schmaler Streifen weißer Seide, naß und zerdrückt, der auf den Steinen gelegen hatte, und zwar nicht am

Wasser, sondern in einigen Schritten Entfernung. Jonathan betrachtete die Stelle gründlich, aber es waren keine sonstigen Spuren zu sehen. Er drehte den Stoff in den Händen hin und her. Es hätte ein Haarband sein können, aber Susanna trug nie welche, sie hielten nicht in ihren widerspenstigen Locken. Oder ein Gürtel? Es könnte die Halsschleife von einer Bluse sein – und egal, was es war, es lag hier am See, wo er Susanna suchte, und was sonst sollte es sein als ein Lebenszeichen von ihr? Sie ist doch nicht das einzige Mädchen weit und breit, meldete sich die skeptische Stimme wieder. Und die blühenden Seerosenfelder gelten als Sehenswürdigkeit, als ideales Ziel für einen Ausflug. Und wahrscheinlich besitzen viele Mädchen eine weiße Seidenbluse mit Schleife. Jonathan bückte sich und hielt Troll den Stoff unter die Nase. Troll schnupperte und sah seinen Herrn fragend an.

»Susanna? Ist das von Susanna? Such!«

Troll wedelte begeistert. Er war jederzeit bereit, dieser Aufforderung nachzukommen. Er schnüffelte eine Zeitlang am Boden herum, lief dann zielstrebig den schmalen Weg empor und verschwand auf einmal mit lautem Kläffen im Unterholz. Jonathan holte tief und mühsam Atem. Troll bellte lauter. Ein Hase rannte den Weg hinunter, sah die Männer, schlug einen Haken und tauchte im Gestrüpp unter.

»Troll!« schrie Seine Lordschaft mit Donnerstimme. »Bei Fuß!«

Troll gab die Verfolgung des Hasen auf, mit sichtlichem Bedauern, aber er wußte, wenn sein Herr in diesem Ton mit ihm sprach, gab es nichts als sofortigen Gehorsam. Mit gesenktem Kopf und eingezogenem Schwanz näherte er sich der Gruppe. Jonathan war wieder aufgestiegen.

»Die anderen sollen weitersuchen.« Er gab den Männern, die immer noch zu ihnen herüberschauten, ein Zeichen. »Ihr zwei folgt meiner Spur. Wenn ich die Richtung ändere, werde ich Zweige auf den Weg legen.«

Er ritt langsam den schmalen Pfad empor, die Augen auf den Boden und auf die nächsten Bäume gerichtet. Troll, der sich durchaus seines Fehlers bewußt war, kam in respektvollem Abstand hinterher, gefolgt von den beiden Männern, die aber allmählich zurückblieben, als der Reiter eine schnellere Gangart wählte, weil es aussichtslos war, auf dem dichten Teppich von getrockneten Tannennadeln, der den Boden bedeckte, nach Spuren zu suchen. Dann wurden die Tannen von Eichen und Buchen abgelöst. Jonathan blickte besorgt zum Himmel. Es wurde dämmerig, und das blasse Licht reichte kaum aus, um mögliche Fußabdrücke zu erkennen. Er ritt wieder langsamer und strengte seine Augen an, aber er fand keine Spur.

Nach einiger Zeit mündete der Pfad auf den Weg ein, der zum See hinunterführte. Jonathan zügelte sein Pferd. Wenn Susanna wirklich am See gewesen und diesen Pfad heraufgegangen war, wie würde sie sich jetzt verhalten – immer vorausgesetzt, daß sie tatsächlich einem Anschlag von Edward Tavernic entkommen war? Er versuchte, sich in ihre Lage zu versetzen. Würde sie nicht in Erwägung ziehen, daß ihr Feind zurückkommen und sich vergewissern würde, daß sie auch wirklich tot sei? Oder daß er noch immer Jagd auf sie machte? Was hatte sie damals im Maison de Paris erklärt? »Mein Vater hat immer gesagt, daß man den Rückzug genauso sorgfältig planen muß wie den Angriff.«

Er mußte unwillkürlich lächeln und erschrak dann fast, als er es merkte. Wenn Susanna ihren Rückzug hatte planen können, dann war sie bestimmt nicht über diesen breiten Weg gegangen. Er ritt langsam weiter, ohne die Augen von der Böschung zu lassen. Nach wenigen Schritten zweigte ein schmaler Pfad ab und verlor sich im Unterholz. Jonathan lenkte Thief dorthin.

Der Pfad war so dicht überwuchert von Haselsträuchern, Holunderbüschen und Brombeerranken, daß er kaum zu erkennen war.

Jonathan sprang aus dem Sattel und brach ein paar Zweige aus einem Holunderbusch. Die Blütendolden waren noch schwer vom Regen und bespritzten ihn mit einem Tropfenschauer. Ein durchdringender, süßer Duft stieg von ihnen auf. Er legte die Zweige als eine Markierung vom Weg in den Pfad, saß dann nicht wieder auf, sondern nahm Thief am Zügel und ging langsam in den Wald hinein, so erfüllt von Angst und Spannung, daß es ihm fast den Atem nahm. Die Zweige, die ihm gegen Gesicht, Brust und Beine schlugen, durchnäßten ihn, aber er merkte es kaum. Troll tapste vor ihm her und blieb immer wieder stehen und schüttelte sich, daß die Tropfen flogen. Dann wurde das Unterholz lichter und hörte schließlich ganz auf. Der Pfad führte unter hohe, dichtbelaubte Bäume mit mächtigen Kronen. Der intensive, schwüle Duft verriet, daß auch Linden darunter sein mußten. Unter den Stämmen war es fast dunkel, nur wenn man den Kopf in den Nacken legte, war der zartgrau schimmernde Himmel zwischen den Baumkronen zu sehen.

Jonathan ging, als ob eine Stimme ihn rufen würde. Er hörte das Hecheln des Hundes vor sich, die Tritte des Pferdes hinter sich, die gedämpft und leise klangen auf dem weichen, trockenen Waldboden, genau wie seine eigenen Schritte. Nach einiger Zeit merkte er, daß die Zweige, die ihn manchmal streiften, trocken waren, daß auch der Boden trocken war – das Blätterdach hoch über ihm schloß so dicht, daß der Regen nicht durchgedrungen war. Immer noch strengte er seine Augen an, obwohl die Suche nach Fußspuren hier völlig aussichtslos schien, aber dann sah er an einem spitzen Ast in Kniehöhe etwas Weißes blitzen.

Er bückte sich hastig und faßte danach – es war ein Stück Stoff, mit Spitzen verziert. Er rieb es zwischen den Fingern. Seide war es nicht, sondern ein stumpferes Material, Leinen vielleicht oder Baumwolle. Es konnte von einem Unterrock sein. Er stand da, mit dem Stoff in der Hand, und das Herz klopfte ihm bis zum Hals. Das war eine Spur! Die weiße Seidenschleife vom Seeufer, die hätte irgendein Mädchen verlieren können (obwohl er sicher war, daß sie Susanna gehörte), aber dieser Fetzen hier, weitab vom Weg und vom See, weitab von jedem Ort, den Ausflügler aufsuchen würden – das war eine Spur!

Er schob das weiße Stück Stoff zu dem Seidenband in die Tasche und merkte auf einmal, daß er den Pfad nicht mehr erkennen konnte, daß dieser sich vielleicht auch verloren hatte unter den Bäumen oder in eine andere Richtung abgebogen war. Er hätte sich von den Männern eine Laterne geben lassen sollen! Er riß wieder ein paar Zweige von einem Strauch und legte sie auf den Boden, er konnte nur hoffen, daß die Männer die Zeichen finden würden. Er folgte Troll, der die Nase am Boden hatte und aufgeregt schnaufte, als ob er eine Spur gefunden hätte.

Einmal blieb er stehen und winselte. Jonathan kniete sich neben ihn und tastete den Boden ab. Seine Hände wurden feucht. Er suchte eine Lücke zwischen den Baumkronen, durch die noch etwas Helligkeit fiel, und als er seine Hände in das schwindende Licht hob, sah er, daß sie rot waren von Blut.

Ein paar Sekunden lang zitterte er so, daß er nicht weitergehen konnte. Er sah die großen, weißen Hände vor sich, wie sie ein Messer faßten und in Susannas Rücken stießen, und gleichzeitig entstanden die Bilder vieler Jagden vor seinem inneren Auge, auf denen er der Blutspur des Wildes gefolgt war, das sich zum Sterben ins Unterholz zurückgezogen hatte. Hatte sich auch Susanna mit letzter Kraft diesen Pfad entlang geschleppt? Er lehnte seinen Kopf gegen Thiefs Hals und rang nach Luft und versuchte, sich zu beruhigen. Dann hörte er eine Stimme sagen: »Such, Troll, such! Such Susanna!« und merkte mit Verwunderung, daß es seine eigene war, die er kaum wiedererkannte.

Der Hund blaffte leise und setzte sich in Bewegung, die Schnauze am Boden. Alle paar Meter blieb er stehen, sah sich um und wartete, bis sein Herr herangekommen war. Es war jetzt so dunkel unter den Bäumen, daß kaum noch die Umrisse der Stämme zu erkennen waren. Sie gingen langsam. Plötzlich bellte Troll aufgeregt, und Jonathan hörte, wie er wild zu scharren begann. Dabei wedelte er heftig, das spürte Jonathan, als er zu ihm stürzte. Undeutlich sah er das helle Fell des Hundes, daneben eine Erhebung, die er für einen Ameisenhaufen gehalten hätte, wenn er sie überhaupt wahrgenommen hätte.

Er ließ die Zügel los, ging in die Knie und tastete mit beiden Händen die Erhebung ab. Er fühlte feuchten Stoff, viele trockene Blätter, dann auf einmal bloße Haut. Er glitt mit den Händen über die Haut, erkannte einen nackten Arm, eine nackte Schulter, Hals und Gesicht, darüber feuchte Haare. Er packte unbeherrscht zu und rüttelte und schüttelte die Gestalt und rief:

»Susanna! Sag ein Wort! Du bist nicht tot! Susanna!«

Er riß sie hoch und schüttelte sie wieder, und dann sagte eine dunkle, schläfrige Stimme:

»Mir ist so schrecklich kalt.«

Lord Jonathan Sinclair, Earl of Shore, Graf von Thursley und Nenley und Träger vieler weiterer Titel, verspürte zum ersten Mal in seinem Leben das Bedürfnis, gleichzeitig zu lachen und zu weinen, zu jauchzen und zu fluchen, auf den Händen zu laufen und zu beten – er tat nichts von alledem. Er preßte die Gestalt an sich und wußte trotz der Dunkelheit genau, wo ihr Gesicht war und ihr Mund und bedeckte beide mit Küssen. Nach geraumer Zeit merkte er, daß seine Gefühle oder jedenfalls seine Küsse nicht erwidert wurden, sondern daß die Gestalt nichts anderes tat als zu zittern wie Espenlaub.

»Oh, Jonathan, mir ist so schrecklich kalt!« wiederholte die schläfrige Stimme, diesmal mit einem deutlich vorwurfsvollen Unterton. Immerhin hatte sie ihn erkannt! Lord Sinclair sah ein, daß dies offensichtlich nicht der ideale Zeitpunkt für glühende Leidenschaft war. Er hielt Susanna mit einem Arm fest, zog den Silberflacon aus der Tasche und entkorkte ihn. »Hier mein Mädchen, trink das!«

Sie reagierte nicht. Sie zitterte weiter und hob nicht einmal die Hände. Er suchte ihre Finger und legte sie um die Flasche, aber dann merkte er, daß sie so steif und kalt waren, daß sie sich kaum krümmen konnten.

»Warte, ich helfe dir! Du mußt nur den Mund aufmachen.«

Er setzte ihr den Flacon an die Lippen. Susanna trank einen Schluck und fing an zu husten. Er wartete, bis sie wieder frei atmete, dann flößte er ihr noch einen Schluck ein. Ihre Zähne klapperten gegen den Flaschenhals. Sie zitterte immer noch.

»Du wirst sehen, gleich wird es besser. Dir wird bald warm werden.«

Selbst wenn ihr der Alkohol nicht bekommen sollte – Wärme war jetzt das Wichtigste. Als der Flacon leer war, schob er ihn in die Tasche und begann, ihre Hände zu reiben und ihre bloßen Arme.

»Das hilft nichts«, sagte Susanna schwach. »Ich habe es auch schon versucht.«

»Bei mir hilft es. Ich habe stärkere Finger als du.«

Er rieb kräftig weiter, bis er merkte, daß sich die Haut erwärmte und das Zittern nachließ. »Wo sind denn deine Kleider?«

»Hier irgendwo, glaube ich.« Susanna versuchte, sich zu besinnen. Das Denken fiel ihr schwer. Schon als sie sich endlich aus den Schlingpflanzen befreit hatte und ans Ufer gekrochen war, hatte sie das Gefühl gehabt, daß die Kälte ihr bis ins Gehirn gestiegen war und daß sie keinen klaren Gedanken fassen konnte. Sie hatte auf den Steinen gelegen, zunächst unfähig, etwas anderes zu empfinden als eine ungeheure Dankbarkeit, dem See und den Schlingpflanzen entkommen zu sein. Nach einiger Zeit überkam sie das geradezu kreatürliche Bedürfnis, sich die durchweichten, kalten Sachen vom Leib zu reißen, weil sie endlich keine Nässe mehr an sich haben wollte, sondern Luft und vielleicht ein bißchen Wärme. Sie brach mit viel Mühe einen langen Ast von einem Baum und hängte ihre Kleider daran in der Hoffnung, daß der Wind sie trocknen würde. Dann schulterte sie den Ast und machte sich auf den Weg. Ihre Füße waren so erstarrt, daß sie unsicher, fast torkelnd ging.

An die folgenden Stunden hatte sie nur noch eine verschwommene Erinnerung, am stärksten war die an den Ekel vor den nassen Zweigen und an das pausenlose Klappern ihrer Zähne. Als der Pfad den breiten Weg kreuzte, wollte sie ihm erst folgen, weil sie wußte, daß er die kürzestes Verbindung nach Wimberley war. Aber dann dachte sie an das ungerührte Gesicht des Fremden mit den steingrauen Augen, und die Vorstellung, daß er sich vergewissern könnte, daß sein Vorhaben gelungen war, ließ sie den schmalen, seitlichen Pfad einschlagen. Sie wußte, daß sie das Tageslicht nutzen mußte, weil sie in der Dunkelheit den Weg verlieren und sich verlaufen würde. Der Wald war groß, man konnte Stunden reiten, ohne an ein Ende zu kommen, und sie war keineswegs sicher, daß sie nach Wimberley zurückfinden würde. Sie versuchte, sich vorzustellen, wie es sein würde, allein im Wald zu sein in der Nacht, eingeschlossen von Dunkelheit, umgeben von wispernden Zweigen, von raschelndem Laub, von Bewegungen und Geräuschen unsichtbarer Tiere, die an ihr vorbeihuschen oder sie am Ende sogar bedrohen würden.

Aber schließlich war ihre Müdigkeit stärker als ihre Einbildungskraft. Vor einer kleinen Bodenwelle hatte der Wind das braune Laub des letzten Jahres emporgetürmt. Sie wühlte sich hinein, beschwerte die auf ihr liegende Laubschicht mit ihren feuchten Kleidern, häufte noch eine Lage Blätter darauf und rollte sich in ihrer selbstgeschaffenen Höhle eng zusammen.

Hoffentlich wird mir bald warm, dachte sie, während ihr die Augen schon zufielen. Mir ist so schrecklich kalt.

Die Kälte saß ihr noch immer in allen Gliedern. Aber jetzt war Jonathan gekommen. Jetzt würde alles gut werden. Der Brandy war wie ein Feuerstrom durch ihre Kehle gelaufen und bildete eine glühende Kugel in ihrem Bauch, die heiße Wellen durch ihren Körper schickte. Ihre Zähne hörten auf, zu klappern, und in ihren Fingern und Zehen begann das Blut zu pochen. Sie lehnte den Kopf an Jonathans Schulter. Mit der Wärme kam auch die Erinnerung wieder.

»Er – er wollte mich umbringen. Ich habe mich versteckt. Unter den Seerosen. Und dann waren auf einmal Schlingpflanzen da. Oh, Jonathan, es war schrecklich. Ich – ich ...«

»Es ist ja vorbei! Denk nicht mehr daran. Alles ist gut. Ich bin bei dir, und niemand kann dir etwas tun.«

Susannas seufzte und entspannte sich. Sie spürte seine Hände auf ihrer nackten Haut. Sie waren warm und beruhigend. Aber – sie hatte ja nur noch ihr Unterzeug an! Wo waren denn ihre Kleider? Hatte Jonathan nicht danach gefragt? Sie tastete in den raschelnden Blättern und fühlte Stoff. »Die ziehe ich nicht an!« sagte sie bestimmt. »Sie sind ja immer noch naß!«

»Das brauchst du auch nicht. Ich habe einen warmen Mantel. Du kannst meine Sachen haben.«

Er schlüpfte aus Jackett und Weste, zog sie Susanna an, die immer noch in ihrem Blätterhaufen saß, und versuchte dann, sie auf die Beine zu stellen.

»Au! Paß doch auf! Mein Fuß! Jetzt wird er wieder bluten!«

»Was ist mit deinem Fuß?«

»Ich hab mir einen Ast hineingetreten. Er ist drin steckengeblieben, und dann wollte es gar nicht mehr aufhören zu bluten.«

»Das ist gut«, sagte Jonathan befriedigt, mit der Erfahrung des Soldaten. »Dann ist die Wunde sauber.«

Er wickelte Susanna fest in sein Cape, während er flüchtig

daran dachte, daß jedes andere Mädchen jetzt tief gekränkt wäre über sein mangelndes Mitgefühl, stieg in den Sattel, zog Susanna mit einiger Mühe hoch und setzte sie vor sich.

»Jetzt weiß ich auch, warum die alten Ritter ausgestorben sind. Die Rettung von Jungfrauen ist eine recht kräftezehrende Angelegenheit. Sitzt du gut? Aus, Troll! Aus, sage ich! Laß die Kleider liegen! Die holen wir morgen.«

Das wilde Rascheln in dem Blätterhaufen hörte auf. Troll, der mit allen Kräften versucht hatte, Susannas Reitdreß zu apportieren, ließ es fahren und lief neben ihnen her. Dann setzte er sich an die Spitze und fing an zu bellen.

In einiger Entfernung waren Stimmen zu hören. Das Licht von Laternen schimmerte hinter den Bäumen. Jonathan hielt darauf zu. Es waren die beiden Männer, die ihm folgen sollten. Sie waren stehengeblieben, als sie das Bellen gehört hatten, und blickten ihnen gespannt entgegen.

»Ich habe sie! Es geht ihr gut.«

Von der vermummten Gestalt, die er im Arm hielt und die nur an der roten Haarflut als die Baronesse de Saint-Pol-Kercoff zu erkennen war, kamen protestierende Laute. Seine Lordschaft drückte die Gestalt enger an sich.

»Nun, sagen wir, den Umständen entsprechend«, verbesserte er sich. »Gebt mir eine Laterne. Ich reite langsam voran. Lauft zum See und sagt den anderen Bescheid. Ihr werdet mich wahrscheinlich überholen. Laßt Wasser heiß machen. Und einer reitet nach Farnham und holt Dr. Lindlow.«

Die vermummte Gestalt zappelte, bis es ihr gelungen war, ihr Gesicht von dem schweren Stoff zu befreien.

»Ich brauche keinen Arzt! Und Wasser will ich schon gar nicht!«

»Es ist völlig gleichgültig, was du willst. Du wirst ein heißes Bad nehmen, und wenn ich dich mit eigenen Händen hineinsetzen muß. Du wirst so lange im Wasser bleiben, bis du rot bist wie ein gesottener Hummer, und ich werde mich davon überzeugen, darauf kannst du dich verlassen. Und der Arzt muß sich auf alle Fälle deinen Fuß anschauen.«

Susanna stieß ein empörtes Schnauben aus. Die Männer grinsten breit. Ihre Zähne blitzten im Licht der Laterne.

»Ein paar Mann sollen Simpson entgegenreiten. Tavernic darf nicht aus den Augen gelassen werden. Auch auf Wimberley nicht. Ihr könnt ihn einschließen, aber es soll trotzdem eine Wache bei ihm bleiben.«

»Das ist gut!« Susanna war momentan von ihrer Abneigung gegen Wasser abgelenkt. »Er wollte mich ersäufen.«

Das Grinsen verschwand von den Gesichtern der Männer, und es war nicht Susannas drastische Wortwahl, die sie erschrocken zu Seiner Lordschaft blicken ließ. Der nickte grimmig.

»Ihr habt es gehört. Also beeilt euch! Und Burton soll ein Faß aufmachen für alle, die noch wach sind.«

»Es wird keinen geben, der schläft, Mylord. Sie warten doch alle.«

»Dann soll er zwei Fässer nehmen.«

Er richtete den Strahl der Laterne auf den Boden und setzte Thief in Bewegung. Die Männer liefen hinter ihnen her und bogen dann auf den breiten Weg nach links hinunter zum See. Jonathan lenkte sein Pferd nach rechts und ritt den Weg hinauf. Bald ertönte das Getrappel vieler Hufe. Als der Trupp sie erreicht hatte, schwenkten alle Laternen wie auf Kommando zur Seite. In ihrem Licht erschien das mächtige, schwarze Pferd mit dem Reiter in weißen Hemdsärmeln, die im Lampenschein leuchteten, davor eine Gestalt in einem dunklen Mantel, von der nur das lang herabfallende rote Haar und das bleiche Gesicht zu sehen waren. Der jüngste Stallbursche schwenkte seine Mütze.

»Hurra!« schrie er mit sich überschlagender Stimme.

»Hurra!« brüllten die anderen wie aus einem Munde.

Das Echo rollte durch den Wald. Der Reiter hob die Hand und lächelte. Dann waren sie vorüber und verschwanden hinter den Stämmen.

28. Kapitel

Solange die Steigung dauerte, ließ Jonathan sein Pferd im Schritt gehen. Als der Weg eben wurde, fiel er in einen leichten Galopp. Er hatte die Laterne gelöscht, denn der runde Mond war emporgestiegen. Er hing über den Wipfeln, dick und rotgelb wie ein Cheddar-Käse und erfüllte den Wald mit einem fast greifbaren Licht. Jonathan hatte das Gefühl, als ob dieses Leuchten alles durchdringen würde, sogar sein Inneres. Eine große, dankbare Freude stieg in ihm empor. Er hielt Susanna mit beiden Armen an sich gedrückt, die Zügel nur locker ums Handgelenk geschlungen. Er brauchte sie nicht. Thief reagierte auf jeden Schenkeldruck. Ich muß sie festhalten, dachte er. Ich muß sie wärmen. Ich werde sie nie mehr loslassen. Wie habe ich es nur fertiggebracht, sie einer solchen Gefahr auszusetzen? Ich werde sie keine Sekunde mehr aus den Augen lassen! Er betrachtete ihr durchsichtig blasses Gesicht, die dunklen Ringe unter den geschlossenen Augen, die Schatten unter den betonten Backenknochen. Er dachte an ihren ersten Tanz in der Bibliothek, damals, als er ihr den Walzer beigebracht und dabei den Bericht von Ophelias Tod zitiert hatte. Es war ein Scherz gewesen, und doch wäre der Scherz beinahe grausige Wirklichkeit geworden. Sie könnte tot sein! Ich könnte ihre Leiche in den Armen halten, bedeckt von Wasserpflanzen. Oh Gott, ich darf gar nicht daran denken! Er preßte sie noch enger an sich.

Susanna öffnete die Augen und ließ sie langsam umherwandern, als ob sie sich besinnen müsse, wo sie eigentlich sei. Dann sah sie ihn an. Ein Lächeln überzog ihr Gesicht. Jonathan fühlte sein Herz schlagen. Ein heißes Glücksgefühl lief durch seinen Körper und erfüllte jede Faser. Ich habe sie wieder, dachte er. Ich halte sie im Arm, und sie lächelt mich an. Ich bin glücklich! Ich bin noch nie in meinem Leben so glücklich gewesen!

Susannas Lächeln wurde breiter. Dann fing sie an zu kichern. Ihre Stimme klang ziemlich beschwipst.

»Wer reitet so spät durch Nacht und Wind?
Es ist der Vater mit seinem Kind.
Er hat den Knaben wohl in dem Arm,
er faßt ihn sicher, er hält ihn warm.«

Sie sprach unsicher, stolperte über einige Wörter und stieß mit der Zunge an.

»Du bist albern!« Jonathan lächelte in ihr weißes Gesicht. »Ich weiß nicht, von wem dieses Gedicht ist, aber ich finde es gar nicht treffend. Ich bin nicht dein Vater, und du bist kein Knabe. Und über beides bin ich sehr froh.«

»Ich auch!« Susanna kuschelte den Kopf an seine Schulter. »Früher, da wäre ich lieber ein Junge gewesen, aber jetzt ...« Sie rieb die Wange an seinem Hemd und fragte erstaunt: «Wieso reitest du ohne Jacke? Und ohne Weste?«

»Ich habe vorhin jemanden getroffen, der Verwendung hatte für meine Sachen. Das müßtest du eigentlich wissen. Aber sag mir lieber, warum du froh bist, daß du ein Mädchen bist«, versuchte Jonathan das Gespräch wieder in aussichtsreichere Bahnen zu lenken. Doch Susanna war nicht gewillt, sich ein Thema vorschreiben zu lassen. Sie legte den Kopf an seine Brust, ignorierte seine Frage und betrachtete ihn mit schwimmenden Augen.

»Du hast ein sehr schönes Kinn«, sagte sie träumerisch. Ein lauter Schluckauf unterbrach sie. Sie versuchte vergebens, ihn zu unterdrücken. Mit gekrausten Brauen bemühte sie sich, ihren Blick auf eine Stelle zu fixieren. »Du hast zwei Kinne!«

Jonathan sah ein, daß er die Hoffnung auf ein grundsätzliches Gespräch vorläufig begraben mußte. »Versuch, ein bißchen zu schlafen.«

Susanna schloß folgsam die Augen. Sie bogen auf den breiten Weg ein, der zum Schloß führte. Der Mond erleuchtete ihn fast taghell, und Jonathan ließ das Pferd schneller galoppieren. Susanna machte die Augen auf. »Alles dreht sich. Ich – oh – mir wird übel.«

Es gelang Jonathan gerade noch, Thief zum Stehen zu bringen, Susanna herumzudrehen und ihren Kopf zu halten, bevor sie anfing zu würgen. Es dauerte lange. Immer, wenn ihr Magen sich beruhigt zu haben schien, stieß sie ein jammervolles Stöhnen aus, und ein neuer Schwall kam aus ihrem Mund.

Jonathan konnte nichts weiter tun, als sie festzuhalten und ihr beruhigend zuzureden. Schließlich hörte sie auf zu würgen und sich zu krümmen und hing schlaff und schwer über seinem Arm. Er drehte sie vorsichtig herum und wischte ihr mit seinem Taschentuch den Mund und das schweißnasse Gesicht ab. Sie fing wieder an, mit den Zähnen zu klappern.

»Mir ist kalt!« sagte sie schnatternd. »Ich kann gar nicht so schnell zittern, wie ich friere.«

»Wir sind gleich zu Hause. Warum hast du dich so schrecklich übergeben müssen?«

»Ich bin doch in die Schlingpflanzen geraten. Ich glaube, ich habe den halben See geschluckt.« Ihre Stimme klang jetzt wieder normal, und sie sprach jede Silbe richtig aus. »Du kannst dir nicht vorstellen, wie kalt das Wasser war. Ich bin fast erfroren.«

»Gleich wird dir warm werden. Schau nur, man sieht schon das Pförtnerhaus.«

Aber Susanna war zu erschöpft, um auch nur den Kopf zu drehen. Die Augen fielen ihr zu, und als Thief vor der Schloßtreppe anhielt, war sie fest eingeschlafen.

Jonathan brachte das Kunststück fertig, vom Pferd zu steigen, ohne seine Braut aus den Armen zu lassen, obwohl sich ihm viele Hände entgegenreckten. Seit der Rückkehr des Suchtrupps hatte sich ein Gutteil der Dienerschaft in der Halle versammelt und war beim ersten Hufschlag, der aus der Ferne zu hören war, nach draußen gestürzt.

Die Nachricht, daß Seine Lordschaft die junge Gnädigste vergebens am See gesucht und dann im dichtesten Wald gefunden hatte, weit ab von Weg und Steg, und daß sie einem Mordanschlag von diesem Tavernic entkommen war, hatte das Schloß in einen Bienenstock verwandelt, der vor Aufregung summte. Jetzt versuchten alle, einen Blick auf sie zu erhaschen. Ein besorgtes Gemurmel erhob sich, als im Licht der Halle das bleiche Gesicht mit den geschlossenen Augen, das schlammverkrustete, mit Pflanzenranken durchzogene Haar, die nackten Füße und der blutdurchtränkte Verband zu sehen waren. Einen schrecklichen Augenblick lang glaubte Burton, der den Türflügel offenhielt, daß sein Herr eine Sterbende in den Armen hielte, aber ein Blick in dessen Gesicht beruhigte ihn: Seine Lordschaft lächelte.

»Das Bad ist gerichtet, Mylord«, meldete Burton, und seine Stimme schwankte nur ganz leicht.

»Das ist gut. Ist Simpson schon zurück?«

»Nein, Mylord.«

»Soll sofort zu mir kommen! Und diesen Halunken soll er mitbringen.«

Er lief die Treppe hinauf, als ob er eine Puppe trüge und nicht ein ausgewachsenes und noch dazu recht lang geratenes Mädchen. Burton mußte sich anstrengen, um an ihm vorbeizukommen und die Tür zu Susannas Zimmern zu öffnen. Dort half Ellen zwei Stubenmädchen, Kannen mit dampfendem Wasser in die zinnerne Badewanne zu leeren. Lady Eugenia und Nanny, beide mit verweinten Gesichtern, sprangen von den blauseidenen Stühlen auf, blieben aber bei Susannas Anblick erschrocken stehen.

»Oh mein Gott, Jonathan, was ist mit ihr? Ist sie bewußtlos?«

»Nein, sie schläft nur.« Jonathan ließ seine Last behutsam in einen Sessel gleiten. »Sie ist völlig erschöpft. Aber sie muß trotzdem in ein heißes Bad. Ihr dürft sie erst herausnehmen, wenn sie anfängt zu schwitzen. Sie hat viel zu lange im kalten Wasser gelegen. Schlimmstenfalls kann sie auch in der Badewanne schlafen. Und jetzt brauche ich Licht, ich muß mir ihren Fuß ansehen.«

Er kniete sich vor den Sessel und löste die zum Verband gewickelten langen Strümpfe, betrachtete die Wunde und nickte befriedigt.

»Schön ausgeblutet und sauber. Dr. Lindlow soll ihr gleich einen neuen Verband machen. Und denkt daran, sie ordentlich zu frottieren, wenn sie aus dem Wasser kommt. Sie darf auf keinen Fall wieder frieren. Und jetzt beeilt euch und steckt sie ins Bad.«

Er erhob sich und ging zur Tür, aber ein Schreckensruf seiner Mutter ließ ihn herumfahren. Obwohl sie die Konventionen nicht so wichtig nahm wie ihre Nachbarin Hester Penneham, war Eugenia Sinclair doch bisher der Ansicht gewesen, daß man einem Bräutigam auf keinen Fall gestatten könne, seine Verlobte in Dessous zu sehen. Aber Susannas Anblick brachte sie derartig außer Fassung, daß sie diese Forderung vergaß.

Sie hatten das Cape auseinandergeschlagen, und dabei waren Susannas mit Kratzern und Schnitten übersäte Arme und Beine und ihr hochgebundener schmutziger Unterrock zum Vorschein gekommen, der über den Rippen und Hüftknochen zerrissen war und die aufgeschürfte, blutige Haut sehen ließ. Debbie ließ vor Schreck die Kanne fallen, die mit lautem Gescheppper auf dem Parkett landete. Susanna schrak in die Höhe und blickte sich verwirrt um, dann lächelte sie erleichtert.

»Oh – wie schön – da seid ihr ja alle. Warum macht ihr denn so erschrockene Gesichter?«

»Aber Kind, wie siehst du denn aus?«

Susanna blickte an sich hinunter. »Das waren die Schlingpflanzen. Es waren welche dabei, die hatten messerscharfe Blätter.« Sie befühlte vorsichtig ihre Rippen und Hüften und verzog dabei das Gesicht. »Er hat mich ein Stück hinter sich hergeschleift.«

»Geschleift? Um Himmels willen, wer denn?«

»Der Fremde. Er hatte Firebird, und ich mußte hinter ihm herlaufen, und als ich gefallen bin, hat er mich mitgeschleift.«

»Ich bring' ihn um!« sagte Jonathan zähneknirschend. Er trat zu Susanna und tastete ihre Rippen ab. Nicht einmal Nanny, der es durchaus zuzutrauen gewesen wäre, ihr Mißfallen zu äußern, hatte gegen diese im Grunde höchst unschickliche Annäherung etwas einzuwenden. Susanna sah einfach so erbarmungswürdig aus, daß kein Mensch auf die Idee verfallen konnte, sie anders zu betrachten als mit dem Auge christlicher Nächstenliebe.

»Dr. Lindlow muß sich das unbedingt anschauen. Ich glaube nicht, daß eine Rippe gebrochen ist, aber man kann es nicht ausschließen.«

»Mr. Lesley ist gleich weitergeritten nach Farnham und holt ihn, Mylord.«

»Das ist gut. Tut bitte noch ein paar Handvoll Salz und eine

Schale mit starker Seifenlauge ins Wasser. Es wird höllisch brennen, Susanna, aber das mußt du noch aushalten.«

Susanna schaute ziemlich kläglich zu ihm empor. »Es gibt ein Zitat, in dem kommt vor: ›Das Maß ist voll‹, aber es fällt mir nicht mehr ein.«

»Dann denk' in der Badewanne darüber nach. Du kannst es dann gleich zitieren, wenn ich wiederkomme.«

Er hob den Kopf und lauschte und ging dann schnell zur Tür. Von unten war das Trappeln von Hufen zu hören.

»Jonathan!« Susannas Stimme hielt ihn zurück. Er drehte sich um. »Ich habe ihm seine Pistole weggetreten. Aber er hat vielleicht noch eine Waffe.«

»Keine Angst! Ich werde vorsichtig sein.«

Er lächelte sie an, und es war dieses Lächeln, das seiner Mutter und Nanny auf einmal die himmelschreiende Unschicklichkeit der Situation zu Bewußtsein brachte und sie erleichtert aufatmen ließ, als sich die Tür hinter ihm schloß. Susanna war schmutzig und zerschunden, ihr Unterkleid zerrissen und blutbefleckt, Schlamm- und Blutkrusten bedeckten ihre Füße, ihr Haar war ein Wust aus verfilzten Strähnen, trockenen Zweigen und Wasserpflanzen, sie roch nach Moder und faulem Laub, kurz – man konnte sie nur voller Mitleid betrachten. Und doch hatte Jonathan sie angelächelt, als ob sie das bezauberndste, verführerischste Mädchen sei, dem er je begegnet war.

Auch Ellen mit ihren wieselflinken Augen hatte das Lächeln gesehen.

»Das ist Liebe!« sagte sie ergriffen und starrte verzückt die geschlossene Tür an, bis Nanny sie ziemlich bärbeißig daran erinnerte, daß jetzt keine Zeit sei, Maulaffen feilzuhalten, sondern daß schleunigst Salz und Seife geholt werden müßten.

Als Seine Lordschaft mit geballten Fäusten in der Halle erschien, sah er, daß er seine Mordlust noch etwas zügeln mußte, denn es war nicht Sir Edward mit seinen Bewachern, der eingetroffen war, sondern der Arzt, der auf dem Rückweg von einem Kranken gar nicht weit von Wimberley eingeholt worden war. Dr. Lindlow wurde auf ein Glas Portwein eingeladen, hörte mit großer Anteilnahme die Geschichte von Susannas Entführung und Rettung, billigte die Maßnahmen, die ergriffen worden waren und ging dann nach oben, um die Patientin zu untersuchen.

Jonathan hätte zweifellos nicht so gelassen mit Dr. Lindlow geplaudert, wenn er geahnt hätte, was sich mittlerweile auf der Straße nach London zugetragen hatte.

29. Kapitel

Der Landauer hatte zwar eine gute Stunde Vorsprung, aber Simpson und seine beiden Begleiter hatten keine Mühe gehabt, ihn einzuholen, denn die Kutscher von Wimberley bevorzugten ein moderates Tempo, das die Pferde schonte, und Sir Edward hatte keinen Grund gesehen, den Mann auf dem Bock zur Eile anzutreiben. Der Riese saß entspannt auf den Polstern, lehnte den Kopf zurück und überdachte den heutigen Tag. Die Erinnerung bereitete ihm ein ausgesprochenes Vergnügen. Er hatte die Augen geschlossen und versuchte, sich Susannas Gesicht vorzustellen, wie es im Wasser verschwunden und dann wieder aufgetaucht war, mit aufgerissenem Mund und schreckgeweiteten Augen. Eigentlich ein ganz hübsches Ding, nur noch etwas mager und unfertig und mit Rachel natürlich nicht zu vergleichen.

Wie lange kannte er Rachel jetzt schon? Sieben Jahre? Acht Jahre? Schon damals hatte sie recht präzise Vorstellungen von dem Leben gehabt, das sie führen wollte, und diese waren für ein Mädchen ihres Alters, das einen Großteil seiner Erfahrungen aus Romanen bezog, erstaunlich nüchtern. Sie träumte weder von Liebe noch von Leidenschaft, sondern von einem Leben in Luxus. Sie haßte das langweilige Dasein in ihrem ärmlichen Elternhaus und schwor sich, bei der ersten sich bietenden Gelegenheit auf und davon zu gehen. Diese Gelegenheit ergab sich, als sie die Adresse einer Tante in London ausfindig gemacht hatte, von deren Existenz daheim nur hinter vorgehaltener Hand geflüstert worden war. Die Dame hatte die Familie dadurch verunehrt, daß sie nach dem frühen Tode ihres Gatten, der ihr außer seinem alten Namen nur Schulden hinterlassen hatte, nicht zu ihren Verwandten nach Schottland zurückgekehrt war, so wie sich das für eine ehrbare Witwe gehörte. Statt dessen führte sie in London ein Haus, das bald zu einem Begriff wurde. Der Zutritt zu ihren exklusiven Gesellschaften war nur Mitgliedern eines eigens zu diesem Zweck gegründeten Clubs gestattet. Sie mußten bereit sein, für diese Zugehörigkeit eine erkleckliche Summe zu zahlen, konnten dafür aber sicher sein, ungestört ihrer Spielleidenschaft frönen zu können.

Lady McCaine erkannte sofort, daß ihre Nichte eine Bereicherung ihres Hauses sein würde, und nahm sie mit offenen Armen auf. Tatsächlich übte Rachel eine starke Anziehungskraft auf viele Besucher aus, und die Zahl der Clubmitglieder vergrößerte sich seit ihrer Ankunft beträchtlich, obwohl oder vielleicht gerade weil die junge Dame unnahbar blieb. Diese Unnahbarkeit hatte einen Grund. Rachel hatte gleich am ersten Tag bei ihrer Tante Sir Edward Tavernic kennengelernt, den Bankhalter und engsten Mitarbeiter der Lady McCaine, den man wegen seines blendenden Aussehens den Wikinger nannte. Niemand ahnte, daß die Nichte aus Schottland und der Berater ihrer Tante innerhalb kürzester Zeit ein Paar waren. Beide waren übereingekommen, sich nicht durch eine so hinderliche

Äußerlichkeit wie eine Eheschließung die Hände zu binden. Was ihre Charaktere anging, so hätten Rachel und Sir Edward Geschwister sein können. Beide waren die geborenen Abenteurer, egoistisch, skrupellos und bereit, alles zu tun, um ihren Traum von einem Leben in Reichtum zu verwirklichen.

Als der junge Timothy Sinclair, nach dem gerade bekannt gewordenen Tod seines Bruders in Indien der neue Earl of Shore, zum ersten Mal nach London kam und dabei von einem Bekannten bei Lady McCaine eingeführt wurde, stand der Plan des Paares sofort fest. Die rührende Geschichte, mit der Edward Tavernic dem jungen Earl Rachels Anwesenheit in diesem Haus erklärte, bekräftigte Timothy noch in seinem spontanen Entschluß, das Wunderwesen zu entführen und zu heiraten. An dem Verhältnis zwischen Rachel und ihrem Wikinger änderte sich dadurch wenig. Sie war zwar zunächst gezwungen, London zu verlassen und die Existenz eines glühend verliebten und deshalb ziemlich lästigen Ehemannes auszuhalten. Doch sobald sie ihr erstes Ziel erreicht hatte, nämlich ihre Position durch eine Schwangerschaft zu festigen, fühlte sie das dringende Bedürfnis, ihre liebe Tante zu besuchen und diese von dem freudigen Ereignis zu unterrichten. In den nächsten Monaten tauchte der Wikinger auffallend häufig in den Badeorten auf, in denen das junge Paar residierte, konnte seine Anwesenheit aber immer mit den Nachrichten über den Gesundheitszustand der Lady McCaine motivieren, der sich plötzlich als besorgniserregend schwankend erwies. Die Schwangerschaft sahen sowohl Lady Rachel wie ihr Liebhaber relativ unbeteiligt. Sie war der Preis, der für die Erreichung ihres Zieles zu zahlen war.

Der Wikinger unterbrach seine Erinnerungen und lauschte. Neben dem Räderrollen der gräflichen Kutsche und dem Getrappel ihrer Pferde war deutlich Hufschlag zu hören, und zwar von mehreren Pferden in vollem Galopp. Dann ertönte ein lauter Ruf. Der Kutscher zügelte die Pferde, die Kutsche rollte langsamer und kam zum Stehen. Eine Stimme sagte: »Befehl von Seiner Lordschaft! Sofort umkehren!«

Der Kutscher drehte sich um, erblickte seine Kollegen Alf Weaver und John Combwood sowie Mr. Simpson und sah keinen Grund, sich dem Befehl zu widersetzen.

»Wird gemacht«, sagte er bereitwillig. Er hatte zwar den Auftrag gehabt, den Herrn in der Kutsche nach London zu fahren, aber wenn Seine Lordschaft seine Meinung änderte, dann war es nicht an Tommy Sacks, Seiner Lordschaft Kutscher, darüber zu rätseln, warum er überhaupt losgefahren war und warum er just zu diesem Zeitpunkt zurückgerufen wurde. Er zog an den Zügeln, um das Wendemanöver einzuleiten, als hinter ihm eine dröhnende Stimme sagte: »Einen Augenblick! Was soll das heißen?«

Sir Edward hatte das Verdeck des Landauers zurückgeschlagen und stand hochaufgerichtet an der Tür, die er gerade öffnete.

»Stufen runter!« befahl er, ohne eine Antwort auf seine Frage abzuwarten. Seine Stimme klang so herrisch, daß Mr. Weaver vom Pferd stieg und die Stufen herunterließ. Der Reisende betrat sie nicht, sondern fixierte Mr. Combwood mit scharfem Blick. Seine Augen sahen wie weißgraue Kieselsteine aus, und der brave John fühlte ein bängliches Gefühl in sich aufsteigen.

»Befehl von Seiner Lordschaft«, wiederholte er. »Die Kutsche soll sofort umkehren.«

»Sitz' ab, Kerl, wenn du mit mir sprichst!« donnerte der Riese, und Mr. Combwood rutschte eilig aus dem Sattel. »Was soll das heißen – umkehren? Ich will nach London, und zwar so schnell wie möglich!«

Mr. Simpson richtete sich in seinem Sattel hoch auf. Er dachte gar nicht daran, abzusteigen oder näherzureiten. Hatten diese Strohköpfe denn nicht begriffen, was er ihnen vor dem Aufbruch erzählt hatte? Daß der Mann in der Kutsche, und mochte er hundertmal ein Sir sein, etwas mit dem Verschwinden der jungen Gnädigsten zu tun hatte? Aber das kam davon, wenn man von klein auf gelernt hatte, zu parieren, dann stand man stramm, sobald ein Herr Befehle gab. Mr. Simpson schnaubte verächtlich durch die Nase. Er würde nicht kuschen!

»Das kann schon sein, daß Sie das wollen«, sagte er geringschätzig. »Aber unser gnädiger Herr, der will das nicht. Der will Sie fragen, was Sie heut am See gemacht haben.«

Mr. Simpson hatte die Genugtuung, eine Veränderung auf dem Gesicht des stolzen Herrn zu sehen, aber diese Genugtuung war nur von kurzer Dauer. Sie hielt nicht länger an als wenige Sekunden. Dann sprang der Riese aus der Kutsche, und noch während er sprang, streckte er die Arme nach den Hälsen der beiden Stallknechte aus. Er stürzte von oben auf sie wie ein mächtiges Raubtier, kriegte ihre Nacken zu packen und schlug sie mehrmals mit den Köpfen gegeneinander, daß es krachte. Als er sie losließ, schwankten die Männer halb bewußtlos hin und her. Die rechte Faust des Riesen schoß vor, dann die linke, und beide trafen ihr Ziel, nämlich die Kehlen der Schwankenden, mit voller Wucht. Die Männer stöhnten auf, brachen zusammen und blieben verkrümmt auf dem Boden liegen.

Das alles hatte noch nicht einmal eine Minute gedauert. Mr. Simpson saß steif vor Schreck auf seinem Pferd, das ängstlich schnaubend zurückgewichen war, und starrte mit offenem Mund auf die Szene. Der Gedanke zuckte durch sein Hirn, daß sich jetzt die Möglichkeit zu einer einmaligen Heldentat böte, die ihm Seine Lordschaft wahrscheinlich lebenslang verpflichten würde. Er, Willy Simpson, könnte diesen gewalttätigen Kerl über den Haufen reiten und gefesselt nach Wimberley zurückbringen. Aber im gleichen Augenblick sah er einen metallenen Gegenstand in der Hand des Riesen blitzen, der höchst gefährlich aussah. Mr. Simpson erkannte jäh, daß ihm zum Helden Entscheidendes fehlte. Er warf sich instinktiv zur Seite, spürte, noch während ein lauter Knall ertönte, einen heftigen, schmerzhaften Schlag gegen seinen rechten Arm, unmittelbar darauf, als er auf dem Boden aufschlug, einen ebenfalls recht heftigen und schmerzhaften Stoß gegen Schulter und Kopf, hörte das schrille Gewieher der Pferde und ihre Hufe, als sie davonrasten, und dann, schon sehr schwach, obwohl es in nächster Nähe war, das aufgeregte Fluchen von Sacks, der versuchte, die Kutschpferde zu beruhigen. Dann wurde es dunkel vor seinen Augen, und er hörte nichts mehr.

Noch ehe der Kutscher die sich aufbäumenden Pferde wieder ruhig im Geschirr hatte, spürte er an dem leichten Schwanken des Wagens, daß der Riese mit einem Satz in die Kutsche zurückgesprungen war. Aus dem Druck gegen seinen Rücken schloß Mr. Sacks, daß dieser mit etwas Hartem, Rundem von Peitschengriffgröße in Berührung gekommen war.

»Dies ist eine geladene Pistole.« Die Stimme hinter ihm klang unbeteiligt, fast gelangweilt, aber Mr. Sacks hörte einen Unterton, der es ihm geraten erscheinen ließ, jeder möglichen Anordnung Folge zu leisten, wenn ihm sein Leben lieb war.

»Wir werden jetzt in normalem Tempo bis zu der Poststation weiterfahren, an der dein Herr gewöhnlich die Pferde wechselt. Laß dir nicht einfallen, jemanden zu alarmieren! Ich werde dich keine Sekunde aus den Augen lassen. Ich gehöre nämlich zu den leutseligen Herren, die den Kutscher auf ein Glas in die Gaststube einladen. Ich habe die Pistole griffbereit in der Tasche. Es nützt nichts, den Helden zu spielen. Mich kannst du nicht aufhalten. Und jetzt fahr los!«

* * *

Nach geraumer Zeit erwachte Mr. Simpson aus seiner Ohnmacht, die von dem unsanften Zusammenprall seines Kopfes mit einem spitzen Stein rührte, der ausgerechnet dort am Boden gelegen hatte, wo der Sturz vom Pferd zu Ende gewesen war.

Er kam schwankend auf die Füße und sah im hellen Mondlicht, daß seine Begleiter noch immer still und zusammengekrümmt auf dem Weg lagen. Er humpelte zu ihnen, stieß sie mit der Fußspitze an und rief ihre Namen, aber sie rührten sich nicht. Mr. Simpson beschlich ein Gefühl, das der Panik verdächtig nahe war. Er hielt mit der Linken seinen verletzten Arm umklammert und spürte, wie das Blut aus der Wunde über seine Finger pulste. Ob die Kugel wohl noch im Fleisch steckte? Sollte er etwa hier verbluten? Hilfesuchend sah er sich um. Weit und breit war kein Wesen zu sehen, abgesehen von einem Igel, der eilig über die Straße trippelte, und den huschenden Schatten im Gras, die irgendwelchen jagenden oder gejagten kleinen Vierbeinern gehörten.

Das Mondlicht füllte die tiefen Fahrrinnen mit flüssigem Silber. Mr. Simpsons Blick blieb daran hängen, und ein Gedanke formte sich in seinem breiten Schädel. Er bückte sich stöhnend, suchte seine Mütze und füllte sie mit Regenwasser, das er den Leblosen ins Gesicht schüttete. Nachdem er diese Prozedur einige Male wiederholt hatte und dabei das Gewitter pries, das die Straßen mit Pfützen übersät hatte, begannen die beiden erst leise, dann lauter zu stöhnen. Schließlich öffneten sie die Augen und richteten sich auf, wobei sie mit einer fast identischen Handbewegung, begleitet von einem Klagelaut, an ihre Stirnen faßten. Auf jeder prangte eine gänseeigroße, blutige Beule.

Mr. Simpson hielt ihnen anklagend seinen Arm entgegen. Die beiden pfiffen durch die Zähne, kamen erstaunlich schnell auf die Beine und legten dem Stöhnenden rauh, aber bemüht einen Verband an. Mr. Weaver machte ein bedenkliches Gesicht. »Ich versteh ja nicht viel von Blessuren. Aber ich mein, das ist ein Fall für den Doktor.«

»Ach nee! Ein Fall für'n Doktor? Und wie soll ich an einen

Doktor kommen? Die Gäule sind durchgedreht, wie der Hund geschossen hat, ich hab sie fortlaufen hören.«

Während sie noch so dastanden und sich ratlos anschauten, ertönte Hufgetrappel.

»Der gute Gott hat mich erhört«, erklärte Mr. Simpson mit dem Pathos des Säufers. »Er läßt mich nicht zugrunde gehn.«

Sie horchten angespannt. Das Geräusch kam nicht aus der Richtung von Wimberley, sondern ihnen entgegen.

»Ich werd verrückt!« rief Mr. Combwood. »Das ist unser Landauer! Das ist Sacks!«

»Und er hat Ginger!« fügte Mr. Weaver fassungslos hinzu.

Sie hielten nach den beiden anderen Pferden Ausschau, aber außer Ginger und den Kutschpferden war keines zu sehen.

Die drei warteten, bis der Landauer neben ihnen hielt. Sie sahen sofort, daß es nicht allein dem Mondlicht zuzuschreiben war, daß Mr. Sacks reichlich bleich ausschaute.

»Was ist passiert, Sacks?«

Mr. Sacks kletterte langsam vom Bock, wobei er seinen Kopf auffallend gerade hielt, lehnte sich gegen den Wagen und betrachtete seine Kollegen trübsinnig.

»Also – wir fahren so dahin, und ich zerbrech' mir den Kopf, was ich machen könnt gegen den Kerl. Aber versucht mal zu überlegen, immer mit dem Schießeisen im Genick. Mir fiel nichts ein, rein gar nichts. Auf einmal stehen die Gäule auf dem Weg, die euch stiften gegangen sind. Der Kerl sagt, ich soll sie einfangen und ranholen, und wie ich sie zur Kutsche bring, zieht er mir das Schießeisen über den Kopf. Ein Glück, daß ich den steifen Hut trag. Aber weggetreten bin ich doch eine Weile, und wie ich aufwach, ist der Mistkerl verschwunden. Bloß Ginger steht noch da, das treue Tier. Und der große Koffer liegt noch in der Kutsche, der ist zu schwer für den Sattel.«

Die vier beglückwünschten sich gegenseitig, mit dem Leben davongekommen zu sein, und beschlossen dann, den Heimweg anzutreten, denn der Entkommene hatte mittlerweile einen uneinholbaren Vorsprung. Je näher sie Wimberley kamen, desto schweigsamer wurden sie. Was Seine Lordschaft sagen würde, daran wagten sie kaum zu denken.

30. Kapitel

Während der Arzt Susanna gründlich untersuchte, ging Seine Lordschaft mit finsterem Gesicht im Zimmer auf und ab. Simpson und seine Begleiter waren immer noch nicht zurückgekehrt. Man mußte wohl in Erwägung ziehen, daß sie bei der Bewältigung der Aufgabe auf Schwierigkeiten gestoßen waren. Jonathans Gesicht verdüsterte sich immer mehr. Er hätte das voraussehen müssen! Aber er war so erfüllt gewesen von der Sorge um Susanna, daß er keinen weiteren Gedanken an Edward Tavernic verschwendet hatte, außer dem, daß er sich an ihm rächen müsse.

Doch jetzt war Susanna sicher auf Wimberley, und Jonathan hatte Zeit, über die Kühnheit und Kaltblütigkeit ihres Angreifers nachzudenken. Ein Verbrecher seines Kalibers würde sich wohl kaum von drei Bediensteten einfangen und zurückbringen lassen. Ja, ein Verbrecher, das war er, auch wenn er durch Abstammung und Benehmen und Selbsteinschätzung zur Gesellschaft gehörte. Und falls dieser Verbrecher entkommen war, dann würde es Mittel und Wege geben, seiner habhaft zu werden. Jonathan Sinclair war nicht der Mann, der einen Plan aufgab, wenn dieser zu mißlingen schien. Aber vielleicht war aus dem scheinbaren Mißlingen doch noch ein Sieg zu machen?

Jonathan ging mit gleichmäßigen Schritten hin und her. Seine Regimentskollegen und seine Soldaten hätten, wenn sie ihn jetzt hätten sehen können, sofort den Ausdruck auf seinem Gesicht wiedererkannt. »Aus dir wäre ein guter Dachshund geworden, Sinclair«, hatte der Marquess of Canfield einmal zu ihm gesagt. »Du würdest dich eher in Stücke reißen lassen, als deine Beute loszulassen.« Er hatte bei den anderen nur Gelächter geerntet, denn die lange, hagere Gestalt des Earls wies nicht die geringste Ähnlichkeit mit einem breiten, stämmigen Dachshund auf. Aber die Bemerkung hatte einen richtigen Kern: Jonathan Sinclair gab niemals auf. Und es war gefährlich, ihn zum Feind zu haben.

Er zog am Klingelzug und befahl dem Diener, Ellen zu ihm zu bringen. Dann stützte er sich mit der Hand gegen den Kaminsims, starrte das Gemälde an der gegenüberliegenden Wand an, ohne die darauf dargestellte Jagdszene überhaupt zu sehen, und überdachte seinen Plan. Er war derartig in Gedanken versunken, daß er nicht einmal hörte, daß Ellen mit einer für sie allerdings erstaunlichen Lautlosigkeit die Tür öffnete und nach einem Blick auf sein Gesicht erschrocken stehenblieb.

Seine Lordschaft sah zum Gruseln aus! Ellen hätte am liebsten die Tür wieder zugezogen und wäre verschwunden. Aber das wagte sie nicht. Sie wagte auch nicht, einen Schritt ins Zimmer hineinzutun oder sich sonstwie bemerkbar zu machen. So blieb sie einfach reglos stehen, betrachtete den Herrn von Wimberley und fühlte sich auf einmal in ihre Kindheit versetzt, als sie noch an den Schwarzen Mann geglaubt hatte. Da wandte

Seine Lordschaft den Kopf, sah sie unter der Tür stehen und lächelte sie an.

Ellen, die plötzlich das sichere Gefühl überkam, daß er Gedanken lesen könne, wurde über und über rot. Das Lächeln verstärkte sich.

»Komm doch herein, bitte! Ich wollte dich fragen, ob du mir wohl helfen würdest?«

Ellen, die sich ein bißchen an das Lächeln eben im Zimmer von Lady Susanna erinnert fühlte, wurde noch röter, zog die Tür mit einem Knall ins Schloß und machte unsicher ein paar Schritte in den Raum hinein.

»Ich Ihnen helfen? Ich? Ja, sicher, aber – kann ich das denn?«

»Ja, das kannst du. Und zwar folgendermaßen.«

Er sprach eine Zeitlang mit ihr, während Ellens Augen immer größer wurden und ihr Mund offen stehenblieb.

»Hast du alles verstanden?«

Ellen nickte so heftig, daß ihr weißes Häubchen ins Rutschen geriet. Wenige Minuten später ertönte ein hastiges Klopfen an Rachels Tür, und diese wurde geöffnet, ohne daß die Erlaubnis zum Eintreten abgewartet worden wäre.

»Oh, Ma'am, verzeihen Sie, daß ich einfach so reinplatze, aber ich muß Ihnen was ganz Wichtiges mitteilen!«

Mrs. Timothys Gesicht sah keineswegs ermutigend aus. Es fiel ihr ohnehin schwer, die Redeweise des Mädchens zu ertragen, und sie hatte ihm schon mehrfach gedroht, daß seine Tage als Stubenmädchen gezählt seien, wenn es sich nicht nachdrücklich um die Erlernung einer anhörbaren Sprache bemühte. Außerdem hatte ihr Mrs. Fairchild gerade einen ausführlichen Bericht aus der Küche geliefert, wo das gesamte Personal bei Freibier Susannas Rettung feierte, und dieser Bericht hatte ihre Laune nicht gerade gehoben.

Rachel war in schwärzester Stimmung. Wenn sie eine Neigung zu philosophischen Betrachtungen gehabt hätte, so hätte sie jetzt darüber sinnieren können, in wie kurzer Zeit man von den Höhen satter Befriedigung in einen Abgrund von Enttäuschung und Angst stürzen konnte. Sie hatte den Speisesaal verlassen in dem sicheren Gefühl, daß ihr Plan geglückt und Susanna aus dem Weg geräumt sei – den genauen Hergang würde sie von Edward erfahren, wenn sie sich in den nächsten Tagen in London treffen würden. Sie hatte sich in ihre Zimmer zurückgezogen und sich von Mrs. Fairchild eine Maske aus Honig, Eigelb, Quark und aus dem Rosenwasser auflegen lassen, das Edward ihr aus London mitgebracht hatte. Sie war schon im Négligé und blätterte in einem Modejournal, als die Unruhe bei den Stallungen, die sie von einem Fenster aus sehen konnte, sie veranlaßte, ihre Zofe auf Erkundigung auszuschicken. Mrs. Fairchild kam mit der Nachricht zurück, daß alles, was reiten konnte, sich auf die Suche nach der Französin gemacht habe.

Rachel hatte Mühe, nicht zu schnurren wie eine Katze. Sie erwog eine Zeitlang das Für und Wider und entschloß sich dann, wach zu bleiben und das Ende der Suche abzuwarten. Sie rechnete damit, daß der Suchtrupp entweder unverrichteter Dinge oder mit einer Leiche zurückkehren würde, und beides wollte sie sich nicht entgehen lassen. Es war ein Schock für sie, als Mrs. Fairchild ihr berichtete, daß Seine Lordschaft die Französin gefunden hatte, zwar mehr tot als lebendig, aber ganz bestimmt nicht als Leiche. Ob sie etwas gesagt hatte und ob sie überhaupt sprechen konnte – das wußte die Zofe nicht. Alle Anwesenden waren verstummt, als sie die große Küche von Wimberley betreten hatte, und hatten sie feindselig gemustert, während sie mit mühsam bewahrtem Gleichmut den Abendtee für ihre Herrin zubereitete. Es ging etwas Bedrohliches von diesem Schweigen aus, und die Zofe war froh, als sie die Küchentür hinter sich schließen konnte, um so mehr, als die Stimmen im gleichen Augenblick wieder anschwollen und Mrs. Fairchild deutlich einige wenig schmeichelhafte Beschreibungen ihrer Person verstehen konnte.

Von ihrem Fenster aus hatte Rachel die Ankunft des Arztes beobachtet und einen Anflug von Hoffnung verspürt. Dann stand es also schlimm um die Französin? Vielleicht konnte sie von dem Stubenmädchen Genaueres erfahren?

»Weißt du, wie es der Baronesse geht?« Sie hatte immer den französischen Titel beibehalten, um den in ihren Augen minderen ausländischen Rang zu betonen.

Ellen wiegte bedenklich den Kopf. »Seine Lordschaft will's ja nicht wahrhaben, aber ich glaub, die wird nicht mehr! Halbtot ist sie jetzt schon, und sagen tut sie kein Wort, und wie sie die Augen aufgemacht hat, da hat sie mich nicht erkannt und Seine Lordschaft auch nicht. Ich weiß nicht, was der Doktor sagt, aber ich glaub nicht, daß ihr noch einer helfen kann.«

Von Rachel kam ein Seufzer, der mitleidig klingen sollte, aber deutlich Erleichterung verriet.

»Aber das ist es nicht, weshalb ich so gerannt bin. Es ist wegen dem Herrn, der Sie besucht hat. Sie wissen ja, daß Seine Lordschaft Leute geschickt hat, daß sie ihn zurückholen?«

Durch Rachels Gestalt ging ein Ruck. Sie warf ihrer Zofe einen aufgeschreckten Blick zu. Die hob die Schultern und machte ein ratloses Gesicht.

»Nein, das weiß ich nicht«, antwortete Mrs. Timothy mit deutlich veränderter Stimme.

»Aber das wissen alle!« Ellen sah Mrs. Fairchild vorwurfsvoll an, als ob diese eine wichtige Pflicht vernachlässigt hätte, indem sie ihrer Herrin die Information nicht hatte zukommen lassen. Die Zofe kniff die Lippen zusammen. Dieser unverschämte Trampel wußte genau, daß man sie fast aus der Küche gejagt hatte. Ellen sprach hastig weiter, offenbar getrieben von Angst und Mitgefühl.

»Sie haben ihn auch eingeholt, den Landauer, mein ich, und

sie bringen den Herrn zurück. Ich hab nämlich gehört, wie einer Seiner Lordschaft Rapport gibt. Und da holt Seine Lordschaft einen Revolver und sagt, er will den Schuft abpassen. Schuft – das sagt er, wahr und wahrhaftig! Und sein Gesicht, das hätten Sie sehn müssen! Huh! Gradwegs zum Fürchten. Ich hatte auf einmal Angst vor ihm wie vor'm Schwarzen Mann. Und wie er weg ist, da renn' ich rauf zu Ihnen, weil – also ich mein – vielleicht könn' Sie ihn aufhalten, sonst passiert gewiß ein Malheur.«

Rachels marmorne Blässe hatte sich während dieser sich überstürzenden Worte ins Schmutzig-Graue verfärbt. Sie machte ein paar hastige Schritte auf die Tür zu, wurde aber von Mrs. Fairchild zurückgehalten, die ans Fenster gelaufen war.

»Zu spät, Mylady! Seine Lordschaft sitzt schon zu Pferde. Da – jetzt reitet er.«

Rachel stürzte zum Fenster und riß einen Flügel auf.

»Jonathan!« schrie sie mit gellender Stimme. »Jonathan! Warte!«

Man hörte den Hufschlag eines galoppierenden Pferdes, das sich rasch entfernte. Rachel ging wie betäubt zu einem Sessel, ließ sich langsam darauf nieder und preßte beide Fäuste gegen die Schläfen, als ob sie Angst hätte, ihr Kopf würde zerspringen. Mrs. Fairchild lief zum Toilettentisch, griff nach einem Riechfläschchen und brachte es ihrer Herrin, aber die stieß sie mit einer unbeherrschten Bewegung zur Seite. Ellen betrachtete die beiden, tief befriedigt über die Wirkung ihrer Worte, machte einen Knicks und ging hinaus.

Rachel saß auf ihrem Sessel und atmete schwer.

»Wie ist das möglich? Ich glaube es nicht! Es muß eine andere Erklärung geben! Sag, daß es nicht möglich ist, Clara! Sag irgendwas!«

Clara Fairchild fuhr sich mit der Zunge über die trockenen Lippen. »Ich weiß keine andere Erklärung, Mylady. Warum sollte Seine Lordschaft um diese Zeit ausreiten – und eine Pistole mitnehmen – wenn nicht ...«

Sie verstummte und hob hilflos die Hände. Ihre Herrin sprang in die Höhe und riß sich den Mantel aus perlrosa Seide vom Körper.

»Ich muß ihm nach! Ich muß ihn aufhalten! Er darf nicht – Schnell, hilf mir beim Anziehen!«

»Aber Mylady, ich bitte Sie! Er ist doch schon fort! Und Sie wissen doch, wie schnell er reitet. Sie würden ihn nie einholen. Es hat keinen Zweck!«

Rachel sah sie mit einem wilden Ausdruck an, dann nickte sie und ließ sich wieder auf den Sessel sinken. Mrs. Fairchild bückte sich, hob den Mantel und legte ihn ihr um die Schultern. Rachel zog ihn eng um sich. Trotzdem begann sie zu zittern. Jetzt ließ sie es zu, daß die Zofe das Riechfläschchen öffnete und ihr entgegenhielt. Sie atmete tief den scharfen Duft ein und versuchte, sich zu beruhigen.

»Er wird es nicht wagen! Er glaubt, daß er über allem steht, aber das wird er nicht wagen. Mord bleibt Mord! Auch einen Earl kann man an den Galgen bringen.«

Sie überdachte diesen Gedanken eine Zeitlang, sichtlich getröstet, wurde dann jedoch von neuer Unruhe gepackt. »Dieser Mensch ist ein Teufel! Er wird eine Lüge erfinden. Er wird behaupten, daß er angegriffen worden ist. Dann ist es Notwehr, nicht wahr?«

»Ich weiß es nicht, Mylady. Ich kenne mich mit solchen Sachen nicht aus. Aber wenn er angegriffen wird, ich meine, auch wenn er es nur sagt, dann müßte Sir Edward doch bewaffnet sein?«

»Natürlich ist er das! Er reist nie unbewaffnet. Er trägt überhaupt immer eine Pistole bei sich, auch wenn er nicht reist. Und er ist ein großartiger Schütze!«

Sie fuhr herum und sah Mrs. Fairchild mit schreckgeweiteten

Augen an: »Er wird nicht schießen können! Wo habe ich nur meine Gedanken gehabt! Daß sie ihn zurückbringen nach Wimberley, das zeigt doch schon, daß sie ihn überwältigt haben müssen. Er wollte doch so schnell wie möglich nach London. Und er wollte weg von hier! Er würde nie freiwillig zurückkommen, zumindest jetzt nicht, nachdem – du verstehst?«

Mrs. Fairchild nickte. Sie kannte Rachel lange genug, um zu wissen, daß diese nicht tatenlos bleiben würde. Das Erscheinen des ihr wohlbekannten Sir Edward hatte sie ganz richtig so gedeutet, daß ihre Herrin und deren Galan etwas im Schilde führten. Das Verschwinden der Französin und die satte Zufriedenheit ihrer Lady am heutigen Abend hatten ihre Vermutungen bestätigt.

»Wahrscheinlich ist er ganz arglos eingeschlafen, und da haben sie ihn überfallen und gefesselt, und jetzt liegt er da und kann sich nicht wehren. Oh mein Gott, ich darf gar nicht daran denken.«

Sie schlug die Hände vors Gesicht und stöhnte laut. Dann ließ sie die Arme mit einer dramatischen Geste fallen und sah Mrs. Fairchild flehend an.

»Was glaubst du? Wird er es wirklich wagen, Edward zu erschießen?«

Ihre Vertraute zögerte und blickte zu Boden.

»Sieh mich an! Und antworte mir! Ich will es wissen!«

»Aber, Mylady, es steht mir nicht an, Seine Lordschaft einer solchen Tat zu verdächtigen.«

»Hör gefälligst auf, solchen Unsinn zu reden! Ich weiß doch, was du von ihm denkst! Genau dasselbe wie ich. Er ist ein Scheusal – ein Geizkragen – er ist kalt wie ein Fisch – und grob wie ein Bauer – er hat ein Herz aus Stein – das haben wir immer wieder gesagt, und darüber sind wir uns einig. Aber glaubst du wirklich – ach, Clara, ich flehe dich an, du siehst doch, in welchem Zustand ich bin – glaubst du wirklich, daß er fähig ist, ihn umzubringen?«

»Oh mein Gott, Mylady, wie soll ich das wissen? Es stimmt ja alles, was Sie gerade von ihm gesagt haben, und ich kann ihn wirklich nicht leiden, und ein bißchen fürchten tu ich mich auch vor ihm, das will ich gerne zugeben, aber ein Mord?«

Sie machte eine Pause und fuhr dann flüsternd fort: »Wenn Sie mich noch vor einer halben Stunde gefragt hätten, Mylady, da hätte ich gesagt: ›Nein. Seine Lordschaft bringt niemanden um. Das ist nicht seine Art. Er ist irgendwie zu – zu vornehm dazu.‹«

Rachel sah sie argwöhnisch an, aber Mrs. Fairchild gab ihren Blick offen zurück und schien die Bemerkung tatsächlich ohne Hintergedanken gemacht zu haben.

»Gut – vor einer halben Stunde – aber jetzt?«

»Aber jetzt, wo ich das Mädchen gehört hab', diese Ellen, wie sie ihn beschrieben hat – sie ist ja ein Trampel, das habe ich immer gesagt, aber das muß man ihr lassen, sie hat sowas – was – ich weiß nicht, was – ich hab ihn richtig vor mir gesehen, wie er da steht mit der Pistole und einem Gesicht zum Fürchten, ich hab eine Gänsehaut gekriegt am ganzen Körper – und deshalb, wenn Sie mich jetzt fragen, Mylady, so sag ich: ›Ja, er tut's! Er bringt ihn um!‹«

Rachel stöhnte noch einmal. Dann ließ sie sich aufs Bett fallen und begann, mit den Zähnen zu klappern und am ganzen Körper zu zittern. Sie würde einen hysterischen Anfall bekommen, so viel war klar, dachte Mrs. Fairchild ergeben. Sie hätte gerne ihre Worte ungesagt gemacht und verwünschte sich innerlich für ihre Offenheit, aber auch ihre Nerven waren durch die Ereignisse der letzten Stunden angegriffen. Schließlich mußte man auch der erfahrensten und ergebensten Zofe zugute halten, daß sie in bestimmten Situationen die Voraussicht verließ.

»Wir müssen aber bedenken, daß er Offizier ist«, sagte sie schnell, erleichtert über diesen rettenden Einfall. »Er wird keinen Wehrlosen erschießen. Es gibt da Regeln, glaube ich. Man schießt nicht auf Gefangene. Es ist gegen den Ehrenkodex. Wenn Sir Edward wirklich gefesselt ist, dann wird Seine Lordschaft ihn zurückbringen nach Wimberley und wird ihm kein Härchen krümmen.«

Rachel hörte auf, zu stöhnen, zu zittern und zu klappern. Sie holte tief Atem.

»Ich wußte es ja: Er wird es nicht wagen. Vielleicht bindet er ihn sogar los und bietet ihm ein Duell an? Das wäre ihm durchaus zuzutrauen. Aber das wird ihm schlecht bekommen! Edward ist nicht der Mann, der sich an Regeln hält, wenn es um seine Haut geht. Oh, ich wünschte, er würde ihn erschießen, dann könnte ich endlich tun, was ich will!«

Sie versank wieder in Träumereien, und Mrs. Fairchild atmete auf. Für's erste schien der hysterische Anfall abgewendet.

Aber schon nach kurzer Zeit sprang Rachel wieder auf und lief zum Fenster.

»Ich habe so ein sonderbares Gefühl! Ich kann einfach nicht stillsitzen. Ich war schon immer so überaus empfindlich, Clara, nicht wahr?«

»Gewiß, Mylady. Ganz überaus empfindlich.«

Mylady war zwar im Grunde von bemerkenswerter Robustheit und ertrug Situationen, die zarteren Gemütern schlaflose Nächte bereitet hätten, ohne die mindeste Wirkung zu zeigen. Aber sie war stolz auf ihre empfindsamen Nerven. Jetzt spähte sie wieder aus dem Fenster.

»Das muß eine Vorahnung sein! Es wird etwas Schreckliches passieren, Clara, ich spüre es einfach. Ich werde keine ruhige Minute haben, bis dieses Scheusal zurück ist. Wie lange wird das dauern, was meinst du? Oh Himmel, diese Ungewißheit ist gräßlich! Ich werde noch den Verstand verlieren!«

»Sie müssen sich jetzt zusammennehmen, Mylady! Denken Sie doch an Ihr Aussehen! Wenn Sie weiter so das Gesicht verziehen, werden Sie Falten bekommen. Und Ihre Haare sind schon ganz zerzaust!«

Sofort trat Rachel an einen Spiegel und betrachtete sich besorgt. Ihre Züge nahmen wieder den Mona-Lisa-Ausdruck an, dessen ruhige Entrücktheit keine Anforderung an die Muskeln stellte und dessen leises Lächeln bestimmt keine Falten verursachen würde.

»Du hast recht. Ich muß an mein Aussehen denken. Die Maske war sehr wirkungsvoll, findet du nicht?«

Sie betrachtete zufrieden ihre zarte, weiße Haut und ließ dann die Fingerspitzen vorsichtig über die weichen Wangen gleiten. Waren da nicht erste Anzeichen von Fülle und Schlaffheit?

»Ich werde ein paar Tage Diät halten, Clara«, sagte sie, von ihrer Entdeckung entsetzt. »Ich habe eben gelesen, daß Apfelessig wahre Wunder wirken soll. Vergiß nicht, mir morgen früh ein Glas zu bringen. Und den Toast trocken, ohne Butter und Marmelade. Und anschließend Kompressen mit Apfelessig für Kinn und Hals.«

Sie drehte sich langsam um und sah die Zofe an. »Jetzt rede ich von morgen, als ob nichts geschehen wäre. Dabei weiß ich gar nicht, was morgen sein wird. Wenn er ihn umbringt, was soll ich dann tun? Ich liebe ihn doch! Er ist der einzige Mann, den ich je geliebt habe!« Ihre Stimme war wieder schrill geworden, was immer ein alarmierendes Zeichen war. »Gewiß, Mylady, das weiß ich doch!«

Aber Rachel schien gar nicht zu hören, daß jemand zu ihr sprach. Sie drehte sich wieder um und fixierte ihr Spiegelbild.

»Alle anderen Männer sind dumm. Sie starren mich an und sind hingerissen, und man kann sie um den Finger wickeln. Aber Edward nicht. Er ist anders als die anderen. Er kennt mich, und er weiß, was ich brauche. Wir haben sie alle hinters Licht geführt. Rachel McWheaton – die unnahbare Schönheit! Mrs. Timothy Sinclair – die unnahbare Witwe! Gott, was haben wir gelacht! Und keiner ist uns auf die Schliche gekommen, keiner – nicht einmal dieser finstere, mißtrauische Bruder. Warum hat nicht alles so weitergehen können? Warum muß das jetzt passieren?«

Es hatte so einfach ausgesehen und so absolut sicher. Zunächst hatte sie gehofft, das Verlöbnis zum Scheitern bringen zu können. Dann hatte sie zu stärkeren Mitteln gegriffen. Aber als ihre Schwiegermutter ihr geschrieben hatte, daß Susanna Thomas gesundgepflegt hatte, da wußte sie, daß ihre Attacken gescheitert waren. Jetzt mußte Edward helfen. Sein Plan erschien ihr genial. Es würde keine Fragen geben, keine Zweifel, keine Verdächtigungen. Es würde ein Unglücksfall sein: Im einsamen Waldsee ertrunken. Durch ihren heimlichen Ritt zu den Simpsons hatte Susanna ihrem Mörder die Möglichkeit gegeben, sie im Wald zu überfallen. Er hatte gelacht, als er aus Rachels Kutsche gesprungen war, um Susanna abzufangen. Und auch seine schöne Freundin hatte gelacht, in dem stolzen, beruhigenden Gefühl, daß ihre Sache bei diesem Mann in guten Händen sei. Sie hatten sich erst bei Tisch wiedergesehen, und an der Art, wie er von seinem Gewitterritt erzählte und seine Rückkehr nach London vorbereitete, hatte sie erkannt, daß ihr Plan gelungen war. Sie hatten nur Belanglosigkeiten miteinander reden können, aber jedes Wort war unterlegt von ihrem Wissen um das, was geschehen war, und in dem Abschiedsblick, den sie getauscht hatten, war Triumph gewesen.

»Ich begreife es nicht! Warum muß das jetzt passieren?« wiederholte Rachel.

»Aber es ist ja noch gar nichts passiert!« Mrs. Fairchild versuchte vergebens, ihrer Stimme einen zuversichtlichen Klang zu geben. Rachel rang ihre molligen Hände und umklammerte dann die mageren Finger ihrer Vertrauten.

»Er wird es nicht wagen, Clara, nicht wahr? Sag, daß er es nicht wagen wird!«

Und damit begann alles wieder von vorn, die Befürchtungen und Hoffnungen, die Vermutungen und Erinnerungen, die Ausbrüche von Zorn und Angst, die Beruhigungsversuche, die Argumente und Gegenargumente. Am Ende war Rachel in einem Zustand, der über alles hinausging, was Mrs. Fairchild je erlebt hatte. Sie hätte am liebsten den Arzt zur Hilfe geholt, aber sie wußte nicht, ob sie es wagen konnte, ihre Herrin in dieser Verfassung zu zeigen. Es gelang ihr, Mylady zu überreden, sich aufs Bett zu legen und sich die Füße massieren zu lassen, was erfahrungsgemäß das beste Mittel gegen nervöse Reizzustände war. Aber nachdem Rachel zunächst bewegungslos dagelegen hatte, packte sie die Kissen und schleuderte sie durchs Zimmer, wobei das eine auf dem Boden landete, das andere aber den Frisiertisch streifte und eine Parfumflasche herunterfegte. Im Raum verbreitete sich ein erstickender Duft nach Moschus.

»Glück und Glas – wie leicht bricht das«, seufzte Mrs. Fairchild.

Rachel sprang aus dem Bett und bückte sich nach den Scherben. »Das ist bestimmt noch ein schlechtes Vorzeichen! Das Parfum hat Edward mir geschenkt.«

»Geben Sie acht, Mylady, um Himmels willen! Sie werden sich die Finger zerschneiden. Der ganze Boden ist voller Scherben. Und Sie haben bloße Füße. Tun Sie keinen Schritt mehr, ich bitte Sie, lassen Sie mich erst die Scherben wegwischen.«

31. KAPITEL

Rachel blieb stehen, aber nicht, weil sie dem Ratschlag folgte, sondern weil draußen schnelle Schritte zu hören waren. Dann wurde die Tür aufgerissen (ohne Klopfen, wie Mrs. Fairchild mit einer Mischung aus Empörung und böser Vorahnung bemerkte) und gleich wieder ins Schloß geschmettert. Jonathan Sinclair stand im Raum.

Sein Gesicht war noch bleicher als sonst. Alle Knochen und Muskeln traten hervor, als ob er eine große Anstrengung hinter sich hätte, aber er wirkte nicht erschöpft, sondern erregt, und in den dunkelblauen Augen, die sonst immer so kühl und herablassend blickten, funkelte ein Ausdruck von – von Besessenheit. Mrs. Fairchild fühlte sich an Ellens Ausspruch vom Schwarzen Mann erinnert, und eine Gänsehaut kroch ihr den Rücken hoch.

Nachdem Jonathan die Tür hinter sich zugeschmettert hatte, blieb er einige Sekunden stehen und blickte seine Schwägerin wortlos an. Dann ging er langsam auf sie zu. Es war so still im Zimmer, daß das Knarren des Parketts überlaut zu hören war, und obwohl er seine Stimme nicht erhob, zuckten beide Frauen zusammen, als er anfing zu sprechen:

»Er ist da, wo er hingehört! In der Hölle!«

Und damit hielt er Rachel den nachtblauen Frack entgegen, den Sir Edward zum Dinner getragen hatte. Der Stoff war nicht mehr so glatt und makellos wie noch vor wenigen Stunden, sondern zerdrückt und von Blut durchtränkt, und die linke Seite zeigte ein kreisrundes, kleines Loch. (Mit dem Glücksfall, daß ein Koffer in der Kutsche zurückgeblieben war, hatte Jonathan nicht gerechnet. Er hatte ein seidenes Frackhemd aus seinen Beständen mitgenommen und hatte darauf vertrauen wollen, daß Rachel es als das ihres Liebhabers akzeptieren würde. Aber der nachtblaue Rock aus dem Koffer war natürlich unvergleichlich besser. Als Blut hatte Jonathan rote Tinte verwendet und das selbstlose Angebot Mr. Simpsons, seinen Verband zu öffnen, energisch zurückgewiesen.)

Die beiden Frauen standen reglos und sahen den Eindringling aus aufgerissenen Augen an. Ellen hatte recht: Er sah zum Fürchten aus. Sein Lächeln konnte man nur diabolisch nennen, und der Ausdruck, mit dem er seiner Schwägerin den Frack hinhielt, zeugte von einer wahrhaft mörderischen Befriedigung. Rachel senkte ihre Augen und starrte den Rock an, und alles Blut wich plötzlich aus ihrem Gesicht. Sogar ihre Lippen wurden weiß.

Dann holte sie mit einem zitternden Seufzer Luft und versuchte, ihren Blick von dem blutbeschmierten Stoff zu lösen und wieder auf das wilde Gesicht zu richten, das sie mit höhnischen Augen ansah.

»Was – was soll das bedeuten?« fragte sie mühsam.

»Aber meine verehrte Schwägerin, welch überflüssige Frage!« Der Hohn in seiner Stimme war unerträglich. »Das soll bedeuten, daß der Mann, der versucht hat, Susanna umzubringen, seine gerechte Strafe erhalten hat.«

An allen Gliedern zitternd ging Rachel auf ihn zu und nahm ihm den Rock aus der Hand. Sie tastete ihn ab, und als sie sah, daß ihre Hände sich rot färbten, ließ sie ihn mit einem Aufstöhnen zu Boden fallen. Sie öffnete die Lippen, aber es kam kein Wort heraus. Auf einmal riß sie die Arme hoch und fuhr ihrem Schwager mit allen Nägeln durchs Gesicht, die Finger zu Krallen gebogen. Auf seinen mageren Wangen erschienen rote Striemen. Der Angriff war völlig überraschend gekommen, aber jahrelange Boxübungen hatten Jonathans Reflexe ausgezeichnet trainiert. Er preßte die Lider zusammen, so daß Rachels lange, spitze Fingernägel seine Augen nicht verletzen konnten, gleichzeitig schnellten seine Hände nach oben, packten ihre Handgelenke, stießen sie hinter ihren Rücken und hielten sie da fest.

Durch die heftige Bewegung wurde Rachel gegen seine Brust gepreßt. Als ob diese Stellung eine automatische Reaktion in ihr auslöste, ließ sie den Kopf nach hinten sinken, schloß die Augen und brachte es gleichzeitig mit einer geschickten Bewegung fertig, daß ein Träger ihres seidenen Nachthemdes von der Schulter rutschte und ihr üppiges Decolleté noch weiter enthüllte, als es selbst ihre kühnsten Abendroben taten. Ihre langen Haare hatten sich gelöst und flossen wie ein seidiger, schwarzer Mantel den Rücken hinunter, ihre weiße Haut schimmerte im Lampenlicht, ihre Brust hob und senkte sich schnell, als ob sie gelaufen wäre. Sie sah hinreißend aus. Mrs. Fairchild hielt unwillkürlich den Atem an. Konnte ein Mann diesen Reizen widerstehen? Jeder, aber auch jeder der zahlreichen Verehrer, die Lady Rachel in den Jahren im Haus ihrer Tante umschwärmt hatten, hätte einen Teil seines Vermögens dafür gegeben, sich in einer solchen Situation zu befinden und die unnahbare Schönheit offensichtlich willenlos in den Armen zu halten.

Jonathan ließ seine Schwägerin so abrupt los, daß sie hin und her schwankte, und trat einen Schritt zurück.

»Ich verabscheue Frauen, die sich mir an den Hals werfen«, sagte er kalt.

Rachel öffnete die Augen, fand mit einiger Mühe ihr Gleichgewicht und bedachte ihren Schwager mit einem Blick, in dem sich tief verletzte Eitelkeit und blanke Mordlust mischten. Ihre Lippen zogen sich von den Zähnen zurück, was ihr das Aussehen einer sprungbereiten Katze gab. Ihre Hände öffneten und schlossen sich krampfhaft. Sie sah auf den blutigen Rock zu ihren Füßen und schluchzte auf.

»Ich bring dich um!« zischte sie. »So wie ich deinen Bruder umgebracht habe.«

Mrs. Fairchild stieß einen unterdrückten Laut aus. Für den Bruchteil einer Sekunde ging eine Bewegung über Jonathans Gesicht wie ein Windstoß, aber dann wurden seine Züge wieder starr.

»Spiel' dich nicht auf!« sagte er verächtlich. »Du bist viel zu dumm und zu träge, um jemanden umzubringen.«

Rachels Schluchzen klang wie ein gereiztes Knurren.

»Ha – das glaubst du – weil du blind und borniert bist«, keuchte sie außer sich vor Zorn. »Ich habe ihn umgebracht, und ich werde auch dich umbringen!«

Die Veränderung, die mit dem Gesicht ihres Schwagers vor sich ging, ließ sie zurückweichen. Eine Blutwelle war in seine Stirn gestiegen, die Augen verengten sich zu funkelnden Schlitzen, seine Lippen preßten sich so fest zusammen, daß sie kaum noch zu sehen waren. Mit einem Satz war er bei ihr und packte sie bei den Schultern.

»Was hast du mit ihm gemacht?«

»Ich? Nichts – gar nichts – das – das war doch nur ein Scherz.«

»Das war kein Scherz! Was du mit ihm gemacht hast, will ich wissen!«

Rachel wand sich unter seinem Griff. »Laß mich los! Du tust mir weh!«

»Das ist mir gleichgültig! Gib Antwort!«

Er schüttelte sie. Rachel stöhnte mit zusammengebissenen Zähnen auf und sah ihn haßerfüllt an, sprach aber kein Wort. Mit einer unbeherrschten Bewegung schleuderte Jonathan sie aufs Bett. Sie prallte mit dem Kopf gegen den Bettpfosten und jammerte laut auf. Mrs. Fairchild stürzte zu ihr und nahm sie in die Arme.

»Sie Rohling! Sie – Sie …« Aber jede weitere Beschimpfung blieb ihr buchstäblich im Hals stecken, denn als sie den Kopf wandte, blickte sie in die Mündung einer Pistole.

»Oh, mein Gott, Mylady, sehen Sie nur!« flüsterte sie zitternd. »Oh, mein Gott, er bringt uns um!«

Rachel öffnete die Augen und erstarrte.

»Du scheinst dir über deine Lage nicht im klaren zu sein«, sagte Jonathan langsam. »Du hast nur zwei Möglichkeiten: Du wirst mir jetzt antworten – oder du wirst dieses Zimmer nicht lebend verlassen.«

Wie hypnotisiert sah Rachel die Pistole an. Krampfhaft versuchte sie, ihre Angst zu beherrschen und weder zu weinen noch zu zittern. Schließlich hob sie die Augen zu seinem Gesicht.

»Das wagst du nicht!«

Jonathan schoß. Der Knall war so laut, daß alle Scheiben klirrten. In den schwülen Duft des Moschus mischte sich der beißende Geruch des Pulvers. Die Kugel streifte den Bettpfosten, riß einige Splitter ab, die die Frauen am Kopf trafen, und blieb in einer Holztäfelung der Wand stecken. Unmittelbar danach ertönte ein Schrei, der eine unverkennbare Ähnlichkeit mit dem Kreischen eines Ferkels hatte, wenn es das Messer des

Metzgers spürt: Mrs. Fairchild sah ihr letztes Stündlein gekommen und verlor zum ersten Mal in ihrem Leben völlig die Beherrschung. Sie rutschte vom Bett, umklammerte die Knie ihrer Herrin und schrie dabei immer weiter.

»So reiß dich doch zusammen, Clara!« sagte Rachel zornig. Hysterische Anfälle waren schließlich ihr Vorrecht! Was fiel der Frau ein? »Hör auf! Du bist ja noch nicht tot!«

Es war fraglich, ob dies ein Trost für Mrs. Fairchild war, aber immerhin schienen die Worte in ihr verschrecktes Hirn gedrungen zu sein, denn der Schrei verebbte allmählich von höchster Lautstärke zu gemäßigteren Tönen und ging endlich in leises Wimmern über.

»Ich warte!« sagte Jonathan drohend.

Das Wimmern hörte auf. Mrs. Fairchild löste ihre Hände, die in das seidene Nachtgewand verkrallt gewesen waren, aus dem zarten Stoff, sank zurück und hob beide Arme in flehender Gebärde zu ihrer Herrin auf.

»Ich beschwöre Sie, Mylady – ich flehe Sie an – reden Sie! Wenn Ihnen das Leben lieb ist, so reden Sie! Sie sehen doch, er bringt uns sonst um!«

»Drehen Sie sich um!« brüllte Seine Lordschaft. »Was soll Ihre Herrin sagen?«

Mrs. Fairchild, noch immer auf den Knien, rutschte herum und kämpfte bei dem Anblick der Pistole und des erbarmungslosen Gesichtes darüber sichtlich gegen einen erneuten Anfall von Schreisucht.

»Ich hab' nichts gewußt, Mylord, so wahr ich Clara Fairchild heiße, ich hab' nichts gewußt! Ich hab's erst ganz zum Schluß gemerkt, und da war es schon zu spät.«

Die Pistole näherte sich ihrem Kopf. »Was haben Sie gemerkt?«

»Nein! Oh nein – bitte nicht! Ich will's ja sagen! Ich will ja alles sagen! Das mit dem Zucker – das hab ich gemerkt. Er war in der silbernen Dose – der mit dem Schlößchen – und Mylady hatte den Schlüssel immer bei sich – und die Dose stand immer in ihrem Schreibtisch – und Mylady trinkt ihren Tee immer gezuckert, zwei Löffel in jede Tasse – aber den Abendtee mit Lord Timothy, den trank sie immer schwarz. Und einmal, da hat sie vergessen, die Zuckerdose abzuschließen, und das Stubenmädchen, das war eine Naschkatze, die ist mit dem Löffel drangegangen, und Mylady hat ein schreckliches Theater gemacht, wie sie sie erwischt hat und hat sie rausgeworfen, aber das Mädchen, das hab ich später noch mal getroffen, und da hat sie mir erzählt, daß sie furchtbar krank war gleich danach, und alle haben geglaubt, sie muß sterben.«

Mrs. Fairchild machte eine Pause, um Atem zu schöpfen, so hastig hatte sie zum Schluß gesprochen. Ehe sie fortfahren konnte, erkannte sie, daß weitere Informationen nicht nötig waren. Seine Lordschaft ließ die Pistole sinken. Die Röte war aus seinem Gesicht gewichen, es war bleich und eingefallen.

»So also war es – Gift im Zucker – und die Zuckerdose verschlossen – und nur für den Abendtee bestimmt. Oh, wie teuflisch! Und wie simpel!« Er sah Rachel an. »Wer hat dich auf diese Idee gebracht?«

Sie schwieg. Sie schien zu überlegen, ob sie leugnen sollte, doch dann zuckte sie die Achseln.

»Timothy selbst. Er machte immer solch ein Wesen um diesen lächerlichen Abendtee. Er wollte ihn unbedingt in meinem Zimmer trinken, und nur mit mir allein. Er hatte es gerne, wenn ich ihm einschenkte und Zucker in seine Tasse tat.«

Sie lächelte. Es war ein böses Lächeln.

»Und ist er nie mißtrauisch geworden?«

»Timothy mißtrauisch? Er war so vertrauensselig wie ein Hündchen. Besonders mir gegenüber. Und genauso lästig! Am liebsten hätte er mich keine Minute des Tages aus den Augen gelassen – von den Nächten ganz zu schweigen. Ich will dir ja nicht zu nahe treten, aber ich fürchte, die Sinclairs sind keine feurigen Liebhaber. Timothy jedenfalls war geradezu lächerlich unerfahren und tolpatschig, und wenn ich dich mit deiner Französin betrachte, so kann einem das Mädchen fast leid tun. Ein Leben lang unter Schüttelfrost zu leiden, weil man einen Eiszapfen im Bett hat, ist kein beneidenswertes Schicksal.«

Einige Augenblicke lang war Jonathan sprachlos. Noch nie hatte er eine Dame über dieses Thema sprechen hören.

»Du redest wie die Hure, die du bist«, sagte er schließlich wütend.

Rachel sprang auf, doch dann beherrschte sie sich. »Ah – hab' ich dich endlich einmal aus der Reserve gelockt, du Klotz? Der unnahbare Jonathan Sinclair verliert die Contenance und wird vulgär! Wer hätte das gedacht! Was ärgert dich denn so? Der Zweifel an deinen männlichen Qualitäten? Oder die Erkenntnis, daß mir dein Bruder gleichgültig war? Ja, was hast du dir denn eingebildet? Daß ich ihn geliebt habe? Das beweist ja nur, daß du genauso ein Dummkopf bist wie er! Was sollte eine Frau wie ich mit diesem halbgaren Jungen? Zu Tränen gelangweilt hat er mich! Und er hat sich allen Ernstes eingebildet, daß ich mit ihm auf Wimberley bleiben würde, mit den ödesten Nachbarn, die man sich denken kann, und nicht mehr Zerstreuung als in einem schottischen Dorf! Wie kann ein Mensch es hier auf die Dauer aushalten? Morgens reiten, nachmittags reiten, abends lesen oder Schach spielen oder eine Partie Whist. Das ist doch kein Leben! Gottseidank konnte ich ihn um den Finger wickeln, den kleinen Timothy. Eine zarte Andeutung, daß mir das Klima nicht bekäme, und schon gingen wir auf Reisen.«

Sie legte den Kopf schief und sah ihren Schwager spöttisch an. »Ich hoffe, Eifersucht ist nicht erblich in eurer Familie. Sie macht das Eheleben so unnötig anstrengend. Ein kluger Mann, dessen Fähigkeiten in bestimmter Beziehung begrenzt sind, sollte seiner Frau von Anfang an gewisse Freiheiten einräumen. Es ist dem kleinen Timothy nicht leichtgefallen, diese Lektion zu lernen. Ja, schau mich nur an, als ob du mich erwürgen wolltest. Eines Tages wirst du mir dankbar sein für diesen Rat – besonders da Französinnen in einer gewissen Hinsicht ja recht anspruchsvoll sein sollen.«

Mrs. Fairchild, die noch immer am Boden kniete, wagte einen Blick in Seiner Lordschaft wutentbranntes Gesicht und rang die Hände.

»Mylady! Mylady! Um Himmels willen!«

Aber Mylady wollte nicht hören. Es war, als ob eine Schleuse geöffnet worden sei und die seit Jahren aufgestauten Gefühle hervorbrächen.

»Meinst du, ich habe Angst vor ihm? Selbst wenn er wieder herumfuchtelt mit seiner Pistole – laß ihn fuchteln! Soll er mich doch umbringen! Er hat Edward ermordet – was soll ich da noch mit dem Leben? Oh mein Gott – er hat Edward umgebracht, meinen Edward! Und jetzt steht er da und wagt es, mich Hure zu nennen, dieser feige Mörder!«

Sie machte einen Schritt auf Jonathan zu. Ihr Gesicht war verzerrt. »Du bist mein Unglück gewesen von Anfang an! Warum bist du nicht in Indien geblieben? Warum haben dich die Rebellen nicht umgebracht? Du bist zurückgekommen, und auf einmal war Timothy nur der jüngere Bruder, ohne Aussicht auf den Titel und das Erbe. Warum sollte ich mich weiter von ihm langweilen lassen, kannst du mir das sagen? In dem Moment, als ich Thomas hatte, war Timothy überflüssig.«

Sie machte eine wegwerfende Geste. Jonathan drehte den Kopf zur Seite. Er ertrug es nicht, noch länger in dieses haßverzerrte Gesicht zu sehen. Er fühlte sich hin und her gerissen zwischen Zorn und Entsetzen. Nie hätte er eine Frau für fähig gehalten, mit solch brutaler Offenheit über einen Mord, über einen von ihr begangenen Mord zu sprechen.

»Und – wenn es ein Mädchen gewesen wäre?«

Rachel zuckte die schönen Schultern. »Timothy war ja noch nicht tot. Wahrscheinlich hätte ich aufgehört, ihm Gift zu geben und die nächste Schwangerschaft abgewartet. So unerträglich war er schließlich nicht, daß ich es nicht noch ein, zwei Jahre mit ihm ausgehalten hätte. Er war mir nur lästig. Allerdings hatte das Gift eine ausgesprochen dämpfende Wirkung auf seine ehelichen Aktivitäten, was sehr angenehm war.«

Sie sah Jonathan herausfordernd an, aber der hatte wieder den Kopf abgewandt. »Ich hätte das Gift nur absetzen müssen, dann wäre er wahrscheinlich wieder relativ gesund geworden. Wobei natürlich die Gefahr bestanden hätte, daß er wieder lästig geworden wäre.«

Sie überdachte diese Frage einige Augenblicke und schüttelte dann den Kopf. »Nein, es war sicher besser so. Schon einen Tag nach Thomas Geburt habe ich Timothy zum Abendtee eingeladen, ich sagte ihm, ich hätte solche Sehnsucht nach einer friedlichen Stunde allein mit ihm. Du kannst dir nicht vorstellen, wie er sich darüber freute. Und wie lächerlich stolz er war auf seinen Sohn! Dabei war Thomas so ein häßliches Baby, ganz faltig und kahl und die Augen verschwollen. Wenn er wenigstens ein paar Löckchen gehabt hätte! Aber Timothy tat so, als ob er ein Wunderwerk sei. Er wäre bestimmt einer von diesen lächerlichen Vätern geworden, die über nichts anderes als ihre Kinder reden.«

Jonathan hob die Hände, als ob er sich die Ohren zuhalten wollte, und ließ sie dann wieder sinken. Rachel betrachtete ihn mit sichtlicher Befriedigung.

»Eine deutlich erhöhte Dosis, das genügte. Kein Mensch hat Verdacht geschöpft, nicht einmal der Arzt. Bei dem war Timothy ja schon seit Wochen in Behandlung wegen seiner Magenschmerzen. Nur meine Fairchild, die hat sich einiges zusammengereimt. Aber von ihr brauchte ich nichts zu befürchten, sie verstand mich. Sie kannte ja Edward! Und du hast Edward umgebracht!«

»Ich werde auch dich umbringen!« sagte Jonathan wild und ging auf sie zu. Mrs. Fairchild warf sich dazwischen und umklammerte seine Knie.

»Mylord! Mylord! Sie vergessen sich!«

Jonathan blickte auf sie hinunter, dann schüttelte er sie ab und trat einen Schritt zurück. Er atmete tief.

»Ich werde sie nicht anrühren, diese verkommene Hure! Ich werde meine Finger nicht an ihr schmutzig machen! Aber ich werde sie an den Galgen bringen! Sie wird hängen für den Mord an meinem Bruder. Und sie wird schon morgen im Gefängnis sein.«

Zum ersten Mal, seit sie angefangen hatte zu reden, flackerte Angst in Rachels Augen auf, verschwand aber gleich wieder. »Das wagst du nicht! Ich bin die Mutter deines Erben. Und er wird dein Erbe bleiben, darauf kannst du dich verlassen. Diese magere Baronesse wird nie ein Kind bekommen! Der ist die Unfruchtbarkeit auf den Leib geschrieben. Schau dir nur ihre Hüften an! Nein, Thomas ist und bleibt dein Erbe. Und ich bin seine Mutter. Du willst die Mutter des künftigen Earls of Shore vor aller Welt als Mörderin bloßstellen? Und willst sie am Galgen sehen? Das wagst du nicht!«

»Es gibt keinen Platz, wo ich dich lieber sehen würde!«

»Aber – aber es wird ein unerhörter Skandal werden! Das ganze Land wird mit Fingern auf dich zeigen!«

»Du kennst mich sehr wenig, wenn du meinst, daß mich ein Skandal erschrecken könnte. Mir sind die Menschen herzlich gleichgültig, und die gute Gesellschaft erst recht. Du hast meinen Bruder ermordet, heimtückisch, aus reiner Habgier – meinen Bruder, der der liebste und beste Mensch war, den man sich denken kann. Dafür wirst du deine gerechte Strafe bekommen. Und die ist der Galgen.«

Rachel ging langsam zu einem Sessel und setzte sich. Als ihr Blick in den Spiegel fiel, hob sie automatisch die Arme, um den herabgerutschten Träger ihres Nachthemdes auf die Schulter zu schieben und ihre Locken zu ordnen. Sie strich behutsam mit den Fingern über ihr Gesicht, und ihre Züge nahmen wieder den ruhigen, rätselhaften Ausdruck der Mona Lisa an. So blickte sie ihren Schwager an.

»Du hast keine Beweise.«

»Ich habe dein Geständnis und deine Zofe als Zeugin.«

»Ich werde mein Geständnis widerrufen. Ich werde sagen, daß du versucht hast, mich zu verführen und – und aus Wut über meine Zurückweisung dieses Lügenmärchen erfunden hast. Und Fairchild als Zeugin? Das schlag dir aus dem Kopf! Sie ist mir treu. Du wirst kein Wort aus ihr herausbringen, wenn ich es ihr nicht erlaubt habe. Nicht wahr, meine Gute?«

Die Zofe nickte heftig, aber ihre Augen fuhren unstet hin und her, und ihre Hände zitterten.

»Du kannst sicher sein, daß man sie zum Reden bringen wird. Ich werde sie anklagen lassen wegen Beihilfe zum Mord. Wenn sie erst alleine in einer Zelle sitzt, bei Wasser und Brot und den Galgen vor Augen, da wird sie nicht auf deine Erlaubnis warten zum Reden.«

»Mord? Beihilfe zum Mord? Ich?« schrie Mrs. Fairchild mit sich überschlagender Stimme. »Aber, Mylord, ich habe doch gar nichts getan! Ich habe es doch nur gemerkt, ganz zufällig gemerkt, und was hätte ich da tun sollen? Ich konnte doch die Zuckerdose nicht wegnehmen! Sie ist aus reinem Silber! Was hätte ich denn machen sollen?«

»Wenn Ihnen Ihr Gewissen nicht sagt, was Ihre Christenpflicht ist, wenn man einen unschuldigen Menschen umbringt, dann wird Ihnen der Richter das schon erläutern. Und jetzt hinaus mit Ihnen! Ich will Sie nicht mehr sehen!«

Mrs. Fairchild schluchzte auf und schlich mit gesenktem

Kopf zur Tür, aber da fuhr Rachel dazwischen. Ihre hohe Stimme klang schrill.

»Fairchild nimmt ihre Befehle nur von mir entgegen. Und ich wünsche nicht, daß sie das Zimmer verläßt. Du bleibst bei mir, Clara!»

»Der Herr in diesem Haus bin ich!« donnerte Jonathan. »Raus!«

Mrs. Fairchild zögerte und blickte ihre Herrin hilfesuchend an, aber da Seine Lordschaft drohend auf sie zukam, wich sie der Gewalt und floh.

»Stearns soll kommen«, bellte ihr der Herr des Hauses noch nach.

Mr. Stearns erschien so schnell, als ob er an der Treppe auf der Lauer gelegen hatte. Tatsächlich gehörte er zu dem Erkundungstrupp, der sich in der Nähe von Mrs. Timothys Zimmern postiert hatte, nachdem der Schuß ertönt war. Ein Pistolenschuß im Inneren des Schlosses! Im Zimmer einer Lady noch dazu! Heute passierten tatsächlich nur unerhörte Dinge!

»Mylord wünschen?«

Mr. Stearns ließ seine Blicke blitzschnell durch den Raum schweifen. Es war geschossen worden, soviel war sicher, der Geruch nach Pulver hing noch im Raum, wenn auch überlagert von dem schweren Duft nach Moschus. Eine Parfumflasche lag zersplittert am Boden. Ob die zerschossen worden war? Aber deshalb wäre die Fairchild doch nicht in einem Zustand gewesen, wie man ihn in gut vier Jahren in Wimberley noch nie gesehen hatte!

»Mrs. Timothy verläßt ab sofort ihre Zimmer nicht mehr! Du wirst eine Wache vor die Tür stellen, die alle zwei Stunden abgelöst wird. Dann bringst du den Brief, den ich jetzt schreiben werde, zum Polizeikommissar von Farnham. Wahrscheinlich mußt du ihn aus dem Bett klingeln. Du brauchst ihn nicht mitzubringen, es genügt, wenn er morgen früh kommt.«

»Das – das kann nicht dein Ernst sein! Was – was soll aus Thomas werden?«

»Warum interessiert dich das? Du kümmerst dich doch sonst nie um ihn. Er wird in Susanna eine bessere Mutter haben, als du je eine gewesen bist.«

»Aber ich will nicht ins Gefängnis!« schrie Rachel. »Und ich gehe auch nicht! Du kannst mich nicht zwingen. Und die Polizei auch nicht! Kein Kommissar hat das Recht, mich anzurühren! Ich bin die Witwe des Earls of Shore. Ich werde – ich werde an die Königin appellieren. Ich werde – ich werde das Oberhaus anrufen gegen deine Lügen und Verleumdungen! Ich werde sie schon davon überzeugen, was für ein scheinheiliger Schuft du bist.«

»Es wird dir nichts nützen«, erwiderte Jonathan kalt. »Du kommst ins Gefängnis. Und dann an den Galgen.«

Er drehte sich abrupt um und ging zur Tür, vorbei an dem erstarrten Haushofmeister, dem zum ersten Mal in seinem langen Dienerleben der Mund offenstehen geblieben war. An den Galgen? Ein Mitglied des Hauses Sinclair an den Galgen? Oh Himmel! Das war doch nicht möglich! Und Seine Lordschaft war dafür? Er wollte sie ins Gefängnis bringen? Er wollte sie nicht vor dem Galgen retten? Ja, ging denn die Welt aus den Fugen? Er eilte hinter seinem Herrn her, der sich schon selbst die Tür geöffnet hatte, und schloß sie mit zitternden Händen.

»Eine Wache vor das Zimmer. Sehr wohl, Mylord«, murmelte er. »Wechsel alle zwei Stunden.«

Er winkte einem Untergebenen, der schon vor der Tür wartete, und gab den Befehl weiter, wobei er die Genugtuung hatte, daß der Mann ihn anglotzte wie einen Geist.

»Du rührst dich nicht vom Fleck! In zwei Stunden wirst du abgelöst.«

Damit eilte der Haushofmeister Seiner Lordschaft nach. Dem stämmigen Bill Dickson klappte der Kiefer herunter, dann nahm er wie betäubt vor der Tür Aufstellung. Er hatte einige Worte gehört, die aus dem Zimmer gedrungen waren. Hatte er die etwa richtig verstanden?

32. Kapitel

Rachel hörte die Schritte und kämpfte mit zitternden Gliedern gegen einen hysterischen Anfall. Am liebsten hätte sie alles ergriffen, was ihr gerade in die Finger geriet und hätte es in die Spiegel oder durch die Fenster geschmettert. Sie umklammerte die Sessellehne. Splitterndes Glas – berstendes Holz – die schrillen Geräusche von Zerstörung – die wären jetzt eine Wohltat gewesen für ihre bis zum Zerreißen gespannten Nerven. Sie holte tief Atem. Sie mußte sich beherrschen! Sie mußte einen klaren Kopf behalten und nachdenken! Edward war tot und konnte ihr nicht mehr helfen. Und es war keine Fairchild da, die sie beruhigen und unterstützen würde. Sie war ganz auf sich allein gestellt.

Rachel ging langsam zu ihrem Bett und ließ sich darauf nieder. Oh nein, sie würde nicht ins Gefängnis gehen. Sie würde fliehen! Aber wohin? Im Geiste ließ sie den Kreis ihrer Anbeter Revue passieren, erwog die Vorteile, die mit einer Heirat verbunden wären und die möglichen Reaktionen auf das Ansinnen, eine lange Reise auf den Kontinent zu unternehmen. Denn sie mußte England verlassen! Jonathan hatte zwar behauptet, daß sie ihn nicht kennen würde, aber das wußte sie jetzt: Er würde den Skandal nicht scheuen und die Mörderin seines Bruders verfolgen. Es war auf alle Fälle sicherer, eine Zeitlang den Ärmelkanal zwischen sich und der englischen Polizei zu wissen. Doch wer – ja, Martin Heatherbridge, der war exzentrisch genug, um an einer Flucht aus England Gefallen zu finden, obwohl oder vielleicht sogar weil Jonathan Sinclair der Mann war, vor dem er eine Dame in Sicherheit brachte.

Rachel sah mit halbgeschlossenen Augen vor sich hin. Schließlich nickte sie. Ja, so würde es gehen. Noch einmal überdachte sie ihren Plan in allen Einzelheiten. Das hatte sie von Edward gelernt. Je mehr Möglichkeiten man in Betracht zog, je weniger man dem Zufall überließ, desto gelassener konnte man an die Ausführung gehen. Einen Moment lang drohte der Gedanke an Edward ihr die Beherrschung zu rauben. Dann biß sie die Zähne zusammen, stand auf und ging in ihr Ankleidezimmer. Es dauerte einige Zeit, bis sie die Sachen gefunden hatte, die sie anziehen wollte – sie herauszusuchen und bereitzulegen war immer Fairchilds Amt gewesen. Noch schwieriger war es, ohne ihre Hilfe beim Ankleiden zurechtzukommen. Es war viele Jahre her, seit Rachel dieses schwierige Unterfangen hatte alleine bewältigen müssen, und sie merkte mit steigender Ungeduld, wie ungeschickt sie sich anstellte. Das Frisieren erwies sich als noch komplizierter. Nach mehreren vergeblichen Versuchen, ihre hüftlangen Haare aufzustecken, verlor sie die Geduld. Sie hatte ohnehin schon viel zu viel kostbare Zeit auf ihre Toilette verschwendet. Schließlich war Nacht, wenn auch vom Mondlicht erhellt, und kein Mensch würde zu dieser Zeit der Frisur einer Dame Bedeutung beimessen. Sie flocht ihre Haare zu einem langen Zopf, der ihr über den Rücken hinabhing, ging auf Strümpfen zurück in ihren Salon und legte Reitstiefel und Hut auf den Boden gleich am Eingang, so daß sie von der geöffneten Tür verdeckt werden würden. Dann trat sie zu ihrem Sekretär, öffnete diverse Fächer, zog große und kleine Schatullen heraus und leerte diese mit entschlossenen Bewegungen in einen großen Kaschmirschal. Rachel betrachtete das Sprühen und Glitzern auf dem Schal mit fast wollüstiger Befriedigung. Dann formte sie das Tuch zu einer langen Rolle und knüpfte die Zipfel zu zwei festen Knoten zusammen. Die Smaragde und das Brillanten-Ensemble waren die einzigen Teile des Familienschmuckes, die ihr entgangen waren. Dabei hatte die Französin sie gar nicht haben wollen, diese unbegreifliche Person, der Schmuck gleichgültig zu sein schien. Sie hatte die Smaragde genommen wie Glasklunker und hatte sie ohne Zögern wieder abgelegt. Rachel verscheuchte die Erinnerung an den entwürdigenden Auftritt vor dem Ball. Sie hob die Röcke und band sich die Tuchrolle um die Taille. Sie hatte das schlichteste Reitkleid ausgesucht, das sie besaß, und hatte das älteste Cape zu Stiefeln und Hut hinter die Tür gelegt. Sicher würden mögliche Diebe sie in diesem bescheidenen Aufzug nicht beachten, wenn sie sahen, daß sie nicht einmal eine Tasche bei sich hatte.

Rachel nahm ihren seidenen Morgenmantel, zog ihn an und betrachtete sich im Spiegel. Dann nickte sie zufrieden. Ausnahmsweise bezog sich die Zufriedenheit einmal nicht auf ihr Aussehen, sondern auf die Tatsache, daß der Mantel ihr Reitkleid völlig verdeckte. Sie sah aus, als ob sie im Begriffe sei, zu Bett zu gehen. Sie atmete mehrere Minuten lang schnell und tief, bis sie im Spiegel sah, daß ihr Gesicht bleich wurde. Ein leises Summen tönte in ihren Ohren, schwarze Punkte tanzten vor ihren Augen. Schwankend ging sie zur Tür.

Bill Dickson stand auf dem Gang vor Mrs. Timothys Zimmern, trat von einem Fuß auf den anderen und wurde sich mit wachsendem Unbehagen über die Lage klar, in der er sich befand. Er wäre bereit gewesen, seine schönste Pfeife, die mit dem Meerschaumkopf, zu opfern, aus schierer Erleichterung und Dankbarkeit, wenn jetzt jemand erscheinen und ihm erklären würde, daß Mr. Stearns nur einen schlechten Witz gemacht hätte. Aber nach langer und gründlicher Erwägung aller dafür sprechenden Argumente – was seinem ohnehin langsam arbeitenden Hirn aufgrund der Verzwicktheit des Falles große Mühe machte – kam Bill Dickson schließlich zu der Ansicht, daß er diese Hoffnung aufgeben müsse.

Er fuhr herum. Die Tür, die er bewachte, öffnete sich langsam. Auf der Schwelle stand Mrs. Timothy, bleich wie ein Gespenst, in einem bodenlangen Seidenmantel, und starrte ihn an.

»Schnell, hol' Fairchild! Ich brauche Hilfe. Ich werde ohnmächtig.«

Sie ließ die Klinke los, schwankte und sank zusammen. Die Tür schwang zurück, fiel aber nicht ins Schloß, sondern blieb einen Spalt offen stehen. Mr. Dickson sah eine Hand und einen von perlrosa Seide verhüllten Arm bewegungslos auf dem Boden liegen. Es sah irgendwie besorgniserregend aus. Ein paar Sekunden stand er unschlüssig da. Dann war die lebenslange Gewohnheit des Gehorchens stärker als alle Bedenken. Einem Befehl mußte Folge geleistet werden, vor allem, wenn er so drängend ausgesprochen worden war:

»Schnell, hol' Fairchild!« Also mußte man sie holen.

Bill Dickson setzte sich in Bewegung und rannte, so schnell ihm das bei seiner Körperfülle möglich war, zum Zimmer der Zofe, das ein Stockwerk höher lag, direkt über dem Schlafgemach von Mrs. Timothy. Seine Lordschaft hatte zwar auch einen Befehl ausgesprochen, nämlich daß sie ihre Zimmer nicht verlassen dürfe, und dem war natürlich in allererster Linie zu gehorchen. Aber das tue ich ja auch, dachte Mr. Dickson, während er die Treppe emporkeuchte, denn ich habe ja die ganze Zeit davor gestanden und bin jetzt nur ganz kurz weg, und ihr

Zimmer verlassen kann sie momentan sowieso nicht, weil sie ja ohnmächtig am Boden liegt. Und ich werde auch nicht auf die Fairchild warten, sondern ihr nur Bescheid geben und sofort zurücklaufen. Aber er brauchte nicht zu warten, denn die Zofe öffnete schon nach dem ersten Klopfen, nickte nur, als er seine Botschaft ausgerichtet hatte, als ob sie etwas Ähnliches erwartet hätte, und folgte ihm. Während sie zurückliefen, fragte sich Mr. Dickson mit einem unbestimmten Gefühl der Beunruhigung, warum die Witwe ihre Zofe wohl nicht selbst gerufen hatte, denn die Zimmer waren durch einen Klingelzug verbunden. Offensichtlich hatte sie nicht mehr die Kraft gehabt, ihn zu erreichen.

Mrs. Fairchild, die mager und entschieden besser zu Fuß war als Mr. Dickson, war schon im Zimmer ihrer Herrin verschwunden und hatte die Tür hinter sich geschlossen, bevor er schnaufend und schwitzend seinen Posten wieder einnahm. Er bemühte sich, wieder zu Atem zu kommen und die letzten Minuten zu überdenken. Er kam zu dem Schluß, daß er richtig gehandelt hatte. Er hatte die Tür bewacht, und dann hatte er die Zofe geholt, die besser als jeder andere wußte, wie ihre Herrin zu behandeln war, und jetzt stand er wieder hier, und es würde Mrs. Timothy nicht gelingen, ihre Räume zu verlassen, jawohl, und wenn er sie packen und festhalten müßte – dazu hatte er sich inzwischen in Gedanken durchgerungen. Trotzdem würde er froh sein, wenn die zwei Stunden endlich vorbei waren.

* * *

Rachel war sofort aufgesprungen, als sie seine sich entfernenden Schritte gehört hatte, war in die Reitstiefel geschlüpft, hatte den Seidenmantel abgeworfen und sich in das Cape gehüllt. Sie sah den langen, leeren Gang hinunter, dann huschte sie hinaus und ließ die Tür einen Spalt breit offenstehen. Auf Fairchild konnte sie sich verlassen, die würde wissen, was sie zu tun hatte – nämlich gar nichts. Sollte sich ruhig die Wache auf dem Gang abwechseln! Mrs. Timothy Sinclair würde längst über alle Berge sein, ehe ihr Verschwinden bemerkt werden würde. Sie glitt die Treppe hinunter, durchquerte dann lautlos die Halle und öffnete vorsichtig die Tür zu dem unbewohnten Flügel des Schlosses, dessen riesige Prunkräume seit Jahren nicht mehr benutzt worden waren. Doch nein, der Ballsaal, der war herausgeputzt worden im Mai, damit Jonathan dort seine Französin der staunenden Nachbarschaft hatte präsentieren können. Wahrscheinlich würde hier auch die offizielle Verlobung stattfinden und dann die Hochzeitsfeierlichkeiten.

Rachel preßte die Lippen zusammen. Keinen Gedanken durfte sie jetzt verschwenden an ihren rachsüchtigen Schwager und seine Braut. Im Augenblick ging es nur darum, die eigene Haut zu retten. Später, irgendwann einmal, würde ihr schon etwas einfallen, um sich an Jonathan und der Französin zu rächen. Gift war eine wundervolle Substanz! Man konnte es in kleinen Geschenken verstecken, in Pralinen oder Likör oder kandierten Früchten. Warum nur war der Anschlag mit den Zuckerpflaumen mißglückt? Rachel streifte den weiten, stillen Raum mit einem gehässigen Blick. Welche Feste auch immer hier gefeiert werden würden, sie wollte schon dafür sorgen, daß sie nicht zahlreich sein würden.

Leise öffnete sie ein Fenster, schwang sich auf die Brüstung und ließ sich draußen herabgleiten. Ihre Reitstiefel knirschten auf dem Kies. Das Geräusch kam ihr erschreckend laut vor. Sie setzte die Füße so leicht auf, wie sie nur konnte, und blieb nach jedem Schritt angespannt lauschend stehen. Plötzlich fing dicht neben ihr eine Stimme an zu schreien, eine andere antwortete. Das Schreien kam so unerwartet und durchdringend, daß ihr der Schreck durch alle Glieder fuhr. Sie stand zitternd da, unfähig, sich zu rühren, und wußte nicht, ob sie verfolgt und entdeckt war oder ob ihr jemand den Weg versperrte.

Dann merkte sie, daß es Katzen waren, die da schrien, und daß das schrille Gezeter der Tiere andere Geräusche übertönte. Sie ging schnell weiter. Um die Stallungen war der Boden mit groben Steinen gepflastert. Hier klangen die Schritte nicht so laut wie auf Kies. Rachel schlich an der Mauer entlang bis zum Eingang. Sie öffnete die Tür einen Spalt und horchte in die Dunkelheit. Aus dem warmen Dunst kamen die nächtlichen Geräusche der Pferde und ein gleichmäßiges Schnarchen.

Rachel nickte. Damit hatte sie gerechnet. Der Mann, der zur Stallwache eingeteilt war, hatte sich natürlich auch an der Freudenfeier beteiligt und zu viel getrunken. Welcher Stallknecht konnte schon widerstehen, wenn es Freibier gab?

Sie tastete sich langsam an der Wand entlang zur Sattelkammer. Einmal huschte etwas über ihre Füße. Eine Maus? Eine Ratte? Rachel biß die Zähne zusammen. Sie würde nicht schreien! Sie mußte jetzt die Nerven behalten! Was war schon eine Maus und selbst eine Ratte, wenn man auf der Flucht vor dem Galgen war?

Mit bebenden Fingern tastete sie sich weiter und drückte die Tür zur Sattelkammer auf, ganz langsam, immer um nur eine Fingerbreite mehr, so daß das Quietschen der Türangeln kaum zu hören war. Der Raum roch streng, fast beißend nach Leder. Durch das kleine Fenster unterm Dach fiel das Mondlicht. Rachel sah sich um. Wie lange war es her, daß sie zum letzten Mal ein Pferd gesattelt hatte? Daheim in Schottland war das gewesen, als sie noch ein kleines Mädchen war, da hatte es zu ihrem Reitunterricht gehört. Aber so etwas verlernte man nicht. Sie hob Morning Stars Zaumzeug vom Haken und ihren Sattel vom Ständer, nahm die Steigbügel in die Hand, damit sie nicht gegeneinander klirren konnten, und ging langsam zurück in den dunklen Stallgang.

Wenn das ihr Vater wüßte, daß das Schicksal seiner einzigen Tochter von der Fähigkeit abhing, ein Pferd zu satteln und zu reiten und damit dem Gefängnis zu entkommen! Rachel verzog den Mund. Selbst in seinen schlimmsten Vorstellungen hatte er sich das wohl nicht ausgemalt. Warum mußte sie ausgerechnet jetzt an ihn denken? Weil sie sich an ihren Reitunterricht in Schottland erinnert hatte? Sie verschwendete sonst nie Zeit mit Erinnerungen. Ihr Vater war längst tot, und sie hatte es nie bedauert, ihn nicht wiedergesehen zu haben. Sie hatte auch keinen Versuch unternommen, sich nach seinem Tod mit ihrer Mutter zu versöhnen. Ihre ärmliche Jugend war ein abgeschlossenes Kapitel für sie, an das sie möglichst gar nicht denken wollte. Reich wollte sie werden, das war das einzige, was sie interessierte. Und bald würde sie noch reicher sein, als sie jetzt war. Über Martin Heatherbridges Vermögen kursierten sagenhafte Gerüchte.

Rachel ging behutsam den gepflasterten Mittelgang zwischen den Boxen hinunter. Das Schnarchen tönte nach wie vor laut und gleichmäßig. Sie versuchte, die Namen auf den Messingschildchen an den halbhohen Türen zu erkennen, aber das Mondlicht drang nicht so tief hinunter. Sie wäre am liebsten auf Morning Star geritten, aber letztlich war es gleichgültig, welches Pferd sie nahm. Sie war eine gute Reiterin und traute sich zu, jedes Tier im Stall zu beherrschen, außer Thief und Thunder.

Während sie noch unschlüssig stand und überlegte, hörte das Schnarchen plötzlich auf. Rachel erstarrte und hielt den Atem an. Da – jetzt setzt es wieder ein, aber unregelmäßiger und tiefer. Sie stand und regte keinen Muskel. Da – jetzt hörte es wieder auf. Eine Stimme stöhnte schlaftrunken und sprach ein paar undeutliche Worte. Das durfte doch nicht wahr sein! Der Mann wurde wach! Dabei hatte sie wirklich nicht das kleinste Geräusch verursacht. Und die Pferde in ihren Boxen waren zwar deutlich zu hören, aber es waren die normalen Geräusche, die schlafende oder dösende Tiere machen – nichts, was einen betrunkenen Stallburschen aufwecken konnte. Ob er wohl wieder einschlief?

Nein, das tat er nicht. An dem Rascheln und Knarren konnte man hören, daß er sich auf die andere Seite rollte, sich dann aufrichtete und schließlich aufstand. Wieder brummte er ein paar unverständliche Worte vor sich hin. Und dann ertönten Schritte und kamen den Gang herunter. Rachel blickte sich um wie gehetzt. Ihr Herz jagte. Zurück zum Eingang konnte sie nicht mehr, dazu war sie schon zu weit in den Stall vorgedrungen. Sie duckte sich, ließ vorsichtig die Steigbügel los, die sie noch immer in der Rechten hielt, und schob leise den Riegel der nächsten Box zurück. Sie drückte die Tür ein Stückchen auf, gerade so weit, daß sie hindurchpaßte, und schlüpfte in die Box.

Sie ließ den schweren Sattel von ihrem linken Arm ins Stroh gleiten. Die Steigbügel klirrten leise, als sie den Boden berührten. Das nächste, was Rachel hörte, war ein erschrecktes Schnauben. Dann traf ein gewaltiger Schlag ihre Schläfe, und ein schauriges Geräusch füllte ihre Ohren, ein Splittern und Knirschen, das aber im Bruchteil einer Sekunde verebbte.

Als der Stallknecht wenig später die Box betrat, um Seiner Lordschaft Anweisung zu folgen und Thunders Striemen mit in Eiswasser getränkten Tüchern zu behandeln, stieß sein Fuß gegen etwas Weiches. Er richtete den Strahl der Laterne auf den Boden und ließ ihn langsam hin und her wandern. Was war das?

Er stieß die Gestalt vorsichtig mit der Stiefelspitze an. Sie schien tatsächlich aus Fleisch und Blut, aber sie rührte sich nicht. Es mußte eine Dame sein, denn sie trug Reitstiefel und einen Umhang aus feinem Stoff, das sah John Mackray auf einen Blick. Wieso schlief eine Dame im Stall? Die Schlafende lag auf der Seite und hatte den linken Arm quer über's Gesicht geschoben, so daß man es nicht erkennen konnte. Ein langer Zopf hing über ihren Rücken, und das machte den Stallknecht wieder unsicher in seiner Einschätzung, denn Damen trugen keine Zöpfe.

Es war überhaupt alles sehr verwunderlich – um nicht zu sagen geheimnisvoll. Wie war sie überhaupt hereingekommen? Es waren doch keine Schritte, kein Türenklappen zu hören gewesen. Nun ja, er war wohl kurz eingenickt, ein Bierchen oder zwei über den Durst hatte er vielleicht doch getrunken, aber Seine Lordschaft hatte ihm aufgetragen, alle zwei Stunden Thunders Umschläge zu wechseln, und was ein guter Stallknecht ist, der hat eine Uhr im Bauch und wird pünktlich wach – Bier hin und her. Er räusperte sich vernehmlich.

»Also, halten zu Gnaden, aber Sie können hier nicht schlafen, meine Gnädigste«, sagte er mit erhobener Stimme. Die Gestalt reagierte nicht. Nur Thunder schnaubte aufgeregt und bewegte sich unruhig hin und her.

»Ja, ja, schon gut, armes Tier«, brummte Mr. Mackray beruhigend. »Ich hab deine Wickel schon parat, gleich kriegst du, was du brauchst. Aber ein bißchen mußt du noch warten.«

Er setzte den Eimer mit den in Eiswasser getränkten Verbänden ab, bückte sich und zog den Arm vom Gesicht der Schlafenden. Der Arm fiel schlaff zur Seite. Das erste, was der Stallknecht sah, war eine klaffende Wunde an der Schläfe der Liegenden, aus der das Blut über die Wange lief. Die Laterne zitterte in Mr. Mackrays Hand und warf hüpfende Goldkringel auf die Wände der Box. Das Gesicht am Boden verschwand im Schatten. John Mackray sank auf die Knie. Er hatte das Gefühl, als ob ihm eine unsichtbare Hand die Beine unterm Leib wegziehen würde. Das – das war doch nicht möglich! Er versuchte, seine Hände ruhig zu halten und das Licht wieder auf das Gesicht am Boden zu richten. Oh Gott – es war – es war tatsächlich Mrs. Timothy. Ihre Augen standen weit offen und starrten die Wand an. Auch aus dem Mundwinkel lief ein dünner Blutfaden.

Der Stallknecht hockte eine Zeitlang auf dem Boden und stierte die zerschmetterte Schläfe an. Dann kam er schwankend auf die Knie. Es mußte etwas geschehen – aber was nur? Das hier überstieg seine Kompetenzen. Jemand mußte geholt werden – der Arzt – oder der Pfarrer – aber wer? Nein, als ersten mußte man wohl Seine Lordschaft benachrichtigen. Doch er würde den Teufel tun, wenn er jetzt alleine und mitten in der Nacht ins Schloß ging und Seine Lordschaft aus dem Bett holte. Das war nicht seine Aufgabe. Er würde jetzt Mr. Lesley alarmieren und mehr nicht. Mochte der entscheiden, was zu tun war. Dazu war er ja schließlich Stallmeister.

* * *

Jonathan wurde wach und hörte einen unterdrückten, aber erregten Stimmenwechsel vor seiner Tür. Dann trat Burton ein, einen Leuchter in der Hand, und sagte ohne seine übliche Contenance: »Ich muß Sie leider wecken, Mylord. Es ist etwas geschehen.«

Susanna, dachte Jonathan und spürte, wie eine Faust nach seinem Herzen griff und ihm den Atem abdrückte. Er lag da, unfähig sich zu rühren, und sah Burton an.

»Mrs. Sinclair ist – sie hat – sie ist einem Unglücksfall begegnet.«

Jonathan spürte, wie die Faust sich lockerte, und holte Luft.

»Was ist geschehen?«

»Mr. Lesley ist draußen. Und John Mackray. Der hat sie gefunden. Sie liegt im Stall, in Thunders Box. Und Mackray sagt, sie – sie ist tot.«

»Tot? Ist er nüchtern?«

»So nüchtern, wie man nur sein kann, Mylord. Er sagt, Thunder muß ausgeschlagen haben. Ihr Kopf – er ist zerschmettert.«

Als Seine Lordschaft Thunders Box betrat, lag Rachel in derselben Stellung auf dem Boden, in der der Stallknecht sie gefunden hatte. Der Leuchter in Burtons Hand begann zu zittern, als das Kerzenlicht auf die zerschmetterte Schläfe fiel. Der Schein hüpfte über das starre Gesicht, über den langen schwarzen Zopf, der sich wie eine Schlange über Schulter und Brust ringelte, und kehrte dann zu der schrecklichen Wunde zurück.

Jonathan wandte den Blick ab. Rachel war tot. Er wiederholte den Satz mechanisch, immer wieder, aber er löste keine Empfindung in ihm aus. Noch vor wenigen Stunden hatte er diese Frau gehaßt mit einer Wut und Leidenschaft, daß er sie am liebsten erschossen hätte wie einen tollen Hund. Oh, was hatte sie gehöhnt und sich geweidet an seinem Entsetzen und nicht die geringste Scham, nicht den kleinsten Funken Mitleid oder Reue gezeigt. Eine kaltblütige, geldgierige Mörderin war sie, und er hatte ihr mit flammender Inbrunst eine qualvolle Gefangenschaft und einen schändlichen, schaurigen Tod gewünscht. Sie hatte Timothy umgebracht, und sie hatte ihn sterben sehen, wochenlang, und hatte sich nicht entsetzt vor ihrem eigenen Tun, obwohl sie sein Kind erwartete.

Mein Gott – Thomas! Was sollte mit dem Jungen geschehen? Er durfte nie erfahren, daß seine Mutter eine Mörderin war und seinen Vater auf dem Gewissen hatte! Jeder Verdacht, der in diese Richtung ging, mußte unterdrückt werden! Nie, unter gar keinen Umständen, durfte Thomas mit diesem Wissen belastet werden! Jonathan faßte seinen Siegelring so fest, daß der Reif schmerzhaft gegen den Finger drückte. Wo hatte er nur seine Voraussicht gelassen? Er war blind gewesen vor Zorn! Er hatte dieses Weib hinter Gittern sehen wollen, gedemütigt, von Todesangst erfüllt, und dabei hatte er Thomas vergessen.

Hör auf mit den Selbstvorwürfen, dachte Jonathan, mach einen Plan! Wer wußte von den Anschuldigungen, von Polizei und Gefängnis? An erster Stelle Mrs. Fairchild. Sie wußte noch mehr, aber eben deshalb war es ein Leichtes, sie mundtot zu machen. Dann Mr. Stearns, der Haushofmeister. Dem lag die Ehre des Hauses genauso am Herzen wie ihm selbst, er würde kein Wort sagen, ebenso Burton nicht. Alle anderen konnten weder eine Beteiligung Rachels an Timothys Tod noch an dem Anschlag auf Susanna vermuten. Edward Tavernic war nur ein Gast gewesen, der ebenso wie Charles Riley zu einem kurzen Besuch auf Wimberley gewesen war und dessen Beziehungen zu Mrs. Sinclair rein gesellschaftlicher Natur waren.

Jonathans verkrampfte Finger lösten sich und drehten langsam den Ring. Es war ein Unfall! Rachel hatte fliehen wollen, dessen war er sicher, aber diese Flucht mußte verheimlicht – oder nein, als eine bizarre Idee dargestellt werden, als der plötzliche Entschluß zu einem Ritt vor Tag und Tau und zur romantischen Betrachtung eines Sonnenaufgangs. Gehörten diese Sehnsüchte nicht zum festen Bestandteil der Romane und Gedichte, die alle Welt, besonders die weibliche, seit Jahren las? Man würde sich wundern, man würde reden, aber letztlich würde der Unfall akzeptiert werden.

»Ich brauche eine Bahre«, sagte er über die Schulter.

Mr. Lesley und John setzten sich in Bewegung. »Und Dr. Lindlow! Und den Pfarrer! Holt sie nicht aus dem Bett, es kommt wohl auf eine halbe Stunde nicht mehr an, aber doch zur frühest vertretbaren Zeit.«

Man hörte verschlafene Stimmen, dann erschrockene Ausrufe, dann eine betretene Stille, die nur von den Anweisungen Mr. Lesleys unterbrochen wurde.

»Das gibt uns etwas Zeit«, sagte Jonathan. »Du mußt mir jetzt leuchten, Burton, und zwar schnell, denn bald werden wir Zuschauer haben.«

Er bückte sich, drehte die leblose Gestalt auf den Rücken und tastete ihre Arme ab, die unter dem weiten Cape verborgen waren. Nein, sie trug keine Tasche, keinen Beutel. Sie hatte kein Gepäck mitnehmen können, wenn sie reiten wollte, aber er glaubte Rachel gut genug zu kennen, daß sie nicht Hals über Kopf geflohen war. Selbst mit dem drohenden Bild des Galgens vor Augen würde sie kaltblütig genug gewesen sein, ausreichend Geld oder Wertsachen einzustecken. Und die durften nicht gefunden werden, wenn die Version von dem romantischen Morgenritt glaubhaft sein sollte. Jonathan schob das Cape auseinander und tastete weiter. Burton, dessen Erfahrung mit Leichen begrenzt war, bemühte sich, seine Augen von der klaffenden Schläfe abzuwenden und den Leuchter ruhig zu halten, selbst dann, als Seine Lordschaft auf einmal stockte und dann ohne weitere Umstände die Röcke der Toten weit emporschob und den Schal aufknotete, der um ihre Taille geschlungen war.

Den Stallgang hinunter kamen Schritte. Jonathan zog die Röcke wieder glatt, stopfte den Schal unter seine Jacke und gab dann mit ruhiger Stimme Anweisungen, wie der Körper auf die Bahre zu heben war. Draußen stand schon eine kleine Gruppe von Dienstboten, die die Mützen abnahmen und entsetzte Blicke auf die zerschmetterte Schläfe der Toten warfen. Jonathan trat zu ihnen.

»Ihr habt gesehen, was geschehen ist. Ich verlasse mich auf euch, daß es kein Gerede gibt. Vor allem Thomas darf nicht erschreckt werden. Er muß es von mir erfahren. Ich weiß, ihr werdet alle mit ihm fühlen und ihm nicht das Herz schwer machen.«

Die Leute nickten. Thomas war der Liebling des ganzen Hauses, und Jonathan konnte sicher sein, daß sie schweigen würden.

33. Kapitel

An der Beerdigung, die drei Tage später unter reger Anteilnahme der Umgebung von der schwarz ausgeschlagenen Schloßkapelle aus stattfand, konnte Susanna nicht teilnehmen. Ihre Abwesenheit wurde allgemein registriert, aber da sie ja offiziell nur zu Gast war auf Wimberley, gaben sich viele mit der Überlegung zufrieden, daß sie dadurch ihren Respekt vor der Trauer der Familie bekunden wolle. Es gab natürlich auch andere, die die Neugierde plagte und die es genau wissen wollten. Zu ihnen gehörte selbstverständlich Hester Lady Penneham.

»Susanna liegt mit einer schweren Erkältung zu Bett«, erwiderte Lady Sinclair bereitwillig. »Dr. Lindlow hat ihr streng verboten, aufzustehen. Sie hat es sehr bedauert, die arme Rachel nicht auf ihrem letzten Gang begleiten zu können.«

Lady Penneham ruckte ärgerlich an ihren schwarzen Handschuhen. Ob das bedeuten sollte, daß Susanna sonst an der Seite von Jonathan und Eugenia an der Trauerfeier teilgenommen hätte, was fast die Bedeutung einer Verlobungsanzeige in der *Times* gehabt hätte?

»Wie kann man sich bei diesem Sommerwetter nur erkälten?« fragte sie mißtrauisch.

»Das habe ich Susanna nicht gefragt. Ich finde, das geht mich nichts an!«

»Ich habe da etwas gehört von einem Unfall am See?« Ihre Nachbarin ließ nicht locker.

»Du weißt, ich kümmere mich nie um Gerüchte, meine Liebe. Ich finde es schon schlimm genug, daß die Dienstboten klatschen und meistens über aufgebauschte und völlig verdrehte Geschichten.«

Lady Penneham errötete vor Ärger. »Ich kann nicht beurteilen, was daran aufgebauscht oder verdreht war. Jedenfalls soll Jonathan sie gefunden haben und ...«

»Warum fragst du ihn dann nicht?« Lady Sinclairs sanfte Stimme klang abweisend, und ihr freundliches Gesicht hatte einen derartig hochmütigen Ausdruck, wie die andere das noch nie erlebt hatte. Sie warf einen unsicheren Blick auf Jonathans unbewegtes, bleiches Gesicht. Er mußte die Unterhaltung seiner Mutter gehört haben, gab das aber mit keinem Wimpernzucken zu erkennen. Lady Penneham zog es vor, zu schweigen.

Susanna war nicht traurig, daß sie im Bett bleiben mußte. Sie fühlte sich merkwürdig schwach, als ob ihr Körper gar nicht zu ihr gehörte, und war froh, einfach still da liegen zu können in einem Zustand zwischen Halbschlaf und Träumen, in dem sie nichts tun, nichts planen, ja nicht einmal denken mußte. Die Schmerzen, die am ganzen Körper bissen und brannten und stachen, erstickten jede andere Empfindung.

Lady Eugenia hatte ihr erzählt, daß Rachel durch den Hufschlag eines Pferdes zu Tode gekommen war. Susanna versuchte, ihre Gedanken zu sammeln und sich klar zu machen, was das bedeutete. War damit ihr Auftrag nicht beendet? Mußte sie jetzt nicht gehen? Aber solange sie im Bett lag, war noch nichts entschieden. Das Fieber, das jeden Abend besorgniserregend stieg, benebelte ihren Kopf und verschleierte ihre Erinnerung. Sie wußte nicht einmal mehr genau, wie sie aus dem Wald nach Wimberley gekommen war. Doch – natürlich – sie war geritten, und Jonathan hatte sie festgehalten. Aber wie er sie gefunden hatte und wie lange sie dort gelegen hatte, darauf konnte sie sich nicht besinnen. In ihren schmerzdurchzuckten Träumen tauchte manchmal das Gesicht des Fremden mit den steingrauen Augen auf, verhängt von Schlingpflanzen, und dann fuhr sie stöhnend in die Höhe, und eine beruhigende Stimme sagte: »Es war nur ein Traum. Hier, nimm deine Medizin.«

Die Stimme gehörte Lady Eugenia oder Nanny, und Susanna ließ sich gehorsam die Medizin einflößen und versuchte krampfhaft, wach zu bleiben, denn in ihrem nächsten Traum, der unweigerlich dem ersten folgte, sah sie immer Rachels Leichenzug und dann sich selbst, wie sie aus Wimberley fortfuhr, und Jonathan war nirgendwo zu sehen. Sie wehrte sich gegen diesen Traum, doch nach einiger Zeit wirkte die Medizin, und sie fiel in einen unruhigen Schlummer, in dem genau die Bilder auftauchten, die sie fürchtete.

Und heute war die Beerdigung, und Susanna hörte das Läuten der Glocke und das Knirschen der Kutschen auf dem Kies und versuchte, sich gegen das unheimliche Gefühl zu wehren, daß jetzt ihr Traum Wirklichkeit werden würde. Hinter Rachels Leichenzug würde die Kutsche rollen, die sie von Wimberley fortbrachte. Sie versuchte, an etwas anderes zu denken. Die Schmerzen waren nicht mehr ganz so schlimm, Dr. Lindlow hatte ihr am Morgen einige Verbände abgenommen, unter denen die Wunden schon so weit verheilt waren, daß sie Luft vertragen konnten.

Draußen brütete bereits lange vor Mittag die Hochsommerhitze, und im Bett war es unerträglich warm. Susanna hatte es zunächst als eine Wohltat empfunden, wenigstens einen Teil der Verbände los zu sein, aber das Wohlgefühl hielt nicht an, sondern die bange Ahnung wurde immer stärker, daß bald etwas Unwiderrufliches geschehen würde. Sie fuhr zusammen, als sich die Tür öffnete, und als nur Ellen mit dem zweiten Frühstück erschien, sagte sie schärfer, als es ihre Absicht war: »Bring' das weg! Ich mag das nicht!«

»Aber Mylady! Sie haben schon heut morgen fast nichts gegessen! Und Dr. Lindlow sagt immer wieder, wie wichtig das für Sie ist. Sie müssen essen, je mehr, je besser, sagt er.«

»Hör auf! Ich kann das nicht mehr hören!«

»Aber Mylady ...« fing Ellen wieder an, doch Susanna unterbrach sie.

»Ich bitte dich, quäl' mich doch nicht! Mir wird übel, wenn ich das Tablett nur sehe. Trag' es zurück, bitte! Und daß niemand es merkt, ja!«

Und Ellen brachte es, wie schon mehrmals während der letzten Tage, nicht fertig, sie zu quälen, sondern trug das Tablett in die Küche zurück und leerte unauffällig die Teller, geplagt von schlechtem Gewissen und voller Sorge. Wenn das man kein miserables Zeichen war, daß Lady Susanna nichts essen wollte!

Susanna seufzte. Wenn sie doch schlafen könnte! Sie war so müde, und tagsüber kamen die schlimmen Träume nicht. In der letzten Nacht, als sie aus dem zweiten Traum hochgeschreckt und endgültig wach geblieben war, da war auf einmal die Erinnerung wieder gekommen, die Erinnerung an den Morgen im Kinderzimmer, als Jonathan sie geküßt hatte. Daran wollte sie denken! Sie entspannte sich. Sie wollte seine Hände wieder in ihren Haaren spüren und seinen Mund, der ihre Lippen öffnete, und seinen Körper, der sich gegen ihren preßte, und die feurige Betäubung, die durch alle Adern lief.

Es hatte alles übertroffen, was sie sich je unter einem Kuß

vorgestellt hatte. Und sie hatte ihn auch geküßt, selbst wenn das kein anständiges Mädchen tat. Und sie bereute es gar nicht! Sie würde es wieder tun, sobald sich nur eine Gelegenheit ergäbe. Warum lag sie hier und sah Gespensterbilder und fürchtete sich davor, aus Wimberley fort zu müssen? Jonathan hatte sie geküßt, und das war so gut wie eine Verlobung, jedenfalls hatte Birdie das immer gesagt, also würde er sie weiter küssen, immer weiter und würde nie mehr von ihr fortgehen.

Es klopfte leise an der Tür, und Susannas Herz machte einen Satz vor Schreck, trotz all der angenehmen Gedanken, die sie, schon im Halbschlaf, beschworen hatte. Jetzt passiert es, dachte sie. Sie hielt die Augen geschlossen und atmete gleichmäßig.

»Susanna, schläfst du?« fragte Jonathan leise.

Susanna rührte sich nicht und seufzte nur.

»Susanna, ich habe nicht viel Zeit. Das ganze Haus ist voller Trauergäste. Ich wollte dir nur etwas bringen.«

»Hm«, machte Susanna, blinzelte kurz und schloß dann die Augen wieder. Sie hörte, wie er an ihr Bett trat und spürte seine Hand an ihrer Stirn.

»Oh, was haben sie dich geschoren. Du hast ja Ringellöckchen wie ein Kleinkind. Schlaf weiter, ich komme heute abend oder morgen wieder.«

Er legte etwas auf die Bettdecke und ging leise hinaus. Susanna fühlte eine unbestimmte Enttäuschung in sich aufsteigen. Das war so ganz anders gewesen als die Küsse, die sie in Erinnerung hatte. Er hatte sie nicht geküßt, er hatte sie nicht einmal gestreichelt, nur die Locken zur Seite gestrichen, das war alles. Und geredet hatte er wie – wie mit Thomas. Sei nicht ungerecht, Susanna, mahnte eine innere Stimme. Du hast dich schlafend gestellt, und du bist krank. Was hätte er denn machen sollen? Ich weiß mindestens drei Shakespeare-Zitate, in denen der Held die schlafende Heldin küßt, sagte eine zweite innere Stimme dagegen. Sie fallen mir bloß nicht mehr ein. Mein Kopf ist so leer und müde.

Sie öffnete die Augen und griff nach dem Gegenstand auf der Bettdecke. Es war ein Buch, in dunkelgrünes Leder gebunden, mit einer schmalen, goldenen Blütenranke, die an den Rändern entlang und über den Rücken lief. Auch die Buchstaben des Titels waren vergoldet. Shakespeare. Sonette. Susanna begann zu lächeln. Irgendwann einmal hatte sie davon gesprochen, daß sie Shakespeares Stücke viel besser kennen würde als seine Gedichte, und das mußte Jonathan sich gemerkt haben. Der Band stammte nicht aus der Bibliothek von Wimberley. Susanna kannte alle Shakespeare-Ausgaben, die dort standen. Ob er ihn eigens für sie hatte binden lassen?

Das Leder war so weich und glänzend und dunkel wie ein Rhododendronblatt, und die Blütenranke stand gestochen scharf gegen das Grün. Sie fuhr behutsam mit dem Zeigefinger über den Goldschnitt der Seiten und merkte auf einmal, daß etwas dazwischen geschoben war, das zu dick war für ein Lesezeichen. Sie öffnete das Buch und zog zwei Blätter heraus, das eine kleiner und nur einmal gefaltet, das andere offensichtlich ein größerer Bogen, denn er war mehrfach zusammengelegt.

Susanna schlug zuerst das kleinere Blatt auf. Oben stand in verschnörkelten Buchstaben der Name einer Londoner Bank, darunter in Jonathans Handschrift: »Hiermit ermächtige ich Susanna Whittlay, einzige Tochter von Jasper Whittlay auf Whittlay House in Bideford, Devon, von meinem Konto eine Summe in jeder gewünschten Höhe abzuheben. Sinclair.« Susanna sah, wie die Buchstaben vor ihren Augen zu tanzen begannen und wie die Bettdecke sich hob und senkte, als ob sie ein Schiff wäre auf stürmischer See. Sie schloß die Augen und atmete tief. Sie war eingeschlafen und träumte einen Traum, den dritten Alptraum, der die anderen an Schrecken noch überragte, und gleich würde sie wach werden, und alles würde vorbei sein. Sie öffnete die Augen wieder. Die Bettdecke war weiß und still, die breite gestickte Bordüre wölbte sich nur da, wo sie mußte, aber Buch und Blätter lagen immer noch da. Es war kein Traum. Hiermit ermächtige ich … Er kannte ihren Namen! Und den Namen ihres Vaters! Wie war das möglich? Er hatte ihr nachspioniert!

Mit bebenden Fingern schob sie das Blatt zur Seite und faltete den anderen Bogen auseinander. Zwischen vielen kleineren Buchstaben sprang ihr groß das Wort KAUFVERTRAG entgegen. Ihre Hände zitterten derartig, daß sie kaum den Text entziffern konnte. Ein Sir Archibald Haynes verkaufte das in seinem Besitz befindliche Haus Whittlay in Bideford/Devon an Lord Jonathan Sinclair. Es folgten alle Titel, es folgte die Beschreibung des Hauses, des Inventars, des Gartens – Susanna überflog die Zeilen, fast ohne zu begreifen, was sie las. Es folgten drei verschnörkelte, schwer lesbare Unterschriften, von denen eine Archibald Haynes heißen konnte, die zweite fing mit einem B an, und die dritte wurde durch einen Stempel als die eines Notars ausgewiesen.

Dann folgte ein Nachtrag:

»Das oben beschriebene und verkaufte Objekt geht mit sofortiger Wirkung als Schenkung in den Besitz von Susanna Whittlay, Tochter des vormaligen Besitzers, über.« Dann wieder Unterschriften, die des Notars und die mit dem B. Aber das sah Susanna erst beim zweiten Lesen, nachdem sie mit einer ungeheuren Willensanstrengung der Bettdecke befohlen hatte, sich ruhig zu verhalten, und ihren Ohren, nicht mehr zu rauschen wie eine Brandung, und ihren Augen, keine schwarzen Punkte mehr zu sehen.

»Nimm dich zusammen, Susanna«, sagte sie und versuchte, laut zu sprechen, aber ihre Stimme war kaum zu hören. Sie atmete tief und redete lautlos weiter: Du wirst nicht ohnmächtig. Ich will nicht, daß du ohnmächtig wirst. Du bist ein einziges Mal ohnmächtig geworden in deinem Leben. Das war in der Nacht, als du den Vertrag mit Jonathan Sinclair geschlossen hast. Das hätte dich warnen sollen, aber du hast es nicht begriffen. Du hast den Vertrag geschlossen, und jetzt wirst du ausbezahlt. So wie es abgemacht war, so wie es sich gehört. Oder nein, mehr als das. Der hohe Herr läßt sich nicht lumpen. Wir haben nur von meinem Haus gesprochen, aber das scheint ihm wohl zu wenig. Wie hat Onkel Isaac es damals genannt? Klein und altmodisch? Da muß der reiche Lord Sinclair natürlich noch etwas dazutun. Einen Blankoscheck nennt man das wohl? Ha, sein Gesicht möchte ich sehen, wenn ich eine Million Pfund abhebe – falls er überhaupt so viel hat. Aber das ist natürlich wieder seine vornehme Art, er gibt mir zu verstehen, daß er auf meine Anständigkeit vertraut. Ich soll meine Dienste selber bewerten.

Ich werde ausbezahlt. Es ist nicht zu fassen. Zwei Zettel, in ein Buch geschoben – das ist alles. Der Mohr hat seine Schuldigkeit getan, der Mohr kann gehn. Ich kann gehn. Der Traum hat recht gehabt. Ich soll meine Koffer packen und verschwinden. Hier ist dein Lohn, nun geh'. Aber hatte die kleine Angestellte nicht irgendein Interesse? Was war das doch gleich? Shakespeares Sonette? Soll sie Shakespeare bekommen zum Abschied, das erspart uns unnötige Worte, die vielleicht peinlich wären.

Susanna preßte beide Hände an ihren schmerzenden Kopf. Sie hatte das Gefühl, als ob sie mit voller Kraft geohrfeigt worden wäre. Oh mein Gott, ich bin so wütend wie noch nie in meinem Leben! Als ich die Pfeifen verbrannt habe, oder als ich dieser Schurkin die Flasche an den Hals gesetzt habe, da war ich völlig ruhig im Vergleich zu jetzt. Ich werde diese Blätter in Fetzen reißen!

Diese Vorstellung verschaffte ihr einen Moment Erleichterung. Sie las den Kaufvertrag noch einmal durch, immer noch mit einigen Schwierigkeiten, faltete ihn dann zusammen und schob ihn unter ihr Kopfkissen. Es war ein kindischer Gedanke, ihn zu zerreißen. Er war ihr einziger Besitz. Er bedeutete ihre Unabhängigkeit. Ich kann endlich nach Hause gehen. Whittlay gehört wieder mir. Und ich werde jetzt sofort gehen. Auf der Stelle! Ich werde – waren da nicht Schritte auf der Treppe? Oh Himmel, wie hatte das Buch gelegen? Egal, er würde es auch nicht wissen. Sie schob hastig den Scheck in das Buch, legte es vor ihre Hände auf die Bettdecke und stellte sich wieder schlafend.

»Hier kommt 'n kleiner Imbiß«, verkündete Ellen fröhlich.

Susanna stiegen die Tränen in die Augen vor lauter Aufregung und Erleichterung.

»Ich will schlafen«, sagte sie mit zitternder Stimme. »Ich muß einfach schlafen, aber dauernd werde ich gestört.« Sie fing an zu schluchzen. »Ich bin am Rande meiner Kräfte! Ich werde einen Nervenzusammenbruch bekommen, wenn ihr mich nicht endlich in Ruhe laßt! Nimm das Essen weg und warte, bis ich läute. Und wenn es erst morgen früh ist! Laßt mich in Gottes Namen endlich schlafen!«

Die Anrufung des Allerhöchsten verstörte Ellen ebenso wie Susannas Tränen. Sie öffnete den Mund, klappte ihn wieder zu, betrachtete die Schluchzende eine Zeitlang ratlos und verschwand.

Und das werden die letzten Worte sein, die sie von mir hört, dachte Susanna. Ihr Weinen wurde stärker. Dabei hätte ich ihr so gerne etwas Liebes gesagt. Sie war immer so fürsorglich und so fröhlich. Und von niemandem kann ich mich verabschieden. Was werden sie denken? Was wird Thomas sagen? Und erst Lady Eugenia? Die beiden werden sicher traurig sein. Ich wünschte, ich könnte sie mitnehmen. Schluchzend suchte sie unter dem Kopfkissen nach einem Taschentuch und traf dabei auf den Kaufvertrag. Das brachte ihre Tränen zum Versiegen.

Hör auf zu weinen und bilde dir nichts ein, dachte sie energisch. Du bist für eine bestimmte Arbeit engagiert worden, und diese Arbeit ist abgeschlossen, sie hat sich gewissermaßen erledigt, ohne dein Verdienst und fast ohne dein Zutun. Jonathan hat sein Ziel, den Tod seines Bruders aufzuklären, nicht erreicht. Und das tut mir überhaupt nicht leid! Es geschieht ihm recht! Diese Rachegelüste sprechen ohnehin für einen schlechten Charakter. Aber kann ich Whittlay überhaupt annehmen, wenn der Mord nicht nachgewiesen ist?

Sie erwog diese Frage erschrocken und ausführlich. Schließlich kam ihr der Gedanke, daß sie ja immerhin ein Vierteljahr ihres Lebens für Wimberley geopfert hatte. Doch sie war zu ehrlich, um dieses Argument gelten zu lassen. Es war kein Opfer gewesen, sondern eine herrliche Zeit, die sie ohne Jonathans Angebot als Gouvernante oder Hausmädchen hätte zubringen müssen – ohne eine auch nur im Entferntesten vergleichbare Bezahlung. Aber ich habe Thomas gepflegt, dachte sie erleichtert. Ohne mich wäre er nicht so schnell wieder gesund geworden, das hat jeder gesagt, sogar Dr. Lindlow. Und ich habe Hamlet verloren! Bei dem Gedanken an Hamlet füllten sich ihre Augen wieder mit Tränen. Was würde er jetzt sagen, wenn er sie aus dem Bett steigen sähe? »Ihr naht Euch wieder, schwankende Gestalten«?

Sie schwankte tatsächlich hin und her und mußte sich am Bettpfosten festhalten. Es war das erste Mal seit drei Tagen, daß sie alleine aufstand, und es kam ihr sehr mühsam vor.

Mir ist so schwindelig, weil ich tagelang im Bett gelegen und nichts gegessen habe, beruhigte sie sich, ich muß mich erst an die aufrechte Stellung gewöhnen. Sie tastete sich an den Wänden entlang ins Schreibzimmer, schleppte sich zum Kamin, der sauber gefegt war, und legte Shakespeares Sonette in die Feuerstelle. Sie brachte es nicht fertig, das Buch zu werfen, es konnte schließlich nicht für den Hochmut von Jonathan Sinclair verantwortlich gemacht werden. Sie zerriß den Scheck und warf ihn obenauf. So, jetzt war wohl klar und deutlich, wozu seine Geschenke taugten: Zum Feueranmachen – und zu nichts sonst!

Ihr wurde schwarz vor Augen, als sie sich aufrichtete, und sie mußte sich am Kaminsims festhalten. Es war so schrecklich heiß! Sie wankte durch die Zimmer, öffnete alle Fenster und spürte erleichtert den Durchzug auf ihrem schweißnassen Körper. Sie mußte sich jetzt anziehen, sie konnte schließlich nicht im Nachthemd reiten. Warum eigentlich nicht? Die Baronesse de Saint-Pol-Kercoff beweist zum Abschied noch einmal ihr unmögliches Benehmen und schockiert die Umgebung. Lady Penneham würde außer sich sein.

Susanna grinste schwach, aber die Vorstellung zerflatterte in ihrem Kopf. Warum waren die Schranktüren so schwer zu öffnen? Wenn sie jetzt nicht einmal ihre alte Tasche packen konnte, wie sollte sie gleich in den Stall und auf ein Pferd kommen? Mit neu aufsteigendem Ärger musterte sie die dicht an dicht hängenden Kleider. Er konnte sie alle behalten, diese Luxusroben, sie wollte sie nicht! Seinen Freundinnen konnte er sie schenken, die er zweifellos hatte, irgendwelchen leichten Dämchen, die ihm das Küssen beigebracht hatten oder er ihnen, woher sollte sie das wissen? Und sie hatte ihn auch geküßt! Was mochte er bloß von ihr denken? Susanna Whittlay, Tochter von Lord Whittlay, die ihren Arbeitgeber so hingebungsvoll küßt, als wäre er ihr Ehemann.

Aber er hat mich zuerst geküßt, verteidigte sich Susanna. Das ist keine Entschuldigung, erwiderte ihre innere Stimme unnachsichtig. Männer sind nun einmal so! Und er hat dich sogar gewarnt. Er hat ausdrücklich gesagt, daß er kein Kavalier sei. Das kommt doch in jedem zweiten Roman vor, daß sich der Hausherr am Personal vergreifen will. Hast du »Pamela« von Samuel Richardson nicht gelesen? Natürlich hast du, mehrmals sogar. Seit hundert Jahren gilt dieses Buch als Warnung an alle Mädchen vor der Bedenkenlosigkeit der Männer und als Aufforderung zu unbedingter Standhaftigkeit. Du hättest ihn ohrfeigen müssen oder wegstoßen. Oder zumindest so abweisend sein wie damals in der Bibliothek, als er dir das Tanzen beigebracht hat. Das war wahrscheinlich auch nur ein Vorwand, um sich an dich heranzumachen. Das stimmt nicht, das war Christophers Idee. Und überhaupt, hör' auf, zu raisonnieren! Mir ist völlig gleichgültig, was er von mir denkt. Ich werde ihn ohnehin nie wiedersehen. Ich werde jetzt meine Tasche packen und zur Poststation reiten. Und ich werde mein altes Reitkleid anziehen und nur die einfachsten Sachen mitnehmen, die ich finden kann.

Sie war in Schweiß gebadet, als sie damit fertig war. Das Reitkleid war zu eng geworden, die Knöpfe ließen sich nicht schließen. Sie blieb schweratmend stehen. Sie würde Thunder nehmen. Sie würde den Fuß in den Steigbügel schieben, so – sie würde die Arme hochnehmen und sich am Sattel hochziehen, so – und dann würde sie sich nach vorne beugen und den Kopf auf seinen Hals legen, so - ...

»Zur Poststation, Thunder«, flüsterte Susanna. Sie war vor dem Schrank im Ankleidezimmer zusammengesunken, ihr Kopf lag auf der Reisetasche. Warum war Thunders Fell so hart? Jetzt setzte er sich in Bewegung, in einem sanften Schaukelschritt, der herrlich einschläfernd wirkte. Susanna rutschte zur Seite, bis eine Schranktür ihr Halt gab. Auch das Ende ihres Vertrages mit Jonathan Sinclair wurde von einer Ohnmacht begleitet.

Ellen hatte derweil unruhig auf das Klingelzeichen aus dem Krankenzimmer gewartet. Lady Susanna mußte doch endlich einmal hungrig werden! Schließlich war das Mädchen auf Zehenspitzen an die Tür geschlichen und hatte das Ohr ans Schlüsselloch gelegt. Kein Laut! Also schlief die Arme wohl noch und durfte nicht gestört werden. Aber wie lange sollte das dauern? Wenn Dr. Lindlow erfuhr, daß die Patientin den ganzen

Tag noch nichts gegessen hatte, würde es ein Donnerwetter geben. Und erst Seine Lordschaft! Ellen mochte gar nicht daran denken. Beim dritten Erkundigungsgang lief sie ihm prompt in die Arme und wurde so verlegen, daß er aufmerksam wurde.

»Ist alles in Ordnung?« fragte er.

»Gewiß doch, Mylord.« Ellen knickste und wurde noch verlegener.

»Hat Lady Susanna schon gegessen?«

Ellen schluckte und schaute zu Boden. Die dunkelblauen Augen sahen sie so durchdringend an, daß sie sich fühlte wie aus Glas.

»Sie wollte nichts, sie hat mich fortgeschickt und hat gesagt, sie muß unbedingt schlafen, das ist wichtiger.«

»Wann war das?«

»Nu – so gegen Mittag.«

»Und davor?«

Ellen begann, ihre Schürze zu malträtieren. »Da wollte sie auch nichts. Sie sagt, ihr wird übel, wenn sie das Zeug bloß sieht.«

»Soll das heißen, daß sie den ganzen Tag noch nichts gegessen hat?« Ellen nickte unglücklich. »Aber wie kann so etwas passieren? Es ist ungeheuer wichtig, daß sie ißt! Das weißt du doch!«

»Aber was soll ich denn machen, wenn sie weint und sagt, wir machen ihr die Nerven kaputt und soll'n sie in Ruh lassen?«

»Wir werden sie nicht in Ruhe lassen«, erklärte Seine Lordschaft entschieden. »Sie muß sofort essen. Du gehst jetzt in die Küche und bringst ihr etwas. Sie kann heute nacht schlafen.«

Er stand noch vor der Tür, als Ellen mit dem Tablett kam und sagte nur: »Ich warte.«

Ellen beeilte sich, ihm aus den vorwurfsvollen Augen zu kommen, und verschwand im Krankenzimmer. Wenige Sekunden später ertönte ein Scheppern und Klirren, als ob Susanna nicht nur eine, sondern gleich mehrere Schüsseln von sich geschleudert hatte. Das ging aber wirklich zu weit! Jetzt mußte eingegriffen werden! Seine Lordschaft riß die Tür auf und blieb genauso stocksteif stehen wie Ellen, die mit hängendem Kinn auf das leere Bett starrte.

»Ach, du guter Gott! Sie ist weg! Und ich hab das ganze Geschirr zerdeppert.« Sie sah hilflos auf das Tablett samt dem Scherbenhaufen zu ihren Füßen, dann wieder auf das verlassene Zimmer und schließlich zu Seiner Lordschaft. »Aber sie wollte schlafen. Wieso ist sie dann weg?«

Seine Lordschaft gab keine Antwort. Wenn die Erde sich vor seinen Füßen aufgetan hätte, er hätte nicht fassungsloser aussehen können. Schließlich setzte er sich in Bewegung, ging zum Bett, hob die Decke hoch und schaute sogar unter das Kopfkissen. Ellen fühlte ein nervöses Kichern in sich aufsteigen. Ob er etwa glaubte, daß Lady Susanna sich da versteckt hatte? Das sah doch 'n Blinder mit Krückstock, daß das Bett leer war.

Seine Lordschaft räusperte sich mehrmals, als ob seine Stimme ihm nicht gehorchen würde. »Hat sie gelesen, als du das letzte Mal da warst?«

»Nee, ganz gewiß nicht. Die Augen hatte sie zu, und geheult hat sie, und die Tränen, die kullerten bloß so.« Ellen schnaufte vor Rührung und Mitgefühl. »Aber, da bringen Sie mich auf einen Gedanken. Ich glaub', es lag ein Buch auf dem Plumeau.«

»Ein dunkelgrünes Buch?«

»Ja – das könnt' sein. Ja doch – es war grün.«

»Kannst du feststellen, was von ihren Sachen fehlt?«

Ellen umrundete vorsichtig den Scherbenhaufen und ging ins Ankleidezimmer. Ihr Schrei brachte Jonathan mit wenigen Schritten an ihre Seite. Er erfaßte die Situation mit einem Blick.

»Du nimmst ihre Füße. Sie muß wieder ins Bett! Und dann mach alle Fenster zu.«

Sie trugen die Bewußtlose ins Bett. Sie wurde nicht wach, sie stöhnte nicht einmal. Jonathan tastete nach ihrem Puls. Er ging jagend schnell.

»Du vermaledeites Frauenzimmer«, sagte er wütend. »Bist du denn von allen guten Geistern verlassen? Was fällt dir ein, aus dem Bett zu steigen? Warum bleibst du nicht liegen und dankst dem Himmel, daß er dich einmal oder sogar zweimal vom Tod errettet hat? Aber nein, du denkst gar nicht daran, du nicht! Du bist das undankbarste Geschöpf, das mir je begegnet ist! Warum, glaubst du wohl, tanzt das ganze Haus seit drei Tagen um dich herum? Damit du wieder gesund wirst! Und was tust du? Stehst auf und legst dich in den Durchzug! Oh, ich könnte dich schütteln, bis deine Zähne klappern. Weißt du, was du bekommen wirst? Eine Lungenentzündung! Und daran bist du selbst schuld mit deinem Starrsinn, du ganz alleine! Man sollte dich prügeln! Jawohl, du hast Prügel verdient! Wenn wir erst verheiratet sind, werde ich dich prügeln, daß dir Hören und Sehen vergeht! Das habe ich dir schon einmal gesagt, und das werde ich auch tun!«

An ihrem erschrockenen Schnaufen merkte er, daß Ellen hinter ihm stand, aber das war ihm völlig gleichgültig. Ohne seinen Ton zu ändern, sagte er: »Bring' ein neues Tablett. Sie muß essen. Wahrscheinlich ist sie ohnmächtig vor Schwäche.«

Ellen schnaufte immer noch. »Das Buch, Mylord. Das grüne Buch!«

Sie deutete ins Schreibzimmer.

Jonathan folgte ihrer Geste und hatte zum zweiten Mal an diesem Tag Grund, zu erstarren. Im Kamin lag ein dunkelgrünes Buch, teilweise verdeckt von Papierfetzen. Er brauchte sich nicht zu bücken, um zu wissen, was da lag. Schließlich tat er es doch, sammelte die Stücke sorgfältig ein und schob sie zusammen mit dem Buch in seine Tasche.

»Such Burton! Er soll sofort nach Dr. Lindlow schicken. Beeil dich!«

Ellen, die mittlerweile ihren Schrecken überwunden hatte,

betrachtete entsetzt Susannas geöffnetes Kleid. »Aber – aber ich muß erst ...«

»Nein!« brüllte Seine Lordschaft, und Ellen entfloh.

Als sie zurückkam, versuchte er gerade, die Patientin zu wekken, indem er ihr Gesicht und ihre Locken streichelte. Ellen schluckte. Nun gut, und wenn er das tat, so war das zweifellos in Ordnung! Seit er sie ins Vertrauen gezogen hatte über Mrs. Sinclair und diesen unheimlichen Sir Edward, und seit sie gesehen hatte, wie er sich um Lady Susanna sorgte, war Seine Lordschaft in Ellens Augen in die Nähe der Unfehlbarkeit gerückt. Daß er eben von Prügeln gesprochen hatte, das war bestimmt nicht ernst zu nehmen. Bellende Hunde beißen nicht, pflegte ihre Mutter immer zu sagen. Seine Lordschaft würde kein weibliches Wesen schlagen und Lady Susanna schon gar nicht, wo er sie doch so angeguckt hatte, daß einem die Knie wacklig wurden, wenn man dran dachte.

»Du hast jetzt lange genug geschlafen, Susanna! Du mußt wach werden. Du darfst gleich weiterschlafen, wenn du willst, aber erst mußt du etwas essen.«

Susanna grunzte und drehte den Kopf zur Seite.

»Susanna!« Der Ton ließ Ellen zusammenzucken. »Du wirst jetzt sofort wach! Und dann wirst du essen und trinken! Wenn du so dumm bist, dir den zugigen Boden auszusuchen als Bett, dann kannst du jetzt nicht schlafen. Also los! Werd' wach und trink endlich!«

Susanna knurrte unwillig.

»Hast du gehört, was ich gesagt habe? Du sollst wach werden und trinken!

Susanna bewegte den Kopf hin und her. Irgend jemand redete sehr laut. Das Reden störte sie. Es war viel zu laut. Es sollte aufhören!

»Birdie?« fragte sie schwach. »Birdie?« Hatte sie Birdie denn nicht gesagt, daß sie schlafen wollte?

»Hier ist keine Birdie«, sagte die Stimme. »Aber ich wünschte bei Gott, sie wäre hier, und ich könnte ihr sagen, was ich von ihrer Erziehung halte. Verzogen hat sie dich, unvorstellbar verzogen. Wenn du nicht deinen Willen bekommst, gehst du mit dem Kopf durch die Wand. Und du bist so starrsinnig, daß du nicht einmal bedenkst, was dabei mit deinem Kopf passiert. Die Wand ist nämlich stärker als du.«

Das war doch nicht Birdie! Das war eine männliche Stimme. Was fiel Birdie ein, einen Mann in ihr Zimmer zu lassen. Wo war sie überhaupt? Aber es war zu anstrengend, die Augen zu öffnen. Sie würde weiterschlafen, und dann würde Birdie da sein. Doch die Stimme machte weiter Lärm und ließ sie nicht schlafen. Widerwillig öffnete Susanna die Augen. Da stand Jonathan. Wieso war Jonathan auf Whittlay? Oder war sie nicht nach Whittlay geritten? Sie wollte doch weg von Wimberley und vor allem weg von Jonathan. Warum eigentlich? Sie krauste die Stirn und versuchte, sich zu erinnern.

»So ist's brav«, sagte Jonathan aufmunternd. »Und jetzt trinkst du einen großen Becher Holundersaft. Du mußt dich nur etwas aufrichten. Komm, ich helfe dir, streng' dich ein bißchen an und mach dich nicht so schwer.«

Wenn er doch endlich aufhören würde, zu reden! Man konnte gar nicht nachdenken. Irgend etwas war geschehen, das wußte sie ganz sicher. Jonathan schob ihr einen Arm unter die Schultern und richtete sie auf.

»Mach' den Mund auf!« befahl er. »Du mußt den Saft trinken, solange er warm ist.«

Was war denn das für ein Ton? Wie sprach er eigentlich mit ihr? Wie mit einem Dienstmädchen. Das war es! Sie war entlassen! Ohne Dank, ohne ein freundliches Wort! Und ihren Lohn hatte er in ein Buch geschoben.

»Du sollst den Mund aufmachen! Kannst du eigentlich nicht hören?«

Susanna drehte den Kopf und sah ihn an. Ihre Augen waren grasgrün.

»Laß mich los!« sagte sie feindselig. »Geh' weg!«

Jonathan zuckte zusammen, ließ sie aber nicht los.

»Ich denke nicht daran. Du hast noch nicht getrunken.«

»Ich trinke nichts. Laß mich sofort los.«

Er hielt sie nur noch fester. »Du trinkst jetzt sofort diesen Saft!«

»Ich nehme nichts von dir!«

Sein Griff verstärkte sich. Er zerquetschte sie fast mit seinem harten Arm.

»Zwing mich nicht, dir die Nase zuzuhalten« sagte er böse. »Gegen mich kommst du nicht an, das kannst du mir glauben.«

»Du tust mir weh«, japste Susanna.

Jonathan sah aus wie ein Schlafwandler, der plötzlich zur Besinnung kommt. »Verzeihung! Ich – das wollte ich nicht. Entschuldige bitte!«

Ellen blies mit einem lauten Pusten die angehaltene Luft aus. Sie war auf einmal gar nicht mehr so sicher gewesen, daß bellende Hunde nicht beißen. Wenn ich an ihrer Stelle wär, ich hätt längst getrunken, dachte sie. Ich tät es nicht mal riskieren, ihm in die Augen zu gucken.

Susanna merkte mittlerweile, daß ihre Kräfte für eine längere Auseinandersetzung nicht ausreichten. Außerdem war sie tatsächlich durstig. Sie drehte Jonathan, soweit das in ihrer Lage möglich war, den Rücken zu und sagte so angewidert, wie sie nur konnte: »Manche Leute scheinen nicht zu begreifen, wann ihre Anwesenheit unerwünscht ist. Bitte, Ellen, würdest du mir etwas zu trinken geben?«

Ellen schaute Seine Lordschaft ängstlich an. Wie würde er diese Unverschämtheit aufnehmen? Aber er sagte kein Wort und rührte sich nicht, sondern schaute mit einem undeutbaren Ausdruck im Gesicht auf Susanna hinunter. Ellen goß den Saft aus der Deckelkanne in einen hohen Becher, und Susanna trank ihn leer, ohne einmal abzusetzen.

»Danke, Ellen. Ich möchte jetzt gern allein sein. Ich muß schlafen.« Dabei bewegte sie die Schultern, als ob sie ein lästiges Insekt verscheuchen wollte.

Jonathan stand auf. »Bilde dir nicht ein, daß du mich reizen kannst, du freche Kröte, oder daß du mich auf diese Art los wirst. Ich werde ab sofort jede deiner Mahlzeiten überwachen, und wenn du nicht ißt, werde ich dich dazu zwingen.«

Sie schoß ihm einen grünfunkelnden Blick zu, legte sich zurück, wandte ihm demonstrativ den Rücken und zog die Decke bis zu den Ohren. Es hatte ihren Zorn nicht gemindert, daß seine Hand über ihre nackte Schulter geglitten war, bevor er sie losgelassen hatte, und daß er sie, während er sprach, in einer Art betrachtet hatte, die Susanna auf einmal zu Bewußtsein brachte, daß ihr Kleid weit geöffnet und ihr Unterhemd reichlich verrutscht war. Pah! Wahrscheinlich war das die Art, mit der hohe Herren ihre Dienstmädchen behandelten. Ein lässiges Streicheln, zudringliche Blicke – man kannte das ja aus Romanen. Sie würde keinen Gedanken daran verschwenden.

Das war die letzte klare Überlegung, zu der sie an diesem Tage fähig war. Als Ellen zwei Stunden später mit der nächsten Mahlzeit erschien, schlief Susanna so fest, daß Ellen ratlos an ihrem Bett stand und auch Lady Eugenia, die die Wache übernommen hatte, vorwurfsvoll sagte: »Du kannst das arme Kind doch jetzt nicht wecken!«

»Und ob ich das kann«, erwiderte ihr Sohn rigoros. »Ihr habt sie sträflich vernachlässigt in den letzten Tagen. Sie hat viel zu wenig gegessen.«

Er hob sie hoch, wies Ellen an, sie zu stützen, hielt dann der Schlafenden die Nase zu und flößte ihr erst eine Tasse Bouillon und dann ein Glas Eiermilch ein. Seine Mutter beobachtete dieses Vorgehen mit gemischten Gefühlen, mußte aber zugeben, daß es effektiv war. Die gleiche Prozedur wiederholte sich nach weiteren zwei Stunden. Susanna glühte mittlerweile vor Fieber, und daß etwas mit ihr geschah, drang kaum in ihr Bewußtsein. Dr. Lindlow, der zu Krankenbesuchen unterwegs gewesen war und erst sehr spät erschien, war entsetzt, als er von ihrer Eskapade hörte.

»Ich war schon fast sicher, daß wir der Lungenentzündung entgangen waren«, sagte er düster. »Aber nun ist wieder alles offen.«

Als er am nächsten Morgen kam, war das Fieber noch höher gestiegen, aber die Patientin nahm ihre Umgebung wahr. Sie würdigte Jonathan keines Blickes, faßte aber auf einmal nach Dr. Lindlows Hand und sagte drängend: »Sagen Sie ihm, daß er gehen soll!«

Dem Arzt verschlug es die Sprache. Da außer ihm Seine Lordschaft der einzige Mann im Raum war, konnte Susannas Bitte kaum mißverstanden werden. Ellen versuchte, ein unbeteiligtes Gesicht zu machen, Nanny war so schockiert, daß sie sich setzen mußte, und Lady Eugenia blickte ihren Sohn beunruhigt an.

»Was soll das heißen, Jonathan?«

Der zuckte die Achseln. »Grillen!« sagte er bloß und machte keine Anstalten, den Raum zu verlassen.

»Wenn er nicht geht, gehe ich«, drohte Susanna.

Jonathan lachte spöttisch. »Du würdest kaum weit kommen. Du kannst ja keinen Schritt alleine gehen.«

Worauf Susanna in Tränen ausbrach und mühsam von Lady Eugenia, Nanny und Ellen beruhigt wurde, die alle drei noch Zeit fanden, ihm vorwurfsvolle Blicke zuzuwerfen. Sogar Dr. Lindlow rang sich zu einigen mahnenden Worten durch. »Es wäre vielleicht tatsächlich besser, Mylord, ich meine, im Interesse der Patientin ...«

»Nein, das wäre es nicht«, unterbrach Jonathan ihn unhöflich. »Es ist im Interesse der Patientin, daß ich hierbleibe. Ich bin der einzige, der mit ihr fertig wird. Sie hat nur einen Bruchteil von dem gegessen, was sie sollte, wußten Sie das, Doktor? Wie soll sie gesund werden, wenn sie nicht ißt?«

»Es gibt gewisse Phasen während einer Krankheit, in der der Körper mit dem Kampf gegen die Krankheit so beschäftigt ist, daß ihn Nahrung überfordern kann«, erwiderte der Arzt bedächtig. »Wohingegen Aufregung immer schädlich ist.«

»Ich rege sie nicht auf«, erklärte Jonathan störrisch. »Wenn sie nicht so eigensinnig wäre, hätte sie längst eingesehen, daß ich nur ihr Bestes will.«

»Doch, er regt mich auf!« rief Susanna mit sich überschlagender Stimme.

»Dann mach doch endlich, daß du mit deinem Frühstück fertig wirst, damit ich aus diesem Tollhaus herauskomme«, schnauzte Jonathan.

Susanna ergriff die Tasse mit der Hafergrütze, betrachtete sie voll Abscheu und schluckte den Inhalt hastig hinunter. Dann nahm sie den Becher mit roher Sahne und pürierten Beeren, schauderte, schloß die Augen und trank ihn leer. Sie saß einige Sekunden ganz still, würgte plötzlich und übergab sich in die Suppenterrinne, die Ellen ihr geistesgegenwärtig unterhielt.

»Alles Theater!« sagte Jonathan wütend. »Einem Gesunden würde ja übel werden, wenn er alles so in sich hineinschütten würde.«

Aber er war blaß geworden, und als ihm niemand antwortete, weil alle mit der würgenden Patientin beschäftigt waren, sah er die vier Rücken, die ihm die Sicht auf das Bett versperrten, eine Zeitlang zornig an, drehte sich dann um, ging in sein Arbeitszimmer, wo er sich an den Schreibtisch setzte und nach kurzer Überlegung einige Zeilen auf einen Bogen warf, den Brief siegelte und dann ein kurzes, allerdings inhaltsreiches Gespräch mit Burton führte. Wenig später stieg Burton, eine Reisetasche tragend, in den gräflichen Vierspänner und fuhr in ungewöhnlich schnellem Tempo zur Poststation, wie betäubt von den erstaunlichen Neuigkeiten, aber doch hochzufrieden. Er hatte ja immer gespürt, daß nichts Ausländisches an ihr war.

34. Kapitel

Während der folgenden Tage war das ganze Haus von ängstlicher Spannung erfüllt. Susanna fieberte so stark, daß sie niemanden erkannte. Lady Sinclair brachte es nicht übers Herz, den Anweisungen Dr. Lindlows zu folgen und ihrem Sohn das Krankenzimmer zu verbieten, beschwor ihn aber, kein Wort zu der Patientin zu sprechen. Jonathan wartete immer geduldig, bis sie ihn hineinrief, setzte sich still ans Fußende des Bettes und betrachtete mit wachsender Verzweiflung das glühende, schmerzverzogene Gesicht. Am Nachmittag des vierten Tages war Susanna besonders unruhig, warf sich hin und her, jammerte, redete in unverständlichen, abgerissenen Sätzen, bewegte fahrig die Hände. Lady Eugenia sprach ihr beruhigend zu, aber Susanna schien sie nicht zu hören.

»Lassen Sie mich los!« rief sie auf einmal, Panik in der Stimme, und hob abwehrend die Hände. »Nein, ich will nicht!«

Jonathan sprang auf und hielt ihre heißen Hände fest. »Er

kann dir nichts tun! Ich bin bei dir. Hörst du, Susanna, er kann dir nichts tun!«

Susanna schien zu horchen, öffnete aber die Augen nicht. Dann lächelte sie.

»Aye, aye, Sir«, antwortete sie zufrieden und lag ganz ruhig da.

»Oh mein Gott«, sagte Jonathan mit erstickter Stimme. »Oh mein Gott.«

Er vergrub sein Gesicht in ihren Händen. Seine Mutter strich ihm über den Kopf.

»Was ist denn, mein Junge?«

»Sie spricht mit ihrem Vater.«

»Mit ihrem Vater? Aber sie hat ihren Vater doch gar nicht gekannt!«

Jonathan hob den Kopf von Susannas Händen und sah seine Mutter an. Ihr Herz krampfte sich zusammen. Sie hatte diesen Ausdruck nicht mehr auf seinem Gesicht gesehen, seit man Timothys Leiche nach Wimberley gebracht hatte.

»Doch, sie hat ihn gekannt. Er ist im vorigen Jahr gestorben. Er hieß Jasper Whittlay.«

Und so erfuhr Lady Eugenia die Geschichte der gekauften Braut. Jonathan ließ Susannas Hände nicht los, während er sprach, und streichelte sie unablässig mit immer derselben gleichmäßigen Bewegung. Seine Worte überstürzten sich fast, aber seine Mutter unterbrach ihn nicht. Sie weinte auch nicht oder brach in Schluchzen aus. Doch ihr Gesicht wurde immer starrer und bleicher, während sie ihm zuhörte. Susanna schien den Klang der Stimme und sein Streicheln beruhigend zu finden, sie rührte sich kaum, und das schwache Lächeln blieb um ihren Mund.

Es war sehr still im Zimmer, als Jonathan aufhörte, zu sprechen.

Er legte Susannas Hände auf die Bettdecke und drehte den

breiten Goldreif um seinen Finger. Eine Fliege summte, brummte mehrmals mit dem Kopf gegen die Fensterscheibe, fand dann den Weg ins Freie und verschwand. Ein leichter Windhauch strich durch die geöffneten Fenster. Der Duft von Rosen vermischte sich mit dem strengen Geruch nach Medizin, Kampfer und Lavendel.

»Wenn sie stirbt«, begann Jonathan, brachte aber den Satz nicht zu Ende. Lady Eugenia dachte an die schrecklichen Tage und Nächte, die sie am Krankenbett ihres Mannes zugebracht hatte, das schließlich zu seinem Todeslager geworden war, sie dachte an Timothys Gesicht, fremd und ausgezehrt, als er aufgebahrt gelegen hatte in der Schloßkapelle von Wimberley – und kein Wort des Trostes wollte ihr einfallen.

So saßen sie lange schweigend da, gelähmt von Angst und Erinnerungen, und wandten nicht einmal den Kopf, als Ellen Dr. Lindlow hereinführte. Der Arzt, der die beiden so reglos am Krankenbett sitzen sah, blieb auf der Schwelle stehen. Er hatte Seiner Lordschaft doch nahegelegt, die Patientin nicht durch seine Gegenwart zu beunruhigen. Und Ihre Ladyschaft wußte das! Doch hier saß sie neben ihrem Sohn, reglos und bleich wie eine Grabstatue. Sollte das etwa bedeuten ...? Dr. Lindlows Blick flog zum Krankenbett. Er hatte für die nächsten Tage mit einer Krise gerechnet. Der Spezialist aus London war schon unterwegs. Würde er etwa zu spät kommen?

Dr. Lindlow ging langsam zum Bett. Ellen, die die beiden reglosen Gestalten ebenso interpretierte wie er, begann auf einmal, geräuschvoll zu schluchzen. Der Arzt beugte sich über die Patientin, fühlte ihren Puls, legte ihr die Hand auf Stirn und Wangen, nahm plötzlich den Kneifer ab und rieb sich die Augen. Ellen schluchzte lauter.

»Hör' auf zu heulen, Mädchen«, sagte Dr. Lindlow derb. »Hier gibt es keinen Grund für Tränen. Es sei denn, du heulst auch vor Freude.« Er grinste breit, was sein müdes Gesicht viel jünger aussehen ließ, setzte den Kneifer wieder auf und rieb sich die Hände. »Sie ist über den Berg. Wir haben es geschafft! Gott sei gelobt!«

Jonathan war aufgesprungen und starrte erst ihn, dann Susanna an.

»Sehen Sie selbst, Mylord«, sagte Dr. Lindlow großzügig. Er war nicht der Mann, der in solchen Augenblicken an nicht befolgte Anweisungen erinnerte. »Das Fieber ist gebrochen. Sie ist deutlich weniger heiß als heute morgen. Und was noch wichtiger ist: Sie hat angefangen, zu schwitzen. Das ist das beste Zeichen. Fühlen Sie nur: Die Stirn ist ganz feucht. Und auch der Puls ist weniger schnell. Wir haben es geschafft!«

Jonathan beugte sich vor und legte die Hand auf Susannas Stirn. »Tatsächlich. Und Sie meinen ...?«

»Ich bin ganz sicher. Das war die Wende.«

»Hast du gehört, Mama?«

Er bückte sich plötzlich, hob die zierliche, kleine Gestalt zu sich empor und verbarg sein Gesicht an ihrer Schulter. Ellen, die sich gerade wieder beruhigt hatte, sah Tränen in den Augen Ihrer Ladyschaft und fing aus lauter Rührung wieder an zu weinen.

»Es ist gut, daß mein Sohn mich so festhält, Dr. Lindlow. Ich will Sie nicht in Verlegenheit bringen, aber ich glaube, wenn ich jetzt neben Ihnen stünde, ich würde Ihnen um den Hals fallen und Ihnen einen Kuß geben.«

Dr. Lindlows blasses Gesicht überzog sich mit einer hellen Röte. »Ich – ich würde mich natürlich überaus geehrt fühlen, Mylady, aber – aber das ist einfach zu viel der Ehre. Wir – wir müssen in erster Linie dem Herrgott danken.«

Jonathan stellte seine Mutter vorsichtig auf die Füße. »Sie sind viel zu bescheiden, Doktor. Ich bin überzeugt, daß die Krankheit ohne Ihre Hilfe ganz anders verlaufen wäre.«

Er nahm Dr. Lindlows Hand und schüttelte sie kräftig. »Ich

weiß nicht, wie ich Ihnen danken soll. Sie haben einen Wunsch frei, Doktor. Ich werde Ihnen alles geben, was in meiner Macht steht. Nein, nein, schütteln Sie nicht den Kopf, sondern denken Sie in Ruhe nach, es wird Ihnen schon etwas einfallen. Und wenn nicht, frage ich Ihre Frau.«

Er ließ Dr. Lindlows Hand los, drehte den Kopf zum geöffneten Fenster, durch das man Räderrollen, Hufgetrappel und Stimmen hörte. »Sie werden Gelegenheit zu einer Diskussion mit einem Kollegen aus London haben. Wenn mich nicht alles täuscht, ist gerade der Spezialist eingetroffen. Und außerdem noch jemand, den ich fast noch sehnlicher erwartet habe.«

Als wenig später die Tür geöffnet wurde und Mr. Burton einen Herrn und eine Dame hereinführte, sah Ellen zu ihrem Erstaunen, daß Seine Lordschaft die Dame – die bei näherem Zusehen keine war, denn sie trug einen einfachen dunklen Umhang und ein altmodisches Häubchen, und sie knickste vor Seiner Lordschaft und nannte ihn Mylord, und das tat keine Dame – daß Seine Lordschaft sie jedenfalls mit einer Freude und Ehrerbietung begrüßte, als ob sie eine Herzogin wäre und sie sofort zu seiner Mutter führte und sie als Mrs. Birdie vorstellte, worauf Ihre Ladyschaft die Fremde umarmte und wieder Tränen in den Augen hatte und rief: »Ach, Mrs. Birdie, was für schreckliche Sorgen müssen Sie sich gemacht haben in all den Monaten. Und erst in den letzten Tagen. Hoffentlich hat Burton Ihnen die Krankheit nicht allzu schlimm geschildert! Aber Sie wissen das Neueste noch gar nicht, und welch eine wunderbare Nachricht wir für Sie haben! Sie hat es überstanden! Dr. Lindlow sagt, sie ist über den Berg. Jetzt müssen wir sie nur noch gesundpflegen.«

»Gewiß, Mylady. Das werden wir«, sagte die Fremde nur. Sie trat ans Bett und betrachtete die Kranke eine Weile, beugte sich dann nieder und küßte sie auf beide Backen. »Susanna, mein Lämmchen, was machst du für Geschichten? Und was fällt dir ein, nicht zu essen? Jetzt bin ich da, und jetzt wird gehorcht!«

Die Kranke bewegte den Kopf und öffnete die Augen. »Birdie? Oh, Birdie, da bist du ja endlich! Das ist gut. Ich habe so auf dich gewartet!«

Und dann schlief sie wieder ein.

***

Allmählich kehrte das Leben in Wimberley wieder zur Normalität zurück. Der Facharzt aus London hatte Dr. Lindlows Diagnose in allen Punkten bestätigt und hatte ebenso wie er für die nächsten Tage absolute Ruhe und leichte, kräftigende Nahrung empfohlen und anschließend vorsichtige Gewöhnung an Luft und Sonne. Susanna schlief und aß und schlief und aß und erklärte schon bald nach Mrs. Birdies Ankunft, daß sie nun gesund sei und aufstehen wolle.

Ihre Pflegerin setzte sie in den Sessel am Fenster und ließ sich ausführlich über die Ereignisse der vergangenen Monate berichten.

Und Susanna erzählte und merkte, daß alles in eine andere Dimension rückte. Manchmal kam es ihr vor, als ob sie von einer anderen Person sprechen oder eine Geschichte wiederholen würde, die sie irgendwo gelesen hatte. Die Zeit bei ihren Verwandten, an die sie schon nach den ersten Wochen auf Wimberley kaum noch gedacht hatte, kam ihr so entfernt vor, daß sie sich an Einzelheiten, die sie damals so getroffen und gekränkt hatten, kaum noch erinnern konnte. Der Fremde mit den steingrauen Augen und die Schlingpflanzen im See waren noch sehr gegenwärtig, verloren aber ihren Schrecken, je öfter sie davon sprach. Die Shakespeare-Sonette samt Scheck und Kaufvertrag erwähnte sie nur kurz. Mit kühlem Kopf betrachtet, kam ihr ihre Reaktion ziemlich lächerlich vor, und Birdies Fassungslosigkeit bestätigte sie darin.

»Ich weiß selbst, daß es dumm war«, gab sie widerstrebend zu.

»Aber es ist nun mal passiert, also laß uns nicht mehr davon sprechen!«

»Du müßtest dich bei Seiner Lordschaft entschuldigen.«

»Das fände ich übertrieben. Ich kann ja etwas Höfliches sagen, wenn er mich besucht.«

»Warum sollte er dich besuchen? Du hast mir doch erzählt, daß du ihn zweimal aus dem Zimmer gewiesen hast. Du kannst wohl nicht erwarten, daß er ohne eine ausdrückliche Bitte von dir hier erscheint!«

»Dann soll er es bleiben lassen«, sagte Susanna gereizt. »Ich laufe ihm doch nicht nach.«

Nach einem Blick in ihr blasses, immer noch von der Krankheit gezeichnetes Gesicht verschluckte Mrs. Birdie ihre Antwort und erzählte statt dessen die kleinen Begebenheiten, die sich in Whittlay ereignet hatten. Aber sie sah, daß Susanna jedesmal gespannt zur Tür blickte, wenn es klopfte. Und es klopfte häufig, denn die gesamte Nachbarschaft erkundigte sich täglich besorgt nach dem Zustand der Patientin und schickte Blumen und Geschenke, ganz zu schweigen von der Anteilnahme des Haushaltes, der von Ellen und Nanny auf dem laufenden gehalten wurde. Nur der Hausherr ließ sich nicht blicken und wurde von niemandem erwähnt, auch von Mrs. Birdie nicht, obwohl sie ihn bei ihren täglichen Spaziergängen im Park häufig sah. Susanna hatte darauf bestanden, daß ihre alte Kinderfrau sich nicht ständig im Krankenzimmer aufhielt, sondern sich jeden Nachmittag an der frischen Luft erholte, ohne zu ahnen, daß ihre Vertraute dabei einen Begleiter hatte, der nicht müde wurde, sich aus Susannas Leben erzählen zu lassen.

Obwohl die Patientin sich sichtlich erholte, wirkte sie oft bedrückt und lustlos. Sie selbst schob es auf die überstandene Krankheit. Nur manchmal gestand sie sich ein, daß ihr Jonathan fehlte. Dann dachte sie sehnsüchtig an ihre Morgenritte, an ihre langen Unterhaltungen, an ihre freundschaftlichen

Streitereien über Frauenrechte und soziale Fragen – so lieb sie Birdie hatte, man konnte einfach nicht so reden mit ihr.

Ein-, zweimal verbarg sich Susanna hinter der Gardine, wenn er vom Ausritt zurückkam, aber er blickte nicht einmal hinauf zu ihren Fenstern. War er ihr böse? Oder verschwendete er einfach keinen Gedanken mehr an die ehemalige Angestellte mit den schlechten Manieren? Da sie die Antwort auf diese Fragen nicht wußte, schreckte sie vor einer Begegnung zurück. Gewiß, sie hätte ihn ausdrücklich zu sich bitten und sich entschuldigen können, aber Stolz und Unsicherheit hinderten sie daran, und je länger sie wartete, desto unmöglicher erschien ihr ein solches Vorgehen.

Ein Brief erlöste sie aus ihrer düsteren Stimmung. Er kam aus Kaiserswerth, von Pastor Theodor Fliedner, der sie mit überaus freundlichen, ja herzlichen Worten nach Kaiserswerth einlud und in den höchsten Tönen von Miß Nightingale sprach. Das war ein Fingerzeig des Himmels! Sie brauchte nicht mehr über Ereignisse zu grübeln, die passiert waren. Sie wollte nicht mehr daran herumrätseln, warum Jonathan Whittlay überhaupt gekauft und renoviert hatte, warum – ach, was sollten diese Fragen? Sie würde sie alle aus ihren Gedanken verbannen und am besten den ganzen Jonathan dazu.

Sie würde ab sofort nur noch an Kaiserswerth denken und an die wunderbaren Dinge, die sie dort lernen würde. Sie mußte Dr. Lindlow fragen, ob er neue medizinische Bücher besaß, und ob er sie ihr leihen würde. Und sie mußte ihr Deutsch auffrischen! In der Bibliothek von Wimberley gab es beklagenswert wenig fremdsprachige Werke, aber sie meinte sich zu erinnern, daß sie in einem Regal einige deutsche Titel gesehen hatte. Morgen früh, wenn Jonathan ausgeritten war, wollte sie sich die Bände holen. Sie hatte keine Lust, ihm zu begegnen. Wenn man sich gerade entschlossen hatte, nicht mehr an einen Menschen zu denken, dann brauchte er einem ja auch nicht mehr über den Weg zu laufen.

Mrs. Birdie hingegen war sehr begierig, Seiner Lordschaft zu begegnen. Sie lief fast auf ihn zu, als sie ihn am Ende der Allee bemerkte. Er kam ihr rasch entgegen.

»Sie brauchen nicht zu laufen, Mrs. Birdie, ich weiß es schon. Ich habe den Brief gesehen heute morgen. Ich muß gestehen, ich war einen Moment lang in der Versuchung, ihn an mich zu nehmen und verschwinden zu lassen. An Ihrem mitfühlenden Gesicht erkenne ich, daß Sie Verständnis haben für diese verurteilenswerte Anwandlung. Ich habe der Versuchung widerstanden, wie Sie sehen.« Er machte eine Pause. Mrs. Birdie hätte ihm am liebsten tröstend über den Arm gestreichelt.

»Hat sie sich gefreut?«

»Ja, sehr.«

»Sie fährt also?«

Mrs. Birdie nickte. »Sie ist wie umgewandelt. Sie macht schon Pläne.«

Jonathan drehte den Siegelring an seinem Finger und schwieg.

Mrs. Birdie betrachtete ihn unruhig und voller Mitgefühl. Zu ihrer Verwunderung lachte er auf einmal übermütig wie ein Junge.

»Sie wird sich wundern, meine Kleine! Nun schauen Sie nicht so erstaunt, Mrs. Birdie. Wenn Sie mich besser kennen würden, dann wüßten Sie, daß ich nicht so leicht aufgebe. Ich habe schon in auswegloseren Situationen gesteckt als in dieser. Noch ist nichts entschieden. Ich brauche nur genügend Zeit.«

»Aber sie will nächste Woche schon fahren.«

»Das kommt nicht in Frage. Ich werde dafür sorgen, daß Dr. Lindlow ihr dazu keine Erlaubnis gibt. Außerdem glaube ich, daß sie es gar nicht so eilig haben wird, sobald ich verschwunden bin.«

Mrs. Birdie sah ihn ratlos an. Jonathan lächelte auf sie hinunter.

»Wir haben uns bis jetzt sehr erfolgreich bemüht, immer außerhalb der Sichtweite des Schlosses zu bleiben, Mrs. Birdie. Heute wollen wir von dieser Regel abweichen. Wir werden jetzt zusammen zurückspazieren und dabei werde ich Ihnen einiges erzählen, das vielleicht auch Susanna interessieren wird.«

Er hatte tatsächlich heute morgen den Brief schon in der Hand gehabt, um ihn einzustecken. Er hatte die fremden Marken gesehen und Susannas Namen, und als er den Absender gelesen hatte, da hatte er auch gewußt, was in dem Brief stand. Pastor Fliedner. Kaiserswerth. Das war ein winziges Städtchen am Rhein, das vor zehn Jahren kaum einer gekannt hatte außer den Einwohnern und Nachbarn. In der Nähe von Düsseldorf lag es, aber das war auch nur eine kleine Provinzstadt, die ebenfalls kein Mensch kannte, außer vielleicht ein paar Kunstkennern, die lobend von der dortigen Akademie sprachen. Doch seit dieser protestantische Pastor ein Krankenhaus gebaut hatte und ein Heim für entlassene weibliche Strafgefangene und eine Kleinkinderschule und ein Waisenstift, vor allem aber eine Ausbildungsstätte für Lehrschwestern und Krankenpflegerinnen, waren die Namen Fliedner und Kaiserswerth zu einem Begriff geworden bei allen, die sich für soziale Fragen interessierten. Miß Nightingale hatte nach ihrem ersten Besuch dort eine begeisterte Broschüre über die Diakonissenanstalt am Rhein geschrieben und war im folgenden Jahr zurückgekehrt, weil es keinen anderen Ort gab, an dem man die Krankenpflege in Theorie und Praxis als Beruf erlernen konnte.

Und das wollte Susanna auch. Er sah ihr hingerissenes Gesicht wieder vor sich, nachdem sie den Brief an Pastor Fliedner geschrieben und ihm davon erzählt hatte. Sie wollte Krankenschwester werden. Er hatte versucht, ihre Begeisterung zu belächeln und als jugendliche Schwärmerei abzutun, aber er hatte gespürt, wie ernst es ihr war mit ihrem Plan. Und er hatte sie verstanden. Wer – wenn nicht er? Warum war er nach Skutari gegangen? Warum hatte er Dreck und Blut und Ungeziefer ertragen und das Stöhnen und Sterben der Verwundeten und den aussichtslos scheinenden Kampf gegen Seuchen und Chaos? Zum Teil aus Bewunderung für Miß Nightingale und aus dem Bedürfnis heraus, ihr zu helfen. Zum Teil aus dem Pflichtgefühl des Offiziers, der seine Männer nicht im Stich läßt. Aber es hatte noch etwas anderes dahinter gestanden, und das war ihm zu Bewußtsein gekommen, als Susanna von Kaiserswerth erzählte. In Skutari waren Menschen gewesen, die ihn gebraucht hatten und die ohne seine Hilfe vielleicht verloren gewesen wären. Und dieses Gefühl, gebraucht zu werden und wirkungsvolle Hilfe zu lernen, das zog Susanna nach Kaiserswerth. Sie wollte keinen reichen Mann und keine Stellung in der Gesellschaft und kein Luxusleben. Sie wollte helfen.

Diese Gedanken gingen Jonathan durch den Kopf, während er in der Halle von Wimberley stand und den Brief aus Kaiserswerth in den Fingern drehte. Als er Susanna im Wald gefunden und mit ihr nach Hause geritten war, da hatte er sich geschworen, sie nie mehr loszulassen. Es war wie ein Wunder gewesen, daß er sie nicht für immer verloren hatte. Als er an ihrem Bett gesessen und mit ihrem Tod gerechnet hatte, da wäre er bereit gewesen, jedes Gelübde abzulegen für ihre Genesung. Vielleicht war das nun der Preis, den er zahlen mußte? Er hatte jedenfalls nicht das Recht, sie dieser Möglichkeit zu berauben, auf die sie so sehr gewartet hatte. Sie mußte selbst entscheiden.

Aber sie hat mich geküßt, dachte er. Ich habe nicht vergessen, wie sie mich geküßt hat. Und ich habe auch den Blick nicht vergessen, mit dem sie mich vor Edward Tavernics Pistole gewarnt hat. Ich werde … ich werde … Er legte den Umschlag zurück auf den Tisch und drehte den Siegelring um seinen Finger. Dann winkte er einen Diener herbei und beauftragte ihn, den Brief ins Krankenzimmer zu bringen.

»Ich habe Seine Lordschaft im Park getroffen«, verkündete Birdie, als sie von ihrem Spaziergang zurückkam.

»Ich weiß. Ich habe euch gesehen.«

»Tatsächlich? Ich habe hinaufgeschaut, weil ich dir zuwinken wollte, aber du warst nicht da.«

»Ich – mir war die Sonne zu stark. Es ist schwül heute.«

Da Susanna jeden Tag am Fenster auf Birdies Winken gewartet hatte und nichts lieber tat, als mit einem Buch in der Sonne zu sitzen, konnte sie ein erstauntes Gesicht machen.

»Findest du wirklich? Ich habe mit Seiner Lordschaft darüber gesprochen, daß wir lange keinen so schönen Sommer gehabt haben, ganz ohne Schwüle und die Sonne richtig angenehm. Ein ideales Erntewetter, würde ich sagen. Ich möchte wissen, ob zu Hause auch so schönes Wetter ist, was meinst du? Und ob sie die zweite Heuernte gut eingebracht haben? Weißt du noch im vorigen Jahr, als das Gras gerade geschnitten war, wie die schweren Gewitter kamen und alles doppelt und dreifach gewendet und getrocknet werden mußte? Und wie Hatchett sich einen Sonnenstich geholt hat?«

»Ja, ja, ich weiß«, sagte Susanna mit deutlichem Desinteresse an diesem Thema. »Habt ihr nur übers Wetter gesprochen?«

»Seine Lordschaft mit mir, meinst du? Nein, nicht nur, aber doch recht ausführlich.«

Eine lange Pause folgte, während der Susanna ärgerlich eine Locke zwirbelte und Birdie summend ihr Strickzeug holte, einen Stuhl heranzog, sich neben ihrem Schützling niederließ und ihn freundlich anlächelte.

»Macht dir das Lesen keinen Spaß mehr?«

Susanna klappte das Buch zu. »Nein.«

»Dann stört es dich nicht, wenn ich dir erzähle, was ich mit Seiner Lordschaft gesprochen habe?«

»Nein!«

»Er ist wirklich ganz überaus freundlich und höflich. Er hat sich genau schildern lassen, wie meine Reise war, und wo wir Station gemacht haben, und wie es mir auf Wimberley gefällt, und ob ich mit allem zufrieden bin.«

»Aha.«

Pause.

»Hat er auch nach mir gefragt?«

»Nein. Aber das war auch nicht nötig, denn ich habe ihm ganz ausführlich erzählt, wieviel besser es dir geht, und daß Dr. Lindlow sehr zufrieden ist, und daß du schon aufstehen darfst und bald mit mir im Park spazieren wirst.«

»Aha.«

Wieder eine Pause.

»Und was sagte er dazu?«

»Ja, das fand ich eigenartig. Er sagte: ›Das kann sie in Ruhe und ungestört tun, denn ich verreise morgen früh.‹ Meinst du, er nimmt an, daß du dich durch ihn gestört fühlen wirst?«

»Woher soll ich das wissen? Ich habe keine Ahnung davon, was in seinem Kopf vorgeht.« Sie zwirbelte immer noch an ihrer Locke. »Hast du ihm gesagt, daß ich nach Kaiserswerth gehe?«

»Ja, natürlich. Aber das hat ihn gar nicht überrascht. Er erinnerte sich daran, daß du einen Brief geschrieben hattest. Es schien ihn auch nicht weiter zu interessieren. Aber er hat sich sehr ausführlich danach erkundigt, wie ich nach Whittlay komme, und er hat darauf bestanden, daß ich mit einer gräflichen Kutsche zurückfahre, zumindest die erste Strecke. Und es soll jemand mitfahren vom Personal. Ich wäre auf seine Bitte hin gekommen, hat er gesagt, und er könnte mir nicht dankbar genug sein, und es wäre eine Selbstverständlichkeit, daß er auch für meine Rückfahrt sorgte, und er wollte auf keinen Fall, daß ich alleine in einer Postkutsche säße. Ich nenne das sehr großzügig, findest du nicht?«

»Ja. Sehr.«

Susanna starrte aus dem Fenster. Birdie sah an ihren grünleuchtenden Augen, daß irgend etwas sie in Zorn versetzt hatte. Sie konnte sich auch denken, was, und ihr Herz wäre vor Mitleid geschmolzen, wenn sie nicht von Seiner Lordschaft erfahren hätte, daß dazu kein Grund bestand. Aber Susanna hatte natürlich das Gefühl, daß auch sie alleine eine Reise antreten würde, die länger und gefährlicher war als die Fahrt nach Whittlay, und daß sie ebenfalls auf Bitten seiner Lordschaft nach Wimberley gekommen war, ohne daß dieser sich jetzt für ihr Ergehen interessierte.

»Er fährt nach London. Ich weiß nicht, warum, aber es schien etwas Wichtiges zu sein, denn er fährt schon morgen ganz früh und nimmt nur Mr. Burton mit, und das spricht doch eigentlich für etwas Geschäftliches, denn sonst hätte er doch wohl Personal vorausgeschickt, nicht wahr?«

Susanna stand so jäh auf, daß die Stuhlbeine mit einem unschönen Geräusch über den Boden knirschten.

»Ich habe keine Ahnung, und es ist mir auch völlig gleichgültig. Ich glaube, ich lege mich etwas auf's Bett. Irgendwie fühle ich mich heute nicht gut.«

Sie drehte Birdie den Rücken zu und starrte die Wand an. Hauptsache, er war weg! Sie würde endlich ihr Zimmer verlassen können, ohne Angst haben zu müssen, ihm zu begegnen. Sie sehnte sich danach, in den Park zu gehen und in die Ställe und ihre Mahlzeiten im Eßzimmer einzunehmen und in der Bibliothek auf dem Boden zu sitzen oder in einer Fensternische. Sie würde in aller Ruhe ihre Reisevorbereitungen treffen können und tatsächlich erst abreisen, wenn sie sich stark und kräftig fühlte. Sie freute sich auf Kaiserswerth, aber es war trotzdem schlimm, Wimberley verlassen zu müssen, und sie wollte ihre Galgenfrist so lange wie möglich auskosten.

35. Kapitel

Es war am Tag vor ihrer Abreise, als Susanna nach dem Lunch in ihr Ankleidezimmer ging und sich leeren Schränken mit offenen Türen gegenübersah. Ihr altes Reitkleid hing einsam in einer Ecke.

»Aber Birdie! Ich habe dir doch immer wieder gesagt, daß ich nur ein paar einfache Kleider brauche.«

»Ja gewiß, und genau die habe ich eingepackt. Aber Mr. Burton hat gesagt, daß die Schränke leer gemacht werden müssen. Wahrscheinlich für den nächsten Gast.«

»Mr. Burton?« fragte Susanna schwach und ließ sich auf einen Stuhl sinken. »Ist denn ...?«

»Seine Lordschaft ist eben eingetroffen.«

»Und der Gast?«

»Der noch nicht. Das war nur so eine Vermutung von mir, weil Mr. Burton und Debbie alle Sachen so eilig in Koffer gepackt haben.«

»Und warum in Koffer?«

»Das weiß ich auch nicht. Wahrscheinlich hat Seine Lordschaft erfahren, daß du die Kleider nicht behalten willst, und sie können ja schließlich nicht hier hängen bleiben.«

»Ich nehme an, sie werden nach London geschickt und an diverse Dämchen verteilt«, sagte Susanna böse.

»Das ist eine sehr ungehörige Bemerkung! Außerdem ist sie unwahr, da bin ich sicher. Seine Lordschaft ist ein Ehrenmann.«

»Woher willst du das wissen?«

»Was fällt dir denn ein? Das sieht man doch.«

»Ich sehe das nicht. Und von mir aus kann er so viele Schönheiten beschenken, wie er möchte.«

Ein Ehrenmann, pah! Kaum war er alleine in London, da ließ er sich schon derartig von einer Dame beeindrucken, daß er sie nach Wimberley einlud. Denn wenn der Gast nicht mit Jonathan zusammen gekommen war, dann mußte es eine Dame sein. Eine Dame, die wohlerzogen genug war, zu wissen, daß man nicht in Begleitung eines Herrn über Land reitet, sondern in schicklichem Abstand in einer Kutsche folgt. Ob die Kleider so schnell aus dem Haus sollten, damit die Besucherin nicht sah, was für eine verschwenderische Garderobe die Angestellte besaß, die hier logiert hatte?

»Seine Lordschaft hat anfragen lassen, ob er sich schon heute von dir verabschieden darf. Er hat morgen früh leider keine Zeit.«

»Das kann ich mir denken. Sein Ausritt ist ihm wichtiger. Und anschließend muß er wahrscheinlich den Gast begrüßen.«

»Davon hat Mr. Burton nichts erwähnt. Er hat nur gesagt ›leider keine Zeit‹, und das ist eine sehr höfliche Formulierung, finde ich. Ich habe geantwortet, daß du heute nachmittag keine Verpflichtung hast und jederzeit mit ihm reden kannst.«

»Wie konntest du nur?! Ich habe Thomas versprochen, mit ihm auszureiten, und ich wollte noch …«

»Du hast nachher noch Zeit genug«, unterbrach Mrs. Birdie sie unbeeindruckt. »Wir haben den Termin auf drei Uhr festgesetzt.«

»Aber ich will nicht!«

»Führ' dich bitte nicht auf wie ein Kleinkind! Du bist fast vier Monate auf Wimberley zu Gast gewesen. Seine Lordschaft hat dir das Leben gerettet. Es ist doch wohl nicht zu viel verlangt, daß du dich verabschiedest und bedankst wie ein zivilisierter Mensch. Was glaubst du wohl, was dein Vater sagen würde, wenn er dich jetzt hören könnte?«

»Ich bin nicht zu Gast gewesen. Ich war angestellt. Und das Leben gerettet – das ist doch wohl stark übertrieben. Ich hätte am nächsten Tag auch allein aus dem Wald herausgefunden.«

Birdie sah sie nur an und schüttelte den Kopf.

»Du solltest dich schämen!«

Dagegen gab es keine Argumente. »Also gut, ich gehe«, brummte Susanna zornig, griff nach einem Buch und ließ sich auf den Teppich fallen. Birdie ignorierte ihr verstocktes Gesicht, sie ignorierte auch ihre Nervosität, die wuchs, je mehr der Zeiger auf drei Uhr zu rückte, und die sich darin äußerte, daß Susanna sich weder auf ihr Buch konzentrieren noch überhaupt stillsitzen konnte. Schließlich sprang sie auf, stellte sich vor den Spiegel, betrachtete sich lange und kritisch, was Mrs. Birdie zu einem verstohlenen Lächeln brachte, und verschwand im Ankleidezimmer. Um fünf Minuten vor drei erschien sie wieder, und zwar in ihrem alten Reitkleid, die Haare zerzaust, eine verdrückte Reitkappe in der Hand.

»Was fällt dir ein?« rief Birdie entgeistert. »Warum hast du das schöne gelbe Kleid ausgezogen?«

»Weil ich gleich mit Thomas reiten gehe. Ich habe nur wenig Zeit.«

»Aber du siehst entschieden hübscher aus in dem gelben Kleid«, sagte Birdie ehrlich.

»Ich wüßte nicht, warum ich hübsch aussehen sollte. Ich glaube kaum, daß Thomas auf mein Aussehen achtet.«

»Dann laß' mich wenigstens noch schnell deine Haare kämmen. Du siehst aus wie ein – wie ein –«

»Wie ein Staubwedel, ich weiß. Aber in Kaiserswerth muß ich auch alleine mit meinen Haaren fertig werden. Wahrscheinlich werde ich ein breites Band um den Kopf binden, die Locken um's Gesicht sind einfach noch zu kurz, um sie einzuschlagen. Und gleich werde ich sie einfach unter die Kappe stopfen.«

»Aber Susanna! Du siehst unmöglich aus! Was soll Seine Lordschaft von dir denken?«

»Das ist mir vollkommen gleichgültig! Er kann zwar von mir erwarten, daß ich mich verabschiede wie ein zivilisierter Mensch, aber nicht, daß ich aussehe wie eine Modepuppe.«

Sie blitzte Birdie an, und diese fühlte sich auf einmal an das magere kleine Mädchen erinnert, daß sie so oft mit dem gleichen Blick fixiert hatte.

»Als du fünf warst, habe ich dir wenigstens einen Klaps androhen können, wenn du nicht gehorcht hast«, sagte sie seufzend.

Das zornige Funkeln in Susannas Augen erlosch. Sie bückte sich und legte den Arm um die alte Frau.

»Du mußt zugeben, daß du diese Drohung so gut wie nie ausgeführt hast.«

Birdie seufzte und nickte. »Ich hätte sowieso nichts damit erreicht. Wenn du dir einmal etwas in den Kopf gesetzt hattest, dann konnte man dich schwer davon abbringen. So ein Winzling warst du«, sie hielt die Hand in Hüfthöhe, »ich seh' dich noch vor mir, und wolltest partout nicht gehorchen. Genau wie deine Mutter, die war auch so ein Dickschädel.«

Susanna lachte und gab ihr einen Kuß. »Also schimpf nicht mit mir, Birdie, ich kann nichts dafür, daß ich so bin. Es ist ein

Erbteil. Und nicht nur von Mama, sondern auch von Papa, das weißt du wohl. Also bin ich doppelt entschuldigt.«

Da in diesem Moment Burton klopfte, wie immer mit militärischer Pünktlichkeit – denn die Uhr schlug gerade drei –, war Birdie einer Antwort enthoben. Sie sah Susanna nach und nickte gedankenvoll. Dickschädel waren sie gewesen, Lady Anne und Lord Jasper, das stimmte, und trotzdem hätte man sich kein liebevolleres Paar denken können als die beiden. Wie ein Lämmchen war ihre kleine Lady geworden nach der Heirat, und Lord Jasper hatte sie auf Händen getragen, jawohl, das hatte er, und Lady Anne, dieser Irrwisch, die jede Gouvernante zur Verzweiflung gebracht hatte, hatte sich bemüht, ihm jeden Wunsch von den Augen abzulesen. Und Susanna würde genau so werden!

Mrs. Birdie lächelte vor sich hin. Sie hatte einige lange Gespräche geführt mit Seiner Lordschaft, Gespräche, die sowohl die Vergangenheit wie die Zukunft betroffen hatten und die Susanna in Fassungslosigkeit und hellen Zorn versetzt hätten, wenn sie davon gewußt hätte. Seine Lordschaft war nicht der Mann, der sich bei einer lebenswichtigen Unterredung von unfrisierten Haaren und einem altmodischen Kleid irritieren lassen würde, da war Birdie sicher. Wie ihre Kleine allerdings auf ebendiese Unterredung reagieren würde, das war schwer zu sagen.

Zu ihrem Erstaunen führte Mr. Burton Susanna nicht in einen der unteren Salons, sondern machte schon ein Stockwerk tiefer vor der Tür zu Jonathans Privaträumen halt.

Natürlich! Sie war ja nicht ein Gast, von dem man Abschied nahm, sondern eine Angestellte, die im Arbeitszimmer abgefertigt wurde. Ein Glück, daß sie ihr Reitkleid anhatte und Eile vorschützen konnte. Oh Himmel, sie wurde schon wieder wütend. Sie hatte sich doch vorgenommen, kühl und überlegen zu bleiben und die beschämenden Details ihres letzten Treffens mit keinem Wort zu erwähnen. Sie hatte sich kindisch benommen, das sah sie durchaus ein, und zwar nicht erst nach Birdies Reaktion. Zur Entschuldigung konnte sie nur ihre Krankheit anführen. Ob Jonathan ihr Vorhaltungen machen würde, daß sie seine Abschiedsgeschenke in so rüder Form zurückgewiesen hatte?

Er stand vom Schreibtisch auf, als Burton die Tür für sie öffnete, und kam auf sie zu. Sie konnte sein Gesicht nicht erkennen. Die Sonne schien so hell durch die geöffneten Fenster, daß sie sie blendete.

»Da bist du ja, Susanna. Danke, Burton. Ich bin jetzt für niemanden zu sprechen.«

Burton verneigte sich wortlos und verschwand. Susanna sank das Herz. Sollte das etwa eine längere Unterredung werden?

»Es war sehr freundlich von dir, jetzt zu kommen. Ich verreise morgen früh für längere Zeit. Willst du dich nicht setzen?«

Es gab also doch keine Dame, die nach Wimberley unterwegs war. Er klang auch nicht so, als ob er von freudiger Erwartung erfüllt wäre. Seine Stimme war so höflich und unpersönlich, als ob er Susanna gerade erst kennengelernt hätte. Sie stand noch immer neben der Tür.

»Ich – nein danke. Ich habe nicht viel Zeit. Ich habe mich mit Thomas zum Reiten verabredet.«

»Für wann?«

»Wann? Oh, er – er wartet schon.«

»Dann muß er sich noch etwas gedulden. Ich warte schon seit langem auf dieses Gespräch.«

Er stand jetzt dicht vor ihr, sie roch den schwachen Duft nach Sandelholz, der ihn immer umgab. Nun gut, das mußte durchgestanden werden. Sie ließ es zu, daß er sie am Ellbogen faßte und zu der Sitzgruppe am Fenster führte. Die Geste war ebenfalls konventionell, kaum zu spüren, trotzdem zog Susanna nach zwei Schritten ihren Arm zur Seite.

Jonathan schob ihr einen Sessel zurecht und setzte sich dann ihr gegenüber. Sie sah an seinem Kopf vorbei in den Park hinaus. Ich werde diese Aussicht vermissen, dachte sie. In einer Woche bin ich vielleicht schon in Kaiserswerth und sehe den Rhein. Aber Jonathan werde ich nicht mehr sehen. Vielleicht nie mehr.

Ihr Blick huschte schnell über sein Gesicht und dann gleich wieder in den Park hinaus. Wie soll ich das nur aushalten, ihn nie mehr zu sehen? Ich habe ihn schon so sehr vermißt, als ich krank war. Ich habe jeden Tag darauf gewartet, daß er kommt. Er hätte ruhig mit mir schimpfen können, Hauptsache, er wäre gekommen. Er ist nicht gekommen, und ich habe mir eingeredet, ich wäre froh darüber. Aber ich habe genau gewußt, daß ich mir etwas vormache. Warum verfalle ich ausgerechnet jetzt auf diese Gedanken? Reiß' dich zusammen, Mädchen, und hör' auf mit deinen Gefühlsduseleien. Er darf auf keinen Fall merken, wie es um dich steht.

Sie sah, daß sie die Hände im Schoß verkrampft hatte, und schob sie hastig in die Rocktaschen. Warum sagte er bloß nichts und sah sie nur unverwandt an? Sie spürte seinen Blick auf ihrem Gesicht und wagte nicht, ihn noch einmal anzublicken aus Angst, daß sie in Tränen ausbrechen würde. Ihre Kehle war wie zugeschnürt. Dieses Schweigen zerrte an ihren Nerven. Sie räusperte sich.

»Hast du eine angenehme Zeit gehabt in London?«

»Angenehm? Nein, das kann man nicht sagen. Aber recht erfolgreich. Ich hatte sehr viele Vorbereitungen zu treffen im Zusammenhang mit meiner Reise, und obwohl einige recht kompliziert waren, ist alles zu meiner Zufriedenheit verlaufen. Mein Anwalt, Mr. Burroughs, ist ein sehr effizienter Mann.«

Mr. Burroughs! Das war sicher die unleserliche Unterschrift mit dem B. Was mochte das für eine Reise sein, zu der er die Hilfe seines Anwalts benötigte? Aber das ging sie nichts an, und sie würde sich eher die Zunge abbeißen, als ihn zu fragen. Sie würde überhaupt nichts mehr sagen. Er hatte ja schließlich um dieses Gespräch gebeten und angeblich schon lange darauf gewartet. Was das nur heißen sollte? Er hätte doch jederzeit mit ihr reden können! Nein, das hätte er nicht. Sie hatte Dr. Lindlow gebeten, ihn aus dem Krankenzimmer zu weisen, und danach hatte sie ihn nicht mehr gesehen. Was war ihr bloß eingefallen? Man hatte ihr die schönsten Gästezimmer des Schlosses gegeben, und sie hatte den Eigentümer hinauswerfen lassen.

»Warum siehst du mich nicht an?«

Susanna fuhr zusammen. »Ich – oh, ich mußte gerade daran denken, daß ich diesen Ausblick bald nicht mehr haben werde. Ich freue mich schon auf den Rhein.«

»Ist Dr. Lindlow damit einverstanden, daß du fährst?«

»Oh ja, völlig. Er sagt, ich sei genauso gesund wie vorher. Er hätte noch nie einen Patienten gehabt, der sich so schnell erholt hat.«

»Das freut mich. Könntest du jetzt deine Augen von der zweifellos bewundernswerten Ansicht des Parkes abwenden und einmal auf diesen Gegenstand richten?«

Widerstrebend löste Susanna ihre Blicke von den leise schwankenden Baumwipfeln. Auf dem Tischchen neben Jonathans Sessel lag ein dunkelgrünes Buch, blank wie ein Rhododendronblatt, geschmückt mit einer goldenen Blütenranke. Shakespeares Sonette. Er hatte sie eigens für sie binden lassen, und sie hatte sie in den Kamin gelegt. Sie fühlte, wie der Klumpen in ihrem Hals größer wurde und daß Tränen in ihre Augen steigen wollten. Hilflos sah sie das Buch an.

»Ich werde nicht wagen, es dir noch einmal anzubieten, nachdem du mir so deutlich gezeigt hast, daß du es nicht willst. Aber du bist mir eine Erklärung schuldig, findest du nicht?«

Sie konnte jetzt nicht sprechen. Sie hatte genug damit zu tun, die Tränen zurückzuhalten.

»Ich habe mir das Hirn zermartert, ich habe die lächerlichsten Möglichkeiten in Erwägung gezogen, aber mir ist kein Grund eingefallen. Willst du ihn mir nicht sagen?«

Er sprach jetzt nicht mehr höflich und distanziert, sondern drängend und – ja, besorgt und – und liebevoll. Er sollte aufhören, in diesem Ton mit ihr zu reden! Sie wollte nicht weinen!

»Es war nicht das Buch«, krächzte sie.

»Nicht das Buch? Also der Scheck?«

Er klappte den Band auf und zog ein Blatt heraus. Susanna sah, daß alle Fetzen, in die sie den Scheck zerrissen hatte, sorgfältig wieder zusammengesetzt und auf ein dünnes Papier geklebt waren. Wie hatte sie sich gedemütigt gefühlt, geradezu geohrfeigt! Hier ist dein Lohn. Nimm, so viel du willst, und dann verschwinde! Die erste Träne rollte, dann die zweite.

»Warum hast du das gemacht?« fragte sie anklagend.

»Aber wir hatten einen Vertrag«, erwiderte Jonathan ratlos. »Und der Vertrag war abgeschlossen. Du hattest deinen Teil erfüllt, und jetzt war ich an der Reihe.«

Die Tränen rollten schneller.

»Aber Susanna! Um Himmels willen, so weine doch nicht!« Er war schon neben ihr, zog sie ohne Umstände hoch und nahm sie in die Arme.

»Ich weine gar nicht«, schluchzte Susanna und legte den Kopf an seine Schulter. »Verflixt, ich habe kein Taschentuch.«

Sie war so in Anspruch genommen von dem Kampf gegen die Tränen und der Suche in ihren Taschen, daß der plötzliche radikale Wechsel der Situation keinerlei Reaktion in ihr hervorrief.

»Heb' den Kopf hoch! Du weinst meine Schulter naß. Da ich vorhabe, dieses Jackett morgen auf der Reise anzuziehen, kann ich nicht zulassen, daß du es ruinierst.«

Er trocknete ihr Gesicht behutsam mit seinem Taschentuch und betrachtete sie kopfschüttelnd. »Ich werde diesen Scheck rahmen lassen und jedesmal betrachten, wenn du wieder etwas tust, was ich nicht begreife. Warum in aller Welt kannst du darüber gekränkt sein, wenn ich meine Seite des Vertrages erfülle?«

»Ich – oh, ich –« Susanna suchte fieberhaft nach einer plausiblen Erklärung, »weil ich meine auch nicht erfüllt habe. Rachel ist tot, und dein Plan ist gescheitert.«

»Das ist er keineswegs. Wenn du mich nicht so herzlos von deinem Krankenbett verbannt hättest, dann hätte ich dir längst erzählt, daß ich sie am Abend vor ihrem Unfall zu einem Geständnis gebracht habe. Und dieses Geständnis hätte ich nie bekommen ohne dein Abenteuer mit Edward Tavernic – so heißt der Kerl, der dich fast umgebracht hätte. Ja, da staunst du! Ich werde dir alles einmal ausführlicher erzählen, aber jetzt ist mir ein anderes Thema wichtiger. Warum wolltest du fortlaufen?«

»Ich wollte gar nicht. Aber du hast mich doch fortgeschickt.«

»Ich habe ... was habe ich? Bist du von allen guten Geistern verlassen? Wie kannst du so etwas behaupten? Du stehst hier und läßt dich von mir umarmen und hast die Stirn zu erklären, ich hätte dich fortgeschickt? Nein, versuch nicht, dich loszumachen, das gelingt dir nicht. Ich werde dich überhaupt nie mehr loslassen, obwohl es eine Strafe ist, den Unsinn anhören zu müssen, den du von dir gibst. Ich dich fortschicken?! Das ist doch die Höhe! Ich habe lediglich unsere geschäftlichen Beziehungen zu einem Ende gebracht, weil ich dein Schuldner war. Und als dein Schuldner konnte ich dir keinen Heiratsantrag machen. Das muß doch wohl jedem Menschen klar sein, sogar einem, der vom normalen Leben so wenig Ahnung hat wie du!«

Susanna überhörte die diversen Beleidigungen in diesen Sätzen und wiederholte nur fassungslos: »Einen Heiratsantrag? Als du mir das Buch brachtest, da wolltest du ... Aber warum?«

»Manchmal glaube ich, daß dein Verstand bei weitem überschätzt wird. Warum? Warum macht man einen Heiratsantrag?«

»Ich weiß es nicht. Ich habe noch nie einen bekommen.«

»Du bist nicht nur ahnungslos, du hast auch ein miserables Gedächtnis. Du hast bereits einen Antrag von mir bekommen, und zwar am 22. April beim Frühstück in Sinclair House. Und wenn ich bedenke, wie ich mich angestrengt habe, bei meinem ersten Versuch die passenden Worte zu finden, so halte ich es für ein sehr bedenkliches Zeichen, daß du alles vergessen hast.«

»Aber das war kein richtiger Heiratsantrag.«

»Woher willst du das wissen, wenn du keine Erfahrung hast auf diesem Gebiet?«

»Das weiß man eben. Und außerdem kommt es in Romanen vor. Was wolltest du mir sagen, als du mir das Buch brachtest?«

»Ich fürchte, das habe ich vergessen über all den Aufregungen, in die du mich seither gestürzt hast. Ungefähr Folgendes: ›Ich kann ohne deine Zitate nicht leben. Ich kann ohne deine Frechheiten und Widersprüche nicht leben. Ich kann überhaupt nicht ohne dich leben. Ich liebe dich.‹ Ist das deiner Ansicht nach ein richtiger Heiratsantrag?«

»Ich glaube schon.« Susanna zögerte. »Du hast im Präsenz gesprochen, weißt du das? Präsenz Indikativ.«

»Natürlich. Warum sollte ich im Imperfekt sprechen? Oder vielleicht im Konjunktiv?«

»Ich dachte – nun, ich dachte, du sprachst von dem Tag, als ich fortlaufen wollte.«

»Ja, glaubst du etwa, ich zitiere einen zwei Wochen alten Antrag, um dann fortzufahren: ›So mein gnädiges Fräulein, wollte ich zu Ihnen sprechen, aber inzwischen hat sich die Situation geändert, und ich sehe mich nicht mehr in der Lage, Ihnen Herz und Hand anzutragen, denn Sie haben selbige mit Füßen getreten und mich zurückgestoßen.‹ Glaubst du das?«

»Ach, hör auf, du bringst mich immer zum Lachen.« Sie sah ihn zweifelnd an. »Als ich eben hereinkam und du anfingst zu reden … ich habe gedacht, du magst mich nicht mehr.«

Jonathan betrachtete sie mit übertriebener Besorgnis und

strich ihr die Locken aus der Stirn. »Ich glaube, Dr. Lindlow beurteilt den Grad deiner Genesung entschieden zu rosig. Dein Denkvermögen hat durch die Krankheit offensichtlich sehr gelitten. Es ist gut, daß ich dich morgen begleite und ein Auge auf dich haben kann, bis du in Kaiserswerth bist. Weißt du – du solltest doch überlegen, ob du nicht lieber zur Bühne gehen solltest statt zu Pastor Fliedner. Du hast eine wirklich überzeugende Art, fassungsloses Erstaunen auszudrücken. Du kannst auch gerne in Ohnmacht sinken, ich halte dich ganz fest.«

»Du – du begleitest mich?«

»Nicht nur ich. Auch meine Mutter und Mrs. Birdie. Und Burton und Ellen. Hast du allen Ernstes geglaubt, daß wir dir erlauben werden, alleine zu verreisen? Noch dazu auf den Kontinent? Wir werden dich in Kaiserswerth abliefern und dann weiterfahren nach Marienbad, wo meine Mutter eine Trinkkur machen will. Ich habe in London in Erfahrung gebracht, daß Miß Nightingale vor drei Jahren gut drei Monate lang in Pastor Fliedners Hospital ausgebildet worden ist, und ich hoffe, daß dir diese Zeit auch genügen wird. Wir holen dich dann wieder ab, und du kannst dir inzwischen überlegen, wo du am liebsten heiraten willst. Ich habe alle erforderlichen Papiere für eine Trauung im Ausland besorgt, und die Schneiderin hat sich bei deinem Brautkleid selbst übertroffen. Du hast doch keine Einwände gegen ein Brautkleid, nicht wahr? Ich weiß zwar, wie sehr du an deinem alten Reitkleid hängst – warum sonst würdest du darin deinen Abschiedsbesuch bei mir machen? –, aber vielleicht legst du an deinem Hochzeitstag doch Wert auf eine festliche Ausstattung? Ich habe mich sehr bemüht, deinen spartanischen Geschmack zu berücksichtigen. Es ist ganz schlicht, weißt du. Aber du muß es nicht anziehen, wenn du nicht willst, ich nehme dich auch in diesem Reitkleid. Und anschließend fahren wir durch Frankreich und Italien und Deutschland – wohin du willst. In dieser Zeit können sich dann die Gemüter darüber beruhigen, daß du unter dem Namen deiner Urgroßmutter aufgetreten bist. Ich vertraue darauf, daß dir eine plausible Erklärung einfallen wird.«

Er sah sie erwartungsvoll an, aber Susanna schüttelte benommen den Kopf. »Nein! Nein, mir fällt überhaupt nichts ein, jedenfalls nicht im Moment. Wie konntest du – woher weißt du –?«

»Ich weiß gar nichts, meine Herzallerliebste, das gebe ich zu. Ich rede auch nur so unaufhörlich, um die Tatsache zu verdecken, daß du immer noch wie betäubt dastehst und dich offensichtlich zu keiner positiven Antwort durchringen kannst.«

Tatsächlich hatte Susanna neben der Betäubung ein wachsendes Gefühl von Indigniertheit verspürt, daß er einfach über sie verfügte, als habe sie keinen eigenen Willen. Wieso konnte er Papiere besorgen und ein Brautkleid bestellen, wenn sie ihn bei ihrem letzten Treffen aus dem Zimmer gewiesen hatte?

»Du bist dir deiner Sache sehr sicher, nicht?«

»Ja, das bin ich. Aber das heißt nicht, daß es dir genauso gehen muß. Brauchst du noch Bedenkzeit?« Er ließ sie los und trat einen Schritt zurück. »Oh, meine lilienreine Schöne, verzeih, daß die Leidenschaft mich hinriß und daß ich es wagte, die Arme um dich zu legen. Dein waidwunder Blick trifft mich bis ins Mark und läßt mich zittern aus Angst vor deinen Worten. Doch ehe du mich verdammst, bedenke, daß ich dein Lebensretter bin und Anspruch habe auf Nachsicht.«

»Du bist albern. Und die Romane, die du liest, müssen sehr altmodisch sein.«

Jonathan ignorierte diese Unterbrechung. »Und außerdem habe ich als dein Lebensretter Anspruch auf die Erfüllung eines Wunsches.«

»Eines Wunsches? Gut.«

»Gewährt? Tapferes Mädchen! Küßt du mich noch einmal wie damals im Kinderzimmer? Deine Neigung zu heftigem Erröten ist übrigens sehr kleidsam! Hast du die Absicht, immer so zu erröten, wenn du mich küssen wirst?«

»Ich – ich kann dich nicht küssen, zumindest nicht so wie im Kinderzimmer. Du hattest Thomas auf den Schultern.«

»Oh nein, meine kleine Wortverdreherin, so entwischst du mir nicht. Als ich Thomas auf den Schultern hatte, habe ich dich geküßt und nicht du mich! Ich mag ein alter Mann sein, aber mein Gedächtnis ist noch ausgezeichnet.«

»Du bist kein alter Mann!«

»Als wir unser erstes gemeinsames Frühstück verzehrten, und zwar ebenfalls am 22. April dieses Jahres in Sinclair House in London, hast du unmißverständlich erklärt, daß ein Mann ab 30 für dich uralt ist.«

Susanna seufzte. »Dein Gedächtnis kann einem tatsächlich Angst machen. Willst du mir bis an mein Lebensende jede dumme Äußerung vorhalten, die ich in den vergangenen Monaten gemacht habe?«

»Nicht nur die. Auch alle, die du zweifellos noch machen wirst. Es sei denn, du küßt mich so wie im Kinderzimmer. Und das heißt – sinnverwirrend. Ich hege tatsächlich die Befürchtung, daß deine Küsse einen sehr schädigenden Einfluß auf meine Verstandeskräfte haben. Ich habe seither an fast nichts anderes mehr denken können. Weißt du übrigens, daß dir gerade die Formulierung ›bis an mein Lebensende‹ entschlüpft ist? Darf ich daraus schließen, daß du meinen Antrag annimmst?«

Statt einer Antwort legte Susanna ihm die Hände um den Hals und küßte ihn. Erleichtert spürte sie, wie seine Arme sich wieder um sie schlossen. Als er sie eben hatte sinken lassen, hatte sie die Berührung sofort vermißt. Er sollte sie nie mehr loslassen, dann würde sie die Worte ›bis an mein Lebensende‹ getrost wiederholen.

ECON HISTORISCHER KRIMINALROMAN

Barbara von Bellingen
Die Hetze
Ein Kriminalroman aus dem Mittelalter
TB 25077-9

Karneval 1501, derbe Lustbarkeiten sind angesagt. Aber als einige Kinder verschwinden, nimmt der Spaß ein jähes Ende. Ein scheußliches Verbrechen ist geschehen, für Gret Grundlin beginnt eine zermürbende Fährtensuche. Fast scheitert sie an einer Mauer des Schweigens, denn alle Spuren führen in die feine Gesellschaft, und die weiß sich zu schützen.

Doris Mendlewitsch (Hrsg.)
Von Ladies, Leichen und Ganoven
Kriminalgeschichten aus dem 19. Jahrhundert
TB 25097-3

Gentlemangauner und Detektivladies, kunstreich geplante Morde und solche, die gar keine sind: Mit Geschichten von Anton Čechov, Catherine Louisa Pirkis, Arthur Morrison, Jacques Futrelle, Arthur Conan Doyle, Vidocq, Edgar Allan Poe, Ambrose Bierce, Maurice Leblanc und vielen anderen sind die allseits bekannten Klassiker und auch die reizvollen Unbekannten vertreten.

Margaret Frazer
Die Magd
Ein Kriminalroman aus dem Mittelalter
TB 25057-4

Gleich drei brutale Morde geschehen i einem englischen Kloster des 15. Jahr hunderts. Eine Gruppe von Schauspielern bringt eine toten Dorfbewohner in die Abtei – promp werden die Reisenden beschuldigt. Als ein weiterer Dorfbewohner und eine Nonne tot aufgefunden werden, suc Schwester Frevisse verzweifelt nach de Mörder …

HK 002

ECON TASCHENBÜCHER

ECON

ECON HISTORISCHER KRIMINALROMAN

Carole Nelson Douglas
Rätsel um Amberleigh
Ein viktorianischer Kriminalroman
TB 25062-0

Amberleigh Dunne ist durch den Selbstmord ihres Vaters dazu verdammt, sich ihr Brot als Gouvernante zu verdienen. Sie geht nach Irland und genießt das luxuriöse Leben des Adels und die schöne Landschaft. Doch bald befindet sich Amberleigh in einem Labyrinth aus Geheimnissen, Intrigen und Mord, aus dem sie nur noch ihr eigener Mut und Verstand retten können …

Margaret Frazer
Die Novizin
Im Jahre des Herrn 1431
Ein Kriminalroman aus dem Mittelalter
TB 25056-4

Die Ruhe im friedlichen Benediktinerkloster St. Frideswide wird durch die plötzliche Ankunft der reichen Protektorin Lady Ermentrude gestört. Eine Kammerzofe der Lady stirbt plötzlich, ein paar Tage darauf auch die Lady selbst. Die junge Novizin Thomasine wird verdächtigt, die beiden vergiftet zu haben. Doch sie beteuert ihre Unschuld …

Marian J. A. Jackson
Der Rubin des Punjat
Ein viktorianischer Kriminalroman
TB 25052-3

1899: Die eigenwillige Abigail, 17jährige Tochter eines Amerikaners und zur Erziehung in England, ist fest entschlossen, der erste weibliche Detektiv der Welt zu werden. Als bei einem Dinner der Punjat-Rubin verschwindet, den der Prince of Wales bekommen sollte, ist Miss Abigail nicht mehr aufzuhalten …

HK 003

ECON TASCHENBÜCHER ECON

ECON HISTORISCHER KRIMINALROMAN

Barbara von Bellingen
Mord und Lautenklang
Ein Kriminalroman aus dem Mittelalter
TB 25073-6

Als auf der Burg derer von Eichen einige Mitglieder des Hauses heimtückisch vergiftet werden, setzt sich die junge Wirtschafterin Gret Grundlin auf die Spur des Mörders. Trotz mehrerer Anschläge auf ihr Leben spürt sie ihm unerschrocken nach – und macht eine schockierende Entdeckung.

Annette und Martin Meyers
Ein Holländer in New York
Ein historischer Kriminalroman
TB 25055-8

1664: In England regiert Karl II., der nach dem Besitz der kleinen holländischen Siedlung Neu-Amsterdam giert. Pieter Tonnemann, der über Recht und Ordnung in der Siedlung wacht, interessiert sich nicht sonderlich für den Freiheitskampf seiner Mitbürger; seit dem Tod seiner Frau hat er sich dem Alkohol hingegeben. Als der Wirt seiner Stammkneipe erhängt aufgefunden wird, fühlt auch Tonnemann sich bedroht …

Sharan Newman
Das Geheimnis von Abaelard und Heloïs
Ein Kriminalroman aus dem Mittelalter
TB 25072-8

Das Kloster Paracle gerät in Verdacht, gotteslästerliche Schriften zu verbreiten. Die Äbtissin Heloïse schick die junge Schweste Catherine in die feindliche Welt außerhalb der schüt zenden Klostermauern, um die Wahrhei herauszufinden. Catherine muß viel riskieren: Ihre Ehre, den Unwillen ihrer Familie – vielleicht sogar ihre reine Seele …

HK 004

ECON TASCHENBÜCHER

ECON